HEYNE BÜCHER



SCIENCE FICTION

Ein vollständiges Verzeichnis aller
im HEYNE VERLAG erschienenen STAR TREK-Romane
finden Sie am Schluß des Bandes.

JUDITH & GARFIELD
REEVES-STEVENS

# STAR TREK®

# DIE FÖDERATION

*Roman*

**Star Trek
Classic Serie
Band 84**

Deutsche Erstausgabe

WILHELM HEYNE VERLAG
MÜNCHEN

HEYNE SCIENCE FICTION & FANTASY
Band 06/5684

Titel der amerikanischen Originalausgabe
FEDERATION
Deutsche Übersetzung von Ronald M. Hahn

*Umwelthinweis:*
Dieses Buch wurde auf chlor- und säurefreiem Papier gedruckt.

2. Auflage

Redaktion: Rainer-Michael Rahn

Erstausgabe by Pocket Books / Simon & Schuster Inc., New York

http://www.heyne.de
Printed in Germany 2001
Umschlagbild: Pocket Books / Simon & Schuster, New York
Umschlaggestaltung: Nele Schütz Design, München
Technische Betreuung: M. Spinola
Satz: Schaber Satz- und Datentechnik, Wels
Druck und Bindung: Ebner Ulm

ISBN 3-453-15664-1

FÜR UNSERE BRÜDER:

Bill, der nie eine Episode
von *Raumschiff Enterprise* verpaßt,

und Sid, der *noch immer*
keine gesehen hat.

## *Zeittafel*

**2061** Zefram Cochrane kehrt nach dem ersten erfolgreichen Überlichtflug zum Alpha Centauri-System ins irdische Sonnensystem zurück.

**2079** Die Erde erlebt das postatomare Grauen und erholt sich vom Dritten Weltkrieg.

**2117** Zefram Cochrane verläßt im Alter von 87 Jahren seine Heimat im Alpha Centauri-System und verschwindet im Weltraum.

**2161** In den Nachwehen des Romulanischen Krieges wird die Föderation gegründet und die Charta der Raumflotte formuliert.

**2167** Im zweiten Jahr der ersten Fünfjahresmission Captain Kirks auf der USS *Enterprise* NCC-1701, entdecken Kirk und seine Mannschaft den Wächter der Ewigkeit. Im dritten Jahr begegnen Kirk, Spock, Dr. McCoy und Föderationskommissarin Nancy Hedford Zefram Cochrane und dem ›Companion‹. Im gleichen Jahr, doch später, kommt Botschafter Sarek an Bord, den die *Enterprise* zur Babel-Konferenz bringt.

**2269–70** Nach Beendigung der ersten Fünfjahresmission wird Kirk zum Admiral befördert. Dr.

McCoy und Spock lassen sich in den Ruhestand versetzen.

**2295** Die USS *Enterprise* NCC-1701-B läuft zur Jungfernfahrt vom Stapel.

**2366** Im dritten Jahr der laufenden Mission Captain Jean-Luc Picards auf der USS *Enterprise* NCC-1701-D kommt Botschafter Sarek an Bord, um sich nach Legara IV bringen zu lassen. Einige Wochen später greifen die Borg erstmals das Föderationsgebiet an.

**2371** Captain Picard kehrt nach dem Zwischenfall auf Veridian III ins irdische Sonnensystem zurück.

*Ruht der Mensch zu oft und zu früh, nennen wir es Tod. Doch die Menschheit kennt weder Rast noch Ende. Nach jedem Sieg schreitet sie weiter voran. Zuerst erobert sie unsere kleine Welt mit ihren gesamten Windungen und Eigenarten, dann die sie beengenden Gesetze von Geist und Materie. Dann folgen die Planeten ihrer Umgebung, und schlußendlich geht sie durch die Ungeheuerlichkeit zu den Sternen. Und wenn sie den interstellaren Raum und das Rätsel der Zeit besiegt hat, befindet sie sich noch immer am Anfang.*

H.G. WELLS
*»Things to Come«*
1936

Prolog

# *Am Rande der Ewigkeit*

## *Ellison-Forschungsposten*

Sternzeit 9910.1
Terrestrische Zeit: Ende September 2295

Kirk wußte, daß seine Reise bald enden würde.

Das Gefühl überkam ihn in dem Moment, als der Transporterstrahl ihn auflöste und er spürte, daß die Schwerkraft dieser Welt ihn erneut festigte. Sie verlieh ihm neuen Halt – einen Halt, der über all die Jahre und zurückgelegten Parsec hinweg, nie nachgelassen hatte. Alles seit damals Geschehene war für ihn nur ein Herzschlag, als wäre sein Leben dem Schweif eines Kometen entströmender, masseloser, konsequenzloser Staub, gemessen nur an dem Augenblick, an dem er erstmals an diesem Ort gewesen war, und am Moment seiner Rückkehr.

Es war nun achtundzwanzig Jahre her, seit er diesen Ort zum ersten Mal betreten hatte, und er zweifelte nicht daran, daß es das letzte Mal war. Er hörte Spocks geduldige Stimme noch immer in seinem Geist: Sie kommentierte verbindlich die Unlogik dieser Schlußfolgerung, denn das Unerwartete war in ihrem Leben nur allzu normal gewesen. Doch bei manchen Dingen hatten Gefühle Vorrang. Darum war er zurückgekehrt. Alles endete *irgendwann.* Wie Spocks Schlußfolgerungen auch aussahen, was McCoy auch kritisierte: Kirks Herz wußte um die Wahrheit dieses Gefühls.

*Dies ist für vieles das letzte Mal,* dachte Kirk und betete die Litanei nach, die in ihm gewachsen war, seit er den Dienst quittiert hatte. Bald würde er zum letzten Mal mit einem Transporter reisen. Den letzten Blick auf das von der Warpgeschwindigkeit verwischte All richten.

Den letzten Blick auf den flauschigen Himmel der kühlen, grünen Hügel der Erde werfen. Er dachte an das alte Raumfahrerlied, das auf der Erde entstanden war, bevor es die Raumfahrt gegeben hatte. Es stimmte ihn traurig, daß ihm nicht der ganze Text einfiel.

»Captain Kirk, wir fühlen uns über Ihren Besuch geehrt.«

Zu seinem Erstaunen überraschten ihn diese Worte. Gesprochen hatte sie eine junge Vulkanierin, frisch von der Akademie. Sie stand vor ihm auf der leicht erhöhten Transporterplattform des Hauptplatzes der Station stramm. Kirk schätzte ihr Alter auf etwa fünfundzwanzig Erdjahre. Er zögerte. Seine Gedanken eilten in die Vergangenheit zurück. Als sie geboren worden war, war er *nach Hause* zurückgekehrt. Die erste Fünfjahresmission war fast zu Ende gewesen. Der Admiralsrang hatte auf ihn gewartet. Er gab sich der Erinnerung hin. Er hatte es sich nicht allzu leicht gemacht. Die Zeit als Admiral am Schreibtisch hatte kaum zwei Jahre gedauert. Zwei Jahre, in denen er jeden Abend mit dem Wissen zu Bett gegangen war, daß *sie* über ihm Kreise zog und darauf wartete, für die nächste Mission ausgerüstet zu werden. Und er hatte an jedem Abend gewußt, daß *sie* die Raumwerft nicht ohne ihn verlassen würde. Die Raumflotte und sämtliche Admirale sollte der Teufel holen.

Und Kirk hatte recht behalten.

V'ger war gekommen und hatte Anspruch auf die Welt angemeldet. Und Kirk hatte eine übermächtige Bedrohung erneut besiegt. Wie er es immer tun würde.

*Nein,* dachte er. *Wie ich es immer getan habe. Es ist nun Vergangenheit.* Er war jetzt zweiundsechzig. Laut McCoy konnte er hundert oder hundertzwanzig Jahre alt werden, vielleicht sogar noch älter. Doch das Problem mit der Bedrohung war, daß man sie im Grunde nie *richtig* besiegen konnte. Man konnte ihr nur für eine Weile aus dem Weg gehen. Spock hätte als erster zugegeben, daß sich im Lauf der Zeit alles ausglich. Dies, wußte Kirk, war eine Art, dem Tod ins Auge zu schauen, dem unausweichlichen Ende. Der Gedanke behagte ihm wenig.

»Captain Kirk?« sagte die Vulkanierin. In ihrer Stimme schwang eine freundliche Anfrage mit. »Ist alles in Ordnung, Sir?«

»Bestens, Lieutenant«, erwiderte Kirk. Obwohl er nun – kaum zu glauben – endgültig aus dem Flottendienst ausgeschieden und – ebenso kaum zu glauben – wieder Zivilist war, vergaß die Flotte ihre Leute nie. Auch nicht seinen letzten Dienstgrad, den er nun für immer tragen würde.

Er trat von der Plattform herunter und hörte das leise Knirschen seiner Stiefelsohlen auf dem feinen roten Staub. Er lächelte der Vulkanierin zu, und da Spock ihm seit dreißig Jahren ein Freund gewesen war, erkannte er den fast unmerklichen Schatten einer Emotion in ihrem Gesicht. Kirk blinzelte und warf einen erneuten Blick auf das Rangabzeichen am weißen Band ihrer Uniformjacke. Er korrigierte sich. »Lieutenant *Commander.*« Er sollte die Brille wirklich öfter aufsetzen. Aber konnte man mit fünfundzwanzig Jahren schon Lieutenant Commander sein? Ging es heutzutage wirklich so schnell mit den Beförderungen? *Oder bin ich wirklich schon so alt?*

»Darf ich Ihnen Ihr Quartier zeigen, Sir?« Die Vulkanierin deutete mit dem Kinn auf eine Ansammlung von Fertigunterkünften. Sie standen in einer Entfernung von wenigen hundert Metern auf einer Lichtung zwischen den Ruinen der Stadt … oder was es war. Ein Vierteljahrhundert Forschung durch die besten Xenoarchäologen der Föderation hatte nicht eruiert, welchem Zweck dieser Orte diente. Man wußte nur, daß die Hauptgebäude mindestens eine Million Jahre alt waren. Das älteste war so alt, wie Spock später gemutmaßt hatte: sechs *Milliarden* Jahre.

Früher hatte die Bedeutung von Altertümern Kirk geradezu überwältigt. Man hatte das den Ort umgebende Gestein verarbeitet und hergebracht, als es auf der Erde noch kein Leben gegeben, bevor die Erde sich aus dem Staub und den die Sonne umkreisenden Trümmern gebildet hatte. Doch nun waren sechs Milliarden Jahre nur etwas Abstraktes – ein Geheimnis, das er in seinem Leben nicht mehr begreifen würde. Ein weiterer Fakt, den man ab- und beiseite legte, wie so viele andere unerreichbare Träume der Jugend.

»Nein, danke«, sagte Kirk. »Ich bleibe wohl nicht lange genug, um eine Unterkunft zu brauchen. Die *Excelsior* ist bald hier, um mich an Bord zu nehmen.«

»Das wird die Mannschaft aber sehr enttäuschen, Sir.« Kirk fiel auf, daß die Vulkanierin ihre private Enttäuschung gut verbarg – wie übrigens auch die Mißbilligung, daß man das Flaggschiff der Flotte dazu degradierte, einem Zivilisten als Taxi zu dienen. Zwar hatte Captain Sulu die Bitte, ihm diesen Gefallen zu erweisen, nicht so gesehen, aber Kirk sah ein, daß andere es vielleicht so empfanden.

»Da Sie zu den wenigen Menschen gehören, die mit dem Gerät kommuniziert haben«, fuhr die Vulkanierin fast schroff fort, »hatten wir uns darauf gefreut, die Umstände der Begegnung aus Ihrem eigenen Munde zu hören.«

Kirk schaute sich auf dem Platz um. Er war nicht darauf aus, das Gespräch weiter fortzusetzen. »Darüber steht alles in meinen Logbüchern. Ich wette, sie enthalten mehr Einzelheiten als meine heutige Erinnerung.«

»Und wir können nichts tun, damit Sie etwas länger bei uns bleiben?« Für einen vulkanischen Lieutenant Commander war diese leidenschaftslos gestellte Frage schon fast ein Akt der Verzweiflung.

»Nein«, sagte Kirk. Es war sein letztes Wort. In knapp zwei Monaten würde die zur Excelsior-Klasse gehörende *Enterprise B* die Raumwerft verlassen. Er wußte nicht, was ihn außerdem noch zur Erde zog. Er hatte nicht die Absicht, je wieder einen Fuß in ein Raumschiff zu setzen – außer als Passagier. Er erinnerte sich noch allzu gut an Chris Pikes geplagten Blick – an dem Tag, an dem er, James T. Kirk, das Kommando über die *Enterprise* übernommen hatte. Vom ersten Tag an, in der ersten Stunde, hatte er irgendwie gewußt, daß seine Reise eines Tages auf gleiche Weise enden würde. Dann würde die *Enterprise* ohne ihn abfliegen. Sogar hier bereitete es ihm Unbehagen, sich den in der Zukunft liegenden Augenblick vorzustellen. Er hatte so viel erreichen wollen. Zwar *hatte* er viel erreicht – aber war es auch das, was er sich gewünscht hatte? Trotz der sechsundvierzig Jahre in der Flotte erschien ihm das, was er nicht erreicht hatte, mehr zu sein als das Erreichte.

Kirks Blick fiel auf die deutlich erkennbare Säule, die vor ihm aufragte. Sie war von Scheinwerfern auf schlanken Stativen umgeben, die die Farbe des Gesteins erhellten, die in seiner Erinnerung dunkel blieb. Auf dem Gestein war etwas geschrieben. Er erblickte die verschlungenen Linien einer fremdartigen Schrift, die sich wie Wellen an einem Strand überlappten. Er konnte sich zwar nicht daran erinnern, die Schrift schon damals gesehen zu haben, aber die Archäologen hatten sie zweifellos aus den Verkrustungen der Jahrtausende herausgekratzt.

»Da geht's lang, nicht wahr?« fragte Kirk und setzte sich schon in Richtung Säule in Bewegung, denn er wußte, auf was er dahinter stoßen würde.

»Ja, Sir«, sagte die Vulkanierin. Sie folgte ihm. Ihr Tricorder schlug gegen ihre Hüfte, denn sie beeilte sich, um mit ihm Schritt zu halten. »Falls ich es erwähnen darf, Sir … Wie Sie wissen, war das Gespräch zur Sternzeit 7328 die letzte Verständigung mit uns …«

»Und das überrascht Sie?« fiel Kirk ihr ins Wort. Bevor sie antworten konnte, wurde er schneller. Er hatte das Gefühl, in Empfindungen zu schwimmen: der Geschmack der knochentrockenen Luft, die seiner Lunge die Feuchtigkeit entzog; die geringe Schwerkraft; die leicht schnarrenden Geräusche, die von der dünnen Atmosphäre verzerrt wurden. Er war wieder vierunddreißig, hatte ein Ziel, es drängte ihn eifrig zum Rand aller ihn umgebenden Grenzen.

»Überraschung deutet eine emotionale Reaktion an«, sagte die Vulkanierin steif, »die bei naturwissenschaftlichen Ermittlungen nichts zu suchen hat.«

Ihre nur allzu vorhersehbare Reaktion ermüdete ihn. Eine solche Ernsthaftigkeit war bei der Jugend am besten aufgehoben. Sollte sie doch, wenn sie wollte, die nächsten vier Jahrzehnte ihres Lebens dem Geheimnis widmen. Kirk verfügte nicht mehr über diesen Luxus.

»Es wäre vielleicht angebrachter«, fuhr sie fort, »wenn man sagt, daß das Schweigen uns verwirrt hat, speziell angesichts der Gespräche, die Sie gemeldet haben – und der scheinbaren Bereitschaft, alle Fragen zu beantworten …«

»Ja, schön, sehr gut, Lieutenant Commander.« Kirk ließ die spitzen Worte einfach aus sich heraus. Er wollte sie einfach zum Schweigen bringen. »Wenn ich eine Weile hier bleiben könnte …«

Er spürte, daß sie neben ihm stockte, und ging allein weiter, an der Säule und den Scheinwerfern vorbei, um eine eingestürzte Mauer, an umgestürzten Säulen vorbei, zu der Stelle, an die er sich erinnerte. Genau dort, wo er nach all den Jahren noch immer stand, wo er ihn geplagt hatte, ihn noch immer plagte, genauso, wie sein Name es vorhergesagt hatte.

Der Wächter der Ewigkeit.

Ein großer, grob gehauener Bogen. Er durchmaß drei Meter. Ein Quell des Wissens. Ein Tor zur Zeit. Sein eigener Anfang und Ende. Ein Rätsel. Vielleicht *das* Rätsel überhaupt.

Kirk hielt inne und warf einen Blick auf den Wächter.

Seine Farbe war, wie die der Säule, anders. Die ihn umgebenden Scheinwerfer veränderten sie. In der Nähe befanden sich zudem Sensoranordnungen und Abdeckungen aus leuchtend weißem Duraplast auf dem Boden ringsum, damit die zahlreichen Wissenschaftler, die sich bemühten, seine Geheimnisse zu enträtseln, den Untergrund nicht durcheinanderbrachten.

Kirk musterte den Wächter. Und es fiel ihm wieder ein.

*Eine Frage. Seit der Zeit, bevor eure Sonne heiß im Weltraum brannte und dein Volk geboren wurde, warte ich auf eine Frage …*

Die ersten Worte, die der Wächter an ihn gerichtet hatte. Die Untersuchung einer temporalen Verzerrung hatte die *Enterprise* zu dieser Welt geführt. McCoy hatte sich versehentlich eine Überdosis Cordrazin verabreicht. Auf der Flucht vor seinen Verfolgern hatte der Wächter ihn in die irdische Vergangenheit versetzt. Dort hatte er den Geschichtsverlauf dergestalt verändert, daß die Föderation nie entstanden und die *Enterprise* mithin nie in den Weltraum gestartet war. Kirk, Uhura, Spock und Scotty waren in der Stadt am Rande der Ewigkeit gefangen gewesen. Sie hatten erkannt, daß sie ihr Universum nur erschaffen konnten, wenn auch sie sich in die Vergangenheit begaben.

Kirk schloß die Augen. Die grausamen Erinnerungen waren noch in ihm wach.

Das Universum war wieder das alte geworden. Die *Enterprise* war zurückgekehrt. Und der Preis hatte nur aus dem Leben einer Frau bestanden. Dem Leben der einzigen Frau, die er wirklich geliebt hatte.

Seine Lippen formten ihren Namen.

»Edith«, sagte er leise.

Kirk wußte zwar, daß die Vulkanierin ihn hörte, aber es war ihm egal. Es war der Jugend vorbehalten, sich Sorgen zu machen, und er kam sich in diesem Augenblick so alt vor wie das ihn umgebende Gestein.

Er ging über den rostroten Boden, bis er die Duraplastdecken erreichte. Ständige statische Entladungen wehrten den Staub ab und hielten sie sauber. Seine Stiefelabsätze klickten über die harte, glatte Oberfläche. Er hörte, daß die Vulkanierin ihm folgte.

Dann, kaum einen Meter entfernt, blieb Kirk stehen und schaute sich die gesprenkelte Oberfläche des Wächters an. Damals, vor vielen Jahren, bei ihrem Gespräch hatte er geglüht und mit einer inneren Kraft pulsiert, deren Quelle niemand je hatte ausfindig machen können. Ebenso war man unfähig gewesen, das nachzubilden, was es dem Mechanismus damals erlaubt hatte, wie ein Zeittor zu agieren. Die feinstmöglichen Sensorabtastungen meldeten beharrlich, der Wächter sei nur ein Stück handbearbeitetes Granitgestein. Punkt.

»Vielleicht sollten Sie ihn etwas fragen, Sir«, schlug die Vulkanierin nach einem Augenblick respektvoller Stille vor.

Kirk fielen gleich tausend Fragen ein, die er stellen konnte. Vielleicht war er deswegen zurückgekehrt. Aber im Moment schien keine es ihm Wert, sie auszusprechen.

»Glauben Sie wirklich, es nützt etwas?« fragte er. Er blickte nach hinten und sah, daß die Vulkanierin den Wächter angestrengt musterte – als könne eine einfache, in vertrautem Ton gestellte Frage die im Gestein eingeschlossene Intelligenz aufrühren.

»Die Naturwissenschaftliche Akademie Vulkans hat Jahre im Gespräch mit dem Wächter zugebracht, Sir. Er hat uns praktisch endloses Wissen angeboten. Wir hätten nur fragen müssen. Aber ...«

Kirk hob eine Hand, um sie zum Schweigen zu bringen. Er kannte die Geschichte. Der Wächter hatte behauptet, er sei ein Quell endlosen Wissens über Gegenwart, Vergangenheit und Zukunft. Aber offenbar gab es natürliche Begrenzungen in den Sprachen der Föderation und dem Bewußtsein jener Wissenschaftler, die den Wächter zum Gespräch bewegt hatten. Der Wächter hatte zu oft gesagt, er könne erst dann antworten, wenn man Fragen präziser stellte, aber er hatte keine Hinweise geliefert, wie bestimmte Fragen genau zu formulieren seien.

Ein Erdwissenschaftler hatte die in acht frustrierenden Jahren der Forschung aufgezeichneten Gespräche des Wächters mit seinen Kollegen mit dem »Wortwechsel« verglichen, der eventuell zwischen einem Menschen und einem Hund zustande kommen könne. Der klügste, genetisch nicht manipulierte Hund mochte vielleicht ein Vokabular von fünfhundert Worten verstehen und begriff eine Handvoll Handlungen oder gar abstrakte Vorstellungen wie eine Richtungsangabe und die Dauer einer kurzen Zeitperiode. Aber was war mit den anderen hunderttausend Worten, die sein Herrchen verwenden konnte? Wie konnte er je hoffen, die Philosophie seines Herrn, die Biochemie und die Multiphysik zu verstehen? Wie konnte er bloß den Versuch machen, in der Sprache seines Herrn auf diesen zu reagieren? Es war frustrierend und demütigend für Menschen, auf den Status eines stummen Tiers reduziert zu werden, denn sie hatten keine Möglichkeit, das Niveau des Wächters zu erreichen.

Der Wissenschaftler hatte verbittert den Schluß gezogen, daß die Forscher des Ellison-Forschungspostens acht Jahre im Gespräch mit einem Stein zugebracht hatten, ohne mehr erfahren zu haben, als ihnen ein beliebiger anderer Stein auch hätte mitteilen können. Einige Monate später hatte der Wächter keine Fragen mehr beantwortet, als wolle er die Schlußfolgerung des Wissenschaftlers bestätigen.

Das Gesicht der Vulkanierin blieb zwar leer, aber ihre nächsten Worte enthielten für Kirks feines Gehör eine unausgesprochene Bitte. »Ich würde es als höchst interessant empfinden, wenn Sie ihm eine Frage stellen würden, Sir.«

Kirk nickte. Sie verlangte nicht viel von ihm. In ein paar Minuten oder einigen Stunden war er wieder fort, aber die Vulkanierin würde weiterhin hier arbeiten.

Er wandte sich dem Wächter zu und konzentrierte sich auf die breite Öffnung, durch die die andere Seite des Platzes deutlich sichtbar war. Dort lagen die Ruinen, die sich bis zum Horizont erstreckten.

»Wächter«, sagte Kirk mit fester Kommandostimme. »Kennst du mich noch?«

Die Vulkanierin verriet ihre Jugend, indem sie hörbar den Atem anhielt. Eine Sekunde später fiel ihr der Tricorder ein, der an ihrer Seite baumelte, und sie hob ihn hoch und überprüfte, ob das stumme Gestein irgendwelche Wellen aussandte.

»Wächter«, wiederholte Kirk, »zeig mir die Geschichte meiner Welt.«

Der Raum, der den Steinboden umgab, blieb unverändert.

Kirk drehte sich zu der Vulkanierin um. »Tut mir leid«, sagte er. Und auf irgendeine abstrakte Weise empfand er auch so, auch wenn die Geheimnisse des Wächters seine Sache nun nicht mehr waren.

»Danke, daß Sie es versucht haben, Sir«, sagte die Vulkanierin. Sie schaltete den Tricorder aus und blieb mit den Händen auf dem Rücken stehen – als sei sie selbst aus Stein und habe nicht die Absicht, ihn allein zu lassen.

In früheren Zeiten hätte Kirk wahrscheinlich innegehalten, um auf freundliche Art darüber nachzudenken, was er als nächstes fragen sollte, aber heutzutage war ihm die Zeit wichtiger als irgendwelche verletzten Gefühle.

»Lieutenant Commander«, sagte er, »ich würde es begrüßen, wenn Sie mich allein lassen könnten.«

Es gelang der Vulkanierin zwar auch diesmal, ihre

Überraschung zu verbergen, aber weniger gut als beim ersten Mal.

»Stimmt etwas nicht, Sir?«

»Ich möchte meditieren.« Es war natürlich gelogen, aber kein Vulkanier würde deswegen eine Diskussion anfangen.

»Gewiß, Sir«, sagte die Vulkanierin. Sie entfernte sich. Kirk wandte sich wieder dem Stein zu. Dann hörte er, daß ihre Schritte innehielten. Er drehte sich zu ihr um. Wind war aufgekommen. Ihr streng geschnittenes Haar flatterte gegen ihre spitzen Ohren.

»Sir«, rief sie, um den zunehmenden Wind zu übertönen, »auf dem Stützpunkt gilt der Befehl, daß Angehörige des Personals nicht durch den Bogen treten dürfen. Wir wissen nämlich nicht, ob wieder ein Zeittransfer ausgelöst werden kann.«

»Verstanden«, rief Kirk zurück. Die Vulkanierin ging weiter. Er war mit dem Wächter allein und warf einen Blick durch den Bogen. *Bin ich deswegen zurückgekehrt?* fragte er sich. *Jetzt, da ich keine Zukunft mehr habe ... Habe ich irgendwie gehofft, ich könnte in die Vergangenheit zurückkehren?*

Der Wind peitschte heran, und Kirk spürte, daß er ihn auf das Gestein zuschob. Er war gefangen in einem Wirbel verhüllenden Staubes, der ihm die Tränen in die Augen trieb und seine Kehle ausdörrte. Er streckte einen Arm aus, um nach Halt zu suchen. Der Wächter fühlte sich unter seiner Berührung kalt an.

Er war müde.

Er dachte an die Luxuskabine, die Sulu auf der *Excelsior* für ihn bereithielt. Ein weiches Bett. Man konnte sogar die Schwerkraft verringern. So was war gut gegen Rückenschmerzen. Die alte Messerwunde, die er sich vor vielen Jahren auf der Reise zur Coridan-Babel-Konferenz zugezogen hatte, meldete sich in letzter Zeit gelegentlich und plagte ihn. Und ihr zu Hilfe kamen zu viele andere Verletzungen aus der Vergangenheit, zu viele urplötzliche Transporte in unterschiedliche Schwerkraftbereiche.

»Ist das alles jetzt zu Ende?« fragte Kirk den Wind und den Staub. »Gibt es keine Welten mehr, die man erforschen kann? Sind keine Kämpfe mehr auszufechten?«

Der Wächter schwieg.

Kirk hatte es nicht anders erwartet.

In diesem Universum gab es für ihn keine Wunder mehr. Er hatte einen Teil von ihnen in seinem Leben eingefangen; hatte tausend Welten im Geist gespeichert; hatte Erfahrungen gemacht und Abenteuer erlebt, die sich die Menschen vor Jahrhunderten nicht mal auszudenken wagten und die Menschen Jahrhunderte in der Zukunft nicht wiederholen würden.

Er wußte, er sollte sich damit zufriedengeben.

Aber er konnte es nicht.

Trotz all seiner Zuversicht, seines Mutes, seines Geschicks, seiner Begabung und seines Triebes, der Beste zu sein, gab es in seinem Herzen, in seinem Innersten, Zweifel.

Zu viele Worte waren ungesagt geblieben. Zu viele Taten ungetan geblieben. Zu viele Fragen hatten keine Antwort erhalten.

Und nun, da das Ende der Reise in Sicht war, im Wissen, daß es an der Zeit war, die unerledigten Dinge beiseite zu legen, war Kirk nicht dazu bereit.

Seine Zweifel quälten ihn.

Edith, seine Geliebte; eine Straße auf der alten Erde; der auf sie zurasende Laster …

David, sein Sohn; auf dem Planeten Genesis; das Messer eines Klingonen über dem Herzen …

Garrovick, sein Kommandant; die zweihundert Mann, die auf Tycho IV dem Tod ins Gesicht sahen …

Trotz allem, was er getan hatte … Hatte er *genug* getan?

Hätte irgendein anderer mehr tun können?

Oder hatte all das gar keine Bedeutung? War das Leben von der Geburt bis zum Tod nur eine einfache Tragödie, die dem Zeitvertreib diente und nicht mehr Sinn hatte als der Stein dort vor ihm?

Kirk wußte zwar, daß seine Reise bald enden würde, doch obwohl sie so weit gegangen war, er verstand noch immer nicht, was ihn dazu getrieben hatte, sie zu machen oder fortzusetzen.

Jetzt, allein, sprach er ein einziges Wort in den Wind und den Staub hinein.

»Warum?«

Und zum ersten Mal seit zwei Jahrzehnten gab der Wächter der Ewigkeit Antwort …

## Erster Teil

# *Babel*

# Thorsen

*Die Eugenischen Kriege des späten 20. Jahrhunderts waren zwar seit über fünfzig Jahren beendet, doch das Böse, das sie hervorgebracht hatten, lebte weiter. Haß, Intoleranz, grenzenlose Gier, alle Eigenschaften, die die Menschheit bestens definierten, erwiesen sich, wie immer, als fruchtbarer Boden.*

*Die um die Jahrtausendwende noch ungeborene Generation wuchs mit einer Faszination für jene auf, die inmitten des Chaos Ordnung und Heil versprochen hatten. In der Mitte der Welt des 21. Jahrhunderts, die unter den Umweltverbrechen des 20. zerbröselte, war dieses Versprechen ein berauschender Traum. Eine perfekte Welt war möglich – man mußte nur die Fehler vermeiden, die Khan Noonian Singh und die seinen gemacht hatten.*

*Adrik Thorsen gehörte zu der Generation, die entschlossen war, die Fehler der Vergangenheit nicht zu wiederholen.*

*Er hatte den leisen Ruf der Übermenschen durch die Epochen vernommen, die noch vor Khan existiert hatten. Er marschierte unter der roten Fahne mit dem schwarzen Adler der Optimum-Bewegung. Er trug die rote Uniform Colonel Greens. Er wachte jeden Tag mit dem Wissen auf, daß das Schicksal der Welt, der gesamten Menschheit, in den Händen jener lag, die den Willen hatten, drastische, notwendige Taten zu vollbringen.*

*Adrik Thorsen hatte diesen Willen, und in der Mitte des 21. Jahrhunderts wurde ihm in Nischen der Verzweiflung, in denen ganze Regionen in Anarchie und Hoffnungslosigkeit versanken, gestattet, seine Politik durchzusetzen.*

*Sein Perfektionsstreben begann mit der Ausrottung der*

*Schwachen. Wer aufgrund von Gebrechen, Genetik, religiösem Glauben und politischer Überzeugung nicht optimal war, wurde als erster zur Auslöschung bestimmt. In der Anfangsphase hatte das Töten von Kindern aufgrund der Verfehlungen ihrer Eltern Thorsen noch bedrückt. Doch bald sah er in den Qualen, die er erlebte und schließlich überwand, ein Zeichen seiner eigenen zunehmenden Perfektion.*

*Adrik Thorsen wurde, seinen Theorien getreu, optimiert. Wenn die Welt nur seinem Beispiel folgte, konnte er die ganze Menschheit in eine noch nie dagewesene Ära des Friedens und des Wohlstandes führen.*

*Doch seine Fortschritte quälten ihn, weil er wußte, daß immer dann, wenn große Männer – wie er – es wagten, große Träume zu träumen, unausweichlich jene auftraten, die sie in den Dreck zerren wollten. Schon durch ihre Opposition, so meinte er, hatten sich seine Gegenspieler als nicht optimal erwiesen. Also konnten auch sie, zusammen mit allen anderen, die nicht würdig waren, die Welt mit den seinen zu teilen, der Auslöschung zugeführt werden.*

*Als Adrik Thorsen sich auf eine Reise nach innen begab, um das Optimale zu erreichen, verzehrten ihn seine Träume. Bald wußte er genau, daß er die Welt selbst verzehren würde, und daraufhin mußte – dies war so gewiß, wie die Nacht, die nach dem Tag kam – das Paradies folgen, so konstant wie ein Naturgesetz.*

*Doch zuerst, begriff Thorsen, mußte er die Gesetze der Geschichte bezwingen. Den größten Fehler, den Khans Übermenschen begangen hatten, war der: Sie hatten verloren. Adrik Thorsen wollte nicht zulassen, daß man diesen Fehler ein zweites Mal machte.*

*Also führte er am 19. März 2061 das Unternehmen gegen die WED-Forschungsplattform in der geostationären Erdkreisbahn persönlich an. Sechs kohlenstoffumhüllte Einzeltransfereinheiten brachten ihn und fünf vertrauenswürdige Bewaffnete zwei Kilometer an die Raumstation heran, ohne daß das Annäherungsradar sie erfaßte. Die Transfereinheiten wurden abgeworfen, und man legte das letzte Stück in Mem-*

*brananzügen zurück, die nichtzündende Manövriereinheiten verwendeten.*

*Um 1.20 Uhr MEZ stellten sie, genau wie geplant, Magnetkontakt mit der Wandung der Station her. Die Induktionsabtastung zeigte, daß keinerlei Alarm ausgelöst worden war.*

*Um 1.27 MEZ ließen sie die erste Schleuderladung auf der Empfangsschüssel hochgehen und unterbrachen so jede Verbindung der Station mit dem Hauptquartier. Acht Sekunden später blitzten mehrere Sekundärexplosionen längs des Personalmoduls auf und rissen es auseinander.*

*Thorsen beobachtete mit Zufriedenheit, daß sieben Angehörige der Plattformmannschaft aus dem Hüllenriß herausflogen. Sie schlugen mit Armen und Beinen panisch um sich, ihre Münder waren im Vakuum zu lautlosen Schreien geöffnet. Wie vermutet, trugen zwei Angehörige der Mannschaft die blauweiße Uniform der Streitkräfte der Neuen Vereinten Nationen. Es war klar: Thorsen und die Optimum-Bewegung waren nicht die einzigen, die wußten, welchen Durchbruch man in dieser Einrichtung erzielt hatte.*

*Laut dem Operationsmanifest, das Thorsen in die Hände gefallen war, lebten zehn Forscher und eine unbekannte Anzahl Angehöriger der Friedensstreitmacht auf der Plattform. Inzwischen mußte das automatische Dekompressionsverfahren die Innenluftschleusen versiegelt haben. Es würde mindestens fünf Minuten dauern, bevor die restlichen NUNO-Angehörigen ihre Membrananzüge anziehen und zum Gegenangriff übergehen konnten. Niemand stellte sich Thorsen und seinen Leuten entgegen, als sie direkt zum äußersten Arm der Plattform düsten, wo das revolutionäre neue Testfahrzeug in einem speziellen Werftmodul lagerte.*

*Thorsen wußte, er konnte das Modul nicht mit Sprengstoff dekomprimieren, ohne das Risiko einzugehen, das Gefährt zu beschädigen. Und es wäre für jeden seiner Leute Selbstmord gewesen, den Versuch zu machen, sich durch die Schleuse Zutritt zu verschaffen, denn dort konnte man sie gefangennehmen. Also wies er einen seiner Männer an, sich zur Luft-*

*schleuse zu begeben und einen aufblasbaren Lockvogel zum Einsatz zu bringen. Der Lockvogel hatte Größe und Form eines Menschen in einem Membrananzug und mußte die Aufmerksamkeit und den Laserbeschuß aller Soldaten im Inneren auf sich ziehen. Gleichzeitig schickte er zwei Männer zur Notevakuierungsblase an der Außenseite des Werftmoduls, damit sie sie mit der Hülle verbinden und druckfest machen konnten. Nun konnten seine Leute die Modulhülle ohne Verlust der internen Atmosphäre aufbrechen. Das darin befindliche Gefährt würde sicher sein.*

*Auf Thorsens Zeichen hin warf der erste seiner Leute den aufblasbaren Lockvogel durch die Mannschleuse, und jene in der Evakblase setzten Schneidlaser ein, um die Hülle zu durchbrechen.*

*Die beiden Männer, die zehn Meter vom Modul entfernt neben Thorsen schwebten, erwarteten die sich nähernden NUNO-Soldaten aus den anderen Luftschleusen.*

*Doch jene, die sich im Inneren des Gefährtlagermoduls befanden, teilten nicht Thorsens Respekt für rationale militärische Aktionen. Bevor Thorsens Leute in der Evakblase damit fertig waren, sich Zutritt zu verschaffen, explodierte ein Schwall kristallisierender Feuchtigkeit aus der Schleuse des Gefährts am anderen Ende des Moduls. Mit ihr zusammen flogen Trümmer heraus, was nur bedeuten konnte, daß die Innen- und Außentüren zugleich geöffnet worden waren.*

*Thorsen ahnte, welche verzweifelte Strategie hier versucht wurde. Er schritt sofort zur Gegenaktion. Er und die beiden bei ihm befindlichen Männer düsten zur offenen Schleusentür. Der erste Mann, der sie erreichte, wurde von einem Partikelstrahl in zwei Hälften geschnitten; sein Anzug und sein Fleisch platzten in einer Explosion sofort vereisenden Blutes.*

*Thorsen richtete einen Flammenwerfer auf die Schleusenstufe des Gefährts und zündete ihn. Wer den Blitz in seinem Inneren sah, mußte mindestens dreißig Sekunden blind sein. Dann flogen er und seine restlichen Leute ins Werftmodul hinein, feuerten aus allen Laserrohren, die Zielsucher auf Membrangewebe, nicht auf Metall oder Kohlenstoff eingestellt.*

*Drinnen befanden sich keine NUNO-Leute, sondern nur unbewaffnete Forscher, die sich, bis auf eine Frau, in ihren Druckanzügen duckten. Bald lebte nur noch die Frau. Sie befand sich im Innern des Gefährts, einem umgebauten Orbitalkampf-Eskortierer mit einem einzelnen Bug-Partikelgeschütz. Die Modifikationen, von denen Thorsen wußte, waren am Vektorenimpulstriebwerk vorgenommen worden und schienen innen zu liegen. Von außen sah das Gefährt nicht anders aus als jene, die er schon geflogen hatte.*

*Thorsens vor der Schleuse wachende Männer meldeten, noch seien keine NUNO-Truppen aus den anderen Modulen gekommen. Thorsen beriet sich schnell mit den Leuten, die bei ihm waren. Sie sahen die Forscherin durch die Flugdeckfenster des Gefährts. Es war nur schwer abzuschätzen, was sie an den Armaturen machte, aber es war offensichtlich, daß das Gefährt noch auf den Startschienen festsaß und sich ohne manuelles Lösen der Klammern nicht von der Stelle rühren konnte.*

*Dann meldeten Thorsens Induktionsabtaster eine Zündungssequenz der Impulsstromkreise. Die Forscherin wollte den Hauptantrieb des Gefährts zünden. Thorsen wußte: Wenn sie ihn einschaltete, würde der Plasmaausstoß jedermann im Werftmodul töten, sie inklusive, und die mechanische Belastung der Startschienen würde das, was von der Plattform übriggeblieben war, in Stücke reißen.*

*Thorsen bewunderte ihre Bereitschaft, für ihre Ideale zu sterben.*

*Er nickte ihr respektvoll zu, als er seinen Laser auf optische Frequenzen justierte, die das Flugdeckfenster des Gefährts durchdringen würden. Er verzieh ihr das Entsetzen, das sie zeigte, als sie sah, daß die Mündung der Waffe sich auf sie richtete. Sie starb einen üblen Tod, ohne die Akzeptanz ihres Schicksals aus den Händen eines ihr Überlegenen. Sie war ganz eindeutig keine Optimale. Deswegen bedauerte er es auch nicht, als er sah, daß ihr lebloser Körper sich langsam in der Kabine des Gefährts im Kreise drehte.*

*Zehn Minuten später hatten seine Leute die Leiche der Wissenschaftlerin entfernt, und Thorsen schnallte sich in den Pilotensitz. Trotz der an dem Gefährt vorgenommenen Modifikationen wies der Steuermechanismus keine größeren Veränderungen auf. Es war ihm recht. Die einfachsten Innovationen waren immer die besten. Effektivität war immer optimal.*

*Seine Leute lösten die Maschine von den Startschienen, und Thorsen setzte die Steuerdüsen ein, um das Fahrzeug sanft aus dem Lagermodul zu fliegen. Er verkündete den anderen, er wolle das Partikelgeschütz einsetzen, um die noch intakten Module der Plattform zu dekomprimieren. Dann, wenn die Gefahr eines Gegenangriffs der NUNO-Truppen nicht mehr bestand, konnten sie sich der nächsten Phase des Unternehmens widmen.*

*Thorsen brauchte drei Minuten, um die Plattform zu vernichten. Überall schwebten Leichen herum; eine Wolke des Todes umgab die ferne Erde. Zwei weitere Minuten später hatte er das Partikelgeschütz eingesetzt, um auch seine Leute zu neutralisieren. Die Geschichte hatte zu oft gezeigt, daß große Männer von jenen zu Fall gebracht wurden, die es wagten, den Ruhm der Taten anderer auch für sich selbst in Anspruch zu nehmen. Thorsen empfand keine Reue, weil er dazu nicht bevollmächtigt war.*

*Um 2.11 MEZ sandte er ein kodiertes Signal an einen Optimum-Horchposten auf dem Mond. Der Horchposten antwortete mit einem Flugplan, der das Gefährt zu Thorsens Begegnung mit dem Schicksal leitete. Und Thorsens Begegnung mit dem Schicksal würde auch der Wendepunkt der Menschheit sein.*

*Denn am 19. März 2061 lag der Schlüssel zum absoluten Sieg über die Gegner des Optimums und der daraus resultierenden neuen Ordnung und dem Heil der Welt in den Händen eines jungen Wissenschaftlers namens Zefram Cochrane, der an einer Schwelle balancierte, von der aus er für immer die Stellung der Menschheit im Weltall ändern würde.*

*Angetrieben von den Schwingen der Geschichte, dem Traum der Rettung für alle, die es wert waren, und entschlossen, die Fehler der Vergangenheit nicht zu wiederholen, flog Adrik Thorsen zum Titan.*

*Sein Plan war einfach, effektiv, optimal: Wer das Genie Zefram Cochranes beherrschte, beherrschte auch die Zukunft der Menschheit.*

*Und am 19. März 2061 gehörte die Zukunft der Menschheit Adrik Thorsen.*

# 1
## *Christophers Landeplatz, Titan*

Terrestrische Zeit: 19. März 2061

Einen Moment lang, nur einen flüchtigen Augenblick jener Zeit, die sein Leben dauern würde, glaubte Zefram Cochrane, die Sterne sängen für ihn.

Er konnte sie über sich sehen – durch die transparenten Aluminiumplatten, die die Kuppel dieses Teils der Kolonie von Christophers Landeplatz bildeten. Sie war der größte ständige irdische Außenposten im Gebiet des Saturn. Hinter der Kuppel fegten die erstarrten Stickstoffwinde des Titan dicke rote Schlieren aus kristallisierendem Methan und Wasserstoffcyanid fort und jagten den Terminator, um die dichte Atmosphäre für wenige Minuten zwischen den Tagwolken und den Nebeln der Nacht zu reinigen. So waren kurzfristig über ihm dunkle Bänder am Himmel zu sehen. In der Finsternis flackerten für Cochrane die Sterne und erschufen ein schillerndes Edelsteinband um den stumpfgelben Kreisbogen des Saturn. Er füllte ein Viertel des Himmels aus, so fern von der Sonne, daß das Licht, das er reflektierte, den gewaltigen Planeten im Zwielicht des Titan fast nicht mehr wahrnehmbar machten. Seine Ringe, frontal in der gleichen orbitalen Ebene wie der Mond, waren unsichtbar.

In dem schmalen Zeitfenster zwischen dem Anfang und dem Ende eines Tages, der anders war als jeder in der Geschichte der Menschheit, schaute Cochrane sich die Sterne an, die er sein Leben lang gekannt hatte. Doch sie waren ihm nicht vertraut. Er hatte sie, soweit er und die meisten anderen wußten, als einziger lebender Mensch der Gegenwart, so gesehen wie kein anderer zuvor.

Flammend im interstellaren Raum.

Er hatte eine Welt umkreist, die zu einem anderen Stern gehörte.

Viereindrittel Lichtjahre von der Erde entfernt.

*Vor vier Monaten.*

Cochrane schloß die Augen, um die Sterne so zu sehen, wie er sie damals gesehen hatte: die Konstellationen, die den Milliarden seiner Mitmenschen vertraut waren, waren ihm in einer nie zuvor gesehenen Perspektive erschienen.

*Viereindrittel* Lichtjahre. Eine Welt, so fern, daß die schnellsten impulsbetriebenen Sonden über zwei Jahrzehnte brauchten, um sie zu erreichen. Und dann brauchten sie noch einmal vier Jahre, um die aufgezeichneten Daten zurückzufunken.

Doch Zefram Cochrane war dort gewesen. Und in 243 Tagen zurückgekehrt.

Schneller als je zuvor ein Mensch gereist war.

Schneller als das *Licht*.

Cochrane öffnete blinzelnd die Augen. Er hatte plötzlich das Gefühl, daß die Sterne erschreckt und mit Einverständnis auf ihn herabschauten, weil er es gewagt hatte, in die Heiligkeit ihrer Domäne vorzudringen. Seine Reaktion: Langsam stieg Gelächter in ihm auf. Er konnte nichts dagegen machen. Er stampfte mit dem Fuß auf den behandelten Boden unter seinen Stiefeln und fuhr aufgrund der geringen Schwerkraft des Mondes unerwartet einige Zentimeter hoch.

Der schwerfällige Augenblick, in dem er die Arme schwenkte, um sein Gleichgewicht wiederzugewinnen, brach den Bann des kostbaren Moments, und ihm wurde endlich klar, daß die gefälligen Harmonien, die er gehört hatte, nicht von oben, von den beleidigten Sternen kamen, sondern von dem Streichquartett, das im Salon des Gouverneursheims spielte. Es lag neben dem überkuppelten Feld. Die leise Melodie, trotz des ewigen Hintergrundsummens der gewaltigen Ventilatoren und des gedämpften Heulens des Windes draußen fröhlich, klang nach Brahms.

Cochrane schaute auf den nackten Boden, das zermahlene und sterilisierte, sich zersetzende Gestein einer fremden Welt, in dem irdische Bakterien arbeiteten, um die Zusammensetzung zu verändern, es von Titans Oktanregen und Kohlenwasserstoffschlamm zu reinigen. Irgendwann würden hier Gras und Bäume wachsen, damit die Kinder laufen und spielen, Liebespaare herumschlendern und alte Leute zufrieden lächelnd auf Bänken an einem Springbrunnen sitzen konnten, hochbetagt zu den Sternen hinaufschauten und wußten, daß von fernen fremden Welten andere zu ihnen zurückschauten.

Nun ebbte das Lachen ab, das in ihm aufgestiegen war, und er spürte, daß Tränen in seine Augen stiegen. Den Grund dafür kannte er freilich nicht. Welche Bücher schrieb man wohl auf diesen fernen Welten, die er nie lesen würde? Welche Gedichte würde er nie verstehen? Welche Musik? Welche Gemälde, Skulpturen? Welche unvorstellbaren geschichtlichen Abläufe würden nun ohne ihn stattfinden, da die menschliche Bühne sich ausgedehnt hatte – bis in die …

»Unendlichkeit.«

Cochrane zuckte beim Klang des Wortes zusammen, denn er hatte nicht mit Gesellschaft gerechnet. Natürlich erkannte er die Stimme. Sein Schiff, die *Bonaventure*, hatte über 300 Millionen Eurodollar gekostet, und der labile Zustand der Welt war dergestalt gewesen, daß keine Regierungsbehörde geneigt gewesen war, einen einunddreißigjährigen Physiker zu finanzieren, dessen Dreistigkeit die geschätztesten Grundlagen der Natur in Frage stellte. Die Stimme gehörte dem Mann, der das Schiff bezahlt hatte: Micah Brack.

Brack war keinem regierungsamtlichen Finanzkomitee und keinem Firmenvorstand unterstellt. Die Schuldverschreibungen, die er im Lauf der acht Jahre von Cochranes sturer Beschäftigung gegengezeichnet hatte, um die Vorstellungen der Einsteinianer-Koryphäen der modernen Wissenschaft umzustoßen, waren aus seiner privaten Tasche gekommen. Bedachte man, daß die meisten Datendienste ihn zu den zehn reichsten Bewohnern des Sonnensystems zählten (er besaß Holdings auf allen Planeten und Monden, die die Menschheit kolonisiert hatte), dann erschien seine Tasche praktisch bodenlos. Der größte Teil von Christophers Landeplatz existierte nur aufgrund von Bracks Weitblick *und* seiner Ungeduld mit denen, die bloß zu den Sternen aufschauten, doch unfähig waren, das Versprechen zu ergreifen, das sie offerierten. In Micah Brack hatte Cochrane einen Verfechter, Geldgeber und – noch wichtiger – Freund gefunden.

»Ich wollte dich nicht erschrecken.« Brack legte eine Hand auf Cochranes Schulter und hob den Blick, um sich das anzuschauen, was Cochrane gesehen hatte. Es war sehr weit entfernt. Er nickte zu den Klängen des Empfangs, die durch die erhellten Türen und Fenster des metallenen Heims des Gouverneurs drangen. »Aber gleich merken sie, daß der Held ihrer Party sich verdrückt hat.«

Cochrane wußte es ebenso. Seit der Rückkehr ins System vor knapp fünfzig Stunden hatte er keine Sekunde für sich Zeit gehabt. Er war derlei Einmischung nicht gewöhnt. Es gefiel ihm nicht. Hatte ihm nie gefallen. Er hatte auch nicht die Absicht, sich daran zu gewöhnen, auch wenn Brack ihn vor fast drei Jahren vor der möglichen Reaktion der Öffentlichkeit über die Nachricht seiner Leistung gewarnt hatte. Damals, bei ihrem Gespräch, waren sie zusammen mit Sternbach und Okuda draußen am Neptun gewesen und sozusagen von den Wänden des alten lunaren Eisfrachters *John Cabal* abgeprallt, den Brack ihm als Mikrogravitationslabor hatte einrichten lassen. Der Frachter hatte Cochrane und seinem Team erlaubt, ihre Forschungen

Lichtstunden von den irdischen Militärbeobachtungsnetzen und gravimetrischen Störungen der Sonne entfernt durchzuführen.

Brack war an dem Tag bei ihnen gewesen, hatte eine seiner seltenen Reisen von der Erde gemacht – an dem Tag, an dem der erste 100-Kilo-Fluktuationshyperantrieb-Testschlitten des Teams sich buchstäblich selbst in regenbogenfarbenes Licht gewarpt und in etwas anderes als das normale Raum-Zeit-Kontinuum begeben hatte. Acht Minuten später hatten die Taster die deutlich erkennbare Strahlungsstruktur des Miniaturpartikelvorhangs aufgefangen, die Cochrane montiert hatte, damit sich der Schlitten eine Minute nach dem Start selbst zerstörte. Es war eine drastische Messung gewesen, aber damals hatte er keine andere Möglichkeit gekannt, einen Kontinuum-Verzerrungsgenerator wieder in einem bestimmten Moment in den Normalraum zurückkehren zu lassen. Er hatte auch keine präzisen Vorstellungen gehabt, wie weit der Schlitten reiste, und keine Möglichkeit zu der Vorhersage, in welche Richtung er abtrieb, wenn er sich außerhalb des Normalraums befand.

Als die Signatur bestätigt worden war, hatte der Jubel in der riesigen hohlen Trommel der wissenschaftlichen Ecke der *John Cabal* Echos geworfen. Der Schlitten hatte sich in sechzig Sekunden acht Lichtminuten – über 143 Millionen Kilometer – weit bewegt.

Der Hyperantrieb-Prototyp war gewaltig im Vergleich zu den ursprünglichen Testgeräten, die Cochrane als Mittzwanziger am MIT eingesetzt hatte, um Elektronen die doppelte Geschwindigkeit des Lichts zu verleihen. Aber sein Format hatte den Verzerrungseffekt nicht verringert; er hatte den Schlitten mit einer Pseudogeschwindigkeit transportiert, die achtmal schneller als das Licht war. Dies entsprach einem relativistischen Zeitwarp-Multiplikationsfaktor von $2^2$!

An diesem Tag hatten sie dem Einstein-Universum

ade gesagt und aus Quetschtuben hundert Jahre alten Cognac getrunken – die Mikrogravitation war nicht der richtige Ort für sprudelnden Champagner. Es war ja nicht so, daß Einstein, Hawking, Cross und alle anderen Giganten der Physik sich geirrt hatten – das Universum hatte nur ein neues Fenster zu seiner unendlichen, unvorhersehbaren Natur geöffnet, damit die Menschheit hindurchschauen konnte, um eine völlig neue Wissenschaft zu erschaffen – um die Phänomene zu beschreiben, die die Forscher der Frühzeit nie gesehen und die einige, wie Einstein, sich auszumalen geweigert hatten.

Doch *zumindest* in dieser Verweigerung hatte Einstein sich geirrt. Weil, wie Cochrane prophezeit und schließlich Nichtwissenschaftlern, deren Augen unerklärlicherweise, doch unausweichlich, glasig wurden, wenn sich multidimensionale Gleichungen in eine Konversation einschlichen, zu erläutern aufgegeben hatte, die Wirkungen der Relativität nur auf die normale Raum-Zeit begrenzt waren. Die nachfolgenden Prüfstandtests an schnell zerfallenden Partikeln hatten gezeigt, daß die bestens bekannten Zeitdilatationeffekte bei sehr schneller Reisegeschwindigkeit nicht mehr vorkamen, wenn der Hyperantrieb in eine fluktuierende Kontinuumverzerrung eingetreten war.

Da es keine Möglichkeit gab, zwischen dem normalen Universum und dem Rauminhalt innerhalb der Verzerrung Informationen auszutauschen (*Im Moment*, hatten ihn seine Leute fortwährend erinnert), konnte die Zeit im Inneren der Kontinuumverzerrung mit dem gleichen Tempo verlaufen wie beim letzten Kontakt mit der normalen Raumzeit, ohne irgend etwas zu widersprechen, das in Sachen Lichtgeschwindigkeit als schnellster Reiseart überhaupt feststand.

Natürlich wußte Cochrane eins: Irgendwann, wenn es genug mit Fluktuationshyperantrieb ausgestattete Schiffe gab, die genügend ferne Sonnensysteme mit ihrem eigenen Tempo relativistischer Zeit besuchten, würden sich Abweichungen in der Zeitnahme ansammeln. Er sah voraus: Irgendwann, wenn genug mit Hyperantrieb ausgestattete Schiffe genügend ferne Planeten besuchten, mußte eine völlig neue Technik der Zeitnahme und Datenaufzeichnung entwickelt werden, die die örtlichen Zeitverlaufvarianten einbezogen und sich in bedeutungsvoller, doch komplizierter Weise zueinander verhielten. Doch indem man die Grenzen der Einsteinschen Raum-Zeit sprengte, war die Zeitdilatation für die Erforschung des Weltraums durch den Menschen kein einengender Faktor mehr. Und noch wichtiger, hatte Brack an diesem Tag angemerkt: Dies galt auch für Entfernungen.

Andererseits, hatte Brack warnend gemeint, mußte man dafür einen Preis zahlen. Wenn Cochrane als erster Mensch, der schneller als das Licht gereist war, von den Sternen zurückkehrte, würde man seinen Namen im gleichen Atemzug mit denen von Armstrong, Yoshikawa und Daar nennen. Er würde keine normale, anonyme Existenz mehr führen können – er und sein Leben würden der Welt gehören. Dem Universum.

Urteilte Cochrane nach dem Empfang, dem man ihm auf Christophers Landeplatz bereitet hatte, war alles wahr geworden, was Brack gesagt hatte. Er wunderte sich hin und wieder über die Fähigkeit seines Freundes, die Zukunft vorherzusagen. Er tat es oft, und immer gut. Doch Brack bestritt, irgendwelche besonderen Fähigkeiten zu haben. »Die Ereignisse der Zukunft spiegeln sich in den Ereignissen der Vergangenheit«, sagte er oft. Er behauptete, nur ein aufmerksamer Geschichtsstudent gewesen zu sein.

Cochrane schaute wieder zur Kuppel hinauf, doch die kurze Zwielichterhelligkeit war vorbei. Die Nebel des Titan wogten hinter transparenten Platten und in den Außenscheinwerfern, als sei die Kolonie ein Meeresschiff, das im Winter den irdischen Nordatlantik durchpflügte. Cochrane bemühte sich, nicht an Eisberge zu denken.

»Was hast du da über die Unendlichkeit gesagt?« fragte er seinen Freund.

Brack lächelte, und die Jahre fielen von ihm ab. Cochrane schätzte den Milliardär auf Anfang oder Mitte fünfzig. Für die industrialisierten Nationen der Erde befand er sich im besten Alter. Sein kurzes Haar war weiß. Brack legte keinen Wert auf modischen Schnickschnack. Seine Frisur erinnerte an die der Cäsaren. Doch seine Augen funkelten wie die eines viel jüngeren Mannes, und das Lächeln auf seinem zerklüfteten Gesicht hatte viel vom Versprechen der Jugend. Cochrane nahm zwar an, daß jemand, der so reich war, daß er den Kurs der menschlichen Geschichte beeinflussen konnte, genügend Gründe hatte, sich jung und stark zu fühlen, aber er glaubte auch oft, daß Bracks Charakter viel komplizierter war, als er je enthüllen würde.

»Ich hab' dich die Sterne anschauen sehen«, erwiderte Brack. »Hast du etwa nicht daran gedacht? An die neuen Grenzen des menschlichen Wachstums? Oder sollte ich lieber sagen, daß es *jetzt* keine Grenzen mehr gibt?«

»Aber woher hast du gewußt, *woran* ich gerade dachte?«

Brack schaute weg, um seine Mundwinkel zuckte ein kleines Lächeln. Cochrane kannte diesen Ausdruck. Brack würde seine Frage nicht beantworten. Statt dessen stellte er selbst eine. »Wie sind die Kolonisationsaussichten?«

»Auf Centauri B II?« Cochrane empfand Überraschung über Bracks plötzlichen Themenwechsel. Er operierte nun im Geschäftsmodus. »Die Gutachten waren fertig, bevor ich ging«, fuhr Cochrane fort. »Sie waren sogar, wenn ich's mir recht überlege, schon vor meiner Geburt fertig, nicht wahr?«

Die ganze Welt wußte, daß die Kolonisatiosmöglichkeiten im System Alpha Centauri gut waren. Sie wußte es seit Jahrzehnten. Von den über hundert jenseits der Erde entdeckten Sonnensystemen war das System Centauri am gründlichsten kartographiert, hauptsächlich deswegen, weil es dem irdischen Sonnensystem am nächsten lag.

Mit unbewaffnetem Auge war Alpha Centauri zwar der dritthellste Stern am Himmel, aber nur südlich des 30. nördlichen Breitengrades sichtbar. Seine Helligkeit lag in seiner Nähe begründet, und weil es eigentlich ein aus drei Einzelsternen bestehendes Ternärsystem war. Alpha Centauri A war ein Stern vom Spektraltyp G2, fast ein Zwilling der Erdsonne und mit Alpha Centauri B, einem etwas größeren und helleren K0-Stern, schwerkraftmäßig verbunden. Alpha Centauri A und Alpha Centauri B umkreisten einander in der Entfernung des Durchmessers des Solarsystems. Die dritte stellare Systemkomponente, Proxima Centauri, war ein viel kleinerer roter Zwergstern und mehr als vierhundertmal weiter von A und B entfernt als diese voneinander.

Kurz nach der Jahrhundertwende hatten irdische Astronomen unter Zuhilfenahme anpassungsfähiger bodenständiger Teleskope im Alpha Centauri-System mindestens zwei zusätzliche Körper entdeckt: Zwei große Planeten, in einem verzwickten, schwingenden Kreisbahnmuster um die Sterne A und B gefangen. Die wissenschaftliche Welt erschrak über diese Entdeckung, da man allgemein davon ausging, kein Planet könne zwischen zwei so nahe beieinander stehenden Sternen eine stabile Kreisbahn beibehalten.

In den darauf folgenden Jahrzehnten hatte eine neue Astronomengeneration Flüssigvakuumteleskope auf der Rückseite des Mondes eingesetzt und im Alpha Centauri-System drei weitere Planeten entdeckt. Einer, der die ungefähre Größe des Merkur hatte, beschrieb eine exzentrische Kreisbahn um Alpha Centauri A. Die beiden anderen – erdgroßen – Planeten belegten miteinander verflochtene Kreisbahnen um Alpha Centauri B, in einer Region, die grob der entsprach, die Mars und Venus im irdischen Sonnensystem einnahmen. Auch Orbitalmuster dieser Art hatte man zuvor natürlich für unmöglich gehalten. Die Kartographierung des Alpha Centauri-Systems machte aus dem Astronomenberuf etwas Faszinierendes.

Vom Mond aus vorgenommene spektroskopische Interferometrieanalysen der fünf Centauri-Planeten bestätigten schließlich, daß einer der beiden erdgroßen Planeten eine starke Sauerstoffabsorptionslinie zeigte. Da Größe und Masse dieser Welt nur einen Bruchteil höher waren als die der Erde, und demgemäß auch die Schwerkraft, und da Sauerstoff so leicht ist, daß es sich innerhalb weniger tausend Jahre unter irdischen Schwerkraftbedingungen auflöst, konnte die starke Sauerstoffkonzentration in der planetaren Atmosphäre nur zweierlei bedeuten: Entweder fand auf der planetaren Oberfläche eine völlig neue chemische Reaktion statt, die den Sauerstoffvorrat laufend ergänzte …

… oder es gab dort Leben.

Diese Nachricht elektrisierte die Welt. Im Solsystem hatte sich das Leben nur auf der Erde erfolgreich behauptet. Der Mars hatte bloß ein Versprechen gezeigt. Die aus seinen uralten Meeresbetten ausgegrabenen Mikrofossilien hatten die Existenz von Frühformen von Plankton und Archäobakterien gezeigt – den Formen verdächtig ähnlich, die sich auf der Erde entwickelt hatten. Mehrere Gelehrte nahmen an, irgend etwas anderes als katastrophale Meteoriteneinschläge, die auf Erde und Mars das Leben gesät hatten, sei dafür verantwortlich gewesen.

Als das neue Jahrhundert voranschritt, hatte man unbemannte Sonden ins Alpha Centauri-System geschickt. Die meisten hatten das gleiche Schicksal erliten wie die der enttäuschenden Nomad-Reihe um die Jahrhundertwende, die rasch und unerklärlicherweise versagt hatten, nachdem sie über die Grenzen des irdischen Sonnensystems hinausgeflogen waren. Die Entwicklung effektiver Vektorimpulstriebwerke hatte unausweichlich zur zweiten und dritten Sondengeneration geführt. Auch diese hatte man bei erheblichen Bruchteilen der Lichtgeschwindigkeit in Richtung Centauri und zu anderen nahen Sonnensystemen geschickt. Obwohl einige Sonden der neuen Reihe ebenso unerklärlich versagt hatten oder verschwunden waren, waren Dutzende erfolgreich gewesen, an fremden Welten vorbeigerast und hatten relativistisch gedämpfte Daten zur Erde zurückgefunkt.

2030, bei Cochranes Geburt, wußte die Wissenschaft genau, daß auf Centauri B II ein voll entwickeltes, sich selbst regulierendes Ökosystem vom Erdtyp blühte und gedieh. Man war sich dermaßen sicher, daß man bemannte Expeditionen ausschickte. Doch weitere Fälle geheimnisvollen Scheiterns, die im tragischen Verlust der Telemetrie des NASA-Schiffes *Charybdis* kulminierten, brachten ein Ende der ersten Versuche menschlicher Erforschung extrasolarer Systeme. Einige Kommentatoren, die auf Verschwörungstheorien standen, rückten gar mit der Idee heraus, Khan Noonian Singh und seine Anhänger seien nicht in einem seit langem verschollenen Schläferschiff eingefroren, sondern pirschten durch das äußere Sonnensystem und jagten Raumsonden in die Luft, um die genetisch minderwertigen Eroberer auf ihrem Heimatplaneten festzuhalten.

Was auch der Grund für die Anfangsschwierigkeiten der Erde in Sachen fortgeschrittener Weltraumforschung gewesen sein mochte – als sich die politischen Spannungen in der Mitte des 21. Jahrhundert verschlimmerten, war an die Finanzierung rein naturwissenschaftlicher Unternehmungen immer weniger zu denken. Wie so oft in der Geschichte der Menschheit, äußerte Brack in Cochranes Anwesenheit, werde sich die Menschheit trotz der offensichtlich anstehenden potentiellen Belohnung von Zusammenarbeit und Forschung wieder sich selbst zuwenden, engstirnig, mißtrauisch und vergeßlich dem Bedürfnis gegenüber werden, sich hinter dem nächsten Hügel umzuschauen.

Wenn Brack über die ständige Wiederholung im menschlichen Versagen sprach, war ständig eine Art Müdigkeit in seiner Stimme. Cochrane entdeckte sie auch bei dieser Gelegenheit.

»Ich weiß, was die Taster sagen«, fuhr Brack ungeduldig fort. »Ich habe die Simulationen gesehen und die Berichte und Spekulationen gelesen.« Er machte eine abwehrende Geste. Er war ein Mensch, der nur Ergebnisse haben wollte. »Aber ich bin zu dir rausgekommen, Zefram, um dich zu fragen, wie Alpha Centauri B II auf dich *wirkt*. Wie hat sich der Planet *angefühlt?*« Er streckte beide Hände aus, als wolle er Cochrane anflehen. »Ich weiß, wieviel Prozent Sauerstoff die Atmosphäre enthält. Aber wie hat die Luft des Planeten *geschmeckt?* Glaubst du, ein Mensch könnte dort leben und diese Welt seine *Heimat* nennen?«

Cochrane erinnerte sich erneut an den würzigen Geruch der Luft: verdorrt, staubig, aber vom Duft des Lebens erfüllt. Jetzt, im nachhinein, wußte er, daß es dämlich von ihm gewesen war, die Sauerstoffmaske abzunehmen, auch wenn er sich nur ein paar Minuten erlaubt hatte. Die Computeranalyse hatte gezeigt, daß das Ökosystem von Centauri B II auf DNS mit der gleichen Bandbreite von Aminosäuren basierte – mehr Wasser auf die Mühlen jener, die glaubten, Erde und Mars seien mit Vorbedacht besamt worden. Es gab keine Möglichkeit herauszukriegen, welchen Bakterien und Viren er ausgeliefert gewesen war, als er die Luft in seine Lunge gesaugt hatte. Kein Mensch hatte sie vor ihm gekostet. Doch hatte er – abgesehen von zwei

Tagen Ärger mit seinen Nebenhöhlen und leichtem Stechen in den Augenwinkeln keine üblen Auswirkungen gespürt. Vielleicht hatte er Glück gehabt. Oder vielleicht sollte die Menschheit unbelastet zu anderen Welten gehen.

»Ja«, erwiderte er und vergaß die Zahlen und Taster. »Es gibt da ein halbes Jahr keine Nacht, aber es ist ein Ort, an dem Menschen leben können – mit nicht mehr Entbehrungen als in den äquatorialen Wüstenregionen der Erde.«

»Gut«, sagte Brack. Er zwinkerte Cochrane zu. »Du kennst doch das Gesetz des Ausgleichs?«

Cochrane wußte, daß das Gesetz ein oft mißverstandenes wissenschaftliches Prinzip war, das sich für Laien meist nur als »Es ist doch überall gleich« übersetzte. Verhielt sich die Chemie auf der Erde auf bestimmte Weise, so suggerierte das Gesetz des Ausgleichs, verhielt sie sich auch auf einem Planeten so, der tausend Lichtjahre entfernt war, oder auf der Erde, eine Milliarde Jahre in der Vergangenheit. Cochrane wußte, worauf Brack hinauswollte.

»Wenn das erste Sonnensystem, das man besucht und erforscht, über einen erdähnlichen Planeten verfügt, glaubt man, in der Galaxis müßte es nur so von erdähnlichen Planeten wimmeln.«

Brack nickte. »Und die Menschen sind wie Pusteblumen, die der Wind vor sich herträgt – sie werden alle bevölkern.«

Cochrane lächelte über den grandiosen Traum seines Freundes. »Weißt du, wie lange es dauert, auch nur eine Kolonie in einem anderen Sonnensystem aufzubauen – selbst *mit* Hyperantrieb? Weißt du, wieviel es kosten würde?«

Als Brack antwortete, lächelte er nicht. »Eine Milliarde Eurodollar.« Er hob die Finger einer Hand und knickte den Daumen ein. »Vier Jahre.«

Cochrane musterte den Industriellen, der nun die

Arme ausbreitete, um alles sie Umgebende zu umfassen. »Denk drüber nach, Zefram. Eine Kolonie dieser Art. Erst mal die Fusionsgeneratoren. Dann Krankenhäuser, Bibliotheken, automatische Fabriken. Drohnenbergwerke. Auch eine Plattform in der Kreisbahn, für die Kartographierung, die Kommunikation, die Schiffsinstandhaltung und Reparaturen. Während wir uns hier unterhalten, lasse ich auf dem Mond die Modulkomponenten zusammensetzen.«

Cochrane war über diese Nachricht überrascht. Auch über Bracks Kühnheit. »Du warst dir sicher, daß ich Erfolg haben würde?«

»Wenn du so lange im Geschäft wärst wie ich, wüßtest du, wie man Sieger auswählt.«

Cochrane kniff die Augen zusammen. Er hätte Brack am liebsten gefragt, *wie lange* er schon im Geschäft war, aber er wußte aus Erfahrung, daß auch dies zu den Themen gehörte, über die sein Freund nicht gern sprach. Aber er hatte noch andere Fragen. »Warum so eilig, Micah?«

Brack überdachte seine Antwort. Er spitzte die Lippen, schaute zur Kuppel hinauf und konzentrierte sich auf etwas, das nur seine Augen sehen konnten. »Im Jahr 1838 überquerte der britische Dampfer *Great Western* den Atlantik – von Bristol nach New York. In fünfzehn Tagen.« Er schaute Cochrane wieder an. Cochrane zuckte die Achseln. Er sah keinen Zusammenhang. »Er war das erste gänzlich dampfbetriebene Schiff, daß diese Reise machte. Ein anderes Schiff kam am gleichen Tag an, aber es hatte von London aus neunzehn Tage gebraucht. Zwar konnten die großen Klipper, wenn der Wind richtig wehte, die Überfahrt schneller machen, aber die *Great Western* war von Wind und Wetter unabhängig. Es war die Technik. Zuverlässig. Wiederholbar. In fünfzehn Tagen von London nach New York. Eine Reise, für die man früher Monate brauchte.«

Cochrane wartete. »Ich spüre, daß sich da eine Analogie aufbaut.«

Brack rieb seine Schläfen. Als sei er in einer Erinnerung gefangen, statt erlernte Fakten zu rezitieren. »Weißt du, was die amerikanischen Zeitungen – sie waren die Datendienste dieser Zeit – geschrieben haben?«

»Da bin ich überfragt.«

Brack zitierte. »Die kommerziellen, moralischen und politischen Auswirkungen des zunehmenden Verkehrs zwischen Europa und unserem Land müssen gewaltig sein.«

»Und da hatten sie recht, was?« fragte Cochrane.

Bracks Blick brannte sich in den seinen. »Außerdem hieß es, Krieg sei fortan aufgrund der Expansion des Geschäftslebens, der raschen Verbreitung von Informationen und der daraus resultierenden Abnahme von Vorurteilen ein Ding der Unmöglichkeit.«

Cochrane zuckte die Achseln. »Die Zeiten waren halt einfacher.«

»Nein«, sagte Brack nachdrücklich. »Es hat nie einfachere Zeiten gegeben. Nie. In der gesamten Geschichte der Menschheit war immer alles so verzwickt wie jetzt. Die Menschen ändern sich. Die Technik ändert sich. Aber die … wirkenden Kräfte, welche dies auch sind, die uns dazu treiben, menschlich zu *sein,* sind immer die gleichen.«

Brack warf einen Blick auf das Heim des Gouverneurs. Das Quartett spielte noch immer. Cochrane hörte das leise Gelächter, das sich mit der Musik mischte – eine Cocktailparty auf Titan. Er fragte sich, was die Presseagenturen vor 230 Jahren davon gehalten hätten.

»1838«, fuhr Brack fort. »In diesem Jahr haben die Buren in Natal dreitausend Zulus abgeschlachtet. Britische Truppen fielen in Afghanistan ein. 1839: Osmanische Truppen fallen in Syrien ein. Großbritannien und China beginnen den Opiumkrieg. 1840: der Vertrag von

London eint Großbritannien, Österreich, Preußen und Rußland gegen Ägypten. Die Dampfschiffe haben nur eins bewirkt: Sie haben die Truppen noch schneller in die Schlacht gebracht. Und das wird *niemals* enden, Zefram.«

Cochrane glaubte zu verstehen, worauf sein Freund mit diesem Argument hinauswollte. »Du sorgst dich um das, was auf der Erde vor sich geht, nicht wahr? Colonel Green. Die Optimum-Bewegung.«

Doch Brack fuhr fort, als hätte er ihn nicht gehört. »Ein Jahrhundert später – 1944: der *Zweite* Weltkrieg.« Er schlug den Blick spöttisch zum Himmel. »Wir haben tatsächlich angefangen, sie zu numerieren. Und dann kam das Fernsehen. Weißt du, was die Presse darüber geschrieben hat?«

»Erzähl's mir.«

»Genau das, was sie auch übers Dampfschiff geschrieben haben!« Brack hob eine Hand vor seine Augen, als erinnere er sich an irgend etwas, das er gelesen hatte. Oder gehört. »Das Fernsehen bietet die solideste Basis für den noch darzustellenden Weltfrieden. Das internationale Fernsehen wird die Völker der Welt in gegenseitigem Respekt verbinden.« Brack rieb sich über die Augen, als überkäme ihn eine plötzliche Woge von Erschöpfung, nicht nur Müdigkeit. »Das Fernsehen! Und nach Korea, Vietnam, Afghanistan, Afrika, Khan und Antarktika war der Krieg *noch immer* bei uns. Und das Fernsehen …« Brack schnaubte geringschätzig. »Es ist mindestens zwanzig Jahre her, seit es irgend etwas von internationalem Niveau gesendet hat. Es ist tot. Dampfer sind Kuriositäten für Sammler. Aber die Menschen sind noch immer Menschen.«

Hinter dem überkuppelten Platz endete das Konzert. Cochrane vernahm höflichen Applaus. Wie Brack schon gesagt hatte – man würde den Ehrengast bald vermissen.

»Worauf willst du hinaus, Micah?«

»Man wird über das, was du gemacht hast, das gleiche sagen.«

»Daß der Fluktuationshyperantrieb dem Krieg ein Ende machen wird?«

Bracks ironisches Grinsen trug nicht dazu bei, seinen grimmigen Ton herzlicher zu machen. »Ich verspreche dir – es wird bis zum Wochenende der Hauptkommentar von hundert Nachrichtendiensten sein.«

»Tja, warum auch nicht?« fragte Cochrane. »Kriege werden doch schließlich um Rohstoffe geführt, und der Hyperantrieb öffnet uns die Galaxis. Jetzt haben wir Rohstoffe ohne Ende.«

Cochranes Blick folgte dem Bracks, der auf das Heim des Gouverneurs fiel. An den Fenstern waren Schatten zu sehen. Menschen schauten hinaus, bemühten sich, den Mann zu finden, dem diese Stunde galt. Den Mann des Jahrhunderts.

»Kriege werden geführt, weil Menschen so was machen«, sagte Brack. »Rohstoffe sind nur eine Entschuldigung dafür.«

In Cochrane stieg allmählich Frust empor. Normalerweise hatte er nichts gegen einen philosophischen Plausch mit Brack. Der Industrielle konnte reden, als hätte Zeit keine Bedeutung für ihn. Doch Cochrane würde gleich wieder ins Heim des Gouverneurs zurückgeholt werden. Wer wußte schon, wann er wieder mal fünf Minuten für sich allein hatte?

»Micah, der Hyperantrieb hat keinen militärischen Wert, falls du dir darüber Sorgen machst. Man kann ihn nicht mal hier am Saturn einsetzen, ohne Ärger mit der Sonnenschwerkraft zu kriegen. Auf der Erde läuft er nicht mal eine Nanosekunde, ohne sich selbst zu vernichten. Erinnerst du dich noch an Kashishowa?«

Bracks Miene verhärtete sich. »Ich weiß, daß er keinen militärischen Wert hat, ungeachtet des kleinen *Unfalls* an der Kashishowa-Station. Ich hätte deine Arbeit nie finanziert, wenn ich anders dächte. Aber ungeachtet dessen, was die Kommentatoren über die vor uns liegenden Monate sagen: Der Hyperantrieb erfüllt auch keine *friedliche* Funktion. Er ist Technik, Zefram. Neutral. Er ist nur das, was die Menschen aus ihm machen.«

Endlich sah Cochrane die Frage, die er stellen mußte. »Und was sollen wir aus ihm machen?«

»Eine Versicherungspolice.«

Cochrane verstand nicht.

»Der Krieg wird nicht enden, Zefram. Dafür sorgt der Hyperantrieb nicht. Materieduplikation und Teleportation werden auch nicht dafür sorgen. Nichts auf den tausend Zeichenbrettern, die ich gesehen haben, wird dafür sorgen. Aber *eins* macht der Hyperantrieb bestimmt. Er sorgt dafür, daß sich die Menschheit im nächsten Krieg nicht ausrottet.«

»Es gibt keinen *nächsten Krieg*. Die NUNO ...«

»... ist ein Witz. Es gibt *immer* einen nächsten Krieg. Und jeder nächste Krieg bringt grausamere Waffen. Und je grausamer die Waffen, desto grausamer die Leute, die sie einsetzen.« Brack trat näher an Cochrane heran. Eine Frau stand in der offenen Tür des Gouverneursheims und schwenkte die Arme, als wolle sie Cochrane hereinrufen. »Wir stehen zehn Jahre vor dem Dritten Weltkrieg, Zefram. Höchstens zwanzig. Die NUNO wird, wie ihre Vorgänger, zerbrechen. Und ein Dritter Weltkrieg, der mit der Technik des 21. Jahrhundert ausgefochten wird, könnte etwas sein, von dem sich die Erde nie wieder erholt.«

Cochrane runzelte die Stirn, als er endlich verstand, was Brack meinte. »Aber Centauri B II ist weit genug entfernt, um nicht hineingezogen zu werden.«

»Centauri B II und ein halbes Dutzend andere Planeten innerhalb dieses Jahrzehnts. Vielleicht zwanzig, in noch mal der gleichen Zeit.«

Cochrane schenkte seinem Freund einen skeptischen Blick. »Nicht mal du kannst dir leisten, zwanzig Milliarden Eurodollar für zwanzig extrasolare Kolonien auszugeben.«

»Richtig. Aber ich kann mit vieren oder fünfen anfangen. Wenn meine Konkurrenten sehen, was ich mache, nehmen sie an, daß ich einen Gewinn darin sehe. Dann steigen sie ein und werden versuchen, mich in meinem eigenen Spiel zu schlagen. Sie werden Konsortien gründen. Anteile verkaufen. Sie werden jeden Sondenschlitten und Impulsfrachter mit einem Hyperantrieb ausrüsten und die umliegenden Systeme mit Forschern überfluten … Und ich habe die Absicht, ihnen die Patente zu schenken, damit sie es tun können.«

Cochrane erstickte fast. »Die Patente *verschenken?* Nach allem, was du ausgegeben hast, um sie zu entwickeln?«

Brack schlug ihm auf die Schulter. »Du hast die Raumfahrt schnell gemacht. Laß sie mich nun preiswerter machen. Vertrau mir, mein Freund. Wenn ich damit fertig bin, deine Erfindung zu verschenken, wird man Planeten nach dir benennen. Und wenn irgendeiner meiner Konkurrenten erst mal in Erfahrung gebracht hat, daß ich mein Geld in die Kolonien stecke, ohne daß es irgendwie zu mir zurückkommt, ist es zu spät. Dann ist längst eine ganze Industrie entstanden, die auf der Weltraumforschung basiert.« Brack kniff die Augen zusammen und wurde wieder ernst. »Eine Industrie, die in der Lage ist, den Zusammenbruch der Erde zu überleben.«

»Du willst damit sagen, daß die gesamte Geschichte der Menschheit nur ein Wettlauf ist, nicht wahr?« fragte Cochrane. »Daß wir immer nur vor unseren schlimmsten Instinkten davongelaufen sind, und daß es immer so bleibt.«

Brack musterte ihn mit einem Blick, den er nur zu gut kannte. Eine Überraschung stand an, aber keine erfreuliche. »Zefram, vor zwei Stunden hat Colonel Adrik Thorsen die Erde verlassen. Er kommt her. Um dich kennenzulernen.«

Cochrane empfand eine Kälte, die nichts mit der kalten Luft Titans zu tun hatte. Thorsen gehörte zu Colonel Greens Kader. Gerüchten zufolge hatte er in Stockholm mit Impuls-Emittern, die man gegen gepanzerte Infanterie einsetzte, eine Anti-Hunger-Demonstration gesprengt. Die Zivilisten, die an der Demonstration teilgenommen hatten, waren freilich nicht gepanzert gewesen. Hunderte waren umgekommen, Tausende geschädigt worden; ihre synaptischen Verbindungen waren auf molekularer Ebene getrennt.

Dann hatte Thorsen sich im Streben nach Perfektion mit der Optimum-Bewegung zusammengetan. Perfektion war das, was Colonel Green und seine zahllosen analytischen Komitees darunter verstanden. Wenn eine Sache, ein Mensch oder eine Gruppe von Menschen nicht perfekt war, hatte diese Sache, dieser Mensch oder diese Gruppe kein Lebensrecht.

Cochrane verstand Bracks Worte über geschichtliche Wiederholungen. Die eiskalten effektiven Bürokraten der Greenschen Analysekomitees, das scharf umrissene Emblem der miteinander verbundenen OB-Dreiecke, all dies war nur eine neue Verpackung für eine alte, gefährliche Ideologie, die man schon vor über einem Jahrhundert auf die Müllkippe hätte befördern sollen.

»Ich hatte bisher nichts mit dem Optimum zu tun«, sagte Cochrane. »Warum will er mich kennenlernen?«

»Mach dir nichts vor. Er will *dein Schiff* kennenlernen.«

»*Unser* Schiff.«

»Es geht ihm darum, es zu *seinem* zu machen.«

Die Antwort schien für Cochrane offensichtlich zu sein: »Aber das lassen wir nicht zu.«

Brack seufzte. »Während deiner Abwesenheit hat es große Veränderungen gegeben, Zefram. Die Optimum-Bewegung hat ihren Einfluß ausgeweitet. Und zwar schnell. Es gibt einige Nationen auf der Erde, denen es nicht gefällt, wie die Dinge laufen. Sie klammern sich an die Illusionen, die der Optimum-Orden ihnen anbietet, und ignorieren den Preis, den sie dafür zahlen müssen.«

»Tja«, sagte Cochrane, und sein Verstand arbeitete schnell, »wenn Thorsen vor zwei Stunden aufgebrochen ist, haben wir noch ein paar Tage, bis er hier ankommt. Wir können morgen etwas austüfteln.«

»Colonel Thorsen wird Titan in neun Stunden erreichen.«

Cochrane riß die Augen auf. In welchem Fahrzeug Thorsen auch unterwegs war, es mußte fast fünf Prozent Lichtgeschwindigkeit erreichen. Zwar konnte ein Impulstriebwerk ein Raumfahrzeug in weniger als einer Stunde auf diese Geschwindigkeit bringen, doch hätte die hohe Beschleunigung jedes Lebewesen an Bord ans nächste Schott gedrückt und in eine dünne organische Paste verwandelt. Sicher, es gab spezielle Impulsschiffe, die dazu konstruiert waren, auch bei Multi-G-Beschleunigung mit Menschen an Bord zu operieren – sie dienten militärischen oder Rettungsmissionen –, aber sie erforderten, daß die Piloten in flüssigkeitsgefüllten Kommandokapseln hingen und eine sauerstoffreiche Salzlösung ›einatmeten‹, um ihre Lunge vor dem Zerquetschtwerden zu bewahren. Bemannte Schiffe konnten, ohne ihre Lebendfracht zu verletzen, die Lichtgeschwindigkeit nur erreichen, wenn sie *schrittweise* beschleunigten. Aber selbst bei einer der militärischen Norm entsprechenden 3-G-Beschleunigung mußte es fast fünf Tage dauern, um das Tempo aufzunehmen, mit der Thorsen sich Titan näherte.

»Was schickt er? Ein KI-Surrogat?«

»Er kommt persönlich, Zefram.«

»Aber doch nicht in neun Stunden! In dieser Jahreszeit sind wir 37 Lichtminuten von der Erde entfernt. Kein Mensch kann eine solche Impulsbeschleunigung aushalten.«

Einige Leute spazierten über den nackten Boden auf

Cochrane und Brack zu. Sie hatten nur noch eine Minute, um sich ungestört zu unterhalten.

»Wie gesagt«, sagte Brack nachdrücklich, »seit deiner Abwesenheit hat es eine Vielzahl von Veränderungen gegeben.«

Cochrane machte große Augen, als ihm klar wurde, worauf Brack anspielte. »Trägheitsdämpfer?«

Brack runzelte die Stirn. »Auch um *das* entwickeln zu lassen, habe ich in den letzten dreißig Jahren ein Vermögen ausgegeben. Aber den Durchbruch hat ausgerechnet die R und-D-Abteilung einer Simulatorkinokette geschafft.« Er schaute weg und musterte die näher kommenden Festgäste. »Aber auf der Habenseite gibt es zwischen deinem Hyperantrieb und der Trägheitskontrolle keinen Ort im Universum, an den ein Mensch nicht reisen kann.«

Cochrane fühlte sich, als hätte ihm jemand einen Tritt versetzt. Die Trägheitskontrolle legte die volle Kraft der Vektorimpulsraumfahrt in die Hände menschlicher Mannschaften und Passagiere. Man konnte das Sonnensystem in Stunden durchqueren. Ein Erde-Mond-Flug würde kaum länger dauern als eine Magnetzugfahrt von San Francisco nach New Los Angeles, wobei man mehr Zeit damit verbrachte, der Erdatmosphäre zu entkommen als bei den nachfolgenden 380 000 Fahrtkilometern durch das Vakuum. Und Adrik Thorsen, das Optimum, setzte diese Technik schon ein.

Ein Teil Cochranes wünschte sich, mehr über die Trägheitsdämpfer zu wissen. Das Gerät konnte ihm vielleicht, wenn es real war, dabei helfen, einige technische Mängel des Hyperantriebs zu beseitigen. Aber im Moment waren ihm menschliche Mängel wichtiger. »Immerhin hast du gerade von der menschlichen Natur gesprochen. Wollen wir wirklich, daß sich das Optimum im Universum ausbreitet?«

Brack schüttelte den Kopf. »Das Optimum ist nicht am Universum interessiert. Es interessiert sich für Herrschaft. Und wie können diese Leute herrschen, wenn der Hyperantrieb ihre potentiellen Untertanen außerhalb ihres Einflußbereichs bringen kann?« Die Festgäste hatten sie nun fast erreicht. »Ich nehme an, Thorsen kommt her, um zu sehen, ob er deine Erfindung *unterdrücken* kann.«

Cochrane ballte die Fäuste. Allein im All war es leicht, sich einzureden, daß die Wissenschaft so rein war wie die Zahlen, die auf einem Bildschirm leuchteten. Aber wenn man sich wieder unter Menschen befand, wurde man daran erinnert, wie unglaublich dieses Ideal war. Solange die Menschen die Klarheit nicht sahen, in der das Universum vor ihnen lag, gab es immer jemanden, der seine Wahrheiten verschleiern und verdrehen wollte, um häßliche politische und philosophische Ziele zu erreichen. Cochrane sah, daß Brack das zunehmende Gefühl des Grolls und der Verärgerung in seinem Inneren las.

»Keine Sorge«, sagte Brack. »Es besteht keine Chance, daß er irgend etwas unterdrücken kann. Vergiß nicht, daß ich die Patente verschenken will. Sobald du eine Systembewertung überspielst, die ich als Technikbeilage einschließen kann, sende ich deine Planungstheorien, Pläne und dein Produktionslogbuch durchs ganze System. Bis Thorsen hier ist, sind die Informationen schon auf dem Weg zu den inneren Planeten. Wenn die Leitartikler anfangen, das Ende aller Kriege zu verkünden, haben Millionen Menschen Zugriff auf deine Arbeit. Dann ist der Dschinn sozusagen aus der Flasche und wird nie wieder zurückschlüpfen.«

Cochrane fühlte sich überwältigt. Nach der langen Zeit des Alleinseins hatten sich seine Emotionen verfeinert. Obwohl er es noch nie jemandem gebeichtet hatte – er hatte es sogar unter Schmerzen abgestritten –, hatte er *wirklich* einen wissenschaftlichen Triumph erwartet. Er hatte besonders die Entschuldigungen jener Leute hören wollen, die sein Werk vor Jahren verspottet hatten. »Ich wollte es eigentlich auf die übliche Weise bekanntgeben«, sagte er zögernd. »Bei den Kollegen. Mit einer Pressekonferenz. So was in der Art. Ich … weiß nicht, was ich sagen soll, Micah.«

»Deswegen bin ich da, mein Freund. Ich weiß es. Jetzt ist nicht die Zeit, Dinge normal zu tun. Ich möchte, daß die Menschheit aus diesem System hinausfegt, wie bei einem Dammbruch.«

Cochrane wollte es ebenso. Mehr als je zuvor. Mehr als alles andere. »Und was machen wir mit Thorsen?«

Bracks Stimme wurde leiser, denn die sich nähernden Partygäste waren nun in Hörweite. »Überlaß Thorsen mir. In zwei Stunden ist meine Jacht in der Shuttlebucht IV startklar. Sie bringt dich zur *Bonaventure* zurück. Momentan ist ein Schlepper bei ihr oben, um sie zu versorgen.« Brack wandte sich plötzlich den Gästen zu und hob die Hände. »Meine Damen und Herren, ich bitte um Nachsicht. Sie kriegen ihn gleich zurück.« Er legte einen Arm um Cochranes Schulter und geleitete ihn fort, weg vom aufgeregten und leicht verärgerten Summen des Gesprächs, das hinter ihnen lauter wurde.

Cochrane empfand Verärgerung, als er sich vorstellte, daß fremde Hände mit seinem Schiff beschäftigt waren. »Micah, bitte … Die Antimateriefeldbehälter sind noch immer eine heikle Sache. Und ich muß *unbedingt* noch etwas am Lithiumumwandler machen. Er läuft nur mit zwanzig Prozent seiner …« Doch Brack fiel ihm ins Wort.

»Dafür haben wir jetzt keine Zeit, Zefram. Steck's in dein Technikabrufprogramm. Es geht nun darum: Ich möchte, daß du gehst, sobald die *Bonaventure* wieder Treibstoff geladen und neu verproviantiert worden ist.«

Cochrane blieb stehen. Er wußte sofort, daß Brack nicht Titan oder irgend einen Ort in der Nähe des Saturn meinte. »Ich soll das System verlassen?«

Brack nickte. Seine Miene war grimmig, als er hörte,

daß die Partygäste ihnen folgten. »Genau. So weit, daß du den Hyperantrieb wieder einsetzen kannst.«

Cochrane verzog das Gesicht. Er würde zwei Wochen brauchen, um sich so weit vom Gravitationsquell der Sonne zu entfernen. Schon wieder zwei Wochen allein im All.

»Nicht für lange«, fügte Brack hinzu, der seine unausgesprochene Reaktion wohl witterte. »Nur so lange, bis die militärischen Netze deine Spur verlieren. Wenn Thorsen hier ankommt und feststellt, daß du weg bist, wird man *wirklich* nach dir suchen.«

»Und was dann?« fragte Cochrane.

Brack erläuterte ihm schnell den Flugplan. Er wies ihn an, genau gegenüber der derzeitigen Saturnposition wieder ins Sonnensystem einzutreten, wie ein Oort-Frachter bei einer Langsturz-Passage hereinzukommen und sich mit dem Asteroiden RG-1522 zu treffen. »Ich hab' da eine Fabrikation«, erklärte er. »Du kannst gleich mit der zweiten Hyperantriebsgeneration anfangen. Bring die Felder bis zum Volumen eines Frachters hoch.«

»Und da bin ich vor Thorsen sicher?«

»Ich will ehrlich sein«, sagte Brack. »Thorsen ist nur eine Marionette. Ich möchte dich vor dem Optimum in Sicherheit wissen.«

»Wann wird das sein?«

»Sobald sie erkennen, daß jeder, der ein paar hunderttausend Eurodollar hat, ein schon existierendes Raumfahrzeug so umbauen kann, daß es überlichtschnell fliegt. Und daß jeder, der ein paar hundert Eurodollar hat, auf ihm eine Reise buchen kann. Wenn Colonel Green und seine Kohorten erkennen, daß sie die Ausbreitung des Hyperantriebs nicht unterbinden können, werden sie, bevor sie ihre Niederlage eingestehen, das Interesse verlieren.«

Direkt hinter ihnen wurden Schritte hörbar. Scheltende Stimmen sagten Brack, er habe Cochrane lange genug für sich allein gehabt.

»Komm mit, Micah«, sagte Cochrane, als wären sie noch immer allein. »Schau dir an, was ich gesehen habe.«

Brack lächelte, auch wenn er keine Hintergedanken hatte. »Bald, aber nicht jetzt.« Er deutete auf den sie umgebenden Boden. »Ich muß hier noch eine Menge Arbeit tun, bevor ich ...« Er deutete auf die Kuppel und das, was sich über ihr befand. »... nach draußen gehen kann.«

»Was ist das für eine Arbeit?«

Bracks Müdigkeit schien plötzlich verschwunden. »Ich möchte Gras hier wachsen sehen, Zefram. Eine Milliarde Kilometer von dort entfernt, wo es sich entwickelt hat.« Er tätschelte Cochranes Arm, und es war fast so, als verabschiede er sich von ihm. »Und dann möchte ich einen Feigenbaum pflanzen.«

Jemand reichte Cochrane ein Getränk. Er spürte Hände auf seinen Armen und seinem Rücken. Gespräche, ein Dutzend Fragen umflogen ihn. Doch er schaute zu Brack hinüber und sagte: »Einen Feigenbaum?«

Brack wirkte fast verlegen, als die Menge sich zwischen Cochrane und ihn schob und sie trennte. »Er brachte Buddha die Erleuchtung«, erwiderte er. »Er erinnert mich an mein Zuhause.« Er preßte eine Hand auf sein Herz. »Darauf hat ein Mann Anspruch.«

Brack nickte kurz, dann trat er mit einem Ausdruck von Endgültigkeit beiseite, und die Menge schleppte Cochrane im Triumphzug mit, als hätte er ihn in die Strömung der Historie geworfen und müßte selbst doch für alle Zeiten am Ufer bleiben.

Während der langen Stunden dieser Nacht dachte Cochrane über alles nach, was Brack ihm erzählt hatte, bis er an der Luftschleuse des Fährenhangars IV stand. Und an Colonel Thorsen, der mit einer Technik, die es vor einem Jahr noch nicht gegeben hatte, auf ihn zuraste. Aber hauptsächlich dachte er über Bracks letzte Worte nach.

Was konnte man sich mehr wünschen als eine Heimat? Und was war der Zweck seiner Arbeit, wenn nicht der, das ganze Universum zur Heimat der Menschheit zu machen?

Der Gedanke an ein Zuhause rief Erinnerungen an ein kleines Haus bei London in ihm wach, in dem er und seine Eltern während ihrer letzten Stellung gewohnt hatten. Er hatte ein paar Tage nach seinem elften Geburtstag im Garten gesessen, mit einem einfachen Kunststoff-Zauberstab und einer Wanne voller Seifenlauge gespielt und schillernde Blasen in die Luft aufsteigen lassen. Die Farben hatten ihn an diesem Tag hypnotisiert, und ebenso die Reflexionen in den Reflexionen, wenn sich eine Blase in der anderen bildete. Aus irgendeinem Grund, den er noch immer nicht verstand, hatte sein geistiges Auge plötzlich das Abbild einer anderen Blasenart beschworen, die sich um eine andere drehte, so daß beide in einem Sonstwo, das sein junger Geist zwar beschreiben, aber nicht *sehen* konnte, zerplatzten.

Cochrane hatte zwanzig Jahre gebraucht, um sich von diesem Augenblick der Intuition nach hinten zu arbeiten und die Technik zu erschaffen, die das vermochte, was er so deutlich gesehen hatte. Und all das nur, weil er unter einem Baum gesessen hatte.

Dann, als Bracks Jacht von den Winden des Titan hin und her geworfen und angehoben wurde, dachte er an große Feigenbäume. Als die Wolken hinter ihm lagen, schaute er aus einem Bullauge und erblickte einen fernen Stern, der zwar heller als die anderen, aber dennoch ein Stern war. Irgendwo in seiner Nähe, zu klein, um gesehen zu werden, lag die Heimat aller Seifenblasen und Feigenbäume. Cochranes Heimat. Der Planet Erde. Es sollte siebzehn Jahre dauern, bis er zu ihm zurückkehrte, und er sollte Micah Brack nie wiedersehen.

Das uralte Wettrennen des Menschenvolkes, um seinen schlimmsten Attributen zu entfliehen, ging weiter, doch am heutigen Tag war, im Gegensatz zu jedem anderen in der Geschichte der Menschheit, das Ende des Rennens in Sicht. Und obwohl er noch nicht ganz seine Position in dem errungen hatte, was sich entwickeln würde, lag es nun an Zefram Cochrane, ihr den Weg zu weisen.

## 2
## *USS* Enterprise *NCC-1701* *unterwegs nach Babel*

Sternzeit: 3849.8 · Terrestrische Zeit: November 2267

Kirk wußte: Nun mußte er sich dem Unvermeidlichen stellen. Er hatte keine Zeit, Risiken zu kalkulieren, Strategien zu entwickeln oder gar die Regeln zu ändern. Er mußte zur Tat schreiten, und zwar *jetzt.*

Seine Gegenspieler musterten ihn, ihre Gedanken waren ihm verborgen. Er hörte nur das schwache Summen der Ventilatoren und die leisen Seufzer des Schiffes, das nun schlief, denn es war Nachtschicht. Alle Blicke ruhten auf seiner Hand.

Er warf fünf Zungenspatel auf den Stapel, der auf dem schimmernden Gewebe des medizinischen Diagnosebettes lag, und sagte mit der amtlichsten Stimme, die er aufsetzen konnte: »Ich möchte sehen.«

Sarek von Vulkan, Sohn des Skon und Enkel des Solkar, drehte seine Karten um, ohne eine Miene zu verziehen.

Kirks Gesichtszüge entgleisten, als er das Blatt des Botschafters musterte.

Ein Sechserpaar.

Kirk richtete sich in dem Stuhl auf, den er neben dem Bett des Botschafters im Lazarett der *Enterprise* hatte aufstellen lassen. »Sie haben geblufft«, sagte er.

Sarek blinzelte. Er schaute zu Spock hinüber, der friedlich auf einem anderen Stuhl saß. Er trug einen blauen medizinischen Overall und eine schwarze Jacke, als bildeten sie eine normale Uniform. »Das ist doch die Natur dieses Spiels, oder nicht?« fragte Sarek.

Spock nickte ernst. »So ist es.«

Kirk gefiel der Klang von Spocks Stimme nicht. Hier stimmte etwas nicht. »Ich habe gedacht, Vulkanier können nicht lügen, Spock.«

»Wir sind dazu fähig«, erwiderte Spock. »Nur tun wir es eben nicht gern. Jedenfalls meistens.«

Kirk kniff die Augen zusammen und musterte Sarek. »Aber ist ein Bluff nicht eine Form der Lüge?«

Sareks Ausdruck blieb zwar mild, doch Kirk war sicher, daß sich in ihm etwas verändert hatte. Je mehr Zeit er in Spocks Gesellschaft verbrachte, desto mehr war er davon überzeugt, daß Vulkanier ebenso schummelten wie Menschen, daß sie nur ihre Gesichtszüge einfach besser unter Kontrolle hatten.

»In diesem Fall, Captain, ist ein Bluff eine erwartete Spielstrategie. Man wird sogar dazu *ermutigt.* Deswegen folge ich, wenn ich auf eine Weise setze, die dem tatsächlichen Wert meiner Karten nicht entspricht, nur der wahren Absicht des Spiels, was demnach auch nicht falsch sein kann.«

Spock nickte sinnierend. »Sehr gut gesagt, Vater.«

Sarek lehnte sich in sein Kissen zurück. »Ich danke dir, mein Sohn.«

Kirk runzelte die Stirn. Vor nicht mal zwei Tagen hatte er Sarek zu seiner Gattin Amanda sagen hören, es sei unnötig, der Logik zu danken. Kirk wußte zwar nicht wieso, aber irgend etwas sagte ihm, daß er verarscht wurde. Vielleicht war es irgendeine Art Lazarettkoller, dessen die Vulkanier sich nicht erwehren konnten.

»Sie haben also nicht zum *ersten* Mal gepokert?« fragte er vorwurfsvoll. Sein Spiel war eher Schach, und er hatte Vergnügen an dem nie endenden Turnier, das er und Spock seit Ewigkeiten spielten. Doch da nun mal drei Spieler vorhanden waren, war ihm Poker als bessere Möglichkeit erschienen, sich mit seinen Mitpatienten zu beschäftigen. Doch zu seinem Verdruß war der Zungenspatelstapel auf der Decke neben Sarek der höchste.

Sarek gab seine unerträgliche Haltung nicht auf. »Meine Gattin hat es mir vor vielen Jahren beigebracht, als Spock zur Flotte gegangen war. Die Einsichten, die mir das Spiel vermittelte, erlaubten mir besondere Erfolge bei heiklen Verhandlungen mit bestimmten … Spezies.«

*Das kann ich mir vorstellen,* dachte Kirk. »Coridan wird in die Föderation aufgenommen, nicht wahr?« Er ließ es wie eine Aussage klingen. Wenn Sarek so gut verhandelte, wie er zockte, würden die anderen Delegierten der Babel-Konferenz bei ihm keine Schnitte kriegen.

»Ich werde zwar für die Aufnahme stimmen«, gab Sarek zu, »aber meine Wünsche sind in keiner Weise ein Hinweis darauf, wie die Schlußabstimmung ausgeht.«

»Da Coridan über soviel Dilithium verfügt«, fuhr Kirk fort, »kann man dem Planeten eine Aufnahme doch kaum verweigern, oder? Die Orioner waren sogar bereit, deswegen einen interplanetaren Krieg anzuzetteln.« Die Messerwunde in seinem Rücken war ein direktes Ergebnis des coridanischen Dilithiums. Orionische Schmuggler hatten sich verschworen, um zu verhindern, daß der Planet in die Föderation aufgenommen wurde, denn sie wollten weiterhin illegale Abbau- und Schmuggelunternehmen betreiben und daran profitieren, in zukünftigen Kriegen beide Seiten mit Dilithium zu versorgen.

Aber Sarek stimmte ihm nicht zu. »Es stimmt, Dilithium ist das Lebensblut jeglicher interstellaren politischen Verbindung. Ohne Dilithium könnte der Warpantrieb sein volles Potential nie erreichen. Aber laut meiner Erfahrung werden Kriege nur selten um Rohstoffe geführt. Im Augenblick sieht es vielleicht wirklich so aus, als sei die Frage der Rohstoffquellen eine gültige Entschuldigung für Feindseligkeiten, ein Ruf zum Sammeln. Aber wenn man darüber nachdenkt, basieren die meisten Konflikte unweigerlich auf Emotionen.« Sarek musterte Kirk mit festem Blick – Kirk war sich sicher, daß auch dies eine Art emotionales Zeichen war. »Womit ich nicht respektlos sein will«, schloß Sarek.

Kirk dachte über seine letzte Aussage nach, die, hätte ein anderer sie gemacht, das Gegenteil von dem bedeutet hätte, was sie meinte. Trotz der kürzlichen Herzanfälle des Botschafters und der kryogenischen Behandlung am offenen Herzen verlor Sarek seine geistige Schärfe keine Sekunde. Kirk fragte sich, ob es so etwas wie vulkanischen Humor gab. Er warf einen Blick auf Spock und bemühte sich, irgendein verborgenes Anzeichen vulkanischen Gelächters zu erspähen.

Doch Spock hob nur fragend eine Braue. »Haben Sie eine Frage, Captain?«

Kirk konnte sich nicht überwinden, das Offensichtliche zu fragen. Er wußte zwar, daß er sich mit Spock über vulkanische Emotionen unterhalten konnte, aber das Thema war ihm vielleicht zu peinlich, wenn sein Vater zugegen war. Das heißt, falls Spock so etwas wie Verlegenheit überhaupt verspüren konnte. Kirk zog den Schluß, daß es eine bessere Taktik sei, das Thema zu wechseln. »Hat Ihre Mutter Ihnen das Pokerspiel auch beigebracht?«

Spock schüttelte den Kopf. »Es war Dr. McCoy – nach unserer Begegnung mit dem Schiff aus der Ersten Föderation.«

»Eigentlich«, warf Sarek ein, »habe ich oft gedacht, das Pokerspiel könnte eine nützliche Übung für vulkanische Kinder sein, damit sie leichter lernen, ihre Emotionen zu beherrschen.«

Kirk sah seine Chance und stürzte sich darauf. »Meine Herren, es klingt, als deuteten Sie an, daß die berühmte vulkanische Zurückhaltung, Emotionen zu zeigen, auch nichts anderes als ein Riesenbluff ist. Man könnte sogar sagen, für ein Volk, das stolz darauf ist, sich vorgenommen zu haben, nie zu lügen, ist Ihr Verhalten insgesamt tatsächlich gar nichts anderes.« Kirk fühlte sich selbst stolz, er verschränkte die Arme vor der Brust.

Sarek und Spock tauschten einen Blick. Spock ergriff als erster das Wort. »Was Sie da angedeutet haben, ist nicht logisch, Captain.«

Kirk verstand nicht. »Oh doch, ist es.«

Spock wollte gerade antworten, als Sarek ihn unterbrach. »Noch hat niemand Anspruch auf den Pott erhoben, Captain. Wir müssen erst sehen, was *Sie* auf der Hand haben.«

*Verdammt,* dachte Kirk. Er hatte gehofft, daß sie es vergessen hatten. Er drehte seine Karten um. Zwei Fünfen.

»Sieht ganz so aus, als hätten auch Sie geblufft«, sagte Sarek, und in seinem Tonfall war nur ein klitzekleiner Anflug von Selbstgefälligkeit.

»Er ist ziemlich gut darin«, sagte Spock.

»Kann man wohl sagen.«

Kirk schaute vom Vater zum Sohn und erkannte, daß *sie* erfolgreich das Thema gewechselt hatten. Er schlußfolgerte: Welche Auswirkungen die beiden letzten Tage auch auf Sarek und Spock gehabt hatten – sie fingen eindeutig an, *ihm* zu schaffen zu machen.

Sarek streckte den Arm aus, um die Zungenspatel zusammenzuraffen. »Ich nehme an, die nun erforderliche kulturelle Beschwörung lautet: *Komm zu Papa.*«

»Das ist korrekt«, sagte Spock.

Als diese Worte über die Lippen des hochgeschätzten vulkanischen Diplomaten kamen, hielt Kirk sich zwar die Hand vor den Mund und gab sich alle Mühe, nicht in ein lautes Lachen auszubrechen, aber er wußte, er würde es nicht schaffen. Es platzte mit kaum unterdrückbarem Prusten aus ihm heraus. Er machte den Versuch, seine peinliche Reaktion unter einem Hustenanfall zu tarnen, aber dies ließ die Wunde in seinem Rücken in scharfem Schmerz aufflammen, so daß ihm Tränen in die Augen schossen.

Spock und Sarek schauten ihn auf äußerst gedämpfte vulkanische Weise alarmiert an.

»Lautet die Beschwörung etwa nicht: *Komm zu Papa?*« fragte Sarek.

Kirk schwenkte die Hand. Wenn er jetzt den Mund öffnete, würde er sich dermaßen kaputtlachen, daß die irdisch-vulkanischen Beziehungen um ein Jahrzehnt zurückgeworfen wurden.

»Captain?« sagte Spock mit vulkanischer Besorgnis. »Ist mit Ihnen alles in Ordnung?«

Kirk nickte. Er wischte sich die Tränen von den Wangen. »Wasser«, krächzte er in der – wie er hoffte – überzeugenden Imitation eines Menschen, dem etwas in die falsche Kehle geraten ist. Er machte Anstalten, sich von seinem Stuhl zu erheben.

Die Tür zum Untersuchungsraum flog auf, was Kirk ziemlich überraschte. Es war zu früh für Schwester Chapel – und zu spät für Dr. McCoy.

Doch es war McCoy, der eintrat, mit trübem Blick, zerzaustem Haar und in aller Eile angelegter Uniform. Kirk wußte auf der Stelle, daß das, was Dr. McCoy um diese Stunde ins Lazarett trieb, ihn auch unerwartet geweckt haben mußte.

Der Schiffsarzt blieb in der Mitte des Krankenzimmers stehen. Er musterte seine drei Patienten mit offenem Mund. »Wieso, in Gottes Namen, seid ihr zwei nicht im Bett?!«

Sarek faltete die Hände auf seinem Schoß. Es war eindeutig, daß der Arzt sich auf Kirk und Spock bezog.

Spock beantwortete die Frage. »Wir spielen Poker.«

McCoys Blick sank auf Sareks Bett, er sah die Karten und den Zungenspatelstapel. »Ich werd' nicht mehr! Ich werd' euch alle betäuben! Ich werd' euch … *Zwangsjacken anlegen!*«

Kirk kam endlich auf die Beine. »Ist schon in Ordnung, Pille. Dank deiner Behandlung geht es uns schon viel besser …« Doch dann zuckte er zusammen. Die

Messerwunde in seinem Rücken schien sich an Ort und Stelle zu verdrehen, als befände sich die Klinge noch in ihr. Er spürte, daß sein Gesicht blutleer wurde. Und angesichts von McCoys Miene war dies ein alarmierender Vorgang.

Kirk spürte plötzlich, daß Spocks Arm unter den seinen glitt und ihn in der Balance hielt. Doch auch das schien McCoy zu mißbilligen. Er riß Kirk aus den Händen des wissenschaftlichen Offiziers, schleifte ihn durch den Raum und gab Spock zu verstehen, er solle sich sofort hinlegen, sonst käme er in Isolation.

Kirk ließ sich rücklings auf das diagnostische Bett fallen und spürte, daß er schwer nach Luft rang. McCoy aktivierte das Diagnosegerät, und Kirk lauschte seinem eigenen rasenden Herzschlag. »Ich hab' doch gesagt, daß so was passieren kann«, fauchte McCoy und fuhr mit einem summenden Medoscanner über Kirks Brustkorb.

Kirks Lippen bildeten die Worte »Was könnte passieren?« Jetzt konnte er wirklich nicht mehr sprechen. Er hatte das Gefühl, als bestünden die Bandagen um seinen Brustkorb aus festem Duranium, zögen sich langsam zusammen, schnitten jede weitere Chance zum Luftholen ab.

»Das Messer war mit einem Proteinhemmer behandelt.« McCoy schob rasch eine Drogenampulle in einen Injektor. Kirk hörte, daß sich sein Herzschlag beschleunigte. »Es ist ein alter orionischer Trick. Hält die Wunde offen und läßt sie bluten, wobei sich bei einer Autopsie keinerlei Gift zeigt. Sorgt auch dafür, daß kein Blut auf der Waffe zurückbleibt.« Der kalte Kopf des Injektors drückte gegen Kirks Schulter, und er spürte das plötzliche Zwicken einer Hochdruckinfusion. »Zum Glück bist du mir in die Hände gefallen, *bevor* eine Autopsie an dir nötig war. *In letzter Sekunde.*« Obwohl Kirk nicht den Eindruck hatte, daß sich sein Zustand änderte, sagte ihm der plötzlich bissige Tonfall McCoys, daß das

Schlimmste hinter ihm lag. Sein Atem wurde gleichmäßiger, sein Herzschlag langsamer. Er erkannte die Wirkung von seinem letzten Besuch auf Vulkan. »Tri-ox?« hauchte er.

McCoy musterte ihn finster. »Sobald ich höre, daß du deine Doktorarbeit geschrieben hast, werde ich gern mit dir über Drogentherapien diskutieren, *Captain.* Und jetzt halt die Klappe.«

»Jawoll, Sir«, flüsterte Kirk. Er schielte zur Seite, als McCoy herumwirbelte und sich Spock vornahm. »Und was Sie angeht ...«, begann er.

Als McCoy mit seiner Tirade loslegte, schloß Kirk lächelnd die Augen. Manchmal war der Arzt eben nur glücklich, wenn er an irgend jemandem herumnörgeln konnte, und der Große Allgeier wußte, daß Kirk und Spock alles taten, um ihn dazu zu nötigen.

Der Schmerz in seinem Rücken ließ allmählich nach, und Kirk nahm an, daß McCoy dem Tri-ox-Gemisch etwas hinzugefügt hatte, ohne es ihm zu sagen. Ebenso wie er ihm verschwiegen hatte, daß das Messer vergiftet gewesen war.

*Wahrscheinlich, um mich nicht zu beunruhigen,* dachte Kirk. Er hatte das Gefühl dahinzutreiben. McCoy und Spock stritten sich über medizinische Verfahren, und Sarek verharrte in dazu passendem diplomatischem Schweigen.

Kirk erinnerte sich an die Zeit vor drei Tagen, als er auf Deck 5 in der Nähe seines Quartiers gewesen war. Ein Andorianer war an ihm vorbeigegangen: Thelev, ein niedrigrangiger Angehöriger aus dem Stab von Botschafter Shra. Thelev hatte ihm grüßend zugenickt. Kirk hatte sein Nicken erwidert. Er war unterwegs zur Brücke, um die Ermittlungen fortzuführen, die mit dem Mord an Botschafter Gav zu tun hatten – jenen Mord, bei dem Sarek als Hauptverdächtiger galt.

Im nachhinein war Kirk zu dem Schluß gekommen, daß seine Eile ihn den unerwarteten Schrittwechsel

Thelevs hatte übersehen lassen. Nun wußte er: Er hatte Thelev anhalten, sich umdrehen und weitergehen hören – und zwar hinter *ihm* her. Damals hatte er sich gefragt, ob der Andorianer wieder eine besorgte Wortsalve in Sachen Botschafter ablassen wolle – als hätte ihm die seit zwei Wochen währende Anwesenheit von 114 Würdenträgern an Bord noch nicht genug Diplomatie abverlangt. Ein Teil seines Ichs hatte gehofft, es bis zum Turbolift zu schaffen, bevor Thelev seinen Namen rief. Dann hatte er den ersten Schlag in den Nacken gespürt.

Aufgrund der Flottenausbildung hatte er sofort reagiert. Der Teufel sollte die diplomatische Immunität holen! Doch der erste Hieb, der ihn getroffen hatte, hatte seine Reflexe betäubt, und dann hatte er die lange, schmale Klinge des andorianischen Zeremonienmessers in seinen Rücken eindringen gespürt. Sie war gegen einen Knochen geschrammt und hatte eine Salve schmerzender Stiche durch seinen Brustkorb gesandt.

Was danach passiert war, wußte Kirk nicht mehr genau. Was auch passiert war, er war im Lazarett gelandet. Thelev hatte man in eine Arrestzelle gebracht.

Doch mit der Festnahme des Andorianers hatte die Bedrohung der *Enterprise* nicht geendet. Ein unbekanntes Schiff hatte sie verfolgt. Zweiunddreißig Botschafter, deren Ableben einen interplanetarischen Krieg bedeuten konnte, waren sein mögliches Ziel gewesen. Und Sarek war nur Stunden vom Tod entfernt, falls McCoy ihn nicht operieren konnte. Und auch das war nur möglich, wenn Spock seinem Vater Blut spendete. Was Spock nicht hatte tun wollen, solange Kirk im Lazarett lag und die *Enterprise* von einem unbekannten Schiff verfolgt wurde.

Am Ende hatten Kirk und McCoy Spock überzeugt, daß die Verletzung des Captains nicht der Rede wert war. Spock hatte das Kommando abgegeben, Blut gespendet, und Sareks Operation war erfolgreich verlaufen.

*Nein,* dachte Kirk plötzlich und zuckte aus seiner Träumerei hoch. Es war zu früh, an einen Erfolg zu denken. Thelev hatte sich als chirurgisch veränderter Orioner entpuppt. Das sie verfolgende Schiff, ebenfalls ein Orioner, hatte sich vernichtet, als die *Enterprise* es ihm ermöglicht hatte. Aber die Konferenz von Babel mußte erst noch stattfinden. Das Schicksal Coridans war noch offen. Angenommen, die Orioner hatten einen Alternativplan? Nach all den Mühen, die sie auf sich genommen hatten, Thelev in den Stab des andorianischen Botschafters einzuschleusen; nachdem sie eins ihrer Schiffe für ein Selbstmordkommando umgerüstet, nachdem sie den Mord an Gav sanktioniert hatten – es sah den Orionern nicht ähnlich, nach einem einzigen Versuch aufzugeben.

*Ich muß mit Spock darüber reden,* dachte Kirk. Er öffnete die Augen. McCoy stand neben seinem Bett. Kirk nahm in einem plötzlichen Anfall von Panik an, daß er geschlafen hatte. Daß ihm etwas entgangen war. Doch McCoy sah noch ebenso zerzaust aus wie zu dem Zeitpunkt, als er sie beim mitternächtlichen Pokern erwischt hatte.

»Kriegst du jetzt wieder Luft?« fragte er. Es war keine freundliche Frage.

»Ja«, sagte Kirk. Seine Kehle fühlte sich normal an. Der Schmerz der Messerwunde pulsierte bei jedem Herzschlag, war aber gedämpft.

»Gut«, sagte McCoy. »Dann steh auf.«

»Auf?« Kirk fühlte sich von Adrenalin durchflutet, als er McCoys Befehl mit seiner unerwarteten Anwesenheit in einen Zusammenhang brachte. Irgend etwas hatte McCoy geweckt. Irgend etwas hatte ihn ins Lazarett geführt, um den Captain zu wecken. Als Kirk dies wußte, war er sofort alarmiert. Die Messerwunde wurde zu einer Erinnerung. »Was ist los, Pille?«

»Nichts, auf das *ich* scharf wäre«, sagte McCoy. »Aber ich bin ja auch nur Arzt, kein Flottenadmiral.«

»Admiral?« fragte Kirk, als er sich langsam hinsetzte und die Beine über den Bettrand schwang.

»Kabreigny«, erwiderte McCoy, ohne den Blick von dem Scanner neben Kirk abzuwenden.

Nun war Kirk noch alarmierter. Quarlo Kabreigny gehörte zu den mächtigsten Admiralen im Hauptquartier der Flotte; sie war für die gesamte Forschungsabteilung zuständig. Die Flotte war seit ihren allerersten Anfängen, seit mehr als einem Jahrhundert, eine Organisation, deren Hauptziel in der wissenschaftlichen Forschung lag. In ihrer Charta stand ganz klar, man müsse »dorthin gehen, wo noch niemand zuvor gewesen ist«. Doch war die Natur des Universums dergestalt, daß Einheiten der Flotte schnell die Pflicht übernommen hatten, das Gesetz auch an den Grenzen der Föderationshegemonie aufrechtzuerhalten, Schiffslinien und Kolonien zu schützen und darauf zu achten, daß ihnen aus anderen, nichtassoziierten Systemen keinerlei Gefahren drohten. Daß die Flotte und die Föderation aus dem Alptraum des Krieges gegen die Romulaner hervorgegangen waren, verlieh ihrer Rolle zudem einen unweigerlich defensiven Charakter.

Doch immer wenn die Kritiker zu laut wurden und die Angehörigen des Föderationsrates sich Sorgen über die fortwährende Zweiteilung der wissenschaftlichen und militärischen Unternehmungen der Flotte machten, trat Admiral Kabreigny auf den Plan. Nachdem sie die Zweifler angesprochen, ihnen die beeindruckenden wissenschaftlichen Fortschritte der Flotte in allen Einzelheiten erläutert und ihnen gezeigt hatte, wie hoch sie über ihrer, wie sie es nannte, ›Sekundärmission‹ stand, bei der Phaser und Photonentorpedos mehr zu sagen hatten als Sensoren und Diplomaten, endete die Debatte gewöhnlich für ein oder zwei Jahre – bis die nächste Finanzierungslegislaturperiode anstand.

Kabreigny gehörte zweifellos zu den großen Gestaltern der modernen Föderation und stand unerschütterlich in den Fußstapfen jener Giganten, die 2161 die Pariser Charta formuliert hatten. Über sie und ihren Einfluß waren Bücher geschrieben worden. Sie hatte einen Namen, den man mit der gleichen Ehrfurcht aussprach wie den Bracks, Cochranes und Coons – alles Leute, ohne die die Föderation nicht existieren würde.

Und sie wollte mit James T. Kirk sprechen.

Es war ungefähr so, als würde man aufwachen und sehen, daß Gott mit dem Finger auf einen zeigt.

»Wann ist die Nachricht gekommen?« fragte Kirk. Er wußte, daß er sofort antworten mußte. Deswegen hatte McCoy ihn wahrscheinlich auch mitten in der Nacht wecken wollen – um zu sehen, ob er in der Lage war, eine Sendung aus dem Hauptquartier entgegenzunehmen. Er konnte in sein Quartier gehen, die Uniform anziehen und innerhalb von fünf Minuten vor dem Bildschirm sein.

»Keine Nachricht«, sagte McCoy. Er legte die Hand um den Scanner und schaltete ihn ab. »Wenn die Tri-ox-Wirkung nachläßt, kriegst du unheimliche Kopfschmerzen.«

Kirk ignorierte seine Prognose. »Was soll das heißen, *keine Nachricht?*«

»Sie ist hier, Jim. Auf der *Enterprise.*«

Kirk stierte den Arzt verdutzt an. Admiral Kabreigny war 77 Jahre alt. In diesem Alter verließ man nicht so einfach mal die Erde. Sie hatte die lange Reise zur Babel-Konferenz gewiß nicht gemacht, um eine strenge politische Debatte zu führen.

McCoy sah die Frage in Kirks Blick. »Sie ist vor einer halben Stunde eingetroffen. Ohne Warnung. Senderausfall, sagt sie. Stand plötzlich vor meiner Tür und wollte wissen, wieso du nicht in deinem Quartier bist. Und wann sie mit dir reden kann.«

Was auch immer da vorging, für Kirk hatte es keinen guten Klang. Der Subraumfunk war eine sichere Verständigungsmethode, die beste, die man je erfunden hatte, und sie war schneller als Warp 9,9, so daß die Verzögerung zwischen der Erde und dem Planetoiden Babel nur eine Frage von Minuten war. Was hatte sie ihm so Kritisches zu sagen? Rechtfertigte es das Risiko, wie sie mit ihrer Gesundheit umsprang?

»Hat sie irgendeine Andeutung gemacht, worum es geht?« fragte Kirk.

McCoy runzelte die Stirn. Klar, er wußte was. Er warf einen Blick nach hinten, auf Sarek und Spock. Kirk sah, daß sie das, was geschah, mit uninteressierter Miene beobachteten, aber er war sicher, daß ihre vulkanischen Ohren jedes Wort auffingen, das er und McCoy sprachen. »Entschuldigen Sie mich, Botschafter – Spock.«

»Natürlich, Doktor«, sagte Sarek großmütig.

McCoy deutete auf Kirk und machte eine schnelle Geste in Richtung Untersuchungszimmer. »Du gehst jetzt da rein.«

Kirk lächelte McCoy schwach an, als er sich zur Tür begab. »Ich bin nicht immer dein Patient, Pille. Wenn du dein Verhalten nicht bald ablegst, laß ich dich demnächst die Decks schrubben.«

Als die Tür sich vor ihnen öffnete, hörte Kirk Sarek Spock leise fragen: »Kann er das wirklich?«

Als die Tür sich hinter ihnen schloß, hörte Kirk den Anfang von Spocks Antwort. »Ich glaube, er würde es wohl gern tun, aber die Dienstvorschriften besagen eindeutig ...«

Als Kirk McCoy in der Privatsphäre des Untersuchungszimmers gegenüberstand, holte er tief Luft. »Na schön. Was ist los?«

McCoys Blicke zuckten durch den Raum. Er blickte überallhin, nur nicht auf den Captain. »Ich glaube, es sieht ganz schön übel aus, Jim. Ein Passagierschiff ... ist verschwunden.«

Kirk versuchte zu begreifen, was dies mit Kabreignys unerwartetem Besuch zu tun haben konnte. »Sabotage? Piraterie? Wichtige Passagiere? Was, Pille?«

»Nichts davon«, sagte McCoy zögerlich. »Die Admiralin macht sich Sorgen über den *Ort*, an dem das Schiff verschwunden ist.«

Kirk hob eine Hand. »Moment mal. Du erzählst mir, die Admiralin hat die Strecke von der Erde hierher zurückgelegt, weil es einen Senderausfall gegeben hat, und plötzlich berichtet sie alles einem Schiffsarzt?«

McCoys Irritation legte sich. Nun wirkte er geradezu nervös. »Ich glaube, es betrifft mich ebenfalls, Jim. Und Spock. Aber er ist momentan noch weniger gut in Form als du.«

Kirk wurde langsam schwindelig, aber er wußte nicht allzu genau, ob es an dem Medikament oder seiner Frustration lag. »Na schön. *Wo* ist das Passagierschiff verschwunden?«

»In der Region Gamma Canaris.«

Kirk lehnte sich mit dem Rücken ans Diagnosebett des Untersuchungsraums. Er befürchtete zu wissen, wohin die Reise ging. Es gab nur einen Ausweg, und der war eng. »Das Oberkommando geht wohl nicht davon aus, daß das Verschwinden etwas mit den Feindseligkeiten auf Epsilon Canaris III zu tun hat, oder?«

»Wenn das Oberkommando so denkt, wäre die Admiralin jetzt bestimmt nicht hier.« McCoys Stimme sank zu einem Flüstern herab, obwohl sie allein waren. »Du weißt so gut wie ich, was Kabreigny vermutet, Jim. *Ich* war dort. Zum Henker, wir waren alle drei dort.«

»Du hast es ihr doch wohl nicht erzählt, oder?« fragte Kirk und bedauerte es sofort. »Natürlich hast du es ihr nicht erzählt. Tut mir leid, ich bin … übermüdet.«

»Das ist nichts im Vergleich zu dem, was du in etwa drei Stunden empfinden wirst. Fühlst du dich in der Lage, sie zu treffen? Ich könnte sagen, daß dein Zustand schlechter ist als ich dachte.«

Kirk schüttelte den Kopf. »Ich wußte, daß wir uns der Sache früher oder später werden stellen müssen. Wir haben es alle gewußt. Ich habe nur nicht so früh damit gerechnet.« Er richtete sich auf. Gewisse Situationen neigten dazu, sich zu wiederholen. Keine Zeit, die Risiken zu überdenken, Strategien zu entwickeln oder die Regeln zu ändern. »Wo ist sie?«

»Konferenzraum acht. Willst du wenigstens, daß ich dich begleite?«

»Hat sie darum gebeten?«

»Nein.«

Kirk lächelte, weil er sich bemühte, es McCoy leichter zu machen. »Vielleicht ist es gar nichts, Pille. Laß mich mal machen.« Er eilte zur Korridortür und blieb stehen, als McCoy ihn rief.

»Laß dir bloß nicht einfallen, alles auf dich zu nehmen. Wir haben alle zugestimmt. In der Sache stecken wir alle drei drin. Wenn du es ihr nicht sagst, tu ich es.«

Kirk war nicht in Stimmung, mit McCoy zu streiten. Er war der Captain. Er hatte es nicht nötig. »Verstanden, Doktor. Sag der Admiralin, ich bin in zehn Minuten da.« Er ging hinaus.

Knapp fünf Minuten später war er in seiner Unterkunft, und weitere zwei Minuten später in Uniform. Er blieb einen Augenblick an der Tür stehen und schaute auf sein Bett. Es sah sehr einladend aus. Trotz seiner Beschwerden in den letzten beiden Tagen mußte er sich eingestehen, daß er die Gelegenheit, sich auszuruhen, willkommen geheißen hatte. Es kam nicht oft vor, daß ein Unternehmen der *Enterprise* so geradlinig verlief wie der Transport von Diplomaten innerhalb einer gut geschützten Raumregion. Es war fast wie ein Urlaub gewesen, eine Gelegenheit, von allem fortzukommen.

*Aber ich bin kein Zefram Cochrane,* dachte Kirk. Er drehte sich um und verließ die Kabine. Es gab auch eine Grenze, wie weit er sich vom Rest des Universums entfernen wollte, und für wie lange.

Auf dem gesamten Weg zum Konferenzraum VIII dachte Kirk an Cochrane. Zefram Cochrane. An Alpha

Centauri. An den Giganten, der den Warpantrieb erfunden und die Menschheit zu den Sternen geführt hatte.

Die Geschichte hatte verzeichnet, daß Cochrane im Jahr 2117 im Alter von siebenundachtzig Jahren im Weltraum verschollen war.

Doch vor sechs Monaten hatten Kirk, Spock und McCoy ihn gefunden. Er war wieder ein junger Mann. Er lebte auf einem Planetoiden in der Region Gamma Canaris, zusammen mit einer auf Energie basierenden Lebensform, die Cochrane ›Companion‹ nannte.

Es war anfangs keine erfreuliche Begegnung gewesen. Auf Epsilon Canaris III drohte ein Krieg auszubrechen. Nancy Hedford, eine Föderationskommissarin, war die einzige, die Friedensverhandlungen durchführen konnte. Aber sie hatte an der Sakuro-Krankheit gelitten und war gezwungen gewesen, sich zur Behandlung an Bord der *Enterprise* zu begeben. Und auf dieser Reise hatte der ›Companion‹ die Fähre *Galileo* aus dem Kurs gerissen. Kirk, Spock, McCoy und Hedford waren entführt worden, um Cochrane Gesellschaft zu leisten. Die vier waren ein Geschenk des ›Companion‹ an Cochrane gewesen, da er sich in ihn verliebt hatte.

All dies war aufgrund einer einfachen universellen Emotion geschehen. Die Enthüllung hatte Kirk damals nicht überrascht. Sie tat es auch jetzt nicht. Imperien waren aufgestiegen und untergegangen, ganze Welten waren aus viel geringeren Gründen erobert und verwüstet worden. Selbst Spock hatte keinen Grund gesehen, das Geschehene in Frage zu stellen. Ihm reichte völlig das Wissen, daß die Menschen ein irrationales Volk waren.

Am Ende hatten sie eine Übereinkunft getroffen. Mehr oder weniger. Kurz bevor Nancy Hedford ihrer Krankheit erlegen war, hatte sich der ›Companion‹ irgendwie mit ihr vereinigt und eine Entität erschaffen, die das Wissen und die Erinnerungen seiner und Hedfords Persönlichkeiten vereinte. Cochrane hatte schließlich die Natur der Beziehung zum ›Companion‹ begriffen. Und da der ›Companion‹ nur in der Nähe des Planetoiden überleben und seine Kräfte nun nicht mehr dazu verwenden konnte, seinen Alterungsprozeß aufzuhalten, hatte Cochrane beschlossen mit der neuen Entität zusammen auf dem Planetoiden zu bleiben.

»Da draußen wartet eine ganze Galaxis darauf, Sie zu ehren«, hatte Kirk zu Cochrane gesagt.

Doch nach einem Blick in die neuen Menschenaugen des ›Companion‹ hatte Cochrane gesagt, er habe der Ehren genug. Als Kirk ihn gefragt hatte, ob er ganz sicher sei, war er der Frage mit dem Geschick eines Vulkaniers ausgewichen.

»Hier gibt es eine Menge Wasser«, hatte der Vater der Warpphysik gesagt. »Das Klima ist gut, hier kann viel wachsen. Vielleicht versuche ich es sogar, und pflanze einen Feigenbaum. Darauf hat ein Mann doch Anspruch, oder?«

Kirk hatte nicht genau gewußt, was Cochranes Anspielung auf den Feigenbaum bedeutet hatte, aber er verstand die Überzeugung in seiner Stimme und seinen Augen. Nach einem 237 Jahre langen Leben, nahm er an, hatte ein Mann Anspruch auf fast alles.

Und dann, kurz bevor die *Enterprise* ihn und die anderen an Bord geholt hatte, hatte Cochrane etwas gesagt, das Kirk überraschte. »Erzählen Sie nichts von mir.«

Bei jedem anderen hätte er die Diskussion gesucht. Doch nach allem, was er auf dem Planetoiden gesehen hatte, verstand er die Bitte, ohne mit ihr einverstanden zu sein. »Kein Wort, Mr. Cochrane«, hatte er versprochen und McCoys und Spocks Einwände sofort gespürt.

Die Einwände waren stark und gut durchdacht gewesen, und nicht zuletzt hatten sie vor dem Problem gestanden, was sie der Föderation und der Familie Hedford über Nancys Schicksal sagen sollten.

Kirk, Spock und McCoy hatten mehrere lange

Abende in McCoys Kabine verbracht und die Möglichkeiten sowie die Bandbreite ihrer Pflicht gegenüber der Flotte und der Geschichte diskutiert. Zwischen Spocks unangreifbarer Logik und McCoys unbeeinträchtigter Leidenschaft war Kirk ein Kompromiß eingefallen, den alle akzeptieren konnten und der Cochranes Wunsch dennoch respektierte.

Kirk stand vor der Tür zum Konferenzraum VIII. Ihm war nach der Rückkehr von Cochranes Planetoid klar geworden, daß er sich durch seine Handlungsweise einem hohen Risiko aussetzte. Er hatte jedoch nicht damit gerechnet, daß es so schnell zuschlagen würde – oder auf einer so hohen Ebene.

Er trat vor. Die Tür ging vor ihm auf. Admiral Quarlo Kabreigny saß am Ende des langen Tisches, neben ihr stand eine Tasse Kaffee. Sie war eine dünne Frau. Ihre schwarze Haut war nach einem Leben im Flottendienst faltig. Ihr schneeweißes Haar war zu einem Knoten zusammengebunden, die Admiralsuniform schlotterte um ihren mageren Leib.

»Tut mir leid, daß ich Sie warten lassen mußte, Admiral«, sagte Kirk zurückhaltend.

Aber die Admiralin war für Nettigkeiten und Freundlichkeiten nicht in Stimmung. Sie befahl Kirk, Platz zu nehmen und ihr aufmerksam zuzuhören. Dann schob sie eine Datenscheibe in ein Abspielgerät. Der Hauptbetrachter auf dem Tisch erwachte zum Leben. Er zeigte ein Passagierschiff mit drei Warpgondeln, eine wenig gewinnbringende Konstruktion, die viel weniger Tempo machte, als die Mathematik suggerierte. Zwillingsgondeln waren noch immer die effektivste Lösung für den Warpflug.

»Das ist die *Stadt Utopia Planitia*«, sagte Kabreigny und identifizierte das Schiff. »Heimatplanet Mars. Mannschaft: fünfzehn Personen. Passagierliste laut Sternzeit 3825.2: siebenundachtzig.« Der Betrachter flackerte und zeigte eine Flottenkarte der Region Gamma Canaris. Eine feste Linie deutete den Kurs des Schiffes an. Er endete mitten auf dem Bildschirm.

Es ist schon mal passiert, dachte Kirk. Es kann also wieder vorkommen. Er wollte sogleich zur Sache kommen. »Ich glaube, Admiral, es besteht die Möglichkeit, daß das Schiff nicht vernichtet wurde.«

Kabreignys Lächeln war kalt. »Ach, wirklich? Wollen Sie mir erzählen, daß es aus dem Kurs gerissen wurde, wie vor einem halben Jahr Ihre Fähre?«

»Es ist eine Möglichkeit«, sagte Kirk, der den kontrollierten Ärger in der Stimme der Admiralin vernahm.

»Und wollen Sie außerdem melden, daß Sie nie einer navigatorischen Bedrohung begegnet sind und es *versäumt* haben, dies in ihrem Logbuch zu erwähnen, und Zivilschiffe dadurch in Gefahr geraten?«

Kirk begriff, daß er vorsichtiger zu Werke gehen mußte. Kabreigny gehörte nicht zu den Offizieren, die man sich, wenn man alle Tassen im Schrank hatte, zum Feind machte. »Wie in meinem Logbuch aufgezeichnet, glaube ich, daß wir auf ein willkürliches Energiefeld gestoßen sind, das auf die Leitkontrollen der *Galileo* einwirkte. Ich hatte absolut keinen Hinweis darauf, daß es sich um ein wiederholbares Phänomen handeln könnte.« *Und warum auch?* dachte er. Der ›Companion‹ hatte Cochrane Gesellschaft verschafft. Nun beschäftigten sich die beiden miteinander. Welchen Grund sollten sie denn haben, sich auf ein Passagierschiff zu stürzen? Außerdem hatte er gesagt, daß er nun nicht mehr über diese Kraft verfügte.

»Ich möchte es so ausdrücken, Kirk, in einer einfachen Sprache, die selbst Sie verstehen: Ich glaube Ihnen nicht.«

Diese Worte aus dem Mund einer Admiralin waren ein ernsthafter Vorwurf. Kirk legte die Hände auf den Tisch. Er hatte Cochrane sein Wort gegeben. Er würde ihn nicht verraten. Aber er hatte keine Ahnung, wie er den Argwohn der Admiralin zerstreuen sollte.

»Darf ich nach dem Grund dafür fragen?« sagte er gleichmütig.

»Das Schiff ist nicht spurlos verschwunden. Wir haben vor einer Woche, als ich gerade unterwegs war, über Subraum einen Notruf von seiner letzten bekannten Position empfangen. Leider konnten wir ihn nicht anpeilen, aber es gibt in dieser Region sonst nichts, das senden könnte.« Die Admiralin drückte einen Knopf des Geräts. Der Betrachter zeigte ein anderes Bild: das erstarrte, verzerrte Abbild einer menschlichen Frau. Ihr dunkles Haar war zerzaust, ihre Haut verschmiert. Schmutz oder Blut? Aber das Gesicht war trotzdem erkennbar. Die Frau war Nancy Hedford.

»Erkennen Sie sie?« fragte Kabreigny.

»Ja«, sagte Kirk vorsichtig. »Ich erkenne sie.«

Kabreigny justierte eine Kontrolle. Hedfords Bild erwachte trotz der Störungen zum Leben.

»... versuche Kontakt mit Captain Kirk vom Raumschiff *Enterprise* aufzunehmen. Bitte antworten. Der Mensch ist verschollen. Wir können nicht weitermachen. Wir brauchen erneut Ihre Hilfe.« Die Sendung brach plötzlich aufgrund von Störungen zusammen und fing wieder von vorn an. Die Admiralin stellte den Ton ab.

»Das haben wir zur Sternzeit 3812 im Hauptquartier empfangen.« Ihr Blick bohrte sich in Kirks Augen. »Haben Sie Lust, ein bißchen kopfzurechnen?«

Kirk schüttelte den Kopf. Er wußte schon, was die Admiralin als nächstes sagen würde.

»Anders ausgedrückt«, fuhr sie fort, »diese an *Sie* gerichtete Botschaft wurde fast fünf Monate *nach* Ihrer Meldung an das Oberkommando über Kommissarin Hedfords Tod abgesandt.« Der Betrachter zeigte nun einen Totenschein. Kirk konnte McCoys unleserliche Unterschrift erkennen. »Sogar das da haben wir – beeidet und beurkundet von Leonard McCoy, dem behandelnden Arzt.«

Kirk lehnte sich in dem Stuhl zurück. Es würde eine lange Nacht werden. »Was wollen Sie wissen?« fragte er.

Admiral Kabreigny nickte mit klinischer Anerkennung. Sie nahm die Datenscheibe aus dem Betrachter und schob eine andere hinein. Kirk sah, daß sie die Kontrollen betätigte, die seine Worte aufzeichnen würden.

»Ich möchte, daß Sie am Anfang beginnen, Captain, und daß Sie genauestens erklären, warum Sie Botschaften von einer Toten empfangen.« Sie beugte sich mit glitzernden Augen vor. »Und falls Sie je wieder ein Raumschiff befehligen wollen – denken Sie sich eine verdammt gute Geschichte aus.«

# 3
## *USS* Enterprise *NCC-1701-D*
## *Standardkreisbahn Legara IV*

Sternzeit: 43920.6 · Terrestrische Zeit: Mai 2366

Picard wußte, daß er dem Unausweichlichen nicht mehr aus dem Weg gehen konnte. Risiken hatten nichts damit zu tun. Strategien waren nicht mehr anwendbar. Die Regeln standen fest.

Sein Gegenspieler schaute weiterhin nach unten, seine Gedanken waren unlesbar. Picard hörte nur das schwache Summen der Ventilatoren seines Besprechungszimmers, das stetige mechanische Pulsieren der Sauerstoffanlage der *Enterprise* während einer normalen Operation, in einer Standardkreisbahn um Legara IV. Seine Stimme verriet keine Emotion, als er sich vorbeugte und die Hände auf den Tisch legte.

»Ich fürchte, es ist ziemlich hoffnungslos, Mr. Data. Patt in vier Zügen.«

Der Picard gegenübersitzende Android blinzelte mit seinen künstlichen Augen und schaute endlich vom 3-D-Schachbrett in der Mitte des Schreibtisches auf. »Ich finde es höchst bemerkenswert«, sagte er. »Dies ist die dritte Pattsituation, in die Sie mich in den vergangenen siebenundvierzig Minuten gebracht haben. Ich bin mir keines anderen Menschen bewußt, der über die Fähigkeit verfügt, so etwas zu tun. Nicht einmal Großmeister Parnel von den …«

»Ist schon in Ordnung, Mr. Data.« Picard bemühte sich, seinen Offizier anzulächeln, um ihm zu zeigen, daß er nichts gegen eine Geschichtslektion in Sachen 3-D-Schach hatte, doch sein Ausdruck wirkte gezwungen, als hätte er vergessen, wie man die dazu nötigen

Gesichtsmuskeln verzieht. Und irgendwie, nahm er an, hatte er es auch vergessen. »Es war schließlich keine Prüfung *meiner* Fähigkeiten.«

Data schaltete das Brett auf Neuanfang. »Ich verstehe, Captain. Sie glauben, Ihr Geschick im 3-D-Schach ist ein Ergebnis Ihrer kürzlich erfolgten Bewußtseinsverschmelzung mit Botschafter Sarek, der selbst mehrmals Großmeister war.« Und schon standen die Figuren wieder in Ausgangsposition. »Obwohl die im wesentlichen unvorhersehbare Natur der Wahrscheinlichkeitstheorie – oder des Glücks, wie man sie auch nennt –, dazu neigt, mir größere Chancen bei Glücksspielen einzuräumen – Poker etwa –, würde mich eine vierte Schachpartie mit Ihnen freuen. Die Gelegenheit, ein provozierendes Spiel der Logik mit einem Menschen zu spielen, bietet sich mir nicht sehr oft.« Data wartete geduldig einige Sekunden auf die Antwort des Captains. »Womit ich nicht respektlos sein möchte.«

Picard warf einen Blick auf das aus mehreren Ebenen bestehende Schachbrett. Ohne es zu wollen, strömte eine Flut von Eröffnungszügen durch seinen Geist, als wäre die Logik des Spiels für ihn instinktiv.

»Sir? Stimmt irgend etwas nicht?«

Picards Kopf zuckte hoch. »Poker?« sagte er. Hatte Data wirklich das Wort *Poker* ausgesprochen?

»Es ist ein Kartenspiel, Sir. Ich spiele es jeden Donnerstagabend mit meinen Offizierskollegen. Falls Sie es noch wissen – wir haben Sie mehrmals eingeladen, dabei mitzumachen.«

Der Captain schaute an die Decke des Besprechungszimmers und bemühte sich, sich an etwas zu erinnern, das mit Poker zu tun hatte. Er rieb sich über die Wange. Er spürte Botschafter Sareks Finger noch immer dort, auf den *Katra*-Punkten seines Nervensystems. Die Wirkung der Bewußtseinsverschmelzung bebte in ihm, doch der Mahlstrom der Emotionen, die ihn gestern durchtost hatten, war nun zu schwachen, periodischen

Wirbeln geschrumpft. Doch sein Verstand hatte noch immer mit verstörenden Blitzen des detaillierten Wissens des Botschafters zu tun. *Ein Vulkanier wüßte, wie man damit fertig wird,* sagte sich Picard. *Ein ganzes Leben der Bewußtseinskontrollübung würde es erlauben, die Informationen, die man von einem Dutzend anderer erhalten hat, beiseite zu schieben.* Und die Geister der anderen gab es *tatsächlich.* Sarek hatte in den über zwei Jahrhunderten seines Lebens Bewußtseinsverschmelzungen mit Hunderten unterschiedlicher Wesen vorgenommen. Die Echos der psychischen Kraft ihrer kollektiven Erfahrungen hallten nun auch in Picard wider.

»Captain Picard?« sagte Data mitfühlend. »Soll ich Dr. Crusher rufen?«

Datas vertraute Stimme brachte ihm einen Moment der Klarheit. Picard schüttelte das plötzliche Bild der rötlichen Berge ab, die Sareks ummauerten Besitz umgaben – es war nicht der seine. Der einzige Besitz, der ihm selbst gehörte, befand sich in Frankreich. Picard zupfte an seiner Uniform, um nicht existierende Falten zu glätten.

»Nein, Mr. Data, es geht schon wieder. Es ist halt nur so, daß ... ich hin und wieder von einer unerwarteten Erinnerung aus Botschafter Sareks Vergangenheit überwältigt werde.«

Data musterte Picard sorgfältig. Picard verstand seinen zielgerichteten Blick.

»Aber die Erinnerungen nehmen sowohl an Stärke wie auch an Regelmäßigkeit ab«, sagte Picard fest. »Dr. Crusher und die Gattin des Botschafters stimmen überein, daß es nicht zu langfristigen schädlichen Wirkungen kommen wird.«

»Ich hoffe, es entspricht der Wahrheit«, sagte Data. »Ich habe nämlich beobachtet, daß Emotionen verwirrend und gefährlich werden können, wenn man ihnen gestattet, sich steuerlos zu entwickeln.«

Picard lächelte Data an, und diesmal wirkte sein Ausdruck natürlich. »Und trotzdem möchten Sie sie gern erleben.«

Data setzte eine sinnierende Miene auf. Dafür war, wie Picard wußte, ein Unterprogramm zuständig, das dazu dienen sollte, dem Androiden zu helfen, auf Menschen zu reagieren, indem er seine Gedankenprozesse mit einer unterschwelligen Körpersprache versah. »Es ist, wie der Botschafter sagen würde, ein äußerst unlogisches Ziel, dem ich aber dennoch nachstrebe.«

»Sie klingen, als hätten Sie es schon erreicht«, sagte Picard erheitert. Er empfand außerdem einen plötzlichen Ausbruch von Freundschaft für den Offizier, ein Gefühl, das er in gewisser Weise mit fast allen Angehörigen seines Kommandostabes teilte, doch das er, wie Sarek, nur allzuoft für sich behielt. Seit Picard vor fast drei Jahren das Kommando über die *Enterprise* angetreten hatte, hatte es ihm großen Spaß gemacht, Datas Wachstum als ... Mensch zu beobachten. Es gab kein anderes Wort dafür. Die Beobachtung dieses komplexen Intellekts beim Kampf mit Ideen und Idealen, die für die meisten Menschen ganz normal waren, half Picard, das Universum durch neue Augen zu sehen – durch naive Augen. Im Alter von einundsechzig Jahren hatte er erkannt, daß er dieses Verjüngungserlebnis öfter brauchte. Es war ein Naturgesetz, daß die Stagnation einsetzte, wenn das Wachstum anhielt. Im Moment half die *Enterprise* Picard, dieses Gesetz in Schach zu halten. Aber es war immer dort draußen, umkreiste einen wie räuberische *Norsehlats,* die eine *Vral*-Herde ängstigten, da sie darauf aus waren, sich die Alten und Gebrechlichen zu schnappen.

Picard blinzelte gedankenverloren. »Wissen Sie zufällig, was ein *Norsehlat* ist, Mr. Data?«

Data antwortete ohne zu zögern. »Ein Raubtier, das in den südlichen Hochgebirgswüsten des Planeten Vulkan lebt und dort eine ähnliche ökologische Nische ausfüllt wie der terranische Wolf.«

»Ach so. Und ein *Vral?*«

»Im Zusammenhang mit einem *Norsehlat* würde ich annehmen, daß das Wort *Vral* eine Pluralform von *Vralt* ist. Dabei handelt es sich um einen tierischen Pflanzenfresser von der Art terranischer Bergziegen. Er lebt in den gleichen Breitengraden wie der *Norsehlat* und ist deswegen sein Beutetier.« Data legte den Kopf schief. »Erleben Sie im Moment eine weitere Erinnerung von Botschafter Sarek?«

»Nein, eine Erinnerung ist es eigentlich nicht. Ein Hinweis. Er bezieht sich auf Tiere, über die ich persönlich nichts weiß.« Picard fand, daß die harmlose Nachwirkung viel leichter zu verarbeiten war als der Sturzbach der Qualen, der ihn in den ersten Stunden nach der Bewußtseinsverschmelzung überkommen hatte. »Es ist eine ... äußerst faszinierende Erfahrung.«

»Das glaube ich auch«, sagte Data.

Picard musterte seinen Offizier eine Weile. Er empfand ein starkes Déjà-vu-Gefühl. Irgend etwas an ihrem Gespräch, irgend etwas daran, Data auf der anderen Seite eines 3-D-Schachbretts zu sehen ... Es lag ihm auf der Zunge ... Er konnte die Erinnerung fast greifen. Fast ...

Picards Kommunikator zirpte. Er schaltete ihn ein. »Picard.«

Aus dem winzigen Gerät kam Rikers Stimme. »Tut mir leid, daß ich Sie stören muß, Sir, aber Botschafter Sareks Gruppe ist fertig, um auf die *Merrimac* zu beamen.«

Picard stand auf. »Bin unterwegs, Nummer Eins. Wir treffen uns im Transporterraum. – Mr. Data, vertreten Sie bitte den Commander.« Data verließ den Raum, und Picard öffnete den Wandschrank, in dem eine gebügelte Uniform für ihn bereit lag. Vor drei Tagen, als Botschafter Sarek an Bord gekommen war, hatte er große Hoffnungen in ihre Begegnung gesetzt. Mehr als jedes andere noch lebende Wesen hatte Sarek die Foderation geformt und ihren Wandel geleitet. Unter seiner Regie hatte sie sich im letzten Jahrhundert von einer expansionistischen Flickschusterei idealistischer und oftmals unrealistischer Welten, die ohne eine klare Vorstellung, wie sie zu erringen sei, eifrig eine noch nie dagewesene Allianz hatten schmieden wollen, zu einer reifen und stabilen Institution entwickelt, für die jeder Neuzugang eine Infusion von Stärke für das integrierte Ganze war.

Dieses Grundprinzip, das die Vulkanier UMUK nannten, gehörte zu den wesentlichsten philosophischen Bestandteilen der Föderation der Vereinten Planeten. Das Akronym bedeutete »Unendliche Mannigfaltigkeit in unendlichen Kombinationen«. Einfach ausgedrückt, es war die Krönung der Aussage, daß aus dem Verzwickten das Einfache hervorgehen kann.

In der Physik hieß der entsprechende Terminus ›Selbstorganisationsprinzip‹. Er beschrieb vielleicht den grundlegendsten Zustand der Existenz des Universums. Einfach gesagt, es ging um die Tendenz der Reproduktion von Systemen zum Zweck des Aufstiegs aus dem chaotischen Zustand fraktaler Begrenzungen, die Bereiche hoher und niedriger Energie voneinander trennten.

In Hochenergiebereichen kam es nicht zu physikalischen Bindungen. In Niedrigenergiebereichen konnten physikalische Bindungen, die sich einmal gebildet hatten, nicht getrennt werden. Doch irgendwo zwischen den beiden Extremen, im Fluß des zweiten Gesetzes der Thermodynamik, gab es Bereiche, in denen Gleichgewicht erreichbar war. Und in der Föderation ist es auch so, dachte Picard mit einem Gefühl der Zufriedenheit, sowohl in der Institution als auch in der Rolle, die er spielte, um sie aufrechtzuerhalten.

Im allgemeinen Universum waren die Galaxien zwischen den hoch- und niedrigenergetischen Bereichen wie Edelsteine auf den kosmischen Bändern vereint, die sich in den ersten Sekunden nach der Geburt des Universums gebildet hatten. In jenen Galaxien waren Sterne kondensiert, dann ins Leben eingetreten, hatten ihren Planeten Energie gegeben und viele weitere Grenzbereichnischen erschaffen, die weder zu heiß noch zu kalt gewesen waren.

In *diesen* Bereichen hatten sich Moleküle gebildet, die die eher geringe Fluktuation örtlicher Zustände überleben konnten. Unter den Molekülen, die im Überleben gut waren, konnten manche sich selbst duplizieren. Sie waren nicht perfekt, denn dies hätte Stagnation zur Folge, sondern *un*perfekt. Denn in der Unperfektion, dies glaubte Picard ebenso wie die Föderationswissenschaftler, gab es Raum für Weiterentwicklung. Was war das Leben anderes als ein Wechsel – die konstante Umbildung von Attributen und Fähigkeiten, um dafür zu sorgen, daß das Leben weiterging, selbst bis zu dem Ausmaß, daß Leben in einem planetaren Maßstab die Kapazität entwickelte, so auf die planetare Umwelt einzuwirken, daß sie ein passender Lebensraum blieb.

Deswegen gab es im planetaren Maßstab keinen Unterschied zwischen Leben und Lebensraum. Das Leben an sich und die Heimat des Lebens waren wie Raum und Zeit – man konnte sie sich nicht als unabhängige Entitäten vorstellen, nur als unterschiedliche Reflektionen ihrer selbst.

Picard wußte, daß die Föderationswissenschaftler den restriktiven Einsatz der Phrase ›in planetarem Maßstab‹ immer mehr in Frage stellten. Nicht mal der Ausdruck ›systemweiter Maßstab‹ reichte ihnen. ›Galaktischer Maßstab‹ war besser, denn das Leben zeugte Intelligenz, und Intelligenz zeugte Technik, das Leben breitete sich von seinen Ursprüngen aus, um in weitere Bereiche vorzudringen, um mehr Lebensräume zu schaffen.

Doch wie Picard mit Will Riker während einer ihrer regelmäßigen philosophischen Debatten diskutiert hatte, wurde selbst der Gedanke ans Leben und dessen

Einfluß auf einen galaktischen Maßstab in manchen Gegenden zunehmend als etwas angesehen, das die Sache nicht traf. Wie in allen Dingen der kosmologischen Wissenschaft führte einen das Studium des Großen an irgendeiner Stelle unweigerlich zum Studium des Kleinen zurück, so wie die Analyse des Komplexen die sehr einfachen Prinzipien enthüllte, aus dem die Komplexität hervorging.

Aus dieser Forschung stammte, so hatte Picard erfahren, eine Erkenntnis, die sich langsam auf den Welten der Föderation verbreitete. Er hatte den Eindruck, fast selbst soweit zu sein, sie zu packen; als suche er nach einer einzelnen verlegten Erinnerung, die nur um Haaresbreite außer Reichweite lag. Es war die Vorstellung, daß das Selbstorganisationsprinzip, das einfachste Prinzip der Natur, das allen Formen und Strukturen des Universums zugrundelag, sich auch in den Angelegenheiten intelligenter Lebewesen spiegelte.

Unendliche Mannigfaltigkeit in unendlichen Kombinationen. In der Soziologie und der Politik ebenso wie in der Physik. Vom Einfachen vom Komplizierten. Aus dem Komplexen kam die Stabilität.

Picard glaubte, daß die Gründer der Föderation dies intuitiv verstanden hatten. Das Grauen des Krieges mit den Romulanern war wirklich die letzte Lektion in der Bewertung des Lebens und all seiner beunruhigenden Komplexität gewesen, die die Menschheit hatte lernen müssen.

Jene, die die Föderation der Gründer geerbt hatten, hatten gekämpft, um das intakt zu halten, was zu diesem hohen Preis zusammengefügt worden war. Die erste Begegnung mit dem Reich der Klingonen im Jahr 2218, nur 57 Jahre nach der Geburt der Föderation, war eine Feuerprobe gewesen. Doch bei dieser Probe, hatte das in der irdischen Stadt Paris 2161 Geschaffene seine wahre Stärke offenbart. Während all der nachfolgenden finsteren Konfliktjahre mit den Klingonen bis zur

Annäherung auf der Khitomer-Konferenz von 2293, war es zu keinem totalen Krieg zwischen dem Imperium und der Föderation gekommen.

Die Föderation war in eine neue Phase eingetreten. Sie reagierte nicht mehr einfach, indem sie aus ihren *Fehlern* lernte, sie schritt zur Tat, ging wirklich dorthin, wo noch niemand zuvor gewesen war, indem sie aus ihren *Triumphen* lernte.

Picard, erst 2305, zwölf Jahre nach der Konferenz von Khitomer, geboren, war ein Kind des neuen Jahrhunderts, jener Ära, die die Dichter als Zeitalter der ›entfesselten Technik‹ bezeichneten: als die *Lebensqualität* Vorrang bei *allen* Lebewesen bekommen hatte, nicht nur bei der Elite.

Er war in LaBarre aufgewachsen, einer kleinen Stadt bei Paris, wo der Präsident des Föderationsrates sein amtliches Büro unterhielt. Die Stadt Paris wurde fortwährend durch den gleichbleibenden Strom außerplanetarischer diplomatischer Missionen belebt. Die Föderation war ebenso ein Teil seines jungen Lebens gewesen wie der idyllische Charme der heimatlichen Weinberge und der Kellerei, immer existent und von der Beständigkeit der Sonne und der Liebe seiner Eltern nicht zu unterscheiden.

Die Bilder der Sonne und der Eltern spielten in Picards Verstand, als er spürte, daß der Turbolift ihn nach Deck VI und zum Transporterraum brachte, den Sareks Leute benutzen wollten. Die Sonne: eine Naturgewalt, blind, nicht denkend. Liebe: eine Kraft der Empfindungsfähigkeit, aber ebenso ursprünglich.

Sogar in Sarek hatte Picard die Eintracht gespürt, die aus der Anerkennung der Emotion als lebenswichtig aufgestiegen war – die gleiche Eintracht, die die Föderation mit dem Universum verband, die es bewohnte, bis die beiden, wie Raum und Zeit, wie Leben und Lebensraum, untrennbar waren.

Picard trat durch die Schiebetür des Transporterraums mit einer Offenbarung im Kopf, geschaffen aus den Bildern der Sonne und der Föderation seiner Kindheit – zwei Extreme: die Logik der Vulkanier, die Leidenschaft der Menschen. Vielleicht hätte keines von beiden allein das erreichen können, was sie zusammen erreicht hatten. Die Menschen: ein Bereich der Hochenergie, wo sich nie Strukturen bilden konnten. Die Vulkanier: ein Bereich der Niedrigenergie, in der sich einmal gebildete Strukturen nie mehr änderten. Doch an den Grenzen ihrer getrennten Bereiche, aus dem fraktalen Chaos ihrer Begegnung und dem Verlangen zusammenzuarbeiten, war ein neues System entstanden.

Riker wartete schon im Transporterraum, und Picard sah, daß er ihm einen neugierigen Blick zuwarf. Er erkannte, daß die Erregung seiner Gedanken sich auf seinem Gesicht zeigte. Er war wirklich erregt. Denn das, was ihm gerade eingefallen war, war kein Ergebnis eigenen Nachdenkens – es war aus dem Teil Sareks aufgestiegen, der noch in ihm war. Das, was Picard jetzt wußte, wußten auch alle anderen Vulkanier. Der Austausch war erquickend. Er nahm sich vor, diese Gedanken bei seinem nächsten Gespräch mit Will zu erwähnen.

»Captain?« sagte Riker. Er stand in der Mitte des Raumes und wirkte in seinem langen Uniformmantel noch imposanter als sonst. Der Rest seiner Frage – ob es ihm gut ginge – blieb jedoch unausgesprochen. Zweifellos deswegen, weil Transporteringenieur O'Brien anwesend war und Lieutenant Patrick sich im Raum aufhielt.

»Ich habe heute einen äußerst … ungewöhnlichen Tag«, teilte Picard dem Ersten Offizier mit. »Die Impressionen aus Sareks Bewußtsein … teilen sich mir noch immer mit.« Picard sah in Rikers Miene den gleichen besorgten Ausdruck, den er schon bei Data bemerkt hatte. »Aber sie lenken mich nicht von meinen Pflichten ab.«

Riker entspannte sich leicht. Er schenkte Picard ein schnelles ironisches Lächeln. »Seien Sie vorsichtig mit dem, was Sie sich wünschen, Sir.«

Picard brauchte zwar einen Moment, aber dann verstand er Rikers Bemerkung. Kurz nachdem Sarek an Bord gebeamt war, hatte Picard Riker und Counselor Troi erzählt, er würde gern Sareks Gedanken und Erinnerungen kennen, das einmalige Geschichtsverständnis, das der legendäre Vulkanier sein eigen nannte.

Als er seine Erwartungen artikuliert hatte, hatte er Enttäuschung empfunden. Adjutanten waren Sarek vorausgeeilt – Sakkath, ein hochgewachsener, typisch finsterer Vulkanier, und Ki Mendrossen, ein Mensch und Seniormitglied des vulkanischen diplomatischen Korps.

Die Adjutanten hatten erklärt, das Alter hindere den Botschafter daran, an gewissen gesellschaftlichen Ereignissen teilzunehmen, die normalerweise zu den Ehren gehörten, die man einem Besucher seines Standes entgegenbrachte. Die Verhandlungen, die Sarek – nach 96 Jahren geduldiger Bemühungen seinerseits – mit den Legaranern führen mußte, waren zu wichtig für die Föderation. Picard hatte zwar verstanden, doch er war enttäuscht gewesen, daß er nun keine Gelegenheit bekam, die Bekanntschaft mit dem Botschafter zu erneuern, den er Jahre zuvor bei der Heirat seines Sohnes kennengelernt hatte.

Doch in den folgenden Tagen hatte Picard die Wahrheit über die Sorgen der Adjutanten um ihren Vorgesetzten erfahren: Sarek litt am Bendii-Syndrom, einem seltenen Gebrechen, das über zweihundert Jahre alte Vulkanier gelegentlich heimsuchte. Er verlor die Fähigkeit, seine Gefühle zu beherrschen. Obwohl Sakkaths telepathische Kräfte Sarek heimlich gestützt hatten, hatten dessen verwirrte Emotionen Einfluß auf die Mannschaft der *Enterprise* genommen und zu einer Reihe von Auseinandersetzungen, Raufhändeln und sogar Akten von Insubordination geführt.

Da die Begegnung mit den Legaranern unmöglich verschoben werden konnte, hatte Sarek nur eine Möglichkeit, seine Selbstkontrolle aufrechtzuerhalten. Seine menschliche Gattin Perrin war darauf gekommen. Sie hatte sich in Picards Quartier begeben, um ihm vorzuschlagen, Sareks Bewußtsein mit dem seinen zu verschmelzen. Picard hatte zugestimmt; anschließend hatte der alte Vulkanier einige Stunden lang Picards Selbstdisziplin und eisernen Willen benutzt – lebenswichtige Werkzeuge für das letzte Stadium der Verhandlungen, die an Bord der *Enterprise* stattfinden sollten.

Picard wiederum hatte Sareks Emotionen ungeprüft zurückbehalten – die aufgestaute Wut und das Bedauern von Jahrhunderten, unausgesprochene Liebe, unartikulierten Zorn, seelenzerquetschende Verzweiflung über den sich unausweichlich nähernden Tod. Die Vulkanier hatten einen guten Grund gehabt, in den vergangenen Jahrtausenden dazu überzugehen, ihre Gefühle zu unterdrücken: Sie waren zu stark. Ihre Stärke, selbst durch eine Bewußtseinsverschmelzung gefiltert, hatte Picard für den größten Teil des Tages lahmgelegt und schluchzend und vor Furcht und Zorn bebend zurückgelassen.

Doch der Austausch war die Mühe fraglos wert gewesen. Sarek hatte die Verhandlungen mit den Legaranern erfolgreich abgeschlossen; der Nutzen dieser Leistung konnte sich für die Föderation als unbezahlbar erweisen.

Am Ende hatte Picard, wie Rikers Lächeln andeutete, auch alles erhalten, was er sich von der Reise Vulkan-Legara IV erhofft hatte, wenn auch nicht so wie erwartet.

Picard glättete nachdenklich seine Jacke, dann drehte er sich um und schaute erwartungsvoll zur Tür. »Sie sind gleich da«, sagte er. »Bemerkenswert. Mir ist, als stünde ich noch immer irgendwie in telepathischer Verbindung mit ihm.«

»Vielleicht sollten Sie sich mal mit Deanna über Ihre Erfahrungen unterhalten«, schlug Riker vor und drehte sich ebenfalls in Richtung Tür.

»Das ist meine Absicht, Nummer Eins. Sobald …«

Die Tür glitt auf, und Picard hörte auf zu reden. Doch es waren die Adjutanten des Botschafters, die eintraten. Sie wurden nur von zwei Wachoffizieren begleitet. Sarek und Perrin waren nicht bei ihnen.

Riker trat mit einem Anflug von Unbehagen vor, den nur Picard registrierte. »Kommt der Botschafter nach?«

Picard beruhigte ihn, da er den Grund für Sareks Abwesenheit plötzlich verstand. »Schon in Ordnung, Will. Der Botschafter läßt uns erst Abschied nehmen, da er bemerkt hat, daß seine Anwesenheit in solchen Zeiten jemanden daran hindern kann, frei zu sprechen.«

Riker sinnierte darüber nach. »Sehr großzügig«, sagte er dann.

»Ich hoffe, Ihre Reise an Bord der *Merrimac* verläuft ereignislos«, sagte Picard zu den Adjutanten des Botschafters.

Sakkath gab aus Rücksicht vor dem, was ein Mensch von ihm erwartete, eine offensichtliche Antwort. »Nun, da der Druck der Verhandlungen hinter ihm liegt, glaube ich, daß ich ihm helfen kann, die Beherrschung zu bewahren, bis wir nach Vulkan zurückgekehrt sind.«

»Und was geschieht dann mit ihm?« fragte Riker.

Mendrossen antwortete, obwohl er ein Mensch war, mit vulkanischer Beherrschung. »Die Wirkung des Bendii-Syndroms ist nicht umkehrbar.« Dann fügte er, als ihm noch etwas einfiel, das seine Emotionen verriet, hoffnungsvoll hinzu: »Doch die medizinische Forschung gibt nicht auf.«

Mehr war nicht zu sagen. Riker wies O'Brien an, sich für den Transport bereitzuhalten. Erst dann trat Perrin ein, friedlich und gefaßt, ihr gelassener Gesichtsausdruck das Erbe eines Lebens auf Vulkan. Doch das herzliche Lächeln, das sie Picard schenkte, um sich für das zu bedanken, was er für ihren Gatten getan hatte, war nichts Unirdisches.

Als Picard ihre Hand in die seine nahm, war er einen Moment lang wieder zwischen zwei Geistern gefangen.

Er sah Perrin, wie er sie gekannt hatte – einen entzückenden Gast auf seinem Schiff – und wie Sarek sie gekannt hatte: als Lebensgefährtin und Geliebte. Picard kämpfte gegen die Verwirrung; er wollte der Frau, die ihr Herz an einen Vulkanier verloren hatte, erklären, was ein Vulkanier ihr nie würde sagen können.

»Er liebt Sie«, sagte Picard. Wie einfach, wie tiefgründig. »Und zwar sehr.« Die Worte drückten nicht einmal im Ansatz die Gefühle aus, die er verspürte.

Doch Perrin schaute ihn an, als wisse sie genau, was er empfand, was er sagen wollte, und in diesem Augenblick hatte Picard, wie bei einem plötzlichen Aufblitzen der Sonne durch die Bäume eines Waldes, kurz Zugang zu ihrem Bewußtsein. Sie war mit Sarek verschmolzen. Ein Kern ihres Ichs war in Sareks Geist verblieben, und nun auch in Picard. Ohne zu wissen wie, ohne die Einzelheiten zu sehen, wußte Picard, daß Perrin wirklich verstand und zufrieden war.

»Ich weiß«, erwiderte sie. »Ich habe es immer gewußt.«

Und Picard wußte ohne den geringsten Zweifel, daß sie die Wahrheit sagte.

Nachdem die Menschen sich voneinander verabschiedet hatten, trat Sarek ein, ernst, unerbittlich, eine Naturgewalt, nicht aufgrund der ihn umgebenden Kraft und Entschlossenheit, sondern aufgrund des unbezweifelbaren Gefühls, daß man ihn bei nichts, was er zu tun vorhatte, aufhalten konnte.

*Ausgenommen in Herzensangelegenheiten,* dachte Picard. Das Bild eines vulkanischen Jungen war in seinem Kopf; er hatte eine Schramme aus grünem Blut auf der Wange; eine verbotene Träne bildete sich in seinem Auge. Picard spürte erneut das sich bekämpfende Sehnen, den Jungen in seinem vulkanischen Erbe zu unterrichten und ihn in die Arme zu nehmen; um ihn vor Unbill zu bewahren; um ihm zu sagen, daß Tränen zulässig waren. Der Junge, begriff Picard, war Spock, und nach einem kurzen Flattern von Sareks Lidern wußte er, daß der Botschafter die Erinnerung geteilt hatte, die wie ein Funke zwischen ihnen aufgeblitzt war. Auch wenn er es nie zugeben würde.

Sarek sprach als erster. »Ich werde Sie nun verlassen, Captain.« Jedes seiner Worte saß. Selbst eine so einfache Aussage verlieh ihm Autorität. »Ich glaube nicht, daß wir uns noch einmal begegnen.«

»Ich hoffe, Sie irren sich, Botschafter.« Wenigstens konnte Picard das sagen, was Sarek nicht aussprechen konnte. Perrin hatte ihm irgendwann erzählt, daß er sich für seine Laufbahn interessierte, daß er seine Akte ›zufriedenstellend‹ fand. Picard war über dieses Urteil zufrieden gewesen, denn in der Sprache der Vulkanier war es das höchste Lob. Und in dem, was er nun mit Sarek teilte, sah er, daß auch Sarek gehofft hatte, mehr Zeit mit ihm verbringen zu können. Und daß er hoffte, daß sie einander nicht zum letzten Mal begegnet waren.

Sarek musterte Picard mit wissendem Blick. »In unserem Inneren werden wir stets das Beste des anderen behalten.«

Picard wußte schon jetzt, daß es stimmte. »Ich glaube, ich habe den besseren Teil des Tausches erwischt, Botschafter.« Er hob seine Hand und spreizte den dritten und vierten Finger ab. »Frieden und ein langes Leben«, sagte er.

Sarek nickte kaum wahrnehmbar und erwiderte die traditionelle vulkanische Geste. »Ich wünsche Ihnen das gleiche.«

Sarek gesellte sich zu seinen Leuten auf die Transporterplattform. Kurz bevor er verschwand, nahm er Perrins Hand in die seine, wie Paare es oft taten, bevor eine Fähre startete oder sie eine gemeinsame Reise begannen.

Dann löste sich der Gigant der Föderation im Quantendunst des Transportereffekts auf und verschwand –

abgesehen von dem kleinen Teil seines Ichs, das sich in Picards Kopf befand.

»Die *Merrimac* bestätigt den Transport«, meldete O'Brien von der Steuerung her.

»Sehr gut«, erwiderte Picard. Er schaute Riker an, und Riker schaute ihn an. Sie musterten sich in ihren langen Jacken.

»Können wir die Affenjacken endlich ausziehen?« fragte Riker.

Picard billigte sein Gefühl. »Aber auf Betazed werden wir sie wieder brauchen.« Counselor Trois Heimatplanet war ihr nächstes Ziel – in Zusammenhang mit der alle zwei Jahre stattfindenden Handelskonferenz. Picard freute sich schon auf das Unternehmen, denn es versprach, äußerst öde zu werden. Trotz seines Bedürfnisses nach Verjüngungserfahrungen konnte er jetzt ein paar Tage ruhiger Routine brauchen. Er fühlte sich plötzlich müde.

Riker folgte Picard auf den Korridor hinaus. »Die Konferenz ist erst in zehn Tagen, Sir. Ich dachte, bis dahin können wir die Galauniform gegen ein paar flotte Anzüge mit breiten Reversen, bunten Krawatten und Schuhen mit Gamaschen eintauschen – falls Sie verstehen, was ich meine.«

Picard fühlte sich verlockt. Die Dixon Hill-Programme im Holodeck wurden immer besser, und er war von der Vorstellung fasziniert, seinen Grips mit dem eines verbrecherischen Genies wie Cyrus Redblock zu messen, solange sein Geist noch immer etwas von Sareks beeindruckender Logik aufwies. Wenn er Data beim Schach dreimal zu einem Patt zwingen konnte – wer wußte, was er erst alles in den dreißiger Jahren des 20. Jahrhunderts in San Francisco bewirkte?

Doch eine neue Woge der Müdigkeit übermannte ihn. Ein Täßchen Earl Grey in der Stille seines Quartiers war das, was er am dringendsten brauchte.

»Jetzt nicht, Will. Vielleicht in ein paar Tagen.«

Riker verzog fast verschwörerisch das Gesicht. »Im Ernst? Geordi hat ein neues Szenario mit ein paar zusätzlichen Feinheiten versehen. Eine rotgekleidete Dame ... einen mysteriösen schwarzen Vogel ... Es müßte eine echte Herausforderung sein.«

Sie kamen an den Turbolift. »Es ist zwar verlockend, aber ich glaube, ich lasse es für heute gut sein. Data soll uns auf Kurs nach Betazed bringen.«

Die Tür glitt auf. Riker blieb zurück. »Das werden aber zehn lange Tage, ohne eine Nuß, die man knacken kann«, sagte er beim letzten Versuch, die Meinung des Captains zu ändern. »Selbst Dr. Crusher hat gesagt ...«

Er hielt inne, als Picards Brauen sich in vorgetäuschtem Argwohn hoben. »Ach so. Sie haben selbst mit Dr. Crusher darüber gesprochen.«

Riker streckte eine Hand aus, um die Lifttür daran zu hindern, sich zu schließen. »Eine echte Bewußtseinsverschmelzung kann ein schrecklicher Streß sein, Sir. Dr. Crusher hat vorgeschlagen, Sie sollten sich ablenken, um sich besser zu erholen.«

Picard schüttelte den Kopf. »Ich weiß Ihre Besorgnis zu schätzen. Aber wie der Botschafter gesagt hat: Es ist der beste Teil des jeweils anderen, den wir behalten sollen. Ich brauche nur ein paar Tage Ruhe, und der direkte Kurs nach Betazed ist die beste Möglichkeit, sie zu kriegen.«

Riker wußte, wann er überstimmt war; er steckte es problemlos weg. »Verstanden, Sir.« Er trat von der Tür zurück. »Lassen Sie's mich wissen, wenn Sie sich langweilen. Wir könnten sogar über Philosophie diskutieren, wenn Ihnen danach zumute ist.«

Picard lächelte. »Ich freue mich schon darauf.«

Die Tür schloß sich. Picard und Riker hatten gerade noch Zeit, sich einen überraschten Blick zuzuwerfen, denn als sie vollständig geschlossen war, ertönte in den Gängen das Heulen der Alarmstufe Rot.

Die *Enterprise* wurde zum Kampf gerufen.

# 4
# *London, Optimalrepublik Großbritannien, Erde*

Terrestrische Zeit: 21. Juni 2078

London stand in Flammen. Nicht mal die von Drogen gesteuerten Optimum-Soldaten konnten die Tumulte noch im Zaum halten. Zefram Cochrane hatte keine Schwierigkeiten, sich einzugestehen, daß die Rückkehr auf den Planeten seiner Geburt ein Fehler gewesen war.

Sein Gefährte auf dem Rücksitz der stattlichen Rolls-Royce-Limousine tippte mit dem silbernen Knauf seines Spazierstockes auf den Bildschirm, der sich in der Rückenlehne des Beifahrersitzes vor ihm befand. Die Fenster der Limousine waren auf maximale Undurchlässigkeit geschaltet, und die Außentaster waren die einzige Möglichkeit, um zu sehen, was sich auf den Straßen abspielte, durch die sie fuhren.

»Schauen Sie sich das an«, sagte Sir John Burke angewidert. »Sie sind schlimmer als der verdammte Cromwell und seine Bande.« Der alte Wissenschaftler war ein dünner, zerbrechlich wirkender Mann. Er war über siebzig, seine Haut transparent. Seinen Kopf zierte ein Büschel flauschig grauen Haars, und er hatte einen dünnen Schnauzbart. Er war einst Vorsitzender der Königlich-Astronomischen Gesellschaft gewesen – in den Zeiten, bevor die Optimum-Bewegung die Wahlen von 2075 gewonnen hatte. Nun war das Wort ›königlich‹ in der Inselnation verboten. Königin Mary saß im Gefängnis von Highgate, und der größte Teil des Rests der königlichen Familie hielt sich in dem verborgen, was man Republik Großbritannien nannte, oder hatte sich ins Exil in den Vereinigten Staaten geflüchtet. Niemand wußte, was dort drüben los war, seit die Verfassung außer Kraft gesetzt und es nur den fünfzehn Staaten mit Optimum-Mehrheiten erlaubt war, Vertreter nach Washington zu entsenden.

All das, was Micah Brack vor siebzehn Jahren auf Titan prophezeit hatte, war eingetroffen. Nun galt nicht mehr die Frage, *ob* es einen dritten Weltkrieg gab, sondern *wann*. Was das *Wo* anging, so gab es zwischen der sich zersplitternden Optimum-Bewegung, Colonel Greens Greueln, dem Zusammenbruch der NUNO und einem Dutzend anderer alptraumhafter Eskalationen und globaler Spannungen jede Menge Orte, an denen man den ersten Schuß abfeuern oder die erste Atombombe zünden konnte.

Cochrane wußte nicht genau, was sein Freund Micah Brack von dieser Entwicklung hielt. Vor acht Jahren, nach drei gegen ihn gerichteten Mordversuchen durch das Optimum in ebenso vielen Monaten, war der Industrielle aus eigenem Antrieb verschwunden. Gerüchte wollten wissen, daß er sich auf dem Mars aufhielt, wo er dabei half, die Grundgesetze der Marskolonien zu formulieren. Auch auf Altair IV sollte er sein, wo er die Ruinen einer fremden Zivilisation freilegte. Andere wollten ihn auf der Erde wissen, wo er in jenen Regionen, die das Optimum beherrschte, eine Zelle der vielen Widerstandsbewegungen anführte. Cochrane wußte nicht, welche Geschichte er glauben sollte. Vielleicht hatte jede einen wahren Kern. Er wußte nur, daß Brack den Hauptteil seines Vermögens der Cochrane-Stiftung zum Studium der Multiphysik überlassen hatte und selbst so gründlich und vollständig verschwunden war, daß er nur vermuten konnte, daß sein Freund diesbezüglich beträchtliche Erfahrungen haben mußte.

Cochrane warf einen Blick auf den Bildschirm unter Sir Johns Spazierstock. Die Limousine näherte sich einem Kontrollpunkt an der Thorsen-Zentralnabe, die früher Victoria-Bahnhof geheißen hatte. Die Datendienste meldeten, daß einige Magnetbahnen nach Heathrow noch fuhren. Von dort aus würde eine Kreisbahnmaschine zu irgendeiner Plattform starten, um Cochrane von der Erde wegzubringen.

Doch er hatte wenig Hoffnung. Auf dem Bildschirm sah er die unheimlichen grauen Leiber der Zombies – so nannte die Öffentlichkeit die Söldner aus der Vierten Welt, derer das Optimum sich bediente –, die Zivilisten an einer Mauer Aufstellung nehmen ließen. Einige Zombies standen da und hielten die Inhalationsröhren ihrer Selbstmedikationsausrüstung zuerst vor das eine, dann vor das andere Nasenloch. Cochrane hatte gehört, daß die Droge ihnen jegliche Angst und alle moralischen Gewissensbisse nahm.

*Und ich wollte diese Spezies zu den Sternen bringen,* dachte er angeekelt. Er war nun achtundvierzig Jahre alt, aber er fühlte sich viel älter, denn er glaubte, daß er daran, was mit der Erde passierte – nichts weniger als ihre Vernichtung –, vielleicht auch selbst eine Mitschuld hatte.

Die Vernunft, die es unter den Menschen dieses Systems im späten 21. Jahrhundert gab, existierte nur noch in den blühenden Kolonien auf dem Mond und dem Mars sowie denen, die den Saturn umkreisten, und jenen, die sich an zahllosen Orten um die Sonne etabliert hatten. Diese Kolonien, Kinder der Erde, hatten es zu Recht abgelehnt, sich in die Selbstverstümmelung ihrer Heimatwelt einzumischen.

Cochrane fragte sich, ob das Desinteresse auch existieren würde, wenn die Solarkolonien noch wegen bestimmter Waren und Techniken von der Erde abhängig gewesen wären. Nun, da die extrasolaren Kolonien im Durchschnitt nur noch knapp vier Monate vom Heimatsystem entfernt waren – so lange hatte es in den ersten Jahrzehnten dieses Jahrhunderts ungefähr gedauert, das System zu durchfliegen –, konnten sich die Solarkolonien erstmals anderen Welten zuwenden. Schon jetzt tauchten in vielen extrasolaren Gemeinschaften Sonderproduktionen auf: biochemische Technik auf Bradburys Landeplatz, Molekularcomputerfarmen in Stapledon Center auf Wolf 359 und Kontinuumverzerrungsgeneratoren auf dem Planeten Centauri B II.

Brack hatte recht gehabt: Seit frisierte Hyperantriebe leicht und billig herzustellen waren, war jeder luftdichte Frachter im System zum interplanetaren Schiff geworden. Die zweite große Überlichtwelle der menschlichen Forschung hatte sich schneller entwikkelt, als Brack vorhergesehen hatte. Trotzdem, das Ergebnis war, wie von Brack beabsichtigt, unbestreitbar: Die Erde war fürs Überleben der menschlichen Rasse nicht mehr wichtig. Und all dies wegen Zefram Cochrane.

Cochrane beobachtete auf dem Schirm bestürzt die Optimum-Söldner und fragte sich, ob es nicht besser wäre, wenn er ihnen heute abend *nicht* entwischte, um das wiedergutzumachen, was er hervorgerufen hatte.

Doch dann fiel ihm Bracks Stimme von vor vielen Jahren wieder ein: *»Der Dschinn ist aus der Flasche und wird nie wieder zurückschlüpfen.«* Es stimmte nicht nur, es war auch viel rascher eingetroffen, als er prophezeit hatte. Denn nun gab es 33 sich selbst versorgende irdische Kolonien auf zehn extrasolaren Planeten der Klasse M, ohne daß es dem Optimum gelungen war, sie zu beeinflussen. Es kostete so viel Zeit und Mühe, den freien Informations- und Rohstofffluß auf der Erde zu begrenzen, daß die Führer der Bewegung ihre Repression nicht bis auf die Kolonien ausdehnen konnten. Alles hatte sich genauso entwickelt, wie von Brack vorhergesagt, denn die Menschen blieben Menschen, egal welcher technische Fortschritt auch auf sie zukam.

Micah Bracks erfolgreiche Vorhersage und Konsequenzenanalyse der menschlichen Natur lieferten Cochrane jedoch keinen Grund zum Fröhlichsein. Er fühlte sich wider Willen dafür verantwortlich. Und er hatte ein schlechtes Gewissen.

Er und Sir John rutschten auf den weichen Polstern der Passagierbank des Rolls-Royce hin und her. Der Wagen schaltete sanft aus dem trägheitsgedämpften Stadtflugmodus auf Radkonfiguration um und verlangsamte. Er näherte sich dem Kontrollpunkt. Auf dem Bildschirm drehte sich einer der an der Wand stehenden Zivilisten um, an denen sie vorbeikamen, und fuchtelte in Richtung der Söldner wild mit den Armen. Ein ausdrucksloser Rohling, ein Klotz im Strahlenpanzer, riß eine Handfeuerwaffe hoch. Doch seine Drohung trug nicht dazu bei, die empörte Tirade des Zivilisten zu stoppen.

Cochrane sah einen stotternden Impuls von Plasmafeuer aus der Faustwaffe hervorstieben und schaute weg, als der Zivilist zu Boden sank und seine Proteste endeten. Er fühlte sich elend. Er fragte sich erneut, warum er beschlossen hatte, zur Erde zurückzukehren. Die Physikertagung zum Thema Multidimensionalität, an der er vergangene Woche auf dem Mond teilgenommen hatte, die erste, bei der er je außerhalb von Centauri B II gewesen war, hätte ihm doch reichen können.

Aber auch er war halt nur ein Mensch. Und ebenso wie die Führer der Erde hatte auch er nicht glauben können, daß die Optimum-Anhänger so gefährlich und zerstörerisch waren, wie die letzten beiden Jahrzehnte gezeigt hatten. Es war ihm, wie den meisten seiner Spezies, schwergefallen zu glauben, *ihm* persönlich könne etwas passieren. Ob dies ein Ergebnis blinder Selbsttäuschung oder transzendenter Optimismus war, wußte Cochrane nicht. Aber es war eine Schwäche aller Menschen, und er fühlte sich übelkeiterzeugend sicher, daß er im Begriff war, für seine Naivität bezahlen zu müssen.

Der Lautsprecher im Wagenfond meldete sich klikkend, und Cochrane hörte die deutliche junge Stimme der Fahrerin. Sie war ruhig und gefaßt. »Kontrollstelle, meine Herren. Die Ausweise bereithalten.«

Sir John griff brummend in die Innentasche seines Jacketts und zückte seinen Ausweis. Cochrane hatte den seinen nicht weggesteckt, seit er ihn in Sir Johns Stadthaus erhalten und man ihm die gefälschten Daten erläutert hatte. Der dünne, flexible Glasstreifen glitzerte mit Quanteninterferenzbeschriftungen und identifizierte ihn als amerikanischen Geschäftsmann aus einem der vom Optimum regierten Staaten. Sir Johns Netz hatte zudem eine ausgefeilte Legende ausgetüftelt, um seine wahre Identität zu verschleiern. Im Kofferraum befanden sich zwei Koffer mit amerikanischen Kleidern in seiner Größe, außerdem passende Geschäftsunterlagen und manipulierte Familienfotos.

Der Bedarf für ein solches Täuschungsmanöver war durch Colonel Adrik Thorsen, den Führer der regionalen Optimum-Bewegung, erzwungen worden. Thorsen, der als provisorischer Gouverneur der Britischen Republik agierte, war in Nachrichtensendungen aufgetreten und hatte Cochrane zum Staatsfeind erklärt. Cochrane hatte anfangs gehofft, sein Motiv sei nur das Ergebnis der vor langen Jahren erfolgten Beleidigung seines Stolzes, als er zum Titan gekommen und nur auf Brack gestoßen war. Cochrane war damals auf Bracks Drängen hin vor Thorsen geflohen. Nun wünschte er sich, er könne es wieder tun, am liebsten sofort. Besonders seit Sir Johns Kontaktnetz in den niedrigeren Rängen des Bewegungshauptquartiers, dem früheren Parlamentsgebäude, enthüllt hatte, daß Thorsens fortgesetzte Obsession im Falle Cochrane weit über jede simple Vergeltung einer lumpigen Beleidigung hinausging. Das Optimum hatte offenbar den Schluß gezogen, daß Cochranes Hyperantrieb *doch* von militärischem Nutzen war und er allein den Schlüssel für diese potentiell unüberwindliche Kraft geheimhielt.

Es war eine irrige Annahme, das war Cochrane klar.

Sie beruhte auf einem völligen Unverständnis seiner Arbeit. Doch trotz allem, was Brack und er getan hatten, um seine Arbeit so weit wie möglich zu verbreiten, pflegte das Optimum noch immer den Glauben, Cochrane hielte bestimmte Aspekte seiner Forschung zurück. Aspekte, von denen man nun offenbar glaubte, man könne sie seinem Geist entnehmen.

Zum Glück hatte Sir John, als er von Thorsens wahren Absichten erfuhr, sofort für die Stornierung der anberaumten informellen Privatgespräche zwischen Cochrane und der freien europäischen Wissenschaftlergemeinschaft gesorgt. Drei Tage nach der Ankunft auf der Erde, zwei Tage nach dem Besuch des Grabes seiner Eltern und einem Spaziergang an dem Haus vorbei, in dem er aufgewachsen war, hatte man ihn zu einem Versteck gebracht, in dem man die Vorbereitungen in Angriff genommen hatte, ihn zu den Sternen zurückzubringen.

Neben Sir John klopfte jemand grob an die Scheibe. Der alte Astronom drückte auf den Knopf, der das Fenster öffnete. Ein weiblicher Söldner beugte sich zu ihm herunter; ihr Gesicht war von den durch ihren Blutkreislauf strömenden Chemikalien geschwollen und von dem ihren Kopf umspannenden Gummiband der Emissionskopfbedeckung verzerrt. Ihr bizarres Antlitz blitzte im grellen Licht der sich drehenden Warnleuchten der Kontrollpunktbarrikade erst rot, dann gelb auf. Sie klopfte erneut, nun fester, und setzte dazu den Lauf ihrer Handfeuerwaffe ein. Ihrem Gesichtsausdruck nach zu schließen, würde sie kein drittes Mal klopfen, sondern die Waffe dazu verwenden, einen Imploder in den Rolls zu schießen.

Sir John drückte einen anderen Knopf, und das Fenster zog sich in den Türrahmen zurück.

»Ausweis«, sagte der weibliche Zombie. Sie verschluckte das halbe Wort. Durch das offene Fenster roch Cochrane eine Mischung von Rauch und anderen brennenden Dingen, an die er nicht denken wollte. Einige hundert Meter weiter klagte untröstlich eine dünne Stimme. Er gab Sir John seinen Ausweis, der der Söldnerin alle beide gab.

Die Frau schob beide in ein Lesegerät an ihrer Schulter und las etwas auf dem Bildschirm ihrer Handfeuerwaffe ab. Sie schnaubte kurz, dann zog sie ohne einen erkennbar bewußten Gedanken den Zuführschlauch von der Medikationsausrüstung und inhalierte irgendein Gebräu, nach dem ihr Dienstplan verlangte. Cochrane sah angeekelt, daß die Augenlider der Frau flatterten.

Der Zombie warf Sir John seine Karte entgegen. »Sie sind *alt*«, murmelte sie. »Kein *Optimum.*« Sir John schaute sie nicht an. Er schaute zu Boden. Seine unfreiwillig zitternden Lippen wandten sich von der Söldnerin ab.

Sie beugte sich vor, ihr Strahlenpanzer schrammte an der Fensterecke vorbei. Sie stierte Cochrane an, dann ihren Bildschirm. »Ami, häh?«

»Stimmt«, sagte Cochrane.

»Ham's'n Paß?«

Cochrane deutete mit dem Kopf auf ihre Waffe. »Ist in die Ausweiskarte einkodiert.«

Die Söldnerin schaute erneut auf den kleinen Schirm; ihr Ausdruck war ungläubig. Sie drückte einen Knopf, gab sich Mühe, sich auf den Schirm zu konzentrieren, und schnaubte wieder. Sie deutete mit der Waffe auf Cochrane. Das Frühzündungslicht auf dem unteren Plasmalauf leuchtete schon. »Sie warten hier. Wenn Sie weggehen, werden Sie *eingedämmt.*«

Sie stieß sich vom Wagen ab und schlurfte davon, ihre schweren Stiefel schrammten über den Asphalt der Straße.

»Eingedämmt?« fragte Cochrane.

Sir John runzelte die Stirn. »Der freundliche Terminus der Bewegung für Mord. Wie man eine Seuche eindämmt.« Er tippte mit dem Spazierstock gegen die Scheibe, die ihn und Cochrane von der Fahrerin trennte. »Kein Optimum«, zischte er. »Verfluchte Ungeheuer.«

Die Scheibe wurde durchsichtig. Die Fahrerin, eine irritierend attraktive junge Frau in traditioneller schwarzer Uniform, schaute Sir John an.

»Warum halten sie uns auf?« fragte der alte Astronom.

»Offenbar prüfen sie die Karte deines Gastes per Fernverbindung«, erwiderte die Fahrerin so gelassen, als spräche sie übers Wetter.

»Ach so.« Sir John ließ sich schwer nach hinten auf den Passagiersitz fallen. Cochrane hörte, daß die Justierungsmotoren im Polster ihre Stützcharakteristika dem Positionswechsel anpaßten.

»Um offen zu sein, Mr. Cochrane, es sieht nicht gut aus. Jedenfalls nicht langfristig.«

Cochrane holte langsam Luft. In seinen allzu kurzen achtundvierzig Jahren hatte er schon ein Leben gehabt, das sich kein Mensch vor ihm hatte vorstellen können. Er war über fremde Planeten geschritten, die so fern waren, daß die Sonne der Erde an ihrem Himmel nur ein funkelnder Lichtpunkt war. Er hatte gesunde, fröhliche Säuglinge gesehen, die unter fremden Sonnen zur Welt gekommen waren. Ihre Existenz war ein Versprechen für eine grenzenlose Zukunft. Er hatte die Sterne bei Überlichtgeschwindigkeit mittels einiger physikalischer Tricks belauscht, die er nicht mal selbst genau erklären konnte. Vielleicht war das für einen Menschen genug. Vielleicht hatte er das Ende erreicht. Er drückte mit dem Finger auf die Türsteuerung.

»Ich gehe lieber«, sagte er zu Sir John. Wenn er weglief, würden die Zombies mit ihren Feuerwaffen auf ihn schießen. Er bezweifelte, daß er etwas spüren würde. »Sie können sagen, ich hätte Sie belogen. Dann geschieht ihrem Kreis nichts.«

»Monica!« sagte Sir John schnell. »Tür abschließen!«

Cochrane hörte, wie sich die Tür an seiner Seite verschloß. Er drückte den Knopf, aber nichts passierte. »Ich weiß wirklich alles zu schätzen, was Sie für mich getan haben, Sir John. Aber Ihr Kreis ist mehr wert als mein Leben.«

Der Astronom schaute Cochrane an, dann zwinkerte er ihm zu. Auch diesmal war es Cochrane unmöglich zu sagen, was Engländer wirklich empfanden. Sir John gab mit keinem Hinweis zu erkennen, daß er daran dachte, er könne innerhalb weniger Minuten dem Tod oder einem Optimum-Verhör ins Auge schauen.

»Die Reise ist noch nicht zu Ende, junger Mann.« Er setzte sich aufrecht hin und reckte die Schultern. »Sie haben wohl vergessen, daß Sie es mit einem Mitglied der Königlich-Astronomischen Gesellschaft zu tun haben.«

»Bei allem Respekt, Sir – es ist aber nicht das gleiche, als hätte man es mit einem UN-Agenten zu tun.« Zwei dieser hingebungsvollen Profis hatten sich mit ihm während der Sitzungen auf dem Mond getroffen. Sie hatten ihm dringend abgeraten, zur Erde zu gehen und seinen Rat gesucht, mit wem sie Verbindung aufnehmen sollten, um Vorbereitungen für eine Umsiedlung des NUNO-Hauptquartiers im Alpha Centauri-System in Angriff zu nehmen. Cochrane hatte darin kein vielversprechendes Zeichen gesehen. Er hatte auch nicht auf ihre Warnungen gehört.

Sir John beugte sich vor. »Ihr Kommentar soll für mich eine Herausforderung sein, Sir.« Er tippte gegen die Glasscheibe. »Plan B, wenn du nichts dagegen hast, Monica. Fahr weiter.«

»Gebongt«, erwiderte die Fahrerin.

Eine Sekunde später wurde Cochrane in den Passagiersitz zurückgeworfen. Der Rolls schien unter ihm zu explodieren. Sein erster Gedanke bestand darin, daß ein Imploder auf den Wagen abgeschossen worden war.

Doch kurz darauf sah er Straßenlaternen und die Feuer des Buckingham-Palastes durch das Fenster neben sich, denn die Limousine scherte scharf aus und ließ den Kontrollpunkt weit hinter sich.

»Trägheitskontrolle!« dröhnte Sir John erfreut und stampfte mit dem Stock auf den Boden. »Ich sage zwar noch immer, daß sie unheimlich ist, aber bei Gott, sie ist verdammt nützlich!«

Wieder verging ein Augenblick, und jedes Gefühl von Beschleunigung verschwand, als die eingebauten Trägheitskompensatoren die Felder einholten, die den Wagen vorantrieben. Die Düsen, dazu konstruiert, einen Eintonner einen Meter über dem Boden schweben zu lassen, wurden nun eingesetzt, um ein Fahrzeug zu steuern, dessen trägheitsregulierte Masse nur zehn Kilo betrug. Die Stadt flog vorbei.

»An der Küstenverteidigung kommen wir niemals vorbei«, sagte Cochrane und wunderte sich über die abrupte Veränderung ihrer Lage. Der Rest Europas hätte Lichtjahre entfernt sein können. Selbst mit Trägheitsdämpfung bezweifelte er, daß der Wagen genug Treibstoff hatte, um Nordamerika zu erreichen. Der Rolls war ein schlank aussehendes Fahrzeug, aber seine Thermodynamik war für Bodenfahrten konstruiert, nicht für atmosphärische Flüge.

Sir John erwiderte: »Wir haben Sie unter den Augen des Optimums zur Erde gebracht, und wir werden, verdammt noch mal, auch dafür sorgen, daß Sie dorthin zurückkehren, wo Sie hingehören.«

Cochrane beurteilte ihr Vorankommen, indem er die unter ihnen dahinziehende Stadt beobachtete. Ganze Viertel Londons waren verrußt, kleine Feuer der Tumulte flackerten wie Sterne in einem Ozean der Finsternis. Trotz aller Effektivität, mit der das Optimum sich brüstete, konnte es nicht mal die Fusionsreaktoren des Landes am Netz halten. Nach weniger als einer Minute Flugzeit hatte Cochrane den Eindruck, daß die Limousine sich allmählich auf eine der schwarzen Gruben hinabsenkte.

»Was genau ist eigentlich Plan B?« fragte er, als er trotz ihrer Lage allmählich das Aufflackern einer Aufregung verspürte, denn das Pfeifen der Luft rings um das Fahrzeug ließ nach. Der Wagen hatte sich nun beruhigt und fiel gerade nach unten. Offenbar auf eine große, gekrümmte, etwa einen Kilometer entfernte Kuppel zu. Sie war unbeleuchtet und verdeckte die Lichter der näheren Umgebung. Cochrane hatte das Gefühl, als sänken sie in einen gewaltigen Brunnen hinab.

»Kontrollierte Panik«, sagte Sir John forsch. »Da wir Sie mit normalen Mitteln nicht hier wegkriegen, befleißigen wir uns einer etwas, sagen wir mal, unorthodoxeren Methode.«

Das den Wagen umgebende Trägheitsfeld löste sich auf, als er bis auf einen Meter an den Boden herankam. Cochrane wurde einmal durchgeschüttelt, dann spürte er, daß die Limousine aufprallte und die Räder Bodenkontakt bekamen.

Sir John überprüfte seine Uhr, eine goldene Piaget, von der ein roter Holoballon aufstieg. Es war eine Astronomenuhr, mindestens ein halbes Jahrhundert alt, aus einer Zeit, in der die Sterngucker noch im Dunkeln hatten arbeiten müssen; in der sie tatsächlich noch mit den eigenen Augen durch Teleskope geschaut hatten, statt von Computern Bilder nachbauen zu lassen. Die blaßroten Balken würden das Nachtsichtgerät irgendwelcher Beobachter nicht stören.

»Ungefähr jetzt«, sagte Sir John, »werden die drogenbenebelten Zombies ihren Vorgesetzten von unserer Flucht berichtet haben. Aber wenn sie den Luftverkehr überprüfen, sind wir nicht mehr da.« Er machte eine Geste mit dem Krückstock. »Tja, dann steigen Sie mal aus, junger Mann, wir sind da.«

Cochrane drückte den Öffner, und diesmal schwang die Tür auf, ohne daß die Fahrerin ihm in die Quere kam. Die drückend feuchte Hitze der Stadt London im Juni hüllte ihn ein und machte es ihm schwer, Luft zu holen. Schwüle war auf Centauri B II glücklicherweise kein Problem, denn das meiste Wasser kam aus unterirdischen Reservoirs. Es gab dort nur ein Meer, die Willkommensee, die nicht mehr als zehn Prozent der planetaren Oberfläche bedeckte. Cochrane dachte wehmütig an die kühle, trockene Luft seiner Heimat.

»Und wo genau ist *hier?*« fragte er, als er sich umschaute. Sie waren von einem hohen, kreisförmigen Bauwerk umgeben. Als er zu dem stumpfroten Leuchten der niedrigen Wolken hinaufschaute, die das Feuer und die Straßenlaternen Londons reflektierten, sah er, daß sie das Bauwerk durch ein großes, unregelmäßig geformtes Loch an der Decke betreten hatten. Es lag mindestens hundert Meter über ihnen. Doch nun, da die Scheinwerfer der Limousine abgeschaltet waren, war nicht genug Helligkeit da, um zu erkennen, in welcher Art Bauwerk sie sich befanden.

»Wie ich einem Interview entnommen habe, das Sie der *Times* gegeben haben«, sagte Sir John und ging um dem Rolls herum, um sich zu Cochrane zu gesellen, »waren Sie schon mehrmals hier. Als Kind, glaube ich.«

Die Fahrerin trat aus der Limousine und achtete sorgfältig darauf, daß auch die Innenbeleuchtung ausgeschaltet war. Cochrane schaute sich erneut um, seine Augen paßten sich langsam dem Lichtmangel an. Und dann erkannte er es wieder.

»Das Battersea-Stadion«, sagte er mit einem längst vergessenen Gefühl der Verwunderung. Und er hörte, daß die Stimme seiner Mutter den Satz beendete: »Die Heimat der London Kings.«

»Sie haben den Nagel auf den Kopf getroffen«, sagte Sir John anerkennend. »Wenn's auch ein abscheuliches Spiel ist. Kann nicht gerade sagen, daß es mir fehlt.«

Cochrane lugte in die Dunkelheit hinein und wünschte sich, mehr sehen zu können. Damals, in den dreißiger

Jahren, hatte seine Mutter ihn mitgenommen, um sich ein Baseballspiel anzusehen. Er hatte auf der Tribüne gesessen, hatte geröstete Erdnüsse, matschige Fischbrötchen und kalte, ölige Pommes frites gegessen und die Männer und Frauen in Weiß angeschaut, die in unverständlichen Mustern auf dem künstlichen Rasen hin und her rannten. Es waren seine frühesten Erinnerungen. Da er wußte, was aus Baseball geworden war, war er davon ausgegangen, das Stadion sei seit Jahren geschlossen – bevor das Optimum öffentlichen Veranstaltungen Restriktionen auferlegt hatte.

»Spielt man eigentlich auf Alpha Centauri auch Baseball, Mr. Cochrane?« fragte die Fahrerin.

Cochrane sah sie zum ersten Mal aus der Nähe. Sie war überraschend jung. Glänzendes brünettes Haar fiel unter ihrer Mütze hervor. Sie hatte einen ernsthaften Gesichtsausdruck. Sie erinnerte ihn an jemanden, den er vor langer Zeit gekannt hatte. Aber irgend etwas an ihren großen dunklen Augen erinnerte ihn sogar in dieser Finsternis an Sir John.

»Hauptsächlich Lacrosse«, sagte Cochrane und streckte eine Hand aus. »Sagen Sie doch Zefram zu mir, Miss …?«

Sie schüttelte freundlich seine Hand. »Dann also Zefram und Monica. Monica Burke.«

»Meine Enkelin«, bestätigte Sir John. »Sie stand ein Jahr vor dem medizinischen Examen, als das verfluchte Optimum die Universitäten schloß.«

»Es gibt ein wunderbares medizinisches College in Kopernikus City«, sagte Cochrane. »Ich war mal da, als ich auf dem Mond war. Sehr inspirierend.«

Monica Burke runzelte die Stirn. »Ich krieg keine Reisepapiere.« Sie nahm die Mütze ab und fuhr mit der Hand über ihr dichtes, zusammengebundenes Haar. »Und außerdem brauchen Großvater und seine Freunde dann und wann einen Laufburschen.«

»Und eine Ärztin«, fügte Sir John hinzu, der neben

seiner Enkelin stand. »Von Zeit zu Zeit haben wir nämlich Zusammenstöße mit dem Optimum, und sämtliche durch Waffen hervorgerufene Verletzungen müssen dem Hauptquartier der Bewegung gemeldet werden.«

Cochrane seufzte. Hier unten schien man im Kriegszustand zu leben. Aber wie würde Brack sagen? Ist es denn je anders gewesen? »Darf ich fragen, worauf wir warten?«

Cochrane hörte das Lächeln in Sir Johns Stimme, auch wenn er sein Gesicht nicht sehen konnte. »Auf eine etwas direktere Route nach Hause.«

»Eine orbitale Transfermaschine?« sagte Cochrane ungläubig. »Die hier landet?«

Sir John legte einen Arm um seine Enkelin. Das Lächeln war noch immer in seiner Stimme. »Nicht ganz, aber Sie haben schon die rechte Vorstellung. Warten Sie nur ab.«

Und dann flammten entsetzlicherweise zum ersten Mal seit sechsunddreißig Jahren, seit dem Endspiel um die Weltmeisterschaft vor einer feierlichen Menge von nur dreihundert beinharten Baseball-Fans, die Nachtlichter des Battersea-Stadions auf und tauchten das verschmutzte und heruntergekommene Spielfeld in hartes blaues Licht.

Cochrane, Monica und Sir John rissen die Hände hoch, um ihre plötzlich geblendeten Augen abzuschirmen.

»Diese Trottel!« keuchte Sir John. »Sie brauchen doch zum Landen keine Scheinwerfer!«

Cochrane wollte die Öffnung im zerfetzten Gefüge des Stadiondaches absuchen, doch sie war durch den Kontrast der flammenden, die Tribünen umringenden Lichter in Finsternis getaucht.

»*Wir* haben das Stadion nicht elektrifiziert«, sagte Monica erschreckt. Sie trat vor Sir John hin. »Geh in den Wagen, Großvater. Wir müssen ...«

Eine schnurgerade Reihe baseballgroßer Explosionen

fegte vor dem Rolls Royce über das Feld, fetzte über die glänzend schwarze Kühlerhaube und das Motorgehäuse hinweg, zerfetzte die Kühlerhaubenfigur und setzte sich auf der anderen Seite fort. Kühlwasserdunst zischte explosiv aus durchlöchertem Blech. Ein schrilles Knirschen wurde laut, als das kinetische Speicherschwungrad von der Kabelvertäuung abriß.

Die im Weltraum verbrachten Jahre hatten Cochranes Reflexe auf Notsituationen eingestimmt, also packte er Monica und Sir John und schob sie hinter sich.

Dann erwachte krachend die Lautsprecheranlage des Stadions zum Leben, und auf drei Seiten flackerten gigantische Bildschirme auf und zeigten das erste Bild seit Jahrzehnten. Obwohl die Bildschirmauflösung zu einem Viertel versagte, war das Gesicht des Mannes, der auf sie herabschaute, unverkennbar.

Colonel Adrik Thorsen.

»Achtung auf dem Spielfeld«, sagte Thorsen, und seine heisere Stimme dröhnte aus allen Richtungen zugleich auf sie herab. »Gemäß der Verordnungen des Notstandsgesetzes von 2076 stehen Sie unter Arrest. Wer sich widersetzt, wird eingedämmt. Wer kooperiert, wird unter optimalen Bedingungen behandelt.«

»Ungeheuer!« schrie Sir John. Er bebte vor Wut oder Angst, Cochrane konnte es nicht unterscheiden. Doch er stimmte seiner Bewertung zu und sah in diesem Moment ganz deutlich seine Zukunft: Er würde die Erde nie mehr verlassen.

# 5
## *USS* Enterprise *NCC-1701*
## *unterwegs nach Babel*

Sternzeit: 3850.1 · Terrestrische Zeit: November 2267

Für Kirk war die Mißbilligung in Spocks Tonfall nicht zu überhören. »Captain, die Grenze zwischen dem Zurückhalten der Wahrheit und einer Lüge ist dünn. Es könnte sein, daß diese Linie überschritten wurde.«

Obwohl er unter dem strengen Befehl des Arztes stand, keine anstrengenden Aktivitäten zu unternehmen, hatte Spock seine Uniform wieder angezogen. McCoy hatte ihn eiligst aus dem Lazarett entlassen, während Kirk mit Admiral Kabreigny konferierte. An Bord herrschte nun Morgen, und Kirk, Spock und McCoy hatten sich in der relativen Privatsphäre der Kabine des Captains versammelt. Kirks Begegnung mit der Admiralin – eigentlich war es eine Konfrontation gewesen – war in der Tat nicht gut ausgegangen, wie er seinen Freunde gerade erklärt hatte. *Und laut der Admiralin,* dachte er, *seid ihr außerdem meine Komplizen.*

»Ich würde das Oberkommando *nie* belügen«, sagte Kirk kalt. Die Spannung zwischen ihm und dem Ersten Offizier war während der Diskussion langsam eskaliert. Sie hatten auch schon früher unterschiedliche Ansichten gehabt, aber ihre Freundschaft war teilweise aus dem Verständnis heraus erwachsen, daß Diskussionen über Differenzen oft in einem neuen Kurs des Denkens oder Handelns resultierten, zu einer Lernerfahrung zweier Geister wurden, die beide das Beste aus sich herausholen wollten. Aber Kirks Umgang mit der unverhofften Entdeckung Zefram Cochranes drohte sie nun wirklich zu spalten, ohne daß Hoffnung auf Versöhnung bestand.

Doch im Moment erwies sich McCoy als Friedensstifter. »Wir wissen, daß du nie lügen würdest, Jim. Aber das, was wir vor einem halben Jahr beschlossen haben, ist wohl nicht mehr haltbar.«

Kirk ballte eine Faust und machte Anstalten, dem Bücherregal neben dem Schreibtisch einen Hieb zu versetzen. Er hielt sich jedoch im letzten Moment zurück, tätschelte es statt dessen, so daß die seltenen Ausgaben kaum in ihrer Ruhe gestört wurden, und richtete sie neu aus. Dies war nicht die Zeit, um die Beherrschung zu verlieren, so übel das Nachlassen der Tri-ox-Injektion sich auch auf ihn auswirkte. Ihm war, als fehle ihm eine Woche Schlaf, aber er wollte auf den Beinen bleiben. Die beiden Männer waren zwar seine Freunde, aber in Zeiten wie diesen mußte seine Kommandofähigkeit Vorrang haben.

»Ich habe Cochrane versprochen, daß ich niemandem sage, daß wir ihn gefunden haben«, sagte Kirk fest. »Und daran halte ich mich.«

McCoy war des Streitens müde. »Du hast es doch schon *getan,* Jim. In deinem Privatlogbuch. Ihm hast du alles erzählt ... daß wir Cochrane gefunden haben ... was aus Nancy Hedford geworden ist ... Alles.«

»*Das* Logbuch ist für die Historiker gedacht«, sagte Kirk. »Es wurde im Flottenarchiv versiegelt. Es darf ein Jahrhundert lang nicht geöffnet werden.« Damals, fiel ihm ein, war ihm dies als elegante Lösung erschienen. Sogar Spock hatte sie gebilligt, wenn auch zögerlich.

Nach den Flottenvorschriften mußten Logbuchoffiziere sämtliche Einzelheiten ihrer Aktivitäten aufzeichnen, sofern sie mit ihren Pflichten zu tun hatten. Doch Kirk hatte McCoy und Spock gegenüber argumentiert, ihre Begegnung mit Cochrane unterliege nicht diesem permanenten Befehl.

Ihre Mission zur Sternzeit 3219 hatte eindeutig darin

bestanden, Kommissarin Hedford zur *Enterprise* zu bringen, damit sie wegen ihrer Krankheit behandelt werden konnte. Anschließend hatte man sie nach Canaris III zurückbringen sollen. Sie hatten das Ziel des Unternehmens zwar eindeutig verfehlt, doch nicht aufgrund eigener Schuld. Kirks Meldung ans Oberkommando hatte die Umstände, die zu diesem Versagen geführt hatten, ohne Lüge beschrieben.

Er hatte gemeldet, auf dem Weg zur *Enterprise* sei die Fähre mit ihm, Spock, McCoy und Hedford an Bord einem unbekannten Energiefeld begegnet, die das Leitsystem beeinflußt und somit eine Landung auf einem Planetoiden in der Region Gamma Canaris erzwungen habe. Als die *Enterprise* die verschollene Fähre entdeckt hatte, sei Nancy Hedford ihrer Krankheit bereits erlegen gewesen. Inzwischen habe sich das Energiefeld aufgelöst, so daß es keinen Grund für die Annahme gäbe, irgendein anderes Schiff werde in dieser Region je wieder mit dieser speziellen navigatorischen Gefahr zusammenstoßen. Es war die Wahrheit, und nichts als sie. Es war nur nicht die *ganze* Wahrheit.

Kirk hatte seinen Namen ohne Bedenken unter die Meldung gesetzt. McCoy hatte mit bestem Gewissen für Kommissarin Hedford den Totenschein ausgestellt – nicht, weil ihr Körper gestorben war, sondern weil Nancy Hedford im strengen Wortsinne nicht mehr existierte. Jedenfalls nicht mehr so, wie zuvor.

Nachdem Kirk der Flotte gegenüber seine Pflicht getan hatte, hatte er sich seinen sonstigen Pflichten so zugewandt, wie es offiziell gutgeheißen wurde.

Raumschiffkommandanten waren öfter zugegen, wenn Geschichte gemacht wurde, doch manche Aspekte wichtiger Ereignisse meldete man am besten für eine gewisse Zeit nicht. Die Geschichte zeichnete möglicherweise auf, daß ein Friedensvertrag an einem bestimmten Tag an einem bestimmten Ort zustandegekommen sei, aber für die Teilnehmer war es am besten, wenn einige Jahre vergingen, bevor der anwesende Kommandant irgendwelche persönlichen Beobachtungen über jene Leute öffentlich machte, die damit zu tun gehabt hatten. Zuerst sollte der Augenblick des Ruhms gefeiert werden, dann erst konnte man Einzelheiten über die Eheprobleme eines Diplomaten oder die Vorliebe eines Generals für antarischen Brandy allgemein zugänglich machen.

Um für Diskretion zu sorgen und die historischen Tatsachen zu bewahren, verwendete die Flotte ein System von versiegelten Privatlogbüchern. Es stand den Offizieren frei, einmalige Beobachtungen und Meinungen, die nichts mit ihrer Dienstpflicht zu tun hatten, aufzuzeichnen und die Aufzeichnungen im Flottenarchiv auf dem Erdmond mit einer Notiz abzulegen, die bestimmte, wie lange sie unzugänglich bleiben sollten. Ein Jahrhundert war üblich, wenn auch nur deswegen, weil die Menschen heutzutage sehr lange lebten.

In einem solchen Logbuch hatte James T. Kirk jede Einzelheit seiner Begegnung mit Zefram Cochrane aufgezeichnet. Im Moment würden die noch verbleibenden Jahre des brillanten Wissenschaftlers ungestört und sein Schicksal ein Geheimnis bleiben, so, wie er es sich gewünscht und Kirk es ihm versprochen hatte. Doch in einem Jahrhundert, wenn die Aufzeichnungen öffentlich gemacht wurden, würde das Geheimnis zur Freude der Wissenschaft gelöst sein. Jeder sich daraus ergebende Flug zu Cochranes Planetoiden würde nur auf eine einfache Unterkunft stoßen, die aus einem uralten Schiff entstanden war, sowie auf einen von Unkraut überwucherten Garten und die Skelette zweier Menschen, die ihr Leben bis zum Ende gemeinsam verbracht hatten, ohne Sorgen, durch Liebe miteinander verbunden.

»Annehmbar«, hatte Spock vor einem halben Jahr erklärt, als Kirk seinen Kompromißvorschlag erläutert hatte. Sogar McCoy hatte gesagt, er erschiene ihm fast logisch, und er hatte dabei das Gesicht verzogen.

Doch nun, da sie wußten, was Admiral Kabreigny Kirk vorgetragen hatte, hatte Spock seine Meinung geändert. »Ich behaupte, daß der Sinn einer solchen Geheimhaltung strittig ist«, sagte er. Er saß Kirk mit verschränkten Armen auf der anderen Seite des Schreibtisches gegenüber. McCoy saß neben ihm, sein Medokit lag neben dem Bildbetrachter. »Wir haben ausgemacht, rein persönliche, nicht zur Sache gehörende Fakten vor dem Oberkommando zurückzuhalten, weil wir der Annahme waren, daß sich das, was der ›Companion‹ mit der *Galileo* und Kommissarin gemacht hat, nie wiederholt. Doch das Verschwinden der *Stadt Utopia Planitia* unter ähnlichen Umständen in der gleichen Raumregion zwingt uns logischerweise dazu, die Möglichkeit in Betracht zu ziehen, daß der ›Companion‹ wieder zu einer Bedrohung geworden ist.«

»Er war *nie* eine Bedrohung«, sagte Kirk stur. »Er hat nichts aus Boshaftigkeit getan. Er hat Cochrane geliebt. Cochrane war einsam. Deswegen hat er Gäste für ihn geholt. Er wußte nicht, daß Hedford krank war.«

»Auf Vulkan haben auch die *Norsehlat* keine Vorstellung von Gut und Böse, aber dennoch erlauben wir ihnen nicht, unsere Bürger zu verspeisen.«

»Was ist ein Norsehlat?« fragte McCoy.

»Eine Art vulkanischer Wolf«, erwiderte Kirk. Doch seine Aufmerksamkeit blieb auf Spock gerichtet. »Es ist mir gleichgültig, wozu die Logik uns in diesem Fall zwingt. Als der ›Companion‹ mit Hedford ... verschmolz, oder was immer es war, hat er seine Kräfte verloren. Er konnte uns nicht mehr auf dem Planetoiden festhalten. Wie also kann er für das Verschwinden des Passagierraumers verantwortlich sein?«

»Der ›Companion‹ ist eine auf Energie basierende Lebensform einer Art, der wir noch nie begegnet sind. Es ist unmöglich, daß wir die gesamten Möglichkeiten seiner Kräfte kennen, denn schließlich hatten wir nur wenig Zeit, um sie zu studieren.«

Kirk und Spock musterten sich; keiner war bereit, von seiner Position abzurücken. Kirk wußte: die einzige Möglichkeit, das Patt zu überwinden, bestand darin, daß er seinen Dienstgrad ausspielte. Doch McCoy warf sich erneut in die Bresche.

»Jim hat recht, Spock. Ich hatte deutlich den Eindruck, daß seine Verbindung mit Nancy Hedford permanent war. Was hat er noch gesagt …?« McCoy schaute zur Decke des kleinen Raumes hinauf. »Jetzt sind wir menschlich. Wir werden den Wechsel der Tage kennen. Wir werden den Tod kennen. – Also, für mich klingt das unheimlich permanent.«

Kirk war dankbar, daß der Streit nicht weiter eskalierte. Er schenkte dem wissenschaftlichen Offizier ein versöhnliches Lächeln. »Zwei zu eins, Mr. Spock.«

Doch Spock blieb unbeeindruckt. »Ich bezweifle, daß Admiral Kabreigny die Vorstellung willkommen heißt, daß man ein Kommando nach demokratischer Abstimmung führt.«

»Wie bist du mit ihr verblieben, Jim?« fragte McCoy.

Kirk bemühte sich, es auf die einfachste Weise auszudrücken. Er hatte zweieinhalb Stunden mit der Admiralin verbracht und war seine Originalmeldung Wort für Wort mit ihr durchgegangen. Kabreigny hatte sich zwar so verhalten, als glaube sie, er enthielte ihr Informationen vor, aber es war ihm gelungen, ihre Fragen in allen Einzelheiten zu beantworten. »Sagen wir, ich hab' geblufft«, erwiderte er. Er richtete den Blick wieder auf Spock. »Ich weiß ebensogut wie Sie … Wenn es auch nur *einen* Hinweis darauf gibt, daß der ›Companion‹ wieder Schiffe bedrohen kann, kann ich dem Oberkommando nichts mehr verheimlichen. Doch im Moment gibt es keinen Beweis …« Kirk sah, daß Spock protestieren wollte und änderte seine Stoßrichtung. »… keinen *ausreichenden* Beweis, der mich überzeugen kann, daß genau das passiert ist.« Er holte tief Luft, denn plötzlich fühlte er sich von einer starken Woge der Erschöpfung überspült. »Es ist mir gelungen, die Admiralin zu überzeugen, daß eine geringe Möglichkeit besteht, daß wir es mit einem zweiten Energiefeld jener Art zu tun haben, dem wir in der Region Gamma Canaris begegnet sind – und daß die *Enterprise* aufgrund unserer Erfahrung mit dem ersten in dieser Angelegenheit ermitteln muß.«

»Und wie haben Sie die Nachricht der *Toten* erklärt?« fügte Spock so wenig strafend hinzu, daß seine Ironie unüberhörbar war.

»Hab' ich nicht«, sagte Kirk einfach. »Weil ich es nicht kann. Allem Anschein nach verwendet der ›Companion‹ den Subraumsender, den wir vor unserer Rückkehr mit den anderen Geräten heruntergebeamt haben. Aber da es sich um eine sichere Einheit handelt – damit Cochrane sie benutzen kann, ohne seinen Standort zu verraten –, kann das Oberkommando das Signal aus der Ferne nicht anpeilen.«

»Die Admiralin muß sich doch nach *irgendeiner* Theorie erkundigt haben.« McCoy ließ nicht locker. Kirk sah, der Arzt konnte sich mit der Vorstellung nicht anfreunden, daß jemand in einer Saubraum-Sendung auftauchte, dessen Totenschein er ausgestellt hatte. Kirk bezweifelte auch, daß die Medo-Abteilung der Flotte sich davon beeindrucken lassen würde.

Aber sie mußten sich jetzt Sorgen um größere Probleme machen. »Ich habe ihr erzählt, daß Nancy Hedford vor ihrem Ableben mit dem Energiefeld in Berührung gekommen ist. Daß das, was wir gesehen haben, eventuell eine Manifestation des Feldes war, das den Kern ihres Körpers wiedererschaffen hat.«

McCoy runzelte skeptisch die Stirn. »Und das hat sie dir abgekauft?«

»Nicht die Bohne«, gestand Kirk. »Aber das habe ich auch nicht erwartet.«

»Sie haben nur Zeit geschunden«, sagte Spock.

Kirk lehnte sich an das Bücherregal; er war zu müde,

um zu stehen. »Spock, es ist nichts falsch daran, wenn man jetzt Zeit schindet. Ich glaube, daß die Admiralin nur ins Blaue schießt, daß sie hofft, mich bei einer Intrige zu erwischen, von der sie annimmt, daß ich sie inszeniert habe.«

McCoy stand auf. Er ging mit dem Medoscanner in der Hand um den Tisch herum zu Kirk. »Hat sie angedeutet, in welche Intrige sie sich verwickelt glaubt?«

Kirk lehnte den Kopf ans Schott, als habe sich die Schwerkraft seiner Kabine um das dreifache erhöht. »Sie hat gesagt, es muß etwas sein, daß des Captains eines Raumschiffes würdig ist. Es scheint, daß unsere wackere Admiralin kein allzu gutes Bild von kommandierenden Offizieren hat, die sich hauptsächlich mit wissenschaftlicher Forschung beschäftigen.«

Spock blieb sitzen. »Admiral Kabreigny war federführend bei dem Plan, die *Intrepid* der Aufsicht der Wissenschaftlichen Akademie Vulkans zu unterstellen.«

McCoy richtete den Blick auf den Scanner, mit dem er über Kirks Brustkorb fuhr. »Das Schiff ist ausschließlich mit Vulkaniern bemannt, nicht wahr?«

»Genau, Doktor. Ich glaube, das vulkanische Herangehen bei wissenschaftlichen Ermittlungen steht der Auffassung der Admiralin näher, wie ein Schiff der Flotte betrieben werden sollte.« Und er zitierte eine alte Flottenweisheit: »Jeder militärische Einsatz ist automatisch ein Scheitern.«

»Und die teuerste Armee der Welt ist immer nur die zweitbeste«, konterte Kirk. Es war eine alte Diskussion in der Flotte, und sie würde sich auch nicht ändern. Die Wahrscheinlichkeit, daß Kirk und Spock sie hier und heute klärten, war sehr gering. »Spock, es ist unnötig, daß wir uns streiten. Sie wissen so gut wie ich, daß das Gleichgewicht der Flotte zwischen militärischen und wissenschaftlichen Unternehmungen geteilt werden muß. Und bisher hat es meiner Meinung nach funktioniert.«

»Damit die Unternehmungen der Flotte von Erfolg gekrönt sind, Captain, muß sich jeder Mitarbeiter so verhalten, wie das Oberkommando es vorschreibt.«

Kirk schaute Spock an. Er wußte, was nun folgte. Und er irrte sich nicht. »Ich glaube«, sagte Spock, »Sie sollten der Admiralin die Einzelheiten unserer Begegnung mit Mr. Cochrane und dem ›Companion‹ mitteilen.«

Kirk glaubte nicht, daß er noch lange auf den Beinen bleiben konnte, und McCoy unternahm nichts, um seinem medizinischen Zauberkästchen ein erneutes Wunder zu entlocken. Er wußte, er mußte sich aus eigener Kraft von der Wirkung des Tri-ox erholen. Er gab sich alle Mühe, seinen Verstand scharf zu halten. »Ich habe doch schon gesagt, daß es eine *Option* ist, die Admiralin in alles einzuweihen. *Wenn* die Umstände es rechtfertigen. Warum gestehen Sie mir nicht ein paar Stunden zu, statt so stur an dem festzuhalten, was *Sie* für den logischen Kurs der Ereignisse halten?«

»Ich verstehe nicht, was es bringen würde. In einigen Stunden haben wir Babel erreicht. Wenn die Diplomaten und Würdenträger dort untergebracht sind, kehren wir sofort in die Region Gamma Canaris zurück, nehme ich an.«

»Genau. Was ich der Admiralin auch erzähle – wir landen trotzdem bei Gamma Canaris. Warum soll ich ihr also etwas erzählen, was ich ihr nicht zu erzählen brauche?«

McCoy stimmte ihm zu. »Vergessen Sie mal die verdammte Logik, Spock. Nehmen wir doch mal kurz an, daß der Captain recht hat: daß der ›Companion‹ noch immer mit Nancy Hedford verschmolzen ist und nicht mehr die Kraft hat, den Kurs von Raumfahrzeugen zu beeinflussen. Sagen Sie uns jetzt mal – unter diesen Bedingungen –, was mit dem Passagierschiff geschehen ist.«

Spock nahm die Haltung eines Dozenten an. »Die

Logik ist kein Pokerspiel, Doktor. Wir können mit einem neuen Kartenspiel keine Ursprungsbedingungen ändern. Was auch mit dem Schiff passiert ist, es muß etwas mit der Botschaft des ›Companion‹ an Captain Kirk zu tun haben. Er hat gesagt ›Der Mensch ist verschollen‹. Der ›Companion‹ hat Cochrane immer ›der Mensch‹ genannt. Wenn er verschollen ist, können wir logischerweise annehmen, daß der ›Companion‹ ihn sucht. Um nach ihm zu suchen, benötigt er vielleicht ein Raumfahrzeug.«

Kirk spürte, daß sein Schädel pulsierte; es hatte damit zu tun, daß er sich alle Mühe gab, wach zu bleiben. »Angenommen, der Zusammenhang ist umgekehrt?« fragte er. »Angenommen, das Verschwinden des Raumers hat damit zu tun, daß Cochrane ›verschollen‹ ist, und nicht mit irgend etwas, was der ›Companion‹ vielleicht getan hat?«

Spock hob die Brauen, um anzudeuten, wie grotesk die Idee war. »Cochrane hatte keine Möglichkeit, den Planetoiden zu verlassen. Er hätte den Kurs des Raumers nicht stören können.«

»Und wenn es umgekehrt ist?« sagte McCoy. »Jemand hat sich den Raumer geschnappt und dazu benutzt, Cochrane zu jagen.«

Spock wandte den Blick ab. »Dies setzt voraus, daß Ihr hypothetischer ›Jemand‹ wußte, daß Cochrane sich auf dem Planetoiden aufhielt. Aber außer uns dreien weiß niemand davon.«

»Nicht unbedingt«, sagte Kirk. Er hörte, daß seine Stimme ebenso verblaßte wie seine Kraft. »Die Information steht in meinem Privatlogbuch.«

»Die Computer der *Enterprise* sind ziemlich sicher«, sagte Spock. Er hatte die meisten Programme des Raumschiffes den Erfordernissen der Mannschaft angepaßt, und es hätte seinen persönlichen Stolz verletzt, wenn ein unautorisierter Zugriff auf geheime Daten möglich gewesen wäre.

Doch das hatte Kirk nicht gemeint. »Was ist mit dem Archiv der Flotte?«

Spocks Gelassenheit bekam Risse – ein Hinweis darauf, daß er überrascht war.

Kirk fuhr mit seiner plötzlichen Enthüllung fort. »Kennen Sie irgendeine Möglichkeit, die Sicherheit des Archivs zu überprüfen, *ohne* Kabreignys Argwohn zu erwecken, daß man dort zusätzliche Informationen finden kann?«

Spock dachte darüber nach. »Salopp gesagt, glaube ich, daß mir eine oder zwei Wege offenstehen.«

»Wie lange wird's dauern?« fragte Kirk.

»Da es nicht ratsam wäre, meine Anfrage unter Priorität zu senden, schätze ich, daß eine Reaktion auf die ersten Anfragen mehrere Stunden dauert.« Kirk sah, daß Spock bemerkte, wie erwartungsvoll McCoy ihn musterte. »Sieben komma zwei Stunden, um genau zu sein«, sagte Spock und musterte McCoy mit unvoreingenommener Neugier.

McCoy lächelte. »Ich wußte doch, daß Sie es nicht bei ›mehreren Stunden‹ belassen würden.«

»Also, wirklich, Doktor. Ich kann kaum …«

Kirk ließ nicht zu, daß sie schon wieder anfingen. »Machen Sie es, Spock.« Selbst wenn das Schiff von den Klingonen angegriffen worden wäre – Kirk wußte, er konnte seine Augen nur noch ein paar Minuten lang offenhalten. Vielleicht ging McCoy das Risiko einer weiteren Tri-ox-Injektion ein. Aber im Moment standen sie vor keiner akuten Krise. Es war kein Problem, seinen Körper den eigenen Heilungskräften zu überlassen. Er entspannte sich. »Wann erreichen wir Babel?«

»Acht komma …« Spock schaute McCoy an. »In ungefähr acht Stunden«, sagte er. Und fügte hinzu: »Mehr oder weniger.«

Kirk sah McCoys konsternierte Miene. Er hoffte, daß die beiden Offiziere nichts Närrisches taten, solange er indisponiert war. »Sobald Sie aus dem Archiv irgend etwas erfahren haben, geben Sie mir Bescheid, Spock. – Pille, ich muß in der Lage sein, mit den Delegierten zu sprechen, bevor sie von Bord gehen.«

McCoy nickte. »Ein paar Stunden Schlaf werden Wunder wirken. Falls Spock nicht vorher etwas aus dem Archiv erfährt, schaue ich nach dir, bevor wir Babel erreichen.«

»In Ordnung«, sagte Kirk. »Dann unterhalten wir uns noch mal.« Er wartete, bis McCoy und Spock sein Quartier verlassen hatten, dann ging er um den Raumteiler herum zu seinem Bett, legte sich hin und schloß die Augen.

Als er seinen Geist treiben ließ, dachte er an Cochrane. Er hatte vier Monate allein in einem frisierten interplanetaren Scoutschiff zugebracht und die erste überlichtschnelle Reise zum Alpha Centauri-System gemacht. Ohne Subraumsensoren oder Möglichkeiten zur Kommunikation. Er war gezwungen gewesen, alle fünf Tage aus dem Warpflug aufzutauchen, um die Position zu bestimmen und den Kurs anzupassen. Ohne Dilithiumkristalle waren seine Warpfeldgeneratoren mit unter fünfzig Prozent Effektivität gelaufen. Ohne, daß die Flotte hinter ihm gestanden hatte. Ohne Föderation, die ihn ermutigt hatte. Er war einfach zu den Sternen geflogen.

*Cochrane ist ein* wahrer *Held,* dachte Kirk. Er hatte sich selbst nie so gesehen. Nicht bei der Kraft und Eleganz der *Enterprise,* die ihn durch die Leere trug. Nicht bei der Hingabe der 430 Leute, die dazu verdonnert waren, jeden seiner Befehle auszuführen. Was war daran heldenhaft? Wo war in der interstellaren Forschung heute die *wahre* Spannung?

*Sie ist weg,* dachte Kirk. *Die Zeit, in der man noch Abenteuer erleben konnte, ist seit hundert Jahren vorbei, denn damals war alles noch neu.* Er sah sich als winziges Pünktchen, das sich auf der ausgedehnten Oberfläche einer unglaublich dünnen Blase bewegt. Die Sterne fegten an ihm vorbei, aber die Blase tat die ganze Arbeit. Ihm fiel ein langer Sommertag in seiner Kindheit ein. Er hatte mit seinem Bruder Sam unter einem Baum gelegen, seine in Seifenlauge getauchte Hand geschwenkt, die glitzernden Kugeln angeschaut, die auf der von der Sonne erwärmten Strömung schwebten und in den Himmel von Iowa flogen. Wie überwältigend, wie einhüllend.

Doch diese Zeit lag längst hinter ihm, das war ihm klar. Die Kindheit. Die Seifenblasen. Cochrane. All diese Gedanken wirbelten durcheinander, und er schlief ein ...

... und erwachte, als seiner Ansicht nach keine Sekunde vergangen war und der Computer meldete, Spock sei draußen und warte darauf, eintreten zu dürfen.

Kirk fragte den Computer nach der Zeit und erhielt eine Antwort. Er hatte knapp sechs Stunden geschlafen. Er stand auf und wies den Computer an, das Licht einzuschalten und die Tür zu öffnen.

Spock trat ein. Er war so direkt wie ein Klingone und fragte nicht mal danach, wie Kirk sich fühlte. »Vor siebenundzwanzig Tagen hat eine Explosion den Haupt- und die Hilfsgeneratoren des Flottenarchivs in Aldrin City lahmgelegt. Sämtliche Sicherheitssysteme waren zweiundvierzig Minuten lang abgeschaltet. Mehrere Lagerräume waren dem Vakuum ausgesetzt, als die Druckschlösser versagten.«

»Einschließlich des Gebiets, in dem mein Privatlogbuch lagert«, sagte Kirk.

»Der Lagerbehälter Ihres Privatlogbuches war, als der Strom wieder lief, an einer anderen Stelle. Wie übrigens auch einige andere. Ob einer von ihnen das Hauptziel dessen war, was wie ein Versuch erscheint, den Archivschutz zu knacken, ist unbekannt.«

»Hört sich an, als sei der ›Versuch‹ erfolgreich gewesen«, sagte Kirk. »Weiß man, was die Explosion verursacht hat?«

»Meine Quellen wissen es zwar nicht«, sagte Spock, »aber die Ermittlungen des Sicherheitsdienstes in Zusammenarbeit mit der lunaren Polizei dauern noch an.«

»Welchen Schluß ziehen Sie, Mr. Spock?«

Der Wissenschaftsoffizier schaute unbehaglich drein. »Es besteht die Möglichkeit, daß jemand den Inhalt Ihres Privatlogbuches gelesen hat und weiß, daß Zefram Cochrane noch lebt.«

»Und daß er hinter ihm her ist«, sagte Kirk.

»Ich kann mir aber keinen Grund dafür vorstellen, Captain. Trotz seines Genies ist seine ursprüngliche Arbeit von den Wissenschaftlern und Ingenieuren, die in seinem Sinne weitergemacht haben, mehrfach übertroffen worden.«

»Bloß weil *uns* kein Grund einfällt, Spock, bedeutet es nicht, daß ein anderer keinen hat.«

Kirk war hellwach und bei Sinnen. Die Messerwunde an seinem Rücken schmerzte zwar noch immer, aber die Nachwirkungen des Tri-ox waren verschwunden. Er hatte einen neuen Auftrag. Seiner Meinung nach war es höchste Zeit, daß er ihn anpackte.

Jemand hatte vom Aufenthaltsort Zefram Cochranes erfahren und war ihm gefolgt – höchstwahrscheinlich aus guten Gründen.

Und Kirk konnte das Gefühl nicht abschütteln, daß er schuld daran war.

# 6
# *USS* Enterprise *NCC-1701-D*
# *Standardkreisbahn Legara IV*

Sternzeit: 43920.6 · Terrestrische Zeit: Mai 2366

Der romulanische Warbird füllte den Hauptbildschirm aus; seine gekrümmte Wandung verlieh ihm das Aussehen eines Raubtiers, das im Begriff ist, aus den fernen Wolkenbändern von Legara IV hervorzuspringen. Der tanzende optische Dunst des Schiffstarngeräts hing noch an ihm, als Picard und Riker auf die Brücke eilten. Picard hielt es für eigenartig, daß das Schiff noch immer im Begriff war, sich zu enttarnen, denn immerhin hatte es ihn einige Zeit gekostet, um auf die Brücke zu gelangen. Aber es war nicht der richtige Augenblick, um das in Frage zu stellen, was er sah.

Data sprang vom Sitz des Captains auf und übergab ihm das Kommando. Die Lichter der Alarmstufe Rot blitzten stumm. »Sobald die Sensoren das Enttarnmuster anzeigten, habe ich Alarm angeordnet«, meldete er. »Unsere Deflektorschirme stehen auf Maximum. Die Romulaner antworten nicht auf unseren Gruß.«

»Waffenstatus des Warbirds«, rief Riker und schwang seine Steuerkonsole in Bereitschaftsposition.

»Romulanische Waffen nicht aktiviert«, knurrte Worf, der gleich hinter und über der Kommandoebene an der Geschützstation saß. Der breitschultrige Klingone ließ seine Finger mit der Eleganz eines Konzertpianisten über die Armaturen laufen. »Man hat uns nicht mal abgetastet, Commander.«

Picard und Riker tauschten einen schnellen Blick. »Das ist aber nicht das romulanische Standardverfahren«, sagte Riker.

Picard trat hinter die Operationskonsole. Fähnrich McKnight konnte sie bei einem Alarm bedienen, deswegen wurde Data an seinem üblichen Posten nicht gebraucht. Aber man brauchte einen Ersatz für die Navigation. »Übernehmen Sie die Steuerung, Mr. Data.« Der diensthabende Fähnrich Wesley Crusher machte sofort Platz, um von Data ersetzt zu werden. Die Erleichterung, die Wesleys jugendliches Gesicht ausstrahlte, war unübersehbar. Die Steuerung der *Enterprise* in einer Standardkreisbahn war eine Kleinigkeit, aber genau vor einem potentiell feindlichen Schiff zu kreuzen, war schon eine andere Sache. Picard richtete seine Aufmerksamkeit unverwandt auf den Bildschirm, während die Mannschaft rings um ihn gelassen arbeitete. »Operationszentrum, den Warbird vergrößern. Lassen Sie unsere Waffen ebenfalls deaktiviert, Mr. Worf.«

»Aber Captain, es könnte auch ein Trick sein, um ...«

Picard hob die Hand, um den Sicherheitsoffizier zum Schweigen zu bringen. Das Bild des Warbirds auf dem Bildschirm tanzte; dann dehnte es sich um ein volles Schiffsdrittel bis an die Ränder aus. Doch das Bild wellte sich noch immer und wollte einfach nicht scharf werden.

»Probleme mit dem Bildschirm?« fragte Picard.

Fähnrich McKnight stellte die optische Vergrößerung der Hauptsensoren des Schiffes neu ein. »Hauptbildschirm innerhalb funktionaler Toleranzen, Captain.«

Bevor Picard eine weitere Frage stellen konnte, meldete Data: »Captain, ich glaube, wir messen Resttarnausläufer an diesem Schiff.«

Picard runzelte die Stirn. »Resttarnausläufer? Das habe ich noch nie gehört.«

»Bislang hat man sie auch nur mit optischen Blitzsensorabtastungen bei sich enttarnenden Schiffe gemessen. In der Regel kommt es nur ein paar Zehntelsekunden dazu, wenn das Tarnfeld abgeschaltet wird.«

»Ist das Schiff beschädigt?« fragte Riker.

»Das weiß ich nicht, Sir. Es sieht jedoch so aus, als würde irgendein Teil des Tarngeräts nicht korrekt funktionieren.«

Picard trat zurück, um sich mit Riker zu beraten. »Was halten Sie davon?«

Rikers Gesichtsausdruck deutete an, daß er weder beeindruckt noch besorgt war. »Man beantwortet unseren Anruf nicht. Man stellt keine Forderungen. Wäre es irgendein anderes Schiff, würde ich nach Anzeichen von Leben suchen, aber Romulaner könnten vielleicht annehmen, daß wir gleich unsere Waffen auf sie richten. Andererseits können sie ihre eigenen Waffen nicht abfeuern, solange das Tarngerät arbeitet.«

»Captain Picard«, meldete Data. »Der Warbird tarnt sich erneut.«

Auf dem Bildschirm fing das unheimliche grüne Schiff an, sich zu wellen, als sähe man es unter Wasser. Aber es verschwand nicht vollständig. Ein paar Sekunden später ließ der Welleneffekt wieder nach.

»Mein Fehler, Sir«, meldete Data. »Sieht so aus, als hätte es einen Energieanstieg im Verteidigungssystem.«

Picard wandte sich um, denn nun eilte Counselor Troi auf die Brücke. Sie trug eine schillernd blaue Uniform, und ihr Gesicht war gerötet. Der Alarm hatte sie wohl während einer Übung auf dem Holodeck erreicht. Sie musterte die bizarre Erscheinung auf dem Bildschirm; der Warbird schien zu flackern.

»Sind sie in Schwierigkeiten?« fragte sie.

»Ich hatte gehofft, Sie können es mir sagen, Counselor«, erwiderte Picard.

Troi holte tief Luft, und ihr Gesicht nahm einen konzentrierten Ausdruck an. »Ohne ein Bild, auf das ich mich konzentrieren kann, ist es schwierig, bei diesen Entfernungen überhaupt etwas zu erkennen.« Ihr Blick konzentrierte sich auf irgend etwas, das sich hinter der Wand der Brücke befand. »Ich spüre ... Das ist aber eigenartig.« Sie schaute Picard mit einem entschuldigenden Stirnrunzeln an. »Ich nehme auf dem romulanischen Schiff rein gar nichts wahr, Captain. Ich kann nur die Mannschaft der *Enterprise* spüren.«

Picard runzelte die Stirn. »Besteht die Möglichkeit, daß die romulanische Besatzung bewußtlos ist?« Er wandte sich zu Worf um, der an seiner Konsole im Hintergrund der Brücke geduldig wartete. »Mr. Worf, ich glaube, wir müssen das Risiko einer Sensorabtastung eingehen. Führen Sie sie mit so wenig Energie wie möglich aus und halten Sie sie so kurz wie möglich. Aber ich möchte etwas über die allgemeine Gesundheit der an Bord befindlichen Mannschaft ...«

»Sekunde mal«, warf Riker ein. Er streckte neben McKnight am Operationszentrum eine Hand aus und betätigte die Vergrößerungskontrollen des Bildschirms. »Das sind doch keine *romulanischen* Schriftzeichen ...«

Picard schaute zum Bildschirm, der nun in den Vergrößerungsmodus überging und die Bildpunkte der scharfen optischen Information bei jedem Auffrischungszyklus einfror, bis allmählich ein von Resttarnausläufern freies Einzelbild des Warbirds sichtbar wurde.

»Es sind *Ferengi*«, sagte Riker.

Picard machte sich nicht die Mühe, seine Überraschung zu verbergen. Statt der klotzigen Vertikalbuchstaben der Romulaner flammten die verzweigten, harteckigen, bidirektionalen Ideogramme der Ferengi-Allianz auf dem Rumpf des Schiffes auf. »Können Sie es lesen, Will?« Picard wußte, daß der Erste Offizier Fortgeschrittenenkurse in der Sprache und Unternehmensphilosophie von Nichtmitgliederwelten besucht hatte. Sollte er sich je auf einem Ferengischiff wiederfinden, konnte er es womöglich sogar steuern.

Riker kniff die Augen zusammen, als das Bild schärfer wurde. »Ich glaube, da steht *62. Regel.*«

»Commander Rikers Erkenntnis ist korrekt«, sagte Data.

»Irgendeine Vorstellung, was es bedeuten könnte?« fragte Picard.

Datas Augen blitzten flink zur Seite, als er seine eingebaute Datenbank abgefragt hatte und Zugriff zum Hauptcomputer der *Enterprise* nahm. »Nicht im geringsten, Sir. Vielleicht hat der Name mythische Bedeutung.«

»Bei einem Ferengi-Namen unwahrscheinlich«, sagte Riker. »Aber was, zum Henker, macht der Name auf dem Rumpf eines romulanischen Kampfschiffes?«

»Captain«, meldete sich Data, »der Resttarnausläufer löst sich auf. Es scheint, als hätten sie das Tarnsystem unter Kontrolle.«

»Gehen Sie zum Hauptbildschirm«, sagte Picard.

»Sollen wir auf Alarmstufe Gelb gehen?« fragte Riker.

Picard schüttelte den Kopf. Er wußte, daß die Ferengi im Gegensatz zu den Romulanern offiziell als geringere Bedrohung eingestuft wurden. Die Romulaner waren dafür bekannt, daß sie zuerst schossen und dann Fragen stellten. Doch die Ferengi bemühten sich oft, ihren Opfern zuerst Honig ums Maul zu schmieren oder ihnen ein Sonderangebot zu unterbreiten. Erst dann schossen sie.

Picard erinnerte sich freilich auch an den Zwischenfall im Maxia Zeta-System, den die Ferengi stur »Die Schlacht von Maxia« nannten. Er hatte sein Schiff, die *Stargazer,* vor elf Jahren nach einem nicht provozierten Angriff durch ein Ferengischiff der Marodeur-Klasse verloren. Es war Picard zwar gelungen, den Angreifer zu vernichten, bevor das Schiff hatte aufgeben müssen, aber die erschreckende Wildheit der unerwarteten Begegnung würde ihn bei allen zukünftigen Begegnungen mit den Ferengi beeinflussen.

»Wir bleiben auf Alarmstufe Rot, bis wir wissen, was sie vorhaben«, sagte er.

Worf meldete, daß der Warbird endlich auf seine Anrufe reagierte.

Der Captain deutete auf den Hauptbildschirm. »Legen Sie's auf den Schirm, Mr. Worf.«

Das Bild des Warbird wurde durch das grinsende Gesicht des Ferengi-DaiMons ersetzt, der offenbar der Kommandant des romulanischen Schiffes war. Es war ein Mann – raumfahrende Ferengi waren *immer* Männer, da sie ihren Frauen nicht gestatteten, den Heimatplaneten zu verlassen –, und sein großer Schädel leuchtete verschwitzt. Die handgroßen Ohren, die sein starres Gesicht umrahmten, troffen vor Schweiß.

Picard brauchte Troi nicht, um zu erkennen, daß der Ferengi über irgend etwas aufgebracht war. Was ihn aber auch nicht juckte. Betazoiden konnten bei einem Ferengi keine empathischen oder telepathischen Eindrücke gewinnen, was bedeutete, daß das romulanische Schiff eine komplette Ferengi-Mannschaft hatte. Warum oder gar *wie* eine solche Sache möglich war, konnte Picard nicht einmal vermuten. Er hoffte, daß der Ferengi es ihm erzählte. »Hier ist Captain Jean-Luc Picard vom Raumschiff *Enterprise.* – Brauchen Sie Unterstützung?«

Der Ferengi riß sich zusammen. Er wurde so herrisch, wie es einem Wesen seiner Art möglich war, dann sagte er mit zusammengebissenen Zähnen: »Wie kommen Sie auf die Idee, ich könnte die Unterstützung von *Mäntschen* brauchen, Captain Jean-Lic Pi ...«

Das Bild des DaiMon löste sich in einer statischen Explosion auf und wurde wieder durch das seines Schiffes ersetzt.

»Wir haben das Signal verloren«, meldete Worf. »Sie senden offenbar nicht mehr.«

Riker lächelte, in seinen Augen war ein schadenfrohes Grinsen. »Was wetten Sie, daß sie das Schiff geklaut haben?«

Picard überdachte kurz diese Möglichkeit, doch dann lehnte er sie ab. »Nicht mal die Ferengi könnten so frech sein.« Er nahm in seinem Sessel Platz. Die Gefahr erschien ihm zwar mit jedem Augenblick geringer, aber er war noch nicht bereit, den Alarm zu widerrufen.

Troi war offenbar von der Sicherheit des Captains weniger überzeugt. »Obwohl ich den emotionalen Zustand des DaiMons nicht lesen kann, Sir, habe ich in seiner Stimme nicht den Anflug eines schlechten Gewissens vernommen.« Sie nahm links von Picard Platz.

Riker nahm seine Position rechts von ihm ein. »Deanna, ein Ferengi hat kein schlechtes Gewissen, wenn er einem Romulaner ein Raumschiff stiehlt. Ich bezweifle sogar, daß er eins hat, wenn er seiner sterbenden Mutter ein Stück Brotrinde stiehlt. Falls sie überhaupt Mütter haben.«

Picard antwortete, ohne sich umzusehen. »Können wir überhaupt irgend etwas empfangen, Mr. Worf? Können wir ihre schiffsinterne Kommunikation nicht abhören? Ich glaube, daß wir unter diesen Umständen eine etwas stärkere Sensorabtastung durchführen können. Sofern sie nicht zu lange dauert.«

Worf klang verwundert. »Ich kann momentan keine schiffsinterne Kommunikation erkennen, Captain.« Auf dem Bildschirm blitzte etwas auf, und als Picard wieder zu ihm hinschaute, war jedes Innen- und Außenlicht des Warbirds ausgefallen. Kurz darauf verblaßten auch seine grünen Beschleunigungsgeneratoren. »Um genau zu sein«, fuhr Worf fort, »registriere ich überhaupt keinen Energieverbrauch mehr.«

Riker reagierte mit Dringlichkeit. »Vollständige Sensorabtastung, Mr. Worf. Ich möchte wissen, ob sie die Eindämmung ihres Warpkerns verloren haben. Sämtliche Transporterräume fertigmachen zur Notevakuierung des romulanischen Schiffes.«

»Entschuldigen Sie, Commander«, warf Data ein, »aber es ist nicht bekannt, ob Schiffe der D'deridex-Klasse über Warpkerne verfügen.«

»Dann stellen Sie fest, ob sie die Eindämmung von *irgendwas* verloren haben«, sagte Riker.

Als er fertig war, gingen die Innen- und Außenlichter des Warbirds wieder an, und sein Beschleunigungsleuchten wurde intensiver.

»Warbird verfügt wieder über Energie«, sagte Worf. »Wir haben ihr Signal wieder aufgefangen.«

»Riker an Transporterräume: bereithalten.«

Das Bild auf dem Schirm änderte sich erneut, und die *Enterprise* nahm die Kommunikation mit dem romulanischen Schiff wieder auf. Der Ferengi-DaiMon zischte gerade jemanden an, der außerhalb des Aufnahmebereichs stand. Als er bemerkte, daß Picard ihn sah, riß er sich auf der Stelle zusammen und setzte ein erkennbar schräges Grinsen auf.

»Ich wiederhole«, sagte Picard, der keinen Versuch machte, sein eigenes Lächeln zu verheimlichen, »brauchen Sie Unterstützung?«

Der DaiMon schaute in die Kamera. »Wir sind nicht hier, um Hilfe zu erbitten, Captain Pickhart. Wir sind hier, um sie Ihnen anzubieten.«

Picard schaute von Riker zu Troi, um sie wortlos um ihre Meinung zu bitten.

Riker beugte sich in seinem Sessel vor. »Mit wem haben wir die Ehre, uns zu verständigen?«

Der Ferengi kniff argwöhnisch die Augen zusammen. »Ich bin Pol, der DaiMon dieses Schiffes.«

»Und wie kommen Sie in den Besitz eines romulanischen Militärschiffes, DaiMon Pol?« Rikers Blick nagelte das Bild des Ferengi fest. Picard tat es ihm gleich. Hier war ganz eindeutig etwas nicht in Ordnung.

Der Ferengi fletschte seine spitzen Zähne. »Aufgrund der fundamentalsten Regel des Universums, *Mäntsch:* Alles hat seinen Preis.«

Picard vernahm das Piepsen der taktischen Konsole hinter sich, das darauf hindeutete, daß der Audioteil ihres Signals an den Warbird ausgeschaltet worden war.

»Empfehle komplette Sensorabtastung des Warbirds, Captain«, sagte Worf. »Es könnte eine noch nie dagewesene Gelegenheit sein, die technischen Fähigkeiten der Romulaner zu studieren.«

Picard nickte. Der Warbird war ganz offensichtlich gestohlen, und es sah so aus, als hätte die Ferengi-Besatzung weder die Ausbildung noch die Erfahrung, einen wirklichen Angriff auf die *Enterprise* zu starten. »Machen Sie das«, sagte er zu Worf. Und an Riker gewandt, fügte er hinzu: »Wollen wir doch mal versuchen, ob wir den DaiMon beschäftigen können, während Worf sich seiner Aufgabe widmet.«

Die taktische Konsole piepste erneut, als der Ton wieder übertragen wurde.

»DaiMon Pol«, begann Riker. »Die *Enterprise* bedarf keiner Form irgendwelcher Unterstützung. Sie haben auch nichts, das wir gern erwerben würden.«

Picards Gesicht verzog sich alarmiert. Er stand auf, schaute Worf an und zog schnell die Finger über seinen Hals, um ihm zu signalisieren, daß er den Ton erneut abschalten sollte. Dann wandte er sich, den Rücken dem Bildschirm zugewandt, an Riker.

»Ich habe gesagt, Sie sollen ihn beschäftigen – nicht die Verhandlungen abbrechen.«

Riker schaute verletzt drein. »Aber ich *verhandle* doch, Captain. In der Tradition der Ferengi.«

Picard hatte während seiner Laufbahn bessere Dinge zu tun gehabt, als die kaufmännischen Traditionen der Ferengi zu studieren. Doch solange der Erste Offizier der Meinung war zu wissen, was er tat, war er geneigt, ihm zu vertrauen. Er räusperte sich. »Na schön, Nummer Eins. Machen Sie unter allen Umständen weiter.« Er nickte Worf zu, er solle den Ton wieder einschalten.

»... und was Sie sagen, könnte durchaus wahr sein«, sagte DaiMon Pol, der seine Antwort auf Rikers Eröffnungssalve gerade beendete. »Aber die Unterstützung, die wir Ihnen anbieten können, ist etwas, das für *gewisse* motivierte Käufer *wirklich* großen Wert hat. Wenn es nicht die Föderation ist, dann vielleicht das Romulanische Reich.«

Picard sah den Blick, der über Rikers Gesicht huschte. Ein Verhandlungsspiel war ja recht gut und fein, wenn es um eine kleine Angelegenheit ging, bei der ein Schiff mit einem anderen Geschäfte machte. Aber der Ferengi hatte die Föderation erwähnt und angedeutet, daß das, was auf dem Spiel stand, mehr war, als Picard anfangs angenommen hatte.

»Lassen Sie mich das machen«, sagte er zu Riker. Er stand auf und ging auf den Bildschirm zu. Hinter ihm murmelte Worf leise, daß die Sensorabtastung lief.

»Ich bin neugierig, DaiMon Pol«, sagte Picard. »Was könnte die Ferengi-Allianz haben, das der gesamten Föderation eventuell dienlich sein könnte?«

»Es ist keine Sache der Allianz«, zischte der DaiMon aufgebracht. Er schaute urplötzlich zur Seite, blinzelte konsterniert und brüllte dann einen Befehl in seiner Sprache.

»Der Warbird schaltet seine Deflektorschirme ein«, sagte Worf, nun lauter. »Volle Kraft. Unsere Sensoren können sie kaum durchdringen.«

DaiMon Pol ließ jeden Eindruck, ein freundlicher Krämer zu sein, fallen. »Ich bin nicht gekommen, um mich beleidigen zu lassen, Pickhart. Wenn Sie die Geheimnisse unseres Schiffes ergründen wollen, werden Sie dafür bezahlen müssen, wie jeder respektvolle Kunde. Aber Sie sind wirklich Narren, wenn Ihnen nicht klar ist, daß es andere, größere Gefahren gibt, denen Ihre Föderation gegenübersteht, als die Geschütze des Romulanischen Reichs.«

Riker trat hinter Picard und sagte leise: »Er scheint es eilig zu haben, sein Geschäft zu machen. Er ist mir etwas *zu* eilig.«

Picard wußte, was Riker meinte. Wenn der Warbird *wirklich* gestohlen war, konnte der Ferengi das, was er hatte, natürlich nicht gut den Romulanern anbieten, ohne eine automatische Exekution wegen Piraterie zu riskieren. Picard drehte sich zu Riker um, damit sein Gesicht vor dem Bildschirm verborgen war, und antwortete ebenso leise. »Vielleicht haben wir es mit einem motivierten *Verkäufer* zu tun.«

Er wandte sich wieder dem unerklärlich nervösen Ferengi zu. Es war an der Zeit, in Erfahrung zu bringen, wieviel von dem, was der DaiMon sagte, Geschwafel war und was stimmte.

»Was ist Ihrer Meinung nach für die Föderation bedrohlicher als die Geschütze des Romulanischen Reichs?« fragte er.

DaiMon Pol zögerte kurz. Sein listiges Lächeln wurde breiter. Doch dann schüttelte er den Ausdruck ärgerlich ab und schnippte jemandem mit den Fingern zu, den der Bildschirm nicht zeigte.

Der Bildschirm teilte sich, und neben dem Ferengi erschien die Abbildung eines mechanischen Gegenstandes.

Picard erkannte ihn sofort. Und empfand Furcht.

Der Gegenstand, den der Schirm zeigte, war ein Artefakt – eine dunkle und verdrehte Ansammlung von Schaltkreisen, Verteilerkästen, Waffenknoten und Rumpfmetall, verteilt in einem abartigen System manisch überladener Technik. Picard hatte diesen Konstruktionsstil erstmals vor über einem Jahr gesehen, 7000 Lichtjahre von der Föderationsgrenze entfernt, im System J-25.

Was das Objekt auf dem Bildschirm auch war, über seine Herkunft bestand kein Zweifel. Es war von der größten Bedrohung erschaffen worden, der die Föderation je begegnet war. Einer Bedrohung, die sich auch in diesem Moment durch den Weltraum auf die Föderationsgrenzen zubewegte, während die Flotte das größte Verteidigungssystem in der Geschichte der Erde und eintausend anderer Welten ausbaute.

Die Bedrohung waren die Borg.

Keinem Mitglied der Föderation war es je gelungen,

irgendein nennenswertes Artefakt der fremden Technik dieses Volkes in die Hände zu bekommen. Der Gegenstand auf dem Bildschirm konnte durchaus die Geheimnisse enthalten, mit denen man sie schlagen und die Föderation vor der Assimilierung ins Borg-Kollektiv bewahren konnte.

Picard wußte eins: Wie hoch der Preis auch war, er mußte das Artefakt erwerben.

Und angesichts des Grinsens auf DaiMon Pols starrem Gesicht wußte er, daß dem Ferengi dies ebenfalls klar war.

# 7
## *London, Optimalrepublik Großbritannien, Erde*

Terrestrische Zeit: 21. Juni 2078

Colonel Adrik Thorsen streckte Zefram Cochrane mit einem freundlich-fröhlichen Lächeln die Hand entgegen. »Wie Sie bestimmt wissen, Mr. Cochrane«, sagte er freundlich, »bin ich seit sehr langer Zeit geradezu wild darauf versessen, Ihre geschätzte Bekanntschaft zu machen.«

Cochrane blieb sitzen und ließ die Hände auf den Lehnen des alten Holzstuhles liegen. Er schaute Thorsen nur an und sah das blasse, ansehnliche Gesicht, das er tausendmal in Nachrichtensendungen, Fiches und Netzen gesehen hatte: eisblaue Augen, glattes blondes Haar, kurz und militärisch geschnitten. Er wies alle Attribute eines Halbgottes auf, eines geistesgestörten Unholdes.

Thorsen ließ die Hand schließlich mit einem sich selbst mißbilligenden Lächeln guten Humors sinken. Falls er sich von Cochranes Reaktion beleidigt fühlte, zeigte er es nicht. »Ich glaube, wir haben eine Menge zu bereden«, war alles, was er mit der leicht schnarrenden Stimme sagte, die Menschen unweigerlich motivierte, sorgfältig hinzuhören, damit ihnen nichts entging – was den Eindruck hervorrief, daß alles was er sagte, wichtig sei. Dann nahm er hinter dem Schreibtisch Platz und machte eine spontane Geste zu dem Wächter hin, der hinter Cochrane stand, damit er sich auf den Gang hinaus verzog.

»Wo ist Sir John?« fragte Cochrane. »Und seine Fahrerin?«

»Sie warten in einem anderen Büro«, sagte Thorsen

lässig. »Und glauben Sie mir, es behagt mir nicht, sie festzuhalten. Aber ich muß sagen, als Sie den Kontrollpunkt umgangen haben ... Ich weiß nicht, Zefram. Die Leute sind heute alle schlecht gelaunt. Sie mögen die Vorstellung nicht, daß die Reichen und Privilegierten über dem Gesetz stehen.« Er grinste obszön, und Cochrane hatte den Eindruck, als spräche er zu ihm wie zu einem Ebenbürtigen. »Und wer kann es ihnen verübeln, hm?«

Cochrane fielen die Bürger ein, die die Söldner aus der Vierten Welt an die Wand gestellt hatten. »Wie hoch ist die Strafe für die Umgehung eines Kontrollpunkts?«

Zum ersten Mal sah Cochrane einen Schimmer des wahren Thorsen. Das Gesicht des Mannes wurde für einen kurzen Augenblick ausdruckslos, als sei seine Maske verrutscht. Doch sein für Interviewer und Öffentlichkeit einstudierte Lächeln, das er perfektioniert hatte, kehrte ebenso rasch zurück. »Schwer zu sagen. Ich bin kein Experte für diese Dinge. Es hängt alles von den mildernden Umständen ab, nicht wahr?« Thorsen stand wieder auf, schaute anderswo hin. Dann sagte er: »Falls es welche gibt, natürlich.«

Cochrane schaute Thorsen an, der wiederum die an der Wand hängenden Plakate musterte. Das Büro befand sich in einem unterirdischen Abschnitt des Battersea-Stadions. 2-D-Fotos alter Baseballspieler mit Schlägern und Handschuhen waren hinter staubbedecktem Glas verblaßt. Newson, Jein, Delgado, Bokai ... Auch diese Namen weckten Erinnerungen an seine Jugend. Eine Jugend, die nun Jahrhunderte zurückzuliegen schien, nicht etwa Jahrzehnte.

»Es ist schade, daß wir uns nicht unter erfreulicheren Umständen kennenlernen«, sagte Thorsen. Er streckte eine Hand aus, um ein zerknittertes Teamfoto der Manchester Druids glattzustreichen. »Ich werde den Eindruck nicht los, daß Sie – gewiß unbeabsichtigt – versucht haben, mir aus dem Weg zu gehen.«

»Stimmt.«

Thorsen hielt inne und schaute Cochrane an. Dann umkreiste er ihn langsam und bedrohlich und kehrte hinter den Schreibtisch irgendeines namenlosen Funktionärs zurück, der zusammen mit seinem Sport längst in Rente gegangen war. Er faltete seine eleganten, wunderschönen Hände auf der Schreibfläche. Das Büro war mit Notinstallationen beleuchtet, und das starke Licht von oben warf dunkle Schatten über Thorsens feine Gesichtszüge. Wenn er sprach, war es, als kämen seine Worte aus einem Totenschädel.

»Und trotzdem sind Sie endlich hier.«

»Nur, weil sechs ihrer Zombies mich mit Waffengewalt dazu gezwungen haben.«

»Wir leben in gefährlichen Zeiten, Mr. Cochrane. Es wäre der Republik nicht sonderlich dienlich, käme heraus, daß ein prominenter Gast wie Sie hier zu Schaden gekommen ist.«

Cochrane verstand das Spiel nicht, das Thorsen spielte. Er war auch nicht darauf aus zu erfahren, wie es hieß. »Doch nun, da ich in Sicherheit bin, steht es mir auch frei zu gehen?«

Thorsen öffnete seine Hände. »Natürlich steht es Ihnen frei zu gehen. Jederzeit.«

Um die Theorie zu testen, stand Cochrane auf.

Thorsen blieb sitzen. »Ich würde es natürlich begrüßen, wenn ich mich eine Weile mit Ihnen unterhalten könnte, aber …«

»Aber was?«

»Nichts. Auch ich habe allerhand zu tun, Mr. Cochrane. Dies sind für die Republik geschäftige Zeiten. Oder besser gesagt, für den ganzen Planeten. Und sie sind *lediglich* der Insasse einer Limousine.« Thorsen seufzte, als belaste ihn sein Amt über Gebühr – ein Amt, das er sich genommen, das man ihm nicht gegeben hatte. »Natürlich werden wir Sir John und seine … Fahrerin … irgendwann verhören müssen. Und meine

Leute sind manchmal … übereifrig, wenn es gilt, die Perfektion eifrig durchzusetzen.« Seine Maske verrutschte erneut. »Soll ich Ihnen eine Eskorte rufen, damit Sie gehen können?«

Cochrane blieb stehen. »Ich möchte mit Sir John und seiner Fahrerin *zusammen* gehen.«

Thorsens Stimme widerspiegelte langsam eine schreckliche, unterdrückte Wut. »Und ich möchte mich mit Ihnen unterhalten, Sir. Ich wollte schon in den letzten siebzehn Jahren liebend gern mit Ihnen reden. Sie schulden mir mindestens diese normale Höflichkeit, wenn Sie von mir erwarten, daß ich Ihren Freunden das gleiche erweise.«

Cochrane setzte sich wieder hin.

Thorsens Gelassenheit kehrte zurück. »Das ist schon besser«, sagte er.

»Worüber wollen Sie mit mir reden?«

»Die Zeit ist gekommen, sagte das Walroß, hmm?« erwiderte Thorsen verspielt. Seine Verärgerung schien ebenso schnell verschwunden zu sein, wie sie gekommen war. »Ich möchte über folgendes mit Ihnen reden: über Sie und mich. Aber ich weiß, daß wir beide sehr beschäftigt sind. Ich weiß eine Menge über Sie.« Er spitzte die Lippen und musterte seine gefalteten Hände, als läse er irgendwelche unsichtbaren Notizen. »Fangen wir mal damit an, daß Sie in einem Land geboren wurden, das sich Vereinigte Staaten nannte.«

»Nach allem, was ich so höre, existiert es noch«, sagte Cochrane leicht ironisch. Der Mann vor ihm war zwar gefährlich, aber es fiel ihm schwer zu akzeptieren, daß die Erde eine solche Arroganz wie Thorsens routiniert vorgebrachte Bedrohung des Wohlergehens anderer heutzutage erlaubte.

»Dinge verändern sich, Mr. Cochrane. Wie Ihr Leben. Sie sind in Hawaii, in London, Indien und Seoul aufgewachsen. Ihre Eltern waren Lehrer, nicht wahr? Und Weltreisende. Sie haben am MIT studiert.« Thorsen schaute auf und schenkte Cochrane einen wichtigtuerischen Blick. »Sie haben nach drei Jahren aufgehört, ohne Abschluß. Genies werden im allgemeinen mies behandelt, wie ich aus eigener Erfahrung weiß. Sie sind dann auf die Kashishowa-Station auf dem Mond gegangen, weil die Firma Brack Interplanetary Sie dankenswerterweise finanziert hat. Und schließlich wurden Sie von der unnützen, maßlosen Privatindustrie geschluckt.«

Cochrane schaute Thorsen fest in die Augen. »Ich gehe dorthin, wo meine Tätigkeit mich hinbringt.«

»Schließt das auch Centauri B II mit ein?« Thorsen setzte ein grauenhaftes Lächeln auf. Cochrane wich seinem Blick nicht aus, auch wenn er es am liebsten getan hätte.

»Alpha Centauri ist meine Heimat«, erwiderte er mit einem inwendigen Schaudern, als er sich ausmalte, die Überzeugungen dieses Mannes könnten je auf seine Welt vordringen. Es hatte vier Jahre gedauert, eine sich selbst versorgende, landwirtschaftliche Gemeinschaft aufzubauen, die eine voll ausgerüstete Kontinuumverzerrung-Forschungseinrichtung betrieb, und nun erblühte die kleine Kolonie. Cochrane war möglicherweise der erste Mensch, der je gesagt hatte, eine andere Welt sei seine Heimat, aber es stimmte.

»Tut mir sehr leid, das zu hören, besonders von Ihnen.« Thorsen runzelte leicht mißbilligend die Stirn. »Ihnen ist doch bestimmt bewußt, daß man hier, in *meiner* Heimat, jeden, der die Erde in diesen turbulenten, bewegten Zeiten verläßt, für einen Feigling hält – falls nicht für einen Verräter, der den Ort seiner Geburt in Zeiten größter Not aufgibt.«

Cochrane kannte das Argument nur allzu gut. Vor Jahren, als er sich schließlich entschlossen hatte, Micah Bracks Angebot anzunehmen und eine selbständige Kolonie auf Alpha Centauri zu gründen, hatte er über ein dutzendmal an dieser Debatte teilgenommen und von der anderen, von Thorsens Seite aus, argumentiert. Am Ende hatte Brack ihn überzeugt. Aus den richtigen Gründen. Die moderne Technik hatte die Erde zu klein gemacht. Wenn die Menschheit überleben wollte, mußte sie ihre Wiege verlassen und sich auf neuen, andere Sonnen umkreisenden Welten niederlassen. So hatte Brack ihn schließlich überzeugt, daß auch die Vernichtung eines gesamten Planeten – durch die Natur oder Torheit – die Spezies nicht in den Untergang führen würde.

»Es ist ein tragischer Fehler zu glauben, der Fortschritt der Menschheit habe nach dem Tempo ihrer langsamsten Mitglieder zu erfolgen«, sagte Cochrane energisch und fragte sich, wie ironisch Brack diesen Augenblick wohl finden würde.

Thorsen schaute besorgt drein. Er ließ seine Knöchel knacken, und das plötzliche Geräusch in dem spannungsgeladenen stillen Raum ließ Cochrane zusammenzucken. »Sagen Sie das, weil ich mich um meine Heimat *kümmere,* weil ich mich darum *kümmere,* den Planeten zu retten, statt ihn aufzugeben; daß ich die Spezies irgendwie zurückhalte?«

Cochrane war Thorsens Spiel und der miserablen Selbstbeherrschung müde, die es seinerseits erforderte. »Ich sage, daß Ihre Optimum-Bewegung die Erde an den Rand der Vernichtung gebracht hat und die Spezies trotz Ihres Wahnsinns überleben wird, weil es funktionierende, unabhängige Kolonien auf anderen Planeten gibt.«

Thorsens Mundwinkel zuckten. »Aufgrund meines großen und dauerhaften Respekts für ihre Arbeit, Sir, will ich diese verräterische Verleumdung überhören. Aber ich rate Ihnen, Ihre nächsten Worte sorgfältiger zu wählen. Als Freund Sir Johns wird alles, was Sie sagen, gegen ihn verwendet werden. Und auch gegen seine *Fahrerin.* Mit den unerfreulichsten Konsequenzen.«

Cochrane widerstand dem Impuls, den Hohn aus

Thorsens ansehnlichem Gesicht zu prügeln. Aber diese Tyrannei mußte enden. Irgend jemand mußte sich ihr entgegenstellen.

»Was wollen Sie eigentlich von mir?«

Thorsen schaute Cochrane konzentriert an, als wolle er dessen Willen mit der schieren Kraft seiner Obsession brechen. »Ich möchte, daß Sie Ihrer wahren Heimat helfen, Mr. Cochrane. Ich möchte, daß Sie für die Erde tätig werden, statt sie auszusaugen und aufzugeben.«

»Ich habe der Erde geholfen. Es gibt eine wachsende interstellare Gemeinschaft. Neue wirtschaftliche Möglichkeiten für beiderseitige Expansion. Eine ganze neue ...«

Thorsen drosch plötzlich mit der flachen Hand auf den Schreibtisch. Cochrane zuckte zusammen. »Eine ganz neue Mentalität, die besagt, daß es gestattet ist, die Erde zu vernichten, weil sie nicht mehr einmalig ist!«

»Genau das tut Ihre Optimum-Bewegung«, fauchte Cochrane.

»Ganz im Gegenteil, Sir – Ihre Gier und Ihr Egoismus sind im Unrecht.«

Cochrane umklammerte frustriert und wütend die Lehnen seines Stuhls. Thorsen war so dämlich wie selbstsüchtig. »Und was soll ich Ihrer Meinung nach tun?! Auf die Straße gehen und die Leute bitten, den Hyperantrieb zurückzugeben? Den Kolonisten erzählen, daß alles ein Irrtum war; daß sie, bitteschön, zur Erde zurückkehren sollen?«

»Seien Sie nicht kindisch«, sagte Thorsen kalt. Sein Ton war nun bedrohlicher als je zuvor.

Cochrane zwang sich zur Ruhe. Es mußte irgend etwas geben, womit er Sir John, Monica und allen anderen helfen konnte, die dieser Irre als Geiseln festhielt. »Sie sagen, ich soll für die Erde tätig werden. Sagen Sie mir, wie.«

»Ich möchte ganz einfach das Geheimnis des Kontinuum-Verzerrungsgenerators.«

Cochrane stierte Thorsen an. Er verstand seine Bitte nicht. »Sämtliche Informationen über den Hyperantrieb sind in den Bibliotheken verfügbar. Durch die Cochrane-Stiftung können Sie Pläne für fünfzig Modelle abrufen, und zwar kostenlos. Sie können von hundert verschiedenen Firmen Teile, fertig zusammengebaute Einheiten oder vollständige Raumfahrzeuge kaufen. Verdammt noch mal, wenn Sie 50 000 Eurodollar für die Teile und zwei graduierte Ingenieure haben, können Sie sich in einer Woche selbst eins basteln. Und darum geht es Ihnen?«

Thorsens Antwort war langsam und abgemessen. »Sie mißverstehen mich schon wieder, Mr. Cochrane. Allmählich wird es bei Ihnen zur Angewohnheit, was?« Cochrane spürte, daß sich die Haare auf seinen Armen aufrichteten. Er sah den Wahnsinn in Thorsens leeren blauen Augen.

»Ich bin nicht daran interessiert, von der Erde zu flüchten. Ich habe kein Interesse an Ihrem Hyperantrieb als Transportmodus. Nur an dem Kontinuum-Verzerrungsgenerator in seinem Inneren.«

Cochrane wußte, er mußte äußerst vorsichtig sein. Um Sir John und Monicas willen konnte er nicht mehr riskieren, noch einmal laut zu werden – nicht nachdem, wie Thorsen ihn jetzt ansah. »Ich muß mich wiederholen, Sir. Die Pläne für meinen Generator sind in jeder Bibliothek vorhanden, oder bei meiner Stiftung – und kostenlos.«

»Ich war siebzehn Jahre lang geduldig, Mr. Cochrane. Bringen Sie mich bitte – *bitte* – nicht dazu, daß ich jetzt die Geduld mit Ihnen verliere.«

Cochrane fuhr mit so viel Haltung fort, wie er aufbringen konnte. Es war offensichtlich, daß Thorsen auf irgend etwas Bestimmtes aus war. »Bei allem Respekt, Colonel Thorsen, gestatten Sie mir zu sagen, daß ich Ihre Frage nicht verstehe. Worauf genau sind Sie aus?«

Thorsen stand auf, stützte sich auf die Knöchel seiner

Hände, und sein Gesicht blieb vollkommen im Schatten verborgen.

»Ich möchte das Geheimnis der Warpbombe, Mr. Cochrane. Und falls Sie wollen, daß Sie und Ihre Freunde die Morgendämmerung erleben, geben Sie es mir jetzt.«

Von allen Emotionen, die Cochrane in diesem Augenblick empfand, war Erleichterung die stärkste. Er wußte, wie heikel seine Position war, aber nun wußte er endlich, *warum* Thorsen ihn mit derartiger Besessenheit verfolgt hatte. Und diese Besessenheit war nicht umsonst gewesen.

Cochrane musterte den Irren mit festem Blick. »Es gibt keine Warpbombe«, sagte er. »Hören Sie genau zu. Es ist ein altes, dummes Gerücht, an dem kein Körnchen Wahrheit ist.«

Doch Adrik Thorsen schüttelte den Kopf. »Am 8. August 2053 verschwand eine Sauerstoffkuppel einhundert Kilometer von der Kashishowa-Station entfernt buchstäblich vom Angesicht des Mondes.«

Cochrane seufzte. Es sah so aus, als würde er die alte Geschichte nie wieder los. Kurz nach dem Ereignis war er vor einer Anhörung der lunaren Sicherheitskommission erschienen. Er hatte drei Tage lang eine Aussage gemacht. Waffenforschung war auf dem Mond nicht erlaubt, weswegen das Gerücht dort offenbar seinen Anfang gemacht hatte. Seine Aufenthaltserlaubnis hatte auf dem Spiel gestanden. Aber er war in der Lage gewesen, die Kommission zu überzeugen, daß seine Arbeit nichts mit Waffen zu tun hatte. Tatsächlich war die Explosion der Beweis gewesen, daß der Kontinuum-Verzerrungsgenerator, den er als Vorläufer des Hyperantriebs hatte perfektionieren wollen, über keine militärischen Anwendungsmöglichkeiten verfügte.

»Ich sage es noch einmal, Colonel Thorsen: Die Vernichtung der Testanlage war eine Folge des Versagens des Lithiumkonverters und der sich daraus ergebenden unkontrollierten Mischung von Materie und Antimaterie. Die Instabilität von Lithium unter diesen Umständen ist wahrscheinlich das größte Einzelproblem, das wir noch lösen müssen, um den intensiven Energiefluß zu regulieren, den wir brauchen.«

Thorsen stierte Cochrane grimmig und verständnislos an; der Wissenschaftler begriff, daß der Soldat nicht bereit war, seinen Traum so leicht aufzugeben. »Ihre Aussage bei der Anhörung hat das völlige *Nichtvorhandensein* von Strahlungsspuren bestätigt. Sie sind Wissenschaftler, Sir: Wie können Materie und Antimaterie einander *ohne* Erzeugung von ungeheuren Mengen ionisierender Strahlung vernichten?«

Cochrane kämpfte um Selbstbeherrschung. Nicht seinetwegen, sondern wegen Sir John und seiner Enkelin. »Wenn Sie *alle* meine Aussagen vor der Kommission gelesen hätten, wäre Ihnen die Antwort auf diese Frage bekannt. Ein technisches Versagen erzeugte eine außer Kontrolle geratene Kontinuum-Verzerrung, die alles in ihr aus der normalen Raumzeit verschwinden ließ – *einschließlich* der Strahlung.«

Cochrane beugte sich vor und zeichnete den Umriß des asymmetrischen Verzerrungsfeldes mit den Händen in die Luft, als stünde er vor einer Studentenschar im Labor. »Es ist eine einfache Idee«, sagte er verzweifelt und in dem Bemühen, die Physik, die nur einer Handvoll Menschen wirklich verständlich war, auf ein Maß zu reduzieren, das auch Thorsen begreifen konnte. »Die von der Materie-Antimaterie-Reaktion erzeugte Strahlung bewegte sich von der Vernichtungsstelle aus mit Lichtgeschwindigkeit nach außen. Jedoch übertraf der vorübergehende Energieanstieg der Kontinuum-Verzerrerblase in den beiden Femtosekunden, in denen der Generator intakt blieb, die Geschwindigkeit des Lichts um eins komma sechs Mal die der Strahlung. Als die Blase durch die Nähe der Sonnenschwerkraftverzerrung aus der normalen Raumzeit gerissen wurde,

wurde auch *alles andere* in ihr der Raumzeit entrissen. Einschließlich des Generators, der Explosion und *sämtlicher* Strahlung, die die Explosion freisetzte.«

Thorsen kniff die Augen zusammen. »Und hinterließ einen perfekten, halbkugelförmigen Krater auf der Mondoberfläche – mit einem Durchmesser von achtzehn Metern, hinter dessen Rand nicht das *geringste* durcheinandergeraten war.« Er stand langsam auf und begab sich wieder vor den Schreibtisch. »Sie wissen doch, daß Sie die perfekte Waffe konstruiert haben, nicht wahr?« Schon die matten Notleuchten reichten aus, um die Grausamkeit seines Blicks zu enthüllen. »Die vollständige Vernichtung eines Ziels, ohne Strahlungsabfall und ohne explosive Wirkung. Der perfekte chirurgische Schlag, der garantiert, daß es zu keinen ungewollten zivilen Verlusten kommt.«

»Sie hören mir nicht zu«, sagte Cochrane. »Es spielt keine Rolle, wie groß der Generator ist, den man baut, oder wie stark man ihn macht – er erzeugt nur eine achtzehn Meter durchmessende Blase versetzter Raumzeit. In dieser Nähe zur Sonne kann die Kontinuum-Verzerrungsblase nicht größer werden, bevor sie in der Raumzeit zu existieren aufhört.«

Thorsen schaute Cochrane fest an, als wolle er ihn auf geistigem Weg dazu bringen, der Wahrheit abzuschwören. »Ich hätte nie gedacht, daß Sie ein phantasieloser Trottel sind, Mr. Cochrane. Welche Geschwindigkeit erreicht Ihr Hyperantrieb heutzutage? Vierundsechzigfache Lichtgeschwindigkeit? Von der Erde zum Alpha Centauri-System in etwas weniger als einem Monat? Welche Art Loch hätten Sie auf dem Mond hinterlassen, wenn Ihre Verzerrungsblase sich bei diesem Tempo fortgepflanzt hätte? Ich will's Ihnen sagen: einen Dreiviertelkilometer. Und bei einem anderen Faktor: fast eineinhalb Kilometer vollkommener Zerstörung. Und das *ohne* Nebenschäden!«

»Was Sie vorschlagen ist unmöglich«, sagte Cochrane

fest, auch wenn sein Mut abnahm, als er begriff, warum er für Thorsens Wahnsinnsvision einer irdischen Zukunft so wichtig geworden war. »Ich konnte es zwar noch nicht beweisen, aber ich nehme an, es liegt daran, daß das Schwerkraftfeld der Sonne Wurmlöcher erzeugt, wenn Kontinuum-Verzerrungsfelder zu nahe entstehen. Empirische Experimente haben gezeigt, daß in der Nähe der Erde die Verzerrungsfelder *immer* achtzehn Meter durchmessen, egal wie schnell sie sich fortpflanzen. Auf dem Merkur würden sie nur sechs Meter durchmessen. Draußen auf dem Neptun vielleicht hundert Meter. Noch weiter draußen hat man eine Kontinuum-Verzerrungsantriebskraft. Die Schwerkraft der Sonne ist der Begrenzungsfaktor. Nicht die Technik.«

Thorsen ragte finster vor Cochrane auf und warf seinen Schatten über ihn. »Ich habe Ihre Forschungsergebnisse *wirklich* gelesen, Sir! Ich weiß, daß es eine *Tatsache* ist, daß Sie daran arbeiten, den Umfang des Feldes zu steuern. Ich weiß, daß es eine *Tatsache* ist, daß Sie den Umfang des Feldes kontrollieren *können!*«

»Um es zu *verkleinern*«, sagte Cochrane beharrlich. »Damit der Hyperantrieb auch in Sonnennähe funktioniert. Damit wir ihn von Planet zu Planet einsetzen können, statt nur von System zu System. Irgendwann sind wir vielleicht in der Lage, von einem Planeten aus mit ihm zu starten.

Das Kunststück besteht darin, die Region der Verzerrung rings um das Raumfahrzeug zu *bilden*. Ich kann die Effektivität und Funktionsreichweite des Hyperantriebs innerhalb einer Schwerkraftquelle *tatsächlich* ansteigen lassen. Dazu muß ich nur eine alternierende Reihe sich überlappender Felder erzeugen. Jedes Feld trägt dazu bei, den anderen eine feinere Auflösung zu verleihen. Schauen Sie sich die meisten Schiffskonstruktionen an – zwei Generatoren, ausgewogen wie eine Stimmgabel, gleichen beide Seiten des Zentrums der Übergangsmasse aus. *Ich* habe damit rein gar nichts zu tun. Meine Ingenieure haben nichts damit zu tun. Es ist die Natur des Kontinuums.«

Thorsen trat zurück und lehnte sich gegen den Schreibtisch. Er musterte Cochrane eingehend. »Ich habe, wie schon gesagt, Ihre Veröffentlichungen gelesen. Ich habe Ihr Leben und Werk studiert. Ich bewundere sogar Ihren Verstand. Ich halte Ihre Leistungen für ein Kennzeichen dessen, was die Optimum-Bewegung zu werden erstrebt – was sie werden *muß*, wenn die Welt und die Menschheit überleben sollen.« Er rieb seinen Nasenrücken, als sei er zu lange ohne Schlaf auf den Beinen. »Aber das Optimum hat Feinde, Sir. Unwissende Feiglinge, die uns am liebsten in Höhlen um ein Feuer herumhocken sähen – voller Angst, uns anzuschauen, was draußen liegt, und voller Angst voreinander.« Er wandte den Blick ab, schien in irgendwelche Erinnerungen eines Geheimnisses verloren, das er bedauerte. »Und diese Feinde attackieren uns jetzt. Sie wettern auf dem ganzen Globus gegen uns. So sehr ich mich auch bemühe, der Welt eine neue Ordnung und die Erleuchtung zu bringen – sie wollen mich aufhalten und alles abschaffen, was ich je zustande gebracht habe.«

Thorsen musterte Cochrane, als wolle er ihn einladen, ihm eine Antwort zu geben, ihn zu ermutigen. Doch Cochrane hielt sich zurück, sagte nichts. Er kannte die Feinde des Optimums: anständige Männer und Frauen, die sich gegen die Fanatiker empörten und gegen sie aufstanden; die nicht daran glaubten, daß Ordnung aus irgendeiner Gruppierung entstehen konnte, die mit Ausgrenzung, Vorurteilen, Haß und Völkermord regierte.

»Eine Warpbombe könnte uns retten, Mr. Cochrane. Mit einer solchen Waffe, die der reinen Selbstverteidigung dient, würde niemand wagen, uns anzugreifen. Kriege wären dann unvorstellbar.«

Cochrane musterte Thorsen ungläubig, denn er

sprach genau die Worte aus, die Micah Brack prophezeit hatte. Wenn auch unter anderen Umständen.

»Colonel Thorsen«, sagte Cochrane langsam, »selbst wenn eine Warpbombe möglich wäre; wenn es das einzige wäre, das die Optimum-Bewegung an der Macht halten könnte: Ich würde lieber sterben, als sie für Sie zu bauen.«

Thorsen griff in die Brusttasche seines blutroten Overalls, entnahm ihm ein Mobiltelefon – ein schmales, bleistiftdünnes Instrument, dessen Spitze grün leuchtete – und schaltete es mit einer Drehung ein. Er schaute Cochrane an, und seine Lippen verzogen sich zu einem abscheulichen Lächeln. »Auch wenn Sie mir Widerstand leisten, Mr. Cochrane, Sie sind zu wertvoll, um zu sterben. Jedenfalls momentan. Aber zum Glück gibt es viele andere nicht-optimale Menschen, die bereitstehen, Ihre Stelle einzunehmen.«

Dann sagte er, wenn auch mit einigem Zögern, in das Telefon hinein: »Hier ist Colonel Thorsen. Mr. Cochrane und ich haben einen Stillstand erreicht, der gebrochen werden muß. Bringt den Alten rein. Und seine Fahrerin.«

## 8

## *USS* Enterprise *NCC-1701*
## *Standardkreisbahn, Planetoid Babel*

Sternzeit: 3850.7 · Terrestrische Zeit: November 2267

Als Botschafter Sarek den Transporterraum betrat, wies sein Gesicht eine leicht grünliche Färbung auf – die perfekte Farbe eines gesunden Vulkaniers, der sich nach McCoys Behandlung vollständig erholt hatte. Seine Gattin Amanda ging mit einem gelassenen Lächeln neben ihm her. Die anderen mit der *Enterprise* angereisten Delegierten waren bereits von Bord gebeamt oder hatten eine Fähre zum Planetoiden Babel genommen. Nur Sarek und Amanda waren noch da.

Der sich in der Galauniform unbehaglich fühlende Kirk hatte sich auf die letzte Begegnung mit dem Botschafter gefreut. Doch die Anwesenheit Admiral Kabreignys zwang ihn, seine Erwartungen zurückzuschrauben. Die Admiralin konnte es kaum erwarten, in die Region Gamma Canaris zurückzukehren, so daß er und Sarek wenig Zeit hatten, sich zu unterhalten. Die Anwesenheit des Transportertechnikers hinter der Konsole schränkte zusätzlich das ein, was man sagen konnte.

»Botschafter Sarek«, sagte Kirk formell, »obwohl ich mir wünsche, die Umstände wären weniger schwierig gewesen, war es eine Freude, Sie an Bord zu haben.«

Sarek nickte respektvoll. »Die Reise war höchst interessant«, erwiderte er. Dann warf er einen vielsagenden Blick auf Spock, der neben Kirk – zwischen dem Captain und McCoy – stand. »Und äußerst produktiv.«

Spock und Sarek musterten einander ausdruckslos, doch Amanda strahlte. »Das würde ich als überragendes Kompliment verbuchen, Captain.«

»Ich freue mich, daß ich zu dem beitragen konnte, was … passiert ist«, sagte Kirk. Aus Respekt vor seinem Wissenschaftsoffizier wollte er den Gefühlen, die Amanda zur Schau stellte, nicht entsprechen. Vor dieser Reise hatten Spock und sein Vater achtzehn Jahre lang nicht miteinander gesprochen, und Amanda freute sich sichtlich, daß die Sackgasse, in der sich ihr Ehemann und ihr Sohn befunden hatten, nicht mehr existierte.

Kirk erkannte, daß Admiral Kabreigny Sarek aufgebracht musterte. Er begriff, daß sie keine Ahnung hatte, wovon der Botschafter und seine Frau sprachen. Das gefiel ihm. Er beschloß, ihre Verwirrung noch zu erhöhen.

»Ich würde mich freuen, Sie bald wieder an Bord zu haben«, fuhr er fort. »Besonders deswegen, weil ich dann die Chance habe, einige von Dr. McCoys Zungenspateln zurückzugewinnen.«

Sarek erwiderte mit einer Aura völliger Unvoreingenommenheit: »Sie können es versuchen, Captain.«

Kirk warf einen kurzen Blick auf die völlig verwirrte Miene der Admiralin. Soweit er es verstand, hatte Sarek gerade einen Witz gemacht.

Sarek wandte sich mit dem gleichen Gesichtsausdruck an McCoy. »Dr. McCoy, ich halte Ihr chirurgisches Können für zufriedenstellend.«

Kirk sah, wie McCoys Grinsen verblaßte. Das Wort ›zufriedenstellend‹ erwartete er wohl kaum aus dem Munde eines Patienten, dessen Leben er unter höchst schwierigen Umständen gerettet hatte. Doch bevor er seinen Unwillen zum Ausdruck bringen konnte, sagte Spock schnell: »Ich erkläre es später, Doktor.«

Dann war Spock selbst an der Reihe, sich von seinen Eltern zu verabschieden. »Ich wünsche dir Erfolg auf der Konferenz, Vater.«

»Das ist unlogisch, Spock. Deine Wünsche werden das Ergebnis nicht beeinflussen.«

»Nun, als jemand, der die Föderation und deine Stellung in Sachen Coridan-Aufnahme respektiert, ist es für mich logisch, diesen Wunsch zu verspüren.«

»Zweifellos. Aber wieso hältst du es für nötig, ihn mir mitzuteilen, wenn er doch kein Teil dessen ist, was ich tun muß?«

»Ich halte es nicht für nötig. Ich drücke ihn nur aus, damit du weißt, daß deine Logik durch eine unabhängige Analyse Unterstützung erfährt.«

»Ach so. Es ist eine logische Stellungnahme.«

Amanda seufzte mit einem glücklichen Lächeln. »Wie in alten Zeiten. Danke, Captain. Und Dr. McCoy ...« Sie trat zu McCoy hin und umarmte ihn, worauf er mit einem breiten Lächeln reagierte. »Danke für alles, was Sie für Sarek getan haben.« Sie schaute ihren keine Miene verziehenden Ehemann an. »Wir wissen es beide sehr zu schätzen.«

Dann stand sie vor Spock, und Kirk sah, daß sie innerlich mit sich kämpfte und sich zwang, ihren Sohn nicht ebenfalls zu umarmen. »Ich hoffe, daß du bei deinem nächsten Urlaub nach Hause kommst. Es gibt so vieles, das ich dir erzählen muß.«

»Ich schreibe, sooft ich kann, Mutter.«

Amanda lächelte ihren Sohn an; ihr Lächeln war so herzlich, daß es auch für zwei reichte. »Das ist nicht das gleiche, und ich weiß, daß du es auch weißt.«

Sarek streckte eine Hand aus und spreizte die ersten beiden Finger ab. »Komm zu mir, Gattin.« Amanda verband mit friedlichem Gesichtsausdruck ihre Finger auf traditionelle Weise mit denen ihres Mannes, so wie ein vulkanisches Ehepaar in der Öffentlichkeit agierte. Sarek hob die andere Hand und teilte seine Finger zu dem vertrauten Gruß. »Gesundheit und ein langes Leben, mein Sohn.«

Spock erwiderte den Gruß und erwiderte in einem Tonfall, der ebenso leidenschaftslos war: »Frieden und ein langes Leben, Vater.«

»Dafür hat Dr. McCoy gesorgt«, sagte der Botschafter.

Dann trat er, seine Gattin neben sich, auf die Transporterplattform.

Kirk und McCoy lieferten ihre persönlichen Versionen des vulkanischen Grußes ab (McCoy beherrschte seine Finger noch immer nicht), dann gab Kirk das Kommando.

Als Sarek und Amanda verschwunden waren, drehte sich Spock mit fragend hochgezogener Braue zu McCoy um. »Ich habe meinen Vater noch nie so dankbar erlebt, Doktor.«

McCoys Miene spiegelte höchste Überraschung. »*Das* war Dankbarkeit?«

»Und zwar von *kapitaler* Tiefe. Außerdem habe ich ihn noch nie dermaßen gefühlsüberschwenglich gesehen.«

»Was?!«

Spock verschränkte die Arme hinter dem Rücken. »Ich kenne zwar den Grund nicht, aber mein Vater scheint ziemlich von Ihnen eingenommen zu sein.«

McCoy schaute Kirk an. »Nimmt er mich auf den Arm?«

Doch es war Admiralin Kabreigny, die antwortete. »Vulkanier nehmen niemanden auf den Arm, Doktor.«

Kirk war überrascht, sie dies sagen zu hören. Allem Anschein nach kannte sie die Vulkanier nicht so gut wie er. Sie verstanden vielleicht keinen Humor, aber irgendwie, dessen war er sich sicher, hatten sie ihren eigenen.

Die Admiralin funkelte Kirk finster an. »Und jetzt, nachdem dieses … Familientreffen, oder was es auch war, vorbei ist, enden Ihre Pflichten bei Babel, Captain.«

Kirk trat an das Interkom neben der Tür und rief die Brücke. Sulu meldete sich. »Nehmen Sie Kurs auf die Region Gamma Canaris«, ordnete er an. »Wenn bereit, auf Warpfaktor sieben gehen.«

Sulu bestätigte, und als Kirk wieder bei der Admiralin stand, hörte er schon das ferne Trommeln der Cochrane-Generatoren, die in seinem Schiff widerhallten.

Warpfaktor sieben war zwar eine Belastung, und Mr. Scott würde sich zweifellos nach ein paar Tagen beschweren, doch die Geschwindigkeit brachte die *Enterprise* in weniger als einer Woche an ihr Ziel.

»Warpfaktor sieben ist zu wenig, Captain«, sagte Kabreigny jedoch. »Auf der *Planitia* befinden sich einhundertundzwei Menschen.«

Ob sie nun Admiralin der Flotte war oder nicht: Kirk reagierte nicht allzu freundlich auf Offiziere, die ihm auf seinem Schiff Anweisungen geben wollten. »Wenn das Oberkommando der Ansicht wäre, daß das Leben der Leute wirklich in Gefahr ist«, sagte er, »hätte man bestimmt andere Schiffe in die Region entsandt, statt auf die *Enterprise* zu warten.«

Kabreigny spitzte in ernster Mißbilligung die Lippen, und rings um ihren Mund bildete sich ein Netz dünner Falten. »Seit wann ist es Ihre Aufgabe einzuschätzen, was das Oberkommando denkt?«

Kirk erwiderte mit ebensolchem Nachdruck: »Seit ich das Kommando über dieses Schiff habe, Admiral, und man mir die Anweisung gab, die Gesetze und Vorschriften der Föderation und der Flotte zu interpretieren, wann immer ich mich außerhalb einer Verständigungsmöglichkeit mit beiden befinde – was ungefähr *immer* der Fall ist.«

Kabreigny trat näher an ihn heran und musterte ihn wütend. »Auf diesem Schiff bin *ich* das Oberkommando, Captain. Außerdem sind wir in Verständigungsbereitschaft. Die *Enterprise* ist keine Privatjacht, die Ihrem Amüsement dient, damit Sie ... mit Zungenspateln spielen können.«

Kirk traf die schwierigste Kommandoentscheidung seit Monaten: Er hielt den Mund.

»Warpfaktor *acht*, Captain. Es sei denn, das Niveau der *Enterprise* ist so niedrig, daß Sie glauben, sie kann es nicht aushalten.«

»Ist das ein Befehl, Admiral?« Das Schiff konnte zwar

für kurze Zeitperioden Warp acht beibehalten, aber zum Nachteil aller Systeme und der Schiffsstruktur.

»Und ob, verdammt noch mal.«

»Dann gehen wir nach Ermessen des Chefingenieurs auf Warp acht. Außerdem werde ich meinen Einwand gegen das unnötige Risiko, dem Sie das Schiff und die Mannschaft aussetzen, meinem Logbuch anvertrauen.«

Unerwarteterweise grinste Kabreigny. Sie gehörte eindeutig zu den Offizieren, die bei Konfrontationen erst aufblühten. »Registriert, Captain. Außerdem bin ich gern bereit, alle Fragen zu beantworten, die Sie möglicherweise stellen möchten.« Und dann, bevor Kirk antworten konnte, wandte sie ihm den Rücken zu und verließ den Transporterraum.

Kirk musterte die sich hinter ihr schließende Tür. McCoy baute sich neben ihm auf.

»Wie geht's deinem Rücken, Captain?« Er dachte offenbar, Kirks üble Laune werde nicht nur durch die Provokationen der Admiralin gespeist.

Kirk ignorierte die Frage. Er ignorierte ebenso den konstant leichten Schmerz der Messerwunde. Er glaubte, daß McCoy zwar auf der richtigen Spur, aber auf der falschen Seite war. »Admiral Kabreigny ist nicht nur an Bord, weil es um einen verschwundenen Passagierraumer geht, nicht wahr?« fragte er.

McCoy antwortete erst, als Spock den Transportertechniker hinausgeschickt hatte und die drei Stabsoffiziere allein waren.

»Die Nachricht von Nancy Hedford kann auch im Hauptquartier nicht allzu gut aufgenommen worden sein«, sagte McCoy.

Kirk schüttelte den Kopf. »Nein, es geht um mehr. Sie ist so verbiestert … Ich weiß zwar, daß sie den Ruf hat, barsch, engstirnig und zielgerichtet zu sein, wenn sie sich einmal in eine Sache verbissen hat, aber …«

»Und Menschen wie sie werden in die Flotte aufgenommen?« unterbrach McCoy ihn mit Unschuldsmiene.

Kirk kniff die Augen zusammen. Er fand die Bemerkung nicht witzig. Da war ihm Spocks trockener Humor lieber. Er wandte sich dem wissenschaftlichen Offizier zu.

»Mr. Spock, Ihre ... Freunde, die Sie über die Explosion im Flottenarchiv informiert haben ... Glauben Sie, sie könnten etwas über die Admiralin herausfinden?«

»In welcher Hinsicht, Captain?«

Kirk runzelte nachdenklich die Stirn. »Nun, ob sie an irgendwelchen Sonderprojekten arbeitet, spezielle Interessen verfolgt ... Alles, was eventuell ihre Überreaktion auf das Verschwinden des Raumers und die Nachricht von Nancy Hedford erklären könnte.«

McCoy legte mit einer warnenden Geste eine Hand auf Kirks Arm. »War es denn *wirklich* eine Überreaktion?« fragte er.

Kirk war sich sicher. »Oberflächlich besehen könnte das Schlimmste, dessen ich schuldig bin, die Tatsache sein, daß ich eine Navigationsgefahr nicht gemeldet und mich mit einem Schiffsarzt verschworen habe, um die wahre Todesursache eines wichtigen Passagiers zu verschleiern. Aus dem Blickwinkel des Oberkommandos sind das zwar ernste Beschuldigungen, aber sie sind nicht so ernst, wie die Admiralin sie erscheinen läßt.«

»Du gehst nicht davon aus, daß sie etwas über Cochrane weiß, oder?« fragte McCoy.

Kirk zuckte die Achseln. »Und wenn doch? Wie Spock schon sagte: Er ist kaum mehr als eine historische Kuriosität. Sein Verlangen nach Privatsphäre wollte nur den Ansturm der Historiker vermeiden, dem er sonst ausgesetzt wäre.« Kirk sah Spocks Gesichtsausdruck – als wolle er etwas sagen. »Sie stimmen nicht zu?«

»Ob die Möglichkeit besteht, daß Cochrane seinen Aufenthaltsort aus anderen Gründen zu einem Geheimnis macht?«

McCoy schlug den Blick zum Himmel. »Zum Beispiel? Eine Ex-Frau, die auf – wie hieß das früher noch? – Unterhaltszahlung wartet, Mr. Spock?«

Kirk stimmte McCoys Einschätzung zu. »Er ist doch für alle seit hundertfünfzig Jahren tot.«

»Ich erinnere mich aber«, fuhr Spock fort, »daß die Geschichte nicht viel über sein plötzliches Verschwinden weiß.«

Es gefiel Kirk nicht, daß seine Idee aufs Nebengleis geschoben wurde. »Er war siebenundachtzig Jahre alt, Spock. Er hat erzählt, daß er im Sterben liegt und im Weltraum sterben will. Das klingt nach einem Menschen, der die bewußte Entscheidung gefällt hat, mit seinem Leben abzuschließen. Ich bezweifle, daß er irgendwelche unbeendeten Geschäfte hinterlassen hat.«

Spock musterte Kirk und McCoy eine Weile, dann schien er einen eigenen Entschluß zu fassen. »Ich werde trotzdem in beide Richtungen ermitteln: Admiral Kabreignys Interesse an diesen Dingen und die Umstände von Zefram Cochranes späteren Lebensjahren, vor seinem Verschwinden.«

»Bei Warp acht haben Sie dazu weniger als zweiundsiebzig Stunden Zeit«, sagte Kirk. »Was mich daran erinnert, daß ich in Kürze von Mr. Scott etwas hören müßte …«

Das Interkom summte, und Chefingenieur Scotts aufgebrachte Stimme sagte: »Captain Kirk, hier ist der Maschinenraum.«

Kirk ging zur Wand zurück und drückte die Sendetaste. »Nur zu, Scotty.«

»Admiral Kabreigny war gerade hier, Captain – im Maschinenraum, Sir. Und sie sagt, daß wir bis nach Gamma Canaris mit Warp acht fliegen sollen.«

»Ist die *Enterprise* dazu in der Lage, Mr. Scott?«

»Aye, Captain. Warp acht, und noch 'n kleines bißchen mehr, wenn Sie wollen.«

»Wo ist dann das Problem?« fragte Kirk.

»Es gibt keins, Sir. Es ist nur …« Scott konnte sich offenbar nicht dazu überwinden, den Grund seines Anrufes bekanntzugeben.

»Ich verstehe, Scotty«, sagte Kirk. »Ich bestätige den Befehl.«

»Ich war nicht auf eine Bestätigung aus, Captain«, sagte Scotty rasch.

»Ich weiß.« Kirk lächelte. »Kein Flottenoffizier würde beim Befehl eines Admirals rückfragen.«

»Absolut nicht, Sir.«

»Aber unter uns gesagt, Mr. Scott, es gibt einen guten Grund, die Maschinen auf Warp acht zu schalten«, sagte Kirk. »Die Admiralin glaubt nicht, daß sie es können.«

Die Erleichterung in Scotts Stimme war unmißverständlich. »Unter uns gesagt, Captain, ich danke Ihnen. Scott, Ende.«

»Unter uns gesagt«, fügte McCoy hinzu, »ich würde sagen, daß die Admiralin sich bei der Mannschaft nicht allzu beliebt macht.«

»Unter uns gesagt«, sagte Spock, »ich würde den Grund dafür sehr gern erfahren.«

»Und offiziell gesagt«, sagte Kirk, »ich glaube *nicht,* daß es einen guten Grund gibt, das Schiff so zu belasten. Deswegen hoffe ich, Mr. Spock, daß Sie um der *Enterprise* und der Admiralin willen irgend etwas herauskriegen.«

»Ich würde es lieber nicht«, sagte Spock, und fügte auf Kirks unausgesprochene Frage hinzu: »So wie die Dinge nun liegen, könnte die einzige logische Erklärung für das Verhalten der Admiralin äußerst bedrückend sein.« Doch weitere Ausführungen wollte er nicht machen. Er ließ Kirk und McCoy allein im Transporterraum zurück, wo sie sich fragten, was er wußte und wann sie es erfahren würden.

# 9
## *USS* Enterprise *NCC-1701-D*
## *Standardkreisbahn Legara IV*

Sternzeit: 43920.6 · Terrestrische Zeit: Mai 2366

Picard drückte den Kommunikator auf seinem Brustkorb und rief den Maschinenraum. Lieutenant Commander Geordi LaForge reagierte sofort.

»Mr. LaForge, ich würde gern Ihre Meinung über das Artefakt hören, das auf dem Hauptschirm zu sehen ist.«

»Ich rufe es gerade auf, Captain.«

Die körperlose Stimme des Chefingenieurs war die einzige, die man in der Stille der Brücke hörte. Das einzige andere Geräusch war das durchdringende Hintergrundgeflüster der zahlreichen Systeme der *Enterprise.* Alle anderen hatten die Herkunft des Artefakts erkannt, das die Ferengi ihnen vorführten. Es nahm nun den ganzen Bildschirm ein. Doch Picard wußte, daß seine Mannschaft stumm blieb, um seine Verhandlungen mit DaiMon Pol nicht zu stören.

LaForge stieß einen Pfiff aus. »Ich glaube zu wissen, was es ist, Captain. Ein Teil eines Borgschiffes. Haben Sie irgendeine Vorstellung, mit welchem Maßstab wir es hier zu tun haben?«

Picard sprach in den leeren Raum. »DaiMon Pol.«

Sofort war der Ferengi wieder auf dem Bildschirm zu sehen.

»Unsere Aufmerksamkeit gehört Ihnen«, gestand Picard ein. »Können Sie uns irgendwelche Angaben über die Größe, den Fundort und den Funktionsstatus des Objekts machen, das Sie uns gezeigt haben?«

Der Ferengi sank in seinen Kommandositz zurück. Leider war dieser für die weitaus umfangreichere Gestalt eines Romulaners konstruiert, so daß er wie ein Kind im Sessel eines Erwachsenen wirkte. Picard stellte sich vor, daß seine Beine über dem Boden in der Luft baumelten.

»Da ich Sie mag, Pickhart, gebe ich Ihnen einige Informationen, auch wenn meine diesbezügliche Großzügigkeit meinen Gewinn in keiner Weise erhöht.« Pols Grinsen war wieder da. Der DaiMon glaubte allem Anschein nach, die Verhandlungen zu beherrschen. »Die Masse des Objekts beträgt 45,35 Kilotonnen. Es ist *nicht* in funktionsfähigem Zustand, verfügt jedoch über eine funktionierende Kraftquelle. Der Fundort ist leider etwas, das ich als armer, doch ehrlicher Kaufmann, für mich behalten muß. Jedenfalls im Moment noch.« Das Grinsen des Ferengi wurde einen Moment breiter und wurde dann zu einem unaufrichtigen Stirnrunzeln. »Aber wenn Sie nicht interessiert sind, sind Sie eben nicht interessiert. Darin besteht eben das beklagenswerte Schicksal eines Kaufmannes. Sollte es jedoch irgend etwas anderes geben, mit dem ich Ihnen oder Ihrer Mannschaft dienlich sein könnte ... romulanisches Bier, deltanische Holochips, altpreußische Schnurrbartbinden ... Was es auch sei, zögern Sie bitte nicht, es mir zu sagen. Ich werde für, sagen wir mal, eine Stunde in der Kreisbahn um Legara IV bleiben.« Das Bild von DaiMon Pol verblaßte und wurde durch die Abbildung seines Schiffes ersetzt. Es war stabil und fest. Das, was anfangs mit dem Tarngerät schiefgelaufen war, schien behoben worden zu sein.

Picard wandte sich um und schaute seine Leute an. »Lieutenant Worf, senden Sie eine Prioritätsmeldung an Admiral J.P. Hanson auf Sternbasis 324. Informieren Sie ihn, daß ein Ferengi-Kaufmann uns Gelegenheit bietet, etwas zu ›erwerben‹, das mir eine beträchtliche und inaktive Sektion eines Borgschiffes zu sein scheint. Übersenden Sie auch das Bild, das DaiMon Pol uns gezeigt hat.« Er zupfte am Saum seiner

Uniformjacke. »Führungsoffiziere in die Aussichtslounge.« Er hatte eine Stunde Zeit. Es war nötig, eine Strategie zu planen.

In der Aussichtslounge zog Legara IV langsam an den Fenstern vorbei. Das Bild des Borg-Artefakts wurde auf dem Hauptbildbetrachter gezeigt. Doch die Aufmerksamkeit aller Anwesenden richtete sich auf den Captain.

»Bei dieser Entfernung zur Sternbasis 324 werden wir erst von Admiral Hanson hören, wenn die Zeit abgelaufen ist, die DaiMon Pol uns gegeben hat«, sagte Picard. »Was schade ist, da er die Bemühungen leitet, die Flotte auf die unausweichliche Ankunft der Borg vorzubereiten.«

»Ich glaube, wir können davon ausgehen, daß der Admiral das Artefakt um jeden Preis haben will«, fügte Riker nachdenklich hinzu.

»Ja, das sehe ich auch so, Nummer Eins. Aber lassen Sie DaiMon Pol die Worte ›um jeden Preis‹ nicht hören, weil er ihn uns dann fraglos abknöpft.«

»Nicht unbedingt«, erwiderte Riker. Picard und die anderen Offiziere am Konferenztisch warteten gespannt ab. LaForge war aus dem Maschinenraum gekommen, Dr. Crusher aus dem Lazarett, Worf von der taktischen Konsole. Counselor Troi trug noch immer die blaue Uniform, doch ihr Gesicht zeigte wieder die übliche, weniger rote Färbung. Data saß neben ihr.

»Fahren Sie bitte fort«, sagte Picard.

»Ich stimme Ihrer Einschätzung zu, was DaiMon Pols Chancen angeht, mit den Romulanern Geschäfte zu machen«, sagte Riker. »Das Schiff ist allem Anschein nach gestohlen, denn es fällt den Ferengi schwer, es zu bedienen. Es gibt keinen Zweifel, daß auch die Romulaner Zusammenstöße mit den Borg hatten und das Artefakt ebenso gern in die Finger kriegen würden wie wir. Aber ebenso gern würden sie DaiMon Pol in die Finger kriegen, also sind wir wahrscheinlich sein einziger Kunde.«

»Was uns wiederum in eine starke Verhandlungsposition bringt«, schloß Troi.

»Sollte es jedoch auch nur die geringste Möglichkeit geben, daß DaiMon Pol das Artefakt an die Romulaner verkauft«, fügte Data hinzu, »schlage ich vor, daß wir alles unternehmen, um es zu verhindern. Wenn die Föderation das Artefakt erwirbt und so erfährt, wie man eine geeignete Verteidigung gegen die Borg aufbaut, wird sie ihr Wissen nicht nur mit den Romulanern, sondern auch mit allen anderen nichtalliierten Systemen teilen. Wenn die Romulaner es erwerben, werden sie, wie wir aus der Vergangenheit wissen, wohl kaum so großzügig sein.«

Worf schaute besorgt drein. »Warum wollen die Ferengi es überhaupt verkaufen? Warum untersuchen sie es nicht selbst, lassen sich eine Verteidigungsstrategie einfallen und verkaufen statt dessen diese?«

»Die Summe der uns bekannten Ferengi-Wissenschaft und Technik ist im Grunde eine durchorganisierte Sammlung von Gerätschaften und von Wissen, das sie anderen Kulturen entnommen haben«, sagte Data. »Sie verfügen über keine starke Forschungs- und Entwicklungsfähigkeit eigener Art.«

»Deswegen«, fuhr Riker fort, »ist es für sie von Vorteil, es uns zu verkaufen, weil wir eine größere Chance als alle anderen haben, die Geheimnisse der Borg zu ergründen.« Er lächelte den Captain an. »Unsere Lage sieht immer besser aus.«

LaForge hatte einen Einwand. »Es gibt noch eine andere Möglichkeit, Commander. Angenommen, die Ferengi haben das Artefakt bereits untersucht und in Erfahrung gebracht, daß es sich nur um Schrott handelt? Und statt es wegzuwerfen, machen sie den Versuch, uns zu übervorteilen?«

»*Oder*«, wandte Dr. Crusher ein und warf Picard unter ihrem schwingenden roten Haar einen skeptischen Blick zu, »die Ferengi machen den Versuch, das gleiche Artefakt zur gleichen Zeit an mehrere Abnehmer zu verkaufen?«

Troi schaute überrascht drein. »Daran habe ich noch gar nicht gedacht.«

»Sie sind eben nicht so durchtrieben wie unsere Frau Doktor«, sagte Riker grinsend.

»Die Ferengi aber doch«, sagte Picard. Dann sah er die amüsierten Mienen seiner Offiziere. »Ähm, Verzeihung, Dr. Crusher. So hab' ich's nun doch nicht gemeint.«

»Jedenfalls«, warf Troi ein, die sich bemühte, nicht zu lächeln, »empfehle ich, daß wir uns das Artefakt mit eigenen Augen ansehen. Damit wir sicher sein können, daß sich inzwischen niemand mit ihm davongemacht hat.«

»Und«, fügte LaForge hinzu, »um sicherzugehen, daß es etwas mehr wert ist als das zerquetschte Abflußrohr einer Borg-Toilette.«

Picard schaute sich am Tisch um. Der Stab hatte seine Meinung geäußert, nun sortierte er die Aussagen, um den besten Handlungskurs zu bestimmen. Er hatte in Erfahrung gebracht, daß es im allgemeinen jener Kurs war, der am wenigsten dazu beitrug, zukünftige Optionen zu begrenzen.

»Sehr gut«, sagte er schließlich. »Wir werden DaiMon Pol bitten, uns zum Fundort des Artefakts zu bringen, damit wir es uns ansehen können, bevor wir unser Angebot machen.«

»Und wenn er sich weigert?« fragte Riker.

Troi gab ihm eine Antwort. »Dann würde ich ihm sagen, daß wir seine Weigerung als Hinweis darauf interpretieren, daß das Artefakt gar nicht mehr in seinem Besitz ist; daß er uns betrügen will oder daß es nichts von Wert enthält. Wenn *eins* davon zutrifft, wird der

DaiMon sich nicht mehr weigern, und wir haben nichts verloren. Wenn es sich jedoch um ein *echtes* Borg-Artefakt handelt, das wissenschaftlich von Interesse ist, und der DaiMon uns zu ihm bringt, haben wir ihn nur Zeit gekostet. Und je länger er in dem gestohlenen Schiff sitzt, desto eifriger wird er uns die Sache verkaufen wollen.«

»Einverstanden«, sagte Picard. »Und da wir erst in zwei Wochen bei Betazed sein müssen, haben wir einige Zeit für geschäftliche Verhandlungen.« Er faltete die Hände vor sich auf dem Tisch. »Also ... Da wir nun wissen, was wir tun, brauchen wir nur noch eine Verhandlungstaktik, um das bestmögliche Geschäft zu machen. – Irgendwelche Vorschläge?« fragte er.

Und wie erwartet, sprachen alle auf einmal.

»Unmöglich!« rief DaiMon Pol. »Wenn ich Ihnen verrate, wo sich der Gegenstand befindet, werden Sie ihn stehlen!«

Riker beugte sich dicht zu Picard hinüber und sagte leise: »Damit meint er, wenn er an unserer Stelle wäre, würde *er* ihn stehlen.«

Der DaiMon hatte Rikers Kommentar allem Anschein nach gehört und spielte den Entsetzten. »Es wäre kein Stehlen, *Mäntsch.* Es wäre nur das Ausnutzen eines Verhandlungsvorteils. Das ist doch kein Verbrechen.«

Picard blieb auf seinem Sessel in der Mitte der Brücke sitzen. Troi, nun in Starfleet-Uniform, und Riker nahmen ihre üblichen Kommandopositionen ein. Dr. Crusher war ebenfalls anwesend. Alle blieben sitzen. Riker hatte angedeutet, daß sie, wenn sie standen, eventuell den Eindruck erwecken könnten, scharf auf den Handel zu sein, den der Ferengi ihnen vorschlug.

»Wir haben unsere Bedenken artikuliert, DaiMon«, sagte Picard knapp. Er legte eine Hand auf seinen

Mund und gähnte – ein Beitrag Trois zur Verhandlungstaktik. »Wir sind in der Tat daran interessiert, den Gegenstand zu erwerben, den Sie uns gezeigt haben, und zwar in erster Linie, um zu sehen, ob es sich um einen kleineren Teil der sonstigen Borg-Technik handelt, die sich bereits im Besitz der Föderation befinden.« Dies hatte Dr. Crusher vorgeschlagen, um dem Ferengi zu suggerieren, daß das, was er anzubieten hatte, nichts war, was die Föderation sich nicht entgehen lassen konnte.

DaiMon Pol kniff seine winzigen Augen skeptisch zusammen. »Wenn die Föderation bereits Borg-Technik besitzt, warum hat die Allianz noch nichts davon gehört?«

Picard sah, daß Riker sich mit einem breiten Lächeln vorbeugte, und überließ ihm die Erwiderung. »Vielleicht zahlt die Föderation den Ferengi-Spionen mehr als die Ferengi selbst«, sagte er.

DaiMon Pol machte den Mund zu; Rikers Andeutung entsetzte ihn.

»Ich wiederhole, DaiMon Pol«, sagte Picard. »Wir sind bereit, das Artefakt zu kaufen. Und wir sind ermächtigt, in dieser Sache im Namen der Föderation zu handeln. Aber wir müssen es untersuchen – und zwar *selbst* –, um sicherzugehen, ob es das ist, was es Ihrer Meinung nach darstellt.«

»Ich bin am Boden zerstört, Captain Pickhart, weil Sie mir so wenig vertrauen.«

»Und ich bin in Eile, DaiMon Pol. Wollen Sie uns das Ding nun verkaufen oder nicht?« Picard drehte sich ziemlich umständlich um. »Mr. Worf«, sagte er, »befehlen Sie dem Maschinenraum, die Warptriebwerke vorzubereiten. Wir sind gleich wieder unterwegs.« Er bemerkte, daß Worf einen Augenblick brauchte, um zu begreifen, daß die eigenartige Anweisung ein Teil der Verhandlungstaktik war. Außer bei planmäßigen Wartungen befanden sich die Triebwerke der *Enterprise* ständig im Bereitschaftsmodus. Und Mr. LaForge saß fast genau hinter Worf an der Triebwerksstation.

»Aye, aye, Captain Picard«, erwiderte Worf diensteifrig. »Ich werde den Maschinenraum informieren, daß die Triebwerke für einen sofortigen Start vorbereitet werden müssen. Und ich werde es sofort tun.«

Picard fand zwar, daß der Klingone übertrieb, zog jedoch den Schluß, daß es nicht schaden konnte. Er wandte sich wieder dem Bildschirm zu.

»Es ist keine Frage des Vertrauens«, erklärte er dem Kommandanten der Ferengi. »Es ist eine Frage des Zeitplans. Die *Enterprise* muß einen Zeitplan einhalten, und solange wir nicht in eine ernsthafte Verhandlungsphase zwischen der Föderation und der Ferengi-Allianz eintreten, müssen wir uns an ihn halten. Wir könnten jedoch im Interesse der Fairneß und besseren Beziehungen zwischen der Föderation und der Allianz dafür sorgen, daß ein anderes unserer Schiffe sich mit Ihnen trifft. Sagen wir, in ...« Picard warf Riker einen Blick zu. »In vier Wochen? Was halten Sie davon, Nummer Eins?« Die Zeitverzögerung war Mr. LaForges Beitrag zur Verhandlungstaktik. Er hatte gesagt, der DaiMon würde schäumen, ehe er sich ein Geschäft wegen eines Zeitkonflikts durch die Lappen gehen ließ.

»Fünf Wochen wären realistischer«, sagte Riker todernst.

Picard nickte – irgendwie enttäuscht. »Dann in fünf Wochen, Nummer Eins.« Er schaute erwartungsvoll auf den Bildschirm. »Sind Sie damit einverstanden?«

Pol war es offenbar nicht. »Na schön, na schön«, sagte er. »Ich werde Sie zum Fundort des Artefakts führen. Aber nur unter gewissen Bedingungen.«

»Wie können Sie schon zu den Bedingungen kommen, wenn wir noch nicht mal angefangen haben zu verhandeln?« sagte Riker in überraschtem Tonfall. Er wandte sich an Picard. »Captain, wir sollten die Sache doch lieber einem kaufmännischen Verhandlungsteam der Föderation überlassen. Außerdem sind diese Leute auf Vulkan ausgebildet worden, so daß sie möglicherweise einen besseren Abschluß machen, als wir es je könnten.« Dieser spezielle Zusatz zur allgemeinen Strategie kam von Mr. Data. Warum sollte der DaiMon auf Experten warten, wenn er jetzt einen viel besseren Preis herausschlagen konnte?

»Bedingungen? Habe ich Bedingungen gesagt?« sagte DaiMon Pol hastig. Er lachte schnell und unsicher. »Ich wollte *Vorschläge* sagen. Ich wollte nur ein paar Vorschläge machen, damit die Sache … glatter abläuft. Und sogar schneller.«

Picard schenkte dem Ferengi ein fröhliches Lächeln. »Ah, ausgezeichnet! Um welche Vorschläge handelt es sich?«

DaiMon Pol sah nun aus, als hätte er Zahnschmerzen. »Ähm … Damit ich sicher sein kann, daß Sie keine bösen Absichten haben, dürfen Sie die Hauptsensoren Ihres Schiffes nicht einsetzen, um das Artefakt zu untersuchen. – Immerhin«, fügte er eilig hinzu, »könnte dies Ihnen alles sagen, was Sie wissen wollen. Und wo bliebe dann ich?«

Picard runzelte die Stirn. »Also wirklich, DaiMon – der Sinn der ganzen Übung besteht doch darin, daß wir das Artefakt prüfen müssen, bevor wir es kaufen.«

»Das können Sie auch«, sagte der Ferengi schnell. »Aber nur mit Handtricordern. Auch mit optischen Sensoren. Sie können, wenn Sie wollen, sogar darauf herumspazieren. Aber wenn Sie *nicht* kaufen, müssen Sie … uns die Tricorderaufzeichnungen zurückgeben.«

Picard schaute Troi und Riker an. Obwohl niemand in der Lage gewesen wäre, ihre Mienen zu deuten, wußte er, daß beide zustimmten.

»Na schön«, sagte Picard. »Wir nehmen ihre ›Vorschläge‹ an.«

Der Ferengi stieß einen für seine geringe Körpergröße ziemlich heftigen Seufzer aus. »Das war doch nicht so schwierig, oder?« fragte er fast klagend.

»Für uns nicht«, sagte Riker leise und ohne die Lippen zu bewegen.

»Und wie weit«, sagte Picard, »ist das Artefakt nun entfernt?«

DaiMon Pol winkte jemandem zu, den die Kamera nicht erfaßte. »Wir übersenden Ihnen nun die Koordinaten, Captain Pickhart.«

Data meldete sich von der Kommunikation. »Wir haben die Koordinaten einer Position, die ungefähr drei Lichtjahre entfernt ist, Sir. Sie scheint im interstellaren Raum zu liegen. Die dortigen Himmelskörper sind nicht kartographiert worden.«

»DaiMon«, sagte Picard, »ist das der Ort, an dem Sie das Artefakt gefunden oder versteckt haben?«

Der Ferengi grinste zum ersten Mal seit einer Stunde, denn nun begriff er, daß er wieder am Ruder war. »Wenn Sie den Erwerb durchgeführt haben, Captain, werde ich mich natürlich glücklich schätzen, all Ihre Fragen zu beantworten. Aber im Moment schlage ich vor, daß Sie mir folgen.«

Die Übertragung war beendet.

Picard stand auf und reckte sich. »Wie waren wir?« fragte er die Offiziere.

»Ich glaube, die Androhung eines auf Vulkan ausgebildeten Verhandlungsteams hat unsere Verhandlungsposition beträchtlich gestärkt«, meinte Data.

»Ich würde sagen, die Sache mit der Terminverschiebung hat ihn echt fertig gemacht«, sagte LaForge.

»Ich habe ihn sorgfältig beobachtet«, sagte Dr. Crusher. »Als er hörte, daß die Föderation auch über andere Borg-Technologie verfügt, stand er kurz vor dem Zusammenbruch.«

Picard beäugte seine Offiziere, von denen jeder seine eigene Taktik lobte. »Und was meinen Sie, Mr. Worf?« Der Vorschlag des Klingonen hatte daraus bestanden, das gestohlene romulanische Schiff zu entern, die Ferengi-Mannschaft gefangenzunehmen und sie nur dann nicht an die Romulaner auszuliefern, wenn sie dafür den Fundort des Artefakts ausplauderten. Bis dahin konnte man das romulanische Schiff in die Werften von Utopia Planitia schleppen. Außerdem hatte er sich angeboten, das Enterkommando persönlich anzuführen.

Leider hatte Picard ihm eröffnen müssen, daß die Flotte dazu neigte, Akten der Piraterie mit einem Stirnrunzeln zu begegnen – auch dann, wenn sie sich gegen Piraten richteten.

»Ich meine«, erwiderte Worf nun, »daß sie uns eine Falle gestellt haben.«

Troi schaute zu dem Klingonen auf. »Das nehmen Sie doch immer an, Worf.«

»Es ist mein Beruf, auf alles vorbereitet zu sein«, räumte Worf ein. »Aber warum sollten die Ferengi ein potentiell wertvolles Artefakt unbewacht im interstellaren Raum zurücklassen?«

»Wir wissen doch gar nicht, ob es unbewacht ist«, sagte Riker.

Worf musterte ihn mit einem verächtlichen Blick. »Ich *weiß*, daß es nicht bewacht wird. Ich habe die Koordinaten abgetastet, die die Ferengi uns übermittelt haben. In der Nähe des Artefakts gibt es keine Raumfahrzeuge nennenswerter Größe.«

»Können Sie dort ein Artefakt entdecken, Mr. Worf?« fragte Picard.

»Wenn es die Masse hat, von der DaiMon Pol spricht, ist es auf diese Entfernung nicht zu registrieren.«

»Wie kann es dann eine Falle sein?« fragte Riker.

Worf runzelte ergrimmt die Stirn. »Die Ferengi sind ein ungeheuer gerissenes Volk.«

»Hat irgend jemand eine andere Interpretation der Ereignisse?« fragte Picard. Manchmal, wenn sein Stab sich gegenseitig derartig attackierte, kam er sich eher wie der Chef eines Debattierklubs vor statt wie der Captain eines Raumschiffes. Aber das Qualitätsstreben war kein Fehler, solange es konstruktiv blieb.

»Ich würde sagen, es ist ein Test«, sagte LaForge.

»Ein Test?« wiederholte Riker.

»Ist doch logisch«, fuhr der Ingenieur fort. »Die *Enterprise* ist mindestens um zwei Faktoren schneller als ein Warbird der D'deridex-Klasse. Wenn wir wollen, können wir die Koordinaten fünf Stunden vor Pol erreichen, und das muß er doch wissen.«

Picard mußte zugeben, daß diese Einschätzung wirklich logisch war. »Sie meinen also, er hat uns lediglich eine x-beliebige Stelle angegeben, um zu sehen, ob wir ehrliche Absichten haben.«

LaForge nickte, dann klopfte er Worf auf die Schulter. »Wenn nicht, ist es eine Falle.«

Captain Picard musterte seine Offiziere zufrieden. »Ich empfinde geradezu Ehrfurcht vor Ihren Fähigkeiten, abwegige Gedanken auszuspinnen, und zwar ausnahmslos«, sagte er. »Bei Ihren Pokerpartien möchte ich wirklich nicht dabeisein.«

»Wir haben immer Platz für ein neues Opfer«, sagte Riker charmanterweise, »falls Sie Lust haben sollten, sich uns anzuschließen.«

Picard öffnete den Mund, um etwas zu sagen, doch dann hielt er inne. Das plötzliche Nebeneinander von Gedanken an ein Pokerspiel und ein Opfer hatte etwas ... Er hatte einen Kartenstapel gesehen ... Ein hochgehaltenes Messer. Er hob eine Hand vor die Augen und schüttelte den Kopf. Counselor Troi war sofort neben ihm und schaute ihn besorgt an.

»Ich habe Sie noch nie so reagieren gespürt, Captain. Sind Sie in Ordnung, Sir?«

Picard ließ zu, daß man ihm in seinen Sessel half; er

war noch immer völlig überwältigt. »Es muß eine Nachwirkung der Bewußtseinsverschmelzung mit Botschafter Sarek gewesen sein«, sagte er. »Irgendeine Erinnerung, die nicht meine ist.« Er schaute in Trois fragende dunkle Augen. »Aber was für eine Erinnerung ... Hat irgend etwas mit einem Pokerspiel und einem Messer zu tun ... Ich sehe keinen Zusammenhang.«

»Auf Vulkan gibt es keine bekannten Spiele, die sowohl mit Spielkarten als auch mit Messern zu tun haben«, sagte Data hilfreich und drehte sich in seinem Sessel am Navigationspult um. »Bei den Ecklariern gibt es allerdings eine rituelle Form der Schönheitschirurgie, bei der man mit ...«

»Das wäre dann alles, Mr. Data«, sagte Picard. »Vielen Dank.«

Data verfiel in Schweigen und blinzelte unschuldig auf eine Weise, die jenen, die ihn kannten, sagte, daß seine Programmierung aus einem Grund unterbrochen worden war, den er nicht verstand.

Picard hob eine Hand, als wolle er ein unsichtbares Orchester dirigieren. »Ich glaube, der Botschafter hat einst an einem Pokerspiel teilgenommen, bei dem jemand ... jemand mit einem Messer verletzt wurde ... Ein Opfer? Ich glaube, das ist die Verbindung. Der Botschafter war ziemlich beeindruckt von der Art, in der sich das Opfer verhielt. Äußerst zufrieden.«

»Irgendeine Vorstellung, wer es war?« fragte Riker.

Picard bemühte sich, ein Bild aus der Erinnerung aufzurufen, doch umsonst. Die Eindrücke verblaßten so schnell, wie sie gekommen waren. »Es hat irgend etwas mit einem Andorianer zu tun«, sagte er. »Aber das ist alles.« Er seufzte. »Der Botschafter war während seiner Laufbahn mit vielen verschiedenen Lebewesen in Kontakt.«

»Captain«, meldete sich Data, »der Warbird ist im Begriff, den Orbit zu verlassen.«

»Geben Sie ihm einen bequemen Vorsprung, Mr.

Data. Für den Fall, daß sie eine falsche Ventilklappe öffnen.«

»Eine kluge Maßnahme«, sagte Data zustimmend. Kurz darauf sagte er: »Sie sind in den Warp gegangen.«

»Ohne auseinanderzufallen?« fragte Riker zynisch.

»Sie beschleunigen weiter«, meldete Data. »Behalten Warp sieben bei.«

Picard schüttelte erneut den Kopf. Der Zwischenfall mit der Rückblende war vorbei. »Mr. Worf«, sagte er, »schicken Sie eine weitere Nachricht an Sternbasis 324 und informieren Sie Admiral Hanson über unsere Absichten. Geben Sie ihm außerdem unsere Zielkoordinaten.«

Troi setzte sich wieder hin. »Glauben Sie, es besteht eine Chance, daß es hier *wirklich* um eine Verschwörung geht, um uns in eine Falle zu locken?«

Picard konnte ihre Frage nicht so ohne weiteres beantworten. »Ich weiß nur, daß das, was dort draußen auf uns wartet, mit den Romulanern und den Ferengi zu tun hat – und wahrscheinlich auch mit den Borg.« Er paßte sich seinem Sessel an. »Deswegen, glaube ich, ist es unsere Pflicht, auf der Hut zu sein.« Er schaute hoch. »Finden Sie nicht auch, Mr. Worf?«

»Eine kluge Entscheidung, Captain.«

»Nummer Eins?« fragte Picard.

»Ohne Frage, Sir.«

Picard lächelte. Immer wenn Worf und Riker in Sachen Handlungskurs übereinstimmten, konnte er sicher sein, daß er auf der Brücke einen Konsens erzielt hatte.

»Mr. Data«, sagte er, »bringen Sie uns aus der Kreisbahn und passen Sie Kurs und Tempo dem des Warbirds an.«

»Sollte ich nicht einen leicht abweichenden Kurs nehmen, Sir? Damit wir nicht auf sie prallen, wenn sie plötzlich anhalten?«

»Ja, machen Sie das«, erwiderte Picard.

Dann ließ er sich in seinen Sessel sinken und tat das Schwierigste, was es für einen Raumschiffkommandanten zu tun gab – er wartete.

Und trotz allem, was seine Offiziere prophezeit hatten, hatte er das sichere Gefühl, daß das, was die *Enterprise* an den von den Ferengi übermittelten Koordinaten entdecken würden, etwas Unerwartetes war.

Das Universum, so hatte Picard entdeckt, neigte im allgemeinen dazu, so zu funktionieren. Und anders wollte er es gar nicht haben.

# 10

## *London, Optimalrepublik Großbritannien, Erde*

Terrestrische Zeit: 21. Juni 2078

Cochrane sprang Thorsen mit ausgestreckten Händen an und zielte nach seiner Kehle.

Doch er erreichte den Wahnsinnigen nicht. Thorsens Gestalt schien sich zu verwischen; sie trat gewandt beiseite, und eine starre Hand fuhr nach oben, um auf Cochranes Brustbein zu dreschen, was dessen Angriffswinkel gerade soweit veränderte, daß er an Thorsen vorbeiflog und gegen den Tisch hinter ihm knallte.

Cochrane sah Sterne aller Art vor seinen Augen explodieren, als die Tischkante gegen seinen Magen krachte und ihm die Luft aus der Lunge preßte. Bevor er auch nur auf die Idee kam einzuatmen, knallte Thorsens Handkante gegen seinen Hinterkopf und schlug sein Gesicht auf die Schreibtischplatte.

Solchen Schmerz hatte er noch nie verspürt. Brennende Nadeln schossen durch seine Nase hinauf, hinter seine Augen, in seinen Hinterkopf.

Er wollte stöhnen, aber seine Lunge war abgeschaltet. Er wollte sich hochdrücken, aber Thorsens Stiefel knallte in seine Seite, und mit einem Knacken, das er eher spürte als hörte, fiel Cochrane vom Tisch auf den Boden.

Thorsen stand vor ihm. Sein Gesicht war trotz der Deckenleuchte im Dunkeln. Cochrane schmeckte Blut in seinem Mund. Er kam nicht zu Atem. Er hatte das Gefühl, zu verschmoren, in Schmerzen eingehüllt zu sein.

Die Bürotür stand wieder offen. Zwei Zombies befanden sich im Raum. Geistlose, von Drogen aufgeschwemmte Gesichter starrten ihn mit stumpfem Desinteresse an. Sie hatten ihre Waffen auf ihn gerichtet.

»Sie sind nur ein Wissenschaftler«, sagte Thorsen. »Ich bin ein Menschenführer. Ich nehme an, ich muß Ihnen diese Lektion nicht noch einmal erteilen.«

Er griff zu Cochrane hinunter, packte seine Hand und zog ihn hoch, als wäre er gewichtslos.

Cochrane kam wieder zu Atem. Er fand auch seine Stimme wieder und schrie angesichts der gebrochenen Rippen, für die Thorsens Tritte verantwortlich gewesen waren.

Thorsen warf ihn wie einen Haufen Müll auf den Holzstuhl zurück. Die starren Stuhlbeine quietschten über den Boden, als der Stuhl gegen einen Söldner rutschte. Der Kolben eines Gewehrs schubste Cochrane wieder nach vorn.

Thorsen hockte sich vor Cochrane hin, damit dieser nicht zu ihm aufzuschauen brauchte. Cochrane bezweifelte, daß er dazu fähig war. Er schüttelte sich in Zuckungen wortloser Qual. Seine Nase, sein Kopf, seine Rippen. Thorsen reichte ihm ein Tuch, das er einer Tasche entnahm.

»Eins dürfen Sie nie vergessen, Mr. Cochrane: Menschen wie Sie existieren nur, weil ich es gestatte. Sie und Leute Ihres Schlages sind für diese Welt ein Luxus. Die Nahrung, die Sie verzehren, können meine Soldaten bekommen. Die Ideen, die Sie verbreiten, können die öffentliche Ordnung stören. Und die Öffentlichkeit, *meine* Öffentlichkeit, ist darauf nicht scharf.«

Cochrane nahm das Taschentuch, und selbst diese einfache Bewegung ließ Schmerzen durch seinen Rücken schießen. Er wollte es dazu verwenden, sich das Blut von der Nase zu wischen, aber er konnte den Druck des Textils nirgendwo auf seinem Gesicht ertragen.

Er öffnete den Mund und keuchte, als er spürte, wie die kalte Luft einen gebrochenen Zahn streifte.

»Sie sind ein ganz gewöhnlicher Schläger«, sagte er unter großen Schwierigkeiten.

Thorsen wirkte erheitert. »Also wirklich, Mr. Cochrane. *Ich* habe über Physik gesprochen. Und *Sie* haben mich angegriffen.« Er stand wieder auf.

Trotz des Schmerzes hörte Cochrane hinter sich gedämpfte Schritte. Sir John und seine Enkelin wurden grob ins Büro geschoben. Cochrane war dankbar, als er sah, daß sie nicht so aussahen, wie er sich fühlte. Man hatte ihnen nichts getan. Noch nicht.

»Also, hören Sie«, sagte Sir John erschreckt, als er Cochrane sah. »Das ist doch völlig unnötig.« Er schlug mit dem Spazierstock auf den Boden, um seinen Worten Nachdruck zu verleihen. »Der Mann ist doch nur *mit uns* gefahren. Ich habe meine Fahrerin angewiesen, am Kontrollpunkt zu wenden, weil wir nach Heathrow wollten, um ...«

»*Bitte,* Mr. Burke«, sagte Thorsen in einem Tonfall höchster Verärgerung. Das Optimum erkannte den Titel des alten Astronomen nicht an. »Wir spielen jetzt keine Spielchen mehr. Ich weiß, daß dieser Mann Zefram Cochrane ist. Ich weiß, daß Sie zu irgendeiner fehlgeleiteten, zum Scheitern verurteilten Widerstandsorganisation gehören. Ich weiß auch, daß Ihre Fahrerin Ihre Enkelin ist. Meine Zeit ist knapp. Vergeuden Sie sie also bitte nicht.«

Sir John glättete sein zerzaustes, schütteres Haar. Monica stand neben ihm, als hätte sie einen Besenstiel verschluckt, und ihre dunkle Chauffeursuniform ließ sie irgendwie militärisch aussehen.

»Kommen wir gleich zur Sache«, sagte Thorsen. »Ich habe Mr. Cochrane um Informationen gebeten, die er mir nicht geben will. Deswegen hoffe ich, daß Sie ihn dazu bewegen können, seine Meinung zu ändern.« Er trat dicht an Monica heran. »Miß Burke? Gibt es irgend etwas, das Sie Mr. Cochrane gern sagen würden? Was ihn, sagen wir mal, davon überzeugen könnte, seine prekäre Lage zu überdenken?«

Monica spuckte auf Thorsens glänzende Stiefel, ohne den Blick von seinem Gesicht abzuwenden. Cochrane bewunderte ihren Trotz und ihre Zielgenauigkeit. Es war gut, wenn man wußte, daß es auf der Erde noch Menschen gab, die Unterdrücker bekämpfen konnten und es auch taten.

Thorsen rührte sich nicht. »Sehr gut, Miß Burke. Aber nicht eben klug.« Seine Faust schoß vor und traf Sir John in den Magen. Der alte Mann grunzte und stolperte nach hinten, gegen einen Söldner. Der Söldner schlug den Griff seiner Faustwaffe in seinen Rücken, so daß er in die Knie ging und der Spazierstock scheppernd über den Boden flog. Noch bevor Sir John sich gefangen hatte, packte Thorsens Hand Monica Burke an der Kehle, da sie einen Versuch machte, ihn zu schlagen.

»Wissen Sie, was meine Soldaten mit Leuten wie Ihnen machen?« fragte Thorsen seidenweich, wobei seine Stimme die Spannung seiner Armmuskeln kaum verriet. Dann ließ er sie los, und sie sank neben ihrem pfeifend nach Luft ringenden Großvater auf die Knie.

Cochrane hatte genug. Er raffte sich auf. Der Schmerz in seiner Seite war zwar unerträglich, aber er wußte, was er tun mußte.

Thorsen beobachtete ihn; er wirkte verwirrt. »Was treibt Leute wie Sie nur dazu? Sie sind doch angeblich Wissenschaftler. Sie müssen doch intelligent sein. Können Sie das Unausweichliche denn nicht sehen?«

»Hätte ich das Unausweichliche hingenommen«, sagte Cochrane mit belegter Stimme, »würden wir noch immer mit Unterlichtgeschwindigkeit reisen.« Er streckte eine Hand aus. »Geben Sie mir was zu schreiben.«

Thorsen wirkte fasziniert. Er zog einen Schreibstift aus der Seitentasche seines Overalls. »Sie werden doch keinen Versuch machen, mich damit zu töten, Mr. Cochrane?«

Cochrane schlurfte zum Schreibtisch. Auf ihm lag ein alter Papierkalender, dessen Einzelblätter jeweils einen Monat zeigten. Er war über dreißig Jahre alt. Cochrane riß mit unsicheren Bewegungen das oberste Blatt ab und drehte es herum. Eine Staubwolke wehte hoch. »Hier«, sagte er. »Schauen Sie.«

Thorsen umrundete den Tisch, um zu sehen, was Cochrane tun wollte. Cochrane drückte auf den Stift; dessen Bereitschaftslämpchen leuchtete auf. Er drückte zweimal, um die Schriftstärke zu vergrößern, und die Spitze änderte ihre Form. Dann zeichnete er einen Stern. Er hatte es seinen Schülern mehr als tausendmal gezeigt und brauchte dabei nicht einmal mehr zu denken. Das standardisierte asymmetrische Energiekurven-Vergleichsdiagramm erzählte jedem, der sich die Mühe machte, hinzuschauen und sie zu verstehen, die ganze Geschichte. Die Grundlage all dessen, was er getan hatte, um eine Überlichtphysik zu kreieren; sie war seiner Meinung nach so wichtig wie Pi oder *e*.

»Da haben Sie es«, begann er und deutete mit der Spitze des Schreibgeräts nachdrücklich auf die oberste Sternzacke. »Hier, das ist es. Der Heilige Gral: die Lichtgeschwindigkeit. Die absolut höchste Geschwindigkeit, mit der sich in diesem Universum etwas bewegen kann.«

»Wie schön«, sagte Thorsen trocken.

»Wissen Sie, was passiert, wenn man Lichtgeschwindigkeit erreichen will?«

»Klären Sie mich auf, Mr. Cochrane.«

»Einstein passiert. Einfache, altmodische, hundertfünfzig Jahre alte relativistische Effekte. Zum Beispiel

Zeitdilatation. Ich weiß, daß Sie wissen, was das ist. Je schneller man wird, desto mehr nimmt der subjektive Zeitfluß ab. Gleichzeitig nimmt die eigene Masse *zu*. Das Verhältnis ist geradlinig: Je schneller man wird, desto fester wird man. Deswegen braucht man zusätzliche Energie, um die Geschwindigkeit zunehmend zu steigern.« Es fiel ihm nicht leicht, den Stift wieder aufs Papier zu drücken. »Schauen Sie sich also an, was passiert.« Er zeichnete eine Energieaufwandskurve über den Stern.

Um etwas zu verdeutlichen fuhr er mit der Spitze des Stifts über die linke Seite der Kurve. »Sehen Sie? Je weiter wir uns der Lichtgeschwindigkeit nähern, desto mehr nimmt unsere Masse und unser Energieverbrauch zu, bis dann bei der Lichtgeschwindigkeit …« Er tippte auf die Kurvenspitze *über* dem Stern, der die absolute Geschwindigkeit darstellte. »… unsere Masse unendlich wird, so daß wir unendliche Energie benötigen. Übertreffen wir nun die Lichtgeschwindigkeit …« Cochranes Stimme wurde fester, als er fortfuhr. »… hier drüben, rechts, zeigt die Clarke-Folgerung eindeutig, daß der Energieverbrauch dramatisch absinkt. Aber man kann die Lichtgeschwindigkeit nicht *übertreffen*, ohne sie vorher zu erreichen. Und das findet hier oben statt, Thorsen, außerhalb der Skala. Hinter dem Unendlichen. Sie kann nicht erreicht werden. Kann. Nicht. Erreicht. Werden.«

»Und doch tun Sie es, Mr. Cochrane.«

»Genau«, sagte Cochrane zustimmend, weil er hoffte, daß Thorsen ihm zuhörte, daß irgend etwas in seiner militärischen Ausbildung ihn wenigstens mit den Grundlagen der Physik bekannt gemacht hatte. »Weil ich nicht in normaler Raum-Zeit über die Lichtgeschwindigkeit hinausgehe. Ich ändere die Regeln. Ich verzerre das Kontinuum, verändere ein kleines Volumen des Kontinuums in etwas anderes, in dem die Begrenzungen normaler Raumzeit nicht mehr gelten. Sehen Sie sich an, was passiert.«

Er drückte den Schreiber erneut aufs Papier und skizzierte eine grobe Entsprechung der asymmetrischen peristaltischen Feldmanipulationsfunktion, diesmal unter dem die Lichtgeschwindigkeit symbolisierenden Stern, wo sie hingehörte, wo sie alle Dinge möglich machte.

»Schauen Sie, Thorsen. So sieht der nüchterne Energieverbrauch meines Hyperantriebs aus. Er liegt weit unterhalb des Unendlichen, ist einer grundlegenden Materie-Antimaterie-Reaktion leicht zu entziehen. Aber schauen Sie, wie er sich vom Standardenergieverbrauch normaler Raum-Zeit unterscheidet.« Er deutete mit der Spitze auf die untere Krümmung, wo sie rechts von der

Lichtgeschwindigkeit den Höhepunkt erreichte. »Sehen Sie es? *Weil* das Feld asymmetrisch ist, weil es den Energiehöhepunkt erst erreicht, wenn es *außerhalb* der normalen Raum-Zeit ist, kann man *keine* Warpreaktion je dazu bringen, zerstörerische Energie freizusetzen, die einer Materie-Antimaterie-Vernichtung auch nur nahekäme. Sobald man in diesen Bereich kommt, ist man in einem anderen Kontinuum schneller als das Licht. Es kann keine Interaktion geben. Es kann als Bombe nicht funktionieren. – Basta!«

Cochrane warf den Stift hin. »Es ist ein Naturgesetz, Thorsen. Egal wie groß man es auch macht; egal wie mächtig man es macht, das einzige, was eine Warpbombe möglicherweise zustandebrächte, wäre ihre Selbstvernichtung. Aber ein paar Gramm Antimaterie tun das gleiche, und zwar weit billiger und wirtschaftlicher.«

Thorsen nahm den Schreibstift, schaltete ihn ab und steckte ihn wieder in die Seitentasche, ohne den Blick von der Skizze zu lösen, die Cochrane gezeichnet hatte. Er nahm das Blatt an sich. Er faltete es in der Mitte, dann noch einmal und noch einmal, bis es wie eine Mini-Broschüre in seine Handfläche paßte. Dann schaute er Cochrane an, zerdrückte die winzige Broschüre zu einem Bällchen und warf es auf den Tisch.

»Bringen Sie den Alten raus, Corporal, und legen Sie ihn um.«

»Nein!« keuchte Cochrane. Er sah, daß zwei Söldner Sir John am Jackett packten und hochrissen. Monica zerrte verzweifelt an einem der beiden Zombies und riß ihm den Inhalierschlauch von der Nase. Der Söldner schlug ihr seine Faustwaffe ins Gesicht und warf ihren leichten Körper gegen die Wand, wo er am Boden zusammensackte.

»Das können Sie doch nicht machen!« sagte Cochrane. Er vergaß seine Verletzungen, packte Thorsens Arm und wurde daraufhin fest von diesem gepackt.

»Sie sind der einzige, der meine Meinung ändern kann, Mr. Cochrane.«

Cochrane, von Thorsens kräftigen Händen festgehalten, reckte den Hals, um Sir John anzuschauen.

»Ist schon in Ordnung, junger Mann«, sagte der Astronom. Cochrane war von der ihn umgebenden Aura der Gelassenheit überrascht. »Es sieht so aus, als sei es geschichtlich nötig, daß hin und wieder auch die Ungeheuer siegen.« Der alte Mann musterte Thorsen frech. »Damit die zukünftigen Generationen, wenn sie endlich in der Grube liegen, wissen, wie gut sie es haben.«

»Nein, Thorsen«, sagte Cochrane drängend. »Vielleicht kann ich Ihnen auf irgendeine andere Weise …«

»Tun Sie's nicht«, flehte Monica ihn an.

Cochrane tat so, als sei sie gar nicht da. Er konnte ihr seine Motive unmöglich erklären. Er war bereit, *alles* zu versprechen, um Zeit zu gewinnen. »Aber die Warpbombe ist trotzdem ein Ding der Unmöglichkeit.«

Thorsen zuckte die Achseln. »Dann ist keiner von Ihnen etwas wert, und Sie haben siebzehn Jahre zu lange gelebt.« Er nickte den Söldnern zu, die Sir John festhielten. »Filmt seinen Tod, dann bringt seine Leiche nach Sandringham und verfüttert sie an meine Hunde. Filmt auch das. Für seine naiven Freunde aus dem Widerstand.«

»Wat is' mit die da?« fragte ein Zombie, der gar nicht bemerkte, daß ihm der Speichel aus dem Mundwinkel floß. Er deutete mit dem Kopf auf Monica. Sie stand wieder auf den Beinen. Blut floß aus einer zackigen Schramme an ihrer Wange.

»Was ist mit ihr, Mr. Cochrane?« fragte Thorsen.

»Helfen Sie ihm bloß nicht«, sagte Monica warnend. »Auf keinen Fall.«

Cochranes Blick traf den ihren. Er sah die Leidenschaft in ihren Augen. Die mitreißende Intensität ihrer

Entschlossenheit, Thorsen aufzuhalten. Cochrane begriff: Es war weder für Monica Burke noch für die ihren ein Vorteil, sie zu retten, indem er kapitulierte. Alles, was Micah Brack ihn über die Geschichte gelehrt hatte, fiel ihm nun wieder ein. Der Dschinn war aus der Flasche. Egal, was Thorsen und andere seiner Art der Erde auch antaten, die Menschheit würde überleben.

Cochrane schaute Thorsen fest an. »Sie sind schon wieder auf dem falschen Dampfer, Thorsen. Menschen wie *Sie* existieren nur, weil es Menschen wie *mich* gibt. Weil wir intelligenter sind als Sie, mehr Bewußtsein haben, als Sie je haben werden. Deswegen sind Sie neidisch und wollen alles vernichten, wofür wir einstehen: Vernunft, Menschlichkeit, Anstand und Respekt.«

Thorsens Gesicht verzog sich.

»Sie sind all das, was an der Menschheit niedrig ist«, fuhr Cochrane fort. »Sie erlassen strenge, sinnlose Gesetze, die nur dazu dienen, Sie nach oben zu bringen und jeden auszugrenzen, von dem Sie sagen, daß er nicht dazu gehört oder dazu paßt – und nur aus dem Grund, weil Sie es sagen.« Er wandte sich zu den Söldnern um, die Sir John festhielten. »Was wird eurer Führer tun, wenn er uns *alle* umgebracht hat? Er kann nur überleben, solange noch jemand da ist, den er zertreten kann. Wenn wir nicht mehr sind, werdet ihr dann seine nächsten Feinde sein?«

Einer der Zombies rülpste laut. Dann lachten sie alle beide. Es klang tückisch, aber auch unruhig.

»Sind Sie fertig?« fragte Thorsen. Er wandte sich den Söldnern zu. »Bringt das Mädchen zum Verhör nach Highgate.« Er schaute Cochrane an. »Dort gibt es Spezialisten, Mr. Cochrane. Einige von ihnen waren früher mal so was wie Ärzte. Jetzt sind sie Schnittstellen-Experten. Haben Sie schon mal gesehen, was mit menschlichem Nervengewebe passiert, wenn man Josephson-

Sonden ins Gehirn einführt?« Er fuhr sich mit einem schlanken Finger über den Nasenrücken. »Na ja, Sie werden's erleben.«

Thorsen schnippte in Richtung der Söldner mit den Fingern. »Laßt den alten Trottel leiden. Ich möchte Nahaufnahmen für die Nachrichten.«

Sie schleiften Sir John zur Tür.

»Sie wagen es, sich Soldat zu nennen?« schrie der alte Astronom.

»Ich bin *der* Soldat«, korrigierte Thorsen.

»Dann lassen Sie mir wenigstens die Würde, mich meinem Schicksal auf eigenen Beinen zu stellen, Sir.«

Thorsen seufzte. Er schaute sich um, sah Sir Johns Spazierstock, hob ihn auf und reichte ihn ihm.

»Soll er seinem Schicksal doch zu Fuß entgegentreten«, sagte er zu den Söldnern. Er schaute Sir John an. »Wenn die mit Ihnen fertig sind, spieße ich Ihren Kopf hier drauf.« Er knallte Sir John den Stock in die Hand.

Sir John schüttelte die Söldner ab, tippte mit dem Stock auf den Boden, als wolle er sich versichern, daß er noch funktionierte, glättete sein Jackett und nickte Cochrane zu. »Ich bitte um Vergebung, Sir. Im Namen dieses Planeten.« Er schaute seine Enkelin an. »Monica, du warst immer das Licht meines Lebens.«

»Sicher doch«, sagte Monica. Mehr nicht. Cochrane kam der gedämpfte Wortwechsel zwar quälend britisch vor, aber die Art, wie Sir John das Wort ›Licht‹ betonte, führte ihn zu der Frage, ob er Monica eine geheime Botschaft übermittelt hatte.

Sir John wandte Thorsen und dem Büro den Rücken zu und ging vor den Söldnern hinaus. Sie latschten hinter ihm her, an ihrem Ziel uninteressiert.

Thorsen verschränkte die Arme vor der Brust und schaute Cochrane an. »Ich glaube, ich mache Centauri B II zum ersten Beispiel dafür, was jenen Kolonien passiert, die die Erde im Stich lassen. Was meinen Sie, Mr. Cochrane? Hyperantrieb mit Antimateriebomben? Kämen sie einer Warpbombe gleich?«

»Wenn Sie ein Parsec von meinem Planeten entfernt aus einem Verzerrerfeld kommen, haben die Asteroiden-Abfangjäger Sie schon angepeilt, bevor Sie auch nur zehn Millionen Kilometer heran sind«, sagte Cochrane heftig. Alle Kolonialwelten verfügten über die gleiche Verteidigung, da man kein extrasolares System gründlich genug studiert hatte, um Asteroideneinschläge vorhersagen zu können. Das Ergebnis bestand darin, daß Hyperantriebe, da sie in der Nähe einer Sonne nicht operieren konnten, keine militärische Bedrohung darstellten.

»Trotzdem«, erwiderte Thorsen, »es könnte einen Versuch w …«

Ein unheimliches Kreischen hallte durch den Gang vor dem Büro.

Cochrane empfand Übelkeit.

»Wie überraschend«, sagte Thorsen, als er Monicas Reaktion studierte. »Ich hatte ihn für einen Typen gehalten, den nichts beeindrucken kann. ›Tut mir leid, daß ich auf ihren Teppich blute‹. So was in der Art …«

Ein zweiter Aufschrei erklang. Er kam nicht aus der Kehle desjenigen, der zuvor geschrien hatte.

Cochrane schöpfte schlagartig Hoffnung. Thorsen griff nach seinem Mobiltelefon. Aus irgendeinem Grund, den Cochrane nicht verstand, beugte Monica sich plötzlich vor und riß an ihrem Stiefelabsatz.

»Hier ist Thorsen«, bellte der Colonel in das schmale Telefon. »Geben Sie mir …«

Dann stand Sir John wieder im Türrahmen, mit geröteten Wangen und wirrem Haar. Er zielte mit dem Krückstock auf Thorsen, als sei er eine Waffe.

»Hinlegen, Colonel«, befahl Sir John, der kaum außer Atem wirkte.

»… die Einsatzleitung!« schrie Thorsen.

Ein Dorn roten Lichts flog aus der Spitze von Sir Johns Stock und traf Thorsens Brustkorb. Das rote Gewebe seines Overalls blieb zwar unbeschädigt, doch die miteinander verbundenen Dreiecke der Optimum-Bewegung, die sich dort befanden, explodierten, versprühten geschmolzenes Metall. Sein Telefon brach in blauweiße Flammen aus, weißer Rauch entströmte seinem Handrücken. Cochrane hörte das Knistern verbrannten Fleisches.

Thorsen grunzte vor Schmerzen, gab aber sonst keinen Laut von sich. Er drückte die verletzte Hand an seinen Bauch. »Das überleben Sie nicht«, keuchte er. »Sie sind untauglich.«

Dann war Monica bei ihm; sie hielt einen Kunststoffabsatz in der Hand. Sie schlug ihn gegen Thorsens Arm, als er ihr ausweichen wollte. Und diesmal schrie er sogar auf.

Seine schwingende Faust wehrte Monica ab. Er stürzte sich auf sie und fauchte irgend etwas Unverständliches. Cochrane hörte aus Sir Johns Richtung das Heulen eines Kondensators. Welches System seinen Laser auch speiste, es war noch nicht feuerbereit. Jemand mußte handeln.

*»Thorsen!«* schrie Cochrane herausfordernd.

Thorsen wirbelte herum, sein Arm war noch erhoben, um Monica zu schlagen. Sein schmales Gesicht verzog sich in animalischer Wut.

Cochrane sah nicht anders aus.

Er griff den Mann an, ignorierte den Schmerz seiner Nase und seiner Rippen. Er vernahm das alarmierende Geräusch knirschender Knochen, aber er wollte Thorsen nicht siegen lassen. Egal, was es kostete.

Er knallte seinen Schädel in Thorsens Brustkorb und heulte vor Schmerz auf, als der Aufschlagsdruck sich in seinen Leib fortsetzte. Thorsens Faust krachte in seinen Rücken, doch sein Gegenschlag kam zu spät.

Beide Männer flogen gegen die Wand, zerschlugen den gläsernen Rahmen eines alten Baseballfotos und sanken zu Boden. Cochrane stieß sich von Thorsen ab und spürte, daß Glasscherben in seine Hände schnitten. Thorsen trat nach ihm, wollte aufstehen, dann zitterte er, und seine Arme hingen schlaff an ihm herunter. Seine schweren Stiefel knallten kurz gegen den Boden, dann war er still.

Cochrane schnappte Luft und schaute den am Boden liegenden Mann an. Der Wahnsinnige war nicht bewußtlos. Seine blaßblauen Augen standen weit offen, sein haßerfüllter Blick bohrte sich noch immer in sein Gegenüber. Dann war Monica neben Cochrane und streckte die Hand aus. In der anderen hielt sie noch den Stiefelabsatz.

»Wir müssen uns beeilen«, sagte sie und half Cochrane auf die Beine. Sie lächelte ihn an wie einen alten Freund und vertrauenswürdigen Verbündeten. Cochrane spürte in seinem Brustkorb eine unerwartete Wärme. Er hoffte, daß es nicht bedeutete, daß er innere Verletzungen hatte, die nun bluteten.

»Was ist mit ihm los?« fragte er. Thorsen stierte ihn noch immer an, ohne mit der Wimper zu zucken.

Monica hob den Stiefelabsatz hoch. Cochrane sah, daß drei silberne Nadeln daraus hervorragten; sie waren blutbefleckt. »Ein selektiver Neuralhemmer«, erklärte sie. »Schaltet jenen Hirnteil ab, der für körperliche Bewegungen zuständig ist. Das gleiche Verfahren, das einen reglos hält, wenn man träumt, daß man sich bewegt.« Sie zog an Cochranes Ärmel, und er zuckte zusammen. »Tut mir leid, aber bei seinem Rover sind noch mehr Zombies. Wir müssen weg.«

Cochrane musterte Thorsens haßerfülltes Starren. »Warum bringen wir ihn nicht um?«

»Es ist zwar verlockend«, sagte Monica, »aber dann wären wir auch nicht besser als er, stimmt's?«

Cochrane sah etwas in ihren Augen, das die Wärme

in seinem Bauch erneut entfachte. Vielleicht war er doch nicht tödlich verletzt.

»Kommt mit, ihr beiden, unsere Maschine wartet sicher schon«, drängte Sir John.

Cochrane wandte sich von Thorsen ab. »Übrigens, ein guter Schuß.«

»Optik ist Optik«, erwiderte Sir John zufrieden. »Obwohl ich sagen muß, daß ich es in Cambridge nie soweit gebracht habe.« Er stieß mit dem Krückstock auf den Boden. Dieser summte nun mit einem konstanten Geräusch und war bereit, jederzeit zu feuern.

Die drei eilten zur Tür. Cochrane stellte fest, daß er hinken mußte, damit sich seine Rippen nicht an seinem Fleisch rieben. Im Türrahmen des Büros blieb er stehen, er drehte sich zu dem gestürzten Thorsen um, und ihm fiel eine Möglichkeit ein, das letzte Wort zu behalten.

»Denken Sie nicht mal daran, die Erde zu verlassen«, sagte er. »Die Kolonien sind die Zukunft der Menschheit, und Leute wie Sie haben darin keinen Platz.«

Er stellte zufrieden fest, daß Thorsens bleiches Gesicht sich allmählich rötete.

»Wenn Sie mir folgen«, fügte er hinzu, da er einfach nicht widerstehen konnte, »setze ich meine Warpbombe gegen Sie ein.«

Bei diesen Worten ächzte Thorsen mit halb offenem Mund auf. Das, was ihn lähmte, ebbte ab. Cochrane wandte ihm den Rücken zu und verließ das Büro.

Cochrane, Sir John und Monica bewegten sich durch den matt erhellten Gang, der drei Etagen unter dem Spielfeld des Battersea-Stadions lag. Sir John ging langsam mit dem Stock, den er ebenso brauchte, um sich zu stützen, wie um sich zu verteidigen. Monica stolperte schwerfällig voran, da ihr ein Stiefelabsatz fehlte. Cochrane konnte sich wegen der Verletzungen, die ihm das Atmen erschwerten, nur schlurfend bewegen. Sie waren in einem erbärmlichen Zustand. Aber sie hatten gewonnen. Bis jetzt.

»Gibt es die Warpbombe *wirklich?*« fragte Monica leise, als sie eine Fußgängerrampe hinaufgingen. Der daneben befindliche Rollweg war seit Jahrzehnten abgeschaltet. Alte Werbeplakate für Bier und Luftverkehrsgesellschaften hingen an den gelbbraunen Mauern.

»Sie ist absolut unmöglich«, sagte Cochrane.

»Dann haben Sie das mit der Bombe nur gesagt, um ihn zu ärgern?« fragte Monica.

»Ich *mußte* ihm einfach irgend etwas antun.« Cochrane war über die Vehemenz seiner eigenen Stimme überrascht. Aber er verabscheute Menschen wie Thorsen, die zu den Starken gehörten und nur auf den Schwachen herumtraten, weil sie dazu in der Lage waren.

»Es hat mir … ähm … gefallen, was Sie da unten gesagt haben«, sagte Monica leise, als sie sich der letzten Ebene der Rampe näherten. »Das über Menschen wie Thorsen, die nur existieren, weil es Menschen wie … nun, wie Sie und meinen Großvater gibt. Nicht, daß Sie sie absichtlich erschaffen … Sie sind mehr eine Art … Nebenprodukt.«

Cochrane fehlte zwar die Kraft, sich auf eine philosophische Diskussion einzulassen, aber er empfand Dankbarkeit, daß sie ihm zugehört hatte. Er hatte auf Alpha Centauri Studenten wie Monica Burke unterrichtet; sie waren nachdenklich, fähig, und es hatte ihm immer Spaß gemacht. Doch im Moment konnte er nur sagen: »Was *Sie* da unten gemacht haben, hat mir auch gefallen. Manchmal frage ich mich, ob ich genug tue.«

»Sie scherzen«, sagte Monica laut.

Sir John drehte sich zischend um. »Es ist noch nicht vorbei, ihr beiden! Adrik Thorsen ist nie allein unterwegs.« Seine alte Stimme bebte vor Erschöpfung.

»Soll ich vorausgehen?« flüsterte Cochrane Monica zu. »Also, Ihr Großvater hat wirklich eine Menge durchgemacht.«

»Schauen Sie sich lieber mal selber an«, sagte Monica. Sie betastete behutsam die Schramme an ihrer Wange. »Sie haben uns alle durch den Fleischwolf gedreht.« Sie schaute nach vorn. Sir John hatte die oberste Rampenebene erreicht; sie mündete in die Haupthalle. Alle Lampen waren aus. Sie befanden sich in einer finsteren Grotte, doch durch die riesigen Eingänge, die zu den Sitzplätzen der untersten Ebenen am Spielfeld führten, strömte weiße Helligkeit herein. Sir John signalisierte seiner Enkelin und Cochrane, daß sie stehenbleiben sollten.

»Großvater hat so was schon mal durchgemacht«, sagte Monica leise. »Nach der Wahl, als das Optimum die Königlichen Akademien auflöste, konnten wir ihn nur mit Mühe daran hindern, mit seinem Wagen ins Parlament zu fliegen.«

»Wir?« fragte Cochrane. Er fragte sich plötzlich, ob Monica verheiratet oder wenigstens mit jemandem liiert war. Wer dieser Glückspilz auch war, er stellte überrascht fest, daß er Eifersucht auf ihn empfand. Von dem neuen und unerwarteten Gefühl verwirrt, richtete er den Blick fest auf Sir John, der sich vorsichtig umschaute.

»Mein Vater und ich«, sagte Monica.

Cochrane hörte es an ihrem zögerlichen Tonfall: Ihr Vater, Sir Johns Sohn oder Schwiegersohn, war nicht mehr am Leben.

Monica bestätigte seine Vermutung. »Die Tumulte in Cambridge«, sagte sie. »Als das Optimum die Zombies schickte, um die Universität zu schließen. Mein Vater war Botaniker. Er verstand nichts von Politik. Er gehörte zu den Leuten, die einfach nur rumsaßen und darauf warteten, daß man sie verhaftete und abholte.«

»Tut mir leid«, sagte Cochrane. Die Nachricht über die Splitterbombenangriffe auf die britischen Universitäten hatte auch Alpha Centauri erreicht.

»Kommt her, kommt her«, sagte Sir John leise.

Als Cochrane und Monica sich zu ihm gesellten, hörten sie das stotternde Ploppen ferner Plasmaimpulse. Irgendwo in der Nähe fand ein Feuergefecht statt. Wahrscheinlich auf dem Spielfeld.

»Klingt nicht so, als sollten wir da rausgehen«, sagte Cochrane.

»Ganz im Gegenteil«, sagte Sir John. »Darauf haben wir gewartet. Einige unserer Verbündeten säubern gerade den Landeplatz.«

Der Astronom humpelte dem Ausgang zu den Sitzplätzen der untersten Ebenen entgegen. Monica folgte ihm. Cochrane schloß sich ihnen an. Er hatte eigentlich keine andere Wahl.

Das Spielfeld war noch immer von den Scheinwerfern hell erleuchtet, die das Stadion umgaben. Sir Johns Rolls-Royce stand hinter dem zweiten Mal, und Cochrane sah die dunkle Gestalt eines Vierte-Welt-Söldners neben dem künstlichen Rasen ausgestreckt liegen. Einen Moment lang glaubte er, der Zombie ducke sich, um kein Ziel abzugeben, doch dann sah er das stumpfte Metall einer Faustwaffe einen Meter von seiner Hand entfernt. Er war erschossen worden. Doch von wem?

»Macht euch klein, Kinder«, sagte Sir John. Er reichte Cochrane seinen Krückstock. »Der Abzug ist unter der Verschlußkappe«, erklärte er. »Es sind noch zwei Schuß drin. Sie wissen, was Energiedichte für diese Apparate bedeutet.«

»Bleiben wir nicht zusammen?« fragte Cochrane. Er wollte nicht zulassen, daß der alte Astronom sich für sie opferte.

»Natürlich«, erwiderte Sir John. »Aber wir müssen durch die Sitzreihen kriechen, und ich fürchte, meine alten Knochen können mit denen der Jugend nicht mehr Schritt halten. Sie müssen unseren Rückzug decken.«

Cochrane nahm den Stock in beide Hände und bemühte sich, seinen Brustkorb nicht durch plötzliche Bewegungen zu erschüttern. »Rückzug – wohin?«

Sir John deutete auf das gezackte Loch im Dach des Stadions. Über London war das stumpfrote Leuchten niedriger Wolken zu sehen. »Sie kehren heim, junger Mann. So, wie wir es versprochen haben.«

Sie waren noch ein paar Meter vom Ausgang entfernt. Sir John winkte sie zur Seite, dann auf die Knie. »Kopf runter. Folgt mir.«

Plasmafeuer war im Stadion zu hören, aber es war ein Stück entfernt und schien nicht auf sie gerichtet zu sein. Sir John kroch hinter eine Sitzreihe, und Cochrane folgte ihm schwerfällig, wobei er den Stock vor sich hielt. Monica war dicht hinter ihm.

Plötzlich flackerte rings um sie helles Licht auf, dem eine Sekunde später ein Donnerschlag folgte. Danach nahm das Plasmafeuer noch zu.

»Unten bleiben«, rief Sir John ihnen zu. »Ist nur ein zeitweiser Aufschub.«

Sie kamen ans Ende der Reihe, und Sir John robbte einen breiten Gang hinunter. Cochrane erhob sich auf die Beine, blieb aber geduckt. »Welche Richtung?«

»Am Schlagmal«, sagte Monica und drückte seine Hand. »Sind fast da.«

Nun lief sie mit eingezogenem Kopf genau hinter ihrem Großvater her. Cochrane tat es ihr gleich. Er hörte in der Luft ein seltsames Pulsieren. Kein Gewehrfeuer, irgend etwas anderes.

Aus der Ferne brüllte eine Stimme durch das Stadion. *»Mr. Bond! Casino Royale!«*

Sir John gab Cochrane und Monica mit einem Wink zu verstehen, sie sollten an der nächsten Reihe vor der niedrigen Mauer anhalten, die die Sitze vom Spielfeld trennte. »Unsere Verbündeten«, sagte er pfeifend. »Pünktlich wie die Maurer.«

»Wer ist Mr. Bond?« fragte Cochrane.

Monica lächelte verzückt und klopfte ihrem Großvater auf die Schulter. »Großvater ist ein Freund der Literatur des zwanzigsten Jahrhunderts. Aus irgendeinem Grund, den nur er allein kennt, ist sein Deckname ›Mr. Bond‹.«

»Wir brauchen nur zwei Minuten zu warten«, fügte Sir John hinzu, was offenbar eine Erklärung für den Rest der geheimnisvollen Botschaft sein sollte.

»Deckname?« fragte Cochrane.

Monica setzte eine ernsthafte Miene auf, als sie zur Deckenöffnung hinaufblickte. »Egal, was Thorsen auch davon hält, Mr. Cochrane, der Widerstand ist ziemlich real. Und auch ganz gut organisiert.«

»Ihrer Majestät Königliche Widerstandseinheiten«, sagte Sir John stolz.

Bevor Cochrane weitere Fragen stellen konnte, nahm das Pulsieren, das er gehört hatte, soweit zu, daß er hätte schreien müssen, um sich verständlich zu machen. Das Geräusch kam von oben.

Dann schien ein blendender Lichtblitz durch die Dachöffnung. Cochrane schaute reflexartig weg und bedeckte die Augen mit dem Arm. Als er auf das Spielfeld schielte, war dort ein Fahrzeug gelandet, doch er wußte nicht, von welcher Art es war. Es war kreisförmig, ein abgeflachter Diskus mit sanft erhöhten zentralen Bereichen oben und unten, ohne irgendwelche Hoheitszeichen oder Numerierung. Es hatte keine Landestützen ausgefahren, aber es gab unter ihm auf dem Rasen auch kein Anzeichen für Propellereinwirkung. Der Diskus war allerdings die Quelle des pulsierenden Geräusches, das er gehört hatte.

»Bewegt euch«, sagte Sir John drängend. »Dalli.«

Monica schob sich an das Mäuerchen heran, nahm mit gespreizten Beinen darauf Platz und streckte Cochrane die Hand entgegen. Cochrane setzte sich behutsam auf die Mauer, schob ein Bein hinüber und ließ den Krückstock los. Dunkle Flecken funkelten beim Schmerz der Landung vor seinen Augen. Er hustete und schmeckte wieder Blut. Bei jedem Atemzug hörte er ein Rasseln und wußte, daß einer seiner Lungenflügel perforiert worden war.

Kurz darauf fiel Sir John neben ihn, doch er kam viel professioneller auf, rollte sich neben ihm von den Beinen auf die Knie und absorbierte die Aufschlagskraft mit der gesamten Körperlänge. Er blinzelte Cochrane verschmitzt an. »Wie bei den verfluchten Fallschirmjägern«, sagte er. Dann kam er schwerfällig auf Hände und Knie, und Monica sprang neben ihnen herab. Cochrane nahm den Stock wieder an sich. Er summte noch, stellte sich ein. Er bezweifelte, daß die Batterien oder das, womit er lief, noch lange durchhalten würden, auch wenn man ihn nicht entlud.

In der Mitte des Platzes, nicht weit von Sir Johns Wagen entfernt, wartete die kreisförmige Maschine. Zwei helle Scheinwerfer waren an ihrem Rand befestigt und suchten routiniert die fernen Stadionsitzreihen ab.

»Was ist das?« fragte Cochrane, obwohl ihm irgend etwas schwante. Er konnte es einfach nicht glauben.

Monica schaute die Scheibe an, als warte sie auf ein Zeichen.

»Plan B«, sagte sie. »Eine lunare Transportscheibe. Hat Trägheitsschwerkraftantrieb.«

Cochrane nahm sich vor, es zu glauben, wenn er sie starten sah. Ein Trägheitsschwerkraftantrieb konnte in einem vernünftigen Zeitrahmen nicht viel von der Erde zum Mond transportieren. Vielleicht konnte man ihn eines Tages einsetzen, um künstliche Kraftfelder zu erzeugen, aber als Antriebsmethode hatte er sich außer bei Landungen und Oberflächenmanövern als ineffektiv erwiesen.

Ein blaues Stroboskoplicht an der Front der Scheibe blitzte plötzlich dreimal auf.

»Die Luft ist rein!« rief Monica. »Rennt!«

Sir John legte mit überraschendem Tempo los. Cochrane folgte ihm nach einer Sekunde und bemühte sich, beim Laufen die Arme nicht zu bewegen. Er hörte, daß Monica gleich hinter ihm war.

Dann rauschte ein neues Geräusch durch das Stadion, und es war so laut, daß Cochrane nicht sagen konnte, wo es herkam.

»Runter!« schrie Monica hinter ihm.

Cochrane spürte, daß seine Arme gegen seine Beine schlugen, als sie sich von hinten auf ihn stürzte und zu Boden warf, was ihn wie ein Blitzschlag durchfuhr.

Er konnte nicht reden, er spürte nur die groben Stacheln des sich in seine Wange bohrenden Kunstrasens. Monica lag neben ihm, hatte einen Arm um seinen Rücken gelegt. »Tut mir leid«, flüsterte sie ihm ins Ohr.

»Sir John?« keuchte Cochrane auf.

»Er ist in Ordnung«, erwiderte sie, aber in ihrer Stimme und ihrem Blick war Sorge.

Cochrane schaute nach vorn. Ein anderes Fahrzeug war aufs Spielfeld vorgedrungen; es schwebte aus einem Spielereingang hervor; Düsen plätteten das Gras unter ihm.

Er erkannte einen gepanzerten Truppentransporter, an dessen Heck eine Plasmakanone montiert war.

Der Scheinwerfer des Transporters flammte über den Rasen, weißte ihn, fing die Flugscheibe von der Seite ein.

Das Geschütz des Transporters blitzte auf, und das Stadion erbebte mit Gedonner, als die Plasmaexplosion mit Überschallgeschwindigkeit ein Projektil ausspuckte.

Doch es explodierte einen Herzschlag später irgendwo auf der Tribüne, als sei es von der Scheibe abgeprallt.

»Woraus besteht die Scheibe?« sagte Cochrane schwach. Er glaubte, nicht mehr lange sprechen zu können.

»Die Granate hat sie gar nicht getroffen«, sagte Monica. »Sie erzeugt einen EM-Schirm. Sie kann von keinem festen Körper berührt werden.«

Cochrane hatte den Eindruck, daß das Stadion im Rhythmus seines schlagenden Pulses um ihn herum schmolz und sich verzerrte. »Wie kommen wir dann an Bord? Gibt es eine selektive Frequenz?« Selbst angesichts des Todes verspürte er noch den Trieb, etwas zu lernen.

»Pssst«, machte Monica, die seine Verwirrung spürte und ihn besänftigen wollte. »Wir sind gleich da.«

Cochrane schaute sie an. Aus diesem Winkel konnte er die Verletzung an ihrer Wange nicht sehen. Er wollte ihr Gesicht berühren. Sie schaute ihn überrascht an, aber nicht besorgt.

»Danke«, sagte er in dem Wissen, daß seine Worte kaum noch hörbar waren.

»Wofür?« fragte sie.

»Daß Sie sich um mich kümmern«, murmelte er. Er wußte zwar nicht genau, was er damit meinte, aber er meinte es ernst.

Ein erneuter Lichtblitz blendete sie. Cochrane wandte mühsam seinen Kopf, um die Quelle des Lichts zu sehen.

Dort, wo Sir Johns Rolls Royce geparkt hatte, raste ein gewaltiges Feuer vom Boden zum Himmel hoch. Der Wagen war verschwunden.

»Betsy!« stöhnte Sir John, als hätte er eine alte Freundin verloren.

Der Düsentransporter schoß auf die Flugscheibe zu. Als er hinter ihr verschwunden war, zog Monica Cochrane auf die Beine. Er kam sich vor, als schwebe er, als verlöre er die Verbindung zu seinem Körper. Er kam zu dem Schluß, daß sein Hirn zu großen Schmerz empfand, um noch mit ihm fertig zu werden. Er löste sich von allem. Er kämpfte gegen die Verlockung an, in Ohnmacht zu fallen. Es war ein schwieriger Kampf. Aufgeben wäre viel einfacher gewesen.

Plötzlich wurde ihm bewußt, daß er auf die Scheibe zulief. Monica stützte ihn; Sir John war neben ihr. Irgendwo fand eine weitere Explosion statt, vielleicht hinter der Scheibe. Er sah ein Flattern unter dem Stadiondach. Monica meldete, die Scheibe habe den Transporter getroffen. Doch für Cochrane schien all dies einem anderen zu passieren. Er war nicht mehr in seinem Körper. Er war nicht mehr auf der Erde. Er glaubte Micah Brack vor sich zu sehen; er schwebte in der Mikrogravitation, draußen, beim Neptun.

»So ist es immer«, sagte Brack. »Feuer und Zerstörung.«

»Nee«, flüsterte Cochrane seinem abwesenden Freund zu. »Nicht mehr. Das ändern wir. Können wir's nicht?«

Monica fragte ihn, was er gesagt hatte.

Cochrane wußte es nicht mehr.

Und dann hörte er seinen Namen – dröhnend, Echos werfend; er kam ihm von jeder Fläche des Stadions entgegen, als riefen die Götter persönlich nach ihm.

Sie hatten die Scheibe fast erreicht; eine Gangway fuhr heraus, aber Cochrane stolperte und schaute zur Seite hoch.

Die riesige Fratze Adrik Thorsens schaute auf ihn herab.

*»Sie gehen nicht!«* schrie Thorsen. Sein wütendes Gesicht wurde von den Bildschirmen übertragen, die das Stadion umgaben. Die Bildqualität war mies. Sein grausamer Kommandoton kam aus allen Richtungen zugleich. »Unsere Luftabwehr vernichtet Sie, sobald Sie hundert Meter über dem Boden sind!«

»Hören Sie nicht auf ihn«, rief Monica. Sie zog an Cochranes Arm. Er schrie vor Schmerzen auf.

»Ihr seid tot!« donnerte Thorsen.

Sie waren fast an der Gangway. Und dann verschwand sie in einer Eruption von Feuer.

Sir John wirbelte wie eine durchgedrehte Ballerina im Kreis herum; an seinem Jackett flackerte ein Dutzend kleiner Feuer auf. Er fiel auf den Rasen, und Monica stürzte sich auf ihn.

Cochrane hielt wankend an. Er glaubte Plasmaimpulse zu hören, oder waren es nur Echos?

»Ihr werdet dem Optimum niemals entkommen!« schrie Thorsen. »Ihr entgeht eurem Schicksal nicht!«

Schwach wurde Cochrane sich bewußt, daß Thorsens letzte Worte nicht über die Bildschirme gekommen waren. Sie erklangen hinter ihm. Er drehte sich um.

Thorsen stand an der Mauer des Schlagmals. Er hatte ein Schießeisen in der Hand. Er zielte genau auf Cochrane.

»Die Erde wird Ihr Friedhof sein«, sagte Thorsen. »Es sei denn, Sie machen bei mir mit, Zefram Cochrane. Nur ich kann Ihrer Wissenschaft die Ketten nehmen.«

Cochrane lauschte, dachte nach. Er hatte sich schon fast überzeugt, daß er auf der *John Cabal* eingeschlafen war, daß all dies ein Traum war, ein Alptraum, den er in den Tiefen des Mannschaftsquartiers des alten Eisfrachters erlebte.

Er stützte sich auf Sir Johns Stock, um einen Anschein von Gleichgewicht beizubehalten. Sein Körper erbebte, als ein scharfes Husten hellrotes Blut auf seine Lippen zauberte. Es flog auf den grünen Rasen. Er begriff, daß er nicht träumte. Er begriff, daß er bald sterben würde.

Thorsen sprang von der Mauer und ging, die Waffe in der Hand, auf ihn zu.

»Cochrane, denken Sie nach. Nur bei mir haben Sie eine mögliche Zukunft.« Eine von Thorsens Händen enthielt den Tod. Die andere war freundschaftlich ausgestreckt. »Geben Sie mir die Warpbombe. Lassen Sie mich Ihr Genie feiern. Wenn das Schiff da abgeschossen wird, brauchen Sie nicht zu sterben.«

Cochrane hörte, daß der Krückstock sich erneut lud und neu einstellte.

Er hörte Monica stöhnen. Von Sir Johns stillem Körper stieg Rauch auf.

Cochrane begriff, daß er Thorsen töten konnte.

In seinem Geist hörte er Monica sagen, daß er wie Thorsen werden würde, wenn er ihn umbrachte.

Cochrane schloß die Augen. All dies passierte doch sowieso einem anderen. Außerdem hatte er Thorsen *gemacht.* »Ich bin Thorsen«, sagte er.

»Haben Sie was gesagt?« rief Thorsen. Er war nur fünfzehn Meter weit entfernt.

»Sie existieren *meinetwegen!*« hörte Cochrane sich schreien. Er sah im hellblauen Licht des Stadions, daß Blut von seinen Lippen sprühte. Ihn umgab ein Schein aus Blut.

»Sie sind im Delirium, mein Freund«, sagte Thorsen. »Ich werde Ihnen helfen.«

Cochrane hob den Krückstock, legte auf Thorsen an und schoß aus der Hüfte.

Thorsen bewegte sich nicht weiter voran. Er wandte sich zur Seite und verkleinerte damit die Zielfläche, die er bot. Er hob sein Schießeisen, der Lauf deutete nach oben.

»Es gibt noch immer Geheimnisse zu entdecken, Mr. Cochrane. Lassen Sie Ihr Werk nicht hier enden. Machen Sie Ihr Leben nicht bedeutungslos.«

Cochrane legte den Finger auf den Abzug. Ihm wurde schlagartig klar, daß ihm seine Arbeit gleichgültig war, daß er sich nicht um Geheimnisse scherte. Ihm war nur wichtig, was er mit seinem Leben angefangen hatte. Und er war sicher, daß er nicht genug getan hatte. Nicht genug gegeben hatte.

»Sie haben Monica weh getan«, sagte Cochrane.

Der Krückstockkondensator bereitete eine erneute Ladung vor.

»Was spielt das Leben eines Menschen schon für eine Rolle?« rief Thorsen zurück. Er senkte allmählich den Lauf seiner Waffe und nahm ihn ins Visier.

»Alles spielt eine Rolle«, sagte Cochrane, doch seine Stimme war schwach; er wußte, daß Thorsen ihn nun nicht mehr hören konnte.

»Dies ist Ihre letzte Chance!« schrie Thorsen.

»Ich weiß«, sagte Cochrane.

Er feuerte den Stock ab, und in dem Moment, in dem der rote Laserstrahl Thorsens Waffe traf, wurde Cochrane eins klar: So schnell der Strahl auch war, Thorsen war schneller gewesen.

Seine Waffe feuerte, dann explodierte sie.

Irgend etwas fegte an Cochranes Wange vorbei.

Thorsens Aufschrei zerriß die Luft.

Cochrane spürte, daß ihn von hinten Hände packten. Die plötzliche Bewegung schmerzte ihn so sehr, daß er den Krückstock fallen ließ, aus seinem eigenen Körper fiel und nur noch zum Beobachter dessen wurde, was weiterhin geschah.

Er spürte, daß man ihn über die Gangway in die Scheibe trug. Irgendwo murmelte Monicas Stimme. Was bedeutete, daß sie noch lebte. Das Wissen führte dazu, daß es ihm irgendwie besser ging.

Sanfte Hände schnallten ihn an einem Sitz fest, der sich seinem Leib anpaßte. Davor befand sich ein Bildschirm. Er hörte Monica ganz in der Nähe den Namen ihres Großvaters rufen. Er glaubte, auch andere Stimmen zu hören, die sich nach Thorsen erkundigten. Aber sie irrten sich, was seinen Namen anging, das war ihm jetzt klar.

»Er heißt Ozymandias«, murmelte Cochrane. Ihm war eingefallen, daß seine Mutter ihm einst ein Gedicht über ihn vorgelesen hatte. Es hatte ihn über Geschichte nachdenken lassen. Micah Brack hatte es so leicht rezitieren können, als hätte er es selbst geschrieben. »Schauet auf mein Werk, ihr Mächtigen«, sagte Cochrane.

Niemand hörte ihn.

Eine künstliche Stimme wies alle Anwesenden an, sich auf den Eintritt in den Orbit vorzubereiten. Cochrane hätte Monica gern auf Wiedersehen gesagt. Er wollte, daß sie ein glückliches Leben führte. Sie hatte es verdient. Er hätte es ihr gern geschenkt.

Unter ihm vibrierte der Sitz. Auf dem Bildschirm vor ihm sah er, daß das Stadion kleiner wurde. Dann verschwand es in einem Schwall von blauem Plasma und Wellen von Explosionen.

In einer weit entfernten Ecke seines Verstandes wurde Cochrane klar, daß die Flugscheibe nun von der Erde zum Mond unterwegs war. Trägheitsschwerkraftgeneratoren für Lande- und Oberflächenmanöver, aber ein Impulstriebwerk für den Weltraum.

Das Fusionsfeuer beim Abflug der Scheibe hüllte alles ein, was sich unter ihnen befand. Er stellte sich das Batersea-Stadion schmelzend vor, als hätte man in seinem Inneren eine kleine Sonne gezündet. Baseball ist wirklich tot, dachte er. Thorsen auch ... Ozymandias ... Wie er auch hieß. Alles würde bald glühen. Würde wieder zu dem Stoff werden, aus dem die Sterne bestanden.

Cochrane spürte, daß jemand seine Hand ergriff. Er schaute durch trübe, sich schließende Augen auf und sah Monica neben sich. Er hörte das Zischen eines Injektors, spürte aber nichts.

»Ich hätte gern mehr getan«, sagte er zu ihr. Er wußte, daß sie ihn verstehen würde.

Sie lächelte ihn an. Ihr Lächeln war wunderschön. Er wußte, daß sie irgendwann jemanden sehr glücklich machen würde, und wollte es ihr sagen. Dann erkannte er, daß er nicht bei Bewußtsein bleiben würde, bis die Atmosphäre hinter ihnen lag. Die Finsternis kroch auf ihn zu wie die Wolken auf Titan und brachten die Nacht. »Die Sterne«, sagte er zu Monica. »Ich wollte sie wiedersehen.« Er sah, daß ihre Lippen sich bewegten, als sie antwortete, aber er konnte sie nicht mehr hören.

Dann schloß Zefram Cochrane langsam die Augen und wartete friedlich darauf, daß der Tod und die Geschichte Anspruch auf ihn erhoben.

Aber die Geschichte war noch nicht mit ihm fertig.

# 11
## *USS* Enterprise *NCC-1701*
## *Region Gamma Canaris, Planetoid 527*

Sternzeit: 3853.2 · Terrestrische Zeit: November 2267

Vom Transporterstrahl ausgespuckt, setzten Kirk, Spock und McCoy erneut den Fuß auf Cochranes Welt. Die Dinge hatten sich hier, wie die Sensoren schon gemeldet hatten, sichtlich verändert.

Die Luft, einst angenehm und konstant 22 Grad warm, war kalt. Der Boden war voller Reif. Flauschige Wolken hatten sich früher wie ein Netz am Himmel erstreckt, doch nun war er finster, fast so, als herrsche Abenddämmerung. Doch die Sonne des Planetoiden stand genau am örtlichen Mittagshimmel.

Kirk konnte sich zwar ausmalen, was geschehen war, aber er wartete darauf, daß Spock es anhand der Tricorderanzeige bestätigte.

»Die Schwerkraft ist um 18 Prozent gesunken«, meldete er und las die Daten von einem winzigen Bildschirm ab.

»Mit dem Ergebnis eines Atmosphärenverlustes«, sagte Kirk, ohne überrascht zu sein.

»Und eines Wärmeverlustes«, fügte Spock hinzu. Die Energie, die die einst dichte Atmosphäre des Planetoiden enthalten hatte, hatte sich mit ihr in den Weltraum verflüchtigt.

»Irgendein Hinweis auf die Ursache der Veränderung?« fragte Kirk.

Spock schwenkte den Tricorder im Kreis und behielt ihn konzentriert im Blickfeld. »Der Tricorder mißt keine zugrundeliegende Ursache.«

»Und was ist mit *Ihnen*, Spock? Irgendwelche Theorien?«

Spock schaute McCoy an. »Haben Sie irgendwelche Anzeichen von Leben entdeckt, Doktor?«

McCoy musterte den Bildschirm seines Medo-Tricorders. Spock hatte ihn so justiert, daß er auch Lebenszeichen des ›Companion‹ aufnehmen konnte. Doch McCoy schüttelte den Kopf. »Nichts, Mr. Spock. Kein Anzeichen von Cochrane oder dem ›Companion‹.«

Mr. Scott hatte sie genau an die Stelle gebeamt, an der die *Galileo*-Fähre durch die Manipulationen des ›Companion‹ zur Landung gezwungen worden war. Admiral Kabreigny war an Bord der *Enterprise* geblieben, hatte den Landeplatz jedoch als vernünftigen Ort gebilligt, um mit Ermittlungen zu beginnen. Doch Kirk wußte etwas, was die Admiralin nicht wußte – daß hinter dem Höhenrücken im Westen Cochranes kleine Unterkunft lag. Er wagte nicht, daran zu denken, worauf sie dort stoßen würden. Ganz besonders nicht angesichts dessen, was Spock über Cochranes letzte Tage auf Centauri B II ausgegraben hatte.

»Kann es eine symbiotische Beziehung zwischen dem ›Companion‹ und diesem Planetoiden gegeben haben?« fragte Kirk und griff nach seinem Kommunikator.

»Faszinierend«, sagte Spock. »Und möglich.«

Sie wußten, daß der ›Companion‹ den Planetoiden nur für wenige Tage verlassen konnte, da er seine Energie von ihm bezog. Vielleicht waren auch die ungewöhnliche Schwerkraft und das Klima dieser Welt das Ergebnis seiner Anwesenheit hier gewesen; es war, als könnten die Bedingungen ohne ihn nicht mehr so sein wie früher, als seien Leben und Lebensraum verschwunden. Man wußte fast nichts über das auf Energie basierende Geschöpf.

Kirk schippte den Kommunikator auf. »Kirk an *Enterprise*.«

»Hier ist Kabreigny.«

Kirk runzelte bei dieser Antwort die Stirn und empfand Dankbarkeit, daß die Flotte es konsequent ablehnte, Kommunikatoren mit optischen Sensoren zu bestücken. Er legte keinen Wert darauf, sie auf der Brücke in seinem Sessel sitzen zu sehen, und er wollte auch nicht, daß sie seinen Gesichtsausdruck sah, wenn er mit ihr sprach. »Wir sind am Landeplatz der *Galileo*«, meldete er. »Keine Energieanzeigen irgendwelcher Art.«

Doch Kabreigny wollte so schnell nicht aufgeben. »Was ist mit dem Wrack, das die Sensoren etwa einen Kilometer westlich von Ihnen anzeigen?« fragte sie.

Kirk hatte gewußt, daß die Admiralin die Sensoranzeige von Cochranes Unterkunft sehen würde, deswegen hatte er sie mit der Erzählung darauf vorbereitet, man habe seinerzeit die Absturzstelle eines uralten Schiffes gefunden, das offenbar ebenso wie die Fähre vom Kurs abgekommen sei. Für Kabreigny war die Anwesenheit des Wracks ein zusätzlicher Hinweis darauf, daß Kirk hier eine weitere Möglichkeit für navigatorische Gefahren ignoriert hatte. Doch Kirk wußte, wenn er eine Meldung gemacht hätte, hätte die Flotte innerhalb eines Jahres eine Kartographen- und Forschungsexpedition in dieses Gebiet geschickt, um das Ausmaß der ›Gefahr‹ zu bestimmen. Und diese Leute hätten Cochrane unweigerlich gefunden.

»Wir gehen nun zum Wrack«, sagte Kirk. »Ich melde mich, wenn wir dort sind. – Kirk, Ende.«

»Sie scheint es gut wegzustecken«, sagte McCoy. Er schaltete den Tricorder aus und hängte ihn an seine Schulter.

»Sie hat keine Wahl«, sagte Spock. »Sie hat noch nicht alle Teile des Puzzles, das sie zusammensetzen muß.«

»Meine Herren ...« Kirk winkte sie in Richtung Höhenrücken und setzte sich in Bewegung. Er hörte, daß McCoy und Spock seinen Schritt aufnahmen. Leider verfügten sie selbst auch nicht über alle Teile des Puzzles. Auch wenn sie mehr hatten als die Admiralin.

An diesem Morgen, als die *Enterprise* noch zu Cochranes Planetoid unterwegs gewesen war, hatten Kirk, Spock und McCoy sich getroffen. McCoys Büro im Lazarett schien ihnen die beste Räumlichkeit zu sein, in der Admiral Kabreigny nicht plötzlich aufkreuzen konnte. Jedenfalls schien sie mehr damit beschäftigt, auf der Brücke zu bleiben und die Sensorabtastungen aus erster Hand zu begutachten, als sich für die Aktivitäten des Captains oder seines Stabes zu interessieren.

Trotzdem hatte McCoy den Computer instruiert, die Lazarettüren zu verschließen, damit sie sich in Ruhe miteinander unterhalten konnten – es sei denn, jemand von der Besatzung benötigte medizinische Hilfe.

Laut Spocks Bericht, waren die Ereignisse während Cochranes letzter Tage so verlaufen, wie Kirk sich an sie erinnerte – die Geschichte hatte nur wenige Einzelheiten verzeichnet. Der Informationsmangel konnte durch die Tatsache erklärt werden, daß sich Cochrane nach seiner historischen Glanzleistung den Ruf erworben hatte, ein zurückgezogen lebender Individualist zu sein. Kirk wußte aus der Geschichte, daß Neil Armstrong nach seiner historischen Leistung ebenso reagiert hatte: Der erste Mensch, der den Fuß auf eine andere Welt gesetzt hatte, war für den Rest seines Lebens praktisch aus der Öffentlichkeit verschwunden, und dies hatte auch fraglos Einfluß auf die öffentliche Unterstützung der erblühenden Weltraumforschung seiner Zeit genommen. Auch Yoshikawa hatte sich so ähnlich verhalten, doch sein Verbleib auf dem Mond hatte sein zurückgezogenes Leben für viele verständlicher gemacht. Welche Art der Existenz sich Daar nach ihrem einmaligen Erfolg ausgesucht hätte, würde für immer ein Geheimnis bleiben, da ihr Leben durch eine Tragödie verkürzt worden war, die sie während der Rückkehr vom Mars ereilt hatte.

Doch Spock hatte angedeutet, der Informationsmangel über Cochranes letzte Jahre allein reiche nicht für die Erklärung seiner menschlichen Exzentrizität und sein Sehnen nach Privatsphäre aus. Spocks inoffizielle Kommunikation mit der Cochrane-Stiftung auf Alpha Centauri hatte enthüllt, daß viele zeitgenössische Berichte von Cochranes Freunden und Mitarbeitern sowie seine eigenen Aufzeichnungen noch immer versiegelt waren und niemand bereit oder willig war, etwas über die Gründe zu sagen. Selbst das Tagebuch von Cochranes Gattin, der Enkelin des gefeierten Astronomen Sir John Burke, war der Öffentlichkeit nicht zugänglich. Das Faszinierendste: Es gab offenbar keinen Hinweis, wie lange die Aufzeichnungen verschlossen gehalten werden sollten. Die Stiftung hatte nur gemeldet, jedes potentielle Freigabedatum sei Thema andauernder Konferenzen.

Spock hatte den Schluß gezogen, ein solches Arrangement weise darauf hin, daß jemand in den Reihen der Föderation tatsächlich über den Inhalt der versiegelten Aufzeichnungen und dazugehörigen Akten Bescheid wisse und nur darauf wartete, bis gewisse Umstände es erlaubten, sie freizugeben. Aber worin diese Umstände nach eineinhalb Jahrhunderten bestanden, wollte nicht einmal er theoretisch auseinanderlegen.

Kurz gesagt, alles zur Verfügung stehende Material über Cochranes letzte Jahre bestand aus dem, was man schon seit dem Tag seines Verschwindens über ihn wußte. Er hatte im Alter von 48 Jahren an einer wissenschaftlichen Konferenz auf dem Mond teilgenommen und dabei Monica Burke kennengelernt, seine spätere Frau. Beide waren kurz vor dem Ausbruch des verheerenden Dritten Weltkriegs zusammen nach Alpha Centauri zurückgekehrt.

Während der Wiederaufbauperiode, als alle Erdkolonien bis an die eigenen Grenzen gegangen waren, um ihrem Heimatplaneten beizustehen, hatte Cochrane sich der weiteren Verbesserung des Warpantriebs gewidmet und war zu vielen Planeten gereist, um dafür zu sorgen, daß sämtliche Kolonien über die wissenschaftlich-technischen Fähigkeiten verfügten, ihre eigene Warp-Industrie zu unterstützen. Aufzeichnungen seiner Reden zeigten, daß er sich immer wieder dafür einsetzte, daß seine Erfindung der Menschheit wirklich nützte – damit keine Welt oder Weltengruppierung je in der Lage war, auf ihr ein Monopol aufzubauen.

Mehrere Jahre vor seinem Verschwinden hatte Cochranes Verlangen, die Früchte seiner Arbeit zu genießen, ihn dazu getrieben, an einer der ersten diplomatischen Missionen auf einer Kolonialwelt teilzunehmen, die ein Volk gegründet hatte, das unter dem Namen Vulkanier bekannt war. In einem waghalsigen Schritt, gegen den die konservativen irdischen Organisationen seiner Zeit heftig protestiert hatten, hatte er den Vulkaniern *sämtliche* Forschungsergebnisse der Warptechnik bedingungslos übergeben. Die Vulkanier hatten natürlich unabhängig von ihm eine eigene Version dieses Antriebs gebaut, aber der wissenschaftliche Fortschritt, der aus seinem noch nie dagewesenen Geschenk resultierte, wurde von ihnen schnell ergänzt. Fern von der geschwächten Erde hatte Cochranes Geschenk tatsächlich eine langfristige und unerschütterliche Allianz zwischen Menschen und Vulkaniern herbeigeführt, von der die Historiker behaupteten, sie sei die Ursprungssaat dessen gewesen, aus dem später die Föderation geworden war.

Und so hatte der scheue und zurückgezogen lebende Wissenschaftler es noch erlebt, daß seine Erfindung die Gestalt und Geschichte der Menschheit für immer veränderte. Man war sich überall einig: Cochrane hatte es der Spezies ermöglicht, die atomare Verwüstung zu überleben. Er hatte es der vom Krieg zerrissenen Erde im Gegensatz zu manch anderer Welt ermöglicht, in Jahrzehnten statt in Jahrhunderten oder Jahrtausenden wieder aufgebaut zu werden; und er war noch zu Lebzeiten Zeuge zahlreicher Begegnungen zwischen Menschen und raumfahrenden Fremdkulturen geworden.

Als Cochrane siebenundachtzig Jahre alt gewesen war, war seine Gattin Monica offenbar bei einem Verkehrsunfall in der Nähe der Cochrane-Ranch auf Centauri B II umgekommen. Der stets bescheidene Cochrane hatte sich gegen alle Bemühungen gewandt, den Planeten zu seinen Lebzeiten nach ihm zu benennen. Die Einzelheiten des Unfalls waren nicht verfügbar, entweder weil keine Berichte mehr existierten oder weil keiner veröffentlicht worden war. Kurz danach hatte Cochrane sein Testament geändert und seinen überraschend kleinen Landsitz der Stiftung vermacht, die seinen Namen trug. Dann hatte er einen Flugplan mit Ziel Stapledon Center eingereicht und war verschwunden.

Die folgende Suche war nach damaligem Standard sehr umfangreich gewesen. Doch die Erfindung des Subraumfunks und der Subraumsensoren lag noch mehrere Jahrzehnte in der Zukunft, und Schiffe, die beim Warpflug verschwanden, sah man in der Regel nie wieder, da es kein Überlichtverfahren gab, um sich mit ihnen zu verständigen oder sie anzupeilen. Ein Jahr nach seinem Nichtauftauchen bei Stapledon Center war er für tot erklärt worden, und die von Menschen bewohnten Welten hatten um ihn getrauert.

Spocks Geschichte war mit der identisch, an die Kirk sich aus seiner Schulzeit erinnerte. Doch McCoy entdeckte eine Absonderlichkeit. Er trommelte aufgeregt mit den Fingern auf die Tischplatte.

»Cochrane hat uns erzählt, er habe im Sterben gelegen, Jim«, sagte er, als Spock fertig war. »Ist das nicht ein komischer Zufall? Seine Frau stirbt bei einem Unfall, während er gerade … an irgend etwas anderem leidet, das ihn ebenfalls sterben läßt.«

Spock griff McCoys Erinnerung an ihr Gespräch mit Cochrane auf. »Cochranes Zeitgenossen haben berichtet, seine Gesundheit sei ausgezeichnet gewesen«, sagte er. »Außerdem lebten die Kolonisten damals allgemein länger und gesünder als die Menschen der Erde, da sie nicht unter Umweltgiften litten. Natürlich gab es bei ihnen mehr Todesfälle durch Unfälle beim Einsatz schwerer Maschinen – wie Monica Cochranes Tod illustriert.«

»Vielleicht lag er gar nicht im Sterben, als er Alpha Centauri verließ«, warf Kirk ein. »Er hat gesagt, der ›Companion‹ hätte sein *lahmgelegtes* Schiff auf den Planetoiden geholt. Vielleicht ist ihm an Bord etwas zugestoßen.«

»Noch ein Unfall?« fragte McCoy skeptisch. »Der Zufall wäre nun doch zu groß.«

Wenn Kirk die Wahl hatte, neigte er dazu, die einfachste Problemlösung vorzuziehen – eine Vorliebe, die Spock für äußerst logisch hielt. Deswegen war er auch nicht über McCoys Vorschlag entzückt, Cochranes Verschwinden und der Tod seiner Frau könnten kein Zufall sein.

Doch Spocks zweiter Bericht, der Admiral Kabreignys deutliches Interesse am ersten Besuch der *Enterprise* in der Region Gamma Canaris betraf, schien ebenfalls in diese Richtung zu zielen.

»Kommen wir nun zu dem, was der Flotte bekannt ist«, begann Spock. »Vor sechs Monaten hatte die *Galileo* navigatorische Schwierigkeiten in der Region Gamma Canaris und wurde daran gehindert, sich mit der *Enterprise* zu treffen. Ein Ergebnis dieser Verzögerung: Die Föderationskommissarin Nancy Hedford stirbt an der Sakuro-Krankheit. Innerhalb von vierundzwanzig Stunden nach der Rückkehr auf die *Enterprise* diktierte Captain Kirk seinem Logbuch einen detaillierten Bericht über die diesbezüglichen Ereignisse. Über Ereignisse, die, wenn sie auch bedauerlich sind, keine ungewöhnlichen Zwischenfälle bei einer Erkundungsfahrt im Grenzgebiet der Föderation darstellen.

Allerdings«, fuhr Spock fort, »weiß die Flotte auch, daß der Captain fünf Tage nach seiner Rückkehr an Bord etwas ans Flottenarchiv sandte: ein Privatlogbuch, das einhundert Jahre lang versiegelt bleiben soll. Auch dies ist keine ungewöhnliche Handlung für den Kommandanten eines Raumschiffes. Die Archivleitung hat inoffiziell den Schluß gezogen, daß sein Privatlogbuch spezifische Einzelheiten über den Tod der Kommissarin Hedford enthält – oder möglicherweise auch zurückhält, um ihrer Familie unnötiges Leid zu ersparen.«

Kirk spürte, daß Spock zu einem großen ›Aber‹ ansetzte. Und er wurde nicht enttäuscht.

»Doch inzwischen ist die Archivleitung in Verbindung mit der Sicherheitsabteilung der Flotte und der Luna-Polizei zu dem Schluß gekommen, das die Informationen im versiegelten Logbuch des Captains, worin sie auch bestehen mögen, die Ursache des kürzlich erfolgten Einbruchs waren.«

Kirk war entsetzt. »Das ist unmöglich.«

Spocks besorgter Ausdruck sagte Kirk, daß es mehr als möglich war. »Captain, das, was ich nun sage, wurde vom Oberkommando als vertraulich eingestuft. Ich muß Ihnen zu meinem Bedauern mitteilen, daß ich diese Information nicht über offizielle Kanäle bezogen habe, und daß es am besten wäre, wenn Sie mich nicht über meine Methoden befragen. Ich möchte jedoch darauf hinweisen, daß ich angesichts unserer prekären Situation bezüglich Admiral Kabreigny und ihres Interesses an diesen Ereignissen glaube, berechtigt zu sein, den Kurs der Ermittlungen auf unvorschriftsmäßige Weise zu verfolgen. Ich bin natürlich bereit, den Fall vor jedem Untersuchungsausschuß der Flotte zu vertreten und mich seinem Urteil zu unterwerfen.«

McCoy reichte es nun. »Um Himmels willen, Spock, nun legen Sie endlich los.«

»Indem ich Ihnen diese Informationen gebe, Doktor, setze ich Sie und Captain Kirk einer möglichen Strafverfolgung aus. Ich möchte, daß Sie sich darüber im klaren sind.«

»Wir wissen Bescheid, Spock«, sagte Kirk. »Was haben Sie rausgekriegt?«

»Jemand ist in den Starfleet-Zentralcomputer auf dem Erdmond eingedrungen.«

»Das ist doch unmöglich«, stieß McCoy hervor.

»Offenbar doch«, erwiderte Spock ruhig. »Die Sicherheitsabteilung weiß von unautorisierten Datenrückgewinnungsprogrammen, die irgendwie ins System eingespeist wurde. Wie oder warum dies geschah, ist unbekannt. Man *weiß* jedoch, daß der Auslöser eines bestimmten Programms der Suchbegriff ›Gamma Canaris‹ war.« Spock hielt inne und schaute Kirk an.

Kirk verstand die Wichtigkeit dieser Information. »Ich habe es an die Ablagedaten des Privatlogbuches angehängt.«

»Genau«, sagte Spock. »Und obwohl der tatsächliche Inhalt Ihres Logbuches nicht ins System geladen wurde, geschah dies mit den Ablagedaten, die die Quelle des Lochbuches sowie Zeit und Ort seines Entstehens angeben ...«

»Und seine Position in den Lagerregalen des Archivs«, sagte Kirk ergrimmt. »Da die Information, die es enthielt, im Computer selbst nicht aufzufinden war, mußte jemand einbrechen, um an sie heranzukommen.«

»Aber sie ist doch nicht verschwunden«, warf McCoy ein.

Spock musterte ihn mit größter Nachsicht. »Das Logbuch hat die Form einer normalen, unverschlüsselten Datenscheibe, Doktor. Ein einfacher Tricorder könnte die Daten aufnehmen, ohne irgendwelche Spuren zu hinterlassen.«

Spocks Enthüllung machte Kirk schwer zu schaffen.

»Warum sollte sich jemand für die Region Gamma Canaris interessieren, Spock? Und wer hat die technischen Fähigkeiten, in den Zentralcomputer der Flotte einzudringen?«

Spock wirkte nun fast entschuldigend. »Ich konnte nur eine – äußerst dürftige – Verbindung zwischen Gamma Canaris und den gegenwärtigen Ereignissen ziehen«, sagte er. »Laut den Navigationskarten, die man vor einhundertfünfzig Jahren verwendete, liegt die Region Gamma Canaris fast genau dem Kurs gegenüber, den man damals zwischen Centauri B II und der Kolonie Stapledon Center im System Wolf 359 genommen hätte.«

Kirk verstand sofort. »Falls Zefram Cochrane die Absicht hatte ... jemanden abzuschütteln, der ihm, aus welchen Gründen auch immer, folgte ... Gibt es eine bessere Methode, Abstand und Zeit zu gewinnen, als wenn man in die entgegengesetzte Richtung fliegt?«

»Ohne Subraumsensoren«, sagte Spock zustimmend, »würde das mögliche Raumvolumen, in dem man Cochrane hätte finden können, mit jeder vergehenden Sekunde exponentiell wachsen.«

»Wollen Sie damit sagen, daß Cochrane vor jemandem *auf der Flucht* war?« fragte McCoy. Er war über die plötzliche Ausweitung seiner Betrugstheorie eindeutig erstaunt.

Spock verschränkte die Arme; er war eindeutig nicht auf Diskussionen aus. »Ich habe von einer dürftigen Verbindung gesprochen, Doktor. Falls sie real ist, gebe ich nicht vor, ihre Bedeutung zu verstehen.«

Doch die hundertfünfzig Jahre zurückliegenden Ereignisse waren nicht das, was Kirk gegenwärtig besorgt machte. »Was ist mit dem Computersystem der Flotte, Spock? Wer hat die Fähigkeit, ohne entdeckt zu werden, in es einzudringen? Klingonen? Romulaner?«

»Es ist nicht vorstellbar, daß eine feindliche Macht Agenten nahe genug an die Programmiereinheiten heranbringen könnte«, sagte Spock. »Eine solche Truppe müßte Eingabeschlüsselstellungen auf dem Erdmond infiltrieren, um die hochentwickelten Wurmprogramme einzuspielen, die die Flotte entdeckt hat.«

»Wer also sonst?«

»Nur jemand, der *innerhalb* der Flotte tätig ist, hätte sowohl die Gelegenheit als auch die Fähigkeit, existierende Sicherheitsprotokolle zu umgehen.«

Das logische Ergebnis von Spocks Überlegung traf Kirk wie ein Phaserschuß. Es *gab* keine andere Erklärung.

McCoy beugte sich vor; seine Stimme war ein drängendes Wispern. »Wissen Sie, was Sie da sagen, Spock?«

»Ich bin mir der Schlüsse wohl bewußt, die man aus den von mir entdeckten Informationen ziehen kann, Doktor.«

Kirk sprach die Schlüsse aus, so widerlich sie auch waren. »Es besteht die Möglichkeit, daß Admiral Kabreigny in eine Verschwörung verwickelt ist, die sich auf den höchsten Ebenen der Flotte abspielt, und daß diese Verschwörung etwas mit Zefram Cochrane zu tun hat.«

McCoy war erbost. »Das ist doch Wahnsinn. Gleich sagst du noch, daß wir die Verschwörer allein finden müssen, weil wir niemandem vertrauen können!«

Spock nickte. »Sie sind mir in der Tat zuvorgekommen, Doktor. Ich schlage vor, daß wir mit äußerster Vorsicht weitermachen und die Angelegenheit außerhalb der normalen Kanäle verfolgen, wie ich es schon getan habe. Indem wir gegen Admiral Kabreigny handeln, ist es möglich, daß wir dazu beitragen, die Stabilität der Flotte und der Föderation zu bewahren.«

»Aber«, sagte Kirk warnend, »falls es keine Verschwörung gibt, ist es ebenso möglich, daß wir uns des Verrats schuldig machen.«

Mit dieser ermutigenden Anmerkung, fiel Kirk voller Unbehagen ein, hatte die Besprechung geendet.

Als Kirk, Spock und McCoy im Westen den Höhenzug umrundeten, brauchten sie keine Tricorder, um in Erfahrung zu bringen, was aus Cochranes Heimstatt geworden war.

Das Fertigbau-Quartier war von Phaserschüssen auseinandergerissen worden. Die Hälfte war eingestürzt, die Überreste waren vom Ruß eines längst erloschenen Feuers verschmutzt. Zwei noch stehende Wandsektionen waren teilweise geschmolzen, und die Wellen aus erstarrtem Blech, die sich um die Strahlentreffer herum gebildet hatten, zeigten das unmißverständliche Glitzern gephaserten Metalls.

»Gütiger Gott«, sagte McCoy leise.

»Wir haben ihnen keine Waffen gegeben«, sagte Kirk mit bitterem Bedauern in der Stimme. Bevor sie vor einem halben Jahr die Kreisbahn verlassen hatten, hatte er persönlich zwei Paletten mit Saatgut, landwirtschaftlichen Instrumenten, einem Lesegerät, einer Datenscheibenbibliothek und einem Subraum-Funkgerät heruntergebeamt, für den Fall, daß Cochrane seine Meinung in Sachen Kommunikation mit der Galaxis änderte. Aber Phaser hatte er ihnen nicht gesandt.

Spock prüfte seinen Tricorder. »Nach der Heftigkeit des Angriffs zu urteilen, Captain, hätten Handphaser kaum zu ihrer Verteidigung beigetragen.« Er deutete auf eine ferne Erhebung. »Schauen Sie sich das Chaos auf dem kleinen Hügel dort an.« Kirk sah sie. »Ich vermute, daß dort irgendein Raumfahrzeug gelandet ist. Es war höchstwahrscheinlich mit einem Phasergeschütz bewaffnet.«

Kirk empfand Übelkeit. Hatte das 23. Jahrhundert Cochrane auf diese Weise willkommen geheißen? Hatte er ihm dies angetan?

Spock beäugte den Tricorderbildschirm. »Empfangen Sie noch immer keine Lebenszeichen, Doktor?«

McCoy nahm seinen Medo-Tricorder. »Ich ... weiß nicht.« Er schaute Spock an. »Der ›Companion‹?«

»Captain, in der Ruine scheint irgend etwas mehr oder weniger Lebendiges zu sein.«

Kirk kraxelte über den losen, sandigen Boden, bevor Spock und McCoy ihre Instrumente ausgeschaltet hatten. *»Cochrane?!«* schrie er laut. *»›Companion‹?!«*

Er schaute nach unten, als er dem Quartier entgegenlief. Auf dem Boden waren Dutzende von Stiefelabdrücken zu erkennen; sie überlappten sich, führten in alle Richtungen. Anzeichen eines Kampfes. Die meisten hatte der Wind verweht, aber sie waren erst wenige Wochen alt.

Kirk erreichte den geschmolzenen Türrahmen des Quartiers. Kein Durchkommen. Er rief noch einmal.

Dann kam eine Antwort: ein Stöhnen von der anderen Seite.

Kirk jagte links herum. Spock und McCoy liefen nach rechts. Eine umgestürzte Wandplatte war gegen eine leere *Enterprise*-Güterpalette gelehnt. Leere Wasserflaschen lagen überall herum, aber auch die Verpackungen von Notrationen der Flotte.

»Cochrane?« fragte Kirk ins Dunkle unter der Wandplatte hinein. Jemand – irgend etwas – rührte sich in der Dunkelheit. Eine dünne weiße Hand fiel ins Freie. Wieder ein Stöhnen. Als Kirk auf die Knie sank und hineingriff, um die kleine Gestalt in die Arme zu nehmen, kamen Spock und McCoy von der anderen Seite herangelaufen.

»›Companion‹«, sagte er leise. »Ich habe deine Botschaft gehört. Ich bin gekommen.«

Mit der erschlafften Gestalt der Föderationskommissarin Nancy Hedford auf den Armen stand er auf. Sie trug einen zerfetzten blaßroten Overall, der dem Cochranes glich. Ihr Gesicht war schmutzbedeckt; getrocknetes Blut war in ihren Mundwinkeln und unter der Nase. An einer Seite ihres Kopfes war das dunkle Haar blutverkrustet. Auf der anderen Seite zeigte es kaum mehr als versengte Stoppeln mit bösen roten Blasen, die auf ihrer Kopfhaut sichtbar waren. Sie war zudem zehn Pfund leichter als an dem Tag, an dem er sie zuletzt gesehen hatte.

McCoy hielt den Scanner vorsichtig an ihre Schläfe, ließ ihn über ihren Brustkorb fahren und justierte die Empfindlichkeit des Instruments, um Kirks Anzeigen abzublocken.

»Was ist passiert, ›Companion‹?« fragte Kirk. »Wo ist Zefram?«

Die Augen des ›Companion‹ öffneten sich flatternd. Das Weiß eines seiner Augen war von geplatzten Kapillaren dunkelrot. Er war von einem starken Phaserschuß getroffen worden. Wahrscheinlich hatte man ihn für tot gehalten.

»Zefram …« hauchte der ›Companion‹. Seine Ihre Stimme war trocken, schwach, aber sie wies noch immer den schwachen und irgendwie gespenstischen Doppelton zweier Stimmen auf – den des Energiewesens und den Nancy Hedfords.

Kirk schaute McCoy an. Der Arzt schüttelte grimmig den Kopf. Er zog einen Injektor aus dem Medokit und hielt ihn an seinen Arm. Sie zischte leise.

»Sie haben ihn«, sagte der ›Companion‹ schwach. »Sie haben den Menschen mitgenommen. Er ist fort.« Dann fing das, was McCoy ihm verabreicht hatte, an zu wirken. Einen Moment lang blühte Klarheit in seinem Blick auf, und er schaute Kirk direkt an.

»Wir sind allein«, rief der ›Companion‹ gequält. Tränen schnitten Furchen in den Schmutz auf seinen Wangen. Kirk spürte, daß der zerbrechliche Körper auf seinen Armen bebte. »Wie erträgt man es? Wie …?« Sein Leib zitterte, dann wurde er schlaff. Kirk schaute McCoy alarmiert an.

»Ich weiß auch nicht, wieso er noch lebt«, sagte McCoy. »Extreme Symptome von Unterkühlung. Dehydration. Hunger. Starker Phaserschaden am zentralen Nervensystem. Jim, er ist von einem tödlichen Strahl getroffen worden.«

Kirk schaute die beiden Offiziere an und fällte eine Entscheidung. »Wir können die Sache nicht mehr für uns behalten.«

»Nein«, sagte McCoy zustimmend. »Er muß auf der *Enterprise* behandelt werden.«

Spock war anderer Meinung. »Er bezieht von diesem Planeten seine Kraft, Doktor. Er kann nicht von ihm getrennt existieren.«

»Verdammt noch mal, Spock – wenn ich ihn nicht stabilisieren kann, spielt es keine Rolle mehr, wo er ist. Schauen Sie sich außerdem um. Was er von diesem Planetoiden auch bezieht – er muß irgendwas dafür zurückgeben. Und so, wie es ihm jetzt geht, ist er nicht fähig, ihn funktionieren zu lassen. Hier geht doch alles den Bach runter.« McCoy drehte sich zu Kirk um. »Jim, wenn ich ihn isoliere, können wir möglicherweise verhindern, daß Admiral Kabreigny irgend etwas von Cochrane erfährt, aber ich *muß* ihn auf der *Enterprise* behandeln.«

»Die Admiralin kann jetzt nicht mehr unsere Hauptsorge sein«, sagte Kirk. »Aber es ist einen Versuch wert, ihn zu isolieren. Laß uns an Bord beamen, Pille. Medizinischer Notfall. Mr. Spock, ich möchte hier unten eine vollständige Spurensuche durchführen lassen. Ich möchte wissen, welche Phaser verwendet wurden, was auf dem Hügel dort gelandet ist und um wie viele Angreifer es sich gehandelt hat. Außerdem brauche ich eine komplette orbitale Abtastung. Halten Sie nach Ionenspuren von Schiffen Ausschau, die eventuell in den letzten vier bis fünf Wochen hier waren.«

»Ich bleibe hier, um alles zu koordinieren«, sagte Spock.

McCoy sprach in seinen Kommunikator. »*Enterprise,* drei Mann von diesen Koordinaten an Bord holen. Mr. Spock bleibt zurück. Lazarett benachrichtigen, daß wir einen medizinischen Notfall haben. Der Patient ist … ein Mensch.«

Kirk änderte den Griff, mit dem er die bewußtlose Gestalt hielt. Sie fühlte sich so zerbrechlich an, daß er Angst hatte, er könne sie verletzen.

Spock trat von Kirk und McCoy zurück, um dem Transportertechniker auf der *Enterprise* ein besseres Anpeilen zu ermöglichen. »Viel Glück, Captain«, sagte er.

Kirk maß seinen Freund mit einem leichten Lächeln. »Ist nicht sehr logisch, Spock.«

»Vielleicht«, sagte Spock zustimmend. »Aber ich habe festgestellt, daß es in menschlichen Angelegenheiten Zeiten gibt, in denen Logik sowieso nichts bringt. Und dies ist möglicherweise leider eine solche.«

»Sie kamen seinetwegen«, sagte der ›Companion‹, dessen Stimme sich in gespenstischer Harmonie mit der Nancy Hedfords vermischte. »In der Nacht ist ein Schiff gelandet. Nicht weit fort. Auf dem Hügel. Zefram war so glücklich, so aufgeregt.« Er schaute mit einem bittersüßen Lächeln zu Kirk hinüber. »Er dachte, Sie seien es, Captain Kirk.«

Kirk drückte die Hand. Der Puls, der sich, wie der Lebenszeichen-Monitor über dem Medobett angab, verstärkt hatte, war zwar regelmäßig, aber schwach. Man hatte ihn vom Blut und dem Schmutz gesäubert, und McCoy hatte Wunder gewirkt, um wieder Farbe in sein Gesicht zu bringen. Doch die glitzernde Bandage auf seiner Stirn und über dem phasergeschädigten Auge zeigte die ernste Lage seines Zustandes weiterhin an.

McCoy war jedoch sicher, daß er ihn retten konnte, wenn auch nur deswegen, weil die Wirkung, die der ›Companion‹ auf Nancy Hedfords menschlichen Körper ausübte, kumulativen und restaurierenden Einfluß hatte. Es war fraglos der gleiche Prozeß, der auch die Sakuro-Krankheit bezwungen hatte. Doch Kirk wußte nicht, ob der ›Companion‹ seinen Überlebenswillen aufrechterhalten konnte. Die Sicherheitsüberprüfung auf dem Planetoiden hatte keine Spur von Zefram Cochrane gefunden. Nur Hinweise auf mutwillige Zerstörung, als habe derjenige, der seinetwegen gekommen war, keine Spur seines Hierseins hinterlassen wollen.

»Weißt du, wer sie waren?« fragte Kirk. Seine Hand umschloß die des ›Companion‹, um ihm zu helfen, das schreckliche Alleinsein zu bekämpfen, von dem er wußte, daß er es verspürte.

»Ein Teil von uns weiß es nicht«, sagte die Doppelstimme seufzend, »aber ein anderer sagt … Orioner.«

Kirk bemühte sich, ruhig zu bleiben. McCoy stand neben ihm. Er hatte ihm recht stur zu verstehen gegeben, er solle die Patienten nicht aufregen oder ermüden. »Hatten sie grüne Haut?« fragte Kirk.

Der ›Companion‹ nickte. »Und sie kamen mit Phasern … Phasern …« Er schloß das sichtbare Auge. »Es ist eine so abscheuliche Sache … Der Mensch lief auf sie zu, hat sie in unserer Heimat willkommen geheißen, aber sie haben Energie gegen ihn eingesetzt, und er fiel um. Wir hörten, daß seine Gedanken erstarben. Wir waren allein …«

Kirk wußte nicht genau, was er mit dem Ersterben von Cochranes Gedanken meinte. »Hat Zefram noch gelebt?« fragte er. »Hat er … weitergemacht?«

Der ›Companion‹ schaute an die Decke des Lazaretts. »Der Mensch macht weiter«, sagte sie. »Wir können ihn noch immer spüren. Aber er ist so weit fort.«

»Wie weit?« fragte Kirk.

Der ›Companion‹ öffnete und schloß den Mund, als wolle er antworten. »Ein Teil von uns weiß es, aber der andere kann es nicht sagen.« Sie seufzte erneut. »Wir werden ihn nicht mehr lange spüren. So weit ist er fort.«

»Kannst du uns zu ihm bringen?« fragte Kirk.

McCoy reichte es nun. »Jim! Du weißt doch, daß er den Planetoiden nicht verlassen kann!«

»›Companion‹«, sagte Kirk und beugte sich näher an ihn heran, »wie lange kannst du von deiner Heimat fortgehen?«

»Ohne uns, die sie hegen und pflegen, stirbt unsere Heimat«, sagte sie wehmütig. »Wir werden den Tod erfahren. Wie können wir ohne den Menschen eine Heimat haben? Wie können wir leben?«

McCoy schob sich dazwischen. »›Companion‹, hör mir zu. Ich bin dein Arzt. Ein Teil von dir muß wissen, was das bedeutet. Und als Arzt garantiere ich dir, daß du *nicht* stirbst. Du bist stark, wirst immer stärker. Du wirst in der Lage sein weiterzumachen. Aber eins muß ich wissen: Wann mußt du in die Heimat zurückkehren?«

»Einen Marsch winziger Tage«, sagte der ›Companion‹. »Weniger als ein Jahr, weniger als ein Monat. Ihr habt so viele Namen für die gleiche Sache – den Verlauf der Zeit. Wie könnt ihr das alles nur behalten und euch über solche Dinge Sorgen machen?«

»Weniger als eine Woche?« fragte Kirk. »Kannst du nicht länger als eine einzige Woche von deiner Heimat getrennt sein? Zwei Wochen?«

»Das wissen wir nicht.«

»Versuch's mal«, bat Kirk. »Eure beiden Teile müssen zusammenarbeiten, wenn ihr den Menschen je wiedersehen wollt. Verstehst du mich? Nancy Hedford muß dem ›Companion‹ zuhören, seine Gedanken in Worte kleiden, die wir verstehen können.«

Der ›Companion‹ schaute schweigend nach oben. Endlich sprach er wieder. »Sechs Tage«, sagte sie. »Wenn wir in sechs Tagen nicht zurückkehren, werden wir nicht weitermachen.«

»Und wie weit ist der Mensch entfernt?« fragte Kirk. »Bitte den Teil Nancy Hedford, sich daran zu erinnern, was sie über Raumschiffe weiß. Können wir den Menschen erreichen und in weniger als sechs Tagen hierher zurückkehren?« Kirk spürte McCoys Hand auf der Schulter, die ihn stumm warnte, ihn noch länger diesem Druck auszusetzen.

»Es ist so verwirrend«, sagte der ›Companion‹. »Zefram hätte uns bei so etwas geholfen.«

»Kann ich helfen?« sagte Kirk drängend, da er wußte, daß McCoy ihn bald aufhalten würde. »Kann ich irgend etwas tun, um es leichter zu machen?«

»Er ist nah«, sagte der ›Companion‹ klagend. »Er hat solche Schmerzen.«

»Wie nah?« fragte Kirk.

»Jim, so kannst du ihn nicht behandeln«, fauchte McCoy nun.

Kirk ignorierte ihn. »›Companion‹, sprich noch einmal mit Nancy Hedford. Wo der Mensch auch ist, kann unser Schiff zu ihm gehen und in sechs Tagen wieder hier sein?«

»Ja«, hauchte der ›Companion‹ kurz darauf. »Bei höchster Geschwindigkeit.«

»Kannst du uns sagen, wo wir hingehen müssen?« fragte Kirk, der sich freute, endlich etwas Handfestes zu hören.

»Uns fehlen die Worte«, erwiderte das Wesen. »Kein Teil von uns kennt die Worte.«

Kirk drückte seine Hand. »In Ordnung. Wir werden dich die Worte lehren.« Er schaute McCoy an. »Unternimm alles, was du kannst, um ihn ins Hilfskontrollzentrum zu bringen.«

»Was?!«

»Ich sorge dafür, daß Sulu uns dort trifft. Er kann mit ihm die Karten durchgehen und irgendein für beide Seiten verständliches Koordinatensystem austüfteln, das wir der Navigation zuführen, ohne auf die Brücke zu müssen.«

In McCoys Blick blitzte Meuterei auf. »Er wird die Belastung nicht aushalten.«

»Sie liebt ihn, Pille. Sie wird die Belastung ertragen. Sonst wird keiner von ihnen weitermachen.«

»Das ist doch Wahnsinn«, sagte McCoy. Doch wie Kirk gewußt hatte, gab der Arzt bei der Erwähnung der Macht einer romantischen Liebe nach.

»Nur für sechs Tage. Dann ... spielt es keine Rolle mehr.«

»Und was willst du der Admiralin sagen? Ich kann ihr doch nicht pausenlos erzählen, Kommissarin Hedford licgt im Koma.«

»Wir erzählen der Admiralin, daß wir das vermißte Passagierschiff suchen. Und das werden wir auch. Er muß mit dieser Sache zusammenhängen.« Der Herzschlag auf der medizinischen Anzeige begann sich zu verlangsamen. Kirk spürte, daß sich die Finger des ›Companion‹ von den seinen lösten.

McCoy prüfte die Anzeige. Sein Ton war ernst und gab eine medizinische Autorität wieder, die kein Captain einfach ignorieren konnte. »Er schläft wieder. Es wäre von Vorteil, wenn man ihm erlauben würde, es auch weiterhin zu tun.«

Kirk dachte darüber nach. »Spock braucht auf dem Planetoiden noch eine Stunde. Aber dann möchte ich, daß er mit Sulu arbeitet.«

McCoy nickte, auch wenn deutlich war, daß es ihm nicht gefiel. Dann setzte er eine andere Miene auf, eine besorgte, fragende. »Wer, glaubst du, hat ihn, Jim?«

Kirk zuckte die Achseln. »Orionische Piraten? Schmuggler? Sie haben auch hinter dem Versuch gesteckt, die Konferenz von Babel scheitern zu lassen.«

»Aber wenn Spock hinsichtlich der Gamma Canaris-Verbindung zu Cochrane recht hat, mußte diese Sache schon laufen, bevor wir nur etwas von Coridan wußten. Länger sogar, als es die Föderation gibt.«

»Das kann ich nicht beantworten, Pille, weil ich es nicht weiß.« Kirk war zwar mit dieser Antwort nicht glücklich, aber mehr konnte er nicht tun. »Es spielt nur eine Rolle, daß irgend jemand Cochrane entführt hat, und daß man ihn aufgrund *meines* Logbuches gefunden hat. Ich habe keine Ahnung, warum man überhaupt hinter ihm her ist. Aber ich weiß, daß wir Cochrane finden und befreien werden, und dann können wir uns um die anderen Fragen kümmern.« Kirk hielt einen Augenblick inne. »Außerdem besteht die Chance, daß Cochrane derjenige ist, der uns all diese Fragen beantworten kann.«

McCoy schüttelte den Kopf, als wolle er ihn klären. »Was kann denn bloß hundertfünfzig Jahre überdauern?« fragte er.

Kirk warf einen Blick auf die schlafende Gestalt des ›Companion‹. »Liebe«, sagte er.

Kirk trat aus dem Turbolift auf die Brücke der *Enterprise.* Er wurde sofort mit dem Pulsieren des großartigen Schiffes belohnt, den ständigen Hintergrundgeräuschen der Computer und den gedämpften Stimmen der Mannschaft, die sich schnell und kompetent unterhielt und auf Kurs blieb. Aber er fühlte sich auch bestraft. Sein Sessel war nicht leer. Admiral Kabreigny belegte ihn noch immer. Sie hielt eine Kaffeetasse in der Hand und unterhielt sich mit Uhura.

Kirk baute sich neben dem Kommandosessel auf, aber die Admiralin machte keine Anstalten, das Kommando abzugeben. Kirk sah, daß sich in Uhuras Blick Unbehagen breitmachte. Er war wohl nicht der einzige, der glaubte, daß nur einer dazu berechtigt war, in diesem Sessel zu sitzen.

»Wie geht's der Patientin?« fragte Kabreigny. »Noch immer im Koma?« So, wie sie die Frage stellte, zweifelte Kirk nicht daran, daß sie McCoys Diagnose nicht glaubte. Trotzdem hatte sie keinen Versuch gemacht, sich Nancy Hedford persönlich anzuschauen.

»Dr. McCoy glaubt, sie wird sich erholen«, sagte er.

»Sie ist schon mal von den Toten auferstanden, Captain.« Die Admiralin lächelte kurz. »Ich zweifle nicht daran, daß sie die Wirkung der Unterkühlung ebenso leicht abschüttelt.«

»Bei allem Respekt, Admiral: Die Patientin im Lazarett ist genau genommen nicht mit Nancy Hedford identisch. Sie ist die ... Verbindung zweier Lebensformen. Die Energieanomalie, die die *Galileo* vom Kurs abtrieb, hat ...«

Doch Kabreigny war für seine Geschichte nicht in Stimmung. »Verschonen Sie mich, Captain. Ich bin nicht wegen Kommissarin Hedford hier.«

Kirk wartete darauf, daß sie fortfuhr. Das Verlangen, das er verspürte, in seinem Kommandosessel Platz zu nehmen, wurde fast unerträglich.

»Ich habe mir noch einmal Hedfords erste Sendung mit Ihrem Funkoffizier angesehen«, sagte die Admiralin.

Uhura warf Kirk einen kurzen Blick zu, als wolle sie nachfragen, ob es in Ordnung gewesen sei, sich mit Kabreigny zu unterhalten. Sie suchte, wie Scott, eine Bestätigung ihrer Befehle, auch wenn es unnötig war. Kirk nickte, auch wenn er glaubte, daß Kabreigny die kurze Verständigung mitbekommen hatte.

»Und was haben Sie gefunden?« fragte er.

Kabreigny lehnte sich in den Sessel zurück; sie machte eine ziemliche Schau daraus, allen zu zeigen, wie bequem sie ihn fand. »Aufgrund der verwischten Trägerwelle, die jedermann daran hinderte, ihre Quelle anzupeilen, nahm das Oberkommando ursprünglich an, sie käme von dem verschollenen Raumer. Mir ist jedoch unter den Sensorenmeldungen des ›Wracks‹ aufgefallen, daß Mr. Spock auf der Oberfläche ermittelt und daß sich dort unten ein Subraumsender befindet.«

»Das stimmt«, sagte Kirk. Er, McCoy und Spock hatten die nächste Ebene der Enthüllung schon für die Admiralin vorbereitet – ihr zu erzählen, was sich hier vor einem halben Jahr wirklich zugetragen hatte, doch ohne

Cochrane zu erwähnen. »Ich habe ihn für das Hedford-Wesen zurückgelassen – für den Fall, daß sie es sich überlegt, ob sie ganz allein hier zurückbleiben will.«

Kabreigny prüfte eine Liste auf dem Datenblock, der auf ihrem Schoß lag. »Zusammen mit landwirtschaftlichen Geräten, Notrationen, Computerausrüstung, Bibliotheksscheiben und so weiter?«

»Aus den Beständen, die wir speziell zur Unterstützung von Kolonien mitführen«, sagte Kirk. Er hatte den allgemein gültigen Befehl, Kolonien in Not mit allem auszuhelfen, was sie brauchten. Indem er Cochrane und den ›Companion‹ versorgt hatte, hatte er nichts Falsches getan.

»Natürlich, natürlich«, sagte Kabreigny knapp, doch zustimmend. »Ich habe nur gerade die Titel der Computerjournale und Bücher nachgeschaut, die sie für das ›Hedford-Wesen‹ zurückgelassen haben.«

Kirk wappnete sich. Spock und er hatten die meisten Titel zusammen ausgewählt. Er wußte, wovon sie handelten und worauf die Admiralin gestoßen war.

»Es scheint«, sagte Kabreigny, »daß das Hedford-Wesen ein besonderes Steckenpferd hat: Es interessiert sich für Multiphysik und Warpantrieb-Theorien.«

»Als Energiewesen konnte sie sich mit Überlichtgeschwindigkeit bewegen«, sagte Kirk lahm. »Wir dachten ...«

»Captain Kirk«, fiel Kabreigny ihm ins Wort, »kommen Sie mal mit.« Sie deutete auf den Turbolift, reichte Uhura, die keine Ahnung hatte, was sie damit anfangen sollte, ihre Kaffeetasse, stand mit majestätischen Bewegungen auf und machte den Kommandosessel frei.

Kirk ließ sie vorausgehen. Chekov übernahm den freigewordenen Platz. Kirk hatte nichts dagegen. Chekov gehörte zur Mannschaft seines Schiffes; es stand ihm dienstgradmäßig zu, ihn in einem Notfall zu vertreten. Es war nur die Gegenwart der Admiralin, die ihn wurmte.

Die Turbolifttür schloß sich. Kabreigny schaute nach vorn und verschränkte die Hände hinter dem Rücken. »Liftkabine außer Dienst stellen«, sagte sie.

»Die Liftkabine hat keinerlei mechanische Probleme«, erwiderte der Computer.

Kabreignys Lippen wurden zu einem dünnen Strich. »Stellt auf diesem Schiff eigentlich jeder meine Befehle in Frage?«

»Computer«, sagte Kirk. »Lift außer Dienst stellen.«

Die Liftkabine sank sofort durch mehrere Ebenen des Schiffes, bog seitlich ab und kam in einer Reparaturnische zum Stehen.

Als sie stand, schaute Kabreigny den Captain an. »Wissen Sie, was es bedeutet, wenn man mein Alter erreicht, Kirk?«

Kirk schüttelte den Kopf und bereitete sich auf alles vor, was die Admiralin ihm womöglich an den Kopf werfen konnte. Er wollte nur eins: Cochrane retten. Und wenn es ihm gelang, sie bei Laune zu halten, gelang ihm dies vielleicht auch.

»Es bedeutet, daß man nicht mehr viel Zeit hat – weswegen man nicht geneigt ist, sein Leben zu vergeuden. Und das habe ich auch nicht vor.« Sie nagelte ihn mit einem durchbohrenden Blick fest. Ihre hellen Auge gaben keinen Hinweis auf ihr Alter. »Zefram Cochrane war dort unten, nicht wahr?«

Kirk hatte sich vorgenommen, sich von nichts überraschen zu lassen, was sie eventuell sagte, aber darauf war er nicht vorbereitet. Es gab nur eine mögliche Erklärung.

»Sieht so aus, als wären private Logbücher gar nicht so privat, wie man immer glaubt«, sagte er.

Kabreignys Blick wurde vor Mißfallen heftig. »Das Archivpersonal betreibt seine Tätigkeit ernst, Captain. Ich habe Ihr Logbuch nicht gelesen. Aber darf ich aufgrund Ihres Kommentars annehmen, daß Ihr Logbuch einen *vollständigen* Bericht über das enthält, was sich vor einem halben Jahr hier zugetragen hat?«

»So ist es.«

»Nun, das ist endlich ein Trost. Sie haben nicht völlig nachlässig gehandelt.«

Kabreigny hätte Kirk für die Antwort, die ihr Kommentar ihm entlockte, ebensogut ohrfeigen können.

»Wollen Sie offiziell Anklage gegen mich erheben?« fragte er kalt, kaum fähig, seine Verärgerung zu unterdrücken.

»Rühren, Captain. Dieses Gespräch erscheint in keinem Protokoll.«

Kirk hatte Schwierigkeiten, ein spöttisches Lachen zu unterdrücken. Bis jetzt, so hatte er den Eindruck, würde nichts von dem, was geschehen war, in irgendeinem Protokoll auftauchen. »Darf ich dann fragen, wie Sie darauf kommen, daß Zefram Cochrane sich auf diesem Planetoiden aufgehalten hat?«

Kabreigny tätschelte ihren Hinterkopf, ohne den eng gespannten Knoten durcheinanderzubringen, der ihr weißes Haar zierte.

»Fragen dürfen Sie, Captain. Aber ich bin nicht geneigt zu antworten. Eins will ich freilich in Erfahrung bringen: Wissen *Sie*, wo Cochrane sich jetzt aufhält?«

»Ihnen ist doch gewiß klar, daß Cochrane im Jahr 2030 auf der Erde geboren wurde«, sagte Kirk. Falls die Admiralin nicht bereit war, mit Informationen herüberzukommen, sah er nicht ein, warum er ihr helfen sollte. Er hatte noch immer keinen Hinweis darauf, worauf sie hinauswollte. »Wenn er überhaupt irgendwo ist, müßte er dann nicht zweihundertsiebenunddreißig Jahre alt sein?«

»Bloßes Kalenderalter ist heutzutage immer weniger ein Thema, Captain. Kryogenischer Tiefschlaf, Einsteinsche Zeitdilatation aufgrund impulsbetriebener Hochgeschwindigkeitsflüge … Es gibt viele Möglichkeiten, die Uhr zu verlangsamen, was Sie nach Ihrer Begegnung mit Khan doch sicher wissen.« Kabreignys Blick verengte sich, sie schaute Kirk argwöhnisch an. »Captain, ich *befehle* Ihnen nun, mir zu sagen: War Zefram Cochrane vor einem halben Jahr auf diesem Planetoiden anwesend, und wenn ja, wo ist er jetzt?«

Das Unausweichliche, jetzt war es da. Kirk hatte die Möglichkeit, ihren Befehl zu verweigern und sie unter Arrest zu stellen, bis er den Grund für ihre Beteiligung an der Suche nach Cochrane bestimmen konnte. Wenn Spocks Mutmaßung stimmte, daß die Admiralin irgendwie in eine Verschwörung verwickelt war, die sich innerhalb der Flotte abspielte, handelte er nach den Regeln der Charta. Doch wenn sie nichts mit der Verschwörung zu tun hatte, wenn sie aufgrund einer Geheimsache handelte, über die er nicht informiert war, sah er sich einer Anklage gegenüber, die von Befehlsverweigerung bis zur Meuterei reichen konnte.

Doch Kirk hatte schon vor langer Zeit, als er vor einer unmöglichen Entscheidung gestanden hatte, den Schluß gezogen, daß es die beste Wahl war, das Spielfeld zu wechseln. In diesem Fall war die *Enterprise* das Spielfeld. Und Kirk hatte absolute Kontrolle darüber. Seine Entscheidung fiel viel einfacher aus. Er wollte dem Verlangen der Admiralin nicht nachgeben, weil er genau wußte, daß es ihr nicht erlaubt war, eine Botschaft von diesem Schiff zu senden, ohne daß er davon wußte und sie billigte.

Er spürte das Vibrieren der *Enterprise* durch den Boden der Liftkabine. Es war, als dränge ihn das Schiff – oder einen Teil von ihm –, weiterzumachen. Kirk fragte sich einen flüchtigen Augenblick lang, ob auch Nancy Hedford sich so gefühlt hatte, als sie mit dem ›Companion‹ verschmolzen war – als zwei Lebensformen eine geworden waren.

»Zur Sternzeit 3219.8 sind Mr. Spock, Dr. McCoy, Kommissarin Nancy Hedford und ich Zefram Cochrane auf dem Planetoiden begegnet, den wir jetzt umkreisen.«

Kabreigny verschränkte die Arme vor der Brust und lehnte sich an die Kabinenwand. Auf ihrem Gesicht erschien ein Ausdruck angespannten Interesses. »Eine kluge Entscheidung, Captain. In welchem Zustand befand er sich?«

»In einem ausgezeichneten. Mr. Cochrane hat uns berichtet, er sei im Alter von siebenundachtzig Jahren in den Raum aufgebrochen, und sein Schiff sei von dem auf dem Planetoiden lebenden Wesen vom Kurs abgebracht worden ...«

Kabreigny riß die Augen auf. »Es gibt also *wirklich* ein Energiewesen?«

Kirk nickte. »Cochrane hat es ›Companion‹ genannt. Er hat ihn irgendwie verjüngt, ihm seine Gesundheit und das Aussehen eines Mannes zurückgegeben, der um die dreißig Jahre alt ist. Und diesen Zustand hat er eineinhalb Jahrhunderte aufrechterhalten.«

Kabreigny betastete unbewußt ihr faltiges Gesicht. »Er hat ihn verjüngt? Ihm seine Jugend zurückgegeben?«

Kirk fuhr fort. »Anschließend ist er mit Kommissarin Hedford verschmolzen – kurz bevor sie an der Sakuro-Krankheit gestorben wäre. Seither bilden sie eine einzige Lebensform.«

Kabreigny sagte langsam und bedächtig: »Ich will ganz offen sein, Kirk ... Ich habe geglaubt, Sie hätten den ganzen Krampf nur erfunden.«

»Wir haben lediglich versucht, Mr. Cochranes Wünsche zu respektieren, nicht belästigt zu werden.«

»Leider kann sich Mr. Cochrane dieses Luxus nun nicht mehr erfreuen. Wissen Sie, wo er ist?«

»Nein«, sagte Kirk. »Aber der ›Companion‹ weiß es.«

»Kann er uns zu ihm bringen?«

»Möglicherweise.« Kirk beschloß, die neue Beziehung, die er offenbar zur Admiralin hatte, zu prüfen.

»Alle Hinweise dort unten deuten darauf hin, daß eine … nicht wohlgesonnene Macht … von Cochranes Anwesenheit auf dem Planetoiden erfahren hat. Man hat mein Privatlogbuch gelesen, sich auf den Weg gemacht und … ihn entführt.«

»So schätze ich es auch ein«, sagte Kabreigny.

»Wissen Sie, wer es gewesen sein könnte?«

»Möglicherweise.« Die Admiralin war nicht sehr gesprächig.

»Klingonen?« fragte Kirk in dem Versuch, eine Antwort zu erzwingen. Er mußte irgend etwas erfahren, mit dem er arbeiten konnte.

Doch Kabreigny schüttelte den Kopf. »Wenn es nur so einfach wäre.« Bevor Kirk etwas sagen konnte, fuhr sie fort: »Jede Mutmaßung, die ich eventuell habe, ist geheim, Captain. Tut mir leid.« Sie klang tatsächlich so, als tue es ihr leid. »Sie werden mir noch etwas länger vertrauen müssen.«

Kirk fand ihren letzten Satz recht komisch, da es ihm äußerst schwerfiel, ihr überhaupt zu trauen.

»Stellen Sie den Lift nun wieder in Dienst und bringen Sie den ›Companion‹ auf die Brücke. Zefram Cochrane hält in diesem Augenblick die Zukunft unserer Flotte in den Händen. Und ich möchte ihn haben, bevor … irgend jemand anderes ihn erwischt. Habe ich mich deutlich ausgedrückt, Captain?«

»Eigentlich nicht«, sagte Kirk. »Aber die *Enterprise* steht Ihnen zur Verfügung.«

Kabreigny wirkte nachdenklich. »Ich weiß Ihre Mitarbeit zu schätzen«, sagte sie. »Ich hätte nicht gedacht, daß es so schnell dazu kommt.«

Kirk lächelte unverbindlich. Er hatte nicht die Absicht, mit jemandem zusammenzuarbeiten, der vielleicht darauf aus war, die Flotte zu entmachten und die Föderation zu vernichten. Aber es bestand kein Grund, es der Admiralin zu erzählen.

Natürlich nur, bis es Zeit wurde, sie aufzuhalten.

## 12
## *USS* Enterprise *NCC-1701-D* *im interstellaren Raum*

Sternzeit: 43921.4 · Terrestrische Zeit: Mai 2366

»Nähern uns den Ferengi-Koordinaten«, meldete Fähnrich vom Dienst Crusher von der Navigation her.

Neben ihm, nun wieder an seiner normalen Position an der Operationskonsole, bestätigte Data, was Picard und die Offiziere vermuteten. »Kein Anzeichen irgendeines Objekts mit einer Masse von 45,35 Kilotonnen, Captain. Die Sensoren zeigen außer dem romulanischen Warbird in Reichweite überhaupt nichts an.«

Picard warf Riker einen Blick zu. »Wie hat man so was früher genannt, Nummer Eins? Eine Wildgansjagd?«

Riker lächelte anerkennend.

»Vielleicht sollte ich es klarstellen, Sir«, warf Data ein. »Außer der Ferengi-Mannschaft melden die Sensoren keinerlei Lebensformen in dieser Region, auch keine Vertreter der Spezies *Vogel.*«

»Es ist nur eine altenglische Redewendung, Data«, erklärte Picard. »Sie bedeutet ›Jagd auf ein Phantom‹.«

Data blinzelte und assimilierte das neue Wissen. »Ach so. Dann müßte ich eine ›Wildgansjagd‹ unter der gleichen Klassifikation ablegen wie die ›Wolpertingerjagd‹, zu der mich seinerzeit Commander Riker eingeladen hat, als wir auf Sternbasis 12 waren?«

Picard hatte von diesem Zwischenfall nichts gehört. Er hatte sich mit Vash beschäftigt, als die *Enterprise* vor ein paar Monaten Sternbasis 12 aufgesucht hatte. Doch Mr. Datas Wolpertingerjagd schien gut verlaufen zu sein, denn er sah, daß Riker sich die Hand vor den Mund hielt, um ein Lachen zu verbergen.

»Es wäre vielleicht eine gute Idee«, sagte Picard zustimmend.

»Haben Sie je versucht, einen Wolpertinger zu fangen, Captain Picard?«

Picard bemühte sich, seine Stimme neutral klingen zu lassen. »Als ich noch auf der Akademie war, Mr. Data. Ich glaube, es ist eine Aktivität, mit der alle Kadetten vertraut sind.«

»Ach so«, sagte Data nachdenklich. »Ich hatte kein Glück, aber ich habe den Beutel offengehalten und genauso nach dem Wolpertinger gerufen, wie Commander Riker mich instruierte. Wolpertinger scheinen bestens gerüstet zu sein, sich unsichtbar zu machen. Nicht mal der Schiffscomputer hat Unterlagen über ...«

Riker konnte sich nicht mehr halten. Er lachte. Data schaute zu ihm hin, dann musterte er Picard. »Captain?«

»Tut mir leid, Data. Es ist halt so, daß es Wolpertinger gar nicht gibt.«

*»Was?!«* sagte Wesley Crusher.

Data musterte ihn teilnahmsvoll. »Haben Sie auch schon mal Wolpertinger gejagt, Wesley?«

Der Fähnrich vom Dienst verzog das Gesicht. »Mr. LaForge hat mir erzählt ...«

Riker unterbrach ihn. »Augen geradeaus, Mr. Crusher!«

»Aye, Sir.« Der Fähnrich vom Dienst wandte sich, wie Data, wieder seinen Pflichten zu.

»Wenigstens erklärt es, wieso ich nie einen gesehen habe«, sagte Data.

Picard und Riker lächelten sich an.

»Gehe auf Unterlicht«, meldete Crusher. »Und voller Stopp.«

Der von den Ferengi gesteuerte Warbird erschien in der Mitte des Hauptschirms.

»Volle Sensorabtastung«, befahl Picard.

»Wir sind die einzigen Objekte in Reichweite«, meldete Data.

Picard deutete auf den Schirm. »Das Romulaner ... ähm, das Ferengischiff rufen, Mr. Worf.«

»Auf dem Schirm, Captain.«

DaiMon Pol wurde sichtbar. »Ich grüße Sie, Captain Pickhart. Ich bin ...«

»Ich wünsche kein weiteres Geschwätz mehr«, sagte Picard aufbrausend in dem Bemühen, dem Ferengi den Boden zu entziehen. »Wo ist das Artefakt?«

DaiMon Pol schien über sein Verhalten verletzt zu sein. »Verhandlungen sollten auch gesellschaftliche Interaktion sein, Captain Pickhart. Es besteht kein Grund ...«

*»Hören Sie«*, sagte Picard mit Nachdruck, »Sie haben uns Koordinaten gegeben, an denen sich das Objekt befinden soll, das sie uns verkaufen möchten. Es ist aber nicht hier. Erklären Sie sich jetzt – oder wir ziehen uns zurück.« Er wandte sich zu Troi um. Sie nickte. Er spielte seine Rolle perfekt.

DaiMon Pol schüttelte sorgenvoll sein Haupt. »Ich werde die *Mäntschen* nie verstehen. Ihre Seele empfindet keine Freude am Kommerz.« Er deutete auf irgendwas, das sich nicht im Aufnahmebereich der Kamera befand. »Wenn wir uns demnächst unterhalten, Pickhart, werden Sie mir ein Angebot machen – oder *ich* ziehe mich zurück.« Dann verschwand DaiMon Pol vom Bildschirm und wurde durch das Abbild seines Schiffes ersetzt, das einen Kilometer entfernt war.

Riker schaute Picard an. »Was soll das alles?«

»Ich weiß nicht genau«, sagte Troi besorgt. »Er führt sich auf, als erwarte er nicht, noch mal mit uns zu reden.«

»Captain«, meldete sich Data ruhig. »Ein zweiter Warbird enttarnt sich.«

Picard stand auf. Vor DaiMon Pols Schiff fing es an zu flackern. »Alarmstufe Rot, Mr. Worf. Deflektorschirme auf Maximum.«

»Ich hab' es doch gewußt!« rief Worf, als die Sirenen

aufheulten und die Warnlampen blitzten. »Alle Phaserbänke bereit. Photonentorpedos scharfgemacht und bereit.«

Der zweite Warbird gewann feste Konturen.

»Waffenstatus des zweiten Schiffs?« fragte Riker.

»Seine Deflektorschirme sind unten, Commander«, erwiderte Data. »Außerdem sind seine Waffensysteme nicht aktiviert.«

»Volle Vergrößerung der Kennung«, sagte Picard. Er schaute zu Riker hinüber. »Glauben Sie, daß die Ferengi so frech sind und *zwei* romulanische Schiffe gestohlen haben?«

In der Vergrößerung sah man den Rumpf des zweiten Schiffes, auf dessen Seite deutlich romulanische Schriftzeichen zu erkennen waren.

»Vielleicht hatten sie noch keine Zeit, es umzutaufen«, sagte Riker ironisch.

»Das zweite Schiff meldet sich«, sagte Worf.

Picard seufzte. Er kriegte genau das, was er erwartet hatte – das Unerwartete. »Auf den Schirm, Mr. Worf. Und schalten Sie bitte den Alarm ab.«

Als sich das Bild änderte, endete der Alarm. Auch diesmal zeigte der Monitor das Innere einer romulanischen Brücke. Doch nun erblickten sie eine Romulanerin. Sie trug die übliche Militäruniform, und ihr schwarzes Haar war zu einem Kriegerzopf hinter dem Kopf zusammengebunden, was ihre vulkanoiden Ohren noch mehr betonte. Ihre hohe, eckige Stirn warf dunkle Schatten über ihre Augen, aber Picard erkannte, daß sie im Gegensatz zu den meisten Romulanern, denen er begegnet war, keinen Versuch machte, irgend etwas zu verbergen. Sie hatte eindeutig Angst, doch wovor, war ihm unbekannt.

»Captain Picard«, sagte die Romulanerin, »ich bin Tarl, die Kommandantin dieses Schiffes. Ich entschuldige mich für das Täuschungsmanöver, das wir durchgeführt haben, um Sie hierherzubringen.«

Picard wußte, daß Troi hinter ihm stand, außer Sichtweite der optischen Sensoren, die sein Bild zum Romulanerschiff übertrugen. »Ich empfange Besorgtheit, Captain.«

Picard wandte sich zu ihr um und dem Schirm den Rücken zu. »Ist es *wirklich* eine Falle?« flüsterte er.

Troi schüttelte den Kopf. »Ich spüre keine bösen Absichten. Sie fürchtet nur, daß andere den Wunsch haben, *ihr* etwas anzutun.«

»Ach so«, sagte Picard. Er wandte sich wieder dem Bildschirm zu.

»Commander Tarl, ich muß um eine Erklärung für dieses Täuschungsmanöver bitten. Soll ich davon ausgehen, daß es das Borg-Artefakt gar nicht gibt?«

»Oh, doch, es existiert, Captain«, sagte die Romulanerin. »Aber es gehört nicht den Ferengi.«

Picard wartete geduldig. »Fahren Sie bitte fort.«

Die Romulanerin hob trotzig das Kinn.

»Es fällt ihr nicht leicht, Captain«, sagte Troi leise von hinten.

»Ich habe meinem Volk das Artefakt gestohlen«, sagte die Romulanerin. »Ich möchte es der Föderation im Tausch gegen ein Schiff und Vorräte für mich und meine Helfer überlassen.«

»Sie verheimlicht etwas«, flüsterte Troi.

»Darf ich fragen, warum?« sagte Picard.

Die Romulanerin wirkte todernst. »Ich bin keine Verräterin, Captain. Aber ich weiß, daß die Borg eine Bedrohung für mein Volk sind. Und ich weiß, daß die Politik der Zentralkommandantur jede Chance eines Verstehens der Natur des Artefakts ausschließt, bevor die Borg an unseren Grenzen sind.« Sie seufzte. Sogar Picard konnte erkennen, daß die Worte ihr Schmerzen bereiteten. »Ich möchte, daß die Föderationswissenschaftler das Artefakt untersuchen, damit sie irgendeine Verteidigungsmöglichkeit gegen diese Geschöpfe entwickeln, um sie mit uns zu teilen.

Sonst wird das Sternenreich der Romulaner nicht überleben.«

»Warum dann die ganze Mühe, uns das Artefakt zu verkaufen?« fragte Picard. »Und wieso stecken die Ferengi mit in dieser Sache? Warum *geben* Sie es uns nicht einfach?«

Das Gesicht der Romulanerin verdunkelte sich vor Ärger. »Verstehen Sie doch meine Lage! Ich habe das Reich bestohlen! Es gibt für mich nur dann ein Entkommen, wenn Sie mich versorgen! Ein Schiff, Vorräte, eine Überlebenschance für meine Mannschaft und mich – im Tausch für die Überlebenschance für Ihr und mein Volk. Die Ferengi arbeiten als Makler für mich, Captain, das ist alles. Ich brauchte sie, um Sie auszusuchen und auf eine Weise hierherzulocken, die Ihre betazoidische Counselor nicht alarmiert. DaiMon Pol hat für seine Dienste als Teilzahlung einen Warbird erhalten. Wenn Sie mir ein neues Schiff geben, gehört ihm auch dieser hier.« Sie faltete die Hände in fast flehend menschlicher Geste. »Ich will nicht mit Ihnen feilschen, Captain. Das Artefakt gehört Ihnen, ohne Vorbedingungen. Ich habe nicht gegen die Interessen des Reichs gehandelt, und alles, was ich will, ist eine Chance zum Überleben.«

Picard wählte seine nächsten Worte sorgfältig. »Ihr Vorschlag ist äußerst zwingend, Commander. Aber ich muß mich mit meinem Stab beraten, bevor ich Ihnen das geben kann, was Sie erbitten.«

»Dann seien Sie schnell«, sagte Tarl. »Die Unterwerfer suchen uns schon.«

Sie verschwand vom Bildschirm. Zwei grüne Warbirds hingen vor den Sternen. Picard ging zu Data.

»Nun, Mr. Data, es scheint, daß Ihre Analyse der Großzügigkeit der Föderation nicht nur korrekt war, sondern auch von dieser Romulanerin geteilt wird«, sagte er.

Data wandte sich zu Troi um. »Es würde mich interessieren, ob die Counselor meint, daß Tarl die Wahrheit spricht.«

Troi schaute nachdenklich drein. »Zum größten Teil ja; ich glaube ihr. Aber sie *verschweigt* auch irgend etwas.«

»Irgend etwas, das schädlich für uns ist?« fragte Picard.

Troi schüttelte den Kopf. »Ich glaube nicht, Captain. Aber sie hat *wirklich* Angst vor dem, was passiert, wenn ihr Unternehmen fehlschlägt.«

Riker baute sich neben Picard und Troi auf. »Es wäre ganz nett, wenn wir wüßten, worauf ihr Unternehmen abzielt.«

Worf äußerte seine Meinung. »Ich sehe keinen Bedarf, die Beweggründe einer Romulanerin zu hinterfragen. Sie hat gesagt, das Artefakt existiert. Verlangen wir, es zu sehen. Es besteht noch immer die Möglichkeit, daß es nichts anderes ist als ein ausgeklügelter Schwindel.«

»Es erscheint mir höchst vernünftig«, sagte Picard. Riker und Troi stimmten zu. »Holen Sie Tarl wieder auf den Schirm, Mr. Worf.«

Als Tarl wieder zu sehen war, legte Picard ihr seine Bedingungen dar. »Wie Sie sehen«, schloß er, »ist es unerläßlich, daß wir das Artefakt untersuchen, um in Erfahrung zu bringen, ob wir danach weitermachen können.«

Tarl wirkte ungeduldig. »Es ist mir unverständlich, daß ein so vorsichtiges Volk wie das Ihre so viel erreicht hat. Wären Sie Romulaner, hätten Sie das Geschäft eine Minute nach unserer Begegnung abgeschlossen.«

»Wenn wir Romulaner wären«, merkte Picard an, »hätte man Sie längst wegen Verrats exekutiert, und die Borg wären noch immer eine Bedrohung für das Reich. Wo also können wir das Artefakt finden?«

»Stellen Sie eine Wissenschaftlergruppe zusammen

und beamen Sie auf unser Hangardeck. Das Artefakt ist hier.«

»Auf ihrem *Schiff?*« fragte Picard.

Tarls Lippen verzogen sich höhnisch. »Das habe ich doch gerade gesagt.« Sie machte eine knappe Geste, und die Verbindung wurde erneut gekappt.

Picard wandte sich Riker und Troi zu. »Tja, das ist ja hochinteressant. Ich habe noch nie das Hangardeck eines Warbirds gesehen.«

»Und Sie werden es heute auch nicht sehen«, sagte Riker leicht ironisch. »Bei allem Respekt, Sir, ich kann auf keinen Fall erlauben, daß Sie sich an Bord eines feindlichen Schiffes begeben.«

»Es ist kein feindliches Schiff, Nummer Eins. Commander Tarl gehört nicht mehr zum romulanischen Reich.«

Riker ließ sich nicht überzeugen. »Wir übermitteln Bilder des Artefakts, wenn wir es untersuchen«, sagte er. Er betätigte seinen Kommunikator. »Mr. LaForge, melden Sie sich in Transporterraum IV. Nehmen Sie ein tragbares Diagnosegerät mit.«

Riker eilte zum Hecklift. Als LaForge den Befehl bestätigte, eilten Data und Worf hinter ihm her.

»Will«, sagte Picard, bevor sich die Tür hinter ihnen schloß. »Seien Sie vorsichtig da drüben.«

Riker lächelte dem Captain zu. »Ist mein Job, Sir.« Dann war er weg.

Picard blieb auf der Brücke zurück. Man hatte ihn schon wieder von der Aktion ausgeschlossen. Das war das Problem, wenn man es mit dem Unerwarteten zu tun hatte. Es lief nie so, wie man es sich erhoffte.

Der romulanische Warbird der D'deridex-Klasse war fast zweimal so lang wie ein Föderationsraumschiff der Galaxis-Klasse, und sein Hangar mindestens dreimal so groß wie der Haupthangar der *Enterprise.* Sogar auf dem Brückenbildschirm beeindruckte die Struktur Picard, und er fragte sich widerwillig, wie es wohl wäre, selbst über die grünen Metallplanken zu gehen.

Das Bild, das er und Troi von ihren Kommandosesseln aus sahen, wurde von einem kleinen optischen Sensor übertragen, den Data bei sich trug. Im Moment setzte der Android ihn dazu ein, das gesamte Deck zu übertragen. Picard verlor bald die Übersicht über die kleineren Boote, die er dort sah. Manche waren startbereit, andere standen an den fernen Wänden in irgendwelchen Käfigen. Er hoffte, daß diese Innenansichten, ungeachtet der Informationen, die sie über das Artefakt erhielten, dem Geheimdienst der Flotte nützlich sein konnten.

Datas Stimme erklang über das Kommunikationssystem der Brücke. »Empfangen Sie deutliche Bilder, Captain?«

»Ja, Mr. Data«, erwiderte Picard. »Ist das Artefakt in der Nähe?«

Das Bild auf dem Schirm änderte sich, als Data den Sensor in eine andere Richtung drehte. »Commander Tarl führt uns jetzt zu ihm. Können Sie es sehen?«

Picard spürte, daß sein Herz schneller schlug. Das Artefakt war da, es war mindestens dreimal so groß wie drei Runabouts zusammen, eingefaßt von einem grünen Metallgerüst und von tragbaren Lampen umringt. Bei jedem Schritt, den Data machte, wurde es größer. Hin und wieder schob sich der Rücken LaForges, Rikers oder zweier Romulaner ins Bild, aber dies trug nicht dazu bei, den visuellen Eindruck zu schmälern.

Troi lächelte Picard zu. »Ich spüre Ihre Erregung, ohne mich anzustrengen, Captain.«

Picard nickte. Es war ihm nicht peinlich, es zuzugeben. Was konnte aufregender sein, als etwas zu entdecken, das die Föderation retten konnte? »Das Überleben der Föderation könnte uns in den Schoß fallen«, sagte er. »Dies könnte ein Wendepunkt in unserer Geschichte werden.«

»Auch in der Geschichte der Galaxis«, sagte Troi.

»Captain«, meldete sich Data, »Commander Tarl gestattet uns, das Artefakt jetzt zu untersuchen. Vorabscans haben bestätigt, daß seine Zusammensetzung zu dem Borgschiff paßt, dem wir im System J-25 begegnet sind.«

»Wunderbar«, sagte Picard. Er hielt die Luft an und hoffte, daß Tarl seine Aufregung nicht ebenso wahrnehmen konnte wie Troi. »Kann ich mit Commander Tarl sprechen?«

Der Sensor schwenkte zur Seite, bis Tarl sichtbar wurde. Sie blickte direkt hinein. »Ja, Captain?«

»Können Sie mir sagen, wo Sie das Ding gefunden haben?«

Die Romulanerin schaute grimmig drein. »Es fiel mir in die Hände, als ich mit einer kleinen Helfergruppe das Kommando über dieses Schiff übernahm. Wo das Reich es gefunden hat, kann ich Ihnen aus patriotischen Gründen leider nicht sagen. Ich brauche wohl nicht zu erwähnen, daß ein Schiff der Borg einen unserer weit entfernten Außenposten überfallen hat. Bei der nachfolgenden Schlacht verloren wir eine Flotte von zwanzig Schiffen, einschließlich fünf Warbirds. Auf dem Höhepunkt der Schlacht kollidierte ein Frachter mit dem Borgschiff, und einige Trümmer wurden aus ihm herausgeschleudert. Das Artefakt ist ein Teil davon; es wurde auf mechanische Weise entfernt, nicht durch Energiewaffen. Mehr kann ich Ihnen nicht sagen.«

»Das reicht mir«, sagte Picard verständnisvoll. »Ich möchte nicht, daß Sie sich bezüglich der Sicherheit des Reichs kompromittieren müssen.«

»Danke, Captain.« Commander Tarl trat beiseite, und Data richtete den optischen Sensor wieder auf das Artefakt. Dann wackelte das Bild mehr, als der Schiffscomputer ausgleichen konnte.

»Captain Picard«, sagte Data, »ich montiere den Sensor auf ein Stativ, so daß Sie unsere Aktivitäten beobachten können. Ich bin wohl nützlicher, wenn ich am Artefakt selbst arbeite.«

»Weitermachen, Mr. Data«, sagte Picard.

Datas Rücken tauchte auf dem Schirm auf, als er sich der Borgschen Monstrosität näherte. Riker, LaForge und Worf standen schon auf dem Gerüst und tasteten das Artefakt konzentriert mit Tricordern ab. Picard wandte sich an Troi. »Waren viele zweideutige Formulierungen in der Geschichte Tarls über die Herkunft des Artefakts enthalten?«

»Einige«, sagte Troi. »Aber sie hat hauptsächlich gezögert, die Position des Außenpostens zu enthüllen. Außerdem hat sie eine Menge Frustration über die Anzahl der Schiffe empfunden, die sie bei dem Angriff verloren haben.«

»Zwanzig«, wiederholte Picard. »Und fünf Warbirds. Ein beträchtlicher Verlust. Aber ich muß mich fragen, wieso eine solche Armada bereitstand, um einen dermaßen weit entfernten Außenposten zu verteidigen.«

»Vielleicht sind sie gewarnt worden, daß ein Angriff bevorstand?«

»Falls sie irgendeine Möglichkeit haben, die Borg über weite Distanzen zu erkennen, könnte man Commander Tarl vielleicht dazu bringen, auch dieses Geheimnis mit uns zu teilen.«

LaForges Stimme kam über das Kommunikationssystem. »Dieser Haufen Maschinerie ist besser in Form, als es den Anschein hat, Captain. Außen ist er zwar ziemlich demoliert, aber der Innenaufbau scheint intakt zu sein. Außerdem fange ich eine niedrige Energieanzeige auf.«

Picard empfand Besorgnis. »Wissen Sie genau, daß das Ding kein Abwehrsystem enthält, das Sie versehentlich auslösen können?«

»Bin mir ziemlich sicher, Captain. Wenn die Romulaner so lange an dem Ding herumgestochert haben, wie das Gerüst andeutet, und ihnen nichts geschehen ist, wird auch uns nichts passieren.«

»Trotzdem ... Beobachten Sie die Energieanzeige ständig, und ziehen Sie sich zurück, falls sie ansteigen sollte.«

»Verstanden, Captain. Ich versuche jetzt, mich zwischen zwei Röhren zu quetschen und einen Blick hineinzuwerfen. Aber ich bin mir ziemlich sicher, daß wir es hier *wirklich* mit einem echten Stück Borg-Technik zu tun haben.«

»Danke, Mr. LaForge. Weitermachen.« Picard schaute Troi an.

»Ich bin einverstanden«, sagte sie als Antwort auf seinen Gefühlszustand.

In den nächsten Minuten geschah wenig. Picard hörte einen Teil der Gespräche seiner Leute mit; meist Appelle, irgend etwas festzuhalten oder mit einer Lampe nach hier oder dort zu leuchten, doch was sie tatsächlich machten, war aus dem Winkel des optischen Sensors unmöglich zu erkennen. Commander Tarl nahm einmal Kontakt mit Picard auf, um darum zu bitten, das Verfahren zu beschleunigen. Doch Picard lehnte höflich ab, sich in die Belange seiner Leute einzumischen. LaForge hatte gesagt, er sei, was die Herkunft des Artefakts anging, ›ziemlich sicher‹. Wenn er sagte, er sei sich *völlig sicher,* würde Picard reagieren.

Weitere stille Minuten vergingen, bis Troi sich über die Tatsache ausließ, daß sie seit geraumer Zeit nichts mehr gehört hatten.

Picard runzelte die Stirn. »*Enterprise* an Commander Riker. Erbitten Lagebericht.«

Riker erwiderte, völlig untypisch für ihn: »Noch einen Augenblick, Captain. Wir sind mitten in einer ... verzwickten Messung.«

»Das war fraglos eine Lüge«, sagte Troi.

Doch Picard wußte, daß Riker ihn nie anlügen würde. »Sind sie in Gefahr?«

Troi schüttelte den Kopf. »Im Gegenteil, Sir. Sie scheinen an die Tatsache, daß sie sich in einem romulanischen Schiff im Inneren einer potentiell tödlichen Technik befinden, nicht den geringsten Gedanken zu verschwenden.« Die Betazoidin schaute verwirrt drein, als sie sich bemühte, die empfangenen Impressionen zu verstehen. »Falls es überhaupt möglich ist, Sir, sind sie jetzt noch aufgeregter als in der Sekunde, in der sie das Artefakt zum ersten Mal sahen.«

»*Noch* aufgeregter?« sagte Picard.

Wie auf ein Stichwort hin meldete sich Riker bei Picard. »Verzeihen Sie die Verzögerung, Sir. Commander Tarl steht gleich neben mir, und ich glaube, wir sollten weitermachen und das Geschäft mit ihr abschließen. Ich glaube aber auch, daß Sie sich das Artefakt selbst ansehen sollten – nur um seinen ... Zustand zu bestätigen.«

Picard schaute Troi an. »Er verbirgt etwas, Captain. Äußerst starke Emotionen einer ... Entdeckung.«

»Sie spüren keinerlei Gefahr?«

»Absolut keine.«

»Commander Riker«, sagte Picard, »können Sie in die Reichweite des optischen Sensors treten?«

»Gewiß, Sir.«

Als Picard die nächste Frage stellte, sah er Riker, LaForge, Worf und Data vor das Artefakt treten. Tarl war bei ihnen. An der Seite standen zwei weitere Romulaner.

»Lieutenant Worf«, sagte Picard, »haben Sie als Sicherheitsoffizier irgendwelche Vorbehalte dagegen, daß ich an Bord des romulanischen Schiffes komme?«

Tarl runzelte über diese Frage angewidert die Stirn. Doch Worf trat vor.

»Absolut keinen, Captain. Das Schiff ist sicher.«

Troi bestätigte die Aussage des Klingonen. »Er ist davon überzeugt, daß keine Bedrohung besteht, Sir. Ich empfange kein Gefühl von Zwang oder Bewußtseinskontrolle irgendwelcher Art. Ich habe allerdings den Eindruck, daß sie irgendeine Kenntnis erworben haben, die sie Commander Tarl nicht mitteilen wollen.«

Picard stand auf und zupfte an seiner Uniformjacke. »Das ist ja außergewöhnlich. Was, glauben Sie, haben sie dort gefunden?«

Troi lächelte nachsichtig. »Es gibt nur eine Möglichkeit, es herauszukriegen, Sir.«

Picard verstand ihren amüsierten Gesichtsausdruck. Trotz aller Wunder, denen die *Enterprise* begegnete, kam er sich manchmal an Bord wie ein Gefangener vor, dessen Wohlergehen Riker und der Rest der Mannschaft inbrünstig behütete. Doch nun die Freiheit zu haben, an Bord eines romulanischen Schiffes zu gehen und an etwas von offenbar großer Wichtigkeit teilzunehmen, brachte ihm eine solche Erleichterung, daß es ihm wirklich peinlich war, was Troi möglicherweise dachte, wenn sie die Tiefe seiner gefühlsmäßigen Reaktion spürte. Er fragte sich, ob sie wußte, wie frustriert er oft war, wenn er die bloße Rolle eines Beobachters und Beraters spielen mußte, während seine Kameraden Abenteuer erlebten.

»Kein Grund, verlegen zu sein«, sagte Troi und bewies damit ihre Fähigkeiten. »Ich glaube, Sie sollten tun, was Will vorschlägt, und dort hinübergehen.«

»Ich freue mich darauf, Counselor, und zwar sehr. Geben Sie dem Transporterraum Bescheid. Die Brücke gehört Ihnen.«

»Sehr gut, Sir.«

Dann ging Jean-Luc Picard die Rampe zum Hecklift hinauf und versuchte sich vorzustellen, was seine Leute mehr faszinieren konnte als ein Stück Borg-Technik. Und während er dies tat, empfand er eine plötzliche Woge von Bedenken, ja, sogar von Gefahr. Doch als er darüber nachdachte, konnte er keinen Grund dafür erkennen, sondern nur irgendein tiefsitzendes Gefühl von

Argwohn den Romulanern gegenüber, ein Mißtrauen, von dem er urplötzlich feststellte, daß es nicht das seine war.

Picard lächelte still in der Privatsphäre des Turbolifts, als er die Quelle des Unbehagens erkannte, das er verspürte. Irgendwo tief in seinem Inneren gab ihm ein kleiner Teil des Botschafters Sarek – sein bester Teil, hoffte er – eine Warnung.

Man konnte Romulanern nicht trauen.

## 13
## *Landsitz »Zum Faulenzer«*
## *Ortschaft Micah, Centauri B II*

Terrestrische Zeit: Anfang April 2117

Zefram Cochrane nahm den Strohhut ab und ließ die Schweißperlen auf seinem Kopf vom Frühabendwind des Sekundärwinters trocknen. Er war kahlköpfig, sein Schädel von den Sonnen gebräunt, altersfleckig und von zerzausten grauen Locken umkränzt. Monica hatte ihn wegen seines Aussehens aufgezogen und gemeint, er sähe nun aus wie ein ›echter‹ Gutsbesitzer. Doch Cochrane wußte, daß seine ›Frisur‹ sie an ihren vor vielen Jahren verstorbenen Großvater Sir John erinnerte.

So vieles war mit ihm verschwunden, damals und heute.

»Mr. Cochrane? Sir?« Cochrane erkannte die Stimme. Montcalm Daystrom von der Stiftung war angekommen. Der junge Bursche war sein persönlicher Assistent, ein vielversprechender Student, ein Teil der Familie. Aber er war zwanzig Erd- und siebzehn Centaurijahre alt und behandelte ihn, wie alle Erstgeborenen dieser Welt, mit einem Respekt und einer Ehrerbietung, die ihn zusammenzucken und sich fragen ließen, wann er aufgehört hatte, ein Mensch zu sein. Er war in den vergangenen Jahrzehnten irgendwie zu einer Ikone geworden, zu einem Symbol dieser wackeren neuen Ära der Menschheit.

Als Cochrane daran dachte, konnte er Micah Brack über dieses Etikett lachen hören. Laut Brack war keine Ära der Menschheit neu, sondern nur eine Abfolge neuer Häute für alte Zeremonien. Brack fehlte ihm. Er hatte zwar nie ein Wort über sein Schicksal gehört, aber er zweifelte daran, daß ein Mensch seines Alters noch leben konnte.

Als er Montcalms viel zu besorgtes Lächeln sah, dachte er auch daran, daß die erste Centauri-Generation auf Sorgen pfeifen konnte, und er sagte es ihm auch.

Doch Montcalm lächelte nur und trat näher an ihn heran. Er war an den legendenumwobenen Wissenschaftler und seine Schrullen gewöhnt, nicht nur im Labor, wo der junge Mann sich hervortat, sondern auch in seinem Privatleben, in dem er immer öfter auf ein zweites Armpaar angewiesen war. Die beiden, Student und Lehrer, standen zusammen auf dem Kamm eines üppigen, grünvioletten Hügels, unter dem sich die Landeebene bis an den Rand der Willkommensee erstreckte. An dieser Stelle, auf halbem Weg im bizarren Orbit des Planeten im Ternärsystem, ging Centauri B unter, während A aufstieg. Centauri C war, wie immer, nur ein helles Gestirn, verloren zwischen fremden Konstellationen, und das Meer schimmerte am Horizont im Licht zweier Farbtöne, die aus zwei verschiedenen Richtungen kamen.

Monica hatte diese Aussicht gefallen. Cochrane gefiel sie ebenfalls. Doch nun, da ihre Pracht ohne Monica weiterbestand, ärgerte er sich über jeden Tag, an dem sie sich erneuerte, über jeden Tag, an dem sie ihre Zeit allein vertat.

»Die Gäste sind angekommen, Sir«, sagte Montcalm.

»Gäste«, murmelte Cochrane. Gab es keine andere Bezeichnung für Menschen, die gekommen waren, um an einer Bestattung teilzunehmen? Warum nicht Trauernde? Warum nicht Opfer?

»Darf ich Ihnen helfen?« fragte Montcalm. Er streckte einen kräftigen und muskulösen schwarzen Arm aus. Das Aufwachsen bei hoher Schwerkraft hatte hierzulande eine Generation von Gewichthebern hervorgebracht. Die medizinischen Einrichtungen in Micah

Town arbeiteten rund um die Uhr, um die Technik und Verfahren zu entwickeln, die diese Kinder unweigerlich brauchen würden, wenn sie ihren vierzigsten Erdgeburtstag feierten und ihr belastetes Herz anfing, gegen die Schwerkraft von Centauri B II zu rebellieren. Doch die Antwort lag in ihren Zellen; sie brauchten nur eine leichte medizinische Überredung, damit ihr Leben sicher war. Wie Cochrane vor sechsundfünfzig Jahren angenommen hatte, als er den ersten Fuß auf diese Welt gesetzt und das Undenkbare beim Abnehmen der Sauerstoffmaske getan hatte, um die fremde Luft zu prüfen, war die Menschheit *wirklich* dazu bestimmt, zu anderen Welten zu fliegen. Auch wenn seine Nebenhöhlen ihn noch jeden Primärwinter störten, wenn der Planet nur dem Licht einer einzigen Sonne ausgesetzt war.

Als Cochrane vor der Aussicht stand, bewegte er sich nicht von Montcalm fort. Er wußte, daß der junge Mann es gut meinte, doch der Teufel sollte ihn holen, wenn er es ihm je eingestand. Hier, auf dieser Welt, seiner Heimat, hatte er sein Alter und seine Wehwehchen akzeptiert, hauptsächlich wegen Monicas Humor und ihrer Geduld. Und mit eben diesem Humor und dieser Akzeptanz ergriff er Montcalms Arm und nahm den langen Rückweg zum Landhaus in Angriff. Das ihn willkommen heißende weiße Gebäude, grün verziert, war auch Monicas Freude gewesen. Die Fassade war aus echtem Holz; man hatte es zu einem horrenden Preis, den niemand je hatte enthüllen wollen, von der Erde hergebracht – ein Geschenk der neuen Weltregierung an den Mann, der die Bedingungen für die dramatische Erholung vom Dritten Weltkrieg ermöglicht hatte, auch wenn dieses Erholen noch andauerte.

Naturholz war auf Centauri B II noch immer ein Luxus, denn hier hatten sich keine harten Bäume entwickelt. Künstlich angelegte Erdfichtenhaine waren für die Treibstoff- und Zelluloseproduktion gepflanzt worden, aber es würde noch Jahrzehnte dauern, bevor es ein ausreichendes Forstsystem gab, das es erlaubte, Bäume für dekorative Zwecke abzuholzen. Monica hatte die Seltenheit des Geschenks verstanden, das man ihm gemacht hatte. Sie hatte den Dachstuhl ihres Haus selbst skizziert, den Bau überwacht, alles selbst geschmirgelt und gestrichen, damit es perfekt für ihn war.

Und sie hatte es *wirklich* perfekt gemacht. Alles, was sie für ihn getan hatte, war perfekt gewesen.

Cochrane spürte, daß Tränen über seine Wangen liefen. Wie konnte sie von dieser Welt gegangen sein, wenn ihn doch so viel an sie erinnerte?

Was sie zu ihm hingezogen hatte, wußte er noch immer nicht. Liebe, nahm er an, obwohl er diese Emotion heute eigentlich auch nicht besser verstand als in jungen Jahren. Sie hatten zusammen Battersea überlebt. Sie waren dem Optimum entwischt und hatten auf dem Mond Sicherheit gefunden. Sir John hatte sich dort erholt, in Kopernikus City. Die Narbe auf Monicas Wange war verblaßt. Cochranes angebrochene Rippen und seine punktierte Lunge waren repariert worden.

Sie hatten so viel miteinander erlebt, daß es, als ihre Wunden verheilt waren, unausweichlich gewesen war, daß sie ein Gefühl der Verbundenheit empfanden. Sie war mit ihm nach Alpha Centauri gegangen, um ihre medizinische Ausbildung in der ersten und einzigen medizinischen Einrichtung der Kolonie zu beenden. Dort hatte man ihr einen ›Doktor‹ verliehen, einen der ersten auf diesem Planeten. Sir John hatte Brautführer gespielt, war wieder Astronom geworden und hatte in seinen letzten und produktivsten Jahren den ersten Beobachtungsaußenposten aufgebaut.

Nach diesen und weiteren Jahren hatte Monica immer Zeit erübrigt, um Cochrane zuzuhören und ihm Aufmerksamkeit zu schenken. Wie keine andere zuvor. Und spät nachts, wenn er von seiner Rolle in dem Grauen träumte, das sich auf der Erde abgespielt hatte – 37 Millionen Tote in einem Krieg, der die Welt wie kein anderer verzehrt hatte –, hatte sie ihn umarmt und gesagt, er habe *wirklich* genug getan, es sei nicht seine Schuld gewesen.

Was es ihr auch bedeutet hatte – und er hatte ihren Entschluß, ihr Leben an seiner Seite zu verbringen, eigentlich nie verstanden –, sie hatte ihn weitermachen lassen. Der Hyperantrieb war schneller geworden, glatter, wirtschaftlicher, das Ergebnis von tausend Geistern, die an den Geheimnissen der Kontinuum-Verzerrung arbeiteten. Während Monica auf Alpha Centauri ihrer medizinischen Laufbahn gefolgt war, hatte Cochrane die neuen Triebwerke zu anderen Welten gesteuert, hatte andere Intelligenzen getroffen, sich über die Ähnlichkeit ihrer DNA gewundert und wie die Hälfte aller ihm bekannten Wissenschaftler vermutet, daß im Universum irgendein höheres Schema im Schwange war, oder wenigstens in diesem Abschnitt der Galaxis.

Und Monica hatte ihn stets erwartet, wenn er zurückgekommen war, und hatte ihm konzentrierte, verständnisvolle Aufmerksamkeit entgegengebracht.

Bis vor zwei Tagen.

Cochranes Füße schlurften über den staubigen Pfad, der vom Höhenrücken zu seinem Landhaus führte. Er sah die Fahrzeuge der Gäste neben dem Stall. Auf der Erde, wo das Goldene Zeitalter der Fusionsreaktoren und Sariumkrellid-Batterien mit praktisch grenzenloser Energiedichte ausgebrochen war, waren Räder überflüssig geworden. Aber hier und in den Kolonien rollten die Autos und Transportfahrzeuge noch immer. Sie holperten auf Sommerreifen über ungepflasterte Straßen. Monica hatte gesagt, in hundert Jahren würde man über Alpha Centauris Pionierzeit und ihre Räderfahrzeuge so schreiben, wie die alten 2-D-Filme den amerikanischen Westen und seine Pferde und Planwagen beschrieben hatten, um zu zeigen, wie die Zeiten sich geändert hatten.

Sie hatte stets in die Zukunft geschaut; die Zukunft, die Cochrane ihrer Meinung nach geschaffen hatte.

Aufgrund dieser Hingabe hatte er ihre Liebe akzeptiert, auch wenn er nie verstanden hatte, warum sie ihn liebte. Er hatte auch ihren Enthusiasmus nie angezweifelt. Zum Ausgleich, so hoffte er, hatte er ihr wenigstens ein Abenteuer und Erfüllung geschenkt. In der Nacht, in der sie beide den Vulkaniern begegnet waren, hatte sie geweint. Sie hatte ihm dafür gedankt, daß er sie an einem geschichtlichen Augenblick hatte teilnehmen lassen. Die Vulkanier verhandelten nun über engere Bindungen an die Erde, und Cochrane wußte, daß sein Geschenk der Hyperantriebforschung an diese Fremdlinge sie teilweise von dem überzeugt hatte, was sie die Logik der Situation nannten.

Und nun waren Sir John und Monica aus seinem Leben verschwunden. Der Staub der Erde war zu Staub von Alpha Centauri geworden. Cochrane wußte, daß es schon früher passiert war und wieder passieren würde – das Verschmelzen von Welten durch den Tod. Doch ohne seine Frau spürte er erneut das Stechen des Selbstzweifels, und er fürchtete, wieder einmal zu ichbezogen gewesen zu sein: Er hatte mehr von ihr genommen, als er ihr möglicherweise hatte geben können. Er hatte immer das Gefühl gehabt, zu wenig getan zu haben. Es hatte ihn nie verlassen.

»Sie sind hinter dem Haus«, sagte Montcalm, als sie an den abgestellten Fahrzeugen vorbeikamen.

Cochrane wußte, daß seine Gäste dort waren, und nicht im Haus. Er hatte dort Feigenbäume gepflanzt. Die Legende behauptete, Buddha habe unter einem Feigenbaum gesessen, als er die Erleuchtung fand. Cochrane gefiel die Geschichte. Er verstand, warum Brack ihm von den Bäumen erzählt hatte. Newton hatte seinen Apfel gehabt. Cochrane irgendeine namenlose Eiche oder Ulme in einem Londoner Vorort. Und nun: Wer wußte, wer in der Zukunft unter den Bäumen hunderter Welten sitzen würde, neue Gedanken dachte und eine neue Erleuchtung empfing? Wegen Buddha, Micah Brack und Zefram Cochrane warteten auf Alpha Centauri Feigenbäume auf eben diesen Augenblick.

Sie kamen an einem Transportfahrzeug vorbei, dessen Schwungrad tief in seinem Inneren summte; die Linearmotoren über den Rädern tickten noch, als sie abkühlten. An der Tür des Wagens befand sich das Symbol der Justitia. Die Polizei von Centauri B II war gekommen.

Cochrane fiel ein, daß Monica über Sergejs Fahrzeug gelacht hatte – die gesamte Polizeistreitmacht der Kolonie war von einem einzigen gebrauchten landwirtschaftlichen Nutzfahrzeug abhängig. Cochrane genoß die Abhängigkeit eigentlich, die Tatsache, daß die Kolonie es sich *leisten* konnte, von einem einzigen Gesetzeshüter und einem langsamen Fahrzeug abhängig zu sein. Sergej verbrachte mehr Zeit bei seiner Arbeit im Elektrizitätswerk. Als Gesetzeshüter hatte er nicht viel zu tun. Eigentlich brauchte man hier gar keine Polizei. Das Nichtvorhandensein von Verbrechen auf den Kolonialwelten hatte Cochrane einst hoffen lassen, es gebe vielleicht einige Teile der menschlichen Natur, die für immer in der Vergangenheit zurückgeblieben war, verbrannt in den Feuern mit der Asche des Optimums.

Sergej erwartete sie im Türrahmen des Landhauses, hielt einen Hut in der Hand und schaute mit seinem gewaltigen Walroßschnauzbart trübselig drein. Er ging auf Cochrane und Montcalm zu, streckte die Hand aus, murmelte sein Beileid und brachte seinen Respekt vor Cochranes Gattin zum Ausdruck. Cochrane hörte kein Wort. Er konnte noch nicht begreifen, daß Monica nicht mehr bei ihm war, daß sie nicht auf dem Rückweg von der Klinik war, nach antiseptischen Mitteln roch; daß es sie nicht mehr danach drängte, sich der weißen Dienstkleidung zu entledigen, um sich mit ihm über ihre oder seine täglichen Abenteuer zu unterhalten. Die Worte, die Sergej sprach, waren für irgendeinen anderen bestimmt.

Cochrane wußte, daß er in jungen Jahren, voller Energie und voller Fragen, immer hatte allein sein wollen und die Einsamkeit immer geschätzt hatte, doch nun, in diesem Alter, wußte er, daß er auf Einsamkeit nicht mehr aus war. Er wollte Monicas leise Stimme wieder hören. Er wollte …

»… war kein Unfall, Sir.«

Die letzten vier Worte explodierten in Cochranes Verstand. Er blinzelte den Gesetzeshüter der Kolonie an. »Was haben Sie gesagt?« fragte er.

Sergej sah aus, als hätte er Schmerzen. »Ich habe das Wrack zum Wiederverwertungsdepot gebracht«, sagte er, nun lauter, so langsam und akzentuiert, als spräche er zu einem Kind oder einem Menschen über achtzig. Cochrane konnte es nicht ausstehen, so behandelt zu werden. »Um zu sehen, ob noch etwas verwendbar ist.«

»Natürlich«, sagte Cochrane und wünschte sich, der junge Mann – Sergej war fünfzig – käme endlich zur Sache. »Natürlich.«

»Crombie – der diensthabende Techniker – wirft einen Blick auf das Motorgehäuse und sagt, einige von den Löchern … Nun, Sir, daß einige der Löcher nicht von den Schwungradfragmenten stammen, die herausgebrochen sind. Sie stammen von irgendwas, das eingedrungen ist.«

Cochrane schaute den Gesetzeshüter, in Wahrheit Techniker im Elektrizitätswerk, an und bemühte sich zu verstehen, was er sagte.

Monica hatte den Laster aus Micah Town zum Landsitz gefahren. Das Schwungrad war aus der Umhüllung gerutscht, hatte das Motorfach auseinandergerissen und Splitter in den Passagierraum fliegen lassen. Es war eine Tragödie gewesen. Aber Tragödien passierten noch immer. Hin und wieder gingen Dinge einfach kaputt.

Der Laster war in zwei Hälften zerrissen. Das elektrische System hatte die Treibstofftanks gezündet. Die Speicherbatterien waren explodiert.

Die Mediziner im Krankenhaus hatten Cochrane nicht erlaubt, sich die Leiche anzusehen.

»Ich verstehe nicht«, sagte Cochrane. Das Herz flatterte in seinem Brustkorb.

»Ich meine damit, Sir, daß jemand auf den Laster Ihrer Frau geschossen hat.«

»Geschossen?« wiederholte Cochrane. Als seine Beine schwach wurden, spürte er, daß Montcalms starker Arm sich um ihn legte.

»Ich habe Crombie die Gehäusesektionen ausschneiden lassen – also die Einschußlöcher – und sie der metallurgischen Abteilung der Stiftung übergeben. Ionisierte Gasrückstände, Sir. Rings um das Metall.«

Cochrane schüttelte den Kopf. Es bedeutete ihm nichts.

»Welche Projektile den Wagen auch getroffen haben, Sir, sie wurden von einer Plasmaexplosion angetrieben.«

Erinnerungen fluteten auf Cochrane ein. »Sie meinen, es war eine Handfeuerwaffe?«

Sergej zuckte die Achseln. »Irgendeine militärische Waffe, Sir. Aber keine Strahlenwaffe. Es waren Projektile. Die Stiftung stellt das Wrack noch einmal auf den Kopf, um die Projektilbruchstücke zu finden.«

Cochrane schaute den Mann wortlos mit offenem Mund an. Sein Puls hämmerte in seinen Ohren, das Brüllen einer fernen dunklen Woge eilte heran, unaufhaltbar, alles verschlingend.

Sergej hatte seinen Hut völlig zerknüllt. »Sir, ich hatte noch nie mit einem Mord zu tun. Will sagen, es ist in der ganzen Kolonie noch nie zu einem Mord gekommen. Ich würde gern … Ich würde den Fall gern an das Orbitale Verteidigungsbüro abgeben. Diese Leute sind in solch einem Fall kompetenter. Vielleicht können sie eine Nachricht zur Erde senden. Um irgendein Labor dort die Waffe identifizieren zu lassen.«

Cochrane spürte, daß sich sein Brustkorb enger zusammenzog. Konnte es wahr sein? Konnte ihm irgend jemand Monica *genommen* haben? Mit Absicht?

»Ist … das so in Ordnung, Sir?«

Cochrane nickte. Natürlich war es in Ordnung. Wer es auch getan hatte, er mußte gefunden und bestraft werden. Und … Er hörte Monicas Worte von damals, als das Verlangen, sich zu rächen, ihn in den Krallen gehabt hatte. *Es ist zwar verlockend,* hatte ihre junge Stimme gesagt, *aber dann wären wir auch nicht besser als er.*

»Tun Sie … bitte … alles, was Sie tun müssen«, würgte Cochrane hervor.

Sergej nickte grimmig. Er setzte sich in Bewegung. Dann blieb er stehen. Drehte sich mit erhobenem Zeigefinger um. »Äh, Sir, da ist noch etwas. Ich weiß, daß man mich danach fragen wird. Haben Sie irgendwelche Feinde? Sie wissen schon; jemanden, der Ihnen Schlechtes wünscht?«

»Feinde«, sagte Cochrane und dachte an all die Asche. »Ich möchte zuerst meine Frau begraben, Sergej. Dann können wir miteinander reden.«

»Danke, Sir.« Sergej ging zu seinem Wagen zurück und glättete seinen Hut.

Montcalm begleitete Cochrane um das Haus herum, auf die Feigenbäume zu, wo die Gäste sich an einem einfachen Grab versammelt hatten. Sir John war in der Nähe begraben, außerhalb des Schattens, damit er immer unter den Sternen sein konnte.

Während der Zeremonie fühlte Cochrane sich fortwährend so, als erlebe ein anderer jeden dieser Augenblicke. Damals auf der Erde, vor 39 Jahren, hatte er sich auch so gefühlt – bei der Flucht über den Kunstrasen im Battersea-Stadion, als das Optimum nach seinem Blut geschrien hatte. Als die Welt sich auf das atomare

Grauen zubewegt hatte. London hatte in Flammen gestanden.

Er vernahm eine andere, weniger willkommene Stimme aus der Vergangenheit. Sie hallte von längst verschwundenen Stadionsitzen und Wänden, ein Gesicht, das sich unzählige Male wiederholte.

*Sie werden dem Optimum niemals entwischen!* schrie die Stimme. *Sie werden Ihrem Schicksal niemals entgehen!*

Während der Zeremonie hörte Cochrane nichts, er schaute nur zu den flatternden Blättern der Feigenbäume hoch. An diesem Tag kam ihm keine Erleuchtung. Es gab nur sein Schicksal, öde und unausweichlich, wie es ihm immer erschienen war.

Später an diesem Tag, an diesem Abend, es war unter diesen Lichtverhältnissen schwer zu sagen, saß Cochrane in seinem Arbeitszimmer, lauschte geduldigen jungen Stimmen und wußte, daß es ein Leben dauern würde, die Wahrheit hinter dem zu erklären, was ihre Worte beschrieben.

Sergej war da, und Montcalm. Melanie Ark von der metallurgischen Abteilung der Stiftung, still und lebhaft. Sirah Chulski von der Orbitalen Verteidigung, massiv genug, um einen Asteroiden ganz allein zu verdecken.

Montcalm hatte einen Teller mit Butterbroten für sie hingestellt, den die Gäste übriggelassen hatten. Cochrane war nicht hungrig. Er zweifelte daran, daß er je wieder Hunger haben würde. Doch Ark haute rein, so methodisch, wie sie Hyperantriebsabschirmungen konstruierte, eine Molekularschicht nach der anderen.

»Es gibt keinen Zweifel«, sagte Chulski. »Es war *wirklich* Mord, Mr. Cochrane.«

Cochrane saß hinter seinem Schreibtisch und betastete ein kleines metallenes Medaillon, das die Vulkanier ihm vor Jahren geschenkt hatten. Ein Kreis, in dem ein nicht zentriertes Juwel einem Dreieck als Quelle diente. Die Übersetzung dessen, was es darstellte, war nicht perfekt gewesen. Die Linguisten waren der Meinung, es werde noch viele Jahre bis zu einer mühelosen Verständigung dauern. Doch die Scheibe hatte für die düsteren, spitzohrigen Fremdlinge eine große Bedeutung. Jeder passe in sie hinein, hatten sie gesagt. Aber sie sei mehr als nur ein Symbol für das Universum; sie bedeute auch ›Verhalten‹, als gingen sie davon aus, daß sämtliche Überzeugungen ebenfalls in sie hineinpaßten.

Cochrane zog den Schluß, daß der Planet Vulkan eine eigene Optimum-Bewegung nie hatte zum Zuge kommen lassen.

Er wußte, wer hinter dem Mord an seiner Frau steckte.

Er wußte nur nicht, ob er den jungen Leuten die Wahrheit erzählen konnte, ohne daß sie ihn geringschätzten, weil sie glaubten, sein hohes Alter habe schließlich seinen Verstand vernebelt.

»Aber um uns in die Lage zu versetzen, einen Mord aufzuklären«, sagte Chulski, »müssen wir das Motiv kennen.«

Sergej schaute noch besorgter drein, als Cochrane sich fühlte. »Wer könnte ein Interesse an Dr. Burkes Tod haben?« fragte er.

Cochrane seufzte. »Wer es auch war, ich glaube nicht, daß ihnen wichtig war, ob Monica lebt oder tot ist.« Alle anderen schauten ihn an. »Sie wollten *mich* damit treffen.«

Chulski beugte sich vor. »Wer war es, Sir?«

Cochrane konnte sich kaum überwinden, es zu sagen. Aber er hatte keine Wahl. Was spielte es schließlich für eine Rolle, ob man ihm glaubte oder nicht?

»Das Optimum«, erwiderte Cochrane. Anhand der Reaktion der im Raum Anwesenden hätte er ebenso sagen können: »Jack the Ripper«, als sei das irdische Ungeheuer möglicherweise auf einer anderen Welt wieder zum Leben erweckt worden.

»Sir«, sagte Chulski überfreundlich, »die Optimum-Bewegung existiert seit vielen Jahrzehnten nicht mehr. Und sie war eine … Abweichung … die auf die Erde begrenzt war.«

»Ich stamme von der Erde«, sagte Cochrane und legte das vulkanische Medaillon vorsichtig auf den Schreibtisch. »Ich hatte schon vor dem Krieg eine Kollision mit dem Optimum. Speziell mit Colonel Adrik Thorsen.«

»Colonel Thorsen ist tot, Sir. Colonel Green ebenfalls. Die ganze Bande.«

»Die Untaten des Menschen werden ihn überdauern«, sagte Cochrane.

Ark nahm noch ein Brot von dem Teller auf dem Tischchen neben sich. Sie schaute es konzentriert an, als frage sie sich, was eine Prüfung mit der Atomuhr wohl über den Inhalt enthüllte. »Ich habe gehört, daß irgendwelche Zellen des Optimums noch aktiv sind«, gab sie zu. »Es gehen viele Gerüchte über entkommene Kriegsverbrecher um, die unter falschem Namen in den Kolonien leben … Vielleicht sind einige davon wahr.«

Sergej wirkte nicht überzeugt. »Soll das heißen, wir haben auf Alpha Centauri eine Optimum-Zelle? Also wirklich, Melanie! Man würde sie so schnell ausweisen, wie man sie zur Erde bringen könnte, bevor sie auch nur ein zweites Treffen organisiert haben.«

Ark schob sich das Brot in den Mund und fing methodisch an zu kauen.

»Vielleicht jemand, der kürzlich hier angekommen ist?« sagte Montcalm zurückhaltend. »Na ja, die Zelle könnte auch anderswo sitzen … Sie haben einfach jemanden hergeschickt, um … Du weißt schon.«

Chulskis beeindruckende Gestalt rutschte auf dem Stuhl hin und her. Es gelang ihr, wie immer, die anderen irgendwie weniger bedeutend erscheinen zu lassen. »Wir könnten es im Einwanderungbüro klären. In Erfahrung bringen, wer in den letzten sechs Monaten woher zu uns gekommen ist.« Sie schaute Cochrane an. »Und Ihnen fällt ganz bestimmt kein anderer ein, Mr. Cochrane?«

»Natürlich nicht«, sagte Montcalm mit zuviel Nachdruck. »Er hat die interstellare Gemeinschaft eigenhändig gegründet. Wir schulden ihm unsere Existenz. Wer wäre möglicherweise an seinem Tod interessiert?«

Das Leuchtsignal des Tischkommunikators blitzte auf. Cochrane schaute hin, nickte dann Montcalm zu, er solle den Anruf entgegennehmen.

Der junge Mann hob den Hörer ab. Der Bildschirm blieb dunkel. »Mr. Cochranes Büro«, sagte er. Er riß die Augen auf. Er schaute Cochrane an. »Ein Unfall, Sir. In der Stiftung.« Er gab den Hörer an Sergej weiter. »Die Fabrikationsmannschaft ist … tot, Sir. Alle.«

Cochrane sackte auf seinem Stuhl zusammen. Die Studenten des Fabrikationsteams waren jene, die die neuesten Theorien aufstellten und alles eigenhändig ausprobierten. Sie waren die Besten der Stiftung. Die intelligentesten. Cochrane wußte schon jetzt, daß das, was geschehen war, kein Unfall gewesen sein konnte.

Sergej hörte sich die Einzelheiten an. Die anderen standen wütend auf. Nur Cochrane blieb sitzen.

Sergej gab die Meldung weiter. »Es war eine Materie-Antimaterie-Explosion«, sagte er.

Montcalm war verwirrt. »In der Fabrikationsanlage gibt es doch gar keinen Treibstoff.«

Sergej schaute Cochrane an, um es sich bestätigen zu lassen. »Er hat recht«, sagte Cochrane. Er schloß die Augen und sah die Gesichter der Angehörigen des Fabrikationsteams. Sah die Gesichter ihrer Eltern. Die ihrer Kinder. Hatte Micah Brack recht gehabt? *Stirbt das Böse nie?* War die Schlacht niemals zu Ende?

Der Kommunikator blinkte erneut. Sergej hob ab und nannte seinen Namen. Kurz darauf reichte er Cochrane den Hörer. Der Bildschirm war auch diesmal leer. Cochrane fragte sich verbittert, wer jetzt tot war.

»Hier ist Cochrane«, sagte er.

»Sie wissen, was ich will«, sagte Adrik Thorsen. Es war neununddreißig Jahre her, aber die Stimme, der Tonfall, die Grausamkeit waren eindeutig. »Sie haben versprochen, sie gegen mich einzusetzen, wenn ich Sie verfolge. Ich *verfolge* Sie.«

Cochrane hätte den Hörer am liebsten fallen gelassen, aber er war vor Entsetzen gelähmt. »Sie sind tot«, sagte er. Seine Stimme klang noch älter, als sie war.

»Sie sind verwirrt«, sagte Thorsen. »Ihre *Frau* ist tot. Ihre *Studenten* sind tot. Aber Sie und ich, wir leben noch.«

Cochrane war sich bewußt, daß die Anwesenden ihn beobachteten. Sergej trat an die Kommunikationsanlage, schob eine Polizeikennkarte hinein und gab hektisch eine Nummer ein, um den Mithörschutz auszuschalten.

»Einer nach dem anderen«, sagte Thorsen. »Einer nach dem anderen, das verspreche ich Ihnen, wird umkommen – bis Ihre Aufmerksamkeit mir gehört.«

»Sie haben meine Aufmerksamkeit doch schon!« sagte Cochrane, um die schreckliche Stimme anzuhalten.

»Dann geben Sie mir, was ich haben will.«

»Sie existiert nicht! Hat nie existiert!«

»Ich glaube Ihnen nicht, Mr. Cochrane. Aber ich werde dafür sorgen, daß Sie *mir* glauben.«

Cochrane starrte den Hörer an. Es konnte doch nicht schon wieder passieren. Es hatte in Battersea geendet. In der Explosion des Fusionsfeuers. »Sie können doch nicht …« sagte er und wußte im gleichen Augenblick, daß der einzige, der es überhaupt konnte, Thorsen war.

»Sie sind schwach, Mr. Cochrane. Schwäche ist nicht optimal. Vielleicht war ich schwach, weil ich Sie bewundert habe. Aber in …«

Sergej riß den Hörer aus Cochranes starrer Hand. »Wer ist da?!« schrie er.

Doch Cochrane erkannte an seinem Gesichtsausdruck, daß Thorsen die Verbindung unterbrochen hatte.

»Mr. Cochrane«, sagte Sergej, »wissen Sie, wer das war?«

»Können Sie bitte gehen?« sagte Cochrane. Er fühlte sich erschöpft.

Aber Sergej ließ den Hörer nicht los. »Zeichnet Ihre Anlage Anrufe automatisch auf?«

Tat sie nicht. Monica hatte es nicht für rechtens gehalten. Nur wenige Systeme auf Alpha Centauri waren auf automatisches Aufzeichnen eingestellt. Aber Cochrane sagte es nicht. Was hatte es für einen Sinn? »Gehen Sie«, sagte er zu den Besuchern. »Außer Ihnen.« Er deutete mit einem zitternden Finger auf Montcalm.

Niemand bewegte sich zur Tür. Cochrane nahm Sergej den Hörer aus der Hand und knallte ihn auf den Tisch. Das vulkanische Medaillon sprang hoch und fiel zu Boden.

Sergej gab den anderen einen Wink. Chulski und Ark folgten ihm hinaus, auch wenn beide unsicher wirkten, ob sie das Richtige taten.

Montcalm stand vor Cochranes Schreibtisch. Der junge Mann war angespannt, seine Muskeln blähten sich, er war bereit, jeden umzuhauen, auf den sein Lehrer deutete. »Wollen Sie mir sagen, wer es war, Sir?«

Cochrane fragte sich, wie es wohl wäre, wieder jung zu sein. Er fragte sich, ob man damit auch eine neue Chance bekam. Er wollte, daß Montcalm auf Alpha Centauri ein besseres Leben führte. Das Grauen, das ihn verfolgte, war etwas aus der Vergangenheit. Aus seiner Vergangenheit. Es durfte Montcalm und die anderen, die hier lebten, nicht beeinträchtigen. »Es war jemand, der … nur hinter mir her ist«, sagte er.

»Auf diesem Planeten leben nur zwei Millionen Menschen«, erwiderte Montcalm ernsthaft. »Wir können ihn aufspüren. Wir können jeden finden.«

Doch Cochrane schüttelte den Kopf. Die Wahrheit war, daß seine eigene Arroganz ihn eingeholt hatte.

Arroganz, dachte er besorgt. Das letzte Wort, mit dem er Thorsen damals im Stadion hatte demütigen zu glauben müssen. Vor 39 Jahren. Als er sich an der Tür umgedreht hatte, um zu sagen, er werde die Warpbombe gegen ihn einsetzen, wenn er ihn verfolgte. Nur um ihn zu demütigen, ihn zu verletzen, um *besser* zu sein, als Thorsen es je sein konnte. Monica hatte recht gehabt. Er war zu Thorsen geworden. Und diese Verwandlung hatte sie und andere, die gerade erst auf die Reise gegangen waren, das Leben gekostet.

Cochrane fühlte sich unendlich müde. Er hatte gehofft, durch seine Erfindung werde die Menschheit eines Tages das Schlimmste ihrer inneren Natur zurücklassen. Doch er war selbst eine Fundgrube des Schlimmsten. *Die Verfluchten* müssen *einfach besser sein.* Er fragte sich, ob die Vulkanier dies in ihr Medaillon eingeschlossen hatten.

»Ich möchte, daß Sie mein Schiff klarmachen«, sagte Cochrane zu Montcalm.

»Sie brauchen nicht zu fliehen, Sir. Ich kann Sie schützen. Die ganze Welt kann sie beschützen.«

Cochrane schüttelte den Kopf und versuchte ein beruhigendes Lächeln. Es hatte keinen Sinn, das Leben eines anderen durcheinanderzubringen. »Ich fliehe nicht. Ich möchte nach ... Stapledon Center. Dort gibt es einen guten Fabrikationsladen. Wir brauchen neue Leute.«

Montcalm musterte Cochrane vorsichtig. »Bestimmt? Was ist mit dem Anruf? Werden Sie irgend etwas dagegen unternehmen?«

»Das Leben muß weitergehen«, log Cochrane. Das hatte Monica auch immer gesagt. Er hatte es damals nicht geglaubt und glaubte es heute nicht. Aber es war für die Sicherheit aller auf dieser Welt wichtig, daß Montcalm ihm jetzt glaubte. »Schicken Sie eine

Meldung nach Stapledon. Sie sollen wissen, daß ich komme.«

»Wann wollen Sie los?«

»Sofort«, sagte Cochrane. »Kümmern Sie sich drum?«

Montcalm nickte langsam, er war gern bereit, alles für seinen Lehrer zu tun. »Wollen Sie die Reise geheimhalten, Sir? Also, wenn jemand hinter Ihnen her ist ...«

»Ich habe nichts zu verbergen«, sagte Cochrane. »Der Anruf ... war nur ein Scherz.« Er schaute sich in seinem Arbeitszimmer um, sah die ganzen Bücher, Mikrofilme, Computerkarten und Bauteile seines Verstandes, doch nun waren sie ohne Sinn und Zweck. »Ich werde mich besser fühlen, wenn ich der Stiftung helfen kann. Wirklich.«

»Kann ich wenigstens das Haus bewachen lassen? Ich weiß, daß es draußen am Landeplatz ein paar alte Gewehre gibt.«

»Das ist nicht nötig«, sagte Cochrane. »Die Stiftung soll mehr für die Sicherheit tun, das reicht. Damit es nicht noch mehr ... Unfälle gibt.«

Cochrane war erleichtert, als er sah, daß Montcalm, was er auch von seinen Motiven halten mochte, zur Tür eilte.

»Und ... Montcalm?«

»Ja, Sir?«

»Danke. Für alles.«

Montcalm musterte Cochrane sorgfältig. »Sie haben doch nicht irgendeine Dummheit vor, Sir?«

Nun lächelte Cochrane. »Das sollten Sie doch besser wissen.«

Montcalm versuchte ein Lächeln, aber seinem Bemühen mangelte es an Aufrichtigkeit. Dann war er weg.

Cochrane blieb einige Zeit am Schreibtisch, erinnerte sich daran, wie oft Monica hereingekommen war, um zu sagen, daß er wieder mal zu lange gearbeitet hatte. Und während der ganzen Zeit war Thorsen irgendwo in der Galaxis gewesen und hatte ... was getan? Eine Verschwörung geplant?

Wieso hatte er für seine Rückkehr so lange gebraucht? Cochrane hatte sich auf Alpha Centauri nicht versteckt. Jeder wußte, wo er wohnte. Aber wo war Thorsen seit Battersea gewesen, seit dem Weltkrieg? Und warum war er nun hier und auf eine Technik aus, die, selbst wenn sie existiert hätte, ihm die Macht nicht mehr geben konnte, nach der es ihn so sehr verlangte? Eigentlich, dachte er, können die Motive dieses Irren nur eine Abstraktion sein – ein Rätsel, das ich in meinem Leben nie mehr lösen werde. Es ist nur eine weitere Frage, die man beiseite legt, aufgibt, wie so viele andere unbeantwortete Fragen der Jugend.

Cochrane drückte die Taste, die den Computer aus der Schreibtischplatte schob. Er wies ihn an, sein Testament zu zeigen. Es wäre nachlässig von ihm, nicht wenigstens an die Zukunft gedacht zu haben, die Zukunft, die Monica gesehen hatte und der gegenüber er blind gewesen war.

Nachdem er die Änderungen vorgenommen hatte – er hinterließ seinen ganzen Besitz der von Micah Brack gegründeten Stiftung –, endeten seine Gedanken über die Zukunft.

Statt dessen erinnerte er sich an eine Zeit, in der er das Universum hatte übernehmen wollen. Er dachte an den ersten Abend in seinem Heimatsystem, unter der Kuppel auf Titan. So viele Möglichkeiten, so viel zu tun.

Doch jetzt war er nur noch müde. Und allein.

Er wollte noch einmal die Sterne sehen, um dann zu sterben.

Er fragte sich, ob dieses Gefühl in die menschliche Spezies eingebaut war, das Empfinden über die Unausweichlichkeit des Todes, den man annehmen, willkommen heißen mußte.

Oder war es nur eine Methode, dafür zu sorgen, daß jemand wie Adrik Thorsen nie gewinnen konnte?

Cochrane kannte die Antwort nicht. So sehr es ihm auch Übelkeit verursachte, es sich einzugestehen: Der Krieg, der vor langer Zeit auf der Erde begonnen hatte, wurde weitergeführt, und es war seine Schuld.

Er hatte der Menschheit die Sterne geschenkt, und dann hatte er sie verschandelt.

Doch nun würde diese Einmischung endlich enden. Denn egal wie sein Freund Micah Brack auch argumentieren würde, wäre er hier, um es zu tun, Zefram Cochrane glaubte, daß es für die Menschheit noch eine Hoffnung gab. Daß die Dinge sich wirklich ändern konnten.

Einen Moment lang verspürte er ein kurzes Stechen des Bedauerns, weil er diese Veränderungen nicht mehr erleben würde. Aber seine Zeit war um. Alpha Centauri war nicht mehr seine Heimat.

Die Sterne würden einen anderen locken müssen.

Ihm fiel noch ein altes Gedicht ein, das seine Mutter ihm vorgelesen hatte. Es schien zum Augenblick zu passen.

Der interstellare Raum war seine Heimat, und der Tod seine Bestimmung.

Vor ihm gab es nie ein Entkommen. Für niemanden.

## 14
## *USS* Enterprise *NCC-1701 beim Verlassen der Region Gamma Canaris*

Sternzeit: 3854.7 · Terrestrische Zeit: November 2267

Die *Enterprise* raste durch den Raum, und die sie umgebenden Sterne waren regenbogenfarbene Lichtverwischungen. Kirk sah sie auf dem Brückenhauptschirm an sich vorüberziehen und wußte, daß sie bei Zefram Cochranes ersten Reisen ein unbekannter Anblick gewesen waren.

Der Schlüssel zu der Fähigkeit, irgend etwas vom normalen Raum-Zeit-Kontinuum wahrzunehmen, wenn man sich im Warp befand, stand in direkter Beziehung zu den Eigenheiten des Warpfeldes selbst. Cochrane hatte schnell herausgefunden, daß der Warpantrieb, wenn er effektiv sein wollte, mindestens zwei Felder erzeugen mußte, damit eins das andere überlappte, die Oszillationen des Planck-Intervalls – der kleinstmöglichen Einheit meßbarer Zeit – ausglich. Leider wurden sämtliche Photonen des normalen Raum-Zeit-Kontinuums, die Einfluß auf das äußere Feld nahmen, wenn beide Warpfelder genug Größenunterschied aufwiesen, allgemein von dem absorbiert, was für sie eine perfekte Strahlungssenke war – der Kluft zwischen den Feldern.

Am Anfang hatte Cochrane diesen Zustand akzeptiert, weil er sauber erklärte, warum die Einsteinsche Vorstellung von der Zeitdilatation nicht innerhalb des Warpfeldes zum Tragen kam – ohne Möglichkeit des Austauschs bedeutsamer Informationen gab es keinen Konflikt mit der etablierten Physik. Die Existenz informationsfreier Überlichtphänomene wie dieser war bestens bekannt und ging zurück bis auf die experimentelle Bestätigung des Einstein-Podolsky-Rosen-Paradoxes aus der Mitte des 20. Jahrhunderts.

Deswegen hatten Cochranes Überlichtflüge praktisch im Dunkeln stattgefunden. Wenn er in den Warpraum eingetreten war, hatte er sämtliche Kommunikation mit dem Normaluniversum verloren. Als sein System schließlich effektiver, die Warpfelder dichter konzentriert und geschichtet worden waren, konnten Photonen auch in die Warpblase vordringen und das atemberaubende Bild mitbringen, das Kirk so liebte: die vorbeiziehenden Sterne, die so schnell waren, daß man sie nur als verwischte Lichtstreifen sah. Und als die Wissenschaft in der Lage gewesen war, den Subraum als Medium zu nutzen, in dem elektromagnetische Signale sich bei Geschwindigkeiten von 190 000fachem Überlicht ausbreiteten, hatten standardisierte Computererweiterungsverfahren aus Subraum-Sensorenabtastungen hyperreale Bilder erschaffen, fast so wie die alten Radarsysteme der Erde in vergangenen Jahrhunderten die Echos ferner Gegenständen erschaffen hatten.

Obwohl die Naturwissenschaften nicht zu Kirks bevorzugten Schulfächern gehört hatten, verstand er doch, wie die Forscher diesen Innovationsdurchbruch erreicht hatten. Sie hatten, wie Cochrane, ihre Zeit nicht damit vergeudet, kopfüber gegen die festen Mauern akzeptierter Theorien anzulaufen. Sie hatten vielmehr beschlossen, ihre Arena auszuweiten, die Gesetze zu verändern und über die festgelegten Grenzen hinauszutreten. Kirk kannte diese Einstellung gut.

Sein Schiff war der Beweis, daß diese Einstellung in der Physik funktionierte. Die Tatsache, daß er es kommandierte, war der Beweis, daß es auch in der Welt der menschlichen Belange funktionierte.

Doch daß Admiral Kabreigny den Kommandosessel der *Enterprise* noch immer besetzt hielt, sagte Kirk, daß er, um diese Einstellung anzuwenden, noch einiges zu lernen hatte.

Er stand im Moment neben der Admiralin und richtete den Blick auf den Bildschirm. Der ›Companion‹ saß, mit einem normalen blauen Techniker-Overall bekleidet, hinter ihm auf der oberen Ebene, auf dem Stuhl vor Spocks Arbeitsplatz, und führte die *Enterprise* aufgrund des geheimnisvollen Kontakts, den er zu Cochrane hatte. Sulu hatte seine Hinweise auf die Navigationskarten übertragen. Spock war bei ihm, und McCoy hielt sich mit seinem Medokit in der Nähe auf. Bisher, mehr als eine Tagesreise von seinem heimischen Planetoiden entfernt, hatte das Durchhaltevermögen des ›Companion‹ nicht versagt. Doch McCoy wollte auf alles vorbereitet sein, und er war es auch.

»Captain ...« sagte Chekov. »Ich meine Admiral ... Ich orte ein Schiff in der angezeigten Flugbahn.«

»Auf den Schirm«, befahl Kabreigny. »Volle Vergrößerung.«

Sulu stimmte die Kontrollen ab, und die Sterne wogten, als das Bild sich ausdehnte und einen winzigen Lichtpunkt erfaßte. Es war eindeutig kein Stern. »Es befindet sich an der Grenze unserer Erfassung«, sagte Sulu.

Kirk warf dem ›Companion‹ und Spock einen kurzen Blick zu. Der ›Companion‹ hielt die Hände vors Gesicht. Er hauchte etwas, das Kirk nicht verstand. Spock nickte.

»Das könnte es sein«, sagte Kirk. Er empfand den Drang, weitere Befehle zu geben, und beugte sich der Admiralin nur zögernd. Wie die meisten Frauen in den höchsten Rängen der Flotte hatte Kabreigny ihren Dienstgrad in den Abteilungen Wissenschaft und Logistik errungen, was bedeutete, daß sie im Kommandobereich keine ›Fronterfahrung‹ hatte. Doch ihr Rang gestattete es ihr technisch, die *Enterprise* zu übernehmen, und nach einem Tag unter ihrem Kommando gelang es

Kirk besser, dies nicht zu vergessen. Auch wenn er nicht die Absicht hatte, sich daran zu gewöhnen.

»Geschwindigkeit des Zielschiffes?« fragte Kabreigny.

»Warpfaktor drei«, meldete Chekov. »Kein Hinweis darauf, daß man uns gesehen hat.«

»Wenn es die *Planitia* ist, können ihre Sensoren bei dieser Entfernung nichts erfassen«, sagte Kirk.

»Zefram!« keuchte der ›Companion‹ plötzlich auf. »Der Mensch kommt näher ... Er ist so allein ...«

Kabreigny beugte sich vor. »Steuermann, gehen Sie langsam mit der Geschwindigkeit herunter und auf gleichen Kurs wie das Zielschiff. Gehen Sie wie ein Sensorenecho von hinten ran. Es ist nur ein ziviles Schiff, also dürfte es nicht schwierig sein.«

»Aye, aye, Admiral.« Sulu arbeitete an den Kontrollen. Die Sterne verrutschten, als die *Enterprise* den Kurs änderte.

Kirk beobachtete die Admiralin genau und versuchte ihre Gründe für diesen Befehl einzuschätzen. »Ein Luxusraumer hat keine Verteidigungswaffen, die der *Enterprise* etwas anhaben können, Admiral. Warum die Vorsicht?«

»Ich mache mir keine Sorgen über den Raumer«, sagte Kabreigny, ohne sich die Mühe zu machen, sich eingehender zu erklären. Ohne Kirk anzusehen, fügte sie hinzu: »Ich nehme an, Sie verfügen über ein Transporterteam mit Hochgeschwindigkeitserfahrung.«

»Ich setze meinen Chefingenieur darauf an.«

Doch Kabreigny legte eine Hand auf Kirks Arm, bevor er das Interkom des Sessels aktivieren konnte. »Lassen Sie Mr. Scott dort, wo er gerade ist. Vielleicht müssen wir bald auf mehr als Warp acht beschleunigen. Wer ist ihre zweite Wahl?«

Kirk erkannte, daß sich Kabreigny, aus welchem Grund auch immer, auf einen schnellen Vorbeiflug und die Rettung Cochranes per Transporter vorbereitete.

Sie wollte keine Kraftprobe riskieren. »Mr. Spock«, sagte er.

»Können Sie mit dem ›Companion‹ umgehen?«

»Der ›Companion‹ kann sehr gut mit sich selbst umgehen.«

Kabreigny ignorierte Kirks verbiesterten Ton. »Mr. Spock soll sich im Transporterraum auf mein Signal vorbereiten.«

Kirk nickte, um den Befehl zu bestätigen, dann ging er zu Spock, um ihm zu erläutern, was die Admiralin von ihm erwartete. Er nahm Spocks Platz neben dem ›Companion‹ ein. Spock verließ die Brücke.

»Kurs stimmt überein«, meldete Sulu.

»Langsam rangehen, Steuermann«, sagte Kabreigny scharf. »Ich möchte das Schiff auf dem Schirm sehen, sobald es in Reichweite ist.«

Die Zeit verging. Kirk vernahm nur das unregelmäßige Atmen des ›Companion‹. McCoy hatte die Annahme geäußert, dies sei das Resultat der Verbindung, die er zu Zefram Cochrane hatte. Es war Zefram Cochrane, dem es so übel erging, daß er nur schwer atmen konnte, wo er auch war. Der Gesundheitszustand der ›Companion‹ war in Ordnung.

»Schiff kommt in Reichweite«, meldete Chekov. »Ist auf dem Schirm.«

Das Zielschiff war ein Zivilraumer – ein langes Ei, das etwa die Hälfte der Größe der *Enterprise* aufwies. Man sah drei Gondeln – die gleiche Konfiguration wie bei der verschwundenen *Stadt Utopia Planitia.*

»Empfangen Sie irgendwelche Identifikationssignale?« fragte Kabreigny.

Chekov antwortete, ohne den Blick von der Steuerkonsole zu nehmen. »Nein, Admiral. Das System ist abgeschaltet. Keinerlei Kommunikation. Aber die Sensoren identifizieren ihre Warpsignatur als die der *Planitia.*«

»Deflektorenstatus?« fragte die Admiralin.

»Ich orte nur Navigationsschirme«, sagte Sulu.

Kabreigny sprach Uhura von der Seite an. »Kommunikation, Meldung an Mr. Spock: Ich möchte, daß er von nun an alles mithört, was auf der Brücke gesprochen wird.«

Uhura meldete sich bei Spock im Transporterraum. Kirk wußte eins: Solange der Raumer nur navigatorische Bugdeflektoren einsetzte, die dazu dienten, eventuell vor ihm befindliche Trümmer aus dem Weg zu räumen, konnte die *Enterprise* sich ihm von hinten nähern und Cochrane problemlos von Bord beamen. Doch nur so lange, wie die Mannschaft des zivilen Schiffes – möglicherweise Cochranes Entführer – nicht erkannte, daß die *Enterprise* aufschloß.

Nachdem Uhura mit Spock gesprochen hatte, schaute sie von ihrer Anlage auf. »Verbindung hergestellt, Admiral.«

»Entfernung zum Ziel?« fragte Kabreigny, ohne den Blick vom Schirm abzuwenden.

Sulu las die Zahl ab. »Einhunderttausend Kilometer.«

»Bringen Sie uns in Transporterreichweite, Steuermann. Mr. Spock, für Nottransport bereithalten. Menschliche Lebenszeichen auf Zielschiff anpeilen.«

Spocks Stimme ertönte über die Brückenlautsprecher. »Angenommen, es gibt multiple menschliche Lebenszeichen?«

»Transportieren Sie alle, Mr. Spock. Wir sortieren sie später.«

Kirk hielt es nicht mehr aus. Kabreigny hielt sich zwar an die Vorschriften, aber das reichte ihm nicht. »Bei allem Respekt, Admiral, wenn Sie vorhaben, feindliche Kräfte an Bord der *Enterprise* zu holen ...«

Kabreigny schnitt ihm das Wort ab. »Sicherheitskommando in den Transporterraum. Phaser auf Betäubung schalten.«

Kirk entspannte sich, wenn auch nur leicht. »Darf ich einen Vorschlag machen, Admiral?«

»Nähern uns Transporterreichweite«, meldete Sulu.

»Noch immer kein Hinweis, daß man uns geortet hat.«

Kabreigny schaute Kirk an. »Sagen Sie, was Sie nicht für sich behalten können, Captain.«

»Wenn der Raumer sich in den Händen orionischer Piraten befindet – wo ist dann ihr eigenes Schiff?«

Kabreigny krallte sich in die Sessellehnen. »Die Maschine, die in der Nähe von Cochranes Unterkunft auf dem Planetoiden gelandet ist, war klein, Captain. Ich nehme an, sie befindet sich auf dem Hangardeck der *Planitia.*«

Kirk spürte, daß sich nervöse Energie in ihm breitmachte. »Die Bodenmarkierungen auf dem Planetoiden stammten von einem *Landefahrzeug*, Admiral. Etwas so kleines kann keinen Raumer übernehmen.«

»Dann haben sie ihn von innen übernommen«, sagte Kabreigny, doch zum ersten Mal hörte Kirk so etwas wie Unsicherheit in ihrer Stimme.

McCoy empfand es nicht anders. »Um Himmels willen, Admiral – welcher Luxusraumer läßt *Orioner* eine Kreuzfahrt buchen, ohne sie vor dem Start einzufrieren?«

»Haben Sie irgendeine Empfehlung?« fragte Kabreigny verärgert.

»Volle Abtastung der gesamten Umgebung«, sagte Kirk und trat aus dem Operationsabschnitt auf die Ebene des Kommandosessels hinunter.

»Warum feuern wir ihnen nicht gleich ein Photonentorpedo vor den Bug«, fauchte Kabreigny, »damit sie auch wirklich wissen, daß wir hier sind?«

»Sie bringen mein Schiff in Gefahr, Admiral.«

Kabreigny hievte sich aus dem Sessel und ragte aufgrund der Sockelerhöhung vor ihm auf. »Captain, Sie machen den Versuch, den Feind zu warnen!«

»Was?!« sagte McCoy. »Seit wann sind orionische Piraten der Feind? Sie sind Verbrecher, eine Plage … Aber doch nicht der Feind!«

»Dr. McCoy«, befahl Kabreigny, »Sie verlassen sofort die Brücke!«

Doch McCoy hatte nicht die Absicht, ihrer Anweisung Folge zu leisten. »Ich lasse meinen Patienten nicht allein.«

Kirk warf dem ›Companion‹ einen Blick zu. Er hatte das Gesicht noch immer in den Händen vergraben. Und er atmete immer flacher.

Kabreigny deutete auf McCoy. »Ich habe Ihnen einen Befehl erteilt, Doktor.«

McCoy war vor Entrüstung aufgebracht. »Sie überschreiten Ihre Kompetenzen, Admiral.«

Kabreigny war ebenso aufgebracht wie er. »Na schön, Sie zwingen mich, Sie Ihres Amtes zu entheben.«

»Sie können mich doch nicht meiner ärztlichen Pflicht einem Patienten gegenüber entheben.«

»Wir sind in Transporterreichweite«, sagte Sulu mit sorgfältig neutraler Stimme.

Kirk musterte die Admiralin konzentriert; er war bereit, sofort einzugreifen, sobald sie einen Fehler machte, den er ihr anhängen konnte. Seine Fäuste öffneten und schlossen sich frustriert.

Spocks gelassene Stimme meldete sich wieder über die Lautsprecher. »Ich habe dreiundachtzig Menschen an Bord des Raumers registriert, Admiral. Soll ich alle herüberholen?«

»Dreiundachzig?« sagte Kabreigny, nun abgelenkt.

»Was haben Sie denn erwartet?« schrie Kirk. »Es ist doch ein *Passagier*schiff! An Bord waren einhundertzwei Passagiere und Besatzungsmitglieder!«

Kabreigny schaute verwirrt drein. »Aber sie töten doch ihre Gefangenen!«

»Von wem reden Sie eigentlich?« fragte Kirk. »Sagen Sie meinen Leuten, was sie tun sollen – oder geben Sie das Kommando ab, Admiral!«

»Ich warte auf Befehle«, sagte Spock.

Der ›Companion‹ stöhnte.

»Captain«, sagte Chekov, »eine Warpsignatur nähert sich, genau vor uns. Es ist die gleiche Konfiguration, der wir auf dem Weg nach Babel begegnet sind, Sir.«

»Admiral! Geben Sie mir das Kommando!« verlangte Kirk.

»Deflektorschirme!« befahl Kabreigny und ignorierte ihn. »Geben Sie Alarmstufe Rot!«

Chekov bestätigte das Einschalten der Schirme. Warnlampen blitzten auf, Sirenen schrillten.

»Raumer hat Deflektorschirme aktiviert«, sagte Chekov. »Er wendet.«

»Unidentifiziertes Schiff nähert sich«, meldete Sulu. »Seine Waffen bereiten Beschuß vor.«

»Ausweichmanöver!« befahl Kabreigny.

»Was?!« fauchte Kirk. »Und was wird aus Cochrane?«

Das Deck neigte sich, als die Trägheitsdämpfer von Sulus plötzlichem Kurswechsel überfordert waren.

»Schiff feuert!« rief Chekov. »Torpedoaufschlag in zehn Sekunden.«

Kabreigny lehnte sich in den Kommandosessel zurück. »Warp sieben. Bringen Sie uns hier weg.«

Die Cochrane-Generatoren heulten auf, als sie sich mit Kraft vollsaugten.

»*Enterprise* bewegt sich außer Reichweite«, bestätigte Chekov. »Aber das feindliche Schiff folgt uns.« Er hielt inne, dann warf er einen Blick nach hinten. »Erwarten Befehle, Admiral.«

»Wir laufen Ihnen davon, mein Guter«, sagte Kabreigny unerschrocken.

»Wir *können* ihnen nicht entkommen«, konterte Kirk mit vor unterdrückter Wut starrer Stimme. »Sie haben ihre ganze Energie in den Antrieb gesteckt. Es ist eine Selbstmordkonfiguration, für ein Kommando ohne Wiederkehr.«

»Feindschiff schließt auf.«

Kabreigny beäugte Kirk argwöhnisch. »Sie scheinen unheimlich viel über unseren Gegner zu wissen, Captain.«

»Wir sind einem solchen Schiff vor einer Woche begegnet.«

»Wie praktisch.«

»Wollen Sie damit sagen, daß ich irgendwie mit unseren Gegnern unter einer Decke stecke?«

»Nein«, sagte Kabreigny. »Aber fahren Sie unter allen Umständen fort, *Captain* Kirk.«

»Feindschiff hat gefeuert«, sagte Chekov. »Aufschlag in acht Sekunden.«

»Wenden«, sagte Kabreigny. »Alle Kraft auf Frontschirm konzentrieren.«

Sulu schaute alarmiert nach hinten. Kirk hatte seine Grenzen erreicht.

»Ich widerrufe den Befehl! Auf mein Zeichen hin auf Impuls gehen! Und schaltet die verfluchten Sirenen ab!«

Die Alarmleuchten blieben an, doch die Sirenen verstummten sofort. Sulu wandte sich lächelnd wieder der Konsole zu. »Aye, aye, Sir!«

»Captain Kirk, Sie sind Ihres Amtes enthoben!« brüllte Kabreigny. »Verlassen Sie die Brücke!«

»Aufschlag in vier Sekunden ... drei ... zwei ...«

Kirk schlug mit der Faust in die Luft. *»Jetzt!«*

Sulus Hände schlugen auf die Kontrollen, und das Schiff tat einen Satz, als es in dem Moment, in dem das feindliche Phaserfeuer einschlug, auf Unterlicht zurückfiel.

Doch die Energien der Explosion hatten sich aufgelöst, halb im Warp-, halb im Normalraum, als die *Enterprise* ihre Warpfelder abwarf. Das Schiff polterte, schüttelte sich, aber Kirk erkannte daran, wie es den Schlag wegsteckte, daß es keinen Schaden genommen hatte.

Die Admiralin betätigte den Interkomschalter des

Kommandosessels. »Sicherheitsabteilung auf die Brükke«, befahl sie.

»Ich rate Ihnen, Ihren nächsten Schritt sehr genau zu überlegen, Admiral«, sagte Kirk warnend.

»Feindschiff wendet«, sagte Sulu.

»Photonentorpedos vorbereiten«, befahl Kirk. Er trat dicht an Kabreigny heran. »Wenn wir den Beschuß mit voller Energie auf den Frontschirm bekommen hätten, hätte die Abschirmfähigkeit bei der nächsten Salve um fünfzig Prozent abgenommen. Man könnte den Schluß ziehen, daß Sie die Verteidigung der *Enterprise* absichtlich sabotieren wollten.«

»Das ist doch lächerlich! Ich wollte uns in die Position bringen, das Feuer aus nächster Nähe zu erwidern!«

»Feindschiff in Reichweite.«

»Feuern – eins, drei und fünf«, sagte Kirk rasch.

Das Kondensatorengesumm der Linearinduktionswerfer der Torpedos warf auf der Brücke Echos.

»*Sie* haben uns verraten«, sagte Kabreigny vorwurfsvoll zu Kirk. »Sie wissen längst, was auf dem Raumer ist.«

»Ich tappe im dunkeln, Admiral.« Kirk schirmte seine Augen ab, als der erste Torpedo detonierte und die Brücke in aufblitzendes rotes Licht tauchte.

»Feindschiff bricht Angriff ab.«

»Verfolgen!« sagte Kirk. »Maximalgeschwindigkeit! Geben Sie ihm keine Zeit zum wenden. Phaser fertigmachen!«

Sulus Stimme war von Spannung erfüllt. »Nähern uns dem Feind ... Er ändert erneut den Kurs ... Er flieht, Captain! Warpfaktor sieben ... sieben komma fünf ...«

Kirk schlug auf das Sesselinterkom. »Kirk an Maschinenraum! Scotty, geben Sie mir alles, was Sie haben – nur für eine Minute!«

Der Ingenieur vergeudete keine Zeit mit einer Antwort. Kirk spürte, daß die *Enterprise* nach vorn schoß. Ihre Triebwerke heulten.

»Entfernung?« fragte Kirk.

»Zwanzigtausend Kilometer«, erwiderte Sulu. »Sie gehen nun auf Warp acht. Sir … wir sind bei acht komma drei!«

Kirk grinste. Fast vier Prozent mehr als die schnellstmögliche Geschwindigkeit des schnellsten Schiffes. Er hatte keine Ahnung, wie Scott es machte. Er spürte fast das Rauschen des Windes in seinem Haar, hörte das Klatschen der Segel, roch den Qualm der Kanonen, während rings um ihn her die See tobte. »Scotty ist nicht zu schlagen …« murmelte er. Das Feindschiff wurde auf dem Bildschirm größer. Kirk wußte, daß es schneller war als die *Enterprise,* aber es würde eine Weile brauchen, um auf mehr als 8,3 zu beschleunigen. Und er war nicht bereit, ihm diese Weile zu gewähren …

»In Reichweite, Sir!«

»Phaser abfeuern! Volles Rohr!«

Zwillingsstreifen leuchtend blauer Energie eruptierten durch den Weltraum und schossen auf das leuchtend rote Licht des Feindes zu.

Das rote Licht erblühte zu einer leuchtend weißen Blume.

»Volltreffer!« rief Chekov und hob eine Faust in die Luft.

Eine zweite Explosion erfüllte lautlos den Bildschirm, sie war noch gewaltiger als die erste. Kirk hielt sich die Hand vor die Augen, bis der Schirm das ansteigende Niveau der optischen Strahlung ausglich.

»Das war ihr Antimaterieeindämmfeld«, sagte Sulu. »Orte nur noch feinste Trümmer, Sir. Das Ziel wurde vollständig vernichtet.«

»Verfolgung des Passagierschiffes wieder aufnehmen«, sagte Kirk. »Warpfaktor sieben.« Er bediente erneut das Interkom. »Scotty, Sie sind ein Wunderknabe.«

»Na klar«, erwiderte der Chefingenieur erschöpft über die Lautsprecher. »Das sag' ich doch auch immer!«

Kirk ließ den Sendeknopf los und trat zurück. »Nun, da mein Schiff wieder sicher ist, Admiral ... Wo waren wir stehengeblieben?«

»Sie und Dr. McCoy wollten gerade die Brücke verlassen.«

Der Turbolift öffnete sich und zwei Mann des Sicherheitspersonals sprangen mit gezückten Phasern auf die Brücke.

»Rührt euch«, sagte Kirk. Er trat dicht an die Admiralin heran. »Es besteht kein Grund«, sagte er leise, »die Sache noch schlimmer zu machen, als sie schon ist. Vergessen Sie nicht: Alles, was wir sagen, alles, was wir auf dieser Brücke tun, wird direkt aufgezeichnet. Das Oberkommando wird keine Schwierigkeiten haben zu sehen, daß ich mich eingemischt habe, um das Schiff zu retten, als Sie es in Gefahr gebracht haben.«

McCoy trat hinzu. Er sprach ebenfalls sehr leise. »Der Captain hat alles getan, was die Vorschriften erfordern, um Ihnen gefällig zu sein, Admiral. Ich will damit sagen, daß Ihre Spezialkenntnisse auf anderen Gebieten liegen als dem der Leitung eines Raumschiffes. Und daß Ihre Gesundheit bei Ihrem Alter vielleicht nicht der entspricht, die die Anforderungen eines Kommandos unter Beschuß erforderlich macht.«

Kabreigny preßte die Lippen zusammen.

»Ich habe das Schiff gerettet«, sagte Kirk. »Lassen Sie mich nun Cochrane retten.«

Kabreigny atmete rasselnd ein, und Kirk sah, daß sie Mühe hatte, ruhig zu bleiben. »Woher soll ich wissen, daß das Ihre Absicht ist?« fragte sie.

McCoy zückte einen medizinischen Scanner und schwenkte ihn vor der Admiralin.

»Ich verstehe nicht«, sagte Kirk. »Warum sollte ich Cochrane nicht retten wollen?«

»Sie könnten in die ganze Sache verwickelt sein«, sagte Kabreigny.

»Captain, wir nähern uns dem Raumer«, meldete Chekov.

McCoy prüfte die Anzeige seines Scanners. »Admiral, wenn Sie das Kommando jetzt nicht abgeben, muß ich Sie aus medizinischen Gründen Ihres Amtes entheben. Ihr Herz schlägt wie ein Preßlufthammer.«

»In *was* verwickelt?« fragte Kirk.

»In die Verschwörung«, sagte Kabreigny. Ihre Stimme klang heiser. Ihr schwarzes Gesicht wurde aschfahl.

Die *Enterprise* knarrte, als Lichtfunken über ihren Bildschirm flogen.

»Der Raumer feuert seine Navigationsphaser auf uns ab«, meldete Sulu. »Deflektoren unbeschädigt.«

»Welche Verschwörung?« fragte Kirk.

Kabreigny schaute ihm in die Augen. »Entweder sagen Sie die Wahrheit, oder Sie sind besser, als die Flotte glaubt.« Sie stand auf. »Captain Kirk, ich befehle Ihnen, Zefram Cochrane sicher auf dieses Schiff zu holen. Ich übergebe Ihnen nun das Kommando über die *Enterprise*.« Mit hoch erhobenem Kopf gab sie den Sessel frei.

Sekunden später drückte McCoy einen Injektor an ihren Arm und machte ihr klar, daß dies ihren Herzschlag herabsetzen würde.

Kirk übernahm den Sessel. Es war wie eine Heimkehr. Die Navigationsphaser der *Planitia* schlugen erneut zu, und ihm war fast nach Lachen zumute, als die *Enterprise* der Attacke mühelos widerstand. Jetzt konnte ihn nichts mehr aufhalten. Nichts konnte *sie* mehr aufhalten.

»Mr. Chekov«, sagte er.

»Bereit, Captain.« Chekovs Stimme klang fast freudig.

Kirk lehnte sich zurück, er fühlte sich wie von seinem Schiff umarmt. »Auf fünfhundert Meter rangehen. Wir müssen die Navigationsphaser des Raumers ausschalten. Geringe Energie. Keine Beschädigung des Inneren.«

Der Klang seiner Worte gefiel Chekov. Kein Schiff, das in der Lage war, auf die *Enterprise* zu schießen, sollte sich einbilden, ungestraft davonzukommen.

»Uhura, nehmen Sie Verbindung auf. Sagen Sie der *Stadt Utopia Planitia,* sie soll sich darauf vorbereiten, daß ein Enterkommando an Bord kommt.«

Während Uhura die Botschaft weitergab und die *Enterprise* näher heranging, sagte Sulu: »Captain, ich messe austretende Schiffsatmosphäre. Jemand hat auf dem Raumer eine Luftschleuse geöffnet.«

»Auf den Schirm«, sagte Kirk.

Die Seite des Raumers erschien auf dem Bildschirm. Kirk sah sofort, was passiert war. Die zuckende Gestalt eines Menschen entfernte sich von einer offenen Luftschleuse. »Spock! Sie haben jemanden aus der Luftschleuse geworfen! Anpeilen und an Bord holen!«

»Lumpen!« keuchte McCoy.

Spocks Antwort über Lautsprecher klang zwar ruhig, aber nicht ermutigend. »Der Mensch, der über Bord gegangen ist, befindet sich innerhalb des Navigationsschirms. Der Transporter kann ihn nicht retten.«

Die neben dem Raumer schwebende Gestalt regte sich nicht mehr. Kirk wußte, daß nur wenige Sekunden blieben, um sie zu retten. »Chekov! Schirmgenerator der *Planitia* ins Ziel nehmen! Selbständig feuern!«

»Aye, aye, Sir.« Chekovs Finger flogen über die Kontrollen. Dann hielt er inne. »Captain ... Ich empfange multiple Lebenszeichen in der Umgebung des Schirmgenerators.«

Kirk konnte den Blick von der treibenden Gestalt nicht abwenden. Man hatte das Leben eines Menschen geopfert, um ihnen irgend etwas mitzuteilen. Und nun versammelte man weitere Geiseln rings um den Schirmgenerator, um ihnen noch etwas zu sagen.

Uhura durchbrach das Schweigen auf der Brücke. »Captain Kirk, der Raumer antwortet.«

»Auf den Schirm.«

Und schon tauchte das Gesicht des Feindes auf dem Hauptbildschirm auf.

Der Feind war ein Klingone.

## 15
## *Romulanisches Schiff* Algerons Tränen *im interstellaren Raum*

Sternzeit: 43921.5 · Terrestrische Zeit: Mai 2366

Das romulanische Schiff roch klamm.

Dies war Picards erster Eindruck des Warbirds, als der Transportereffekt rings um ihn abebbte und er zum ersten Mal in das grottenhafte Hangardeck hineinschaute. Klamm und heiß. Außerdem roch es nach einer verwirrenden Mischung von Gewürzen und fremdartigem Schweiß.

Er fand sie belebend.

Commander Tarl stand vor ihm; sie sah in ihrem Kampfanzug beeindruckend aus. Sie war fast einen halben Meter größer als er und wirkte ziemlich abgespannt. Aber, dachte Picard, wie würde ich wohl aussehen, wenn ich die *Enterprise* gestohlen hätte, um einen gestohlenen Gegenstand zu den Romulanern zu bringen? Die romulanische Kommandantin hatte einen schwierigen Weg beschritten. Picard fühlte sich verpflichtet, sie dafür zu ehren.

»Bitte um Erlaubnis, an Bord kommen zu dürfen«, sagte er formell.

Tarl musterte ihn eingehend. »Sie sind doch schon an Bord. Hier entlang.« Sie wandte ihm den Rücken zu und ging auf das zwanzig Meter weit entfernte Gerüst zu. Insgesamt, fand Picard, mangelte es seinem Empfang an einer gewissen Eleganz. Er holte tief Luft, speicherte den Geruch der Umgebung in seiner Erinnerung und stellte fest, daß er in denen Sareks bereits vorhanden war.

Er näherte sich lächelnd seinen Leuten. Er kam sich

wie ein Forscher vor, und der Ausblick auf die Sterne durch das offene Hangartor, verhüllt nur vom leichten Flackern des Kraftfeldes, das die Schiffsatmosphäre bewahrte, machte das Gefühl für ihn noch stärker.

Das Artefakt war, obwohl teilweise hinter dem grünen Gerüst verborgen und von starken Lampen angestrahlt, ebenso beeindruckend wie die Sterne. Es war mindestens fünf Meter hoch und zehn Meter lang, und wer weiß wie viele tief. Die eckige Anordnung der Leitungen und Röhren an der flachen Seite erinnerte eindeutig an Borg-Technik, und als Picard genauer hinschaute, sah er, daß die sichtbare Oberfläche von kleinen Aufschlagkratern übersät war, die meisten nicht größer als eine Fingerkuppe.

»Ist dieser Teil des Borgschiffs ein Außenstück?« fragte er.

»Nach den Schrammen zu urteilen«, sagte Riker, »haben wir uns auf Ja geeinigt.«

Picard lächelte den Ersten Offizier an. »Ich weiß die Chance zwar zu schätzen, an Bord kommen und es mir persönlich anschauen zu dürfen, Will, aber das Ding ist so eindeutig ein Borg-Produkt, daß es mich überrascht, daß Sie der Meinung waren, ich solle herüberkommen.«

Riker erwiderte sein Lächeln, doch Picard erkannte, daß es eindeutig aufgesetzt war und offenbar nur Tarl und den beiden sie begleitenden ernsten Romulanern galt. »Wir meinen, Sie sollten sich das Innere ansehen, Captain. Dort gibt es einige … ungewöhnliche Borg-Komponenten.«

»Ich sehe keinen Grund für diese Verzögerung«, sagte Tarl ungeduldig. »Das Artefakt gehört Ihnen. Ich brauche ein Schiff für meine Mannschaft.«

»Bitte noch ein paar Minuten, Commander«, sagte Riker. »Wir müssen uns an ein strenges Protokoll halten. Ich bin mir sicher, daß sich Ihre Kommandostruktur nicht allzu sehr von der unseren unterscheidet.«

Tarl runzelte die Stirn. »Erlöst mich von Subprätoren

und ihren Computerbildschirmen und Regeln«, murmelte sie.

Riker nickte und stieß einen zustimmenden Seufzer aus. »Sie sind überall.«

Tarl gab ihnen mit einer Geste zu verstehen, sie sollten weitermachen. »Na gut, ein paar Minuten.«

Als Picard um das Artefakt herumging und sah, daß es sich nach hinten noch einmal zehn Meter weit ausdehnte, schenkte er Riker einen verdutzten Blick. »Das Protokoll, dem wir in einer Sache wie dieser folgen müssen, ist sehr geradlinig, Will. Es liegt alles im Ermessen des Captains.«

»Wir brauchten ein Alibi, um Sie rüberzuholen«, sagte Riker plötzlich mit leiser Stimme. »Data, wo sind Sie?«

Picard fuhr überrascht zusammen, als der Android plötzlich aus irgendwelchen dichtgewebten Leitungen an der Oberfläche des Artefakts auftauchte.

»Gestatten Sie, Captain?« sagte er. Sein Körper kam gerade so weit zum Vorschein, um ihm zu erlauben, einige Metallstreifen zur Seite zu schieben und dergestalt zu verbiegen, daß sich ein enges Einstiegsloch öffnete. »Da drin ist ein mehr oder weniger unbeschädigter Gang. Wenn Sie bitte mitkommen wollen?«

Data verschwand wieder im Inneren des Artefakts. Picard zögerte nicht. Es war aufregend. Er stieg hinter Data hinein.

Seine Uniform blieb mehrmals an scharfen Metallkanten oder Drähten hängen, aber nachdem er sich behutsam durch ein zwei Meter dickes Durcheinander geschlängelt hatte, fand er sich in einem großen, klar definierten Durchgang wieder, dessen Erscheinungsbild andeutete, daß er sauber aus dem Inneren eines Borgschiffes herausgeschnitten worden war. Als er sich aufrichtete, empfand er noch mehr Faszination. Wenn die Flotte in Erfahrung bringen konnte, welche Art Waffensysteme eingesetzt worden waren, um die Verteidigung der Borg zu durchdringen und diesen Schaden anzurichten, brauchte die Föderation nichts zu befürchten, wenn die Borg irgendwann an ihren Grenzen auftauchten.

»Dies ermutigt mich sehr«, sagte Picard. Er schaute sich die ihn umgebende komplexe Konstruktion an. Die Ingenieure würden in Euphorie verfallen.

»Gleich hinter der Ecke da, Sir.« Riker führte sie nun an, Data bildete die Nachhut. Der Innengang wurde von den kleinen Handlampen erhellt, die sein Team mitgenommen hatte; sie sandten Lichtstrahlen und wogende Schatten durch das Geflecht miteinander verflochtenen Leitungen. LaForge reichte Picard seine Taschenlampe, als er die Stelle erreichte, an der Riker stand. Picard war sich bewußt, wie still hier alles wirkte, als sei der Durchgang von einem perfekten akustischen Schirm umgeben.

»Fällt Ihnen auf, wie flach hier alle Töne klingen?« Er fragte sich, ob dies von Bedeutung war.

LaForge hob einen Tricorder hoch. »Es liegt daran, daß ich eine akustische Schallwand eingesetzt habe, Sir. Damit wir uns unterhalten können, ohne abgehört zu werden.«

»Unterhalten?« fragte Picard. »Worüber?«

Riker musterte den Rest der Gruppe. Dann schaute er den Captain an. »Wir wissen, daß die Borg die Technik aller Völker assimilieren, mit denen sie in Kontakt kommen.«

»Ja …«, sagte Picard, der nicht wußte, worauf Riker hinauswollte.

»Hinter dieser Biegung befindet sich ein weiteres Artefakt, Sir. Ein Objekt, das allem Anschein nach ins ursprüngliche Borgschiff eingebaut wurde. Wir haben den Schluß gezogen, daß weder die Borg noch Commander Tarl eine Ahnung haben, worum es sich dabei handelt. Wir sind uns selbst nicht ganz sicher, aber dank Ihrer archäologischen Fachkenntnisse glauben wir, Sie könnten unsere Annahme bestätigen.«

»Ich muß sagen, Sie machen es wirklich spannend, Nummer Eins. Aber warum haben Sie nicht einen Tricorder mit dem Geschichtscomputer der *Enterprise* verbunden?«

»Für den Fall, daß die Romulaner unsere Gespräche abhören, was sie eigentlich müßten, wollten wir unsere Vermutung nicht enthüllen.« Riker deutete auf den versteckten Durchgang. »Schauen Sie selbst, Sir. Fällen Sie ein Urteil.«

Picard packte die Taschenlampe fester und schritt aufgeregt um die Ecke.

Er fand sich in einer Sackgasse wieder.

»Wonach soll ich eigentlich suchen?« fragte er, als der Strahl der Taschenlampe über geriffelte Wände fuhr. Die Luftfeuchtigkeit verlieh dem Strahl Form und ließ ihn vor der finsteren Maschinerie der Borg wie einen blauen Konus leuchten.

»Am Ende, Sir, die silberne Platte«, sagte Riker hinter ihm.

Picard richtete den Strahl geradeaus. Na klar, da leuchtete ein silberner Fleck auf. Er sah eine Stelle, an der jemand eine Eisenplatte entfernt hatte, um mehr zu enthüllen. Er ging näher heran. Auf der silbernen Oberfläche war etwas eingraviert.

»Die Platte hier?« fragte er. »Die so aussieht, als wäre sie beschriftet?«

»Ja, Sir«, sagte Riker.

Picard spürte, daß Data, Worf und LaForge hinter Riker am offenen Ende des Durchgangs standen und jeden seiner Schritte beobachteten.

»Es ist mehr als nur eine Platte«, fügte LaForge hinzu. »Meine Scans zeigen, daß es sich um die Oberfläche eines eigenständigen Objekts handelt, das etwa zwei mal drei mal fünf Meter mißt.«

Picard berührte die Silberplatte. Sie war kalt. Auf ihr war Feuchtigkeit kondensiert.

»Das Objekt ist außerdem die Quelle der Energieanzeige des Gesamtartefakts«, sagte Data. »Da man offenbar keinen Versuch gemacht hat, es aus dem Artefakt zu entfernen, nehmen wir an, daß die Romulaner den Schluß gezogen haben, es sei irgendeine Energiequelle.«

»Aber *Sie* glauben es nicht«, sagte Picard. Er rieb über die glänzend silberne Oberfläche, verschmierte die Wassertropfen, spürte die Tiefe der Inschrift. Sie bestand aus einer eigenartigen Kombination feiner Keilformen, unterbrochen von einfachen, fast geometrischen Zeichnungen wie Kreisen, Quadraten und punktierten Strichen. Er sah nun, warum die anderen um seine Anwesenheit gebeten hatten. Die Schrift kam ihm bekannt vor.

»Wissen Sie, ob wir eventuell kurz Kontakt mit der *Enterprise* aufnehmen können?« fragte Picard. Der Schiffscomputer mußte in der Lage sein, die Schrift in wenigen Sekunden zu identifizieren.

»Das müssen Sie bestimmen, Sir«, sagte Riker.

Picard wandte den Kopf zur Seite, um so die Inschrift besser erkennen zu können. »Ich weiß nicht, ob ich das Gesamträtsel einschätzen kann, Nummer Eins. Vielleicht fehlt meinem archäologischen Scharfsinn doch etwas, wenn man es mit dem vergleicht, das Mr. Da ...«

Und die Schrift sprang ihn wie ein Blitz an.

»Verdammt«, sagte Picard leise.

Er hatte derlei Inschriften *wirklich* schon mal gesehen. Aber noch nie so viele auf einmal. In Professor Galens Arbeitszimmer an der Akademie. Reproduktionen von Gravuren Hunderter verschiedener Welten, die so umstritten waren, daß der Professor sie nicht mal im Unterricht zeigte. Nur ein paar auserwählte Studenten kannten sie, von denen er annahm, daß sie die Zukunft der Archäologie darstellten.

Picard fiel auf, daß er keine Luft mehr holte. »Was ...« Er mußte sich räuspern, bevor er einen verständlichen Laut von sich geben konnte. »Mr. Data ... Wie alt ist dieser ... Gegenstand?«

»Insgesamt beträgt das Alter des restlichen Borg-Artefakts, in dem das Objekt ruht, ungefähr vierhundert Jahre. Das Objekt selbst ist freilich 3,5 Milliarden Jahre alt.«

Picards Mund stand offen. Er legte die Hand ehrfürchtig auf die silberne Fläche und betastete die Muster. Sie waren dort von denkenden Wesen angebracht worden, als die Erde noch eine Ursuppe gewesen war.

»Und seine Kraftquelle funktioniert *noch immer?*«

»So ist es, Sir.«

Riker stand neben dem Captain. »Haben Sie es erkannt, Captain?«

»Ohne Frage.« Picard hatte fast das Gefühl, der Gang drehe sich um ihn. Er schaute den Ersten Offizier an und erkannte, daß er sich an seine nächsten Worte für den Rest seines Lebens erinnern würde. »Das Objekt wurde von der … *Urrasse* hergestellt.«

Man wußte nicht, wie die Urrasse sich selbst genannt hatte. Manche Föderationswissenschaftler bezweifelten noch, daß sie überhaupt existiert hatte. Andere behaupteten, die Relikte und Legenden, die man ihr zuschrieb, seien in Wirklichkeit über einen breiten Zeitraum hinweg das Werk Dutzender verschiedener Völker gewesen. Wieder andere glaubten, die uralte Rasse, ob sie nun aus einer oder vielen Spezies bestanden hatte, sei kaum mehr als ein Mythos, wie es sie bei hundert anderen raumfahrenden Völkern auch gab – das oft ersehnte Versprechen, daß irgendwo in der Leere die Antworten auf sämtliche Fragen nur darauf warteten, gefunden zu werden, falls die Suchenden sich ihrer als würdig erwiesen.

Es war ein starker Glaube, der Treibstoff unzähliger Religionen und Raumforschungsprogramme. Picard war privat der Ansicht, daß es weitaus besser war, Dinge zu entdecken, als sie sich schenken zu lassen. Doch das Geheimnis der Urrasse war so tiefgründig, daß er manchmal bezweifelte, daß es in ihrem Fall einen großen Unterschied zwischen Entdeckung und Enthüllung gab, sollte sie tatsächlich Fakt und nicht Fiktion sein.

Bei den Menschen hatte das, was schließlich zur Urrassenlegende geworden war, zusammen mit der Erforschung des Weltraums begonnen. Sie hatte mehr als jede andere Reaktion auf die Entdeckung von Beweisen für extraterrestrische Besucher auf der Erde einen Wechsel in der Denkweise über den Platz des Menschen im Universum reflektiert. Doch als die Menschheit zu anderen Planeten vorgestoßen war und andere Raumfahrer getroffen hatte, hatte man rätselhafte Beweisfragmente gesammelt. Es war klar, daß es überall Leben gab. Es war klar, daß es Kulturen gab, die kurz vor der Entdeckung der Weltraumfahrt standen, als auch Kulturen, die schon seit Jahrhunderten zwischen den Sternen reisten, und daß es ebenso hochentwickelte Kulturen gab, die schon vor Tausenden, Millionen, vielleicht schon vor Milliarden Jahren in das All aufgebrochen waren. Die Trümmer ihrer Städte und Errungenschaften konnte man in der ganzen Galaxis finden. Picard hatte eine Menge davon gesehen, auch die der Tkon und Ikonier.

Doch welche dieser uralten Zivilisationen von der Urrasse abstammten, wußte man nicht. Das neueste und glaubwürdigste Zeichen ihrer Existenz hatte man auf einem erdähnlichen Planeten entdeckt, den vor fast sechshundert Jahren eine Gruppe nordamerikanischer Prärieindianer besiedelt hatte. Das größte bekannte Artefakt, das man der Urrasse zuschrieb, ein starker Gravitonstrahlgenerator, der in einem Metallobelisken enthalten und ebenfalls mit Inschriften versehen war, war dort entdeckt worden und wurde noch immer studiert, da er offenbar über keine Kraftquelle verfügte.

In den Jahrzehnten seit der Entdeckung dieses Artefakts hatte man weitere Beispiele der geheimnisvollen Schriften an archäologischen Ausgrabungsstätten in der ganzen Galaxis gefunden, auch die Inschriften einer Handvoll metallener Bruchstücke. Sie waren über eine Milliarde Jahre alt. Nach dieser von Professor Galen, dem unbestreitbar größten lebenden Archäologen seiner Zeit gemachten Entdeckung, die noch immer als kontrovers galt, hatte sich in der gesamten Föderation Aufregung breitgemacht. Man hatte noch nie von einer Zivilisation gehört, deren Schriftsprache sich im Laufe von Jahrtausenden nicht verändert hatte. Doch Galen beharrte darauf, daß dic Ähnlichkeit der Inschriften auf den Metallfetzen und dem sogenannten Urrassen-Obelisken auf eine erstaunlich stabile Kultur hinwies, die sich der Bewahrung des Lebens widmete und noch heute existierte, ohne daß man sie zu Gesicht bekam.

Galens Kritiker, die Hodgkins' oft in Verruf gebrachtes Gesetz paralleler Planetenentwicklung zitierten, sagten, angesichts der großen Anzahl von Kulturen, die sich in der Galaxis entwickelt haben, sei es statistisch unausweichlich, daß sich manche Schriftformen entwickelt haben, die einander ähnelten, und hielten Galens Theorie einer einzelnen Gründerkultur nur für eine zwangsläufige Koinzidenz.

Daraufhin, so hatte Picard gelesen, war Professor Galen zu einem wissenschaftlicheren Forschungsmodus übergegangen; er analysierte die Ähnlichkeiten der DNS-Strukturen vieler intelligenter Lebensformen der Galaxis und suchte nach weiteren unwiderlegbareren Anzeichen für ein Volk, das der Urrasse glich. Doch es gab in der Föderation Leute, die darauf drängten, Galens Frühwerk auf der archäologischen Ebene auszudehnen und nach physikalischen Beweisen einer Kultur zu suchen, die die Galaxis möglicherweise seit dem Anbeginn der Zeit mit Leben befruchtete und es vor den Zerstörungen späterer Zeitalter bewahrte; die irgendwo, an einem unbekannten Ort, noch immer Wache hielt.

Im gleichen Moment, in dem Picard die Inschrift erkannte, begriff er auch, daß der Gegenstand im Inneren des Borg-Artefakts eventuell jenes verräterische Beweisstück war, nach dem man auf Tausenden von Welten suchte. Es war nicht nur eine Handvoll Eisen, sondern ein echtes, funktionierendes Instrument, voller Beschriftungen in der Sprache der Urrasse, und es enthielt vielleicht den Schlüssel zum Verständnis des Ursprungs allen Lebens.

Und seines schlußendlichen Sinnes.

Picard hatte guten Grund, sich auf magische Weise isoliert zu fühlen, als die Welt sich um ihn drehte. In seiner Reichweite befand sich möglicherweise die absolute Antwort auf die höchste Frage der Existenz.

Und wozu diente ihre Raumflotte, wenn nicht dazu, genau dies in Erfahrung zu bringen?

»Ich werde folgende Vorbereitungen treffen«, sagte Picard zu Commander Tarl. Er hoffte, daß er sich in den wenigen Minuten genügend von der atemberaubenden Entdeckung im Borg-Artefakt erholt hatte, um seine Stimme normal und unverdächtig klingen zu lassen. Bisher schienen Tarl und der Rest ihrer Mannschaft jedenfalls nichts zu argwöhnen. Er las die Punkte ab, die er in Rikers kleinen Datenblock eingegeben hatte. LaForge, Worf und Data waren beim Artefakt geblieben und nahmen eine strukturelle Lastenanalyse vor, um eine Methode auszutüfteln, es auf die *Enterprise* zu bringen.

»Erstens: Sofortiger Transport, unter Geleitschutz, für Sie und Ihre Mannschaft zur Sternbasis 718«, sagte Picard.

Riker fügte hinzu: »Ich habe bereits vier Hochgeschwindigkeitstransporter zum Rendezvous mit uns nach Legara IV gebeten, für Ihre Reise.«

Tarl musterte den Captain und seinen Ersten Offizier mit ausdrucksloser Miene und verschränkten Armen.

»Auf Sternbasis 718«, fuhr Picard fort, »wird man Sie

mit einem Kolonistenschiff der Nautilus-Klasse ausstatten, das für den automatischen Aufbau einer sich selbst erhaltenden Welt der Klasse M voll ausgerüstet ist und landwirtschaftliches und bergbauliches Gerät mitführt. Es hat bei Warp sechs einen Aktionsradius von 2000 Lichtjahren, bevor der Energievorrat erneuert werden muß. Es müßte Sie weit über die Grenzen der Föderation und des Reichs hinausbringen.«

Tarl musterte die Deckplanken. »Bauern und Grubenarbeiter.« Sie schüttelte den Kopf, als könne sie sich nichts Schlimmeres vorstellen.

»Andere Optionen stehen Ihnen zur Verfügung«, sagte Picard. »Aber sie würden erfordern, daß Sie innerhalb der Föderation bleiben. Und irgendwann, falls das Reich herausbekommt, was Sie getan haben, könnte man uns bitten, Sie wegen Piraterie ... und Verrats auszuliefern.«

Tarl löste ihre Arme voneinander. »Das Reich weiß längst, was ich getan habe, Captain. Ihre Hilfe ist ... annehmbar.« Sie klang zwar nicht überzeugt, aber Picard wußte, daß sie keine andere Wahl hatte.

»*Ihre* Hilfe ist sehr schätzenswert«, erwiderte er. »Und wenn die Zeit kommt, werde ich persönlich dafür sorgen, daß man Ihnen die Ehren zuteil werden läßt, die Sie verdienen.«

Tarl sah aus, als hätte sie kein Wort verstanden. »Wenn welche Zeit kommt?«

»Wenn die Föderation sich der gleichen Beziehung zum Romulanischen Reich erfreut, die sie schon mit dem Klingonischen Imperium hat.«

Tarl reagierte verwundert. »Sie glauben wirklich, daß es dazu kommen wird?«

»Natürlich«, sagte Picard. »Es ist unausweichlich.«

Tarl trat näher an ihn heran, so daß er zu ihr aufschauen mußte. »Die Föderation wird mein Volk *nie* unterwerfen.«

»Die Föderation unterwirft niemanden«, sagte Picard

ruhig. »Sie lädt ein. Das ist ein beträchtlicher Unterschied. Und irgendwann, wenn Ihre Herrscher überzeugt sind, daß die Ideale der Föderation auch die ihren sind, daß man sie auf Tausenden von Welten und in vielen Kulturen teilt, werden sie um die Mitgliedschaft *ersuchen.* Und dann wird man sie ebenso einladen, wie man seit über zweihundert Jahren viele andere eingeladen hat.«

Tarl schaute eine ganze Weile auf Picard herab. Dann sagte sie: »Ihr Menschen seid wirklich die arroganteste Lebensform, die die Galaxis je gesehen hat.«

»Die Menschen sind nicht die einzige Spezies innerhalb der Föderation, Commander. Deswegen ist Ihr Argument nicht logisch.«

»Logisch«, schnaubte Tarl höhnisch. »Der verderbliche vulkanische Einfluß ist überall.« Sie schritt davon, ihre Stiefelabsätze klickten laut auf den Bodenplatten.

»Nicht logisch?« sagte Riker. »Ich nehme an, Botschafter Sarek hat Sie noch immer nicht verlassen.«

Picard seufzte. »Dann und wann ist er da.« Er musterte Commander Tarls verschwindende Gestalt. »Sie wirkt nicht gerade glücklich, was? Obwohl wir ihr alles gegeben haben, was sie verlangt. Und sogar noch mehr.«

»Wer begreift schon den Verstand eines Romulaners?« sagte Riker. »Ich weiß zwar, daß sie glaubt, daß sie dem Reich wirklich hilft, indem sie uns das Borg-Artefakt überläßt, aber trotzdem ... Daß eine Romulanerin *nicht* glaubt, daß ihr System, ihre Wissenschaft und ihre Technik nicht die beste ist ...« Riker zuckte die Achseln. »Und trotzdem tut sie das Richtige.«

»Sie meinen«, sagte Picard, »daß *wir* es so sehen. Aus unserer ... *arroganten* Sichtweise heraus.«

Riker beäugte den Captain interessiert. Es gab nur wenig, was die beiden Männer einander verheimlichen konnten. »Wollen Sie sich die Transaktion noch mal überlegen?«

Picard fragte sich erstmals, ob er es sich wirklich noch mal überlegen sollte. Oder war es nur ein Echo der alten Zweifel Sareks hinsichtlich der Romulaner, die auf ihn einwirkten?

»Sie glauben doch nicht, daß alles zu leicht war, oder?« fragte Picard.

»Meinen Sie damit, man will uns womöglich etwas unterschieben?«

Picard nickte.

Riker lachte. »Jetzt klingen Sie, als müßten Sie sich von einer Bewußtseinsverschmelzung mit *Worf* erholen.« Er sah, daß Picard nicht in sein Lachen einfiel, und reagierte ernsthaft auf die Frage. »*Falls* man uns etwas unterschiebt, müssen Sie zugeben, daß es phantastisch ausgefeilt ist.«

»Alles hängt davon ab, welchem Zweck die Intrige dient«, sagte Picard.

»Irgendwelche Theorien?« fragte Riker.

Picard hatte sich die gleiche Frage schon gestellt. »Vielleicht wollen sie uns hinsichtlich der Natur der Borg auf eine falsche Fährte locken. Deswegen haben sie uns das Artefakt zum Studium gegeben; damit unsere Verteidigung darauf basiert, und damit wir erst in einer Schlacht erkennen, daß es gar keine echte Borg-Technik ist und all unsere Bemühungen für die Katz waren.«

Riker schüttelte den Kopf. »Unter diesen Umständen würde unsere Niederlage dazu führen, daß die Romulaner sich einem Borg-Kollektiv gegenübersehen, das sich sämtliche Technik und Feuerkraft der Föderation einverleibt hat. Ich bezweifle, daß sie so kurzsichtig sind.«

Dies war auch Picards einzige plausible Theorie, und er war froh, daß Riker auf ihren offensichtlichen Makel hinwies. Er nahm an, es gab die Möglichkeit, daß das Borg-Artefakt irgendeine Bombe enthielt. Doch jede Explosivwaffe, die stark genug war, der *Enterprise* zu schaden, hätte das Außenteam schnell entdeckt. Und wenn die Romulaner so darauf aus waren, ein Schiff der Föderation zu vernichten, gab es andere, direktere und effektivere Möglichkeiten.

»Glauben Sie, sie wissen von dem Urrassen-Objekt im Inneren?« fragte Picard.

»Commander Tarl weiß es wohl nicht. Egal, was sie auch von den wissenschaftlichen Fähigkeiten ihres Imperiums hält, sie wäre eine Närrin, wenn sie etwas verschenken würde, das über eine Kraftquelle verfügt, die auch nach dreieinhalb Milliarden Jahren noch funktioniert. Mir fallen nur wenige solcher Geräte ein, und bisher hat noch keins seine Geheimnisse preisgegeben.«

Picard stimmte ihm zu. Das in seinen Besitz gelangte Urrassen-Objekt wies in Sachen Alter die Wichtigkeit des Wächters der Ewigkeit auf. Und das Instrument hatte in dem Jahrhundert, seit man es untersuchte, allen Versuchen widerstanden, es zu verstehen.

»Dann gibt's nur noch eine Frage«, sagte Picard. »Wie bringen wir das Artefakt auf die *Enterprise?*«

»Geordi vermißt schon die Traktorstrahlstützpunkte der Struktur«, sagte Riker. »Wenn wir nahe genug ran sind, können wir es wahrscheinlich mit den Frachttransportern handhaben, aber Geordi und Data haben Bedenken, ob die Kraftquelle des Artefakts nach dem Transport noch funktioniert.«

Picard verstand. Es gab eine ganze Reihe von Molekülen, Substanzen und Geräten, die man nicht transportieren konnte, ohne daß sich ihre Struktur unmerklich veränderte. Bevor der Ingenieur nicht genau wußte, was das Gerät antrieb, war es klug, es vorsichtig zu behandeln.

»Falls Mr. LaForge in Erwägung zieht, das Artefakt in unseren Fährenhangar zu schleppen«, sagte Picard, ohne die Vorsicht zu vergessen, »empfehle ich auch den Einsatz der Traktorstrahlen zweier Fähren, damit wir einen zweiten Sicherheitsfaktor haben.«

»Ich schätze, das plant er schon«, sagte Riker. »Aber wir müssen noch ein anderes Problem ansprechen. Tarl hat nur eine Notbesatzung von dreihundertzwölf Mann an Bord. Sie besteht darauf, ihr Schiff sofort an DaiMon Pol zu übergeben, wenn das Artefakt ausgeladen ist, also müssen wir Vorbereitungen treffen, sämtliche Romulaner nach Legara IV zu bringen.«

»Für einen Tag haben wir genügend Platz für so viele Passagiere. Ich nehme an, Mr. Worf kommt schon mit den Sicherheitsvorkehrungen klar. Sonst noch was?«

Riker schaute ernsthaft drein. »Nur eins. Wir dürfen die Flotte erst dann von dem Urrassen-Objekt unterrichten, wenn wir wieder in friedlichen Gewässern sind. Sollte vorher jemand davon erfahren ... Ich habe das Gefühl, es kämen eine Menge Leute vorbei, um es sich anzuschauen.«

»Vorausgesetzt«, sagte Picard, »es ist das, wofür wir es halten.«

Riker legte fragend den Kopf schief. »War das jetzt wieder Botschafter Sarek?«

»Nur Jean-Luc Picard«, erwiderte der Captain und schüttelte den Kopf. »Wenn soviel auf dem Spiel steht, ist mir die konservative Vorgehensweise lieber.«

Obwohl Picards Ausflug auf das romulanische Schiff belebend und eine willkommene Abwechslung gewesen war, zweifelte er nicht daran, daß der ihm zustehende Platz auf der Brücke der *Enterprise* war. Er saß völlig entspannt im Kommandosessel, als das Innenleben des großen Schiffs um ihn herum pulsierte. Er freute sich dazuzugehören. Er fühlte sich wie zu Hause. Hier konnte er sich mit sämtlichen Problemen beschäftigen, die das Universum für ihn bereithielt – und dies schloß 312 Romulaner und den möglicherweise größten archäologischen Fund in der Menschheitsgeschichte mit ein.

LaForges Stimme kam über das Brückenkommunikationssystem. »Captain Picard, die *Gould* und die *Cochrane* haben Traktorstrahlverbindung zum Artefakt hergestellt. Wir sind bereit, es an Bord zu bringen.«

»Auf den Schirm«, sagte Picard. An der Operatorkonsole neben Fähnrich McKnight wechselte Data das Bild des Hauptschirms. Statt der beiden Warbirds sah Picard nun das Innere von Tarls Hangar, wie der optische Sensor es übertrug, den LaForge bei sich hatte. Die Anwesenheit zweier schlanker T-7-Fähren der *Enterprise,* die über den abgestellten raubtierhaften Kampfmaschinen und Fähren des romulanischen Warbirds schwebten, war, gelinde gesagt, absurd. Doch vielleicht waren sie ein Vorbote von Dingen, die noch kommen würden. Irgendwann, Picard war sich dessen sicher, würde Friede zwischen der Föderation und den Romulanern herrschen. Vielleicht würde man das heutige Tauschgeschäft eines Tages sogar als den Anfang sehen.

»Picard an Haupthangar«, sagte er. »Sind Sie bereit, das Artefakt anzunehmen?«

Riker bestätigte.

»Wir sind bereit, Mr. LaForge«, sagte Picard. »Wenn Sie fertig sind, fahren Sie fort.«

Auf dem Bildschirm stiegen die beiden Fähren noch höher vom Hangardeck auf, und der Winkel des Sensors änderte sich so, daß Picard das Borg-Artefakt nun ohne das Gerüst und die Scheinwerfer sehen konnte. Es stieg auf und badete im schimmernden Leuchten der Zwillingstraktorstrahlen.

»Wir registrieren keine Spannung im Artefakt«, meldete LaForge. »Bringen es jetzt raus.«

Die *Gould,* die *Cochrane* und das Borg-Artefakt bewegten sich langsam vorwärts, bis sie der hellen Innenbeleuchtung des Warbirds entkommen waren und die breiten Hangartorhälften sie einrahmten.

»Auf Außenkameras schalten«, sagte Picard.

Das Bild änderte sich erneut. Die beiden Fähren tauchten elegant aus der Leere zwischen der Rücken-

und Bauchebene des Warbirds auf. Das Artefakt, vier- bis fünfmal so groß wie sie, hing etwa fünfzig Meter hinter ihnen im Raum.

»Wir sind draußen, Captain«, meldete LaForge. »Ich beame zurück in unseren Haupthangar.«

»Gut gemacht, Mr. LaForge«, sagte Picard.

»Registriere keine Veränderung in der Kraftquelle des Artefakts«, sagte Data.

»Nach allem, was das Artefakt mitgemacht hat«, meinte Picard, »würde es mich überraschen, wenn es auf diese sanfte Bewegung überhaupt reagiert.«

»Captain – hier ist LaForge. Ich bin wieder auf der *Enterprise.* Fährenpiloten kündigen Landung in zwei Minuten an.«

Picard war mit sich zufrieden. Alles lief wie am Schnürchen, genau wie geplant. Manchmal vermutete er, daß die *Enterprise* sich tatsächlich selbst steuerte.

»Mr. Data«, sagte er, »wenn das Artefakt gelagert ist, nehmen Sie den Transport von Tarls Mannschaft in Angriff. In die Fährenhangars II und III.« Dr. Crusher hatte in den Hangars die übliche Standard-Flüchtlingsversorgung eingerichtet. Picard war fast sicher, daß die Behandlung, die den Romulanern dort zuteil wurde, besser war als in den Quartieren ihres eigenen Schiffes.

Data bestätigte den Befehl und fügte hinzu: »Captain, ich empfange zunehmenden Neutrinofluß.«

Picard beugte sich vor. »Kommt es aus dem Artefakt?«

»Nein, Sir. Es scheint von dem Ferengi-Warbird auszustrahlen. Es ist die Signatur, als würde das Schiff sich enttarnen. Aber da es schon enttarnt ist, kann ich mit der Anzeige nichts anfangen.«

Picard setzte sich zurück. »Vielleicht haben die Ferengi irgendeine neue Methode gefunden, um ihr neues Schiff zu starten. Mr. Worf, rufen Sie DaiMon Pol.«

»Gleich auf dem Schirm, Captain.«

Picard zwang sich zu einem Lächeln, als das Bild der

von den Ferengi betriebenen romulanischen Brücke auf dem Schirm erschien. »DaiMon Pol«, begann er, um anzufragen, ob die *Enterprise* ihm erneut mit irgendwelcher Hilfe dienlich sein könne.

DaiMon Pol saß nicht auf dem Kommandositz. Statt dessen sah Picard zwei Ferengi, die hinter ihm umfielen. Er hörte romulanische Warnsirenen und alarmierte Rufe in der Sprache der Ferengi.

»DaiMon Pol!« sagte Picard und stand auf. »Wie ist der Zustand Ihres Schiffes? – Mr. Data: Scannen Sie sofort die *62. Regel.*«

Dann hechtete DaiMon Pol in die Reichweite der Kamera. *»Man hat uns betrogen!«* kreischte er schrill und voller Wut. »Hier funktioniert ja gar nichts! Man hat uns ...«

In einer Explosion von Störungen verschwanden DaiMon Pol und die Brücke vom Bildschirm und wurden durch eine Außenansicht ersetzt, in der Tarls Schiff noch immer seine Position zur Rechten behauptete, während Pols Schiff, bisher links, nur noch aus einem sich rasch ausdehnenden Plasmaball bestand, der mit rotierenden Rumpfplatten gespickt war.

»Data ...« sagte Picard alarmiert. »Was ist passiert? Haben sie sich irgendwie selbst vernichtet?«

Doch bevor Data antworten konnte, sah Picard die Antwort auf seine Frage selbst.

Ein *dritter* Warbird flog durch die Wolke der Zerstörung, die zuvor die *62. Regel* gewesen war.

Er feuerte aus allen Rohren und näherte sich der *Enterprise.*

Zweiter Teil

# *Metamorphose*

# Thorsen

*Manche von ihnen waren früher Ärzte gewesen.*

*Doch das Optimum hatte die Universitäten geschlossen. Das Optimum hatte an das Überleben der Stärksten geglaubt, und medizinische Versorgung war reiner Luxus gewesen. Für das Optimum unterschieden sich Alte, Kranke und Unvollkommene nicht von denen mit der falschen Religion und den falschen politischen Ansichten. Ärzte waren unnötig, weil man die Nichtoptimalen vom Angesicht der Erde fegen wollte – im brüllenden Feuer der Veränderung, der Reinigung, der Wiedergeburt.*

*Doch das Feuer war zuerst zu Adrik Thorsen gekommen.*

*In den langen Wochen seiner Genesung erinnerte er sich nur wenig daran, wie der letzte Abend in Battersea geendet hatte. Er erinnerte sich natürlich an Cochrane. Er erinnerte sich daran, daß der Wissenschaftler ihn verhöhnt, ihn belogen, es gewagt hatte, ihn anzufassen.*

*Er erinnerte sich daran, daß er seinen Laser gehoben und ihn, Thorsen, zurückgewiesen, die Zukunft zurückgewiesen hatte.*

*Cochranes Licht war auf Thorsens Gesicht gefallen, hatte sein Auge versengt, so daß in den folgenden Jahren, immer wenn er sich im Dunkeln befand, das Sprühen des Lasers in dem, was von seinem Sehnerv übriggeblieben war, noch immer Echos warf. Ein flackernder Schatten, ein schimmerndes Andenken an seine erste und einzige Begegnung mit dem einzigen Menschen, der der Erde ein neues Leben hätte garantieren können. An den Mann, der, indem er sich dem Optimum verweigert hatte, all das hervorgebracht hatte, was dem Vakuum nach dem Zusammenbruch des Optimums gefolgt war.*

*Thorsen war über den Rasen des Stadions gekrochen. Das Laserglühen brannte in seinem Auge, in seinem Gehirn. Er hatte beim Kriechen Cochranes Namen geschrien, hatte Blut geschmeckt, Schmerz empfunden, Dunkelheit, Kühle und Erleichterung gesucht.*

*Er war auf den Beton hinausgekrochen, rauhe Treppen hinab, zu einem Ort, an dem einst Kameras installiert gewesen waren, als das Battersea-Stadion noch Bedeutung gehabt hatte.*

*Dann hatte die Nacht Feuer gefangen, und er erinnerte sich nur noch daran, daß man ihn geweckt hatte, um die tote Haut mit Drahtbürsten von ihm abzukratzen. Und die Drahtbürsten hatten jeden Nerv seiner glänzenden neuen Haut gefunden.*

*Schließlich war der schlimmste Schmerz verklungen, außer dem Licht, das für immer in seinem verschwundenen Auge brannte, und die Pein, die seine Arme und Beine heimsuchte.*

*Obwohl jene, die einst Ärzte gewesen waren, ihm erklärten, daß er keine Arme und Beine mehr hatte.*

*Adrik Thorsen war vom Feuer gereinigt worden.*

*Und es hatte ihn unvollkommen gemacht.*

*Nicht-optimal.*

*Als er hilflos in seinem sterilen Bett lag, passierte das, was ihm passiert war, auch seinen Heilsträumen.*

*Die Fehler Khans hatte man vermieden. Dafür hatte man andere gemacht. Das Optimum brach zusammen. Von denen an den Pranger gestellt, die keine Visionen hatten.*

*Adrik Thorsen rief in seinem sterilen Bett nach Ärzten, die ihn wieder vollkommen machen konnten, um mit den anderen seines Kaders zu entkommen. Er mußte sich verstecken. Aus den eigenen Fehlern lernen und es noch mal versuchen.*

*Doch jene, die seinem Ruf antworteten, waren keine Ärzte mehr. Er hatte selbst dafür gesorgt. Sie waren nun Schnittstellenexperten. Und Adrik Thorsen erfuhr aus erster Hand, was mit dem Gewebe des menschlichen Nervensystems geschah, wenn man Josephson-Sonden in ein Gehirn einführte.*

*Als man mit ihm fertig war, war Thorsen sozusagen wieder vollständig. Er konnte gehen, er konnte Gegenstände heben und bewegen. Doch seine neuen Gliedmaßen liefen auf Batterie, und jeder Nervenimpuls, der dazu dienen sollte, eine Bewegung hervorzubringen, zündete ebenso intensiven Schmerz durch die primitiven Schnittstellen der Josephson-Sonden.*

*Nicht-optimal.*

*Als Gegenleistung für Informationen über jene im Kader, die ihn aufgegeben hatten, besorgten gewisse Fanatiker, die darauf aus waren, seine Stelle einzunehmen, ihm eine Passage von der Erde und zwangen ihn, einer von denen zu werden, die er am meisten verachtete – jemand, der seine Welt im Stich ließ.*

*An dem Abend, an dem er ging, wurde rings um den Globus ein weiteres Feuer entzündet, und als die Asche sank, die Sonne der Erde wieder durch den Rauch schien und das postatomare Grauen sich* und *den Planeten erschöpft hatte, beschämten 37 Millionen Leichen die Überlebenden.*

*Der unausweichliche Schrei wurde laut: Dazu darf es nie wieder kommen.*

*Und diesmal wurde der Schrei auf den Kolonialwelten endlich gehört.*

*Irgend etwas hatte sich seit dem letzten Krieg mit der Menschheit verändert, denn zum ersten Mal war selbst den Massen klar, daß man keinem menschlichen Konflikt, schon gar nicht einem solchen, der eine Welt verzehren konnte, je wieder erlauben durfte, wichtiger zu sein als die menschliche Rasse selbst.*

*Draußen wartete ein Universum, und mit den unendlichen Möglichkeiten, die es offerierte, kam eine Generation, die keine Zeit und keinen Bedarf für eifernde Borniertheit, Intoleranz und Gier hatte.*

*Schon als die gegnerischen Soldaten sich einander zuwandten, um, nachdem die Waffen schwiegen, auf dem Schlachtfeld ihr Wasser zu teilen, gab die Menschheit endlich die alten Methoden auf und erlernte die neuen.*

*Doch Adrik Thorsen entstammte nicht dieser Generation. Er würde stets ein Geschöpf der irdischen Vergangenheit bleiben. Und so floh er aus dem System seiner Geburt, um sich auf fernen Kolonien zu verbergen. Er nutzte seine künstlichen Nervenbahnen, um Maschinen und Raumschiffe zu steuern, und fand Sicherheit im Vergessen geistloser Tätigkeiten.*

*Und während er ums Überleben kämpfte, schäumte er in dem Wissen, daß jedes Schiff, das er steuerte, von Zefram Cochranes Genius angetrieben wurde.*

*Nachts wachte er noch immer auf und schrie Cochranes Namen.*

*Der Laserstrahl brannte teuflisch in dem, was von seinem Sehnerv übrig geblieben war.*

*Die gleiche Energie, die das Optimum gespeist hatte, speiste nun Thorsen und seine Obsession.*

*Haß.*

*Er träumte von Rache. Er träumte davon, Thorsen zu zwingen, eine Warpbombe zu bauen, die so stark war, daß sich ihr ganze Sonnensysteme ergaben.* Ihm *ergaben. Er wußte, daß es möglich war. Er schrieb die Stifte in seinen mechanischen Fingern leer und kritzelte Zahlen und Diagramme auf endlose Blätter Papier, endlose Bildschirmseiten, auf Mauern, auf Tischdecken, auf alles, was sich beschreiben ließ.*

*Bald darauf bauten andere Genies Maschinen, in die er seine Stümpfe mit den künstlichen Bahnen einstöpseln konnte, um sein Werk so schnell auf den Bildschirmen erscheinen zu lassen, wie er denken konnte.*

*Damit wurden seine Träume lebendig, denn sie waren nicht mehr an nicht-optimales Fleisch gebunden. Er fürchtete nur, daß er starb, bevor er die Chance erhielt, sein Werk zu vervollständigen. Um Cochrane endlich das tun zu sehen, was er schon vor vielen Jahren hätte tun sollen. Daß er den Kopf neigte und sich vor seinem Herrn verbeugte.*

*Doch das Universum hielt viele Möglichkeiten bereit.*

*Und eine davon war eine fremde Rasse namens Grigari.*

*Thorsen sah in ihr seine Zukunft.*

*Er war nun achtzig Jahre alt, doch der Körper an sich, das hatte er gelernt, war nicht-optimal.*

*Aber die Grigari handelten nicht mit Fleisch.*

*Thorsen zahlte ihren Preis und wurde erneuert.*

*Er reiste aus dem Exi nach Alpha Centauri.*

*Er nahm seine Kampfansage an Zefram Cochrane in Angriff – eine solche, die dem Wissenschaftler alles nehmen sollte, was er liebte, so wie Cochrane ihm alles genommen hatte.*

*Sein Plan war perfekt. Cochrane würde leiden. Und dann würde er, da er keine andere Wahl mehr hatte, dazu gezwungen sein, Thorsen sein letztes Geheimnis zu schenken. Die Warpbombe.*

*Es spielte keine Rolle, daß Thorsen keine Armeen mehr hatte, um das Geheimnis einzusetzen. Es war nur wichtig, daß er gewann.*

*Es ging um ihn und Zefram Cochrane, als müsse es so sein; als hätten sie sich, wie die Geschichte es erforderte, auf Titan getroffen.*

*Die Provokation begann. Cochranes Gattin war durch seine Hände gestorben. Cochranes Studenten waren in den Flammen umgekommen.*

*Doch dann tat der Wissenschaftler Cochrane das Undenkbare; etwas, das dem Soldaten Thorsen nie eingefallen war.*

*Cochrane floh.*

*Thorsen war wie gelähmt. Cochrane war doch angeblich ein Genie. Ein Genie hätte es wissen müssen. Man konnte dem Optimum nicht entkommen.*

*Thorsen war ihm nicht entkommen.*

*Und das gleiche würde für Zefram Cochrane gelten.*

# 1
# Bonaventure II
## *unterwegs*

Terrestrische Zeit: April 2117

Es war vorbei, und Cochrane war froh darüber.

Alpha Centauri lag Lichtjahre hinter ihm. Stapledon Center, wo man ihn im nächsten Monat erwartete, war noch weiter entfernt. Und seine Vergangenheit noch weiter.

Sein kleines Schiff summte mit Warp vier vor sich hin. Auf den ersten Reisen, vor einem halben Jahrhundert, hatte er alle paar Tage in den Normalraum zurückkehren müssen, um sich zu orientieren. Doch nun waren die Kontinuum-Verzerrerfelder so dicht konzentriert, daß er die Sterne an den Bullaugen vorbeiziehen sah, und der Navigationscomputer konnte seinen Kurs im Nu anpassen.

Das war gut, denn er hatte nicht die Absicht, das Kontinuum, das er entdeckt hatte, je wieder zu verlassen. Er würde hier sterben, und zwar nur aus dem Grund, weil er nichts mehr zu tun hatte – es sei denn, anderen Schmerz zu bereiten.

Das Schiff, eine Privatjacht mit 100 Quadratmetern Wohnfläche, nach momentanem Standard luxuriös, war von Musik erfüllt. Eine Sinfonie von Brahms. Die Melodie, die er an diesem Abend auf Christophers Landeplatz gehört hatte, ging ihm seit Jahren nicht mehr aus dem Kopf. Damals hatte er gedacht, sie klänge nach Brahms. Aber er hatte sie nie wiedergefunden, in keiner Sammlung musikalischer Aufzeichnungen. Es war fast so, als sei Brahms ins 21. Jahrhundert gestürzt und hätte noch ein letztes Stück geschrieben.

Doch auch diese Musik war nun lediglich ein Hintergrundgeräusch. Er hatte die Suche aufgegeben. Er hatte alles aufgegeben.

Seine Monica lag in der Erde von Centauri B II. Sein Stab und seine Studenten waren in Gefahr. Colonel Adrik Thorsen war von den Toten auferstanden. Und alles nur seinetwegen. Cochrane war nicht mehr nach Kämpfen zumute. Die Wissenschaft und das Entdeckerprickeln waren sein Leben gewesen und hatten ihm nichts eingebracht.

Ja, Ruhm. Man hatte Planeten nach ihm benannt.

Reichtum? Hätte er haben können. Jede Menge sogar. Doch als er vor der Entscheidung gestanden hatte, war ihm klar geworden, daß er nur wenig brauchte.

Verehrung. Viel zuviel.

Das Gehör der Mächtigen, die Betten der Schönen, die Augen der Medien auf hundert Welten.

Zefram Cochrane wußte, daß man ihm mehr oder weniger alles gegeben hatte.

Aber er hatte nichts.

Und er wußte nicht, warum.

Er wußte, daß das, was er nun tat, ihn nicht umbrachte. Er kehrte einfach in seinen Naturzustand zurück.

Den des Nichts.

Er hieß das Vergessen willkommen.

Frei zu sei von der eigennützigen Einsamkeit, die Monicas Tod hinterlassen hatte, von der irrationalen Unerbittlichkeit von Thorsens Haß, von allem nutzlosen Bedauern und den Selbstzweifeln, die ihn sein Leben lang geplagt hatten.

Er schaute sich die vorbeiflitzenden Sterne an. Aber es waren nicht die Sterne, die ihn nun anzogen. Es war die Leere zwischen ihnen.

Vielleicht hatte er den Hyperantrieb deswegen erfunden. Nicht, um die Menschen zu anderen Welten zu bringen, sondern damit er im Nichts aufgehen konnte.

Nach einer ereignislosen Reisewoche, in der er untätig im Pilotensitz gesessen und ausschließlich den Kopf benutzt hatte, glaubte Cochrane, allmählich weniger an die Vergangenheit zu denken. Die Langeweile kam ihm zum Glück heilend vor. Betäubend.

Die Sterne flitzten vorbei. Ewig.

Die gleiche Musikaufzeichnung spielte zum zwanzigsten Mal. Zum fünfzigsten Mal.

Er bewegte sich nicht. Sein Bart wurde zerzauster. Seine Fingernägel wurden schartig.

Er fragte sich, wie lange es wohl dauerte, bis sein Körper seine Tätigkeit einfach einstellte.

Er wußte: Er konnte die Luftschleuse öffnen. In seinem Alter war es in zehn Sekunden aus.

Er konnte durch die Luftschleuse springen und der erste Mensch sein, der den Kontinuum-Verzerrungsantrieb ohne den Vorteil eines Raumschiffes erlebte. Etwa eine Nanosekunde lang.

Er konnte einen Kurs zu einem Stern eingeben und sich in dessen endlose Schwerkraftquelle ziehen lassen oder auf Impuls umschalten und mit halber Lichtgeschwindigkeit in ihn hineinrasen, um eine Nova zu erzeugen, die alle von Menschen bewohnten Welten sahen.

Doch all diese Tode erforderten eine vorsätzliche Handlung. Und er, der nie geglaubt hatte, daß dem Leben die Herausforderungen ausgingen, die ihn inspirierten, war fertig und hatte nicht mal mehr den Willen zu sterben.

Es sah so aus, als hätte Zefram Cochrane die Herausforderungen des Lebens zwar aufgenommen, aber verloren.

Er war alt, krank, bereit zum Sterben.

Doch die letzte Herausforderung des Lebens war, daß es ihn nicht abtreten lassen wollte.

Fünf Wochen vergingen.

Er wußte, daß man ihn inzwischen suchte. Aber das

Wissen bedeutete ihm nichts. Er hatte seinen Geist nicht nur erfolgreich von der Vergangenheit befreit, er fing auch an zu halluzinieren, für seine Zukunft neue Bilder zu erschaffen.

Er fand diese Entwicklung wider Willen komisch. Da andere Stimuli fehlten, erschuf das Gehirn eigene Ablenkungen.

Er fragte sich, wann die phantastischen Luftspiegelungen anfangen würden, mit ihm zu reden.

Sie fingen am Ende der fünften Woche an.

Er erwachte, verstört, da er noch lebte. Sein Körper schrie nach Nahrung, stach an den wunden Stellen seiner Haut, wo die Sicherheitsgurte ihn daran hinderten, durch die Kabine zu schweben. Sein Mund war ausgetrocknet. Seine Lippen aufgesprungen und trocken. An seinem Sessel war eine Quetschflasche mit Wasser befestigt, aber er schaute ihr nur beim Hin- und Herschwingen an ihrer Befestigung zu; das Wasser in ihrem Inneren bildete dicke, gewichtslose Klumpen.

Das merkwürdige Nordlicht war wieder da.

Er hatte es schon mal gesehen. Schon dreimal. Vielleicht sogar viermal.

Goldgefleckt und schillernd fegte es manchmal an seinem Schiff entlang, umwirbelte es, und verschwand dann wieder.

Als er es zum ersten Mal gesehen hatte, hatte es ihn stark an Delphine erinnert, die, vom Kielwasser eines Schiffes mitgezogen, spielerisch herumplantschten.

Als er es zum zweiten Mal gesehen hatte, hatte er sich gefragt, wieso sich ein solches Phänomen mit Überlicht bewegen konnte.

Beim dritten und vierten Mal hatte er den Schluß gezogen, daß es eine ganz normale Halluzination war.

Bloß … es gefiel ihm.

Es war hübsch.

Momentan ging die strahlende Wolke, statt sein

Schiff zu umzuwirbeln, an den Bullaugen vorbei und verdeckte die Sterne. Sie verlagerte sich, ihr leuchtendes Muster drückte gegen die Transparenzaluminumplatten, und durch irgendeine Laune der Beleuchtung oder seines nachlassenden Sehvermögens war Cochrane fast überzeugt, daß er Ausläufer des Dings durch das Fenster und in die Kabine hineingreifen sah.

Er wollte etwas sagen. Er wollte sagen: He, du, paß auf, wenn du das Fenster aufmachst, zieht's hier drin. Aber er hatte seit vielen Wochen nicht mehr gesprochen, und kein Ton kam über seine Lippen.

Der Ausläufer zog sich zurück. Oder schien sich zurückzuziehen. Doch die Wolke blieb an den Bullaugen, als schaue sie zu ihm hinein. Als wenn sie etwas wollte.

Irgend etwas wollte.

Cochrane kniff die Augen zusammen, bemühte sich, sie deutlicher zu sehen. Die absurde Frage dehnte sich in seinem Geist aus. Was kann eine Energiewolke, die schneller als das Licht ist, von mir wollen?

Als er sich auf die Wolke konzentrierte, schienen sich seine Gedanken zu klären. Es war interessant, mal wieder ein Problem zu haben.

Nach etwa einer Stunde kam er dahinter.

Er zwang seine steifen Finger, sich auszustrecken, die schwebende Wasserflasche zu packen und zu umfassen. *Hast du etwa Durst?* fragte er. Doch er konnte die Worte nicht aussprechen; er konnte sie nur denken.

Und er war sich ziemlich sicher, daß die Antwort *ja* lautete.

Er studierte das Problem weiter. Dann zog er den Trinkhalm heraus und schob ihn zwischen seine Lippen. Er trank zum ersten Mal seit Tagen.

*Wie war's?* fragte er, noch immer wortlos.

Die Antwort schien zu sein, daß es genau richtig gewesen war, Wasser zu trinken.

Aber die Wolke ging nicht fort.

Cochrane mußte beinahe lächeln. *Du willst noch was, hm?*

Schillernde Reflektionen tanzten vor den Bullaugen und antworteten erneut.

*Okay,* sagte Cochranes Verstand. *Okay, ich hab's gerafft.*

Er fummelte an den Sitzgurten, bis er frei war, und stieß sich in Richtung Nahrungsautomat ab. Dort blieb er erschöpft hängen, bis er eine andere wortlose Frage stellen konnte. *Suppe?* fragte er. Und er bekam Suppe.

Dann schaltete er die Duschröhre ein und wusch sich.

Seine Kopfhaut fühlte sich seltsam an, als er das Shampoo benutzte. Als wüchse wieder Haar auf seinem Schädel. In seinen Träumen.

Er trocknete sich ab, rieb die von den Gurten hervorgerufene Wundhaut mit Salbe ein, zog einen frischen Overall an, schnallte sich an seinen Sitz und schlief.

Als er erwachte, war er enttäuscht, denn er entdeckte, daß die Wolke nicht mehr am Fenster war. Er hatte mit der Halluzination ein interessantes Spiel gespielt.

Dann bemerkte Cochrane, daß die Sterne nicht mehr an ihm vorbeizogen. Sie standen still. Er flog mit Unterlicht. Aber die Impulstriebwerke waren abgeschaltet. Er hatte sie selbst abgeschaltet.

Er lugte durch die Sichtfenster. Ein Streifen leuchtender Punkte breitete sich vor ihm aus. Planetoiden, nahm er an. Es waren zu viele, als daß es Planeten hätten sein können. Und für Asteroiden waren sie zu groß.

Er stellte plötzlich fest, daß er hoffte, nicht mit ihnen zusammenzustoßen, denn wenn die Wolke kam, um ihn zu suchen, würde sie ihn nicht finden. Er fragte sich, ob es sie ärgern, ob sie ihn gar vermissen würde. Und der Gedanke gefiel ihm nicht.

Doch genau dies würde passieren, wurde ihm eine Stunde später klar, als er einen Planetoiden vor sich aufragen sah.

*Tut mir leid,* sagte er zu der Wolke, wo immer sie auch

war. *Ich werd' nicht hier sein, um dich zu füttern und zu bewässern.*

Das Fenster funkelte ihn an.

Cochrane löste die Gurte, und seine Finger bewegten sich so leicht und schnell, daß er sie überrascht musterte.

Auf seinen Handrücken waren keine Altersflecken. Seine Finger waren nicht mehr gichtig, wie früher. Sie waren stark, fleischig und gesund. Aber er konnte jetzt nicht innehalten, um darüber nachzudenken. Er schob sich ans Fenster. Er legte die Handfläche auf die Scheibe.

Von der anderen Seite schob sich ein Ausläufer der leuchtenden Wolke hindurch und umschloß sanft seine Finger.

Cochrane hatte vierzig Tage damit zugebracht, sich auf den Tod vorzubereiten. Das Gefühl der Berührung der Wolke fühlte sich an wie das Natürlichste auf der Welt.

Er bewegte die Hand in der Wolke, als kratze er einen Hund am Ohr. *Hier gefällt's dir, was?* fragte er. *Du suchst ein Zuhause.*

Cochrane wußte, daß er dahintergekommen war. *Armes Ding,* sagte er. *Wie wär's denn mit dem Planetoiden da hinten?*

Die Wolke ließ ihn wissen, daß dies eine prächtige Idee sei.

Cochrane ging einen Fragenkatalog für die Wolke durch und brachte alles in Erfahrung, was sie brauchte, um auf dem Planetoiden zufrieden zu sein – die richtige Unterkunft, die Temperaturhöhe, die Schwerkraft, Nahrung und Wasser.

Erstaunlicherweise brauchte die Wolke genau das, was der menschlichen Gesundheit und ihrem Wachstum förderlich war. Und all das konnte man auf dem Planetoiden unter ihnen finden.

Cochrane landete sein Schiff, ohne die Kontrollen anzurühren oder die Maschinen einzusetzen. Und warum auch nicht, nach vierzig Tagen im All?

Er trat ins Freie und atmete die Luft ein. Sie schmeckte genauso wie die auf Alpha Centauri B II. Er war auch überrascht, wie tief er einatmen konnte, ohne husten zu müssen. Er war überrascht, daß seine Beine nicht mehr schmerzten. Er fühlte sich, als könne er, wenn ihm danach war, den ganzen Planetoiden laufend umrunden. Es war fast so, als wäre er wieder jung. Wenn es nur wahr gewesen wäre.

Die Wolke, schlußfolgerte er, konnte sich glücklich schätzen, einen solchen Ort für sich gefunden zu haben.

Und die Wolke, die genau neben ihm war, stimmte zu. Es gefiel ihm, wie sie um ihn herumschwebte, vorsichtig, zaghaft, ohne ihn je ganz einzuhüllen.

*Armes Ding,* sagte Cochrane. *Du bist hier unten ganz allein. Du brauchst einen Freund, nicht wahr?*

Die Wolke brauchte einen Freund.

*Möchtest du, daß ich mich um dich kümmere?* fragte Cochrane.

Die Wolke fand, es wäre schön.

*Tja, zufällig hab' ich nichts anderes vor,* sagte Cochrane. *Dann bleib' ich mal hier und helf dir, ja?*

Die Wolke dachte etwa eine halbe Sekunde darüber nach. Sie hielt es für die beste Idee in der Geschichte des Universums.

Cochrane verbrachte die nächsten Wochen damit, die Materialien seines Schiffes dafür einzusetzen, eine Unterkunft für die Wolke zu bauen, Saat auszulegen und alles abzuklären. In dieser Zeit, in der er die mentale Lethargie der letzten vierzig Tage ablegte, verstand er, was die Wolke getan hatte. Sie war mehr als ein Delphin oder ein einsamer Hund, der sich nach Gesellschaft sehnte. Sie war ziemlich klug vorgegangen. *Er* hatte auf ihrem Terminplan gestanden.

In anderen Zeiten seines Lebens hätte Cochrane diese Manipulation übelgenommen. Aber das Leben lag hinter ihm. Er hatte vieles Alte und Unnötige hinter sich gelassen.

Der Planetoid schien ein interessanter Ort zu sein. Die Wolke war ein interessanter Gefährte. Und es war schön, jemanden – oder etwas – zu haben, um den man sich kümmern konnte. Ihm war, als hätte er nie zuvor so empfunden.

Denn gerade deswegen kümmerte sich die Wolke um ihn, und Cochrane hatte keine Illusionen, was sie machte, wenn sie ihn umarmte.

Er kümmerte sich ebenso um sie.

Es kam ihm wie ein fairer Handel vor.

Er zog den Schluß, daß es in seinem Leben vielleicht doch noch Raum für eine Herausforderung gab. Und Zefram Cochrane erkannte, daß er darauf wartete, in Erfahrung zu bringen, was wohl als nächstes geschah.

## 2
## *USS* Enterprise *NCC-1701*
## *Begegnung mit der* Stadt Utopia Planitia

Sternzeit: 3854.8 · Terrestrische Zeit: November 2267

Das dunkle Gesicht des Klingonen auf dem Hauptbildschirm wurde von einem gezwungenen Lächeln verzerrt, das seinen strähnigen Bart in einem unnatürlichen Winkel verzog.

»Ich grüße Sie, Captain Kirk von der *Enterprise.*«

»Sparen Sie sich Ihr Gerede«, fauchte Kirk. »Schalten Sie den Deflektorschirm aus, damit wir den armen Hund an Bord holen können, den Sie aus der Schleuse geworfen haben.«

Der Klingone riß heuchlerisch die Augen auf. »Ach, Sie haben es bemerkt?«

»Runter mit dem Schirm!«

»Damit ich mich der legendären terranischen *Gnade* ausliefere? Na, hören Sie mal, Captain. Ich bin vielleicht Klingone, aber deswegen muß ich doch nicht dämlich sein. Wir haben andere Dinge zu besprechen.«

Kirk stand von seinem Sessel auf. Seiner Meinung nach verstanden die Klingonen nur eins, und die *Enterprise* konnte es ihnen liefern. »Sofort *runter* mit dem Schirm! *Dann* können wir über alles reden, was Ihnen paßt.«

Der Klingone wandte sich zur Seite und spuckte in seiner kehligen Sprache einen Befehl aus.

»Captain, sie lockern den Schirm an der Schleuse.«

Der Klingone lächelte breit. »Sie haben fünf Sekunden, Captain Kirk. Jeder Verrat wird sofort mit dem Tod von fünf weiteren ...«

»Jetzt, Spock!« schrie Kirk.

Kirk hörte über die Brückenlautsprecher die Bestätigung des Transporterraums. »Transporter peilen an. Gebe Energie.«

Chekov bestätigte, daß die Gestalt vor dem Passagierraumer verschwunden war. Kurz darauf gab Spock ihre Aufnahme bekannt und rief nach einem Ärzteteam.

»Deflektorschirme stehen wieder«, sagte Chekov.

»Hier ist Spock. Der an Bord genommene Mensch ist tot, Captain. Laut seiner Uniform gehörte er zur Besatzung der *Planitia.*«

Kirk war wütend. »Sie haben ihn ermordet!«

Der Klingone auf dem Bildschirm schüttelte den Kopf. »Nicht ich, Captain Kirk. – Im Gegenteil ... Ihr dummer und sinnloser Angriff, hat zu dieser ... Unerfreulichkeit geführt.«

»Das Schiff, das Sie entführt haben, kann dem unseren nichts entgegensetzen«, sagte Kirk.

»Aber meine Geiseln üben großen Druck auf Ihr Gewissen aus, Captain Kirk.« Der Klingone lehnte sich in seinen Sessel zurück, einen verzierten, hochlehnigen, wie er auf zivilen Schiffen der Menschen beliebt war. »Nun, ich glaube, Sie haben gesagt, daß wir über alles reden können, wenn ich den Deflektorschirm öffne, damit Sie die Leiche an Bord nehmen können, die Sie auf dem Gewissen haben. Und ich möchte gern mit Ihnen reden, Captain Kirk. Über sehr viele Dinge.«

Kirk war noch keinem Klingonen begegnet, der gern redete. »Werfen Sie ihn raus, Uhura.« Der Bildschirm zeigte nun wieder das Passagierschiff.

»Wollen Sie nicht mit ihm verhandeln?« fragte Admiral Kabreigny. McCoy hatte sie auf der oberen Ebene an eine unbenutzte Navigationsstation plaziert. Sie wirkte nun etwas gesünder und schien ihre Haltung zurückgewonnen zu haben. McCoy befand sich, für alle Fälle, mit seinem Medokit in ihrer Nähe. Der ›Companion‹ saß vornübergebeugt an Spocks Platz. Er schwieg, verbarg das Gesicht in den Händen, und seine Atmung war fast wieder normal. Die beiden Männer von der Bordwache standen entspannt vor dem Turbolift.

»Klingonen verhandeln nicht«, sagte Kirk. »Er will nur Zeit schinden.«

»Warum?« fragte Kabreigny. Die Brückenmannschaft bereitete sich auf einen erneuten Zusammenstoß ihrer vorgesetzten Offiziere vor.

Doch nun, da der Kommandosessel wieder ihm gehörte, fiel Kirk die Antwort leichter. »Er schafft es nie mit dem Schiff bis in seine Heimat. Er ist bestimmt zu einem Ort unterwegs, an dem man ihn abholt.«

»Kein Klingonenschiff könnte so weit ins Territorium der Föderation vordringen.«

Kirk trommelte mit den Fingern auf die Sessellehne und wägte seine Möglichkeiten ab. »Admiral, er braucht sich gar nicht mit einem Klingonenschiff zu treffen. Das Schiff, das uns angegriffen hat, war ein orionisches. Es war schnell genug, um ihn in einem Monat nach Hause zu bringen, und nicht mal die *Enterprise* hätte ihn erwischen können.«

McCoy beugte sich über das die obere Ebene umgebende Geländer. »Glaubst du, das Schiff, das wir vernichtet haben, war seine *Rückfahrkarte?*«

»Wahrscheinlich«, sagte Kirk. »Aber er wird auch einen Alternativplan haben. Die Frage ist, wann führt er ihn aus?« Er drehte sich um und schaute den ›Companion‹ an. »Ist der Mensch in der Nähe, ›Companion‹?«

Er sprach seufzend durch die Hände. »Der Mensch macht weiter.« Er schaute auf. Sein nicht bandagiertes Auge zeigte großen Schmerz. »Ein Teil von uns möchte sagen, daß er in dem Schiff vor uns ist.«

»Kannst du uns sagen, wo?« fragte Kirk.

Doch der ›Companion‹ schüttelte den Kopf. »Können wir nicht«, sagte er traurig. »Wir wissen nur, daß er nahe ist.«

Kirk musterte den Raumer auf dem Bildschirm. Die

Uhr tickte. Er hatte keine Ahnung, nach welchem Zeitplan die Aktion ablaufen sollte, aber früher oder später würde hier ein Schiff aufkreuzen, um sich mit der *Planitia* zu treffen. Cochrane war von Orionern entführt und dann auf ein entführtes Schiff gebracht worden, das unter dem Kommando eines Klingonen stand. Kirk hielt es nicht für unmöglich, daß Orioner mit Klingonen zusammenarbeiteten – sie waren darauf spezialisiert, bei Konflikten beide Seiten gegeneinander auszuspielen. Aber was hatten die Klingonen mit Zefram Cochrane vor? Das Niveau ihrer Warptechnik war doch mindestens mit dem der Föderation vergleichbar. Und außerdem waren Cochranes Kenntnisse heute nicht mehr aktuell.

Dann war da noch die Sache mit Admiral Kabreignys Verschwörung. Was oder wen sie betraf, wußte er nicht. Er wußte nur, daß sie glaubte, er könne unter Umständen darin verwickelt sein, so wie er sich noch immer darum sorgte, sie könne Teil einer anderen Verschwörung sein. Kirk schlug mit der Faust auf die Sessellehne. Cochrane war die einzige Verbindung zu all diesen Dingen. Was auch passieren würde, Zefram Cochrane war jetzt am wichtigsten.

Aber wie sollte er einen Menschen von einem Schiff retten, das nur so von Geiseln und blutdürstigen Klingonen wimmelte, die nicht davor zurückschreckten, an Bord ein Gemetzel zu veranstalten? Er brauchte nicht mal Spock dazu, um zu erfahren, daß es unmöglich war. Was wiederum bedeutete, daß er eine andere Vorgehensweise finden mußte; er mußte sich eine andere Frage stellen. Eine solche, auf die es auch eine Antwort gab.

Die Regeln ändern. Das Undenkbare tun.

Die Frage war da. Die Antwort war unerhört. So unerhört wie ein Zivilraumschiff, das nur mit Navigationsphasern bewaffnet war und ein Schiff der Constitution-Klasse in Schach hielt.

»Admiral Kabreigny«, sagte Kirk so freundlich wie möglich und stand von seinem Sessel auf, »fühlen Sie sich in der Lage, mit einem Klingonen zu verhandeln?«

Kabreigny musterte ihn müde. »Ich denke, Klingonen verhandeln nicht.«

»Tun sie auch nicht«, sagte Kirk. »Aber Sie sollen ja auch gar nicht verhandeln. Sie sollen nur Zeit schinden.«

»Wofür?«

»Damit ich meinen Befehlen folgen und Mr. Cochrane befreien kann.« Kirk schaute zu Uhura hinüber. »Alarm abschalten, Lieutenant. Wir gehen auf Normalbetrieb.«

McCoy verschränkte die Arme hinter dem Rücken. »Es wird schon gutgehen, was?«

Kirk zuckte die Achseln. Ob gut oder schlecht, ob er gewann oder verlor – das, was er vorhatte, würde auf alle Fälle spektakulär sein.

»Admiral, ich möchte, daß Sie das Kommando wieder übernehmen. Stellen Sie sich dem Klingonen bitte vor und sagen Sie, Sie hätten mich des Kommandos enthoben, weil … ich ihn aus dem All blasen wollte.« Er führte die verwunderte Admiralin zum Sessel. »Reden Sie ganz offen mit ihm. Sie wollen die Geiseln haben. Aber lassen Sie ihn keinesfalls merken, daß Sie etwas über Cochrane wissen. Lassen Sie ihm den Vorteil. Dann glaubt er, er ist Herr der Lage.«

Kabreigny nahm wieder im Kommandosessel Platz. »Und was machen Sie derweil?«

»Ich bin in der Hilfszentrale.« Er wandte sich der Steuerkonsole zu. »Mr. Chekov, Mr. Sulu, melden Sie sich dort bei mir, sobald Sie abgelöst worden sind.«

Steuermann und Navigator bestätigten den Befehl.

»Dr. McCoy, ›Companion‹ – bitte begleitet mich.« Dann beugte Kirk sich zu Uhura hinunter und sagte leise: »Jedes Wort überwachen, das die Admiralin und der Klingone reden. Falls Sie irgendeinen Hinweis auf einen Kode entdecken oder sie etwas sagt, das das Schiff in Gefahr bringen könnte, Frequenz schließen und mir sofort Bescheid geben.«

Uhura nickte. »Aye, aye, Captain.«

Kirk schob McCoy und den ›Companion‹ zum Lift. »Admiral Kabreigny, Sie haben das Kommando.«

Die Türhälften schlossen sich, der Lift fuhr nach unten. McCoy musterte Kirk eingehend. »Also, jetzt raus damit. Was hast du vor?«

»Spock und Scott sollten es lieber auch hören«, sagte Kirk. Wenn es schon dazu kam, daß seine Leute ihn für irre hielten, wollte er es wenigstens in einem Aufwasch hinter sich bringen.

Tief vergraben zwischen den Decks der *Enterprise* lag die Hilfszentrale, die Ersatzbrücke des Schiffes. Von hier aus konnte man alle grundlegenden Kommandofunktionen steuern, falls die Brücke beschädigt war oder aufgegeben werden mußte. Doch in diesem Fall diente die Hauptbrücke als Kulisse für ein Ablenkungsmanöver, das dem klingonischen Kommandanten des entführten Passagierschiffes galt. Während der Klingone mit Kabreigny Verhandlungen führte, bereiteten sich Kirk und seine Offiziere hinter den Kulissen auf den Augenblick vor, in dem sie die Kontrolle über die Lage übernehmen würden.

Knapp eine Stunde nachdem Kirk die Brücke verlassen hatte, war er nur noch Minuten von der Ausführung seines Plans entfernt. Spock gab ihm eine 33prozentige Erfolgschance – viel mehr, als Mr. Scott ihm zugestand. McCoy hielt alles für undurchführbar. Aber Kirk kannte seine Mannschaft und sein Schiff. Er war zuversichtlich, und seine Zuversicht war ansteckend.

Sulu und Chekov ließen in dem engen Kontrollzentrum eine letzte Simulation ablaufen. Sie meldeten eine Verlusthöhe von zwölf Prozent.

»Unannehmbar«, sagte Kirk. Aber er wußte, daß sie

keine Zeit für weitere Übungen hatten. Die Hilfe, die der Klingone erwartete, konnte jeden Moment eintreffen. Die *Planitia* war ein leichtes Ziel. Es gab keine Garantie, daß das Schiff, das sie erwarteten, einfach zu schlagen war.

Kirk prüfte die Anzeigen der Steuerkonsole und schaute sich Mr. Scotts Maschinenraumdaten an. Die Jagd bei Warp 8,3 hatte in den Materie-Antimaterieumwandlern einen Dilithiumkristall brechen lassen, und die Leistung der Maschinen war dramatisch gesunken. Der Chefingenieur konnte zwar kein Tempo versprechen, aber er versprach dem Captain alle Energie, die sein Plan erforderte, wenn er sie brauchte.

McCoy stand im Haupttransporterraum in Bereitschaft. Zehn weitere medizinische Notfallteams hatten überall im Schiff Position bezogen. Alles war von Boten arrangiert worden. Kirk wollte nicht zulassen, daß irgendwelche detaillierten Planungsstadien über das Interkomsystem des Schiffes gesendet wurden, denn er nahm an, daß die Mannschaft des Klingonen versuchte, die Bordkommunikation der *Enterprise* abzuhören. Er wußte zwar nicht, ob der Passagierraumer die dazu nötige Kapazität hatte, aber die beiden Schiffe waren einander nahe genug, und er wollte das Risiko nicht eingehen.

Kirk schaute sich um. Der ›Companion‹ saß still da und konzentrierte sich auf das Objekt seiner Sehnsucht, das sich, durch die Leere von ihm getrennt, einen Kilometer entfernt befand. »Wir holen ihn zurück«, versprach er. Dann bestätigten Spock und die Transporteringenieure, daß sie auf seinen Kode hin bereit waren.

Kirk atmete ein und bereitete sich vor. Er wußte, er hätte sich besser gefühlt, wenn Spock bei ihm gewesen wäre, um zu bestätigen, daß dergleichen schon einmal versucht worden sei. Doch in den Handbüchern stand nichts darüber. Aber wie McCoy trocken bemerkt hatte, war es für das Schiff nichts Ungewöhnliches, etwas Neues auszuprobieren.

Kirk aktivierte die Kommunikationstaste, um in das Gespräch der Admiralin und des Klingonen hineinzuhorchen.

»... ins klingonische Reich zu eskortieren«, sagte die Admiralin gerade. »Aber die *Stadt Utopia Planitia* ist Privatbesitz und muß uns an der Grenze zurückgegeben werden.«

»Ach«, erwiderte der Klingone, »das steht einer eventuell möglichen Freundschaft zwischen unseren Völkern aber sehr entgegen! Indem dieses Schiff orionische Piraten transportiert hat, hat es sich eines Verbrechens gegen unser Imperium schuldig gemacht, und wir brauchen es, um sie verurteilen zu können.«

Kirk schlug den Blick zum Himmel. Reines Geschwafel und pure Vernebelung. Der Klingone erzählte irgendeinen vorher zurechtgelegten Unsinn: man habe die *Planitia* dazu benutzt, im klingonischen Reich verurteilte orionische Verbrecher in die Sicherheit der Föderation zu schmuggeln. Immerhin spielte Kabreigny mit, und der Klingone schien erfreut, mit einer Admiralin der Flotte zu verhandeln. Kirk nahm an, daß er womöglich glaubte, sie ebenfalls entführen zu können. Er runzelte die Stirn und stellte das Gespräch leiser, so daß es nur noch ein Flüstern im Hintergrund war.

»Noch eine Minute, meine Herren«, gab Kirk bekannt. Der Kommandosessel der Ersatzbrücke war kleiner und weniger bequem als der andere, aber er gab ihm die gleiche Macht.

»Wissenschaftsoffizier?« fragte er. Es war eine harmlose Anfrage, die für jeden heimlichen Lauscher nichts bedeutete.

»Spock, anwesend«, erwiderte Spock über das Interkom. Die einfache Bekanntmachung bedeutete, daß sämtliche Transporterschaltungen aktiv waren, und zwar jede einzelne.

»Ingenieur?«

»Scott, anwesend.« Der Schiffsreaktor war für alles bereit, was man von ihm verlangte.

»Medizin?«

»McCoy, anwesend. Aber ich meine trotzdem …«

»Danke, Doktor«, sagte Kirk und schaltete McCoys Einwand schnell aus.

»Mr. Sulu«, sprach er den Steuermann an, »sind Sie mit den Traktorstrahlen soweit?«

Sulu nahm den Blick nicht von den Schaltern. »Zielgebiet lokalisiert, Captain.«

»Mr. Chekov?«

Chekovs Hände schwebten über den Kontrollen. Er war bereit zum Losschlagen. »Torpedos scharfgemacht. Phaser bereit für Kaltstart.«

Kirk beugte sich vor, um das Abbild der *Planitia* auf dem kleinen Bildschirm vor der Steuerung besser zu sehen. Sobald er die Sache startete, lag das Leben aller an Bord der *Planitia* befindlichen Wesen in den Händen der *Enterprise*-Mannschaft. Entweder hatte das Unternehmen in fünfzig Sekunden Erfolg, oder über hundert Unschuldige waren tot. Doch diese Möglichkeit wollte Kirk ebensowenig hinnehmen wie seine Mannschaft. »Das, was wir jetzt machen«, sagte er, »machen wir für die Geschichtsbücher. – Mr. Spock, Sie können anfangen.«

»Gebe Energie«, erwiderte Spock aus dem Transporterraum. Es gab nun keinen Grund mehr, auf Kommunikationssicherheit zu achten. Die Klingonen erfuhren in wenigen Sekunden so oder so, was los war.

Kirk sah auf dem Bildschirm hundert Meter vor der Bugspitze der *Planitia* einen winzigen, funkelnden Transporterenergiepunkt genau vor der unsichtbaren Schirmgrenze des Raumers. Eine Sekunde später verschwand das Bild in einem Aufblitzen roten Lichts, als der gebeamte Photonentorpedo explodierte. Vier Sekunden waren vergangen.

Da der Deflektorschirm des Raumers unter voller Energie stand, wußte Kirk, daß die Explosion das Schiff nicht beschädigen würde, aber der Schirm, der dazu diente, Aufschläge von Weltraumtrümmern zu verhindern, mußte zusammenbrechen, und das war alles, was er wollte.

»Gebe Energie«, wiederholte Spock. Kurz darauf detonierte ein zweiter gebeamter Torpedo am Heck des Schiffes. Kirk sah flackernde Bogen von Energiewellen über die normalerweise unsichtbaren Schirme des Schiffes laufen, als sie versuchten, die Energieüberlastung zu kompensieren, die die Torpedos an beiden Enden des Schutzfeldes hervorriefen. Acht Sekunden.

»Stelle Öffnung mehrerer Luftschleusen fest«, gab Sulu angespannt bekannt.

Kirk spürte, daß sich seine Fingernägel in seine Handflächen bohrten. Der Klingone wiederholte sich, genau so, wie er angenommen hatte. Hätte er sich entschieden, die Geiseln beim ersten Anzeichen von Verrat zu erschießen, statt sie ins All zu werfen, hätte der Plan nicht funktioniert.

Kirk konnte die rauhe Stimme des Klingonen auf der offenen Frequenz hören. Kabreigny schwieg, sie war offenbar nicht weniger überrascht als er.

»Da kommen sie«, sagte Sulu. Zehn Sekunden.

Kirk sah sie – dunkle Gestalten, die im Vakuum zuckten. Weitere Geiseln wurden ins Leere geworfen. Doch das wollte Kirk nicht zulassen.

»Mr. Chekov – *jetzt!*« befahl er.

Nach genau zwölf Sekunden breitete sich ein breiter Strahl kühler Phaserenergie über den Raumer aus, hüllte eine Seite des Schirms ein und ließ die normalerweise unsichtbaren Kraftfelder bläulich aufleuchten. Auf breiteste Strahlenbreite ausgeweitet, würde die Energie pro Quadratmeter des langanhaltenden Phaserbeschusses nicht reichen, um jemanden zu verletzen, der in ihm war, doch indem er die Schirme des Raumers gleichmäßig und gleichzeitig zu über fünfzig Prozent bestrich, nach der von den Torpedos hervorgerufenen Detonation an beiden Scheitelpunkten …

Das blaue Leuchten erstarb wie abgeschaltetes Licht.

»Schirmversagen!« rief Chekov. »Totalausfall!«

Fünfzehn Sekunden.

Kirk erlaubte sich eine halbe Sekunde zum Atmen. Hätte der Schirm nicht versagt, wären die Geiseln verloren gewesen. Aber er *hatte* versagt, genauso wie er es erwartet und wie Spock es bestätigt hatte. Nun hatte Kirks Team laut Computeranalyse der Ersatzsysteme des Raumers 15 Sekunden, bis der Deflektorschirm wieder aktiv werden konnte.

»Nächste Phase«, sagte Kirk. Dann tat er das, was jedem Kommandanten am schwersten fiel – er wartete.

Genau 17 Sekunden nach Beginn des Unternehmens blitzten mehrere Transporterenergiepunkte rund um die Luftschleusen des Raumers auf, als man die hinausgeworfenen Geiseln barg – nur zehn Sekunden nachdem sie dem Vakuum des Alls ausgesetzt worden waren. Die *Enterprise* hatte vier Haupttransporterräume, von denen jeder sechs Personen auf einmal transportieren konnte, und zwar zwei Gruppen pro Minute. Zusätzlich gab es fünf Nottransporter, von denen jeder 22 Personen auf einen Schlag bergen konnte, eine Gruppe pro Minute im sichersten Signalmodus.

Solange die Sensoren Ziele fanden – und dies war bei einer Entfernung von wenigen hundert Metern sichergestellt –, konnte die *Enterprise* jedes sich auf dem Raumer befindliche Lebewesen innerhalb von dreißig Sekunden an Bord holen. Laut Sensormessungen handelte es sich bei diesen Lebewesen um 38 Menschen, vier Klingonen, sechs Orioner, einen Andorianer, zwei Hunde, fünf Katzen und zwölf Vögelchen, die offenbar zum Inventar der Bordbar gehörten. Die Klingonen, Orioner und der Andorianer konnten zu einem einzelnen Nottransporter gebeamt werden, den die Bordwachen mit gezückten Phasern umstellt hatten. Kirk wäre am liebsten dort gewesen, um ihre Gesichter zu sehen, besonders das ihres Anführers. Aber er hatte noch eine wichtige Aufgabe vor sich.

Nach der Ausschaltung des Schutzschirms, um das Verfahren in Gang zu bringen, lag der Erfolg des wagemutigen Unternehmens darin sicherzustellen, daß der Schirm nicht wieder aufgebaut werden konnte, während man gleichzeitig dafür sorgte, daß die Häscher nicht anfingen, wahllos die Geiseln zu erschießen, wenn ihnen klar wurde, daß jene, die sie über Bord warfen, gerettet wurden.

Und so hatte Kirk sich die perfekte Ablenkung ausgedacht.

Nun, nach zweiundwanzig Sekunden, setzte er sie ein. Als das Transporterflackern rings um den Raumer verschwand – neun Sekunden, bevor die Schirme sich wieder aktivierten –, schossen unter Chekovs fachmännischer Leitung dünne Phaserstrahlen aus der *Enterprise.* Die Strahlen waren nicht auf die Schirmgeneratoren gerichtet, an denen die Geiseln versammelt waren, um einen Direktangriff dieser Art zu verhindern, sondern auf die wichtigsten Aufbautenstützträger. In sechs Sekunden nahm das Muster, das die Strahlen in den Rumpf sengten, die Form eines roten Lebewesens an, das seziert wurde. Doch kein Strahl durchdrang den Rumpf. Sie schwächten ihn nur, damit kein Passagier verletzt wurde. Angst hatten sie sicherlich, denn das Brüllen der funkelnden Energie flammte über das sie umgebende Rumpfmetall. Tat aber nicht weh.

Als das Sengmuster fertig war, gab Kirk den letzten Befehl. »Letzte Phase, Mr. Sulu.« Das Unternehmen lief nun 27 Sekunden, in zwei Sekunden würde der Schirm des Raumers wieder stehen. Sie hatten den Punkt erreicht, von dem Spock gemeint hatte, hier sei das Risiko am größten. Zwei Sekunden waren als Sicherheitsspielraum nicht ausreichend.

Aber es *sei* immerhin ein Sicherheitsspielraum, hatte Kirk gesagt.

Die Phaser wurden auf der Stelle durch Traktorstrahlen ersetzt. Kirk bildete sich ein, die *Planitia* knirschen und ächzen zu hören, als sie zupackten und sorgfältig berechnete Belastung auf die Schlüsselgebiete ausübten. Plötzlich, in dem Moment, in dem der Schirm des Raumers sich hätte aufrichten müssen, gingen alle Lichter auf einmal aus. Dann folgte die Innenbeleuchtung, und alle Bullaugen wurden finster. Erst dreißig Sekunden waren seit der Detonation des ersten Torpedos vergangen, und Kirk war sicher, daß selbst die schlachtgestähltesten Klingonenkrieger auf dem Schiff nun Besseres zu tun hatten, als Geiseln zu erschießen, während die Schwerkraft ausfiel und das Schiff um sie herum zusammenbrach.

Als die Kommunikation versagte, verstummte auch das Hintergrundgeschwätz des Kommandanten. Spocks Stimme kam laut und deutlich über die Lautsprecher. »Frachttransporter haben Antimateriespeicher des Raumers angepeilt. Breitstrahlstreuung achtern.« Dreiunddreißig Sekunden.

Kirk schlug sich mit der Faust in die offene Hand. Bislang lief alles perfekt ab. Es würde nicht mal eine Antimaterieexplosion wegen des Versagens der Magnetflaschen des Raumers geben.

Die *Stadt Utopia Planitia* brach wie eine Eierschale auseinander. Eine plötzliche Wolke aus Luft und kristallisierter Feuchtigkeit bildete sich um sie und drehte sich wie Nebel im Kreis. Funken und das Aufflackern kleiner Explosionen interner Gasmischungen und Speicherbatterien erleuchteten die Innendecks, als tobe an Bord ein Gewitter. Es war, als würde eine Computergrafik auseinandergerissen, jedes Deck entblößt. Lose Möbel, Bettlaken, Gepäck, Frachtmodule, Geschirr und Spielmarken, alles drehte sich wie wahnsinnig und glitzerte in den blauen Traktorstrahlen.

»Spock hier, Captain. Transporterteams bestätigen positive Anpeilung sämtlicher Insassen. Wir haben alle an Bord geholt.« Nach genau 37 Sekunden.

Kirk hätte am liebsten über seine Mannschaft gejubelt, aber noch war das Unternehmen nicht beendet. »Medizinischer Zustand?«

McCoys Antwort klang, als fühle er sich bedrängt. Kirk konnte ihn sich vorstellen: Er beugte sich im Transporterraum über die Patienten und behandelte sie fachmännisch, während er die Teams an den anderen Transportern hektisch anleitete.

»Bisher keine Verluste. Einige Kinder sind übel dran. Wir haben eine Frau in den Kreißsaal ... *Nein,* mach die Klammer *dahin,* verdammt!«

Kirk stand auf. Er schaute den ›Companion‹ an. »Ist er hier?« fragte er. »Ist der Mensch hier?«

In seinem unbedeckten Auge wallte eine Träne auf. »Er ist bei uns«, sagte sie frohlockend. »Ah, Captain, der Mensch ist bei uns!«

Kirk konnte wieder atmen. Er aktivierte die Taste für den Rundruf. Auf dem Bildschirm bestand der Raumer in der Trümmerwolke nur noch aus acht langsam rotierenden Sektionen. Eine einzige, doch starke Explosion hatte ihn auseinandergerissen, und zwar ohne den zerstörerischen Einsatz von Torpedos und Phasern. Und *ohne* Verluste. Er hatte das Risiko erneut geschlagen. Die *Enterprise* hatte das Risiko erneut geschlagen. Sie hatten zusammen gesiegt.

»Hier ist der Captain. An alle Passagiere der *Planitia.* Mr. Cochrane möchte sich bitte bei der Bordwache melden.«

Lieutenant Kyle meldete sich kurz darauf aus dem Nottransporterraum III. »Captain? Bei mir ist jemand, der sich Cochrane nennt. Er sieht so aus, als könnte er einen Arzt gebrauchen.«

»Bringen Sie ihn ins Lazarett, Mr. Kyle. Sagen Sie ihm ... der ›Companion‹ wird ihn dort treffen.«

Sulu meldete sich an der Steuerkonsole. »Admiral Kabreigny verlangt zu wissen, was gerade passiert ist, Sir.«

»Bitten Sie sie, ins Lazarett zu kommen«, sagte Kirk.

»Captain Kirk?« Die Stimme aus dem Interkom klang unsicher, war aber erkennbar, und Kirk gestattete sich zum ersten Mal den Luxus, daran zu glauben, daß der Plan perfekt funktioniert hatte.

Er drückte die Sendetaste auf der Armlehne, und im gleichen Moment huschte der ›Companion‹ an seine Seite. »Willkommen auf der *Enterprise,* Mr. Cochrane«, sagte Kirk.

»Können Sie ... mir sagen, was hier vor sich geht?« fragte Cochrane. Kirk konnte die Verwirrung in Kyles Transporterraum über den Lautsprecher hören. Da weinten Kinder. Sanitäter riefen sich gegenseitig etwas zu. Für ihn klangen die Geräusche nach einem Sieg. Alle waren lebendig und in Sicherheit.

»Nun, Sir«, sagte Kirk, »ich hatte gehofft, *Sie* könnten es mir sagen. Es scheint ...«

Die *Enterprise* bebte, als das Bombardement einer Explosion sie durchlief. Kirk flog in den Sessel zurück. Aus den an den Wänden aufgereihten Instrumenten sprühten Funken. Chekov schrie auf. Alarmsirenen schlugen an.

Kirk schaute auf den flackernden Bildschirm.

Die Hilfe, die der klingonische Kommandant erwartet hatte, war endlich eingetroffen.

Drei klingonische Schlachtkreuzer hingen hinter dem sich drehenden Wrack der *Planitia* im Weltraum.

Und während Kirk sie hilflos musterte, feuerte der erste erneut auf sie.

## 3
## *USS* Enterprise *NCC-1701-D*
## *Feindberührung*

Sternzeit: 43921.8 · Terrestrische Zeit: Mai 2366

»Maximale Abschirmung!« befahl Picard.

Die Brücke erbebte, als die erste Salve romulanischen Phaserfeuers gegen die Diskussektion der *Enterprise* krachte. Dann schoß der dritte Warbird an den Frontsensoren vorbei und verschwand heckwärts.

Sirenen schrillten. Die Brücke wurde von Schadensmeldungen überflutet.

»Er muß sich genau hinter der *62. Regel* enttarnt haben, damit wir ihn nicht entdecken konnten«, sagte Data.

Doch Picard hatte keine Zeit für die Feinheiten romulanischer Taktiken. Er mußte zwei Fähren an Bord holen. »Picard an LaForge – wo sind die Fähren?!«

»Docken in einer Minute an, Sir!« erwiderte der Ingenieur aus dem Hangar. »Was war das, verdammt?«

»Noch ein Warbird«, sagte Picard.

»Er kehrt um, Sir«, meldete Data.

Picard wandte sich dem Geschützstand zu. »Mr. Worf, Schirm um die *Gould* und *Cochrane* ausdehnen. Transportersteuerung, sobald der Schirm steht, die Piloten an Bord beamen. Commander Riker?«

Riker antwortete aus dem Hangar.

»Sie sind dafür verantwortlich, das Artefakt an Bord zu holen. Setzen Sie die Frachttraktorstrahlen direkt ein und geben Sie die Fähren auf, wenn's sein muß, aber bringen Sie es an Bord.«

Worf bestätigte, daß die *Gould* und die *Cochrane* sicher waren. Die Transportersteuerung bestätigte, daß die Piloten sich an Bord befanden.

Der dritte Warbird zischte erneut am Hauptbildschirm vorbei. Aber diesmal schoß er nicht.

»Der Angreifer meldet sich«, sagte Worf.

»Auf den Schirm«, fauchte Picard. Er war wütend. Er funkelte den romulanischen Kommandanten an, der auf dem Bildschirm auftauchte. Dieser hatte die Fingerspitzen elegant aneinandergelegt, als gehöre es zu seinem Freizeitvergnügen, ein ganzes Schiff voller Ferengi zu ermorden.

»Kommandant des Föderationsschiffes«, sagte der Romulaner, »Sie werden sich zurückziehen, oder wir vernichten Sie.«

»Wir befinden uns im Machtbereich der Föderation!« rief Picard, ohne auf die Anweisung einzugehen. »Sie haben auf ein neutrales Schiff gefeuert! Schalten Sie den Schirm ab und bereiten Sie sich darauf vor, daß ein Enterkommando zu Ihnen an Bord kommt!«

Sein Ausbruch schien den Romulaner zu langweilen. »Wir haben ein gestohlenes romulanisches Schiff vernichtet, um zu verhindern, daß militärische Geheimnisse in feindliche Hände fallen. Wir haben keinen Streit mit Ihnen. Ziehen Sie sich zurück, damit wir uns auf unsere Weise um die Angelegenheiten kümmern können.«

»Fracht an Bord«, meldete Riker aus dem Hangar. »Die beiden Fähren auch.«

Diese Nachricht überraschte Picard. Er hatte damit gerechnet, daß der Warbird die Fähren auf dem Rückflug vernichten würde. Vielleicht hatte der Kommandant nicht das Risiko eingehen wollen, das Artefakt zu zerstören.

»Die *Enterprise* wird sich von keinem Ort zurückziehen, über den die Föderation gebietet«, schnaubte Picard aufgebracht. »Das romulanische Schiff, das bei uns ist, steht unter unserem Schutz. Und wir werden es unter Einsatz von Gewalt verteidigen.« Er schaute sich kurz um, als er hörte, daß die Lifttür sich öffnete. Counselor Troi fegte auf die Brücke.

Der romulanische Kommandant hob in vorgetäuschter Resignation die Hände. »Mit wem spreche ich?«

»Captain Jean-Luc Picard vom Raumschiff *Enterprise.*«

Die Lider des Romulaners flackerten leicht, als er zur Seite schaute – als sei dies der Name, den er am wenigsten zu hören wünschte. »Captain Picard«, sagte er und nahm einen gemäßigteren Ton an. »Ich wiederhole: Ich bin nicht darauf aus, gegen Sie zu kämpfen. Aber das Schiff, das Sie verteidigen wollen, ist romulanisches Eigentum. Die Kommandantin, die sie verteidigen, ist eine Verräterin an unserem Reich. Dies ist eine absolut interne Angelegenheit. Und ich weiß, daß die Föderation auf ihre Nichteinmischungspolitik stolz ist. Ich bin sicher, daß Sie sich aus dieser Affäre zurückziehen, bevor sie sich zu einem Zwischenfall auswächst, den keiner von uns herbeisehnt.«

Troi baute sich neben Picard auf. »Er sagt die Wahrheit, Captain. Er ist wirklich nicht auf Konfrontation aus. Aber er wird kämpfen, wenn er das Gefühl hat, daß Sie ihn dazu zwingen.«

»Sie mischen sich in unsere Angelegenheiten ein«, sagte Picard. »Und wir haben das Recht, uns gegen ein solches Eindringen zu verteidigen.«

»Captain«, meldete sich Worf, »Commander Tarl möchte ebenfalls mit Ihnen sprechen.«

Picard verstand nicht, warum Tarl die Dauer seines Gesprächs mit dem Romulaner nicht zur Flucht genutzt hatte. »Auf den Schirm«, sagte er.

Der Bildschirm zeigte nun zwei Gesichter: Rechts war Tarl zu sehen, links der männliche Romulaner. Beide hielten sich auf der Brücke auf.

»Captain Picard«, sagte Tarl, »ich weiß Ihr Asylangebot zu schätzen. Aber ich bin zu der Ansicht gelangt, daß es falsch ist, meinem Volk den Rücken zu kehren. Bitte, lassen Sie mich ohne weitere Gewalt zurückkehren. Um Änderungen vorzunehmen.« Sie ließ den Kopf hängen, als schäme sie sich.

»Sie verschweigt etwas«, sagte Troi, so daß nur Picard es hören konnte.

Der männliche Romulaner gestikulierte. »Captain Picard, Sie haben die Verräterin selbst gehört. Es besteht kein Grund, warum Sie sich in diese Angelegenheit verwickeln lassen sollten.«

Die Lifttür flog erneut auf. Riker eilte auf die Brücke. Als er die beiden Romulaner auf dem Schirm sah, fragte er sofort: »Wollen sie … irgendwas zurückhaben?«

Picard wandte sich vom Schirm ab und signalisierte Worf, den Ton abzuschalten. »Der Neue hat das Artefakt nicht erwähnt. Es ist fast so, als wisse er gar nicht, daß es weg ist.«

»Oder er glaubt, es ist noch bei Tarl an Bord«, meinte Troi.

»Nein«, sagte Picard. »Seine Sensoren könnten es ihm in Sekunden sagen. Ich glaube, er ist wirklich nur hier, um Tarl und ihr Schiff zurückzuholen.«

»Und sie scheint nichts dagegen zu haben«, sagte Troi.

»Weil sie will, daß wir mit dem Artefakt verschwinden«, sagte Picard. »Aber es liegt mir nicht, jemanden im Stich zu lassen, der sich als dermaßen tapfer und weitsichtig erwiesen hat.« Er schaute zum Bildschirm und gab Worf zu verstehen, den Audiokanal wieder zu öffnen.

»Mit *wem* habe ich die Ehre?« fragte er.

Der romulanische Kommandant nickte ihm grüßend zu. Aus irgendeinem Grund, den Picard nicht verstand, benahm er sich nicht wie ein typischer Romulaner. »Ich bin Traklamek. Ziehen Sie sich zurück, Captain Picard?«

»Ich möchte gern einen Kompromiß vorschlagen«, sagte Picard.

»Das ist unnötig«, sagte Tarl. Picard glaubte, in ihrer

Stimme eine Warnung zu hören. Er schaute Troi an, und sie bestätigte seine Vermutung. Sie hatte es also auch gehört, denn sie nickte leicht.

»Er ist auch nicht akzeptabel«, sagte Traklamek knapp.

Picard fuhr, völlig unbeeindruckt durch den Mangel an Ermutigung von beiden Seiten, fort. »Commander Traklamek, die Föderation hat kein Verlangen danach, die Sicherheit Ihres Reichs zu gefährden, und wir sind bereit, Ihnen das Schiff von Commander Tarl zurückzugeben. Wir möchten Tarl und jeden aus ihrer Mannschaft, der es will, jedoch in Sicherheit wissen.«

»Das ist *völlig* unakzeptabel«, sagte Traklamek.

»Ich möchte mich meinem Schicksal nicht entziehen«, sagte Tarl leise. »Als Soldat müssen Sie mich doch verstehen, Captain Picard.«

»Sie sagt noch immer nicht die Wahrheit«, hauchte Troi Picard zu.

Er vernahm das Klicken, das ihm sagte, daß Worf den Ton erneut abgeschaltet hatte. »Captain«, sagte er, »ich messe beträchtliche Subraumkommunikation zwischen den romulanischen Schiffen.«

»Können Sie da rein?« fragte Picard.

»Es ist alles kodiert.«

»Traklamek versucht vielleicht, Tarls Computer zu manipulieren«, sagte Riker.

Picard überdachte ihre Möglichkeiten. »Wir waren bereit, Tarls Mannschaft an Bord zu holen. Können wir das auch bei einem Angriff?«

»Wir können zwar nicht durch Deflektorschirme beamen«, sagte Riker, »aber wenn wir nahe genug an Tarls Schiff herankommen, so daß unsere beiden Schirme sich vereinigen, wie bei den Fähren, könnte es möglich sein.«

»Wie lange müßten wir neben ihr bleiben?« fragte Picard.

»Wenn wir nur unsere eigenen Transporter einsetzen können, vielleicht fünfzehn, zwanzig Minuten, um alle dreihundert Mann rüberzuholen.«

»Und wenn Tarl auch ihre Transporter einsetzt?«

»Schneller, aber noch immer knapp zehn Minuten. Warbirds sind für Evakuierungen schlecht ausgerüstet.«

»Captain Picard«, kam Taklameks Stimme nun vom Bildschirm. »Ich muß Ihre Antwort *jetzt* haben.«

Picard wandte sich an seine Mannschaft, die auch den Navigator einschloß, der Wesley Crusher abgelöst hatte. »Mr. Worf, bereiten Sie den Abschuß einer breitgefächerten Salve Photonentorpedos vor. Fähnrich McKnight, auf mein Zeichen hin bringen Sie uns fünf Meter an Commander Tarls Frontrumpf heran. Ton bitte wieder einschalten.«

Picard trat vor und sah den romulanischen Kommandanten an. »Ich habe Ihnen meine Antwort bereits gegeben«, sagte er trotzig. »Sie haben fünf Sekunden für den Rückzug.«

Traklameks Bild verschwand sofort.

»Sein Schirm steht jetzt auf Maximum«, sagte Worf. »Und er macht seine Phaser scharf.«

»Sie hatten eine Chance, hier wegzukommen!« rief Tarl. »Warum haben Sie sie nicht genutzt?«

»Die Föderation läßt Freunde nicht im Stich«, sagte Picard.

»Traklamek feuert!« knurrte Worf.

Als Tarls Bild verblaßte, deutete Picard auf den Bildschirm. »Torpedos abfeuern! Fähnrich – *jetzt!*«

Die Brücke machte einen Satz, als das gegnerische Feuer gegen das Schiff anstürmte, und der Donner des Aufschlags vermischte sich mit dem Echo der Torpedowerfer. Dann, als eine Mauer von Photonentorpedoplasma rund um Traklameks Schiff aufflammte, fuhren Fähnrich McKnights Hände über die Steuerkontrollen, und die *Enterprise* schoß auf Tarls massiges Schiff zu.

»Traklamek scheint mit einem Angriff gerechnet zu haben, Sir!« sagte Worf überrascht. »Er setzt zu einem Ausweichmanöver an.«

Picard lächelte. Eine glückliche Fehlberechnung auf Traklameks Seite.

»Er wird vor Wut schäumen, wenn er merkt, daß wir ihm nicht folgen«, sagte Riker.

»Fünf Meter«, meldete Fähnrich McKnight.

Picard konnte auf dem Bildschirm direkt in die Bullaugen von Tarls Schiff sehen. Die *Enterprise,* nur halb so lang wie der Warbird, schmiegte sich nun geschützt in die Krümmung des massiven Rumpfs des Schiffes.

»Transportersteuerung«, sagte Picard schnell. »Die Notevakuierung von Commander Tarl vornehmen ...«

Das Bild auf dem Schirm wellte sich unerwartet, dann setzte sich das optische Wogen über den Bildschirm hinaus bis auf die Brücke fort.

Picard sah entsetzt, wie Fähnrich McKnight und Data flackerten, als seien sie bloße Luftspiegelungen in der Wüste. Als er auf seine Hände schaute und sah, daß auch sie sich wellten, spürte er, daß ihn eine Woge der Übelkeit durchflutete.

Er fuhr herum, als die Verzerrung sich weiterhin über die Brücke bewegte. Er sah den Ausdruck auf Worfs Gesicht, als sie ihn erreichte. Dann war sie weg.

Riker sprang mit weit offenen Augen vor. »Data! Was war das, verdammt?«

Data schaute von seinen Instrumenten hoch, und auf seiner Miene zeigte sich die androidenhafte Entsprechung einer Überraschung. »Commander Tarl hat ihr Schiff offenbar getarnt, Sir. Und die Enterprise ist ihr nahe genug, um in den Tarneffekt einbezogen zu werden. Der ungewöhnliche optische Effekt muß ein Ergebnis unserer Nähe zum Tarnfeld sein.«

Worf bestätigte Picards Hoffnungen. »Traklameks Schiff hat uns offenbar verloren, Captain. Er setzt einen breitgefächerten Sensor ein, um die Umgebung abzusuchen, aber er empfängt keine positive Rückmeldung. Ich glaube, wir sind getarnt, Sir.«

Picard ging zu Riker. Er sah ihm an den Augen an, daß er das gleiche dachte. Dies war noch sicherer als die Kombination zweier Deflektorschirme. »Mr. Data, richten Sie den Traktorstrahl auf Commander Tarls Schiff und bewahren Sie engen Kontakt. Mr. Worf, halten Sie Funkstille und peilen Sie Traklameks …«

LaForges Stimme drang durch die Hintergrundgeräusche der Brücke. »Maschinenraum an Captain Picard – wir haben hier unten eine Notsituation!«

»Fahren Sie fort, Mr. LaForge.«

»Captain, irgendeine Art Feldverzerrungswelle hat uns gerade berührt – möglicherweise eine neue romulanische Waffe –, doch was es auch ist, es hat die magnetischen Verengungselemente des Warpkerns zerschlagen. Wir müssen alles abschalten, sonst leitet der Computer eine automatische Kernabstoßung ein.«

Das letzte, was Picard noch fehlte, war eine Schlacht ohne Energie für seine Warptriebwerke, Schutzschirme oder Phaser. »Abschalten, Mr. LaForge«, befahl er. »Aber nehmen Sie sofort einen Energienottransfer von den Impulsreaktoren zu dem Schirm und den Phaserbänken vor.«

Die Brückenlampen flackerten und wurden matt, als der Hauptreaktor des Schiffes seine Tätigkeit einstellte.

»Wir befinden uns nun im reduzierten Energiemodus«, sagte Worf. »Lebenserhaltung läuft auf Reserve. Impulserzeugung hat eingesetzt. Volle Schirm-, Phaser- und Transportereinsatzfähigkeit in fünfzehn Minuten.«

»Captain«, sagte Data, »der Plasmaausstoß unserer Impulstriebwerke wird Traklamek möglicherweise in die Lage versetzen, uns zu orten.«

»Wie lange dauert es bis dahin?«

»Vorausgesetzt, wir setzen die Impulsenergie nicht zur Beschleunigung ein, können wir der Entdeckung für dreieinhalb Minuten entgehen.«

Picards Verstand raste. Er sah auf dem Bildschirm, daß Traklameks Schiff im relativen Stillstand balancierte und seine ursprüngliche Entfernung zu Tarls letzter bekannter Position beibehielt. »Kommunizieren die Warbirds noch immer miteinander, Mr. Worf?«

»Nein, Sir. Beide Schiffe halten absolute Funkstille.«

»Irgendein Hinweis, daß Tarl sich darauf vorbereitet, ihre Position zu ändern?«

Data antwortete ihm. »Nein, Sir. Warp- und Impulstriebwerke in Bereitschaftsmodus.«

Picard schaute auf den Bildschirm. »Ich weiß, worauf Traklamek wartet – auf uns. Aber wieso ist Tarl noch hier?«

»Vielleicht weiß sie, daß das Tarnfeld uns beschützt«, meinte Riker.

»Könnte sein, Nummer Eins. Aber wenn sie damit rechnet, daß wir ihr jetzt helfen, weiß sie offenbar nicht, daß ihr Feld unseren Warpkern lahmgelegt hat.«

»Zwei Minuten und dreißig Sekunden bis zur Entdeckung, Sir.«

»Zweieinhalb Minuten«, wiederholte Picard und starrte hochkonzentriert den Schirm an. Wenn sie nur die Impulstriebwerke hatten, konnte die *Enterprise* Traklameks Warbird nicht entkommen. Und die Phaser konnten sie auch erst in einer Viertelstunde abfeuern. Sie hatten zwar Torpedos, aber sie würden nie in der Lage sein, genug abzufeuern, um Traklameks Schirm zu knacken, bevor er das Feuer erwiderte. Außerdem hatte die *Enterprise* nicht genug Energie, um einem Beschuß standzuhalten, der über eine Salve hinausging. Der einzige Vorteil, den sie jetzt hatten, bestand in der Unsichtbarkeit für Traklameks Sensoren. Und auch dieser Vorteil würde nur noch …

»Zwei Minuten«, sagte Data.

Die Brücke schwieg. Alle schauten den Captain an.

Picard lachte lautlos vor sich hin. Was hatte er noch vor kurzem gedacht? Daß das Schiff von alleine lief? So gut es auch war, es war die Mannschaft, die die *Enterprise* funktionieren ließ. Und er war das Mannschaftsmitglied, das jetzt am meisten zählte.

»Da wir nicht fliehen, kämpfen und auch nicht versteckt bleiben können«, sagte Picard, »und Traklamek, nachdem wir auf ihn gefeuert haben, unsere Kapitulation nicht annehmen wird, bin ich dankbar für Vorschläge.«

Riker meldete sich als einziger. »Einige unserer Leute können vielleicht entkommen, wenn wir alle Rettungskapseln auf einmal abschießen«, schlug er grimmig vor.

»Neunzig Sekunden«, sagte Data.

Picard schüttelte den Kopf. »Ohne Warpfähigkeit hätte Traklamek sie in ein paar Tagen aufgespürt und abgeschossen.«

Data schaute von seinem Pult hoch. »Sir, ich habe eine gründliche Analyse sämtlicher ähnlicher Situationen vorgenommen, soweit uns darüber Aufzeichnungen vorliegen. Es sieht so aus, als bestünde unsere einzige, wenn auch geringe Überlebenschance darin, uns Traklameks Gnade auszuliefern.«

»Ich weiß, was Romulaner von Gnade halten«, schnaubte Worf. »Da ist es schon besser, im Kampf den Tod eines Kriegers zu sterben.«

»Noch besser wäre es, *überhaupt nicht* zu sterben«, sagte Picard.

Er war der Captain der *Enterprise.* Sogar jetzt, in den wenigen Sekunden, die ihm noch blieben, um eine Entscheidung zu fällen, dachte er an die anderen Schiffe, die ihren Namen getragen hatten – sie waren alle auf dem 3-D-Wandgemälde seines Bereitschaftsraums zu sehen. Er dachte an die Gesellschaft, in der er sich befand: April, Pike, Kirk, Harriman, Garrett. Sie hatten ihr Schiff oder ihre Mannschaft nie aufgegeben. Und er wollte es auch nicht tun. Es *mußte* eine Möglichkeit geben, an die er noch nicht gedacht hatte. Irgendeine …

Irgend etwas tief in seinem Inneren sprach zu ihm … Ein Echo von Sareks Bewußtsein … Das Echo eines anderen Bewußtseins, dessen Geist Sarek berührt hatte … Er wußte es nicht genau. Doch er fühlte sich erinnert, daß es schon vor den Schiffen namens *Enterprise,* die zu den Sternen gefahren waren, Schiffe dieses Namens gegeben hatte. Und andere Captains. Andere …

Picard spürte, daß ihm der Wind ins Gesicht wehte. Er hörte das Klatschen von Segeln, roch den Rauch der Kanonen und spürte um sich das tosende Meer.

Irgend etwas in ihm sagte ihm, er sollte die Regeln der Begegnung ändern – sich nicht auf die Begrenzungen der *Enterprise* konzentrieren, sondern auf die Traklameks.

Er *sah* die Möglichkeit.

Data ging zum Countdown über. »Dreißig Sekunden.«

»Entfernung zu Traklameks Schiff?« fragte Picard.

»Zwei Kilometer«, erwiderte Data.

Picard stellte sich hinter ihn und legte eine Hand auf die Rückenlehne des Androiden. »Resttarnausläufer, Mr. Data – wie lange halten sie an?«

Data hob fragend den Kopf. »Einige Zehntelsekunden, Sir.«

Picard nickte. »Dann müßten zehn Kilometer pro Sekunde reichen. Mr. Data, transferieren Sie sämtliche Energie in das Strukturintegritätsfeld.«

Data führte den Befehl sofort aus, doch Riker trat neben Picard, um ihm eine rasche Frage zu stellen. »*Sämtliche* Energie? Wir sind in keiner Atmosphäre, und ohne Warpgeschwindigkeit *braucht* die *Enterprise* nicht mal ein SIF.«

»Dort, wo wir hingehen«, sagte Picard, »brauchen wir keine Warpgeschwindigkeit.« Er schaute zum Geschützstand. »Mr. Worf, auf das Rückgrat von Traklameks Schiff zielen. Dann die Koordinaten in die Steuerung übertragen. Sofort.«

Worf folgte der Anweisung auf der Stelle und ohne den Befehl des Captains zu hinterfragen. Doch Riker schaute Picard aus großen Augen an. Endlich verstand er. »Das können Sie doch nicht ernst meinen, Captain«, sagte er.

»Fünf Sekunden bis zur Entdeckung«, gab Data bekannt.

»Nummer Eins«, sagte Picard. »Ich habe in meinem ganzen Leben noch nie etwas so ernst gemeint. Fähnrich McKnight – auf mein Zeichen hin.«

Dann deutete er mit dem Finger auf den Bildschirm und gab einen Befehl, den man seit Jahrhunderten auf keinem Schiff des Namens *Enterprise* mehr gehört hatte.

*»Rammgeschwindigkeit!«*

Die *Enterprise* machte einen Satz nach vorn, ihre Trägheitsdämpfer schützten alle an Bord vor der monströsen Kraft der $10^3$-Gravitationsbeschleunigung, die ihre Impulstriebwerke einsetzen konnten.

Traklameks Warbird hatte keine Chance.

Seine Deflektorschirme waren auf die Frequenzen abgestimmt, die nötig waren, um es vor Phaser- und Photonentorpedobeschuß abzuschirmen. Bei relativer Ruhe unter Kampfbedingungen war sein Navigationsschirm darauf konfiguriert, Staub und Trümmer abzulenken, damit die Energie den Waffen zur Verfügung stand. Er würde nur mehr Energie beziehen, wenn sich das Schiff wieder in Bewegung setzte oder die Sensoren sich nähernde Objekte meldeten.

In den letzten Mikrosekunden ihrer Existenz registrierten die Schiffssensoren zweifellos einen sich nähernden Gegenstand – die 3,71-Millionen-Tonnen-Masse der *Enterprise.* Doch die Resttarnausläufer von Tarls Tarnfeld verzerrten das Sensorenbild der *Enterprise,* und Traklameks Computer baten automatisch um

Verifikation, bevor sie die Energiezuweisung für den Schirm unter Kampfbedingungen änderten. Romulanische Programmierer hatten vorhergesehen, daß es gefährlich werden konnte, wenn man zuließ, daß die Schirmfrequenzen sich als Reaktion auf Sensorphantome veränderten.

Doch selbst bei einer Operationsrate von einer Milliarde pro Sekunde gab es keine Zeit zur Bestätigung irgendwelcher Sensorenanzeigen.

Die *Enterprise* glitt durch den Navigationsdeflektor, als existiere er nicht.

Und auf der Brücke des Warbirds kam die Vernichtung so schnell, daß man dort nicht einmal Zeit hatte, sich sein eigenes Schicksal zu verdeutlichen.

Der Bugrand der Diskussektion der *Enterprise* traf das Rückgrat von Traklameks Schiff mit einer Geschwindigkeit von 36 000 km/h. Das interne Kraftfeld des Raumschiffes der Galaxis-Klasse war dazu konstruiert, ihre strukturelle Festigkeit unter der Belastung von Warpbeschleunigung zu verstärken. Das System war auf die höchste Einstellung abgestimmt, die es brauchte, um eine Geschwindigkeit von 1,78 *Billionen* Kilometer pro Stunde auszuhalten – und dies verlieh ihr eine Starrheit, die der von verkümmerter Materie im Herzen eines Neutronensterns gleichkam.

Die Berührung dauerte weniger als eine Hundertstelsekunde. Wäre der Warpkern der *Enterprise* aktiv gewesen, hätte die Druckwellen-Rückkopplung durch das Strukturintegritätsfeld des Schiffes sofort eine Antimaterieverdichtungswelle ausgelöst und das Schiff auf der Stelle vernichtet. Doch der Warpkern war abgeschaltet, und die *Enterprise* trennte den Kopf des Warbirds vom Körper und flog unbeschädigt weiter.

Im Hauptrumpf des Warbirds kristallisierte der Druck der Durchquerung der *Enterprise* Duranium. Die Mechanismen des Schiffsreaktors für künstliche Singularität wurden so plötzlich zertrümmert, daß sämtliche

Schwerkraftdämmfelder sofort in einer starken Implosion versagten.

Auf der Brücke des Warbirds wurden sofort alle Energieleitungen gekappt. Und sämtliche Trägheitsdämpfer und Schwerkraftssysteme schalteten sich ab. Die Kraft, mit der die beschleunigenden Schotten dann die plötzlich reglose Mannschaft trafen, reduzierte sie in weniger als einer Tausendstelsekunde zu überheißem Matsch. Bloße Sekundentausendstel danach wurde dieser Matsch von der Energiefreisetzung der Singularitätsimplosion verzehrt, die aus der anderen Schiffshälfte hervorbrach.

In weniger als einer Sekunde war von Traklameks Schiff nichts Größeres mehr übrig geblieben als ein isolinearer Chip.

Die *Enterprise* flog energisch weiter.

Auf der Brücke schrillten sämtliche Alarmsysteme gleichzeitig. Picard vernahm obskure Warnglocken, die er zuvor nur bei Übungen gehört hatte. Alle Lichter flackerten, über die Bildschirme rasten Symbole. Die Brückenlautsprecher quäkten, als seien sie momentan von Meldungen überlastet. Die sich abmühenden Trägheitsdämpfer schickten ein flatterndes Beben durch das Schiff, als sie einen Neustart versuchten. Das ganze Schiff knirschte und ächzte.

Picard blinzelte. Wie schnell die *Enterprise* den Feind doch ausradiert hatte. Dann befeuchtete er seine plötzlich trockenen Lippen. Er warf Fähnrich McKnight einen Blick zu. Ihr Gesicht war leichenblaß. Strähnen blonden Haars klebten schweißnaß an ihrer Stirn.

Riker musterte Picard mit einem Ausdruck, den dieser nicht durchschaute. »Wenn die Flotte davon erfährt ... Ich weiß nicht, ob man Ihnen dann einen Orden verleiht oder Sie vors Kriegsgericht schleift.«

»Eine Runderneuerung wäre mir lieber«, sagte Picard. Er wandte sich zum Geschützstand um. Auch

Worf musterte ihn mit einem seltsamen Gesichtsausdruck.

»Ja, Mr. Worf?« fragte Picard.

Worf grinste und fletschte dabei die Zähne, wie es nur ein Klingone konnte. Die dunklen Augen unter seinen buschigen Brauen funkelten. »Es ist mir eine Ehre, unter Ihnen zu dienen, Captain Picard. Über das, was Sie heute getan haben, wird man später Lieder singen.« Dann verfiel er ins *Hol*, und zwar so schnell, daß Picard kein Wort verstand.

»Mr. Worf? *Mr. Worf!*« sagte Picard, um die Lobpreisung seines Geschützoffiziers zu unterbrechen. »Bitte die Schadensmeldung.«

Worf nickte, schaute auf seine Konsole und seufzte. »Ich weiß kaum, wo ich anfangen soll.«

Wie sich herausstellte, wäre die Liste jener Systeme, die bei der Kollision *nicht* beschädigt worden waren, kürzer ausgefallen. Als Lieutenant LaForge erfuhr, was das harte Schiffsbeben ausgelöst hatte, schwieg er eine Weile und fragte dann: »Jetzt aber im Ernst: Was war los?«

Doch trotz aller überlasteten Stromkreise, angegriffenen Nerven und wissenschaftlichen Instrumente, die das plötzliche Hochfahren der SIF-Energie aus der Justierung geworfen hatte, war der Schaden an der *Enterprise* nicht groß, sondern nur beträchtlich.

Zwanzig Minuten nach dem Ereignis – inzwischen waren die Schadenskontrollsysteme voll angelaufen und auf der Brücke gab es, bis auf den Nahrungsautomaten und die wissenschaftlichen Stationen, wieder normale Energie – merkte Data gelassen an, das, was Picard mit der *Enterprise* gemacht habe, werde in den Schiffshandbüchern nicht mal als Fußnote erwähnt. Zwar waren auch früher schon Raumschiffe kollidiert, aber noch nie mit solch kühner Absicht.

»Weil ich ernstlich bezweifle, daß es je eine präzise Entsprechung zu unserer Situation gegeben hat«, sagte

Picard. »Wäre Traklameks Schiff nicht in relativer Ruhestellung gewesen; wären seine Schirme nicht auf Kampfbedingungen eingestellt, wäre unser Warpkern nicht abgeschaltet; wären wir ihm nicht so nahe gewesen, hätte das Manöver sicher keinen Erfolg gehabt.«

Data musterte den Captain eingehend. »Ich bin neugierig, Sir. Hätten Sie es auch getan, wenn die Bedingungen weniger günstig gewesen wären?«

»Keine Ahnung«, sagte Picard wahrheitsgemäß. »Wir konnten nicht kämpfen, wir konnten nicht fliehen; und der Romulaner hätte unsere Kapitulation nicht akzeptiert, nachdem wir auf ihn geschossen hatten.« Er schaute zu Riker hinüber. »Notieren Sie, daß das Verfahren für eine Ausbildungssimulation verfeinert wird, Nummer Eins.«

Riker nickte. »Es dürfte dem *Kobayashi Maru* ernste Konkurrenz machen.« Dann sagte er leise: »Rammgeschwindigkeit« und schüttelte den Kopf.

Dreißig Minuten nach dem Zusammenstoß waren die Systeme der *Enterprise* fast wieder vollständig im Einsatz, und das Schiff funktionierte normal. Die Sensornetze blieben zunächst in ihren Fähigkeiten begrenzt, bis eine vollständige Neujustierung vorgenommen werden konnte, und auch der Warpkern mußte noch reaktiviert werden. Doch in jeder anderen Hinsicht war Picards *Enterprise* heil.

Sie war auch allein.

Von Commander Tarls Warbird war keine Spur zu entdecken. Man ortete nur die weit verstreute ionisierte Gaswolke, die von Traklameks Schiff übriggeblieben war, und die verstreuten Trümmer von DaiMon Pols *62. Regel.* Und ohne vollständige Sensorenbereitschaft war die *Enterprise* nicht in der Lage, eine Warp- oder Impulsspur aufzuspüren, die sagen konnte, wohin Tarls Schiff verschwunden war.

Zwei Stunden nach dem Zusammenstoß machte Data während der Nacheinsatzbesprechung in der Aussichtslounge einen Vorschlag. »Commander Tarls Warbird könnte noch in der Nähe sein – vorausgesetzt, er hat sich in einer Entfernung getarnt, die Counselor Trois Fähigkeit übersteigt, die Mannschaft aufzuspüren.«

Doch Picard verwarf diese Möglichkeit. »Was sollte es ihr bringen, an einem Ort zu bleiben, an dem zwei andere Warbirds vernichtet wurden? Vielleicht hat sie es wirklich ernst gemeint, daß sie ins Reich zurückkehren will, um ihre Tat wiedergutzumachen. Oder sie hat sich sonstwohin aus dem Staub gemacht. Könnte doch sein, daß die Vorstellung, Bäuerin oder Grubenarbeiterin zu werden, ihr nicht sonderlich behagt.«

»Ich glaube, wir sollten unsere Aufmerksamkeit nun darauf richten«, sagte Riker, »daß wir das Borg-Artefakt und das Urrassen-Objekt an Bord haben.«

»Wollen wir hoffen, daß es *wirklich* ein Borg-Artefakt ist«, sagte LaForge. »Besonders nach den vielen Leben, die es gekostet hat.«

Alle, die am Tisch versammelt waren, wandten sich dem Ingenieur zu.

»Haben Sie irgendeinen Grund, an seiner Echtheit zu zweifeln?« fragte Picard.

»Ich weiß nicht genau, Captain.« LaForge schaute zur Decke hoch, als suche er nach der besten Möglichkeit, Picards Hoffnungen sanft zu zerstreuen. »Das Borgschiff, dem wir im System J-25 begegnet sind, war ein Sammelsurium aus technischem Kram anderer Schiffe. In ihm waren alle möglichen Dinge zusammengestoppelt.«

»Ist es bei dem Artefakt im Hangar denn nicht auch so?« fragte Riker.

»Nun ja, Sir, schon. Aber vergessen Sie nicht, was Data über sein Alter gesagt hat.«

»Ungefähr vierhundert Jahre«, sagte Picard.

»Genau. Das *gesamte* Artefakt. Jeder Schaltkreis. Jedes Stück Draht, jedes Kabel, jeder Leiter und jede Schaltung hat das gleiche Alter – *nur nicht* das Urrassen-Objekt.«

»Worauf wollen Sie hinaus, Geordi?« fragte Riker.

»Tja, wenn all diese Teile von anderen Schiffen übernommen wurden, müßte jedes ein unterschiedliches Alter haben. Also, als wir es zerpflückten, war uns klar, daß wir es mit Material zu tun haben, das aus vielen verschiedenen Kulturen mit hohem technischen Niveau stammt. Aber alles ist gleich alt.«

Data musterte den Ingenieur ausdruckslos. »Geordi, wollen Sie damit andeuten, daß man das Artefakt künstlich hat altern lassen? Vielleicht, indem man es einer starken nichtionisierenden Strahlung ausgesetzt hat, damit es einen Zustand annimmt, in dem es so wirkt, als hätte es lange Zeit im Weltraum verbracht?«

LaForge zeigte ein ansatzweises Lächeln. »So was in der Art, Data.«

Dr. Crusher schaute verblüfft drein. »Warum sollten die Borg ihre Schiffe älter machen, als sie es wirklich sind?«

»Nicht die Borg«, sagte Troi. »Die Romulaner.«

Dr. Crusher runzelte die Stirn, als sähe sie darin keinen Unterschied. »Das gilt auch für sie. Worauf wollen Sie hinaus?«

Picard schaute den Ingenieur an. »Irgendwelche Theorien, Mr. LaForge?«

»Eigentlich nicht, Captain. Wenn das Artefakt *wirklich* eine Fälschung ist, ist es eine verdammt gute. Sie paßt zu allem, was wir über die Borg wissen. Ich kann mir eigentlich nur vorstellen, daß jemand, der so etwas tut, Zugriff auf ein echtes Borg-Artefakt gehabt haben muß. Er hat die Einzelteile nach- und dann zusammengebaut.«

»Was zu dem künstlichen Alterungsprozeß passen würde, dem es vielleicht nach dem Zusammenbau unterzogen wurde«, sagte Data. »Ein Nachbau auf molekularer Ebene würde die Altersspuren der originalen

Komponenten nicht genau reproduzieren, und es wäre offensichtlich, daß wir es mit einem kürzlich erschaffenen Duplikat zu tun haben.«

»Was ist mit dem Urrassen-Objekt?« fragte Picard. »Könnte es ebenfalls ein Duplikat sein?«

LaForge schüttelte den Kopf. »Nein, das bezweifle ich, Captain. Erstens kann ich das Material nicht identifizieren, aus dem es besteht. Und das meiste ist für alle Sensoren undurchdringlich, die ich einsetzen kann, *einschließlich* eines Neutrinostroms, der eine Bleiwand von einem Lichtjahr Dicke durchdringen könnte. Es ist eindeutig das Produkt einer Technik, die wir nicht duplizieren können.«

»Außergewöhnlich«, sagte Picard. »Es gibt noch ein sogenanntes Urrassen-Objekt, einen Obelisken, in dem sich ein Gravitonstrahlgenerator befindet. Auch er ist für Neutrinos undurchdringlich.«

»Das ist gut zu wissen«, erwiderte LaForge. »Die Bibliothekscomputer laufen noch nicht, und ich konnte noch keine archäologischen Daten abrufen, um sie mit der Konfiguration des Objekts zu vergleichen.«

Picard richtete sich interessiert auf. »Hätten Sie was dagegen, wenn ich es mir noch mal anschaue?« Archäologie war für ihn mehr als nur ein Hobby.

»Geben Sie mir eine Stunde, um es aus dem Artefakt zu schneiden, dann sind Sie dran«, erwiderte LaForge sofort. »Captain«, fügte er dann etwas ernsthafter hinzu.

»Dann hatte ich also recht«, sagte Riker und lehnte sich in seinen Sessel zurück. »Wir müssen uns auf dieses Rätsel konzentrieren.«

»Was ist es für ein Rätsel?« fragte Troi. »Eins der Borg, der Romulaner oder der Urrasse?«

Picard beobachtete durch die Aussichtsfenster die schweigenden und teilnahmslosen Sterne. Beim Nachdenken über diese drei Möglichkeiten konnte er sich des Gefühls nicht erwehren, daß die wirkliche Antwort auf das Rätsel eventuell etwas war, an das sie noch gar nicht gedacht hatten. Oder etwas, das keiner von ihnen in Erwägung ziehen konnte.

Das Unerwartete hatte auf dieser Reise die Eigenschaft, sich ihm immer wieder zu zeigen. Er nahm sich vor, nicht überrascht zu sein, wenn es das nächste Mal dazu kam.

# 4
# *USS* Enterprise *NCC-1701*
## *Feindberührung*

Sternzeit: 3855 · Terrestrische Zeit: November 2267

Cochrane stieß sich vom Korridorboden ab. Die wechselnden Winkel der Wände, das Sirenengeheul und die blitzenden roten Lichter hatten ihn desorientiert. Er spürte, wie der Offizier namens Kyle seinen Arm packte und ihn voranzog. Captain Kirks Stimme hallte aus den Ganglautsprechern.

»Hier spricht der Captain. Wir werden angegriffen. Alle Mann auf Kampfstation. Dies ist *keine* Übung.«

»Wer greift uns an?« fragte Cochrane so laut wie er konnte, um sich in dem Lärm verständlich zu machen, als er neben Kyle herlief. Sie kamen an eine Gangkreuzung. Cochrane schaute sich um. Der Gang schien kein Ende zu nehmen. Kein Schiff konnte so groß sein. »Und wo sind wir?« fragte er.

»Sie sind auf der *Enterprise*«, rief Kyle zurück, ohne sein Tempo zu verlangsamen. »Und ich hab' keine Ahnung, welcher Idiot auf uns schießt.«

Der Boden hob sich plötzlich wieder, aber diesmal war die Bewegung weniger schlimm. Während Kyle und er durch den Korridor liefen, hörte Cochrane seltsame mechanische Geräusche, die durch das Schiff hallten. Er hörte sogar einen Rhythmus, der ihn an die Materie-Antimaterie-Generatoren erinnerte, die er eingesetzt hatte, um seinen Hyperantrieb anzutreiben.

Als sie an eine Wandleiter kamen, hielt Kyle an. Sie führte durch die Decke. Andere Männer und Frauen in den gleichen Uniformen wie Kyle eilten durch den Korridor. Eindeutig zu viele für ein Schiff, dachte Cochrane.

»Na, los«, sagte Kyle und deutete auf die Leiter. »Das ist 'ne Abkürzung.«

Cochrane hatte keine Ahnung, wohin die Leiter führte. Er kletterte hinauf.

»Zwei Decks höher!« rief Kyle, der unter ihm war.

Als Cochrane am nächsten Deck vorbeikam, roch er Qualm. Das Schiff bebte, und er hielt sich an der Leiter fest. »Was war das für ein Raum, in dem ich eben war?«

»Rauf!« drängte Kyle. Das Beben nahm zu.

Cochranes Körper schmerzte überall, aber er zwang sich zum Weitermachen. Er kam auf ein zweites Deck und stolperte von der Leiter. Der Gang war fast leer. Kyle war hinter ihm. »Hierher!« Er zerrte Cochrane mit, und sie nahmen wieder Tempo auf.

»Sagen Sie mir nur eins«, keuchte Cochrane. »Wie bin ich *hierher gekommen?*« Eben war er noch in einer Kabine des Passagierraumers gewesen, dann hatte etwas Kaltes ihn durchfahren, und er hatte sich urplötzlich auf einer leuchtenden kreisförmigen Platte wiedergefunden. Andere Gefangene, die er nach seiner Entführung gesehen hatte, waren um ihn gewesen. Er war zwar ganz sicher, daß er nicht unter Drogen stand, aber er konnte sich nicht erklären, wie er so plötzlich auf die *Enterprise* versetzt worden war.

»Wir haben Sie *transportiert*«, sagte Kyle, als sie um eine Ecke bogen. Am Ende des Korridors sah Cochrane eine Gruppe meist blau uniformierter Menschen, die sich um andere scharten. Sie lagen auf Tragen, die an der Wand standen. Er nahm an, daß er sich in einer Art Lazarett befand.

»Daß ich transportiert worden bin, *weiß ich*«, sagte Cochrane zunehmend verzweifelt. »Aber *womit?*«

»Mit 'nem Transporter, womit *denn sonst?*« erwiderte Kyle. Er klang nicht weniger irritiert und außer Atem.

Cochrane gab auf. Vielleicht hatte Kyle den Befehl,

keine militärischen Geheimnisse zu verraten. Welche andere Erklärung gab es für eine sich dermaßen im Kreise bewegende Logik? Sie hielten wieder an, neben den Leuten bei den Tragen. Kyle deutete auf eine Reihe offener Türen. »Melden Sie sich da drin«, sagte er. »Ich muß zu meiner Station.« Dann war er weg, ohne eine Sekunde Zeit zu vergeuden.

Als zwei Blauhemden, die eine bewußtlose Frau in Rot trugen, an ihm vorbeieilten, machte Cochrane Platz. Er folgte ihnen in den Raum hinein. Endlich sah er ein vertrautes Gesicht.

»Dr. McCoy!«

Der Arzt schaute von einem Patienten hoch, der auf einem Bett lag. Das goldene Hemd des Patienten war zerrissen und von dunklem Blut verschmiert. Cochrane sah, daß das Blut aus einer gezackten Wunde im Brustkorb des Mannes rann. »Was machen *Sie* denn hier?« fragte McCoy kurz angebunden.

Cochrane empfand noch mehr Verwirrung. »Man hat ... mich hergebracht. Captain Kirk hat gesagt, der ›Companion‹ würde ...«

McCoy ließ ihn den Satz nicht beenden. »Wir werden angegriffen. Der Captain ist auf der Brücke, und da gehört er auch hin.« Er wandte sich dem Patienten zu und fuhr mit einem funkelnden Instrument über seinen blutigen Oberkörper – wie ein Medizinmann, ohne das zerrissene Fleisch zu berühren.

»Aber *wer* greift uns an?« fragte Cochrane traurig. Er schaute in verwirrter Faszination zu, als der Blutverlust des Patienten plötzlich abnahm. Und dabei hatte der Arzt nichts anderes getan, als seine Hand über der Wunde zu schwenken.

»Von den verfluchten Klingonen!« murmelte McCoy. Er wandte sich an die blonde Frau neben ihm. »Machen Sie den hier zu.« Er schaute sich im Raum um. »Wo ist der komplizierte Bruch?« Ein Blauhemd winkte ihn zu einem anderen mitgenommenen Körper auf einem anderen Bett. Über dem zweiten Opfer blitzte und blinkte irgendeine medizinische Anzeige. Cochrane fragte sich, wie die Leute in diesem Chaos überhaupt arbeiten konnten, doch irgendwie schien der Arzt mühelos alles in den Griff zu kriegen.

Er folgte McCoy zum nächsten Patienten. Auch bei dem Mann mit dem gebrochenen Bein faßte er weder Fleisch noch Knochen an. »Bitte, Dr. McCoy, wie komme ich zur Brücke?«

McCoy schaute sich wütend um. Cochrane wußte nicht, ob er wirklich aufgebracht war oder sich nur ärgerte, weil er ihn störte. Der Arzt deutete mit dem Finger in die Richtung einer jungen Frau, die den Arm in der Schlinge trug. Sie trug eine rote Uniform – ein ultrakurzes Kleidchen. Cochrane fragte sich, ob sie sich beim Umkleiden verletzt und keine Zeit mehr gehabt hatte, sich anzuziehen. Nach dem, was er zu Anfang des 21. Jahrhunderts auf Alpha Centauri B II gesehen hatte, wäre sie ohne weiteres als ›nackt‹ durchgegangen. »Fähnrich!« bellte McCoy. »Dieser Mann soll sich beim Captain melden! Bringen Sie ihn auf die Brücke!«

Die junge Frau hatte zwar eindeutig Schmerzen, aber sie sprang sofort auf und nickte Cochrane zu. »Hier entlang, Sir«, sagte sie und führte ihn rasch an der vor der Tür stehenden Menge vorbei. Dann ging es wieder um eine Ecke.

»Was sind Klingonen?« fragte Cochrane, der sich bemühte, wieder zu Atem zu kommen.

Die junge Frau schaute ihn scharf an. »Wo kommen *Sie* denn her?« fragte sie.

Cochrane verstand ihre Reaktion. Hier wußte offenbar *jeder,* was Klingonen waren. Ausgenommen Menschen aus dem 21. Jahrhundert.

»Schon gut«, sagte er. Es war nicht die richtige Zeit für Nachhilfe in Geschichte. Aber vielleicht hatte er sich bezüglich Kyles Zurückhaltung bei der Beantwortung der Frage, wie er hierher gekommen war, geirrt. »Können Sie mir wenigstens sagen, was ein Transporter ist, Fähnrich?«

Sie blieb vor einer Reihe bündig montierter Türen stehen. Eine öffnete sich und enthüllte einen winzigen Raum, nicht größer als ein Schrank. Cochrane wurde klar, daß es sich um einen Aufzug handelte. Er kam sich wie ein Trottel vor. Er hatte mit irgendeiner Zauberei des 23. Jahrhunderts gerechnet.

»Waren Sie eingefroren oder so was?« fragte die Frau beim Einsteigen.

»Wie sind Sie drauf gekommen?« sagte Cochrane, klammerte sich an ihre Frage und sah darin eine Chance, weiterem Argwohn zu entkommen. Die technischen Handbücher, die Kirk ihm hinterlassen hatte, hatten nur vage Andeutungen über die gegenwärtige Politik gemacht, und er hatte so viel zu tun gehabt, um sich und den ›Companion‹ durchzubringen, daß er nie dazu gekommen war, sich über Gebühr geschichtlich zu bilden. Eigentlich hatte es ihn auch nicht interessiert. »Ich stamme aus dem Jahr 2117. Was danach passiert ist, ist mir fremd.«

Die Frau stieß einen Pfiff aus. »Zweitausendeinhundertsiebzehn? Das ist aber lange her.« Sie packte einen nach unten zeigenden Griff und sagte: »Brücke.«

Die Aufzugtür schloß sich, und Cochrane spürte, daß sich die Kabine *seitwärts* bewegte. »Was ist das?« keuchte er und suchte einen Griff, um sich festzuhalten.

»Ein Turbolift«, sagte sie. »Ich glaube, zu Ihren Zeiten hat man sowas wohl … Paternoster genannt.«

»Aufzug«, korrigierte Cochrane. Die Kabine bewegte sich jetzt nach oben. Er sah Lichter hinter Mattglasfenster vorbeijagen und fragte sich, ob die Blitze etwa Decks waren. Wenn ja, war das Schiff unheimlich groß. »Und was ist ein Transporter?« fragte er, denn inzwischen war es ihm gleich, wie altmodisch er wirkte. Informationen waren Informationen, und er hatte immer schnell gelernt.

»Umwandlung von Materie in Energie«, sagte die junge Frau. Sie bewegte ihren Arm, suchte offenbar eine bequemere Stellung in der Schlinge. »Man wird in Energie umgewandelt, an einen anderen Ort gebeamt und dort wieder zusammengesetzt.«

Cochrane hatte das Gefühl, daß sein Magen sich umdrehte. Aber es lag nicht am Lift. Er musterte seine Hand. Sie sah *tatsächlich* so aus wie die, mit der er zur Welt gekommen war.

»Alles klar mit Ihnen, Sir?«

»Das ist ja schrecklich!«

»Wie?«

Cochrane fühlte sich abgestoßen. Zählten Menschenleben heutzutage so wenig? »Jedesmal, wenn man in Energie umgewandelt wird«, sagte er, »ist das, was am anderen Ende zusammengesetzt wird, nur eine Kopie, die sich für das Original hält.«

Die junge Frau musterte ihn mit großen Augen – in etwa so, als betrachte sie ein Kind. »Sie meinen die alte Materiereplikation, Sir. Bei Replikationen wird das Original vernichtet, damit es jederzeit wieder rekonstruiert werden kann. Aber Transporter arbeiten auf Quantenebene. Man wird nicht vernichtet und neu erschaffen; die tatsächlichen Moleküle eines Menschen werden an einen anderen Ort versetzt. Man bleibt immer man selbst, Sir. Glauben Sie mir. Heutzutage macht man so was wirklich anders.«

Cochrane glaubte ihr. Er fühlte sich etwas besser. Die Lifttür öffnete sich.

»Die Brücke, Sir. Dr. McCoy hat gesagt, hier sollen Sie sich melden.«

Irgend etwas flog auf Cochrane zu. Er fuhr herum und sah ...

*»Zefram!«*

... der ›Companion‹.

Als er ihn umarmte, dachte er an gar nichts mehr. Der

Angriff auf sein Heim, das Verhör, die Gefangenschaft, die Umwandlung in Energie – all dies vergaß er, als spiele das Universum keine Rolle mehr. Er hielt das Geschöpf, zu dem sich Nancy Hedford und das Energiewesen vereinigt hatten, in den Armen. Er hatte sich nicht getraut, darüber nachzudenken, wie es seiner Gefährtin ergangen war. Er hatte bis zu Kirks Worten nicht zu wagen gehofft, sie je wiederzusehen.

»Ach, Zefram, wir hatten solche Angst«, hauchte sie an seiner Brust.

»Pssst«, sagte er beruhigend. Er legte eine Hand auf ihren Kopf und zuckte zusammen, als er die Bandage spürte. »Was ist passiert? Wie lange bist du von zu Hause fort?«

Sie schaute ihn mit einem strahlenden Auge an, denn das andere war noch immer unter dem glitzernden Gewebe verborgen, das um ihren Kopf gewickelt war. »Es ist schon gut, Zefram«, sagte sie. »Wir sind noch nicht lange fort. Dr. McCoy sagt, wir sind stark, und es geht uns besser. Und er hat recht. Jetzt, da du bei uns bist …«

Dann wurde sich Cochrane einer Gestalt bewußt, die vor dem Turbolift stand. Es war der Vulkanier, der Kirk damals begleitet hatte.

»Mr. Spock«, sagte Cochrane. »Ist der Captain hier?«

»Hier entlang, bitte«, sagte Spock. Der weibliche Fähnrich blieb in der Liftkabine; gewiß wollte sie ins Lazarett zurückkehren.

Cochrane trat vor. Er hatte einen Arm fest um die zarte Schulter seiner Gefährtin gelegt und riß erschreckt den Mund auf.

Die Brücke von Captain Kirks Schiff war größer als der gesamte Innenraum der *Bonaventure.* Er nahm sie erfreut in Augenschein. Neben ihm, über einer Gedenktafel, befand sich eine grafische Darstellung des Schiffes. Er erkannte die Zwillingsgondeln als klassische Kontinuumverzerrer, doch der Rest der sauberen Konstruktion war eine Offenbarung. Man hatte zahlreiche

Probleme der Verzerrerfeldstabilität bloß durch ein Anpassen der Proportionen des Diskus mit dem Sekundärrumpf gelöst, aus dem die Hyperantriebsgondeln ragten. Er hätte am liebsten die Hand ausgestreckt und das Bild angefaßt. Befand er sich wirklich auf *diesem* Schiff?

»Kommen Sie bitte, Mr. Cochrane«, sagte der Vulkanier.

Cochrane ging weiter. Seine Finger berührten kurz die Abbildung des Schiffes. Dann überraschte ihn die Treppe. Er wäre beinahe gestürzt, als er sie erreichte, so konzentriert ruhte sein Blick auf dem großen Bildschirm. Er sah ein in der Mikrogravitation schwebendes Wrack. Es war wohl auch einmal ein Raumschiff gewesen. Hinter dem Wrack hingen drei weitere Schiffe im All, doch von einem anderen Typ. Wenn man das Niveau des heutigen Kontinuumverzerrungsantriebs auf der Grafik am Lift richtig darstellte, konnte es nur einen Grund geben, warum die Schiffe auf dem Bildschirm anders aussahen. Es waren Kriegsschiffe. Ihre unwirtschaftliche Konstruktion war nur dann akzeptabel, wenn sie bei Frontalangriffen eine kleinere Zielfläche boten. Cochrane wußte zwar nichts über die Politik dieser Ära, doch Physik war nun mal Physik.

Als seine Gefährtin sich still an seine Seite kuschelte, erblickte er Captain Kirk in seinem Kommandosessel. Eigentlich hatte er ihn nirgendwo anders erwartet.

»Captain Kirk?« sagte er.

Kirk warf ihm einen kurzen Blick zu, dann musterte er wieder den Bildschirm. »Freut mich, Sie an Bord zu haben, Mr. Cochrane. Verzeihen Sie die rauhe See.« Er beugte sich vor. »Mr. Sulu, Zustand des Deflektorschirms von Schiff Nummer drei?«

Ein an der Hauptkonsole sitzender Asiate, erwiderte »Siebenundachtzig Prozent, Captain. Wenn sie es noch mal versuchen, sind wir angeschmiert.«

Kirk biß sich auf die Lippe. Er war gedankenverloren. Doch angesichts des Chaos, das Cochrane bisher an

Bord gesehen hatte, wirkte er wie die Inkarnation der Gelassenheit – und seine Mannschaft wie eine natürliche Erweiterung seines Ichs.

»Sind das ... Klingonen?« fragte Cochrane.

»Es sind klingonische Schiffe«, erwiderte Kirk. »Aber da Sie kein Interesse zeigen, sich mit uns zu verständigen, kann ich Ihnen nicht sagen, wer sich an Bord befindet.«

»Wohinter sind sie her?«

Kirk schaute Cochrane noch einmal an. »Hinter Ihnen.«

Cochrane wankte, doch seine Gefährtin stützte ihn. Er schloß die Augen. Am liebsten hätte er alles hinter sich gehabt.

Als Monica gestorben war, hatte auch er sterben wollen. Er hatte keine Lust gehabt, den Kampf fortzusetzen. Er hatte ihn schon zuviel gekostet. Doch als der ›Companion‹ ihn gefunden und gerettet hatte, hatte er sich zu vermuten erlaubt, daß die sein Leben verzehrende Schlacht eventuell zu Ende war. Die mit ihm verbrachte Zeit – auch in dem eigenartig verlockenden Energiemuster, in dem er ihm ursprünglich erschienen war – war ein zweites Leben gewesen, ein Traum, angefüllt von einer Zufriedenheit, die er für unmöglich gehalten hatte. Ein Teilen von Gedanken, Ideen und Gefühlen, die so heilend gewesen waren, daß er sich von seiner Vergangenheit befreit hatte. Er hatte ironischerweise nur die Rituale der Konversation und des gesellschaftlichen Umgangs vermißt, denen er vorher immer aus dem Weg gegangen war.

Und so hatte er, als der ›Companion‹ Kirk und die anderen zu ihm geholt hatte und auf wundersame Weise in der Gestalt der Kommissarin Nancy Hedford zu Fleisch und Blut geworden war, den Eindruck gehabt, sein Leben nähere sich wahrer Vollkommenheit.

Nun, da er seine Gefährtin in den Armen hielt und

wußte, daß sich das reine Bewußtsein, das ihn gefangengenommen und erleuchtet hatte, in einem menschlichen Körper befand und ihn verzauberte ... war er überwältigt.

Es gab nichts, das er sich mehr wünschte, nichts, das er – der Wissenschaftler, der nie geglaubt hatte, die Zeit könne reichen, all das zu tun und zu lernen, was er wollte – sich zu tun genötigt fühlte. Welchen Namen die Dichter dem Gefühl auch gern gegeben hätten, das ihn nun überkam, es war nur eins, wirklich nur eins ...

Zefram Cochrane hatte Frieden gefunden.

Einst, als Kind, hatte er von einer Seifenblase geträumt, die sich in einer anderen drehte, so daß beide sich miteinander anderswohin drehten. Aus diesem Traum heraus hatte er der Menschheit die Sterne geschenkt.

Doch Cochrane hatte auch noch einen anderen Traum gehabt, einen Traum, der in seinen Zellen kodiert war, und vielleicht in der Struktur des Universums, das dazu beigetragen hatte, ihn entstehen zu lassen.

Durch seine Gefährtin war dieser Traum Wirklichkeit geworden.

Doch nun griff seine Vergangenheit ein weiteres Mal nach ihm, um ihm den Traum zu stehlen, so wie sie ihm vor eineinhalb Jahrhunderten seine Frau und seine Freunde genommen hatte.

»Es sind keine Klingonen«, sagte Cochrane mit einer Trauer, die er nicht ausdrücken konnte.

»Stimmt«, sagte Spock, der neben ihm stand.

Cochrane öffnete die Augen. Eine alte Frau kam auf ihn zu. Sie trug das gleiche goldene Uniformhemd wie Kirk, aber ihre Ärmelstreifen sahen anders aus. Das Emblem auf ihrem Brustkorb war ein regenbogenfarbener Sternwirbel, nicht das asymmetrische Feldverzerrungssymbol, das Kirk und seine Leute trugen.

»Darf ich davon ausgehen, daß Sie wissen, wer hinter

Ihnen her ist, Mr. Cochrane?« fragte die Alte herrisch, als sei sie daran gewöhnt, daß man ihr Rede und Antwort stand.

Cochrane schaute Kirk an. Er wollte eine Anweisung.

»Das ist Flottenadmiral Quarlo Kabreigny«, sagte Kirk. Cochrane nahm an, daß er sich überrascht fühlen sollte, aber die Überraschungen des 23. Jahrhunderts ermüdeten ihn allmählich. Er wußte, daß die Frauen im späten 20. und frühen 21. Jahrhundert buchstäblich darum gekämpft hatten, Dienst beim Militär zu tun. Doch nach dem Alptraum des Dritten Weltkriegs, als jeder in erster Linie an die Erhaltung der Spezies gedacht hatte, hatte der konservative Einfluß der Kolonialwelten die Frauen wieder zur beschützten Kategorie gemacht. Cochrane hatte damals gelesen, all dies sei Teil irgendeines soziologischen Geschlechterrollenzyklus gewesen. Nun fragte er sich, ob das kurze Uniformröckchen, des weiblichen Fähnrichs ein Hinweis auf einen weiteren Schritt in Richtung größerer Unabhängigkeit für die Frauen dieser Epoche war. Trotzdem, jemandem aus seiner Ära fiel es schwer, wirklich zu akzeptieren, daß die alte Frau in der Position war, Kirk Befehle zu erteilen.

»Die Admiralin hat großes Interesse daran, zu erfahren, wie Sie *nach* Ihrem Verschwinden gelebt haben«, fuhr Kirk fort. »Falls Sie ihre Fragen beantworten können, wäre es für uns alle möglicherweise eine große Hilfe.«

»Soll ich meine Frage wiederholen?« sagte die Admiralin spitz. Cochrane gewann immer deutlicher den Eindruck, daß sie nicht gewöhnt war, Fragen zu wiederholen.

»Nicht nötig«, sagte er. »Ich hatte angenommen, die Optimum-Bewegung sei längst ausgestorben. Und daß wir klüger und stärker sind als damals.«

»Die Optimum-Bewegung?« fragte Kirk.

Spock verschränkte die Arme hinter dem Rücken und

zitierte geschichtliche Fakten. »Die Bezeichnung für eine Reihe lose miteinander verbundener faschistischer Organisationen, die von Anfang bis Mitte des 21. Jahrhunderts auf der Erde ihr Unwesen trieben«, sagte er. »Dazu gehörte auch der berüchtigte Colonel Green …«

Kirk unterbrach ihn. »Die Optimum-Bewegung ist mir *bekannt*, Spock.«

Cochrane empfand Verwirrung darüber, wieviel der Fremdling über irdische Geschichte wußte. Kirk schaute nicht weniger verwundert drein. »Mr. Cochrane, heute hält man die Übernahme verschiedener Länder durch diese Bewegung weitgehend für einen der Auslöser des Dritten Weltkriegs. Zu Beginn des Wiederaufbaus wurde diese Bewegung gründlich in Mißkredit gebracht. Ihre Führer wurden festgenommen und vor Gericht gestellt. Der Verein ist tot und vergangen.«

»Er hat 2117 noch existiert, Captain. Diese Leute haben meine Frau und meine Studenten auf Alpha Centauri B II umgebracht. Ich sollte der nächste sein.«

»Sind Sie deswegen untergetaucht? Um im Weltraum zu sterben?«

Cochrane spürte, daß er zitterte, als ihn das alte Gefühl der Nutzlosigkeit erneut traf. Er spürte, daß seine Gefährtin ihn enger an sich zog, als wolle sie ihn vor allem Übel im Universum beschützen, ganz gleich, in welcher Zeit. Es war ihm unerträglich, daß sie sich seinetwegen einem Risiko aussetzte.

»Captain …« Ein junger russischer Offizier an der Hauptkonsole meldete sich zu Wort. »Gegnerische Schiffe wechseln Position.«

Als Kirk zum Bildschirm schaute, sah Cochrane, daß zwei der drei Schlachtschiffe eine andere Stellung einnahmen. Gleichzeitig wurde ihm klar, daß das Wrack, das er dort sah, die Überreste des Raumschiffes waren, auf dem er sich vor kurzem noch befunden hatte.

»Auf Einsatzbereitschaft ihrer Waffen achten«, sagte

Kirk ruhig. »Uhura, rufen Sie sie auf allen Frequenzen an.« Er wandte sich an den Vulkanier. »Spock? Haben Sie gewußt, daß die Optimum-Bewegung im frühen 22. Jahrhundert noch aktiv war?«

Cochrane war beeindruckt von Kirks Fähigkeit, so viele Aspekte auf einmal im Auge zu behalten; fast so, wie Dr. McCoy im Lazarett. Er fragte sich, ob die Menschen dieser Zeit alle gleichermaßen fähig waren oder ob zwei ihrer Art aus irgendeinem Zufall auf dem gleichen Schiff gelandet waren.

»Die Aufzeichnungen besagen«, begann Spock, »daß die alte Optimum-Bewegung im postatomaren Grauen unterging. Es ist jedoch möglich, daß sich später eine Splittergruppe gebildet hat, so wie auch noch mehr als sechs Jahrzehnte nach dem Zweiten Weltkrieg fortwährend Nazi-Gruppierungen von sich reden machten. Die Wahrscheinlichkeit wird noch größer, wenn man annimmt, daß einige Optimum-Führer auf die Kolonialwelten ausweichen konnten.«

Kirk schaute wieder auf den Bildschirm. Er behielt die Schlachtschiffe im Auge. »Wie stehen die Chancen, daß die Bewegung noch heute existiert?«

»Ich halte es für höchst unwahrscheinlich, Captain. Es gibt keine Föderationswelt, auf der man eine solche Bewegung tolerieren würde. Sogar die barbarischen Klingonen würden sich erschreckt von einer solchen Organisation abwenden, da Ehre bei ihr keine Rolle spielt. Und die Romulaner würden nie eine politische Organisation unterstützen, die nicht aus ihnen selbst heraus erwachsen ist.«

»Was uns wieder zur Einleitungsfrage bringt«, sagte Kirk. »Wer bemannt diese Schiffe?«

»Sir«, meldete der asiatische Offizier. »Wir werden wieder abgetastet.«

»Schutzschirme auf volle Energie«, befahl Kirk. »Sollen Sie sich eine Weile mit der Rückkopplung herumschlagen.«

Die Admiralin ignorierte Cochrane einen Moment. »Wie lange sollen wir hier herumhängen und nichts tun?« fragte sie Kirk gereizt.

Kirk rutschte in seinem Sessel hin und her, und Cochrane war schon wieder überrascht, mit welcher Vertrautheit der Captain seinen Offizier ansprach. Welche Organisation dieses Schiff auch betrieb, sie glich keiner der militärischen Gruppierungen, die er zu seinen Zeiten gekannt hatte.

»Admiral, wir haben einen gebrochenen Dilithiumkristall, Schäden an der Backbordgondelstrebe, dreißig verletzte Besatzungsmitglieder – und unsere Feuerkapazität beträgt kaum sechzig Prozent. Zehn Kilometer von uns entfernt halten sich drei nagelneue D7-Schlachtkreuzer auf. Zwei sind unbeschädigt, die Schutzschirme des dritten stehen bei siebenundachtzig Prozent. Sie blockieren jede Subraumfrequenz im Spektrum, so daß wir nicht um Hilfe rufen können. Sie haben uns nur aus einem Grund noch nicht so wie den Passagierraumer zerlegt – weil wir uns von dem Wrack entfernt haben, damit sie es abtasten können. Ich nehme an, sie sind nur deswegen nicht scharf auf einen Angriff, weil sie nicht wissen, ob Cochrane an Bord ist. Ich wette, daß sie im Moment um weitere Befehle ersuchen, wo immer sich ihre Einsatzleitung auch befindet. Und jede Minute, die sie warten, ist eine Minute für unsere Ingenieure, die *Enterprise* wieder voll einsatzfähig zu machen.«

Kirk wandte sich wieder Cochrane zu. Es scherte ihn offenbar nicht, daß die Worte, die er in Gegenwart eines Fremden äußerte, ihn in früheren Zeiten vors Kriegsgericht gebracht hätten. Irgendwie, dachte Cochrane, betreibt er sein Schiff ebenso wie ich früher meine Forschungsanlagen auf Centauri B II: Er leitet zwar den ganzen Laden, aber jeder darf seinen Senf dazugeben – vorausgesetzt, er tut pünktlich und kompetent seine Arbeit.

»Nun, Mr. Cochrane«, sagte Kirk, »vergessen Sie mal alles, was wir Ihnen gerade darüber erzählt haben, wie die Geschichte mit der Optimum-Bewegung umgesprungen ist. Wer hat Sie von dem Planetoiden entführt? Was hat man an Bord der *Planitia* mit Ihnen gemacht? Und wer ist, verdammt noch mal, Ihrer Meinung nach der Kommandant der Schiffe da?«

Cochrane seufzte. Er geleitete seine Gefährtin zu einem Sitz auf der oberen Ebene hinter Kirk. Er empfand Dankbarkeit, daß sie sich damit begnügte, ein schweigender Trost für ihn zu sein, während er sich abmühte, mit den anderen seiner Art und der neuen Zeit klarzukommen. Er wußte jedoch, daß sie an seiner Seite sein würde, sobald er ins Stocken geriet. Als er sich umdrehte, um Kirk anzuschauen, fühlte er sich müder, als er je gewesen war. »Auf dem Planetoiden, auf dem Sie mich gefunden haben, wurde ich von grünhäutigen Humanoiden angegriffen. Ich lief zu ihrem Schiff. Es war ein kleines Schiff, wie Ihre Fähre. Ich dachte, Sie wären vielleicht zurückgekehrt. Einer von ihnen hatte eine Art Gewehr. Das ist alles, was ich von dem Abend noch weiß.«

»Es waren orionische Piraten«, klärte Kirk ihn auf. Sein Blick war wie am Bildschirm festgenagelt. »Das Gewehr war entweder ein Phaser oder ein Intervaller. Beide legen das Nervensystem lahm und nehmen einem das Bewußtsein. Was ist dann passiert?«

»Ich kam in einem großen Raumschiff zu mir. Mir tat alles weh, und mir war schlecht.« Die Erinnerung daran war fast so schlimm wie das tatsächliche Geschehen. »Ich hörte Menschen schreien und weinen. Die grünhäutigen Humanoiden sagten, wir seien ihre Geiseln. Damit nichts passiert, bis … bis sie irgendein Geschäft abgeschlossen hatten.«

»Wer hat Ihnen von dem Geschäft erzählt?« fragte Kirk.

»Ein anderer Humanoide. Eindeutig kein Mensch. Er

hatte ölige Haut, einen schwarzen Bart und einen Schnauzbart.«

»*Das* war ein Klingone«, sagte Spock.

»Sind sie der Feind?« fragte Cochrane. Er konnte es sich vorstellen. Der Fremdling war ihm von dem Moment an unangenehm gewesen, als er in seine Luxuskabine gestürmt und ihm einen Teller sich windender Würmer angeboten hatte. Als er ihn nicht hatte annehmen wollen, hatte er empört reagiert, als sei es dort, wo er herkam, eine große Ehre, lebendige Würmer zu verspeisen.

Die Admiralin schien freilich mit Cochranes Einschätzung nicht einverstanden zu sein. »Ich möchte dazu nur sagen, daß die Föderation und das klingonische Reich erst noch gemeinsame Interessen entdecken müssen. Im Moment verhandeln wir gerade mit den Klingonen und den Romulanern über eine gemeinsame Kolonie auf Nimbus III. Sie soll zum Planeten des galaktischen Friedens werden – die krönende Großtat der interstellaren Diplomatie auf höchster Ebene.«

Kirk schlug den Blick zum Himmel, dann bat er Cochrane weiterzusprechen. »Was hat der Klingone sonst noch erzählt? Welcher Art ist das Geschäft, auf das er wartet?«

Cochrane zuckte die Achseln. »Er hat's nicht gesagt. Ich dachte, es sei eine Art Geiselsituation, eine Massenentführung.«

»Hat man Sie je nach Ihrem Namen gefragt?« fragte Spock.

Cochrane schüttelte den Kopf. »Nein. Deswegen habe ich mich für ein willkürliches Opfer gehalten. Bis Captain Kirk dann sagte, die Schiffe da seien hinter mir her.«

Spock schaute Kirk an. »Captain, zuerst müssen wir eine ausdrückliche Erwähnung Cochranes hören, beziehungsweise ein spezifisches Verlangen nach ihm. Es besteht *tatsächlich* eine geringe Chance, daß all dies nur ein Zufall ist.«

Kirk lachte. »Lassen Sie das bloß nicht Dr. McCoy hören.« Er setzte eine nachdenkliche Miene auf. »Mr. Cochrane, warum war die Optimum-Bewegung so wild darauf, Sie damals in die Hände zu bekommen? Und wieso könnte dieser Grund noch heute Gültigkeit haben, einhundertfünfzig Jahre später?«

Cochrane zögerte. Er wollte so einfach wie möglich ausdrücken, was die Menschen dem Kontinuumverzerrungsfeld einst zugetraut hatten. Doch bevor er antworten konnte, trat die Admiralin vor ihn hin.

»Mr. Cochrane, die Antwort auf diese Frage ist geheim, und ich bestehe darauf, daß Sie sie verschweigen.«

Cochrane und Kirk erhoben in der gleichen Sekunde Einspruch. Spock hob eine Braue.

»Nach eineinhalb Jahrhunderten ist *nichts* mehr geheim«, sagte Kirk gereizt. Er wirkte wütend, doch im Gegensatz zur Laune des Arztes, die Cochrane zuvor erlebt hatte, war sein Zorn echt.

»Ich gehöre der Organisation nicht an, die Sie vertreten«, sagte Cochrane zu Kabreigny. Er wurde allmählich auch wütend. »Ich kann über meine Arbeit sagen, was ich will.« Das Militär hatte ihm zu seiner Zeit keine Zügel anlegen können, und er wollte nicht zulassen, daß es diesmal geschah.

Doch die Admiralin war anders als alle alten Frauen aus Cochranes Zeit. Sie kam noch näher. Sie war zwar vierzig Zentimeter kleiner als er, tat aber dennoch alles, um ihn von oben herab anzusehen. »Die *Organisation,* die ich vertrete, nennt sich Starfleet, *Mr.* Cochrane, und wir sind hier auf einem ihrer Schiffe. Schon durch Ihre Anwesenheit, mein guter Mann, sind Sie *verpflichtet,* meinen Befehlen zu gehorchen. Sie werden Captain Kirks Frage *nicht* beantworten.«

Cochrane funkelte die Frau zornig an und vergaß ihr Alter. Arroganz, so schien ihm, war jedenfalls nicht aus der Mode gekommen.

Kirk bemühte sich, mit ihr zu argumentieren. »Was kann Cochrane möglicherweise vor so langer Zeit getan haben, das noch heute geheim ist?«

Die Admiralin richtete ihren Zorn auf Kirk. »Ich habe jetzt genug von Ihrer Einmischung, Captain. Sie werden *nicht* ...«

Cochrane hatte die Schnauze voll. »Die Warpbombe«, sagte er, und bevor irgend jemand reagieren konnte, versetzte die Admiralin ihm eine Ohrfeige.

Die Gefährtin keuchte auf, eilte mit überraschender Schnelligkeit an Cochranes Seite, zog ihn zurück und baute sich wie ein Schild vor ihm auf. Sie war halb geduckt und streckte die Arme aus, als wolle sie die Admiralin angreifen. Kirk sprang im gleichen Moment aus dem Kommandosessel. Die gesamte Brückenmannschaft fuhr herum, um zu sehen, was passiert war. Spock trat neben die Admiralin, bereit, von dieser Position aus in den Kampf einzugreifen. Kabreigny stand mit noch erhobenen Händen da und bebte vor Zorn.

»Ich habe *nein* gesagt«, schrie sie mit quäkender Stimme.

»Admiral«, sagte Kirk schnell in dem Versuch, sie zu beruhigen. »Die Warpbombe ist eine Illusion. Eine technische Unmöglichkeit.«

Der Kopf der Admiralin fuhr herum, ihr Blick richtete sich auf Kirk. Und in diesem Moment, als Cochrane sah, welchen Blick sie mit dem Captain tauschte, wurde ihm voller Entsetzen bewußt, daß er und Kirk sich irrten – daß die Warpbombe *nicht* unmöglich war.

Sie war in diesen Zeiten irgendwie real geworden.

Und sie war noch immer ein Geheimnis.

Kirk schaute den Vulkanier an. »Mr. Spock, sie ist doch *wirklich* unmöglich, oder?«

Spock musterte die Admiralin interessiert. Cochrane nahm an, daß er den Blick, den sie dem Captain zugeworfen hatte, ebenso interpretierte, wie er. »Soweit ich es weiß«, erwiderte Spock, »haben Sie recht, Captain.«

»Admiral Kabreigny«, sagte Kirk leise, »Sie stehen deutlich unter großer nervlicher Anspannung. Trotzdem muß ich, bei allem Respekt, darauf bestehen, daß Sie eine Erklärung abgeben oder die Brücke verlassen.«

Die Hände der Admiralin ballten sich zu Fäusten. »Die Flotte ist alles, was zwischen der Föderation der Vereinten Planeten und … der Anarchie steht, Captain. Ich bin Admiral der Flotte. Ich werde Ihnen nichts erklären.«

Kirk schüttelte den Kopf, als wolle er etwas sagen, doch ihm fiel wohl nichts ein. »Tut mir leid, Admiral. Tut mir wirklich leid.« Er aktivierte einen Knopf auf der Lehne seines Sessels. »Dr. McCoy auf die Brücke. Medizinischer Notfall.«

»Sie Verräter«, sagte die Admiralin zu Kirk. Cochrane hatte den Eindruck, daß er in einen Konflikt hineingeraten war, der schon seit Jahren schwelte. Wenn nicht zwischen der Admiralin und Kirk, dann zwischen den Fraktionen, die sie vertraten. »Sie gehören dazu, nicht wahr? Deswegen haben die Schiffe uns noch nicht angegriffen. Weil sie wissen, daß Sie ihnen Cochrane ausliefern werden.«

Die Admiralin machte eine Bewegung, als wolle sie Kirk schlagen. Kirk packte ihre Handgelenke und hinderte sie schwerfällig daran. »Bitte, Admiral«, sagte er. »Ich gehöre zu nirgendwem. Ich versichere Ihnen, daß ich nicht vorhabe, Mr. Cochrane an diese Leute auszuliefern …«

*»Lügner!«* sagte die Admiralin. Sie wehrte sich gegen Kirks Griff.

Mr. Spock trat hinter die Admiralin und legte eine Hand auf ihre Schulter, als wolle er sie beruhigend tätscheln. Doch plötzlich ächzte die Frau, versteifte sich und sank schlaff in Spocks Arme.

Cochrane war entsetzt. Die Admiralin hatte sich bis zu einem Herzanfall hochgeschaukelt. Schon wieder hatte sein Lebenswerk etwas aus dem Gleichgewicht gebracht.

Spock hob die Admiralin wie eine Puppe hoch.

»Müßten Sie nicht ein EKG machen?« fragte Cochrane. Man wußte doch bestimmt noch, was das war.

Kirk legte eine Hand auf Cochranes Schulter. »Es ist kein Herzanfall, sondern ein Betäubungsgriff. Um die Gesundheit der Admiralin ... steht es nicht zum besten.«

Cochrane wandte den Kopf, um sich Kirks Hand auf seiner Schulter anzusehen. Er hatte schon gehört, daß die Vulkanier über eigenartige Geisteskräfte verfügten. Er fragte sich, ob auch die Menschen sie erlernen konnten.

Kirk erkannte, wohin Cochrane schaute. Er zog die Hand zurück. »Entspannen Sie sich. Ich kann so was nicht. Und ich bin, trotz allem, was die Admiralin gesagt hat, nicht Ihr Feind.«

McCoy stürzte aus dem Turbolift. Hinter ihm kamen zwei Blauhemd-Sanitäter. Sekunden später fuhr der Arzt mit seinen glitzernden Instrumenten über die besinnungslose Admiralin. Seine Assistenten nahmen sie Mr. Spock vorsichtig ab und legten sie auf den Boden.

Spock berichtete McCoy von dem, was er getan hatte. McCoy stimmte zu; es sei eine gute Entscheidung gewesen, wegen des Herzens der Admiralin. Dann drückte er einen Injektor an ihren Arm.

»Könnte mir irgend jemand sagen, um was es gerade ging?« fragte Cochrane. Er ging allmählich davon aus, daß er ohnehin nur noch zum Fragenstellen diente. Aber alte Gewohnheiten starben nur schwer. Vielleicht gab ihm irgend etwas, was er erfuhr, einen Hinweis auf seine Rolle in diesem neuen Zeitalter.

»Die Geheimhaltung hat ihren Preis verlangt«, erwiderte Spock, nachdem Kirk ihm zugenickt hatte. »Wir haben es allem Anschein nach mit einer Verschwörung zu tun, in der Sie und die Warpbombe eine Rolle spielen. Die Stabsoffiziere dieses Schiffes sind der Meinung, daß die Admiralin zu den Verschwörern gehört. Andererseits haben wir auch den Eindruck, daß sie tatsächlich glaubt, daß *wir* zu den Verschwörern gehören.«

»Wer also sind nun die *wahren* Verschwörer?« fragte Cochrane.

»Wahrscheinlich jene, die sich auf den Schiffen dort aufhalten«, sagte Spock.

Cochrane musterte die drei Schlachtkreuzer auf dem Bildschirm. So hatte Kirk sie genannt. »Und sie wollen nicht mit Ihnen reden?«

»Bis jetzt nicht«, sagte Kirk.

»Weil sie nicht genau wissen, ob ich an Bord bin?«

»Es muß irgendeinen Grund geben, warum sie ihren Angriff nicht fortsetzen«, sagte Kirk. »Rein zahlenmäßig sind wir ihnen in unserem gegenwärtigen Zustand weit unterlegen.«

Cochrane gefiel die Eigenart von Kirks Bewertung; als glaube er, er und sein Schiff seien ansonsten jeder Gefahr gewachsen. »Sie kommen mir nicht so vor, als spielten Zahlen bei Ihnen ansonsten eine Rolle, Captain.«

Kirk grinste ihn an, und in diesem Moment hatte Cochrane erneut den Eindruck, er könne mit diesem Mann befreundet sein. Sie schienen sich auf vielerlei Weise zu ähneln, ihre unterschiedlichen Methoden waren eine Folge ihrer unterschiedlichen Zeiten. Cochrane hatte keine Regeln gehabt, nach denen er spielte, an der interplanetaren Forschung war alles neu für ihn gewesen. Doch Kirk wirkte auf ihn wie der gleiche ungebundene, Fragen stellende Geist, der er selbst einst gewesen war, auch wenn er dem Anschein nach gezwungen war, innerhalb einer Bürokratie zu arbeiten. Die Vorstellung erheiterte ihn, daß interstellare Forschung so normal geworden war, daß *Beamte* des 23. Jahrhunderts sie erledigten.

»Höre ich aus Ihren Worten einen Vorschlag heraus, Mr. Cochrane?«

Cochrane erwiderte das Lächeln des Captains. Seine nach und nach zurückkehrende Gelassenheit hatte Auswirkungen auf seine Gefährtin, die noch immer aufmerksam neben ihm stand. Sie wirkte nun nicht mehr so, als sei sie bereit, Kabreigny zu töten. »Sagen Sie ihnen, daß ich hier bin«, sagte er. »Dann greifen sie nicht an.«

Kirk nickte nachdenklich. »Daran habe ich auch schon gedacht. Die Frage ist nur: Angenommen, sie wollen Sie *umbringen?«*

»Das hätten sie auch schon auf dem Passagierschiff tun können.«

»Nicht unbedingt«, sagte Spock. »Da waren Sie unter Kontrolle. Man hätte Ihnen eventuelle Geheimnisse entreißen können. Doch nun unterstehen Sie unserer Kontrolle. Je nachdem, für wie wertvoll – oder gefährlich – unsere Gegenspieler Sie halten, könnten sie vielleicht der Ansicht sein, daß es besser wäre, Sie zu töten, statt Sie in unsere Hände fallen zu lassen.«

Kirk schenkte Cochrane einen mitleidigen Blick, als hätte er genau das gleiche gedacht. »Haben Sie irgendwelche Geheimnisse dieser Art, Mr. Cochrane?« Er deutete mit dem Kopf auf die besinnungslose Admiralin. »Admiral Kabreigny ist offenbar dieser Meinung.«

Cochrane schüttelte den Kopf. »Keine, von denen ich weiß. Wenn ich an die technischen Fachschwarten denke, die Sie mir gegeben haben, ist mein Wissen hinsichtlich dessen, was Sie Warpantrieb nennen, ungefähr auf dem Stand, den ein Erstklässler heutzutage hat.«

»Dann haben Sie also nie an einer Warpbombe gearbeitet?«

»Ich glaube, dieses Gerücht geht auf einen Unfall zurück, zu dem es in den fünfziger Jahren in der Station Kashishowa kam. Im *einundzwanzigsten* Jahrhundert.«

Kirk schaute Spock an. Spock schaute Cochrane an.

»Was war das für ein Unfall, Mr. Cochrane?«

Ohne den Grund zu kennen, war Cochrane von dieser Frage beunruhigt. »Es war in einer Testanlage auf dem Erdmond. Etwa hundert Kilometer von Kashishowa entfernt, da war unsere Basis. Jedenfalls hat unser Lithiumumwandler versagt. Wir hatten eine galoppierende Kontinuumsverzerrung – zu nahe an der Schwerkraftquelle der Sonne, und alles in dem Feld wurde in etwas reingezogen, das ich für ein Wurmloch hielt.« Er verstand Spocks konzentrierten Blick nicht. »Es muß Aufzeichnungen darüber geben. Danach haben wir die Forschungsstation auf einen alten Eisfrachter verlegt, damit wir hinter dem Neptun arbeiten konnten.«

Auch Kirk setzte eine konzentrierte Miene auf, als bemühe er sich, sich an etwas zu erinnern, was er über den Unfall gehört hatte. »Prüfen Sie es nach, Spock.«

Der Vulkanier ging auf die obere Ebene der Brücke und nahm vor einem Gerät Platz, das ihn, wie Cochrane annahm, mit einem Computer verband. McCoy und die Sanitäter trugen Kabreigny zum Turbolift. Der Rest der Brückenmannschaft arbeitete mit bemerkenswerter Konzentration weiter, als hätte es keine Veränderung der Arbeitsbedingungen gegeben.

»Habe ich irgend etwas verpaßt?« fragte Cochrane.

»Wahrscheinlich nicht«, sagte Kirk und sank wieder in den Kommandosessel. »Aber uns kann alles helfen, um zu verstehen, was unsere Freunde da draußen möglicherweise glauben.«

Cochrane musterte erneut die Schlachtkreuzer auf dem Bildschirm. Der Kampf, so schien es, hatte sich in der Zukunft auch nicht sehr verändert. Lange Wartezeiten, unterbrochen von kurzen Gewaltausbrüchen. »Captain?« sagte er. »Was sind heutzutage die primären Waffen?«

»In diesem Schiff sind es Phaser«, erwiderte Kirk, der ebenfalls den Schirm betrachtete. »Ähm … Stufenweise Energiegleichrichtung. Eigentlich ein konzentrierter Nadionenstrahl, der die nuklearen Bindekräfte stark oder schwach unterbricht. Mit Niedrigenergie kann er zellulare Prozesse unterbrechen, indem er lähmt oder tötet. Mit hoher Energie kann er materielle Teilkomponenten ohne resultierende Energiefreisetzung zerlegen.«

Cochrane hatte zwar noch nie von Nadionen gehört, aber er verstand die Implikationen dessen, was Kirk beschrieben hatte. Hätte das Optimum eine solche Waffe besessen …

»Außer Phasern haben wir noch Photonentorpedos. Im Kern eine Materie-Antimaterie-Bombe, aber mit warpfähigem Gehäuse.«

Cochrane verstand auch dies. »Dann kämpfen Sie also bei Warpgeschwindigkeit?«

Kirk verstand die Bedeutung hinter Cochranes Frage. »Technik ist neutral, Mr. Cochrane. Das, was wir mit ihr machen, verleiht ihr eine militärische Anwendung. Oder auch nicht.«

»Das hab' ich schon mal gehört«, sagte Cochrane. Er nahm an, daß auch Micah Brack Kirk gemocht hätte.

Spock schaute von der Computerstation auf, an der er arbeitete. »Captain, es gibt keine Aufzeichnungen über einen katastrophalen Warpforschungsunfall in der Nähe der Station Kashishowa in dem angegebenen Zeitraum.«

»Aber das ist doch unmöglich«, sagte Cochrane protestierend. »Ich war doch dabei, zwei Kilometer von der Versuchskuppel entfernt, als sie … verschwand.«

Kirk versuchte zu erklären. »Im Dritten Weltkrieg sind viele Aufzeichnungen verlorengegangen, Mr. Cochrane.«

»Auf dem *Mond?*« fragte Cochrane. »Und auf Centauri B II?«

»Was ist damit, Mr. Spock?«

Spock schaute eine Weile nachdenklich drein, dann drückte er einen Knopf. »Spock an Maschinenraum. Mr. Scott, haben Sie einen Moment Zeit?«

Ein Schotte antwortete ihm. Cochrane fand seinen Akzent irgendwie beruhigend. Wenigstens hatten sich die Ingenieure dieser Zeit nicht verändert.

»Nee, Mr. Spock, eigentlich nicht. Jedenfalls nicht, wenn Sie erwarten, daß ich diesen Kahn ...«

»Es dauert nur einen Moment, Mr. Scott«, sagte Spock, ohne sich aus der Ruhe bringen zu lassen. »Sind Sie bei Ihrem Studium der Geschichte des Warpantriebs auf irgendeinen frühen Rückschlag gestoßen, der in den fünfziger Jahren des einundzwanzigsten Jahrhunderts stattgefunden hat – bei dem es um die versehentliche Erschaffung eines instabilen Warpfeldes auf dem Erdmond kam?«

»Aye«, erwiderte der Schotte zurückhaltend. »Soweit ich mich entsinne, war das der Grund, warum Zefram Cochrane und seine Truppe beschlossen, ihre Experimente anderswo fortzuführen. Darf ich fragen, was das mit unserer gegenwärtigen Lage zu tun hat?«

Spock wirkte – auf stille, vulkanische Weise – beeindruckt. »Wissen Sie zufällig auch, wann und wie Sie von diesem Unfall erfahren haben?« fragte er.

Der unsichtbare Schotte seufzte. »Kann ich nicht sagen, Mr. Spock. Wahrscheinlich auf der Akademie, in irgendeinem Erstsemesterseminar. Hören Sie, ich hab' hier unten 'ne Menge zu tun, und ...«

»Sehr gut, Mr. Scott«, sagte Spock. »Machen Sie bitte weiter.« Er nahm den Finger vom Knopf, und die Stimme des Ingenieurs erstarb.

Kirk schaute Cochrane an. »Es wird immer kurioser. Dann hat die Flotte es also *früher* gewußt. Aber jetzt steckt es nicht mehr in den Computern. Ein Wurmprogramm, Mr. Spock?«

»Wahrscheinlich, Captain.«

Cochrane war verwirrt. Kirk sah das Fragezeichen auf seinem Gesicht. »Wir haben vor ein paar Tagen erfahren, daß das Hauptcomputersystem der Flotte möglicherweise mit Programmen infiziert wurde, die dazu dienen, Verweise zu suchen, die Sie betreffen«, erläuterte er. »Und möglicherweise, um bestimmte Elemente Ihrer Arbeit zu löschen.«

»Was ist mit gedruckten Aufzeichnungen?« fragte Cochrane. »Oder mit Computern, die nicht mit den Ihren vernetzt sind?«

»Gedruckte Unterlagen können nicht betroffen sein«, sagte Spock. »Und was andere Computer angeht, käme es auf die Natur des Wurmprogramms an – ob es die Fähigkeit hat, sich zwischen verschiedenen System zu bewegen und effektiv zu bleiben.«

»Aber warum?« fragte Cochrane. Er verstand das alles nicht. Micah Brack und er hatten dafür gesorgt, daß die Aufzeichnungen der Kontinuumverzerrerentwicklung ohne Einschränkung auf allen bekannten Welten Verbreitung gefunden hatten. Wie konnte jemand hoffen, diese Informationen unter seine Kontrolle zu bringen? Und warum sollte jemand den Wunsch dazu verspüren?

»Theorien, Spock?« fragte der Captain.

»Es gab in der Vergangenheit viele Fälle, in denen wissenschaftliche Entdeckungen in Zeiten des Datensammelns ignoriert wurden. Sie kamen erst wieder ans Licht, als man die Daten erneut untersuchte. Laser, sogenannte Schwarze Löcher, astronomische Sichtungen, natürlich eintretende Transtatorphänomene ... Bei allem hat man festgestellt, daß sie von Versuchsdaten unterstützt wurden, die man vor ihrer offiziellen Entdeckung längst hatte.«

Dies gefiel Cochrane nicht. »Wollen Sie damit sagen, daß die Warpbombe *doch* möglich ist? Daß das, was an der Kashishowa-Station passierte, gar nicht das war, wofür ich es hielt?«

»Ich sage nur, daß andere Gruppierungen glauben könnten, daß Ihre damaligen Entdeckungen vielleicht Daten aufweisen, die, würde man sie heute untersuchen, eine andere Erklärung der Ereignisse erlauben.«

Kirk wirkte nicht überzeugter, als Cochrane sich fühlte. »Nach hundertfünfzig *Jahren,* Spock?«

»Wissenschaft ist ein gradueller Prozeß, Captain.«

Kirk schüttelte ablehnend den Kopf. »Eine Rückkehr in alte Zeiten kommt mir unwissenschaftlich vor. Sie kommt mir eher wie Besessenheit vor.«

Cochrane wußte nicht, was er glauben sollte. Er drückte die Hand seiner Gefährtin. »In Sachen Besessenheit war die Optimum-Bewegung nicht zu unterschätzen, Captain.«

Kirk war nicht überzeugt. »Organisationen dieser Art neigen dazu, sich immer wieder neu zu erfinden, Mr. Cochrane. Es gibt keinen scharf umrissenen Satz von Idealen, die eine Generation der nächsten weiterreichen kann. Ziele verändern sich, speziell wenn sie auf politischen Zweckmäßigkeiten beruhen. Wenn die Bewegung noch heute existieren würde, trüge sie nur den gleichen Namen. Colonel Green und die seinen sind längst tot.«

Cochrane nahm sich einen Kardinalfehler in Kirks Argument vor. »*Ich* bin noch da.«

Kirk musterte ihn mit einem schiefen Lächeln, als anerkenne er den von Cochrane gemachten Punkt.

Dann meldete sich der Russe. »Captain! Ein Schiff nähert sich mit hoher Warpgeschwindigkeit. Konfiguration paßt zu dem, das wir zuvor vernichtet haben ... *und* zu dem des Schiffes, das uns nach Babel gefolgt ist.«

Cochrane hatte den Eindruck, die Brücke stünde unter Strom, doch Kirk wirkte nicht im geringsten aufgeregt. »Deflektorschirm fertigmachen, Chekov. Wir setzen erst volle Energie ein, wenn wir es müssen.«

»Da, Captain!« sagte Chekov, als ein funkelnder roter Lichtpunkt über den Bildschirm flog und hinter dem mittleren Schlachtkreuzer verschwand. »Sie docken an.«

Kirk sagte, ohne sich umzudrehen: »Was sagen Sie

dazu, Mr. Spock? Ist der Anführer aufgetaucht, um sich persönlich um die Sache zu kümmern?«

»Es wäre eine logische Entwicklung, Captain.« Spock nahm an seiner Konsole Platz. Cochrane sah, daß er in einen kleinen Betrachter für offenbar holografische Anzeigen blickte. Er wußte, daß die Vulkanier ein ausgetüfteltes System für die Verarbeitung dreidimensionaler Daten entwickelt hatten. Ihm fiel ein, daß er ein solches Gerät einst zu benutzen versucht, sich dabei aber nur Kopfschmerzen geholt hatte. »Erhebliche Bordkommunikation«, meldete Spock. »Schwer zu analysieren bei den ganzen Störungen.«

»Gegnerische Schiffe ändern erneut Formation, Captain.«

»Waffensysteme werden scharfgemacht«, fügte der Asiate hinzu.

»Die Reste der *Planitia* sollen zwischen uns bleiben, Mr. Sulu«, sagte Kirk. Er drückte einen Knopf an der Sessellehne. »Mr. Scott, die Zeit wird knapp. Was können Sie uns an Geschwindigkeit anbieten?«

»Warpfaktor sieben, Sir«, erwiderte der Schotte. »Aber nur für ein paar Stunden. Wenn Sie schneller werden, geht die Backbordstrebe aus dem Leim. Und wenn's länger dauert, verlieren wir unser Dilithium.«

»Verstanden«, sagte Kirk. Er schaute Cochrane an.

»Warp sieben«, sagte Cochrane. »Ist das ein Zeitwarp-Multiplikationsfaktor?«

Kirk nickte. »Als ich noch Kadett war, haben wir Zeitwarp-Faktor gesagt. Jetzt heißt es nur noch Warpfaktor.«

»Ist noch immer ganz schön schnell«, sagte Cochrane.

»Die Schiffe da sind schneller«, erwiderte Kirk. »Eine Flucht würde sich nicht auszahlen.«

»Nicht mal mit Vorsprung?«

»Es müßte schon ein großer sein«, sagte Kirk. »Und auch der würde das Unausweichliche nur verzögern. Hilfe ist zu weit weg.«

Dann ergriff die Schwarze, die an der Station hinter Kirk saß, das Wort. »Captain, unsere Anrufe werden endlich beantwortet. Man bittet um visuelle Verständigung.«

Cochrane spürte, daß der Captain sich entspannte. »Zeigen Sie uns ihr Bild, Lieutenant, aber wir senden nur Ton.« Er schaute Cochrane an und legte einen Finger auf seine Lippen. »Sie sollen nicht zu viele Informationen kriegen.« Er schaute auf den Bildschirm.

»Hier ist Captain James T. Kirk vom Raumschiff *Enterprise.* An die unidentifizierten Klingonenkreuzer.«

Das Wort ›Raumschiff‹ gefiel Cochrane. Es hatte eine fast magische Nebenbedeutung. Er fragte sich, ob die Menschen dieser Zeit es auch so empfanden, oder ob die Wunder ihres Zeitalters sie nur langweilten.

»Sie halten sich ohne Erlaubnis im Föderationsgebiet auf«, fuhr der Captain fort. »Sie müssen sich identifizieren.«

Dann änderte sich das Bild. Es zeigte nun nicht mehr die drei Schlachtkreuzer. Cochrane fühlte sich wie vor kurzem, als man seine Atome zerlegt und wieder zusammengesetzt hatte – völlig desorientiert, ohne ein Gefühl für Ordnung und Kontrolle.

Das Gesicht auf dem Bildschirm entstammte der gleichen alten Zeit wie sein eigenes.

Der Kommandant der fremden Streitmacht war Adrik Thorsen.

Vor dem Optimum gab es ein Entrinnen.

# 5
# *USS* Enterprise *NCC-1701*
## *Feindberührung*

Sternzeit: 3855 · Terrestrische Zeit: November 2267

Als Kirk Cochrane nach Luft schnappen hörte, wußte er sofort, daß er den Kommandanten des Klingonenschiffes kannte. Er wußte freilich nicht, wie dies möglich war. Und er hatte auch keine Zeit, ihn zu fragen.

»Liefern Sie Cochrane aus, dann verschone ich Ihr Schiff«, sagte die Gestalt grob, doch mit langsamer Präzision. Er war humanoid, möglicherweise ein Mensch, doch da der Bildschirm ihn nur von den Schultern an aufwärts zeigte, war schwer zu sagen, welche Form sein Körper hatte. Seine lederige Haut war sehr faltig und erinnerte Kirk an jene Asteroidenprospektoren, deren Helmvisoren vor Sternen mit ultravioletter Strahlung nicht genügend Schutz boten. Sein Haar war weiß, fast bürstenkurz geschnitten, und bedeckte nur den halben Schädel, als sei ein Teil von ihm weggebrannt worden. Der Schädel zeigte alte, fast regelmäßig verlaufende Narben, als wären sie das Werk eines Chirurgen, nicht das Ergebnis eines zufällig erfolgten Schadens.

Doch Kirk schlußfolgerte, daß es sich um Kampfnarben handelte. Der Kommandant hatte eine unmißverständliche militärische Haltung. Er bezweifelte, daß irgendein anderer Mensch den Kommandosessel eines klingonischen Schiffes einnehmen konnte. Falls es überhaupt den Klingonen gehörte.

»Ich wiederhole«, sagte Kirk. »Identifizieren Sie sich.«

Das Gesicht des Kommandanten veränderte sich zu

einer Art Schmerzgrimasse. Doch dann erkannte Kirk, daß es ein Grinsen war – oder zumindest der Versuch eines Grinsens. Nur die Hälfte des Gesichts bewegte sich, als hätte der Rest einen irreparablen Nervenschaden erlitten.

»Fragen Sie Cochrane, wer ich bin.« Er sprach den Namen des Wissenschaftlers aus, als beschwöre er einen Dämonen.

»Wer ist Cochrane?« fragte Kirk. Wenn Spocks Vater bluffen konnte ... Er konnte es erst recht.

Der Kommandant schaute jemanden an, der sich außerhalb des Bildschirms befand, und fauchte: »Pu'-DaH! GhuH baH!«

»Intervaller werden scharfgemacht«, meldete Sulu. »Das Schiff links außen. Soll ich mehr Energie in den Deflektorschirm leiten, Captain?«

Kirk schaltete die Tonübertragung aus. »Nein«, sagte er. »Sie dürfen nicht wissen, daß wir nicht auf volle Leistung gehen können.« Er schaltete den Ton wieder ein. »Klingonisches Schiff: Schalten Sie Waffenbereitschaft ab und identifizieren Sie sich, sonst müssen Sie die Konsequenzen tragen. Wir warnen Sie nicht noch einmal.« Er schaltete wieder ab und wandte sich Cochrane zu. »Sie kennen ihn, nicht wahr?«

Cochrane nickte. Seine Gefährtin musterte ihn aufmerksam und besorgt; sie spürte eindeutig das gefühlsmäßige Durcheinander, das auf seinem Gesicht zu sehen war.

Doch bevor er etwas sagen konnte, dröhnte die rauhe Stimme des fremden Kommandanten aus den Lautsprechern. »Sie haben fünf Sekunden, *Enterprise.* – Vagh ... loS ... wej ...«

Cochrane drückte den Tonknopf neben Kirk und sagte, bevor dieser ihn daran hindern konnte: »Hören Sie auf, Thorsen. Ich bin hier.«

Der Mann auf dem Bildschirm öffnete mit einem Geräusch, das zwischen einem Zischen und einem überraschten Luftholen lag, den Mund. Für Kirk klang es trotz seines Aussehens nicht menschlich.

»Bild einschalten, Uhura«, sagte Kirk. Falls Cochrane die Karten auf diese Weise verteilen wollte, würde er mitspielen. Es war nichts zu gewinnen, wenn man seine Anwesenheit an Bord weiterhin verschwieg. »Wer ist dieser Thorsen?« fragte er.

Thorsen, der nun auch sein Gegenüber sah, reagierte mit Abscheu.

»*Adrik* Thorsen«, sagte Cochrane angeekelt.

Der Name war Kirk vage bekannt. Irgend etwas Geschichtliches.

»*Der* Adrik Thorsen?« fragte Spock. »Aus Colonel Greens Bande?«

»Das ist doch nicht *Cochrane*«, zischte Thorsen.

Cochrane trat vor seine Gefährtin, als wolle er sie ebenso beschützen, wie sie ihn zuvor beschützt hatte. »Schauen Sie mich an, Thorsen. Sie wissen, wer ich bin. Wie ich mal war. Erinnern Sie sich an Titan. Als ich Ihnen zum ersten Mal entwischt bin.«

Was Cochrane Thorsen auf Titan auch angetan hatte, Kirk sah, daß der Hinweis die gewünschte Wirkung zeigte. Thorsens Gesicht bewies, daß er ihn erkannte, und zeigte seinen Haß.

»Aber Sie sind *jung!*« sagte er. »Wie ist das möglich? Nach all diesen Jahren?«

Cochrane hatte offenbar keine Absicht, Thorsens verdrehtes Interesse an ihm mit Nahrung zu versehen. »Wie sind *Sie* möglich?«

Kirk hörte, daß Spock sich von hinten näherte. »Captain«, sagte er leise, »die Computerunterlagen besagen, daß Colonel Adrik Thorsen bei einem Angriff des Widerstandes in London umkam – kurz vor Ausbruch des Dritten Weltkriegs.«

Thorsen stieß ein hohles, abgehacktes Lachen aus. Er hob eine Hand. Beziehungsweise das, was einst eine Hand gewesen war.

Es war ein mechanisches, dreifingeriges Glied von der Farbe polierten Duraniums.

»Nur ein *Teil* von Adrik Thorsen ist im Battersea-Stadion gestorben – null sechs, zwei eins, zwei null, sieben acht«, sagte Thorsen.

Die mechanischen Finger öffneten und spannten sich, als sich das Äquivalent des Handgelenks um 360 Grad drehte. Gleichzeitig änderte sich der Aufnahmewinkel des Bildschirms, so daß mehr von Thorsen zu sehen war.

»Faszinierend«, sagte Spock, als man die schreckliche Ausdehnung von Thorsens kybernetischer Umwandlung in ihrer Gänze sehen konnte.

Das, was an ihm noch Fleisch war, wurde von einem an seinen Schultern endenden Exoskelett gestützt. Beide Arme waren mechanisch, beide hatten zwei Ellbogengelenke. Verwoben durch die Kompliziertheit des offenen Brustkorbes sah Kirk hängende Hauttaschen, verbunden mit glitzernden, pulsierenden Kordeln, als wären noch menschliche Organe da, entfernt aus nicht mehr notwendigen Muskeln und Knochen. Alles, was Fleisch war, wurde umrundet von schlauchartigen Energieröhren und glänzenden Drähten. Und wo das Metall Fleisch berührte, waren die lebendigen Teile geschwollen, entzündet, verkrustet von getrockneten Flüssigkeiten.

Das Lebewesen, das Cochrane Thorsen nannte, stand nun auf drei Duraniumbeinen vom modifizierten Kommandosessel auf. Hinter der obszönen Erscheinung sah Kirk zwei Angehörige einer klingonischen Mannschaft und einen Orioner. Alle trugen Zivil; keiner trug eine Uniform.

»Colonel Thorsen scheint Grigari-Technik eingesetzt zu haben«, meinte Spock.

Kirk korrigierte ihn. »Verbotene Grigari-Technik.«

»Was ist aus Ihnen geworden?« fragte Cochrane angewidert.

»Das, was Sie aus mir gemacht haben«, erwiderte Thorsen. Seine Arme bewegten sich wie suchende Fühler eines Rieseninsekts. Sie zuckten hoch, um zwei Hände an sein noch menschliches Gesicht zu halten, als wolle er sie zur Schau stellen. »Ich bin *optimal* geworden.«

Thorsen betastete sein Gesicht mit den mechanischen Zangen der Duraniumhände. Kirk erkannte in ihrer besonderen Konstruktion das, was Spock bereits gesagt hatte. Jede Metallzange endete an der Spitze in drei kleineren Greifern, und jeder Greifer in drei noch kleineren, und so weiter, bis in den Nanometerbereich. Sie gaben jeder Hand die Fähigkeit, lebendes Gewebe Zelle für Zelle zu zerlegen.

Nanotechnik war das Erfolgsgeheimnis der medizinischen Technik der Grigari. Ihre Molekülmontageinstrumente konnten Fleisch und Stahl fachmännisch miteinander verbinden und ein lebendiges Nervensystem direkt mit einer Computersteuerungsschaltung verbinden. Aber es war keine statische Situation.

Das Fleisch der meisten Lebensformen stieß die Verbindungsfasern, die die Grigari-Instrumente webten, irgendwann ab. Deswegen waren die Instrumente programmiert, nicht anzuhalten, sondern eine fortwährende Verbindung zu gewährleisten. So wurde jede beschädigte Schicht lebendiger Zellen abgerissen und durch neue Fasern aus Schaltungen und Stahl ersetzt. Schließlich wurde der lebendige Körper eines Grigari-Amalgams völlig abgelegt und durch ein mechanisches Substitut ersetzt.

Die Grigari hatten sich als Händler bezeichnet, die gekommen waren, um den Welten der Föderation ewiges Leben zu schenken. Doch als man ihre Methoden untersucht und als grauen- und mangelhaft abgelehnt hatte, waren ihre Schiffe schlagartig verschwunden. Sie hatten sich in andere, nicht kartographierte Sektoren verzogen und nur schreckliche Geschichten über ihre schmerzhafte Technik zurückgelassen.

Doch für manche Lebewesen, dies wußte Kirk, war der Tod ein noch schlimmerer Schrecken, und trotz allem, was man darüber wußte, was unweigerlich geschah, wenn lebendige Materie und Grigari-Technik miteinander verschmolzen, gab es noch immer einige Welten hinter den Föderationsgrenzen, auf denen die verbotenen Operationen vorgenommen wurden. Wenn man zahlen konnte.

Adrik Thorsen, so schien es, hatte den Preis schon vor Jahren bezahlt. Und das, was von ihm übrig war, zahlte ihn noch immer.

»Es ist mir gleich, was *Sie* Ihrer Meinung nach sind!« schrie Cochrane. Seine Hand zerschnitt in einer energischen Geste die Luft, als wolle er Thorsen und das, was er vertrat, abwehren. »Die Optimum-Bewegung ist *tot*, Thorsen! Sie haben *verloren!*«

Thorsens Zangen zupften am Fleisch seines Gesichts, verzerrten den Ausdruck der erstarrten Seite. Kirk runzelte bei diesem Anblick die Stirn. Er bezweifelte, daß sich noch viel vom ursprünglichen Thorsen darunter befand.

»Ich habe nur eine Schlacht verloren«, sagte das Amalgam. »Der Krieg geht weiter.«

Bei der Beobachtung des Charakters seines Gegenspielers hatte Kirk schon begonnen, seine Strategie zu formulieren, und er fing an, sie zu umzusetzen. »Die Föderation lebt im Frieden, Colonel Thorsen. Der Krieg, an den Sie sich erinnern, ist längst vorbei.«

Thorsen ließ die Zangen sinken. Seine Wangenhaut zeigte nun Sprünge, wie ein ausgetrocknetes Flußbett. Aber man sah kein Blut. Nur dunkle Schatten, die sich tiefer und tiefer einschnitten. »Es wird immer Krieg geben, *Enterprise.* Er ist die Natur des Tiers. Und nur Cochrane kann ihn aufhalten.«

»Wie?« fragte Kirk. Er schaltete rasch den Ton ab und wies Spock an, ihm zu sagen, von welchem der drei Schlachtkreuzer Thorsens Funkspruch kam.

»Er kennt das Geheimnis der perfekten Abschrekkung«, sagte Thorsen. Seine Zangen packten seine unbeweglichen Brauen. Sein Blick wankte nicht. »Er ist der Grund, weswegen es zu diesem Krieg kam. Warum die Erde von den Schwachen, Feigen, Unvollständigen, Nicht-Optimalen verwüstet wurde. Hätte er auf Null sechs, zwei eins, zwei null, sieben acht auf mich gehört, wäre die Erde ein Paradies. Niemand wäre in der Lage gewesen, sich mir entgegenzustellen.«

»Es gibt keine perfekte Abschreckung«, sagte Kirk in dem Versuch, den Irren so lange wie möglich mit seinem Monolog zu beschäftigen. Spock trat vor ihn hin, die Hände auf dem Rücken, er gab ihm mit den Fingern zu verstehen, daß Thorsen sich auf dem Schiff links außen befand. Kirk hatte es schon vermutet.

»Die Flotte weiß es auch«, sagte Thorsen, als er die Spitze einer anderen Zange vor sein regloses Auge schob. »Ich war in ihren Computern. Habe kleine Ausläufer meines Ichs hineingeschickt.« Er bedachte sie erneut mit einem gespenstischen Halblächeln. »Ich kann es auch jetzt noch, Mr. Cochrane, weil ich nämlich mehr als die Summe meiner Teile bin.«

Spock warf dem Captain einen kurzen Blick zu. »Ich glaube, er will damit sagen, daß er Grigari-Nanokomponenten eingesetzt hat, um ins Hauptcomputersystem der Flotte einzudringen. Falls es so war, könnten die Nanokomponenten, wenn sie sich in duotronischen Schaltungen rekonstruieren, tatsächlich straflos Wurmprogramme erzeugen, die den Eindruck erwecken, das Netz sei von innen manipuliert worden, obwohl das System in Wahrheit alles selbst gesteuert hat.«

Thorsen holte eigenartig flatternd Luft. »Ich *bin* jetzt das System. Ich sollte schon immer das System sein. Immer, wenn ich ins System hineingriff, hat die Flotte etwas gegen mich getan. Sie hat immer mehr unter Geheimhaltung gestellt, was mit der Station Kashishowa zu tun hatte. Und nun frage ich Sie, Mr. Cochrane, warum macht man sich all die Mühe, ein Geheimnis zu bewahren, wenn es gar nichts gibt, das bewahrt werden müßte?«

Cochrane und Kirk wandten sich sofort einander zu.

»Geht es also darum?« fragte Cochrane.

Thorsen zupfte an seinem unbeweglichen Lid und seufzte. »Ich weiß jetzt alles«, hauchte er auf irrsinnige Weise.

»Es sieht so aus«, sagte Kirk, der Cochrane antwortete. Zu Thorsen sagte er: »Die Schlacht war umsonst.«

Kirk sah nun genau, wie das Szenario ablief. Er verstand nun auch, wieso Admiral Kabreigny geglaubt hatte, die Offiziere der *Enterprise* seien in eine Verschwörung gegen die Flotte verwickelt.

Thorsen war mit den Fähigkeiten eines Grigari-Amalgams irgendwie mit einem Terminal der Flotte in Berührung gekommen. Er hatte Wurmprogramme erschaffen, die nach Informationen über den Unfall bei der Station Kashishowa gesucht hatten, weil er glaubte, sie könnten die Geheimnisse der von Cochrane entwickelten Warpbombe enthüllen. Kabreigny oder ihr Stab, möglicherweise ständig auf dem Sprung, unautorisierte Waffenforschung zu entdecken, hatten herausgefunden, daß sich jemand in der alten Wissenschaft vergrub, die die seither längst widerlegten Gerüchte über die Warpbombe betrafen. Besorgt, jemand könne mehr wissen als die Föderation, und auch darüber, daß die Warpbombe vielleicht doch existierte, hatte sie ihre Position ausgenutzt, um die Ergebnisse von Cochranes früher Forschung als geheim einzustufen. Und sie hatte eigene Wurmprogramme eingesetzt, um ausgewählte Daten aus dem Computernetz der Flotte zu tilgen. Doch ihre Reaktion hatte nur bestätigt, was Thorsen vermutete, so daß er die Suche noch intensiviert und versucht hatte, irgendwelche Spuren zu finden, die zu Informationen führten, die sie möglicherweise vergessen hatte. Er hatte die Schlagwortanfragen ausgeweitet, hatte generell nach allem gesucht, was mit Cochrane zu tun hatte – bis er auf Gamma Canaris stieß. Und jede weitere Nachforschung Thorsens hatte Kabreigny überzeugt, daß sie noch mehr Schritte einleiten mußte. Dies hatte einen geheimen Krieg intensiviert, in dem niemand wußte, wer eigentlich der Gegner war. Alle kämpften um ein uraltes, bedeutungsloses Experiment.

»So illusionär der Grund für diesen Krieg auch ist«, sagte Spock, »das, was auf dem Spiel steht, ist sehr real.« Er schaute auf den Bildschirm. Kirk ebenfalls.

Kirk empfand Übelkeit. Thorsen hatte die sein Auge umgebende Haut abgepellt und enthüllte noch mehr Duranium.

»Schauen Sie ihn an«, sagte Cochrane. »Er ist irrsinnig.«

»In diesem Stadium der Umwandlung«, sagte Spock, »sollte man lieber sagen, er hat eine Fehlfunktion.«

»Geben Sie mir Cochrane«, rasselte Thorsen. »Ich möchte, daß er erfährt, was er angerichtet hat.« Eine Zange nach der anderen schob sich tief in Thorsens Augenhöhle, aber man sah keinerlei organischen Schaden. Für die von Übelkeit geplagten Zuschauer war kaum noch etwas Menschliches an ihm; er war kaum mehr als ein Rudiment.

»Na schön«, sagte Kirk und zwang seinen Blick wieder auf den Bildschirm. »Aber ich möchte Ihr Offiziersehrenwort, daß Sie mir anschließend erlauben, mich mit den anderen geretteten Passagieren von der *Utopia Planitia* zurückzuziehen. Wir haben viele Verletzte an Bord, die dringend ärztlicher Behandlung bedürfen.«

»Nein!« schrie der ›Companion‹ plötzlich, dem nun klar wurde, was Kirk tat. »Wir lassen nicht zu, daß der Mensch in Gefahr gerät!« Er ging auf Kirk zu. Spock fing ihn ab und zog ihn mit fester Hand beiseite.

»Transport abwarten«, sagte Kirk, ohne mit der Wimper zu zucken. »Es kann einen Moment dauern. – *Enterprise,* Ende.« Er schaltete Ton und Bild ab, als Thorsens

Zangen gerade anfingen, sich aus der Augenhöhle zurückzuziehen. Es war ihm lieber, nicht zu wissen, was sie dort herausgeholt hatten.

Er stand aus seinem Sessel auf. »Ist schon in Ordnung, Spock. ›Companion‹: Dem Menschen wird nichts geschehen.«

»Danke«, sagte Cochrane. Er wandte sich seiner Gefährtin zu, und Spock ließ sie los. »Aber *was* haben Sie vor?«

»Wir haben einen Vorteil, Mr. Cochrane«, sagte Kirk. Sein Adrenalin strömte nur so, denn er sah einen Ausweg. »Bewaffnung und Reaktionszeit der Schiffe werden durch ihren Befehlshaber behindert. Sie haben das Brückenpersonal hinter Thorsen gesehen. Keine Uniformierten. Es ist eine Schmugglerbande. Vielleicht hat er die Schiffe gestohlen. Vielleicht ist das Imperium der Klingonen auch in einem so schlechten Zustand, daß es anfängt, Schlachtkreuzer zu verkaufen. Aber wir haben es nicht mit klingonischen Kriegern zu tun. Das ist schon mal ein großer Vorteil.«

Kirk ging zur Steuerkonsole und beugte sich zwischen Chekov und Sulu über die Sensoranzeigen. »Mr. Spock, eine Fähre soll sich für Maximalwarp und Autopilot bereitmachen. Wir brauchen in ein paar Minuten Ablenkung.«

»Welchen Kurs, Captain?«

Darauf wußte Kirk keine Antwort. Noch nicht. »Mr. Sulu, wir brauchen für ein paar Stunden Warp sieben. Suchen Sie uns was, wohin wir verschwinden können. Zurück zum Asteroidengürtel bei Gamma Canaris. Einen Nebel. Irgendwas, wo wir ihren Sensoren entkommen können.« Kirk verließ die Konsole. »Dann berechnen Sie einen Kurs für die Fähre. Sie soll genau die Gegenrichtung nehmen.«

»Aye, aye, Captain.«

»Ich dachte, wir können ihnen nicht entwischen«, sagte Cochrane.

»Nicht lange«, erwiderte Kirk. »Aber sie sind auch nicht der Feind, für den ich sie gehalten habe.« Er nahm seinen Platz wieder ein. »Mr. Chekov, wenn ich den Befehl gebe, möchte ich die Überreste der *Planitia* zu Plasma zersprengt sehen, um einen Sensorschirm zu erzeugen. Sofort danach konzentrieren wir unser gesamtes Phaserfeuer auf die Brücke des Schlachtkreuzers links außen und ballern alle Photonentorpedos auf seine Warpgondeln.«

Chekov bestätigte begeistert den Befehl.

»Also Fahrerflucht?« fragte Cochrane, ungläubig über diesen Wagemut.

Kirk nickte lächelnd. »Wenn wir Glück haben, sind sie dann führerlos. Und wir haben schon gesehen, daß die Mannschaften dieser Schiffe ohne Thorsen nicht zu Aktivitäten neigen.«

»Captain«, sagte Uhura. »Colonel Thorsen meldet sich.«

»Ohne Bild, Lieutenant.«

Thorsen sagte nur ein Wort. Und sehr langsam. »Cochrane.«

»Er will nicht«, sagte Kirk knapp. »Die Bordwache ist hinter ihm her. Wir haben ihn in ein paar Minuten.«

»In *einer* Minute.«

»Alle drei Schiffe armieren ihre Phaser«, meldete Sulu.

Kirk schaltete ab. »Haben Sie ein Ziel, Mr. Sulu?«

»Drei Möglichkeiten, Captain.« Sulu drehte sich auf seinem Sitz um. »Der Gamma Canaris-Asteroidengürtel liegt am Rand unserer Reichweite, aber wenn wir erst mal dort sind, können wir Katz und Maus spielen, bis Verstärkung eintrifft. Er ist aber nicht so gut, um ihre Sensoren zu verwirren.«

»Und sonst?« fragte Kirk. Sie hatten noch 45 Sekunden, bis Thorsen das Feuer eröffnete.

»Epsilon Canaris. Stern vom G-Typ. Mehrere Planeten, ein Gasriese inklusive. Wenn wir es dorthin schaffen … Es gibt dort planetare Verteidigungsanlagen, die uns helfen könnten.«

Kirk verwarf die Möglichkeit sofort. Die Beziehungen zu dem Planeten befanden sich in einem heiklen Stadium, da die Föderationskommissare noch an einem Friedensvertrag arbeiteten. Der Anblick der von klingonischen Schlachtkreuzern gejagten *Enterprise* würde den fragilen Friedensprozeß bestimmt destabilisieren.

»Und die dritte Wahl?« fragte Kirk. Noch 35 Sekunden.

»Fähre startbereit«, meldete Spock.

»Sie muß in dem Moment raus sein, wenn das Wrack getroffen ist«, sagte Kirk. »Mr. Sulu?«

»Eine Singularität. T'Lins Neuer Katalog, Nummer 65813. Bei Warp sieben … sechs Stunden.«

»Eine offene Singularität?« fragte Kirk.

»Laut Forschungskarten hat sie einen Ereignishorizont.«

Kirk empfand allmählich Hoffnung. Ein Schwarzes Loch war vielleicht genau das, was er jetzt brauchte. »Größe?«

»Durchmesser achthundert Kilometer.«

Kirk stellte fest, daß Möglichkeiten bestanden. Noch 25 Sekunden. »Masse?«

»Zweihundert Sonnenmassen.«

Kirk wandte sich an Spock. »Können wir sie für ein Katapultmanöver nutzen, Mr. Spock?« Die richtige Annäherung bei richtiger Warpgeschwindigkeit um ein Objekt, das massiv genug war, konnte die *Enterprise* in die Vergangenheit schleudern. Die Flotte verbot derlei Manöver, es sei denn, sie wurden durch die Admiralität kontrolliert. Doch Kirk war bereit, sich seinen Vorgesetzten später zu stellen, wenn dies bedeutete, Cochrane und das Schiff mehrere Tage in der Vergangenheit in Sicherheit zu bringen.

Spock setzte der Möglichkeit freilich ein Ende. »Der momentane Zustand des Schiffes verbietet ein Katapultmanöver, Captain. Weder die verbliebenen Dilithiumkristalle noch die beschädigte Backbordgondelstrebe können der Belastung standhalten.«

Noch 15 Sekunden.

»Captain«, sagte Chekov, »sie tasten uns jetzt ab.«

»Spock: Gibt es am Ereignishorizont des Schwarzen Loches genügend relativistische Verzerrungen, um Sensoren zu verwirren?« fragte Kirk.

»Ohne Frage«, sagte Spock.

Kirk traf seinen Entschluß, vertraute seinem Schiff. »Sulu, Kurs auf TNK 65813. Chekov, Phaser und Photonentorpedos fertigmachen.«

Beide Männer bestätigten seinen Befehl. Noch zehn Sekunden.

»Frequenz zu Thorsen öffnen, Lieutenant«, sagte Kirk zu Uhura. »Nur Ton. Sie sollen ruhig im dunkeln tappen. Auf mein Zeichen hin feuern, Mr. Chekov.«

»Frequenz offen, Sir.«

»Colonel Thorsen, wir haben Cochrane gefangengenommen und bringen ihn zum Transporterraum. Auf welches Schiff sollen wir ihn beamen?«

Thorsen wurde auf dem Bildschirm sichtbar. Die Hälfte seiner Gesichtshaut hing in Fetzen herunter. Dort, wo sein Auge gewesen war, befand sich ein finsteres Loch. »Beamen Sie ihn zu mir«, krächzte er triumphierend. »Wir müssen eine Menge Zeit miteinander nachholen. Wir haben beide Geheimnisse, die wir uns, um Perfektion zu erreichen, mitteilen müssen.«

»Erwarten Sie ihn im Transporterraum«, sagte Kirk. »Wir schicken ihn rüber, sobald Sie den Schirm abschalten.« Er beendete das Gespräch.

Chekovs nächste Worte klangen verwundert. »Captain, er schaltet den Schirm ab.«

»Er ist eindeutig kein Klingone«, sagte Kirk. »Mr. Chekov, Mr. Spock, feuern und Fähre starten.«

Als Thorsens Bild auf dem Schirm verblaßte, war sofort das tiefe Summen der Phasergeschütze zu hören.

Das Bild wurde durch das Wrack der *Planitia* ersetzt, das sich auf der Stelle in ein sich ausdehnendes Feld glühenden Plasmas verwandelte. Die Brücke der *Enterprise* bebte, als die Torpedos starteten und leuchtende Spuren in der Plasmawolke hinterließen. Cochrane umarmte fest seine Gefährtin und wunderte sich über die Verwegenheit, die Kirk und seine Leute an den Tag legten.

»Fähre gestartet«, meldete Spock. »Maximalwarp.«

»Phaser haben Thorsens Schiff im Ziel«, sagte Chekov. Die Phaser sangen erneut. »Registriere Treffer, Zustand ihres Schirms nicht meßbar.«

»Raus hier, Mr. Sulu. Warpfaktor sieben.«

Die Brücke kippte, als die *Enterprise* den Normalraum verließ und der Plasmaball auf dem Bildschirm verschwand.

»Kein Anzeichen für eine Verfolgung, Captain.«

»Das war schon alles?« fragte Cochrane. »Wir sind *schon* auf Warpfaktor sieben?«

Kirk lächelte. Das Schiff und seine Mannschaft hatten sich perfekt verhalten. »Warpanzeige, Mr. Sulu.« Das ferne Heulen der Triebwerke nahm zu.

»Faktor 5,5 … 5,8 … 6,2 … 6,5 … 6,9 … Warpfaktor sieben, Sir.«

Cochrane stieß einen Pfiff aus. »Zu meiner Zeit hat man drei Stunden gebraucht, um Warp vier zu erreichen.«

»Tja, wir leben *heute,* Mr. Cochrane«, sagte Kirk. »Ihre Maschinen treiben das Schiff an. Sie haben all das ermöglicht.«

»Ich habe auch Thorsen ermöglicht«, erwiderte Cochrane. »Wie Sie schon sagten, Captain: Technik ist neutral.«

Chekov unterbrach ihn. »Captain, ich habe eine deutliche Sensoranzeige rings um das *Planitia*-Wrack. Ein Kreuzer ist beschädigt. Er hat seinen Warpkern abgestoßen.«

»Guter Schuß, Mr. Chekov. Was ist mit den anderen?«

»Einer verfolgt die Fähre. Geschätzte Abfangzeit in fünfzehn Minuten.«

»Falls sie nicht auf die Idee kommen, ihn vorher nach Lebenszeichen abzutasten«, sagte Kirk. »Und das letzte Schiff?«

»Bleibt in Transporterreichweite zu dem beschädigten, Sir. Es scheint, sie beamen die Mannschaft an Bord.«

»Irgendwelche Anzeichen des orionischen Transporters?«

»Negativ, Sir. Er war an den beschädigten Kreuzer angedockt.«

Kirk war fast nach Entspannen zumute. Jede Sekunde, die die Kreuzer die Verfolgung der *Enterprise* aufschoben, erhöhte ihre Erfolgschancen. Und immerhin waren sie nun aus Thorsens Störreichweite heraus. »Uhura, Sicherheitsfrequenz zum Flottenoberkommando. Wir erbitten dringend Verstärkung.« Kirk dachte an Admiral Kabreigny. Sie war davon überzeugt, daß jemand das Sicherheitspersonal der Flotte bestochen hatte. Hatte Thorsen noch andere Komplizen? »Identifizieren Sie die Angreifer als orionische Schmuggler in D7-Schlachtkreuzern. Erwähnen Sie Colonel Thorsen noch nicht.«

Uhura bestätigte, und nun, da die unmittelbare Gefahr vorbei war, sah Kirk, daß Cochrane sich mit großen Augen auf der Brücke umschaute.

»Alles, was die Schiffe dort hinter uns betrifft«, sagte Cochrane, »haben Sie nur mit … Subraumsensoren herauskriegen können?«

Kirk nickte. »Legen Sie wert auf eine Führung?«

Cochrane starrte ihn verblüfft an. »Laufen wir nicht um unser Leben?«

»Captain, Kreuzer zwei nimmt nun Verfolgung der *Enterprise* auf«, meldete Chekov.

»Wann holt er uns ein?« fragte Kirk.

»Fünf Stunden, zehn Minuten.«

»Zeit bis zur Singularität?«

»Bei gegenwärtiger Geschwindigkeit fünf Stunden und fünfundfünfzig Minuten.«

Fünfundvierzig Minuten, bevor die *Enterprise* in Sicherheit war, würde sie angegriffen werden. Cochrane hatte recht. Sie liefen wirklich um ihr Leben. Und das Bedürfnis, sich zu entspannen, verließ Kirk so schnell, wie es gekommen war.

# 6
# *USS* Enterprise *NCC-1701-D* *unterwegs nach Sternbasis 324*

Sternzeit: 43922.1 · Terrestrische Zeit: Mai 2366

Eine Stunde nach der Nacheinsatzbesprechung und drei Stunden nach der Kollision mit Traklameks Warbird war der Warpkern der *Enterprise* wieder aktiv und Picards gewaltiges Schiff zur Sternbasis 324 unterwegs, dem Herzen der taktischen Bemühungen der Flotte, eine Verteidigung gegen die Borg zu entwickeln. Da auf seinem Schiff nun wieder Friede herrschte, traf er, wie Geordi LaForge es vorgeschlagen hatte, im Hauptthangar ein. Er freute sich darauf, den unerwartet an Land gezogenen Schatz zu untersuchen.

LaForge hatte das Urrassen-Objekt inzwischen gänzlich aus dem Artefakt ausgebaut, von dem man nicht genau sagen konnte, ob es von den Borg stammte. Das Artefakt war in einem Hangarabschnitt abgelegt worden, dessen Boden mit einem Raster versehen war. Der Zweck des Rasters bestand darin, bei der Analyse und Rekonstruktion beschädigter oder zerstörter Fahrzeuge und Instrumente zu helfen. Optiksensoren zeichneten die ursprüngliche Position jedes Teils auf dem Raster aus verschiedenen Winkeln auf, damit der Computer ein 3-D-Modell erschaffen konnte, das man in größeren Details und unter verschiedenen simulierten Umständen studieren konnte. Teile des Borg-Artefakts waren präzise auf dem Raster ausgelegt. Picard wußte, daß auch jetzt ein kromprimierter Datenstrom, der alles enthielt, was LaForge und Data in Erfahrung gebracht hatten, via Subraum an Admiral Hanson nach Sternbasis 324 gesendet wurde. Er hoffte nur, daß die Informationen nicht Teil einer romulanischen Intrige waren, um die Föderation über den wahren Charakter der Borg zu täuschen.

Das Urrassen-Objekt lag jedoch nicht auf dem Rekonstruktionsraster. LaForge hatte es auf mehrere Gerüste montiert, die normalerweise Fähren stützten, die überholt oder repariert wurden. Obwohl es ein rein subjektiver und emotionaler Schluß war, fühlte sich Jean-Luc Picard, als er das Objekt unverdeckt vom Borg-Artefakt sah, sicher, daß es echt war und den gleichen Händen entstammte wie der Urrassen-Obelisk. Für ihn war es die pure Schönheit.

»Das ist ein Anblick, was?« sagte LaForge, als er dem Captain entgegenkam und seine Hände mit einem Putzlappen abwischte.

»Das kann man wohl sagen, Mr. LaForge«, erwiderte Picard.

Das vor den Sternen perfekt ausgerichtete Objekt, das sich vor einem von einem atmosphärischen Kraftfeld versiegelten offenen Hangartor erstreckte, schien unter den hellen Lampen wie poliertes Silber zu strahlen. Picard schaute es an und sah Ozeane. Lebensreservoirs. Aus welchen Meeren waren die Erbauer dieses Gegenstandes an Land gekrochen? Wie lange war es her? Und wo war es gewesen?

»Man hört fast das Tosen des Ozeans, nicht wahr?« sagte LaForge leise.

»Es ist ... prächtig«, erwiderte Picard in dem Wissen, daß das Wort die Tiefe seiner Empfindung nicht ausdrücken konnte. »Ich kann mir nicht vorstellen, daß die Romulaner es gebaut haben.«

»Und das ist noch nicht alles«, fuhr LaForge fort. »Schauen Sie sich mal die andere Seite an.«

Sie gingen zusammen los, und auf der anderen Seite des Gegenstandes, wo Data und Wesley mit komplizierten Molekularsonden arbeiteten, die sie an seine Oberfläche hielten, sah Picard etwas, das er nur für eine häßliche, die Schönheit des Objekts verunzierende Narbe halten konnte. Es war eine dunkle, schartige etwa einen Quadratmeter große Schramme. Dort schien eine Ecke des Objekts abgebrochen zu sein, wo Auge – und Herz – verlangten, seine Kurven sollten sich zu einem eleganten Abschluß fortsetzen.

»Es ist irgendeine Art Belastungsbruch oder Abnutzung«, sagte LaForge, als sie an der Wunde anhielten. »Die Außenhaut ist so zäh, daß nur etwas, das einer Supernova nahekam, es hervorgerufen haben kann. Irgendwann in den vergangenen dreieinhalb Milliarden Jahren hat dieses Ding ziemlichen Druck ausgehalten.«

Picard ließ seine Finger über der abrupten Demarkationslinie zwischen der glatten Oberfläche und der dunklen Einkerbung schweben. »Darf ich?« fragte er.

LaForge nickte. »Es besteht keine Gefahr. Ich kann noch nicht sagen, ob das dunkle Material das ist, was mit der silbernen Beschichtung geschieht, wenn sie großer Hitze ausgesetzt und deformiert wird, oder die normale Erscheinung des Inneren. Data nimmt an, daß wir tatsächlich vor einem dicht gepackten Molekularquantencomputer stehen, der so kompliziert miteinander verbunden ist, das er wie ein fester Körper wirkt. Wenn es stimmt, könnte dieser Gegenstand mehr Rechnerkapazität bringen als … alle Computer der Föderation zusammen.« LaForge deutete auf einen strukturierten Abschnitt der Schramme. »Nun, das hier können Sie zwar nicht sehen, aber ich erkenne mit meinem VISOR ein Muster mikroskopischer Löcher, fast wie Kabelleitungen. Das ist das Schnittstellengebiet, an dem das Borg-Artefakt an das Objekt angeschlossen war, um seine Energie anzuzapfen.«

»Erzeugt es noch Energie?« fragte Picard.

»Irgendwo«, seufzte LaForge. »Irgendwie. Wesley hat vorgeschlagen, wir sollten, wenn wir die Sternbasis erreicht haben, einen besonderen Naniten konstruieren, der sich mal dort drinnen umschaut.«

»Eine ausgezeichnete Idee. Aber nur so lange, wie Mr. Crusher keine Naniten an Bord der *Enterprise* baut«, sagte Picard. Er erinnerte sich noch allzugut an das, was aus dem letzten Nanotechnikexperiment des Fähnrichs geworden war.

»Dafür sorge ich schon«, sagte LaForge. »Data und Wesley schauen sich jedenfalls schon mal die unbeschädigte Oberfläche an, um zu sehen, ob irgendwelche Schnittstellen intakt sind.«

Picard empfand Faszination. »Glauben Sie, das Objekt wurde mit dem Ziel hergestellt, als Schnittstelle zu dienen?« Der Urrassen-Obelisk, den man intensiv – und ergebnislos – studiert hatte, schien speziell dazu konstruiert zu sein, seine Geheimnisse *nicht* preiszugeben. Die Vorstellung, daß das Urrassen-Objekt mit der Absicht der Kommunikation gebaut worden war, war verlockend.

»Data glaubt es.« LaForge deutete auf das Vorderteil des Objekts. »Schauen Sie sich doch noch mal die Inschriften an.«

Das Objekt war nun so ausgerichtet, daß Picard die Zeichnungen an der Front betrachten konnte, ohne sich den Hals zu verrenken. Er hatte natürlich keine Ahnung, was die Inschriften bedeuteten, aber er erkannte sie.

LaForge deutete auf eine geometrische Zeichnung, die zwischen den keilförmigen Symbolen der Urrasse auftauchte: die erste, wenn man den Abschnitt von oben nach unten las. »Kommt es Ihnen bekannt vor?« fragte er.

Die Frage überraschte Picard. »Sollte es?«

»Ich habe es erst erkannt, als Data darauf hinwies. Es ist überraschend offensichtlich.«

Picard studierte die Zeichnung, die nun, da er wußte, daß sie eine Bedeutung hatte, noch verblüffender war. Er zeichnete den offenen Rand ringsherum nach und ließ die Finger über den Abschnitt vertikaler Linien fahren …

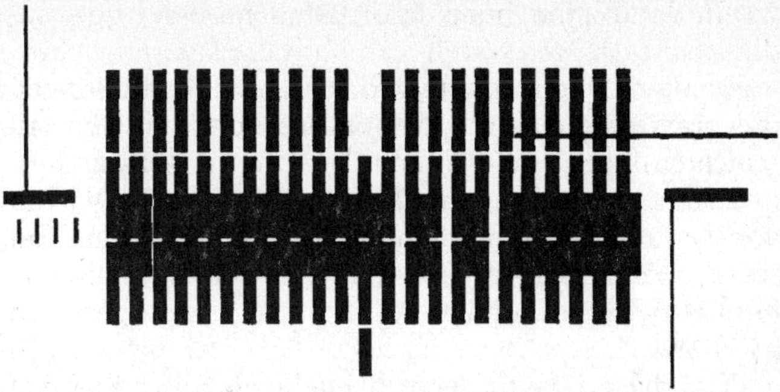

…doch das Muster sagte ihm nichts.

»Meinen Sie, daß es den alten Raumsondeninformationen gleicht?« fragte er. In der Frühzeit der Raumfahrt hatten die Menschen ihren Raumsonden für den Fall, daß sie von Außerirdischen entdeckt wurden, verschiedene Datenspeichermedien mitgegeben: zuerst analoge Ton- und Bildaufzeichnungen, dann Diffraktionsbalken und schließlich molekulare Stoppelröhren. Jede ins All geschickte Aufzeichnungstechnik war von einer ›Instruktionsplatte‹ begleitet worden. Man hatte Symbole in sie graviert, von denen die Behavioristen dieser Zeit geglaubt hatten, daß sie universelle Symbole zeigten, die auf grundlegenden physikalischen Konstanten beruhten, die jede raumfahrende Kultur interpretieren konnte. Das Ziel bestand darin, Ort und Zeit der Aufzeichnungen zu zeigen und darauf hinzuweisen, wie man die Daten interpretieren sollte, um Töne und Bilder zu reproduzieren. Die historischen Organisationen der Erde baten noch heute fremde Kulturen, den Versuch zu machen, Nachbildungen der verschieden verschlüsselten Raumbotschaften zu dekodieren. Bis heute hatte man keinen Erfolg gehabt. Die Vulkanier waren der Lösung zumindest nahegekommen.

»Data hält es für möglich«, sagte LaForge. »Auch

wenn dafür eine hohe Interpretationsebene notwendig ist.«

»Verständlich«, sagte Picard. »Wie mir einfällt, fingen die gravierten Platten, die unsere Vorfahren ins All schickten, mit der Beschreibung einfacher Wasserstoffübergangsstadien an, um die grundlegenden Zuwächse von Zeit und Entfernung darzustellen, die auf dem Gesetz des Ausgleichs basierten, weil sie annahmen, selbst fremde Systeme müßten auf ähnlichen Naturgesetzen basieren.«

»Tja, diese Gravur setzt zweifellos etwas höher auf der Skala der Physik an.«

Picard zog die Hand zurück. Er sah in der Ansammlung der Linien rein gar nichts. »Um wie vieles höher?«

»Würden Sie Kontinuumverzerrung für möglich halten?« fragte LaForge. Er hielt einen Finger an das Diagramm und fing links an. »Data interpretiert das umgekehrte T und die vier Striche darunter als normalen Tachyonenzerfall.« Er ließ den Finger an der dünnen vertikalen Linie herabfahren. »Hier ist das Tachyon.« Er übersprang den dicken Balken und tippte auf die Striche. »Und nach dem Bruch folgen die vier Bestandteilquarks des Tachyons.«

Picard nickte langsam. »Dann ist der dicke horizontale Balken der Tachyonzerfallschwellenwert.«

»Was die Geschwindigkeit des Lichts ist«, sagte LaForge bestätigend. »Wenn wir die beiden kurzen dicken Linien zu beiden Seiten des vertikalen Strichmusters für die Darstellung der Lichtgeschwindigkeit halten ...«

Picard sah es sofort. Es war zweidimensional, ohne eine logarithmische oder sonstige Krümmung, aber die Verhältnisse wirkten richtig. Er berührte die dünne, helle vertikale Linie, die die horizontalen Balken über dem Lichtgeschwindigkeitssymbol durchlief. »Dann bedeutet dies einen Zustand endloser Energie«, sagte er.

»Sie haben's verstanden«, sagte LaForge.

Picard senkte den Finger auf die horizontalen Punkte, die sich unterhalb der Lichtgeschwindigkeit erstreckten. »Und dies ist die erforderliche Energie für Bewegungen in den Warpraum, die weniger als endlos ist.«

»Und«, fuhr LaForge fort und deutete auf die drei hellen vertikalen Balken rechts des Diagramms, »wenn man im Warpraum ist, ist hier der Ausgleich des theoretischen Höchstenergieverbrauchs bei einhundert Prozent Effektivität.«

»Stimmen die Verhältnisse?« fragte Picard.

»Data hat die Breite aller Linien und den dazwischen liegenden Raum in Angström gemessen. Das Diagramm wurde mit einer Präzisionspartikelätzung graviert, die die numerischen Bezüge sämtlicher Warpverhältniswerte auf fünf Dezimalstellen angibt. Captain, das Diagramm auf diesem Objekt ist nur eine abgespeckte Version von diesem hier.« LaForge tippte neben der Kommunikatornadel, die in der Form des bekannten Deltazeichens der Flotte gestaltet war, auf seinen Brustkorb. »Es ist die Grundlage der von Zefram Cochrane entwickelten Warpphysik – ein Diagramm der asymmetrischen Verzerrerfeldfunktion, dem eine Achse fehlt.«

Picard war beeindruckt. »Wenn das wahr ist, haben jene, die dies gebaut haben, tatsächlich darauf gezählt, daß die, die es finden, ein sehr hohes Niveau haben.«

»Meine ich auch. Besonders, wenn man bedenkt, daß dies nur eins von vierundzwanzig Diagrammen ist.«

Picard rieb sich das Kinn. Das Energieverbrauchsverhältnis, das das Diagramm beschrieb, war ihm nun so verständlich wie das auf dem Flottensignum, das er trug; so, wie LaForge es gesagt hatte. Aber das Diagramm enthielt auch Passagen, die nicht dazu paßten. »Wenn die vertikale Linie links ein Tachyonenzerfall ist, was bedeutet dann die vertikale Linie hier rechts?« fragte er.

LaForge zuckte die Achseln. Er deutete auf die rechte

Linie und den vertikalen Balken unten in der Mitte. »Datas beste Theorie besagt, daß diese Linien etwas mit Nullpunkt-Energiegewinnung zu tun haben.« Er deutete auf die horizontale Linie, die über die sechs oberen Balken auf der rechten Seite verlief. »Und diese Linien könnten etwas mit Transwarpantrieb in andere Dimensionen zu tun haben.«

»Der Energiebezug aus dem Vakuum ist unseren Wissenschaftlern seit Generationen entgangen«, sagte Picard. »Und die Flotte hat die Idee des Transwarpantriebs schon vor Jahrzehnten als unpraktisch aufgegeben.«

LaForges Finger deutete sinnierend auf das Diagramm. »Sie wissen, Captain, wenn Data in dieser Hinsicht recht hat, wenn es *wirklich* eine Art Botschaft ist, die von hochentwickelten Kulturen entschlüsselt werden soll ... Da muß ich mich doch fragen, ob wir sie finden sollten.«

Picard hatte genau das gleiche gedacht. »Sie meinen, das Objekt wurde, wie Sie angedeutet haben, vielleicht von einer Supernova beschädigt. Dann haben die Borg es in ihr Schiff eingebaut, ohne zu ahnen, was es ist. Und den Romulanern ist es in die Hände gefallen, als sie das Borgschiff vernichtet haben.«

»Falls die Romulaner es von einem Borgschiff haben. Davon bin ich noch nicht überzeugt.«

Data und Fähnrich Wesley Crusher kamen um die Ecke des Objekts; ihre Molekularsonden waren abgeschaltet.

»Hallo, Captain Picard«, sagte Wesley. Er grinste das Objekt an, sein Blick war voller Staunen. »Ist es nicht unglaublich?«

Obwohl Picard im Umgang mit Kindern schwerfällig war, auch wenn sie Wesleys Alter hatten, wußte er den jugendlichen Enthusiasmus des Fähnrichs für einen archäologischen Fund dieser Größenordnung zu schätzen. Er deutete an, daß der junge Mann vielversprechend war, und das hatte er schon immer vermutet.

»Und nicht nur das, Mr. Crusher«, sagte Picard. Er schaute Data an. »Haben Sie ein intaktes Schnittstellengebiet gefunden?«

»Nein«, sagte Data, »aber das bedeutet nicht, daß es keins gibt. Bedauerlicherweise vermute ich, daß es nur an unseren beschränkten technischen Mitteln liegt, daß wir keins gefunden haben.«

»Dann stimmen Sie Mr. LaForge also zu?« fragte Picard. »Daß uns dieser Gegenstand in die Hände gefallen ist, bevor wir technisch in der Lage sind, ihn zu verstehen?«

»Es ist durchaus eine Möglichkeit«, sagte Data. »Während Wesley und ich gearbeitet haben, habe ich meine Unterprogramme eingesetzt, um die Diagramme zu analysieren. Diese Vorgehensweise ist das Äquivalent dessen, wie Menschen Probleme beiseite schieben, damit ihr Unterbewußtsein an ihrer Lösung arbeiten kann, ohne sich bewußt anzustrengen.« Data hielt inne und schaute seitwärts. »Doch in meinem Fall kann man es wohl nicht so nennen, da ich mir aller Dinge stets bewußt bleibe.«

»Data«, sagte LaForge sanft, »lassen wir den Captain nicht warten.«

»Verzeihung, Captain«, sagte Data. »Jedenfalls ist das erste Diagramm verständlich.«

»Wir haben schon darüber gesprochen, Data«, sagte LaForge.

Data schaute das Objekt an und deutete auf den Verlauf der Inschriften und Diagramme auf der Frontplatte. »Die Diagramme, die nach dem ersten kommen, werden deutlich komplizierter. Ich glaube, das nächste in der Reihenfolge bezieht sich detaillierter auf Nullpunkt-Energiegewinnung, doch bei unserem physikalischen Wissen scheint es die mathematische Beschreibung eines Perpetuum Mobile zu sein.«

»Falls wir die Technik zur Gewinnung von Nullpunktenergie je erschaffen sollten«, sagte Picard, »haben wir gewiß *auch* Perpetuum Mobiles.«

»Sozusagen«, meinte Data. »Das dritte Diagramm weist zwar Ähnlichkeiten mit dem zweiten auf, aber ich kann seine Bedeutung überhaupt nicht verstehen. Das vierte scheint sich wiederum auf das erste zu beziehen und auch wieder, glaube ich, auf andere Raumkontinua hinter jenem, in dem der Warpantrieb funktioniert. Ich habe aber nicht die geringste Ahnung, was neunzehn der zwanzig restlichen Diagramme bedeuten. Doch wenn ich nach dem Übergewicht der Primzahlen im Verhältnis der Liniendicke zur Länge urteile, vermute ich, daß sie komplizierte grundlegende Beziehungen der Natur beschreiben. Beziehungen, die über unser gegenwärtiges wissenschaftliches Niveau hinausgehen.«

Picard nickte nachdenklich. Dann wurde ihm klar, was Data gesagt hatte. »Neunzehn der restlichen zwanzig? Dann verstehen Sie *doch* ein Diagramm?«

»Es ist problematisch«, erwiderte der Android. Er ging in die Knie, um auf ein Diagramm unter der ersten Inschriftenreihe zu deuten. Seine Position verunzierte das ansonsten symmetrische Arrangement der Doppelsäulen.

»Es steht mit dem ersten Diagramm der Reihe ziemlich deutlich in Beziehung«, sagte er, »doch nach dem festgelegten Muster müßte es weitaus komplizierter und deswegen undechiffrierbar sein.«

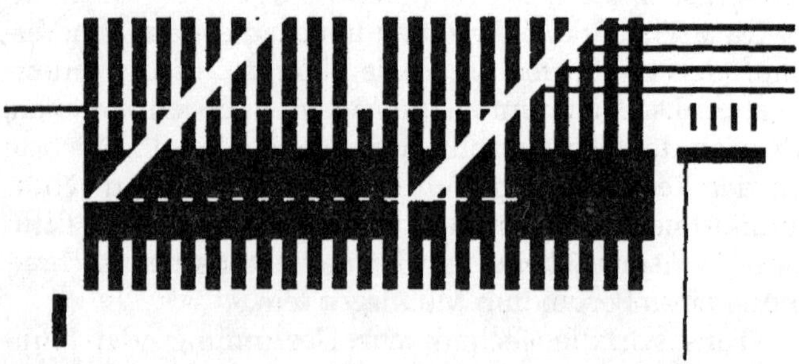

Picard kniete sich neben Data, um die gravierten Linien zu untersuchen. »Aber Sie haben das Gefühl zu verstehen, was es zu bedeuten hat?«

»Im Zusammenhang gesehen glaube ich, daß die hellen diagonalen Linien sich auf die endlose Energiefreisetzung beziehen, von der man einst annahm, sie müßte instabile Warpfelder begleiten.«

Picard versuchte, dies in sein Wissen über die Entwicklung des Warpantriebs einzugliedern. Es war lange her, seit er an der Akademie in diesem Fach unterrichtet worden war.

»Meinen Sie das, was man früher Warpbombe genannt hat?« warf Wesley impulsiv ein.

»Genau«, sagte Data zustimmend. »Es war Zefram Cochrane, der irdische Vater des Warpantriebs, der sich am Anfang seiner Forschungsarbeit der Möglichkeit ausgesetzt sah, man könne mit einem Warpfeld in einem begrenzten Gebiet eine fast unendliche Energiefreisetzung hervorbringen.«

»Ich wette, der Captain ist mit Cochranes Werk ganz gut vertraut«, sagte LaForge.

Picard stand wieder auf. »Bin ich, aber wenn Ihnen etwas eingefallen ist, fahren Sie ruhig fort.«

»Eine interessante historische Folgerung: Bei der Entwicklung der ersten Kernspaltungsanlage durch irdische Forscher und bei den ursprünglichen Berechnungen der Kettenreaktion, die sie erzeugen wollten, kamen sie zu dem Schluß, daß die Chance besteht, die Kettenreaktion könne sich eventuell aus dem angereicherten Uran der Anlage in die Erdatmosphäre ausdehnen, sie zünden und daraufhin alles Leben auf dem Planeten zum Erlöschen bringen.«

Picard sah zwar, daß LaForges Ungeduld zunahm, aber er wollte gern wissen, welche Schlüsse Data über das Urrassen-Objekt zog. »Und in welcher Beziehung steht dies mit dem gegenwärtigen Objekt?« fragte er.

»Vor der ersten Kernspaltung gelang es den Forschern, den Fehler in ihrer Theorie zu erkennen. Sie waren ziemlich zuversichtlich, daß die Erdatmosphäre sich nicht entzünden würde.«

»*Ziemlich* zuversichtlich?« wiederholte Picard.

»Die Wissenschaft war im zwanzigsten Jahrhundert weniger streng als heute, Sir. Jedenfalls sah man schnell, daß keine Möglichkeit bestand, die atomare Kettenreaktion auf die Atmosphäre auszudehnen. Ebenso konnten Zefram Cochrane und seine Leute schließlich eindeutig beweisen, daß auch das instabilste Warpfeld niemals eine zerstörerische Kraft hervorbringen kann, die größer ist als die einer gewöhnlichen Materie-Antimaterie-Reaktion. – Und doch«, beendete Data seinen Vortrag, »ist laut diesem Diagramm eine solche Reaktion *möglich.*«

Picard überdachte die einzelnen Stufen von Datas Argumenten von Anfang bis zum Ende. Er verstand nicht, wo das Problem lag. »Sie nehmen jedoch an, die ersteren Diagramme zeigen, daß Nullpunkt-Energiegewinnung und Transwarpantrieb möglich sind, wenn auch momentan für uns technisch nicht durchführbar. Wieso fällt eine Warpbombe nicht in die gleiche Kategorie?«

»Weil«, sagte Data ohne Anzeichen von Verärgerung, »Nullpunkt-Energiegewinnung seit den ersten mathematischen Beschreibungen der Trägheitsdämpfung zu Anfang der neunziger Jahre des zwanzigsten Jahrhunderts als theoretisch möglich gilt. Als die Flotte ihre Transwarpantriebstudien aufgab, tat sie es aus Gründen der Praktikabilität, Zuverlässigkeit und Effektivität. Falls in der Zukunft je unbegrenzte Quellen von Nullpunktenergie verfügbar sein sollen, könnte ein Transwarpantrieb tatsächlich machbar werden. Aber die Warpbombe ist ebenso eine wissenschaftliche Möglichkeit wie das Entzünden der Erdatmosphäre durch eine Atombombe.«

»Was uns schließlich zu der Frage bringt«, schloß Picard, »warum sich gerade dieses Diagramm auf dem Objekt befindet.«

»Da das Warpbombendiagramm sich von den anderen unterscheidet und so wirkt, als stünde es nicht in der richtigen Reihenfolge, besteht die Möglichkeit, daß es viel später hinzugefügt wurde, und zwar von jemandem, der nicht mit den Herstellern des Objekts identisch ist.«

»Zu welchem Zweck?« fragte Picard stirnrunzelnd.

»Auch wenn ich das Gefühl habe, über einiges Fachwissen in der Analyse technischer Informationen zu verfügen, wenn es darum geht, die Motive intelligenter Lebewesen zu verstehen, muß ich auf jene verweisen, die Erfahrungen aus erster Hand haben.« Data schaute LaForge an.

»Mr. LaForge?« sagte Picard ermutigend.

LaForge schaute wiederum Wesley Crusher an. »Tja, eigentlich hatte Wesley die Idee, Captain.«

Picard zupfte an seiner Uniformjacke. »Na schön. Also, Mr. Crusher?«

Wesley schaute auf unbeholfen erwachsene Weise unbehaglich drein. »Nun, Sir, ich habe eine Menge Zeit damit verbracht, mich auf die Akademie vorzubereiten, und ... Ich glaube, es könnte eine Prüfung sein.«

»Das Objekt?« sagte Picard. »Eine Prüfung?« Er musterte das Objekt, sah es irgendwie in einem anderen Licht.

»Einige Aufnahmeprüfungen, die ich ablegen mußte, waren ausschließlich visueller Natur«, erklärte Wesley eilig. »Sie wissen schon ... Zusammenpassende Muster, Raumorientierung, Identifikation mathematischer Funktionen ... Vielleicht ist es das. So was in der Art.«

»Und mit welchem Zweck?« fragte Picard.

Wesley schien irgend etwas peinlich zu sein. Er zuckte die Achseln, sagte aber nichts mehr.

»Wesley denkt an die alten irdischen Raumsonden-Schaubilder«, sagte LaForge schnell, um dem jungen

Mann Rückendeckung zu geben. »Die Diagramme könnten Instruktionen dafür sein, wie das Objekt funktioniert. Wenn wir herauskriegen, wie es funktioniert, könnten wir es vielleicht dazu verwenden, um mit seinen Erbauern Kontakt aufzunehmen.«

Picard schaute Wesley unschlüssig an. »Sie glauben also, es könnte irgendeine Art Subraum ... oder sagen wir besser, Transraum-Funkanlage sein?«

Crusher errötete bis unter die Haarwurzeln, und Picard tat es ehrlich leid, daß er den Jungen so verlegen machte. »Eher eine Art Computer, Sir«, nuschelte Wesley und schaute auf den Hangarboden. »Zumindest nach dem, was Data gesagt hat ... daß es offenbar über Molekularquantenschaltungen verfügt.«

Picard schaute Wesley an, bis der Fähnrich vom Dienst aufschaute und seinen Blick erwiderte. »Mr. Crusher, ich halte Ihre Idee für eine gültige Theorie. Wenn Sie ein Bestandteil des Flottenteams sein wollen, sollten Sie nie zögern, das zu sagen, was Sie denken. Gute Arbeit.«

Wesley strahlte jetzt zwar sofort, aber er sah noch immer leicht verstört aus.

»Doch leider«, fuhr Picard fort, »scheint es mir unwahrscheinlich, daß wir in der Lage sind, diese Prüfung zu bestehen, *falls* es eine ist.« Er legte eine Hand auf das Objekt. Plötzlich fiel ihm ein, daß Wesley vor zwei Jahren, bei seinem ersten Versuch, die Akademie-Aufnahmeprüfung zu bestehen, erfolglos geblieben war. Doch Beverly Crushers Sohn hatte sein Ziel damals nicht aufgegeben. Er hatte sich einfach daran gemacht, mehr zu lernen, um für die nächste Prüfungsgelegenheit gewappnet zu sein.

»Die nächste Gelegenheit ...«, sagte Picard vor sich hin.

»Wie bitte, Captain?« fragte LaForge.

Picard lächelte. »Die Romulaner haben die Prüfung nicht bestanden«, sagte er.

Data, LaForge und Wesley schauten ihn verständnislos an.

»Sehen Sie es denn nicht?« sagte Picard. »Es hat gar nichts mit den Borg zu tun. Ich glaube, Geordi hat recht.« Er verpaßte LaForges Reaktion auf die plötzliche Verwendung seines Vornamens, ein Zeichen für seinen Enthusiasmus. »Das Borg-Artefakt da drüben ist wahrscheinlich nur ein Duplikat, das nur für uns gebaut wurde, damit wir glauben, wir wären von ganz allein über das Urrassen-Objekt gestolpert.«

»Aber warum haben sie uns dann nicht nur das Objekt gegeben?« fragte LaForge. »Warum haben sie sich die Mühe gemacht, es im Teil eines Borgschiffes zu verstecken?«

Picard lächelte, denn nun sah er die Logik, die dahinter steckte. »Weil die Romulaner unsere Schwäche – unser *Verlangen* nach neuem Wissen – korrekt eingeschätzt haben. Stellen Sie sich vor, sie hätten versucht, uns nur das Objekt zu geben. Wir wären mißtrauisch, argwöhnisch gewesen. Wir hätten möglicherweise nicht zugelassen, daß es an Bord der *Enterprise* gebracht wird, hätten irgendeine Intrige vermutet.« Er tätschelte das Objekt. »Doch einem Stück Borg-Technik würden wir anders begegnen. Die Flotte ist so scharf auf so etwas, daß wir hier unkritischer vorgehen würden.

Und das ganze Szenario, direkt *zu uns* zu kommen, statt es irgendwo im Raum abzuladen, wo es vielleicht ein anderer gefunden hätte ... daß sie es direkt der *Enterprise* überbracht haben, dem ersten Schiff, das Berührung mit den Borg hatte ... Wie hätten wir widerstehen können? Und daß sie es uns über die Ferengi haben bringen lassen, ist pures Genie. Wir waren so sehr damit beschäftigt, uns von DaiMon Pol nicht betrügen zu lassen, daß wir uns keine Mühe gemacht haben, seine Worte sorgfältig zu untersuchen.«

»Aber, Captain«, meinte LaForge, »die Ferengi ... sind alle umgebracht worden, Sir.«

Picard runzelte die Stirn. Er war sich bewußt, daß das Objekt vom Gespenst des Todes umgeben war. »Tote reden nicht, Mr. LaForge. Derjenige, der hinter diesem Plan steckt, wollte keine Zeugen.«

»Und was ist mit Traklamek?« fuhr LaForge fort. »Ich kann zwar verstehen, daß die Romulaner beschlossen haben, die Ferengi zu opfern, aber doch nicht ihre eigenen Leute.«

Picard nickte zustimmend. »Traklameks Schicksal könnte auch sehr gut das Ergebnis einer romulanischen Fehlberechnung gewesen sein. Im nachhinein war mir Commander Tarl zu eifrig darauf bedacht, ins Reich zurückzukehren. Es ist möglich, daß man von Anfang an beabsichtigt hat, sie von Traklamek ›festnehmen‹ zu lassen und uns das Borg-Artefakt zu schenken, damit wir uns glücklich fühlen, mit ihm entkommen zu sein. Vergessen Sie nicht: Traklamek hat das Artefakt mit keinem Wort erwähnt; er hat auch nicht versucht, unsere Fähre zu vernichten, als wir es an Bord brachten. Er war allerdings nicht auf unsere Bereitschaft vorbereitet, Tarl zu helfen, anderswo ein neues Leben anzufangen.«

»Was bedeutet, daß Tarl inzwischen auf halbem Weg nach Hause ist«, sagte LaForge, »und glaubt, daß wir ihr dieses Windei blind abgekauft haben.« Bei dem Wort ›Windei‹ schaute Data ihn an, als wolle er eine Frage stellen, doch LaForge hob eine Hand. »Ich erkläre es Ihnen später, Data.« Er wandte sich wieder Picard zu. »Ich muß zwar zugeben, daß all dies zusammenpaßt, aber Sie müssen auch zugeben, daß es ein ungeheuer verwickelter Plan ist.«

Picard stimmte LaForges Einschätzung zu. »Denken Sie an den unglaublich hohen Einsatz, Mr. LaForge. Das Objekt könnte ein Fenster einer Technik aufstoßen, die die unsere weit übertrifft.«

»Das ist ein anderes Problem«, sagte LaForge. »Wenn es so wertvoll ist, warum schenken sie es uns?«

»Damit wir das machen können, was die Romulaner

nicht geschafft haben«, erwiderte Picard. »Ihm seine Geheimnisse entlocken.«

Data mischte sich wieder in die Diskussion ein. »Wenn das stimmt, Captain, muß der Plan der Romulaner noch einen zweiten Teil haben, der es ihnen erlaubt, das Objekt zurückzufordern, sobald wir – falls überhaupt möglich – seinen Zweck ergründet haben.«

Auch daran hatte Picard schon gedacht. »Sehr gut mitgedacht, Mr. Data. Hätte die Untersuchung, die Sie an dem Objekt vorgenommen haben, irgendwelche romulanischen Abhörgeräte ausfindig gemacht?«

»Ohne Frage«, sagte Data. Dann schaute er zum Rekonstruktionsraster hinüber. »Man kann allerdings nicht sagen, was in dem komplizierten Zusammenbau des angeblichen Borg-Artefakts versteckt sein könnte. Es wird einige Zeit dauern, es von vorn bis hinten zu scannen.«

»Bis dahin«, sagte Picard und musterte die Materialhaufen, die bereits von dem borgähnlichen Ding gelöst waren, »ist es vielleicht klug, das gesamte Artefakt mit einem Sicherheitsfeld zu umgeben, um eventuell versteckte Abhöranlagen unwirksam zu machen.«

»Ich kümmere mich sofort darum, Captain«, sagte LaForge. »Aber was machen wir damit?« Er deutete auf das Objekt.

Picard schaute sich sorgfältig die Inschriften an. Wenn er den Regeln folgten sollte, die sie offenbar beschrieben, mußte er das Objekt an die Flotte weiterleiten, damit sich ein Wissenschaftlerteam bemühte, es zu analysieren. Es konnte Jahrzehnte dauern, bis man zu irgendwelchen Ergebnissen kam. Falls überhaupt. Doch wie sein Angriff auf Traklamek gezeigt hatte, konnte man die Regeln ändern.

»Ist es möglich«, fragte er, »daß man die Leitungen, die die Borg verwendet haben, um die Energie des Objekts anzuzapfen, auch dazu verwenden kann, es mit einem Computer zu verbinden?«

LaForge nickte. »Deswegen tasten wir die Oberfläche nach einem Schnittstellengebiet ab.«

»Warum versuchen Sie nicht, Zugriff durch das sichtbare Schnittstellengebiet zu bekommen?«

Wesley beantwortete seine Frage. »Wäre das nicht wie ... Betrug, Sir?«

Picard schüttelte den Kopf. »In diesem Fall legen wir die Regeln nach Gutdünken fest, Mr. Crusher. Ich sehe nichts Falsches daran, jede Gelegenheit zu nutzen, die sich einem bietet.«

LaForge schaute nachdenklich drein. »Ich könnte in wenigen Minuten eine Schnittstellenverbindung vom Typ drei zwischen Schiffscomputer und Objekt herstellen, Sir. Er wird uns zwar nicht sofort etwas sagen, aber wir könnten wenigstens anfangen, den Schaltungsaufbau des Objekts zu prüfen.«

Picard nickte. »Machen Sie das.«

Eine halbe Stunde später war das angebliche Borg-Artefakt in ein funkensprühendes Kraftfeld gehüllt, das jeden Lauschangriff durch potentielle romulanische Spione auf das Hangardeck verhinderte.

Gleichzeitig hatten LaForge, Wesley und Data neben dem Urrassen-Objekt eine tragbare Computerkonsole aufgebaut. Ein dickes Bündel von Monofilamentfäden verlief von ihr zu einem Universalstecker, der mit dem Schnittstellengebiet auf der verschrammten Sektion des Objekts verbunden war. Picard hatte der Mannschaft beim Aufbau der Instrumente interessiert zugeschaut.

LaForge blickte schließlich von seinem Tricorder auf und schaltete das winzige Gerät aus. »Wir kriegen positive Signalstärke von allen Mikroleitungen, Sir.«

Data meldete sich von der Konsolensteuerung. »Ich habe ein Programm eingesetzt, das es unseren Instrumenten erlaubt, jede Leitung in Sachen Signalstärke und Wechselbeziehung zu anderen zu sondieren. Es ist zwar anfangs nur ein Tappen im Dunkeln, aber wir müßten bald ein grundlegendes Verständnis für die Schaltungslogik haben, die das Gerät einsetzt. Und das bringt uns vielleicht auf eine Spur, wie wir mit ihm kommunizieren können.«

»Ausgezeichnet«, sagte Picard. »Haben Sie schon eine Vorstellung, wie lange es dauern könnte?«

»Zwischen Stunden und Tagen, Sir. Vorausgesetzt, wir haben das Objekt als Rechner korrekt eingestuft.«

Picard hatte zwar auf schnellere Ergebnisse gehofft, aber die *Enterprise* brauchte ohnehin über zwei Wochen, um Sternbasis 324 zu erreichen, also hatten sie zumindest eine Chance, bis dahin Ergebnisse vorzuweisen. »Machen Sie bitte weiter, Mr. Data.«

Datas Finger huschten über die Konsolensteuerung. »Ich vervollständige nun die Verbindung.«

Statusleuchten flackerten über die Anzeigen der Konsole und am Universalstecker.

»Faszinierend«, sagte Data, als er die Anzeigen studierte.

Picard trat näher heran und schaute ihm über die Schulter. Er sah, daß die Muster sich bereits verdeutlichten.

»Schauen Sie mal«, sagte Wesley, der neben Data stand. »Das Objekt sondiert unsere Instrumente genauso, wie wir es sondieren.«

»Ist das in Ordnung, Mr. Data?« fragte Picard.

»Jawohl, Sir. Es scheint, daß das Objekt beträchtlich höher entwickelt ist, als ich vermutet habe.« Er deutete auf den größten Bildschirm der Konsole, auf dem geometrische Formen aus bunten Linien herumwirbelten wie sich vermischende Wasserströmungen. »Das Datenübertragungsmuster, das sich dort entwickelt, gleicht dem, das Dr. Ira Graves erschaffen hat, als er seinen Intellekt in den Schiffscomputer übertrug.«

Picard reagierte alarmiert. »Macht das Objekt einen Versuch, an Informationen heranzukommen?«

Data legte den Kopf schief. Sein Blick ruhte fest auf den Bildschirmen. »Es ist unwahrscheinlich, daß ...«

Rikers Stimme drang aus Picards Kommunikator. »Brücke an Picard.« Er klang besorgt.

Picard drückte auf das Abzeichen an seiner Brust. »Sprechen Sie, Nummer Eins.«

»Sir, die *Enterprise* hat gerade den Kurs geändert.«

»Auf wessen Befehl hin?« fragte Picard.

»Das ist es ja, Sir. Niemand hat einen Befehl gegeben. Wir haben ... einfach den Kurs geändert, und die Steuerung reagiert nicht mehr.«

Picard schaute den Universalstecker an, der mit dem Urrassen-Objekt verbunden war. Er war lange genug im Weltraum gewesen, um sich ausmalen zu können, was gerade passiert war. »Verbindung sofort trennen«, befahl er. Vielleicht war es nicht die Schuld des Objekts, aber die Verbindung konnte man schließlich auch wiederherstellen.

Data gab rasch Befehle in die Konsole ein. Picard hörte, daß die Triebwerke der *Enterprise* anfingen zu heulen.

»Sir«, sagte Data, »die Schnittstelle erkennt offenbar den Abbruchbefehl nicht mehr.«

»Captain Picard«, meldete Riker, »wir sind auf Warp acht und beschleunigen weiter.«

»Mr. LaForge!« rief Picard und deutete auf den Universalstecker.

Doch Wesley war ihm näher und verstand sofort, was der Captain meinte. Er packte die an dem Stecker befestigten Monofilamentfäden.

»Wesley, nicht!« rief LaForge warnend.

Zu spät. Als Wesley an den Fasern riß, sprühte der Stecker Funken, die an den Fasern entlangliefen und um die Hände des jungen Mannes flammten. Er schrie auf, wurde nach hinten gestoßen und knallte schwer zu Boden. Der Stecker schepperte über die Deckplatten.

LaForge und Data eilten zu dem ohnmächtigen Wesley. Picard drückte seinen Kommunikator. »Nummer Eins – wie ist die Lage?«

An der Oberfläche des Steckers sprühten weiterhin Funken, die sich entlang der Monofilamentfäden bis zur Konsole fortpflanzten. Keine Kontrolle durfte jetzt berührt werden. Die Triebwerke wurden immer schriller.

»Wir sind jetzt auf Warp neun!« meldete Riker angespannt. »Sämtliche Brückeninstrumente reagieren nicht!«

Picard musterte das Urrassen-Objekt. »Will, hören Sie genau zu. Ein Fremdprogamm hat unseren Computer überrannt. Sie müssen *sämtliche* Computerfunktionen abschalten. Wir müssen einen Neustart …«

Sein Kommunikator quietschte. Er tippte erneut dagegen. »Picard an Brücke!« Doch die Verbindung war unterbrochen. Es paßte alles zusammen. Der Computer steuerte die gesamte Bordkommunikation.

Ein paar Meter weiter stöhnte Wesley auf, den LaForge und Data gemeinsam auf die Beine hoben. Picard ging rasch zu einem Instrumentenspind und entnahm ihm einen Phaser. Als er zur Konsole zurückrannte, stellte er die Waffe auf Stärke neun ein, um die Schnittstellenkonsole zu verdampfen. Er gab seinen Kode ein, damit ihm eine solche Energieentladung an Bord erlaubt wurde. Doch als er den Phaser hob, um zu zielen, gingen im Hangar sämtliche Lichter aus.

Picard legte den Finger um den Abzug des Phasers, er wollte nur ungern feuern, wenn er Data, LaForge und Wesley nicht sah. Er brauchte einen Moment, um die Augen an die sich einschaltenden Notlichter zu gewöhnen. Sie waren zwar unabhängig vom Computersystem, konnten aber nur wenige Stunden für Beleuchtung sorgen.

»Zurück!« rief er seinen Leuten warnend zu. Dann feuerte er auf die tragbare Computerkonsole. Es dauerte nur wenige Sekunden, dann hatte sie sich unter dem Beschuß aufgelöst.

Aber das Heulen der Triebwerke stieg weiter an.

LaForge eilte an Picards Seite. Er schrie, um sich in dem Lärm verständlich zu machen. »Sir, wenn jemand den Computer übernommen hat und sämtliche Schiffssysteme steuert, müssen wir *sofort* aus dem Hangar raus!«

Picard wollte den Chefingenieur nach dem Grund dafür fragen. Doch dann hörte er das typische Zischen eines kurz vor dem Abschalten stehenden Energiefeldes und warf entsetzt einen Blick auf das offene Hangartor.

Das atmosphärische Dämmfeld war abgeschaltet worden.

Der Wind fing an zu heulen, als der Hangar sich explosiv zu dekomprimieren begann.

Picard spürte, daß er vorwärts gerissen wurde. Seine Füße schlitterten über den Boden, als der Wind ihn geradewegs und unerbittlich auf das Vakuum des Weltraums zuriß.

Und auf das Vergessen.

## 7
## *USS* Enterprise *NCC-1701*
## *Anflug auf TNK 65813*

Sternzeit: 3855.5 · Terrestrische Zeit: November 2267

Die erste Phasersalve traf Kirks *Enterprise* zehn Minuten vor dem Erreichen ihres Bestimmungsortes. Zwar war es Mr. Scott gelungen, einige Dezimalstellen Warpbeschleunigung mehr aus den Triebwerken herauszuholen, aber nicht genug, um einem Abfangen zu entgehen. Dennoch sah Cochrane, daß Kirk sich darüber freute, daß sein Schiff nun nur noch für zehn Minuten verwundbar war, statt für fünfundvierzig. Doch soweit er wußte, konnte man ein Raumschiff in Sekunden vernichten, also war der Unterschied zwischen zehn und fünfundvierzig Minuten keiner Erwähnung wert.

Cochrane und der ›Companion‹ waren wieder auf der Brücke, als der Angriff begann. Spock hatte eine Station für sie vorbereitet, zwei dicht zusammenstehende Sessel an den unbenutzten Umweltkontrollen. Es war ihnen gelungen, sich in der Zwischenzeit zu erfrischen und etwas zu essen. Sie hatten auch den riesigen Maschinenraum der *Enterprise* besichtigt. Einige Grundlagenkomponenten glaubte Cochrane zwar zu verstehen, aber das meiste war ihm ein Rätsel. Mr. Scott war zwar in seinem Versuch, ihm die Schlüsselsysteme zu erklären, sehr freundlich gewesen, doch Cochrane hatte kapiert, daß der Ingenieur unter großem Druck stand und war so schnell wie möglich wieder gegangen.

Er und seine Gefährtin hatten sogar einige Augenblicke für sich allein gefunden. Er hatte sich sofort bei ihr entschuldigt. Sie hatten eigentlich friedliche, ereignislose Jahre miteinander verbringen wollen, und doch war nach sechs Monaten dies geschehen.

Doch die Gefährtin bedauerte nichts. »Als wir wurden, was wir sind«, hatte sie gesagt, »wußten wir, daß jede Stunde mit dir gezählt, jeder verbrachte Augenblick ein Augenblick weniger in der Zeit war, die uns blieb. Aber wir hatten sechs Monate, und wir werden weitere Jahre haben, bis wir nicht mehr sind.«

Cochrane hatte sie umarmt und ihre Stärke bewundert. Für jemanden, der die Menschheit und die Kürze der menschlichen Existenz erst so spät verstehen gelernt hatte, hatte sie Mut genug für zwei.

Doch Cochrane hatte in den vergangenen fünf Stunden auch die versteckte Spannung in Kirks Worten gehört. Er hatte den konzentrierten Ausdruck in den Gesichtern seiner Mannschaft gesehen. Er hatte begriffen, daß nicht nur Kirk und McCoy an Bord dieses Schiffes ihre Aufgabe hervorragend erfüllten, sondern alle. Ob dies bedeutete, daß die Flotte Auswahlmethoden entdeckt hatte, die es zu seiner Zeit nicht gegeben hatte, oder ob die Menschen sich angesichts der interplanetaren Forschung in den vergangenen eineinhalb Jahrhunderten tatsächlich verändert hatten, wußte er nicht genau. Doch trotz der Talente an Bord der *Enterprise,* trotz der nahezu wundersamen technischen Fähigkeiten des Schiffes, wußte Cochrane, daß der Captain ihre Lage für heikel hielt.

Auch wenn seine Gefährtin nicht in der Lage war, diese Spannung in anderen zu entdecken, Cochrane hatte nicht das Gefühl, daß es seine Aufgabe war, ihr die Hoffnung zu nehmen. Sollte sie von einer friedlichen Zukunft an seiner Seite träumen. Soviel war er ihr schuldig, doch nicht aus Pflichtgefühl heraus, sondern aufgrund der Liebe, die er für sie empfand.

Cochrane wollte sie so beschützen, wie sie ihn beschützt hatte. Doch als die Brücke unter dem Phaserbeschuß des sie verfolgenden Kreuzers erbebte, konnte er nur ihre Hand halten. Immerhin sagte ihm ihr Lächeln, daß es genug war. Für den Augenblick.

»Schadensmeldungen«, sagte Kirk. Er saß wie ein König auf seinem Thron in seinem Sessel. Er strahlte Stärke aus.

»Sie sind noch zu weit entfernt, um Schaden anzurichten«, meldete Mr. Chekov, der Russe. »Keine Schäden, weder am Schiff noch an den Schirmen.«

»Zeit bis zum Schwarzen Loch?« fragte Kirk.

»Neun Minuten«, erwiderte Mr. Sulu.

»Entfernung des zweiten Kreuzers?«

»Dreißig Minuten.«

Der zweite Kreuzer hatte die Lockvogel-Fähre abgefangen, vernichtet und sich dann ebenfalls an die Verfolgung der *Enterprise* gemacht. Bis jetzt wußte noch niemand, auf welchem Schiff sich Thorsen aufhielt oder ob er den Angriff auf das dritte Schiff überlebt hatte.

Die Brücke bebte erneut. »Minimalschaden«, meldete Chekov, ohne gefragt worden zu sein. »Schirme stabilisieren sich.«

»Sämtliche Energie in den Heckschirm«, sagte Kirk. »Die Treffer werden gleich schlimmer.«

»Verfolger schießen Photonentorpedos ab!«

»Alle Mann festhalten«, sagte Kirk durch das Interkom des Schiffes. »Phaser bereitmachen, Chekov.«

Chekov tat jedoch nichts. Seine Stimme hatte einen fragenden Unterton, als er sagte: »Torpedos überholen uns, Captain.«

»Verdammt!« sagte Kirk. »Volle Energie in den Bugschirm!«

Die *Enterprise* machte einen Satz, und der Bildschirm flackerte schlagartig in roter Energie auf. Kurz darauf erbebte sie erneut, und Sirenen heulten los.

»Keine Schäden durch Torpedoaufschlag!« schrie Chekov über den Lärm hinweg. »Voller Phasertreffer! Backbordgondel und Hangartor.«

Auch Spock wurde nun lauter, um sich im zunehmenden Lärm verständlich zu machen. »Deflektorschirme bei sechzig Prozent.«

Cochrane begriff, was geschehen war. Sobald Kirk die Stärke des Bugschirms reduziert hatte, hatte der sie verfolgende Kreuzer Torpedos auf einer Flugbahn abgefeuert, die sie vor die *Enterprise* brachte, damit sie dort detonierten, wo der Schirm am schwächsten war. Als Kirk die Strategie durchschaut und den Bugschirm verstärkt hatte, hatte der Kreuzer den Vorteil genutzt und wieder aufs Heck gefeuert.

Während über Lautsprecher die Schadensmeldungen einliefen, sagte Kirk: »Wenigstens wissen wir, daß Thorsen nicht auf dem Schiff ist.«

Cochrane stimmte ihm zu. Der Angriff war viel zu gut durchdacht gewesen. Was auch in den letzten eineinhalb Jahrhunderten aus Thorsen geworden war, Cochrane hielt ihn einer so ausgeklügelten Strategie nicht für fähig.

»Photonentorpedos scharfmachen«, befahl Kirk. »Wir wollen bereit sein, wenn Sie es noch mal versuchen.«

»Kreuzer feuert wieder«, sagte Chekov.

»Sobald sie vorbei sind, Warp ausschalten und unsere Torpedos auf Kreuzerheck abschießen«, sagte Kirk.

»Torpedos passieren uns ... *jetzt!*« sagte Chekov.

Die *Enterprise* schüttelte sich, als sie auf Unterlichtgeschwindigkeit fiel und die Geräusche ihrer Torpedoschächte Echos warfen. Auf dem Bildschirm sah Cochrane, daß der sie verfolgende Kreuzer wie ein verwischter Punkt vor ihnen herjagte, und als er sich gerade auf den Aufschlag vorbereitete, versuchte er das Computerbild zu analysieren, das ihn befähigte, ein Objekt zu sehen, das sich schneller als das Licht bewegte.

Aber es gab keinen Aufschlag. Statt dessen sah er auf dem Bildschirm zwei stumme Explosionen.

Chekov hob wie ein Sieger die Faust. »Ich hab sie! Bug und Heck, Sir! Ich registriere schwere Schäden.«

Kirk blieb gelassen. »Gehen Sie auf Maximalwarp, Mr. Sulu.«

»Kreuzer wendet, Sir.«

»Kurs beibehalten. Chekov, Phaser bereithalten.«

Der Aufprall kam erst, als die *Enterprise* an dem beschädigten Kreuzer vorbeijagte und beide Schiffe sich mit Salven von Phaserfeuer beharkten. Cochrane sah eine Eruption von Plasma auf der Steuerbordseite des Kreuzers, dann war er vom Bildschirm verschwunden.

»Keine ernsten Schäden durch den Schußwechsel, aber unsere Schirme sind nun auf dreiundvierzig Prozent.«

»Zustand des beschädigten Kreuzers?« fragte Kirk.

»Verfolgt uns weiter«, erwiderte Sulu. »Aber nur mit Warp fünf.«

»Zeit bis zum Ziel?«

»Sieben Minuten, fünfzehn Sekunden.«

Cochrane schaute zu, als Kirk sich reckte, und er war erstaunt über die Fähigkeit des Captains, sich auf diesen Moment zu konzentrieren. Er wußte, bei der unterschiedlichen Geschwindigkeit beider Schiffe würde die *Enterprise* es bis zur Singularität schaffen, bevor der Kreuzer erneut angreifen konnte. Doch auch wenn der nächste Angriff Minuten entfernt war, verhielt Kirk sich so, als sei seine Arbeit beendet. Er zog den Schluß, daß dies die einzige Möglichkeit für einen Raumschiffkommandanten war, seinen Beruf auszuüben. Hätte er wirklich aufgehört, über die Macht nachzudenken, über die er gebot, und die Gefahr, der er laufend gegenüberstand, wäre er gelähmt gewesen.

Kirk rutschte aus seinem Sessel und trat an die wissenschaftliche Station Spocks. »Uhura, was sagt die Flotte zu unserer Meldung?«

»Die *Excalibur* und die *Lexington* sind mit Priorität eins unterwegs. Ankunftszeit: *Excalibur* vierzehn Stunden; *Lexington* zweiundzwanzig Stunden.«

»Was meinen Sie, Mr. Spock? Können wir Thorsens zwei Kreuzern vierzehn Stunden lang ausweichen?«

Spock blieb an seinem Arbeitsplatz sitzen. »Wir brauchen ihnen nur dreizehn Stunden und zweiundzwanzig Minuten auszuweichen«, sagte er.

Kirk lächelte. »Ich fühle mich schon erheblich besser.« Er wurde wieder ernst. »Und wie stehen unsere Chancen nun wirklich?«

Spock dachte kurz über seine Antwort nach. »Für die gesamte Zeit tendieren sie praktisch gegen Null.«

Die Aussage des wissenschaftlichen Offiziers schien Kirk nicht umzuwerfen – als hätte er längst den gleichen Schluß gezogen. »Wie lange können wir durchhalten?«

»Zwei Stunden, vielleicht auch drei«, sagte Spock. »Falls es uns gelingt, einen Kreuzer lahmzulegen oder zu vernichten, könnten wir schätzungsweise vier Stunden länger überleben. Unterlichtmanöver nahe am Ereignishorizont der Singularität üben freilich eine erhebliche Belastung auf unser Strukturintegritätsfeld aus. Selbst wenn wir weiteren Beschädigungen entgehen, werden wir gezwungen sein, die Nähe der Singularität um diese Zeit zu verlassen.«

Kirk rieb sich die Augen; für Cochrane war dies der erste Hinweis auf die Erschöpfung, die er empfinden mußte. Außerdem rieb er eine Stelle an seinem Rücken und zuckte dabei zusammen.

»Ich bin für Vorschläge immer zu haben, Mr. Spock.«

Cochrane ergriff als erster das Wort. Er mußte unbedingt genau verstehen, welcher Gefahr er diese Leute aussetzte. »Was ist ein Strukturintegritätsfeld?« war seine erste Frage.

»Ein internes Kraftfeldsystem, das die mechanische Kraft des Rahmengerüsts der *Enterprise* verstärkt«, erwiderte Spock. »Die Belastung, die entsteht, wenn man von Unterlicht auf Warpgeschwindigkeit wechselt, wenn man den Kurs bei hohem Impulstempo ändert, ist in der Regel viel höher als das, was physikalische Komponenten eines Schiffes aushalten können. Während wir dem Ereignishorizont der Singularität nahe sind, brauchen wir beträchtliche Energie aus unseren künstliche Schwerkraft erzeugenden Generatoren und dem Strukturintegritätsfeld, um die starken schwerkraftmäßigen Gezeiten zu überwinden, die wir erleben.«

»Inspiriert sie das zu irgend etwas, Mr. Cochrane?« fragte Kirk.

»Können wir es nicht länger aushalten, wenn wir nicht ganz so nahe an den Horizont herangehen? Dann müßte die Schwerkraftbelastung doch geringer sein.«

»Stimmt«, sagte Spock. »Doch wenn die Schwerkraftbelastung abnimmt, gilt dies auch für den Verzerrungseffekt auf die Sensoren der Kreuzer.«

Cochrane verstand. »Wie bei einem U-Boot«, sagte er. »Je näher wir dem Horizont sind, desto schwerer sind wir aufzuspüren, doch umso mehr Druck müssen wir aushalten.«

»So ist es«, sagte Spock.

»Und wenn es ganz übel wird«, sagte Kirk, »werden wir über den Ereignishorizont eines Schwarzen Loches gewischt – mit der zweihundertfachen Sonnenmasse, die kollabiert ist zu …« Kirk schaute Spock an. »Wie ist die geschätzte Größe der Singularität im Herzen von TNK 65813?«

»Nicht mehr als ein Meter«, sagte Spock.

Cochrane schüttelte den Kopf. »Zu meiner Zeit hatten wir keine Möglichkeit zu wissen, was sich innerhalb einer Singularität befindet. An dieser Stelle brach unser Verständnis für Physik völlig zusammen.«

»In unserer Zeit ebenfalls, Mr. Cochrane«, sagte Spock. »Man hat viele gültige Theorien ausgearbeitet, und wir haben einige Techniken entdeckt, die es erlauben, Singularitäten als Energiequellen zu nutzen und zu manipulieren. Aber da es keine Methode gibt, einer Singularität nützliche Informationen von innen zu entnehmen, da man sie nicht sondieren und nicht in sie hineinschauen kann, gab es nie Resultate. Keine Theorie kann ausprobiert werden.«

»Ankunft in vier Minuten«, meldete Sulu. »TNK 65813 ist auf dem Bildschirm.«

Cochrane schaute auf den Schirm und erblickte einen strahlenden Strudel aus leuchtenden Gasen und Staub, der sich langsam ausdehnte, als die *Enterprise* ihm näher kam. Im Zentrum des Strudels, genau dort, wo das Gas und der Staub die Maximalgeschwindigkeit des langen Sturzes die in der Mitte des Schwarzen Loches verborgene Singularität erreichten, wo ihre kinetische Energie sie hätte am hellsten leuchten lassen, genau am Rand des Ereignishorizonts befand sich nur eine schwarze Scheibe.

»Unglaublich«, sagte Cochrane. Der Anblick überwältigte ihn.

Die schwarze Scheibe markierte die Stelle, an der die Gravitation der Singularität alles in ihr auf Lichtgeschwindigkeit beschleunigte – das Licht eingeschlossen. Keine Materie, kein elektromagnetischer Impuls hätte je von dort hervordringen können. Das Schwarze Loch würde unweigerlich alles verschlucken, das in seine Nähe kam, und es in die unvorstellbar dichte Singularität in ihrem Herzen ziehen.

»Ist irgendein Schiff diesem Objekt schon mal so nahe gekommen?« fragte Kirk.

»Nur automatisierte Sonden«, sagte Spock.

»Dann stellen wir alle nicht unbedingt nötige Sensoren auf *Aufzeichnen*«, sagte Kirk. »Wir sollten uns die Gelegenheit nicht entgehen lassen.«

Auch diesmal war Cochrane beeindruckt. Sie waren nur Minuten von einem Kampf auf Leben und Tod entfernt, doch Kirk beschäftigte sich mit der Naturwissenschaft, der Forschung.

»Oh, schöne neue Welt«, sagte Cochrane so leise, daß nur seine Gefährtin ihn verstehen konnte.

Doch Spock schaute ihn an und nickte, als billige er den Gedanken, und Cochrane zog den Schluß, daß die Form der Ohren des Vulkaniers mehr als bloße Zierde war.

Kirk schaute auf den Bildschirm, doch Cochrane bezweifelte, daß er die Schönheit des Anblicks genoß. »Mr. Spock, können wir irgend etwas tun, um zur Verwirrung der Sensoren beizutragen, die wir ausnutzen wollen? Damit wir weiter oberhalb der Rückkehrmöglichkeitsstelle bleiben können, wie Mr. Cochrane es vorgeschlagen hat?«

»Ein interessanter Vorschlag«, sagte Spock. Auch er blickte nun auf den Bildschirm, und auch diesmal war Cochrane überzeugt, daß er nicht die Natur bewunderte.

»Wenn wir die Photonentorpedos so einstellen, daß sie knapp über dem Ereignishorizont explodieren, ist es vielleicht möglich, ihn zum Schwingen zu bringen und Schwerkraftstörungen zu erzeugen. Wenn wir den Transporter einsetzen, um kleine Mengen Antimaterie in das Gas und den Staub zu transferieren, könnten wir zudem schwerkraftmäßig verzerrte Sensorenechos erzeugen, die von denen der *Enterprise* nicht unterscheidbar sind, und das könnte uns als wirkungsvolle Tarnung dienen.« Spock drehte sich zu seiner Konsole um. »Ich versuche, die Einzelheiten auszuarbeiten.«

Kirk nickte Cochrane zu. »Gute Arbeit, Mr. Cochrane.«

Cochrane wußte den Kommentar des Captains zu schätzen. Er ließ ihn, den völlig hinter der Zeit zurückgebliebenen Wissenschaftler, sich wie einen Teil der Mannschaft fühlen, ein Talent, das Kirk bei allen anwandte, die unter seinem Kommando standen. Kirk und Spock hatten den Vorschlag, der die gegenwärtige Lage betraf, angewandt und etwas Nützliches an ihm gefunden. Trotzdem ermutigte es ihn, einen weiteren Versuch zu machen. Wer wußte schon, welche Wunder der Technik dieses Zeitalter sonst noch in petto hatte?

»Wenn Sie eine echte Störung hervorrufen wollen ...«, sagte Cochrane. »Gibt es irgendeine Möglichkeit, die Torpedos so zu manipulieren, daß sie *unter* dem Ereignishorizont explodieren?«

Kirk wiegte nachsichtig den Kopf. »Die Stärke der Explosion könnte auf dieser Seite des Horizonts nie entstehen«, erklärte er.

»Ich weiß«, sagte Cochrane. Er ließ die Hand seiner Gefährtin los und trat an die wissenschaftliche Station Spocks. »Aber eine Materie-Antimaterie-Explosion wenige Meter unterhalb des Horizonts könnte ihn wie eine Glocke erschallen lassen und rings um das Schwarze Loch Gravitationswellen erzeugen – wie Wellen in einem Teich.«

Kirk schaute Spock an. Seine Miene besagte, daß er gegen diesen Vorschlag nichts einzuwenden hatte.

Spock hob eine Braue, was, wie Cochrane wußte, so etwas wie Überraschung anzeigte. Dann justierte er die Kontrollen an der Computerschnittstelle. »Eine bewundernswerte Taktik. Aber man müßte dabei relativistische Zeitdilatationseffekte berücksichtigen, und sie würden das Auftreten von Schwingungen auf dieser Seite des Horizonts verzögern.«

»Wie wäre es, den Torpedo mit Warpgeschwindigkeit detonieren zu lassen?« sagte Cochrane. »Das Kontinuum-Verzerrungsfeld schließt Zeitdilatation aus.«

»Leider«, sagte Spock, »würde der Warpantrieb des Torpedos im Augenblick der Detonation vernichtet und Zeitdilatation erst hervorrufen.«

Cochrane runzelte die Stirn. Spock hatte recht. Doch Kirk hob plötzlich einen Finger.

»Wir stecken den Torpedo irgendwo rein, Spock! In eine Fähre!«

Spock hob nun beide Brauen. »Natürlich. Wenn eine

Fähre, in der sich ein Torpedo befindet, den Ereignishorizont durchbohrt, könnte der Torpedo innerhalb ihres Warpfeldes detonieren. Die Explosion würde für die paar Nanosekunden vor der Vernichtung der Fähre in Realzeit erfolgen.«

»Vorausgesetzt, das Warpfeld hat noch Kontakt zum Ereignishorizont!« fügte Cochrane aufgeregt hinzu. Dann flaute seine Erregung ab. »Aber wie kriegt man etwas von der Größe einer Fähre durch einen Ereignishorizont?«

»Theoretisch ist es nicht schwierig«, sagte Spock. »Sie hat künstliche Schwerkraft- und Trägheitsdämpfersysteme, und auch ein Strukturintegritätsfeld. Da sie die Belastung eines Wechsels von Unterlicht zu Warpgeschwindigkeit aushalten kann, überlebt sie mit Sicherheit auch die Transition durch den Ereignishorizont. In Gesamtbeschleunigungsbegriffen wäre es um mehrere Größenordnungen weniger belastend.« Spock zögerte kurz. »Wenn sie sich jedoch im Ereignishorizont befindet, könnte das Triebwerk der Fähre die notwendigen Systeme höchstens eine Stunde lang mit Strom versorgen.«

Kirk wirkte erfreut. »Wir brauchen aber nur ein paar Sekunden, Spock. Die Hangarmannschaft soll Photonentorpedos mit Zeitzündern auf die noch vorhandene Fähre bringen.«

»Nähern uns TNK 65813«, meldete Sulu.

Auf dem Bildschirm leuchtete und funkelte die schwarze Scheibe mit Energieblitzen, als über ihr Staubpartikel mit relativistischer Geschwindigkeit kollidierten.

»Enge Kreisbahn, Mr. Sulu. Erst mal fünftausend Kilometer.«

»Gehe auf Impuls«, sagte Sulu.

Cochrane hörte die Belastung der Schiffstriebwerke. Er verstand: Ohne die künstliche Schwerkraft der *Enterprise,* der Trägheitsdämpfersysteme und des Strukturintegritätsfeldes wäre das Schiff schon jetzt unter den Gezeitenkräften des Schwarzen Loches auseinandergebrochen, so wie die Schwerkraft von Planeten wie Saturn den Staub und die Trümmer seiner Ringe erschaffen hatte, indem sie größere Himmelskörper zerbrach, die sie innerhalb der Rocheschen Grenze passierten – die kritische Distanz, in der jedes Objekt überlebte, ohne auseinandergerissen zu werden.

Er wandte sich an seine Gefährtin. »Hab keine Angst«, sagte er.

»Wenn wir bei dir sind, fürchten wir nichts.«

»Es wäre schön, wenn der Captain jemanden wie dich hätte, aus dem er Kraft schöpfen kann«, sagte Cochrane.

Die Gefährtin beobachtete Kirk in seinem Sessel. Sie sah, daß seine Hände ihren Weg zu den Lehnenkontrollen fanden. »Hat er«, sagte sie. Cochrane wußte nicht genau, ob er verstand, was sie meinte.

Als die Navigationsdeflektoren der *Enterprise* den rasch fliegenden Staub und die Trümmer beiseite räumten, die die schwarze Scheibe umkreisten, waren auf dem Bildschirm Streifen und Energieblitze zu sehen.

»Wann sind die Kreuzer hier?« fragte Kirk.

»Kreuzer eins in sechs Minuten, Kreuzer zwei in zwanzig«, erwiderte Chekov.

»Gibt uns das genug Zeit, eine Torpedofähre zu testen?« fragte Kirk Spock.

»Ich würde es nicht empfehlen, Captain. Wenn das Verfahren klappt, brauchen wir jede noch vorhandene Fähre, um Torpedos ins Schwarze Loch zu schießen. Wenn es nicht klappt, nützt uns auch ein Test nichts.«

»Na schön. Die Hangarmannschaft soll sich bereithalten, eine Fähre mit Autopilot zu starten. Mr. Sulu, Kreisbahn ändern, sobald wir außer Sichtweite der Kreuzer sind, dann nach Regionen mit hoher Sensorverzerrung Ausschau halten. Wir haben sechs Minuten, um ein Versteck zu suchen.«

Das Schiff fing an zu bocken. Es waren nur sanfte Stöße, aber sie waren durchaus bemerkbar. Cochrane schaute Spock an.

»Das ist die übliche Arbeitsweise der Trägheitsdämpfer«, sagte Spock, ohne daß Cochrane eine Frage gestellt hatte.

»Was würde passieren, wenn es nicht die erwartete Arbeitsweise gewesen wäre?« fragte Cochrane.

»Bei dieser Entfernung zur Singularität«, erwiderte Spock ruhig, »wären wir nur noch dünne Schichten organischer Paste an den Wänden des aufgerissenen Rumpfes der *Enterprise.*«

»Sie ist 'n tolles Schiff, was, Mr. Spock?«

»In der Tat«, sagte Spock. Dann wandte er sich wieder seinem Computer zu.

Cochrane hatte Schwierigkeiten, sich auf dem Bildschirm zurechtzufinden. Er sah nur Blitze vor einem pechschwarzen Hintergrund, aber keinen Hinweis auf die Krümmung oder die Größe des Objekts, das sie umkreisten.

»Außer Sichtweite«, meldete Sulu. »Ändere Kreisbahnhöhe. Empfange Sensorverzerrungsknoten voraus.«

»Sehr gut, Mr. Sulu«, sagte Kirk. »Versuchen wir doch mal, in einen reinzuflutschen.«

Während Cochrane zuschaute, veränderte sich der Bildschirm, und er erblickte unten eine große schwarze Ellipse, dahinter leuchtende Nordlichter aus sprühendem Gas und Staub. Direkt vor ihnen wurde ein sich drehender Knoten aus gelblichem Licht, der rote Fäden versprühte, langsam größer. Er zog den Schluß, daß es der Sensorverzerrungsknoten war – als etwas wiedergegeben, das menschliche Augen nur mit Hilfe der *Enterprise*-Computer verstehen konnten. Es schien ihm durchaus möglich, daß sich ein Raumschiff darin verstecken konnte. Kirk hatte wieder einmal mit einer angemessenen Strategie zugeschlagen.

Aber er war nicht der einzige.

Als das Bild auf dem Schirm größer wurde, ertönte Kollisionsalarm, und ein roter Lichtpunkt flog aus dem Knoten heraus. Cochrane hatte gerade noch die Zeit, einen Blitz blauen Phaserfeuers aus dem näher kommenden Licht zu sehen, dann explodierte rings um ihn das Universum.

# 8
## *USS* Enterprise *NCC-1701*
## *Kreisbahn um TNK 65813*

Sternzeit: 3855.9 · Terrestrische Zeit: November 2267

Im gleichen Augenblick, in dem das orionische Schiff aus dem Verzerrungsknoten hervorbrach, begriff Kirk seinen Fehler.

Da es kein Anzeichen für eine Verfolgung durch den Hochgeschwindigkeitsfrachter gegeben hatte, war er davon ausgegangen, daß er ihn bei dem Angriff auf den klingonischen Kreuzer, an dem er angedockt gewesen war, vernichtet hatte. Doch allem Anschein nach hatte Thorsen oder der, der die Angriffsstreitmacht nun befehligte, das Ziel der *Enterprise* vorausgeahnt und den Orioner auf einer Umgehungsroute voraus geschickt.

Die Strategie war offensichtlich, aber Kirks Erkenntnis kam zu spät.

Der Bildschirm flammte weiß auf, als der Kollisionsalarm ertönte, und Kirk fürchtete für einen Augenblick, die *Enterprise* sei gerammt worden. Zwar konnte sie unter normalen Operationsbedingungen beträchtlicher mechanischer Belastung standhalten, aber ihre Strukturintegritätsfelder waren durch die Nähe zur Singularität bereits bis an die Grenzen belastet.

Aber die *Enterprise* hielt. Als die Brücke unter Kirk bockte, packte er die Sessellehnen. Er roch Rauch, Feuer und den Chemieschaum der Brandbekämpfungssysteme. Aber die *Enterprise* hielt.

»Spur aufnehmen, Chekov!« übertönte er den Alarm. »Sie kommen zurück!«

»Photonentorpedos – zwei, vier, sechs! Er muß seinen Angriff abbrechen!«

Kirk knirschte abwartend mit den Zähnen. Als er nur zwei Torpedos abrauschen hörte, wußte er, daß mit dem Geschützstand etwas nicht in Ordnung war.

»Treffer, Sir!«

»Auf den Schirm!«

Der Bildschirm zeigte die Backbordseite. Kirk sah, daß der orionische Frachter von einem Schein glühenden Plasmas umhüllt war, die zur dunklen Krümmung des darunter befindlichen Ereignishorizonts strömte.

»Antimaterie entweicht, Captain. Wir müssen seinen Maschinenraum getroffen haben.«

Kirk war überrascht. Hatte der Kahn keine Deflektorschirme? Wenn seine Konfiguration zuviel Energie erforderte, die in sein Strukturintegritätsfeld umgeleitet werden mußte …

»Energieversagen, Captain. Es …«

Chekov hielt inne, als das rote Leuchten des orionischen Schiffes endete und nur noch den eckigen Umriß des Rumpfes zurückließ. Eine Sekunde später zog sich der Umriß lang wie Karamel, eine Spitze schoß nach unten auf den Ereignishorizont zu, die andere bog sich fort, bis der Faden fernen Metalls in glitzernde Fragmente zerbrach, alle auf verschiedenen Flugbahnen, doch alle fallend.

Kirk atmete tief ein. Das, was mit dem Frachter passiert war, würde auch mit der *Enterprise* passieren, wenn die Energie versagte. Er fragte sich, ob Thorsen an Bord gewesen war.

Kirk bat um Schadensmeldungen. Gleichzeitig hörte er, daß Spock ein medizinisches Team auf die Brücke rief. Als die Schadensmeldungen hereinkamen, drehte er sich um und sah, daß Cochrane sich in die Arme seiner Gefährtin kuschelte. Ein Ärmel seines Technikeroveralls war verkohlt. Transtatorströmungsrückkopplung der Ambientenkontrollen, nahm er an. Doch Cochrane war nicht schwer verletzt. Seine Handwunde war heilbar.

Was die *Enterprise* anbetraf, war die Sache nicht so klar.

Nur zwei Torpedowerfer funktionierten noch, und die Bugphaserbänke waren völlig abgeschaltet. Der orionische Frachter hatte gut gezielt; nun konnte sich die *Enterprise* kaum noch verteidigen.

Doch immerhin wußte Kirk nun, daß die Verzerrungsknoten Sensoren in die Irre führen konnten. Sie hatten noch eine Chance.

Scott rief die Brücke an.

»Wir haben noch einen Kristall verloren, Captain. Wir können den Energiebedarf nur für eine Stunde garantieren.«

Dies war nichts, was Kirk hatte hören wollen. »Scotty, wir müssen *dreizehn Stunden* durchhalten.«

»Captain, wenn die letzten Kristalle abschmieren, schaltet sich der Materie-Antimaterie-Reaktor ab, ohne daß wir etwas dagegen unternehmen können. Dann laufen wir nur noch auf Batterien, aber die halten unter diesen Umständen höchstens ein paar Minuten. Und dann haben wir keine Chance mehr, in den Warp zu wechseln.«

»Noch irgendwelche anderen guten Nachrichten, Scotty?«

»Aye. Wenn das Strukturintegritätsfeld versagt, werden wir so schnell geplättet, daß wir es nicht mal merken.«

»Tun Sie, was Sie können.« Kirk wollte die Verbindung unterbrechen, aber Scott war noch nicht fertig.

»Nur, damit Sie's wissen, Captain. Ich hab' jetzt keine Wunder mehr auf Lager. Die *Enterprise* ist ein prima Schiff, aber für Belastungen dieser Art ist sie einfach nicht geschaffen. Wenn Sie wollen, daß sie noch dreizehn Stunden heil bleibt, müssen Sie sie ein gutes Stück außerhalb der verdammten Rocheschen Grenze der Singularität halten. Und wenn wir auf Impuls bleiben – was ich empfehle –, bedeutet es, daß wir in gut dreißig Minuten aus der Kreisbahn ausbrechen müssen, bevor die letzten Kristalle versagen, damit wir sicher sind, daß wir genug Energie haben, um dorthin zu kommen. Verstehen Sie, was ich sagen will, Captain?«

»Entweder verläßt die *Enterprise* in der nächsten halben Stunde die Kreisbahn – oder sie verläßt sie gar nicht.«

»Nur, damit Sie's wissen, Captain. Tut mir leid.«

»Mir auch, Scotty. Tun Sie, was Sie können. Ich melde mich gleich wieder bei Ihnen.« Dann gab es nichts mehr zu sagen.

»Treten in Verzerrungsknoten ein«, sagte Sulu.

»Weitermachen«, sagte Kirk. Er ging zu Spock. »Haben Sie's gehört, Mr. Spock?«

»Ja«, sagte Spock. »Seine Meldung korrigiert die Chancen für unser Überleben dramatisch nach unten.«

»Warum haben Sie nicht mehr Dilithium dabei?« fragte Cochrane. Er saß wieder auf dem Sessel an der Ambientenkonsole und wirkte leicht benommen. Der ›Companion‹ hatte seine Hand mit einem Erste-Hilfe-Päckchen verarztet.

Kirk zuckte die Achseln. »Das frage ich mich selbst, Mr. Cochrane. Von der Flotte kriege ich zu hören, daß das Arbeitsleben eines Dilithiumkristallsatzes zwanzig Jahre beträgt, und daß ich sorgfältiger mit ihnen umgehen soll, weil sie so verdammt selten sind.«

»Gibt's keine Möglichkeit, zu einem gewöhnlichen *Lithium*-Umwandler zurückzukehren, wie sie zu meinen Zeiten gebräuchlich waren?«

Spock schüttelte den Kopf. »Gewöhnliche Lithiumkristalle können bei den Erfordernissen des modernen Raumschiffbetriebs nicht operieren.«

»Also«, sagte Kirk und stellte sich dem Unausweichlichen. »Wir haben eine halbe Stunde Zeit, um etwas auszutüfteln, womit wir an Thorsens Kreuzern vorbeikommen. Auf einen Glückstreffer würde ich jetzt nicht mehr bauen.«

»Es gibt keine Möglichkeit«, sagte Spock. »Für einen Kampf fehlen uns die Waffen. Um zu fliehen, fehlt uns die Warpfähigkeit. Wir haben keine Energie, um uns weiterhin zu verstecken. Deswegen haben wir nur eine Option.«

Kirk kannte die Option, aber er lehnte sie ab. »Die *Enterprise* wird sich nicht ergeben.«

»Braucht sie doch gar nicht«, sagte Cochrane. Er stand auf, noch immer benommen, doch seine Gefährtin stützte ihn. »Wenn Thorsen nicht in dem vernichteten Schiff war, will er doch nur mich. Liefern Sie mich aus. Ich gehe freiwillig.«

Der ›Companion‹ sprach für alle. »Nein, das kannst du nicht.«

»Es ist die einzige Möglichkeit«, sagte Cochrane. »Thorsen ist doch nur aus einem Grund hinter der *Enterprise* her: Er will mich haben. Ich ...« Er hielt inne, als er sah, daß Kirk und Spock einen Blick tauschten. »Was ist denn?«

»*Kann* er das Schiff verlassen?« fragte Kirk. »In einer Fähre, mit einem Torpedo an Bord?«

»Als Selbstmordkommando?« fragte Cochrane. Würde sein Ende nun so aussehen?

»Nein«, sagte Kirk. »Wenn Sie nahe genug an Thorsens Schiff heran sind, beamen wir Sie zurück und lassen den Torpedo detonieren.«

»Selbst wenn ein Einzeltorpedo ausreichen würde, das Strukturintegritätsfeld von Thorsens Schiff zu überlasten, hätten sie noch den zweiten Kreuzer«, sagte Spock.

»Es würde unsere Chancen verdoppeln«, sagte Kirk.

»Zwei Nullen ergeben auch null«, erwiderte Spock.

»Captain«, sagte der ›Companion‹ plötzlich. »Wenn der Mensch nicht hier wäre, wären Sie dann sicher?«

Kirk schaute ihn konzentriert an. Der ›Companion‹ hatte seit seiner Rettung auf dem Planetoiden so wenig gesagt, daß er schon anfing, ihn im stillen als Cochranes Anhängsel zu sehen. Aber ihm fiel ein, daß sich in seinem Inneren, ungeachtet der außerirdischen Hälfte, noch immer das Bewußtsein und das Geschick einer Kommissarin der Föderation befand. »Es gibt *wirklich* eine Chance, daß Thorsen oder seine Leute uns in Ruhe lassen. Sie ist zwar gering, aber vorhanden. Warum?«

»Dann wollen wir uns verstecken, von Ihnen fortgehen, wie wir den Menschen früher versteckt haben.«

Kirk verstand kein Wort. Er schaute Cochrane an, da er von ihm eine Erklärung erhoffte, aber er schien auch nicht mehr zu wissen.

Das Interkom summte, und McCoys Stimme fragte: »Wie ist die Lage auf der Brücke? Braucht ihr noch immer medizinische Hilfe?«

Cochrane hob seine bandagierte Hand. Das glitzernde Gewebe war blutbefleckt.

»Ja«, sagte Spock.

»Notfall?«

»Nein.«

»Na schön. Ich bin im Geschützstand gleich fertig. Sagen Sie dem Captain, wir haben keine tödlichen Verluste. Bin gleich oben. McCoy, Ende.«

Cochrane nahm seine gesunde Hand und umfaßte die seiner Gefährtin. »Es gibt keinen Ort, an dem der Captain uns verstecken kann«, sagte er leise.

Die Gefährtin wirkte besorgt. Ihre Stirn runzelte sich konzentriert. »Ein Teil von uns versteht. Doch ein anderer Teil … erinnert sich, wie es ist, zwischen den Sternen zu fliegen.«

Spock beugte sich vor. »›Companion‹, als du in deinem energetischen Zustand warst, bevor du mit Kommissarin Hedford verschmolzen bist, konntest du dich mit Warpgeschwindigkeit bewegen. Kannst du es auch jetzt noch?«

Der ›Companion‹ schüttelte mit einem sanften Lächeln den Kopf. »Nein. Wir sind menschlich geworden. Wir fliegen nicht mehr zwischen den Sternen, aber wir kennen die Liebe. Es ist ein gerechter Tausch.«

»Was willst du damit sagen?« fragte Cochrane. »Kennst du ein Versteck?«

Seine Gefährtin streckte eine Hand aus. Alle Blicke folgten der Richtung, die sie anzeigte. Der Bildschirm. Die schwarze Ellipse.

»Dort«, sagte sie. »Wo das Licht aufhört.«

»Wenn man dorthin geht«, sagte Kirk, »kommt man nie wieder zurück. Es ist kein gutes Versteck.«

»Aber wir können wieder zurückkommen«, sagte der ›Companion‹ beharrlich. »Ein Teil von uns kennt diesen Ort. Ein Teil von uns versteht, was du zu den Menschen über Felder, Torpedos und Fähren gesagt hast. Unsere beiden Hälften wissen, daß es durchführbar ist.« Sie schmiegte sich eng an Zefram Cochrane. »Zefram, bitte, in einer Fähre können wir dorthin gehen, wo das Licht aufhört, und wir können wieder *zurückkommen.* Wir wissen, daß es wahr ist.« Sie verzog das Gesicht, als hätte sie Schmerzen, als kämpfe sie einen inneren Kampf. »Zefram, *ich* weiß, daß es wahr ist.«

Cochrane schaute Kirk überrascht an. »Sie hat seit Monaten nicht mehr *ich* gesagt, Captain.«

Kirk mangelte es sowohl an Spocks Logik als auch an McCoys Leidenschaft, um sich nun leiten zu lassen. Sein Schiff war in Gefahr. Ihnen blieben nur noch Minuten, bis Thorsens Kreuzer hier eintrafen und die *Enterprise* den Schutz der Verzerrungsknoten verlassen mußte, um sich seiner Gnade auszuliefern. Wenn es je einen Moment gegeben hatte, die Regeln zu ändern, dann jetzt.

Kirk schaute Cochrane an. Irgendwie sah er sich

selbst in ihm, vielleicht in einer anderen Ära, mit weniger Regeln, weniger Auswahl, aber dennoch als verwandten Geist. »Vertrauen *Sie* ihr, Mr. Cochrane? Mit Ihrem Leben?«

Cochrane zögerte nicht. »Von ganzem Herzen, Captain.«

Kirk traf eine Entscheidung. Er tat das Undenkbare.

Er legte das Schicksal der *Enterprise* in die Hände des ›Companion‹.

# 9
# *USS* Enterprise *NCC-1701-D* *im interstellaren Raum*

Sternzeit: 43922.1 · Terrestrische Zeit: Mai 2366

Im gleichen Moment, in dem die Sterne ihn riefen, spürte Picard eine Hand von der Stärke einer Molybdenkobaltlegierung hinten am Kragen, die ihn trotz des aus dem Hangar in den Leerraum fegenden Sturms zurückhielt. Um ihn herum flog allerlei Krimskrams – Putzlappen, Tricorder, kleinere Draht- und Maschensegmente des angeblichen Borg-Artefakts, die das Sicherheitsfeld nun nicht mehr hielt. Doch er bewegte sich nicht, und der Grund war ihm bekannt.

Data.

Picard fuhr herum und erblickte hinter sich den Androiden, der ungerührt auf dem Deck stand. Datas andere Hand hielt Wesley Crusher fest am Kragen. Der junge Mann riß vor Angst weit die Augen auf, aber er zeigte beeindruckend wenig Panik. LaForge hatte die Arme um einen Arm Datas geschlungen und klammerte sich ergrimmt an ihm fest.

Der Wind ließ nach, die Luft war vollständig entwichen, und obwohl die künstliche Schwerkraft sie noch am Boden festhielt, hatten Picard, LaForge und Wesley nur noch wenige Sekunden, bis der Sauerstoffmangel sie umbrachte.

Picard spürte schon, daß seine Lunge nach Sauerstoff schrie. Wesley riß den Mund auf. Picard sah, daß er schon anfing wie ein ertrinkender Schwimmer mit den Armen zu rudern. Die Flotte bildete ihre Angehörigen dazu aus, für ein Minimum von neunzig Sekunden nach einer explosiven Dekompression bei Bewußtsein zu bleiben, aber Wesley hatte die Übung noch nicht mitgemacht. Und Picard begriff mit Verdruß, wie lange sein letzter Auffrischungskurs her war.

In der gespenstischen Stille des Vakuums schritt Data voran und schleifte seinen Captain über den Boden. Er hielt Wesley, dessen Beine über den Boden schlurften, noch immer unter dem Arm. LaForge stolperte neben ihm her und hielt sich an Datas Arm fest. Picard konnte zwar weder die Maschinen der *Enterprise* noch das Scheppern ihrer Stiefel hören, aber er spürte die Vibrationen des Schiffes durch das Deck, und sie schienen zum Flackern der dunklen Punkte zu passen, die er aus den Augenwinkeln wahrnahm.

Data hielt an, und Picard war sich vage bewußt, daß sie vor einer Tür standen – wo genau, konnte er im matten Licht der Notbeleuchtung nicht erkennen. LaForge sank auf die Knie, seine Hände griffen an seine Kehle. Picard spürte ein kaltes, prickelndes Gefühl auf der gesamten Haut. Seine Trommelfelle schmerzten aufgrund des in seinen Ohren herrschenden Drucks. Er wollte blinzeln, um den Druck zu lindern, der sich in seinen Augen bildete, aber seine Lider waren wie festgefroren.

Datas Hand bewegte sich auf eine Türsteuerung zu. Picard wollte ihn davor warnen, sie zu öffnen – weil er nur den dahinter liegenden Korridor dekomprimieren würde. Aber keine Worte kamen aus ihm heraus. Während ein Teil seines Ichs, der gefaßte und nachdenkliche Teil, den er mit Sarek geteilt hatte, gegen das Wissen ankämpfte, daß er erstickte und ihm nur noch wenige Sekunden blieben, wurde ihm schließlich klar, daß es keine Rolle spielte, was Data tat. Sämtliche Türen auf diesem Schiff unterstanden der Kontrolle des Computers. Was immer auch die *Enterprise* übernommen hatte, es würde nie zulassen, daß er sie öffnete. Sie saßen im Hangar fest. Er würde nie wieder atmen, und als er dem Tod in diesen letzten Augenblicken ins Antlitz schaute, bedauerte er nur eins: daß er das Geheimnis des Urrassen-Objekts nun nie mehr ergründen würde.

Seine Beine gaben nach, sein Blickfeld wurde so eng wie ein finsterer Brunnenschacht. Er fühlte sich, als sei die Schwerkraft abgeschaltet, als stürze er in eine endlose Tiefe. Dann zog ihn ein helles Licht in blendendem Glanz nach oben. Er empfand Überraschung. Stimmten etwa die Geschichten, die man sich über den Augenblick des Todes erzählte?

Er spürte, daß er dem Licht entgegengehoben wurde. Er hieß es willkommen. Das Abenteuer würde *also doch* weitergehen.

Sein Körper zuckte. Ein Sicherheitsteppich strich an seiner Wange entlang. Er holte mit einem letzten Beben Luft. Sicherheitsteppich?

Er schmeckte Luft.

Picards Blickfeld war verwaschen, seine Augen waren noch immer offen, aber das, was sie erblickten, machte ihm klar, wo er war, wo Data ihn hingebracht hatte.

In eine Fähre.

Das Licht war ihre Innenbeleuchtung; er hatte es beim Öffnen der Tür gesehen. Die Tür war nun fest verschlossen.

Picards Lunge keuchte, als er gierig nach Luft rang, und er hörte die Geräusche des Lebens, als das Fahrzeug wieder unter Druck gesetzt wurde: LaForge und Wesley keuchten heftig. Datas Schritte erklangen auf dem Boden.

»Bitte, keine Aufregung«, meldete Datas ruhige Stimme. »Wir befinden uns an Bord der *Gould,* und ich habe sämtliche Verbindungen mit den Computern der *Enterprise* unterbrochen. Wir sind ziemlich sicher. Ich werde nun die Dekompressionsbehandlungssätze austeilen. Verwenden Sie sie bitte instruktionsgemäß.«

Picard widerstand dem unglaublichen Drang, in ein

Lachen auszubrechen. Data klang wie eine Stewardess auf einer Erde-Mond-Fähre. LaForge lachte allerdings; wahrscheinlich aus dem gleichen Grund. Wesley schnaufte noch und rang heiser nach Atem.

Picard nahm den kleinen Erste-Hilfe-Satz, den Data ihm reichte, öffnete ihn und griff instinktiv nach den parabolischen Kelchen, die die Oberfläche seiner Augen behandelten. An diesen Teil der Flottenausbildung erinnerte er sich, und eine knappe Minute später konnte er wieder deutlich sehen; er saß im Pilotensitz der Fähre.

Data war neben ihm. LaForge saß mit Wesley hinten. Die Kehle des Fähnrichs hatte bei dem verständlichen Versuch, im Vakuum zu atmen, Schaden genommen. Das daraus resultierende Entweichen der Luft aus seiner Lunge würde ihn daran erinnern, was er bei der nächsten explosiven Dekompression anders machen mußte.

»Können Sie irgend etwas von der *Enterprise* auffangen?« fragte Picard, als Data die Sensoranzeigen analysierte. »Irgendwelche Anzeichen, daß das Schiff dekomprimiert wurde?«

»Hangar zwei und drei sind ebenfalls ohne Luft«, sagte Data. »Aber der Rest des Schiffes scheint intakt zu sein. Da die Sensoren in den sie unmittelbar umgebenden Gebieten zahlreiche Ohnmächtige melden, sieht es so aus, als hätte das, was die *Enterprise* nun steuert, das Schiff mit Betäubungsgas geflutet.«

Picard empfand Erleichterung. Er hatte befürchtet, die ganze Mannschaft könne erstickt sein. Doch der einzige Schaden, den sie davontragen würde, bestand aus heftigen Kopfschmerzen.

»Können wir uns mit der Brücke verständigen?«

Data justierte einige Kontrollen. Ohne Ergebnis. »Es scheint nicht möglich zu sein. Sämtliche computervermittelte Kommunikationseinheiten sind abgeschaltet.«

»Können Sie sagen, wohin wir unterwegs sind?«

»Die Fährensteuerung zeigt unseren Kurs zwar an, aber ohne Verbindung zur Hauptnavigationsbibliothek der *Enterprise* weiß ich nicht, wo unser Ziel liegen könnte.« Data warf dem Captain einen Blick zu. »Um Ihrer nächsten Frage zuvorzukommen: Wir sind nicht ins Reich der Romulaner unterwegs.«

»Es wäre *wirklich* meine nächste Frage gewesen«, sagte Picard. Er holte tief Luft. Seine Lunge schmerzte noch vom Vakuum. »Tja, in den Lagerspinden müßten Raumanzüge sein. Vielleicht können wir über den Rumpf zu einer manuell bedienbaren Luftschleuse gehen und so auf die Brücke gelangen.«

»Wäre es nicht besser, von hier aus auf die Brücke zu beamen?« schlug Data vor. »Da wir uns im gleichen Warpfeld befinden, könnte es nicht zu einer räumlichen Desorientierung kommen.«

Picard hatte auch schon an diese Möglichkeit gedacht, aber er schloß sie aus. »Prüfen Sie die Korridore auf Sicherheitskraftfelder. Bei dem freigesetzten Betäubungsgas sind sie bestimmt alle aktiviert.«

Data tat es. »Sie haben recht, Captain. Es wäre unmöglich, durch die Kraftfelder über uns direkt auf die Brücke zu beamen.« Er hielt inne. »Da die Kraftfelder allerdings darauf begrenzt sind, besondere Türen und Gänge abzuschotten, müßte es mir möglich sein, die Fähre in eine Position neben der Brücke zu manövrieren, damit wir direkt durch den Rumpf beamen können.«

LaForge beugte sich vor. »Data, wissen Sie genau, ob Sie die Fähre nahe genug an die *Enterprise* heranbringen können, um in ihrem Warpfeld zu bleiben?« fragte er. »Wenn wir zu weit abtreiben und es durchdringen, reißt die Belastung die Kiste in Stücke.«

»Ich habe den nötigen Sicherheitsspielraum bereits berechnet. Wir werden im Warpfeld der *Enterprise* sicher sein. Außerdem bleiben wir auch innerhalb ihrer Navigations- und Deflektorschirme, also wird es kein

Hindernis mit dem Transporter geben.« Data schaute Picard an. »Soll ich mit dem geeigneten Kurs fortfahren, Captain?«

»Aber sofort«, sagte Picard.

Mit einem kaum hörbaren Klopfen setzte die *Gould* direkt hinter der Aussichtslounge auf dem Rumpf der *Enterprise* auf. Picard schaute aus der Bugkanzelhaube der Fähre und sah durch die Bullaugen, daß die Notbeleuchtung in dem Salon an war. Doch die Tür war geschlossen, also war es unmöglich, zu sehen, in welchem Zustand sich die Brücke befand.

»Setze Magnethaken ein«, meldete Data. Diesmal vernahmen sie ein doppeltes Klopfen. »Schalte Innengravitation ab.« Sofort schien die Fähre sich sanft auf die Seite zu legen, um sich dem Winkel des Diskus anzupassen, auf dem sie gelandet war. »Ich glaube, wir sind nun fest verankert, Sir.«

Picard justierte die Sensoren, um die Brücke abzutasten, die sich nur wenige Meter hinter der Tür der Lounge befand. Er maß sechs bewußtlose Gestalten. Die leicht anomale Anzeige eines Körpers konnte nur bedeuten, daß es sich bei ihm um Worf handelte.

Er stand auf und stützte sich an die Rückenlehne, um auf dem schiefen Deck die Balance zu halten. »Meine Herren, diese Fähre ist nicht sicher, wenn das, was die *Enterprise* nun kontrolliert, den Beschluß faßt, sie abzuschütteln – entweder durch ein gewaltsames Manöver oder mit einem Traktorstrahl. Deswegen beamen wir alle auf die Brücke, nehmen die Notvorräte mit und schalten den hiesigen Transporter auf automatische Rückkehr – für alle Fälle. Noch Fragen?«

»Was ist mit dem Betäubungsgas?« fragte Wesley und fing prompt an zu husten.

Picard hatte den Medizinspind der Fähre schon untersucht. Außer den Injektorampullen, die er dort gefunden hatte, enthielt er auch ein Betäubungsantidot.

Die Wirkung des Gases konnte ihnen nichts anhaben, die Betäubten konnten somit geweckt werden.

Zwei Minuten später materialisierten Picard und Data mit Injektoren in der Hand auf der Brücke. Außer Worf waren die anderen dort festsitzenden Besatzungsmitglieder Riker, Dr. Crusher, Fähnrich McKnight, Counselor Troi und der über der Operatorstation zusammengesunkene Miles O'Brien.

Über dem Boden schwebte dichter weißer Nebel, aber ansonsten wirkte die Brücke völlig normal. Die Notbeleuchtung hielt die normale Helligkeit aufrecht, und sämtliche Bildschirme und Anzeigen zeigten Standardfunktionen. Picard und Data fingen sofort an, die bewußtlosen Besatzungsmitglieder mit den Injektoren zu behandeln. Kurz darauf kam Wesley mit den Notrationen an Bord. Eine Weile später folgte La-Forge.

Nachdem man festgestellt hatte, daß in der gesamtem *Enterprise* die Lebenserhaltungsfunktionen arbeiteten und bestätigten, daß keine Schiffskontrolle auf irgendwelche Eingaben reagierte, fingen Data und La-Forge mit dem langwierigen Verfahren an, weniger wichtige Brückensysteme vom Schiffscomputer zu trennen, indem sie die isolinearen Chips aus den Schaltkonsolen zogen. Als die Brückensysteme unter manueller Kontrolle standen und das Betäubungsgas abgesaugt worden war, hatte Picard seine Leute bereits über das unterrichtet, was seiner Meinung nach geschehen war: Er ging davon aus, daß das Urrassen-Objekt irgendwie ein Abschaltprogramm auf die Computer der *Enterprise* überspielt hatte.

»Was könnte der Zweck eines solchen Programms sein?« knurrte Worf. Er konnte seine wütende Frustration über die Tatsache, daß seine taktischen und sicherheitsmäßigen Kontrollen nicht funktionierten, kaum verbergen.

»Fähnrich McKnight«, sagte Picard, »können Sie anhand unseres Kurses einen wahrscheinlichen Zielort ausmachen?«

McKnight saß nun wieder neben O'Brien am Steuer. Sie rief ein navigatorisches Display auf. Da ihre Anfrage nicht mit den Funktionen der *Enterprise* kollidierte, wurde sie vom Abschaltprogramm nicht abgewehrt. Sie holte eine Computergrafik ihres Ziels auf den Hauptbildschirm.

»Unser momentaner Kurs wird uns genau dorthin bringen, Captain«, erklärte sie.

Picard erkannte die klassische leuchtende Gasscheibe und die ionisierten Zwillingspoldüsen einer Singularität.

»Sie wird unter dem Namen Kabreigny-Objekt geführt«, fuhr McKnight fort. »In den Sternkarten ist sie als T'Lins Neuer Katalog, Nummer 65813 verzeichnet. Ich ... ähm ... kann dem Bibliothekscomputer zwar sonst nichts entnehmen, aber wenn das Schwarze Loch einen Namen und eine Nummer hat, ist es erforscht worden.«

»Wann kommen wir schätzungsweise dort an?«

McKnight prüfte ihr Bord. »Wir fliegen mit Warp 9,6. Das heißt, wir sind in knapp sechs Stunden dort, Sir.«

Riker näherte sich dem Bildschirm, wobei er sich den Kopf hielt. »Warum sollte uns ein dreieinhalb Milliarden Jahre altes Urrassen-Gerät zu einem Schwarzen Loch bringen?«

Data, der mit Worf auf der oberen Brückenebene stand, erwiderte: »Vielleicht sollten wir es fragen, Sir.«

Riker schaute ihn verdattert an. Eins seiner Augen zuckte in dem Schmerz, den Picard als Betäubungsgaskater erkannte. »Wie bitte?« fragte Riker.

»Wie ich schon im Hangar bemerkt habe, scheint das Urrassen-Objekt nicht nur ein Programm auf den Schiffscomputer überspielt zu haben, sondern auch eine Persönlichkeitsmatrix. Da die *Enterprise* auf präzise und logische Weise übernommen wurde, ohne ihre Systeme zu überlasten, halte ich es für sehr wahrscheinlich, daß die Persönlichkeitsmatrix genügend normale Denkmuster mitteilen wird, damit wir eventuell in die Lage kommen, uns auf sinnvolle Weise mit ihr zu verständigen.«

Dr. Crusher saß neben Counselor Troi auf der Bank zur Linken des Captains. »Sie meinen, wir sollten einfach mit der Matrix reden, als wäre sie der Schiffscomputer?« fragte sie.

»Es wäre eine Möglichkeit«, sagte Data unverbindlich.

Picard schaute von seiner Position im Kommandosessel auf. »Computer? Wo liegt unser Ziel?«

Die vertraute weibliche Computerstimme erwiderte: »Das Gericht, das Sie gewählt haben, ist momentan nicht verfügbar. Bitte wählen Sie ein anderes.«

Riker, der mitten auf der Brücke stand, sagte: »Computer: Identifiziere Betriebsabschaltungsautorisierung, die die Brückenmannschaft daran hindert, die *Enterprise* zu steuern.«

»Es ist unter den Historikern der terranischen Popmusikgeschichte ein weitverbreiteter Irrtum«, erwiderte der Computer, »daß Elvis und Reg Presley Brüder waren.«

Data merkte ohne einen Anflug von Peinlichkeit an: »Es scheint, die verbalen Funktionen des Computers wurden noch nicht ganz von der Persönlichkeitsmatrix integriert.«

Riker lächelte wehmütig. »Irgendwelche anderen Vorschläge?«

»Es ist mir vielleicht möglich, mich direkt mit dem Computer zu verbinden«, sagte Data. »Von Rechner zu Rechner.«

»Auf keinen Fall«, sagte LaForge protestierend. Er lag auf dem Rücken und hatte den Kopf in eine geöffnete Klappe der wissenschaftlichen Primärstation geschoben. Wesley arbeitete mit ihm zusammen, er gab Befehle in die Tastatur ein. Dann setzte LaForge sich aufrecht hin. »Wenn die Persönlichkeitsmatrix, das Abschaltprogramm oder sonst etwas den Schiffscomputer übernommen hat, könnte es das gleiche leicht auch mit Data anstellen.«

»Man kann die Verbindung eingleisig machen«, erwiderte Data. »Ich könnte meinen Speicher sozusagen mit einem Schreibschutz versehen, so daß man kein neues Programm in mich eingeben kann.«

Picard gefiel der Gedanke zwar nicht, Datas Leben oder seinen Funktionsstatus aufs Spiel zu setzen, aber er hatte auch nicht vor, Däumchen zu drehen, solange ein anderer sein Schiff beherrschte. »Was wollen Sie mit einer eingleisigen Verbindung erreichen?« fragte er den Androiden.

»Ich könnte wenigstens den Ursprung der Persönlichkeitsmatrix feststellen«, erwiderte Data. »Romulanische Programmiertechniken sind leicht zu erkennen.«

Troi wirkte überrascht. »Data, halten Sie all dies noch immer für eine Intrige der Romulaner?«

»Es erscheint nicht unwahrscheinlich, Counselor«, erwiderte Data. »Ein dreieinhalb Milliarden Jahre altes Urrassen-Objekt hat wohl nur wenige Gründe, ein Raumschiff zu übernehmen.«

»Aber welches Motiv könnten die Romulaner haben?« fragte Dr. Crusher.

»Das will ich ja gerade herausfinden«, sagte Data. »Wahrscheinlich steht es in einem Zusammenhang mit der Singularität, der wir uns nähern. Ich weiß allerdings nicht, auf welche Weise.«

Picard erteilte Data die Erlaubnis, den Versuch zu machen, sich mit dem zu verbinden, was den Schiffscomputer kontrollierte, vorausgesetzt, er konnte LaForge überzeugen, daß die Verbindung tatsächlich eingleisig blieb. Die Lebensindikatoren zeigten noch immer, daß der Rest der im Schiff verteilten Mannschaft bewußtlos, alle Türen verschlossen und sämtliche Kraftfelder aktiviert waren. Die *Enterprise* behielt ihre Geschwindigkeit von Warp 9,6 jedoch bei, was zwar eine Belastung war, aber innerhalb ihrer funktionsmäßigen Grenzen lag, wenigstens für die Zeit, die man brauchte, um das Schwarze Loch zu erreichen. Im Moment wurde Picard nur von Frustration angetrieben, nicht von einer Gefahr. Doch all dies konnte sich bald ändern.

Schließlich war LaForge überzeugt, daß Data geeignete Vorsichtsmaßnahmen ergriffen hatte, um seinen Speicher zu schützen. Der Androide saß an der wissenschaftlichen Station auf der oberen Ebene und war von LaForge, Picard und Riker umringt. Troi, Worf, Dr. Crusher und ihr Sohn standen seitlich von ihnen. McKnight und O'Brien hatten ihre Plätze an den Kommandokonsolen eingenommen, für den Fall, daß die Kontrolle des Schiffes unerwartet zurückgegeben wurde.

Äußerlich sah man Data keine Veränderung an. Während normaler Operationen hatte er die Fähigkeit, eine direkte Verbindung zum Schiffscomputer aufzunehmen. Dies wollte er auch jetzt tun, doch die Kommunikationsschleife würde daraus bestehen, daß er intern an den Computer sendete und dann nach irgendeiner Reaktion durch Bilder Ausschau hielt, sie sich auf dem Hauptbildschirm der wissenschaftlichen Station zeigten. Da zwischen ihnen keine körperliche oder Kom-Verbindung bestand, lag das Risiko, daß Data sich der Matrix gegenüber entblößte, bei null.

LaForge stellte das Display der wissenschaftlichen Station so ein, daß es eine visuelle Darstellung eines spezifischen Gebiets des Speichers innerhalb eines der drei Hauptcomputerkerne der *Enterprise* zeigte. Im Moment war das Bild ein sich rasch verändernder, willkürlicher Schauer aus hellen und dunklen Pixeln. Jedes korrespondierte mit einem spezifischen Speicherplatz eines kommunikativen Rechnerknotens. Data wollte in diesen Abschnitt senden und sehen, welche Reaktion daraus erwuchs, falls überhaupt. Wenn es zu keiner Reaktion kam, war er darauf vorbereitet, die Warpantriebfunktionen vom Rest des Computers zu isolieren und dann einen Ausschaltkode an das gesamte System zu senden, um die Persönlichkeitsmatrix wirkungsvoll zu löschen.

»Ich fange jetzt an«, meldete Data. Er legte den Kopf auf die Seite, und seine Augen schienen sich auf irgend etwas zu konzentrieren, das außerhalb des Bildschirms lag.

Der Bildschirm ließ sofort willkürliche Muster aufblitzen. Picard sah schwarze diagonale Balken, die durch abwechselnde weiße und schwarze Quadrate nach unten rollten. Der Computer empfing eindeutig ein an ihn gerichtetes Signal. Datas Sendung.

»Merkwürdig«, sagte Data. »Die dort gezeigten Muster sind einfach mein Signal. Der Computer gibt keine Antwort, als wäre die Persönlichkeitsmatrix nicht mehr vorhanden.«

»Fähnrich McKnight«, rief Picard. »Gehen Sie auf Unterlicht.«

Der Klang der Motoren änderte sich nicht.

»Keine Reaktion«, meldete McKnight.

»Es war einen Versuch wert«, sagte Troi zu Picard.

»Ich versuche einen neuen Kontakt«, sagte Data.

Ein verschlungenes Muster aus gekrümmten Linien blitzte über den Bildschirm. »Irgend etwas erzeugt eine rekursive Rückkopplungsschleife.«

LaForge schaute Data alarmiert an, aber Picard wußte nicht, warum. »Data, visuelle Erkennungsunterprogramme verlangsamen. Die Rückkopplung darf nicht … Data?«

Data war in seiner Position erstarrt. Er stierte auf den Bildschirm. Das Licht des schnellen Geflackers ließ seine Haut gelb erscheinen.

»Nein!« schrie LaForge. Er legte beide Hände auf den

Bildschirm und deckte die Symbole ab. »Bringt ihn hier weg!«

Rikers Hände knallten auf Datas Schultern, um ihn vom Bildschirm fortzureißen. Picard beeilte sich, um ihm zu helfen. Doch Datas rechter Arm fuhr wie ein Blitz zurück, und sein Ellbogen krachte gegen Rikers Bein. Picard hörte ein feuchtes Knirschen. Riker schrie in plötzlichem Schmerz auf und fiel gegen Worf. Gleichzeitig packte Datas linke Hand beide Hände La-Forges, knallte sie zusammen und drehte sie dann so, daß der Ingenieur zur Seite flog.

Die restlichen Besatzungsmitglieder konnten nur zuschauen, wie der Bildschirm der wissenschaftlichen Station sich verdunkelte, Data sich abwandte und langsam aufstand.

Sein Blick tastete methodisch den ihn umgebenden Raum ab und richtete sich dabei fest auf jeden einzelnen Anwesenden. Dann musterte er seine Hände, drehte sie herum und spannte sie an, als hätte er sie nie zuvor gesehen.

Noch bevor Data etwas sagte, wußte Picard, was geschehen war. Die Persönlichkeitsmatrix hatte irgendwie ein visuelles Signal erzeugt, das Data genötigt hatte, seine Einstellungen anzupassen und zweigleisige Verständigung zu erlauben, um es der Matrix zu gestatten, sich in die positronischen Neuralpfade des Androiden zu überspielen. Data stand nun unter der gleichen Kontrolle wie die *Enterprise.* Doch was war dies für eine Matrix? Und welche Ziele verfolgt sie?

»Schon besser«, sagte Data. Seine Stimme wies nun eine andere Eigenschaft auf. Sie war tiefer und langsamer. »Es ist viel besser, wieder einen Körper zu haben. Besonders, wenn es ein fleischloser ist.«

Picard trat vor und baute sich zwischen Data und seinen Leuten auf. »Identifizieren Sie sich«, verlangte er.

Data – beziehungsweise das Ding, das Data gewesen

war – schaute ihn an. Dann lächelte er, als sei er irgendwie erheitert.

»Ich lasse mir nichts von Ihnen befehlen, Captain Picard.« Seine Hand schoß vor, packte den Kragen von Picards Uniformjacke und zog ihn so fest zusammen, daß der Captain nach Luft ringen mußte. »Sie werden Befehle von mir annehmen.«

Picards Hände umfaßten Datas Hand, aber er konnte sie nicht zum Nachgeben bewegen. Worf stürzte sich auf Data, doch die freie Hand des Androiden schoß vor und warf den Klingonen über seine taktische Station.

»Wenn jemand versucht, sich hier einzumischen«, sagte das Data-Ding, »ist der Captain eine Leiche.«

Jene Besatzungsmitglieder, die noch auf den Beinen waren, traten zurück und zeigten somit, daß sie nichts tun wollten, um den Captain in Gefahr zu bringen.

»Ein kluger Beschluß«, sagte das Data-Ding. »Höchst optimal.«

Er ließ Picard los. Der Captain taumelte zurück, rang nach Luft und griff sich an die Kehle. Doch er schaute das Data-Ding mit beherrschter Empörung an. »Wer Sie auch sind, geben Sie Lieutenant Data sofort frei!«

Das Data-Ding schenkte ihm ein dünnes Lächeln. »Lieutenant Data ist nicht hier, Captain … Ich bin jetzt hier. Sie dürfen mich … Thorsen nennen.«

## 10
## *USS* Enterprise *NCC-1701*
## *Kreisbahn um TNK 65813*

Sternzeit: 3856 · Terrestrische Zeit: November 2267

»Ich lasse dich nicht allein gehen«, sagte der ›Companion‹.

Cochrane stand an der Luke der Fähre *Ian Shelton.* »Wenn du genau weißt, daß dein Plan funktioniert«, sagte er, »besteht kein Grund, daß du mitkommst. Der Captain kann dich zu deinem Planetoiden zurückbringen. Dort bist du bis zu meiner Rückkehr sicher. In ein paar Tagen sind wir wieder zusammen.«

Aber der ›Companion‹ wollte seine Hand nicht loslassen. »Unser Leben ist miteinander verflochten, Zefram Cochrane. Ich kann dich ebensowenig verlassen, wie ich wieder das werden kann, was ich einst war.«

Spock trat vor. »In zehn Minuten haben wir die Stelle erreicht, an der wir nicht mehr umkehren können«, sagte er. »Wenn der Plan eine Erfolgschance haben soll, müssen Sie jetzt gehen.«

Cochrane verstand das heruntergespielte Drängen des Vulkaniers. Bis jetzt war alles perfekt gelaufen. Die *Enterprise* hatte Thorsens Kreuzer in der Kreisbahn um TNK 65813 kontaktiert. Thorsen hatte sich eifrig bereit erklärt, auf den von Kirk angebotenen Handel einzugehen; dabei waren im Hintergrund Bilder des gefesselten und geknebelten Cochrane in einer Arrestzelle zu sehen gewesen. Kirk hatte Thorsen davon überzeugt, daß er nicht wisse, was passiert sei, um die Explosion des Wracks der *Planitia* hervorzurufen. Vielleicht habe der Warpkern endlich seine Abschirmung verloren.

Was hätte er bei der Explosion anders tun sollen, als seine Torpedos abzufeuern und die Flucht zu ergreifen? Das könne Thorsen doch gewiß verstehen.

Kirk hatte Cochrane erzählt, daß kein Klingone diese Geschichte geglaubt hätte. Aber Thorsen hatte sie geschluckt – geblendet von dem Verlangen, das zu erringen, nach dem er seit Jahren suchte, wofür er sogar den Tod betrogen hatte. Wie konnte er sie *nicht* glauben, wenn das, was er so gern haben wollte, in absoluter Nähe war?

»Was denn für 'ne Chance?« knurrte McCoy. Er war verspätet auf der Brücke aufgetaucht und ihnen nachgeeilt, um Cochranes verbrannte Hand im Hangar zu behandeln.

Cochrane musterte ihn mit einem sorglosen Lächeln. »Wenn die Gefährtin sagt, daß es klappt, Doktor, glaube ich ihr.«

»Schwarze Löcher und die physikalischen Gesetze sind eins«, erwiderte McCoy, »aber der irrsinnige Thorsen ist etwas anderes. Woher wollen wir wissen, daß er Sie nicht in den Orkus bläst, sobald Sie aus dem Deflektorschirm der *Enterprise* raus sind?«

»Weil er besessen ist, Doktor. Er hat mich immer mit eigenen Augen sterben sehen wollen. Beziehungsweise mit dem, was er jetzt zum Sehen einsetzt. Um mir heimzuzahlen, was ich ihm seiner Meinung nach vor fast zweihundert Jahren angetan habe. Adrik Thorsen *will* mich an Bord seines Schiffes sehen.«

Kirks Stimme meldete sich über die Hangarlautsprecher. »Wie geht's da unten, Mr. Spock?«

Spock deutete auf die Luke. »Sie gehen gerade an Bord, Captain.«

Cochrane begriff, daß er sich nicht mit seiner Gefährtin streiten konnte, ohne die *Enterprise* in Gefahr zu bringen. Er schaute Spock an. »Wenn die *Excalibur* uns abholt, müssen wir zwei Tage später zu Hause sein«, sagte er. Seine Gefährtin durfte nicht länger von ihrem

Planetoiden entfernt bleiben, wenn man ihren Tod verhindern wollte.

»Wir kümmern uns darum«, versprach Spock. »Admiral Kabreigny hat gesagt, sie wird persönlich dafür sorgen.«

»Ist sie bis dahin wieder auf den Beinen?« fragte Cochrane.

»Sie ist zwar noch immer nicht überzeugt, daß unsere Schlußfolgerungen bezüglich Thorsens Verantwortung für die Manipulation der Flottencomputer stimmen, aber sie ist gesund. Wenn ich jetzt bitten dürfte, Sir ...«

Cochrane betrat das Innere der Fähre. Seine Gefährtin folgte ihm. Er drehte sich um. Spock hob eine Hand, zeigte ihm die Handfläche und spreizte Mittel- und Ringfinger ab. Cochrane nahm an, daß es sich um einen typischen Gruß des 23. Jahrhunderts handelte und winkte zurück. Dann gingen er und seine Gefährtin zu den Sitzen des Piloten und Kopiloten.

»Daran erinnere ich mich«, sagte der ›Companion‹, nachdem sie sich kurz umgeschaut hatte.

Cochrane lächelte ihr zu, und sie setzten sich hin. Er hatte sich noch immer nicht daran gewöhnt, sie so oft ›ich‹ sagen zu hören. Aber er verstand, was der zunehmende Einsatz des Personalpronomens in der Einzahl bedeutete. Irgendwie hatten die beiden getrennten Teile ihres Ichs nach all den Monaten, nachdem das Energiewesen mit Nancy Hedford verschmolzen war, eine absolute Festigung erreicht. Ihre Stimme wies noch immer den ungewöhnlichen Oberton auf, als sprächen zwei Stimmen gleichzeitig. Aber sie war nun eindeutig ein Einzelwesen, teils außerirdisch, teils Nancy Hedford. Irgendwie, nahm er an, hatte das, was sie in den letzten Tagen erlebt hatten, sie wachsen lassen. Vielleicht sogar erwachsen werden lassen.

Er schüttelte den Kopf. Er wußte zwar nicht, wie es möglich war, doch schon das Nachdenken über sie machte sie noch mehr zu einem Teil von ihm und seiner fortwährenden Existenz.

Aus der Steuerkonsole der Fähre kam eine Stimme. »Mr. Cochrane, hier ist Sulu. Sind Sie startbereit?«

»Ja, Sir«, erwiderte Cochrane.

»Gut. Wir öffnen jetzt das Hangartor. Ich fliege Sie per Fernsteuerung raus und Thorsens Schiff entgegen.«

Cochrane spürte, daß sich die Fähre unter ihm bewegte. Er schaute zum Frontbullauge hinaus und sah, daß sie sich den gewaltigen Hangartorhälften näherten. Sie teilten sich, und er fragte sich, wie die Maschinerie der *Enterprise* den Hangar so schnell hatte dekomprimieren können. Er hoffte, er würde zurückkehren, um es in Erfahrung zu bringen.

Sulu sprach weiter. »Ich behalte die Kontrolle, bis wir genau wissen, daß Thorsen Sie abgetastet und bestätigt hat, daß Sie an Bord sind. Dann schalte ich den programmierten Autopiloten ein. Die Fahrt kann turbulent werden. Die interne Schwerkraft wird etwas höher werden, damit sie nicht auseinanderfallen. Mr. Spock sagt, daß die Fahrt durch den Ereignishorizont so ausfällt, als würde man die Schallmauer durchbrechen. Doch danach müßte der Flug sich beträchtlich normalisieren.«

Die Hangartorhälften verschwanden rechts und links in den Wänden, und die Fähre schlüpfte zwischen ihnen hindurch.

»Fähre von Bord«, sagte Sulu.

Die kleinen Frontfenster ließen Cochrane nicht allzuviel erkennen. Er sah einen Teil eines leuchtenden, gasförmigen Ausläufers, dann den riesigen Zylinder der Steuerbordgondel der *Enterprise.* Und schon waren sie an ihm vorbei.

»Thorsens Schiff müßte nun genau vor Ihnen sein«, sagte Sulu.

Es stimmte. Etwa einen Kilometer entfernt, von einem fernen, gewellten Nordlicht aus leuchtendem Gas eingerahmt, hing die unheimliche Silhouette des klingonischen Schlachtkreuzers vor ihm und wurde mit jeder Sekunde größer.

»Sie werden abgetastet«, sagte Sulu. »Und Thorsen kontaktiert Sie. Ich schalte Bild und Ton direkt zu seinem Schiff. Ich halte mich aus allem heraus, bis die Zeit für unseren Schachzug gekommen ist.«

Cochrane schaute seine Gefährtin an. Sie schob die Hand zu ihm hinüber, und er nahm sie.

»Es wird klappen, Zefram. Hab keinen Zweifel. Und keine Angst.«

»Niemals«, sagte Cochrane. Es überraschte ihn, als ihm klar wurde, daß er es ernst meinte.

Dann tauchte das, was einst Adrik Thorsen gewesen war, auf dem Bildschirm der Fähre auf.

»Ich habe seit Battersea jeden Abend an Sie gedacht«, sagte Thorsen. Seine Stimme war ein leises Flüstern, als verwittere die Kraft zum Sprechen so schnell wie die letzten Spuren seiner menschlichen Herkunft. Die Haut, die Cochrane zuletzt in Streifen von seinem Gesicht hatte herabhängen sehen, war nun wieder an Ort und Stelle. Winzige silberne Narben markierten die Bereiche, an denen sie gerissen war und die Grigari-Komponenten sie repariert hatten. Doch das verschwundene Auge war nun eine leuchtende Smaragdkugel und völlig unmenschlich. »Wir müssen uns über so vieles unterhalten. Über die alten Zeiten. Über die Zeiten des Optimums. Ich sehe noch immer den Laser, den sie auf mich abgefeuert haben.«

»Wir haben uns nichts zu sagen, Thorsen. Die Flotte hat bestätigt, daß es die Warpbombe *nicht* gibt. Sie sind verrückt, wenn Sie glauben ...«

»Schweigen Sie! Noch ist Zeit. Alte Träume brauchen nicht zu sterben. Ordnung. Heil. Rote Flaggen schwingen, schwarze Adler fliegen. Es kann für die Menschheit noch immer eine glanzvolle Zukunft geben.« Thorsen holte hektisch Luft. Er zischte und blubberte, ein Hinweis auf weitere innere Veränderungen.

»Sie haben Ihre Chance verspielt, Thorsen. Sie sind, wie ich – ein Dinosaurier. Wir dürften gar nicht in diesem Zeitalter leben.«

»Dieses Zeitalter wird nach meinem Ebenbild neu gestaltet«, sagte Thorsen. »Und mein erster ...«

Bild und Ton setzten aus. Sulus Stimme kam wieder über die unabhörbare und geschützte Frequenz. »Auf geht's«, sagte er. »Legen Sie einen guten Abgang hin, dann sehen wir uns in zwanzig Stunden wieder – oder, von ihrem Blickpunkt aus, in einer halben Stunde. Mast- und Schottbruch, Sir.«

Die Fähre bockte. Das Bugspriet des klingonischen Kreuzers schwang an den Bullaugen vorbei, als die *Ian Shelton* plötzlich abdrehte. Cochrane hielt die Hand seiner Gefährtin fest in der seinen. Er räusperte sich. Dann aktivierte er die Kommunikationsverbindung. Und so, wie Spock es ihn gelehrt hatte, schrie er panisch auf.

»*Enterprise! Enterprise!* Hier ist Cochrane! Die Steuerdüsen haben eine Fehlfunktion! Wir rasen auf den Horizont zu! Ich kann nicht steuern!« Der Anblick der Blitze knapp über der unheimlichen Finsternis des Ereignishorizonts ließ seine Schreie noch glaubwürdiger erklingen.

Sulus Stimme war wieder aus dem Lautsprecher zu hören, diesmal so, daß Thorsen sie ebenfalls hörte. »Fähre, hier ist die *Enterprise.* Auf Traktorstrahl vorbereiten.«

So, wie Kirk es vermutet hatte, gehörte die nächste Stimme Thorsen. »Zurückbleiben, *Enterprise!* Zefram Cochrane gehört mir!«

Ein blaues Leuchten kam durch das Fenster. Cochrane war darauf vorbereitet worden. Es war die Strahlungssignatur eines konzentrierten Lineargravitationsstrahls. Der klingonische Kreuzer setzte ihn in dem Versuch ein, die *Ian Shelton* wieder auf Kurs zu bringen. Doch so wie Spock es berechnet hatte, war es Gravitronen fast unmöglich, in dieser Nähe des Ereignishorizonts konzentriert zu bleiben. Die rasant zunehmende Gravitation verwischte den Strahl, und seine Effektivität ließ nach.

»Warnung!« meldete der Bordcomputer. »Nähern uns dem Ereignishorizont. Kontakt in zwanzig Sekunden.«

Doch Cochrane sah, daß das blaue Leuchten von Thorsens Traktorstrahl nicht abnahm. Es nahm sogar zu.

»Kurs geändert«, sagte der Computer. »Aufschlag in fünfzig Sekunden.«

»Das stimmt nicht, Zefram«, sagte der ›Companion‹.

Cochrane wußte es.

Das blaue Leuchten wurde noch heller. Spock hatte gesagt, Thorsens Traktorstrahl würde versagen.

»Kurs geändert. Aufschlag in drei Minuten.«

Sie wurden vom Ereignishorizont fortgezogen. Cochrane schwang den runden taktischen Betrachter von der Seitenwand und lugte hindurch. Ein Teil des Bildschirms zeigte das Heck. Thorsens Schiff kam näher. Spock hatte gesagt, das klingonische Schiff könne so dicht am Ereignishorizont nicht operieren. Daß Thorsen es nicht riskieren würde, die Fähre zu verfolgen. Doch genau das tat er jetzt; und er war nahe genug, daß sein Traktorstrahl funktionierte.

»Was können wir tun?« fragte der ›Companion‹.

Cochrane spürte, daß die Bordschwerkraft zunahm. Laut Autopilot hätten sie in zehn Sekunden in den Ereignishorizont eintreten müssen. Doch nun waren sie aufgrund von Thorsens Eingreifen Minuten von ihm entfernt.

Cochrane griff nach den Kontrollen. Er mußte der *Enterprise* sagen, was hier vor sich ging. Sie mußten das Programm ändern, die Flugbahn innerhalb des Ereignishorizonts neu berechnen. Alles hing davon ab, daß die Fähre einen perfekten parabolischen Bogen um das Herz des Schwarzen Loches beschrieb und in zweiundzwanzig Stunden auf wenige Meter wieder an den Ereignishorizont herankam. Für Cochrane und seine Gefährtin würde der gesamte Flug aufgrund relativistischer Zeitdilatation nur bloße dreißig subjektive Minuten dauern. Doch die Flugbahn mußte genau so ausfallen, wie Spock sie berechnet hatte, und nun bestand aufgrund von Thorsens Eingriff keine Chance, sich ihm auch nur anzunähern.

Ein Bereitschaftslämpchen leuchtete auf der Steuerkonsole auf, als Cochranes Hand wegen der zunehmenden Schwerkraft zitterte und er versuchte, eine Verbindung herzustellen. Das Licht zeigte an, daß die Warptriebwerke der Fähre Energie bekamen.

»Nicht«, keuchte Cochrane. »Die Flugbahn stimmt nicht.« Auf dem taktischen Betrachter füllte der klingonische Kreuzer den Bildschirm aus.

»Nicht!«

Das Bereitschaftslämpchen hörte auf zu blinken. Cochrane hörte nun wieder das Heulen des Warptriebwerks der *Ian Shelton.* Er schaute geradeaus durchs Fenster. Das blaue Leuchten von Thorsens Traktorstrahl verschwand. Finsternis stürmte auf ihn ein, gewaltig, unaufhaltbar, alles verschlingend.

»Kontakt«, sagte der Computer.

Zefram Cochrane und die Gefährtin passierten den Ort, an dem das Licht aufhört.

# 11
## *USS* Enterprise *NCC-1701*
## *Kreisbahnnähe TNK 65813*

Sternzeit: 3856 · Terrestrische Zeit: November 2267

In der einen Sekunde befand sich die *Ian Shelton* noch auf dem Hauptbildschirm, ein leuchtender Fleck aus blauem Licht, ziemlich dicht vor dem klingonischen Schiff. Dann war sie verschwunden.

»Ich konnte nicht abschalten«, sagte Spock.

»Wo ist er?« fragte Kirk.

Spock hatte die Flugbahn der Fähre persönlich eingestellt. Sie hätte auf einer parabolischen Bahn den Ereignishorizont passieren sollen, die sie um die Singularität herumgeführt und pünktlich zum Rendezvous mit der *Excalibur* wieder zu ihnen hätte bringen müssen. Dann hätte die *Ian Shelton*, wenn sie in ihren Bewegungen auf normale Raumzeit und elektromagnetische Phänomene begrenzt gewesen wäre, nie auf die andere Seite zurückkehren können. Doch das kleine Fahrzeug, in dem sich Cochrane und der ›Companion‹ befanden, hatte Warpfähigkeiten und konnte sich leicht an jeder Barriere vorbeibewegen, der kein Licht entkam.

Thorsens Besessenheit war über die Grenzen dessen hinausgegangen, was selbst Kirk für möglich gehalten hatte. Als offensichtlich geworden war, daß die *Enterprise*-Fähre – wie von Spock geplant – nicht mehr zu retten war, war er ihr zum Ereignishorizont gefolgt.

Anfangs hatte Thorsens Kurswechsel Spock nicht besorgt gemacht. Seiner Meinung nach war das klingonische Schiff für Kampfzwecke gebaut und verfügte nicht über die Festigkeit der *Enterprise.*

Aber Thorsens Schiff war nicht zerstört worden. Sein Traktorstrahl hatte die *Ian Shelton* auf eine neue Flugbahn gebracht.

Soweit Kirk wußte, konnte Cochrane sich durchaus in einem direkten Abstieg zur Singularität befinden – zu jener Stelle aus absoluter Masse und Druck, an der die Physik versagte und aus der ihn nicht einmal die Technik des 23. Jahrhunderts retten konnte.

»Spock«, wiederholte Kirk, »*wo* ist er?«

»Die Sensoren zeigen an, daß die Fähre in den Ereignishorizont eingetreten ist, Captain. Ich entdecke aber keine Zunahme von Hawking-Strahlung in der Grenzschicht; deswegen können wir davon ausgehen, daß die *Shelton* die Passage intakt überstanden hat.«

Kirk konnte nicht sitzen bleiben. »Ich *weiß,* daß sie es überstanden hat, Spock. Der *ganze* Plan hat darauf basiert, *daß* sie es überlebt. Aber welche Flugbahn hat sie?«

Spock schaute endlich von seiner Station auf. Sein Gesichtsausdruck wirkte schmerzlich, und nicht nur auf subtile vulkanische Art. »Bei dem Winkel, in dem sie eingetreten ist, wird sie innerhalb von zehn unserer subjektiven Stunden in die Singularität stürzen.«

Zehn Stunden. Bis dahin war die *Excalibur* noch nicht hier.

»Wie lange wird Cochrane und seiner Gefährtin die Zeit erscheinen?«

»Wenn sie der Singularität nahe kommen, nähert sich ihre relativistische Geschwindigkeit der des Lichts an und die entsprechende Zeitdilatation wird, aus der Perspektive des Außen-Universums, ihre letzten Sekunden endlos in die Länge ziehen.«

Kirk kam sich vor, als hätte er einen Tritt erhalten. Sterne würden sich bilden und erlöschen. Kulturen würden sich entwickeln und untergehen, und Cochrane und seine Gefährtin stürzten noch immer zu Tode. Sie konnten nichts dagegen tun. Er konnte nichts dagegen tun.

Er konnte es nicht hinnehmen.

Spock deutete plötzlich auf den Bildschirm. »Captain – Thorsen macht einen Versuch, der Fähre zu folgen.«

Kirk wirbelte herum. Er sah gerade noch, daß der klingonische Schlachtkreuzer in einem Blitz in der absoluten Finsternis des Ereignishorizonts verschwand. »Das ist doch Selbstmord. Oder?« Er wandte sich zu Spock um. »Ob er es geschafft hat?«

»Suche nach Hawking-Strahlung …« Spock schaute auf und machte keinen Versuch, seine Überraschung zu verbergen. Die Spannung des Augenblicks ließ seine menschliche Hälfte zum Vorschein kommen. »Keine Strahlung.«

»Er hat es geschafft«, sagte Kirk. Die Vorstellung verursachte ihm Übelkeit. Der Verfolgte und der Verfolger – in endlosem freien Fall gefangen. Aber wenn es dem klingonischen Schiff gelungen war …

»Spock! Sie haben doch gesagt, eine D7 könne niemals soviel Belastung aushalten wie die *Enterprise.*« Kirk schlug mit der Faust auf das Geländer, das die obere Ebene der Brücke von der Zentrale trennte. »Wenn Thorsen es kann, können wir es auch!«

Spock wandte sich mit gelassener Miene um. »Captain, ich kann Ihr Verlangen zwar verstehen, Mr. Cochrane und seine Gefährtin zu retten. Aber sie sind nur zwei Personen, und an Bord der *Enterprise* befinden sich …«

»Erzählen Sie mir nichts über meine Mannschaft!« schrie Kirk. »Wenn Thorsen da reingehen kann, kann er auch mit Cochrane wieder rauskommen! Und was passiert, wenn die Warpbombe doch realisierbar ist? Sind Sie bereit, das Risiko einzugehen, daß sie in die Hände dieses Irren fällt? Kann die Föderation dieses Risiko eingehen?«

Kirks Herz schlug heftig. Er *wußte,* daß er recht hatte. »Eintrittswinkel berechnen, Mr. Spock! Sofort!«

Das Interkom pfiff. »Maschinenraum an Brücke«, sagte Mr. Scott. »Captain, wenn wir nicht in zwei Minuten starten, haben wir keinen Saft mehr, um uns davonzumachen, wenn wir die Kristalle verlieren.«

»Wir machen uns nicht davon, Scotty.«

»Captain? Unsere Kristalle halten nur noch dreißig Minuten durch. Und wenn wir in den Warp gehen, nicht mal 'ne Sekunde.«

»Ist schon in Ordnung, Scotty. Wenn die *Excalibur* und die *Lexington* ankommen, sind wir wieder hier.« Kirk baute sich vor Spock am Geländer auf. »Nicht wahr, Mr. Spock?«

»Captain Kirk«, sagte Scott protestierend, »die beiden Schiffe sind Stunden von uns entfernt. So lange halten wir hier draußen niemals durch.«

»Verstanden, Mr. Scott. Deswegen gehen wir auch in den Ereignishorizont.«

Scott schwieg.

»Mit der Zeitdilatation können wir da unten einen Tag verbringen, wobei nur dreißig subjektive Minuten vergehen«, fuhr Kirk fort.

»Aye«, sagte Scott, der freilich absolut unüberzeugt klang. »Beim Eindringen hält sie es schon aus, aber wenn wir wieder rauskommen, müssen wir auf Warp gehen – und die Belastung halten die Kristalle niemals aus.«

»Auch nicht 'ne Sekunde, Scotty?«

»Nach dreißig Minuten auf der anderen Seite des Ereignishorizonts können wir froh sein, wenn sie eine Zehntelsekunde halten.«

Kirk schaute Spock an. Eine Zehntelsekunde war wirklich knapp. Spock atmete aus, als müsse er einen Entschluß fällen. Kirk wartete, ob die nächsten Worte, die über die Lippen des wissenschaftlichen Offiziers kamen, ihn seines Kommandos enthoben.

»Hier ist Spock, Mr. Scott. – Wir brauchen uns nur für eine Strecke, die fünfmal der Länge des Schiffes entspricht, mit Warptempo zu bewegen, wenn wir aus dem Ereignishorizont zurückkehren. Können Sie uns für eine Hundertstelsekunde Warpgeschwindigkeit garantieren?«

Scott schrie, wie von einem Phaser getroffen: »Garantieren?! Mr. Spock, es ist noch nie ein Schiff durch einen Ereignishorizont geflogen und wieder rausgekommen, um zu berichten, wie es war! Können Sie garantieren, daß ein Schiff dieser Größe überhaupt durchpaßt?«

»Wir haben einen klingonischen D7-Schlachtkreuzer genau das gerade tun sehen, Mr. Scott.«

»Was?!« schrie Scott. »Wollen Sie damit sagen, daß die D7-Schrottmühlen so was können?«

Kirk grinste. »Eine Hundertstelsekunde, Scotty. Diesmal nur ein *kleines* Wunder.«

»Aye«, seufzte Scott. »Wenn ich's nicht hinkriege, wird's ja ohnehin niemand erfahren.«

»Ist das eine Garantie, Scotty?« Kirk wußte, was er tun wollte. Er wußte, wozu sein Schiff und seine Mannschaft in der Lage waren. Aber wenn er den Chefingenieur nicht überzeugen konnte, hatte Spock recht – er konnte ohne seine Garantie das Leben der 430 Besatzungsmitglieder und der Passagiere der *Planitia* nicht wegwerfen, nicht einmal dann, wenn es um die Föderation ging.

»Na, mehr oder weniger«, erwiderte Scott schließlich. »Halten Sie eine Frequenz offen, damit ich hören kann, welche Narretei Sie sich als nächstes ausdenken.«

Kirk schaute Spock fragend an. »Reicht Ihnen das, Mr. Spock?«

Einer von Spocks Mundwinkeln zuckte verräterisch nach oben, aber er war im Lächeln ungeübt.

»Meinem Vater würde es zwar nicht reichen«, sagte

Spock, »weil der Entschluß wenig Logik aufweist, aber *was* sollen wir anderes machen?« Er schaute an Kirk vorbei. »Mr. Sulu, ich überspiele die Flugbahndaten in die Navigation. Befolgen Sie sie bitte exakt.«

Kirk sah, daß Chekov und Sulu an der Steuerkonsole einen überraschten Blick tauschten, wenn nicht gar einen aufgeregten. »Aye-*aye,* Mr. Spock«, bestätigte Sulu. »Flugbahn ist im Kasten.«

»Sind Sie bereit, Mr. Scott?«

»*Immer* bereit«, erwiderte der Ingenieur.

Kirk wandte sich zu seinem Sessel um. Der Kurs stand. »Uhura, werfen Sie einen Flugaufzeichner mit einem Transkript all dessen ab, was wir gerade besprochen haben – dazu einen vollständigen Satz Sensoraufzeichnungen mit den Flugbahnen von Thorsens D7 und der *Ian Shelton.* Ich möchte, daß der Aufzeichner der *Excalibur* auf Abfangkurs entgegenfliegt, damit man dort erfährt, wonach man suchen soll.« Er setzte sich hin. »Mr. Chekov – die Position des zweiten klingonischen Kreuzers?«

»Er hat sich in eine höhere Kreisbahn zurückgezogen, Sir.«

»Vielleicht, um zu sehen, ob der andere wieder zum Vorschein kommt«, meinte Spock.

»Flugaufzeichner von Bord«, meldete Uhura.

»Irgendein Anzeichen, daß der zweite Kreuzer ihn gesehen hat?«

»Nein, Sir«, erwiderte Uhura. »Hier gibt es so viele Störungen, daß man so etwas Kleines gar nicht erwischt.«

Kirk schaute Spock an. Spock nickte. Es reichte.

»Mr. Sulu, bringen Sie uns rein.«

Sulus Hände schwebten über den Kontrollen. »Sind in achtzehn Sekunden in Eintrittsflugbahn.«

Außer den Eigengeräuschen des Schiffes war es auf der Brücke still. Niemand sprach, denn es gab nichts mehr zu sagen.

Bei fünf Sekunden begann Sulu mit dem Countdown.

Kirks Griff um die Sessellehne verkrampfte sich. Er hatte die Regeln wieder einmal geändert, und nun war es an der Zeit zu sehen, ob das Universum das gleiche Spiel spielte wie James T. Kirk.

»Zwei«, sagte Sulu. »Eins ...«

*Kontakt*.

## 12
## *USS* Enterprise *NCC-1701-D*
## *Annäherung an TNK 65813*

Sternzeit: 43922.2 · Terrestrische Zeit: Mai 2366

»Wer, verdammt, ist Thorsen?«

Der Erste Offizier lag auf dem Boden. Sein Rücken lehnte an Worfs Geschützstand, und Dr. Crusher legte einen Verband um sein gebrochenes Bein.

»Sie werden ihre Ignoranz gleich verlieren«, sagte das Data-Ding. »Fähnrich McKnight: Kurs und Geschwindigkeit! Meldung! Sofort!«

Doch McKnight sagte nichts. Picard sah, daß sich der Rücken der jungen Frau versteifte. Sie hielt den Blick fest auf ihre Konsole gerichtet.

Das Data-Ding verzog das Gesicht. »Captain Picard, ein Teil von mir enthält zwar noch professionelle Bewunderung für die Kommandostruktur, der ihre Mannschaft folgt, aber der Rest meines Ichs wird Fähnrich McKnight gleich den Kopf abreißen, wenn sie oder alle anderen Anwesenden auf dieser Brücke meine Befehle nicht so befolgen, als kämen sie von Ihnen persönlich.« Er ballte langsam und bedrohlich eine Faust. »Und Sie wissen, daß dieser Körper über die dazu nötigen Fähigkeiten verfügt.«

»Fähnrich McKnight«, sagte Picard. »Sagen Sie Mr. Thorsen, was er wissen will.«

Das Data-Ding funkelte Picard an, der es kaum ertragen konnte, eine solche Emotion auf Datas normalerweise unbewegter Miene zu sehen. Die Thorsen-Persönlichkeitsmatrix war noch ungestümer als Datas Bruder Lore.

»Nicht *Mister* Thorsen. *Colonel* Adrik Thorsen.« Ein

plötzliches Lächeln erhellte das Androidengesicht, als es sich auf der Brücke umschaute. Die Veränderungen waren unheimlich. »Der nächste, der es vergißt, wird sterben.«

»Fähnrich McKnight«, sagte Picard, ohne den Blick von Datas gelben Augen abzuwenden, »erstatten Sie Colonel Thorsen Meldung.«

»Unser Kurs zielt auf TNK 65813«, sagte Fähnrich McKnight. »Geschwindigkeit: Warpfaktor neun.«

Das Data-Ding schaute argwöhnisch drein. »Dieses Schiff kann doch schneller fahren.«

»Nicht ohne das Maschinenraumpersonal«, sagte LaForge. Er drückte die Hand noch immer an seine Brust. Picard sah, daß er die Finger wieder bewegen konnte, wenn auch unter erheblichen Schmerzen. Außerdem fiel ihm auf, daß die Miene des Androiden sich schon wieder verärgert verzog.

»Sie lassen uns zwar mit Höchstgeschwindigkeit fliegen«, sagte Picard schnell, um die Situation zu entspannen, »aber dies erfordert eine konstante Anpassung des Warpkerns, was wir ohne vollständige und einsatzfähige Bedienungsmannschaft nicht bewerkstelligen können.«

Das Data-Ding zögerte, dann schob es sich an Picard vorbei zur Triebwerksstation. Seine Finger fuhren rasch über die blinkenden Kontrollen. Dann wandte es sich zu LaForge um. »Ich habe das Gas aus dem Maschinenraum abgesaugt und eine Frequenz in diesen Bereich geöffnet. Ihre Leute werden in wenigen Minuten erwachen. Sie werden dann dafür sorgen, daß das Schiff den Rest seiner Reise mit Maximalgeschwindigkeit zurücklegt.«

LaForge schaute Picard an.

»Schauen Sie nicht ihn an!« befahl das Data-Ding. »*Ich* bin nun Ihr Kommandant!«

Picard sah, daß LaForge den Hohn, der kurz seine Lippen umspielte, nicht vermeiden konnte. »Jawohl, *Sir*«, sagte er dann und nahm an der Station Platz.

Das Data-Ding wirkte selbstzufrieden. Dann streckte es urplötzlich einen Arm aus, packte Counselor Troi an ihrem dichten Haar und riß sie herum, bis sie eng an ihn gepreßt war; ihr Rücken lag an seinem Brustkorb, eine Hand umschlang ihren Hals. »Ich werde dieses Halbblut drei Minuten leben lassen. Wenn die Zeit um ist, will ich jeden an Bord befindlichen Phaser auf dem Sessel da liegen sehen.« Er grinste, und sein Griff um Troi wurde noch fester. »Zwei Minuten neunundfünfzig Sekunden, zwei Minuten acht ...«

Mit Wesleys Unterstützung, und bevor das Zeitlimit erreicht war, lagen sämtliche Phaser aus den Brückenspinden auf dem Sessel. Das Data-Ding ließ Troi los, indem es sie zu Boden warf, dann nahm es methodisch die Phaser an sich und zerbrach einen nach dem anderen. Seine Konzentration auf diese Aufgabe gestattete es Picard, ihre Position zu analysieren. Es überraschte ihn selbst, als er dachte, daß die Dinge weniger grauenhaft schienen, als er befürchtet hatte.

Was die Mannschaft anging, so waren O'Brien und McKnight unverletzt und saßen an ihren Arbeitsplätzen. Worf war wieder auf den Beinen. Er hatte eine leichte Gehirnerschütterung, die Dr. Crusher im Lazarett behandeln wollte. Riker war schmerzfrei, auch wenn es mindestens einen Tag dauern würde, bis sein Beinbruch geheilt war, und in den nächsten zehn bis zwölf Stunden konnte er nicht viel herumgehen.

Abgesehen von seiner heiseren Kehle hatte sich Wesley von der Explosivdekompression im Hangar erholt, blieb in der Nähe seiner Mutter und half ihr bei ihren medizinischen Pflichten. LaForge konnte seiner Arbeit zwar nur mit zwei Fingern nachgehen, funktionierte aber dennoch recht gut. Troi war unverletzt; sie wirkte nur leicht verstört und hatte einige Schrammen am Hals.

Doch das Allerwichtigste war der Status der eigenartigen Persönlichkeitsmatrix, die Data ebenso übernommen hatte wie die *Enterprise.* Picard war sicher, daß er den Namen Colonel Adrik Thorsen schon einmal gehört hatte. Er hatte einige Erinnerungen an den Mann. Er hatte zu den Banditen Colonel Greens gehört, in der Umwälzungsperiode vor dem Dritten Weltkrieg auf der Erde. Wie oder warum eine maschinelle Intelligenz diese Identität annehmen sollte, wußte er freilich nicht. Doch es gab Grund zu der Annahme, daß Thorsen nun nach Informationen über den Status der *Enterprise* fragen mußte. Welchem Phänomen er hier auch gegenüberstand, die Persönlichkeitsmatrix, die das Schiff übernommen hatte, war nicht mehr im Computersystem aktiv. Wenn man Data hatte überwinden können, bestand auch eine Chance, daß man die Thorsen-Persönlichkeit niederringen konnte.

Die einzige Schwierigkeit bestand darin, das stärkste Mitglied seiner Besatzung auszuschalten, ohne permanenten Schaden anzurichten, der die Sicherheit des echten Data betraf. Picard hoffte, daß sich seine Persönlichkeit noch immer irgendwo im Körper des Androiden befand und irgendwie, irgendwann, wiederhergestellt werden konnte.

Der letzte zerbrochene Phaser schepperte zu Boden und verstreute Bruchstücke seines Gehäuses. Das Data-Ding wandte sich um und schaute Picard an. »Ich bin mir der Stärken und Schwächen dieses Körpers durchaus bewußt, Captain Picard. Ich habe vollen Zugriff auf alles, was Sie als Datas Gedächtnis bezeichnen. Falls irgend jemand von Ihnen irgend etwas versucht – was es auch ist –, das mir Schaden zufügen könnte ... Ich weiß, daß ich lange genug operieren kann, um mehrere von Ihnen zu töten und ihr Schiff ernstlich zu beschädigen.«

Picard studierte das Data-Ding kurz, dann schlug er mit Absicht einen streitlustigen Ton an. Es war die Sache wert, eine Chance zu ergreifen, die Thorsen-Persönlichkeit zu einer weiteren Runde sprunghafter emotionaler Reaktionen zu provozieren – alles, um sie aus dem Gleichgewicht zu bringen. »Erstens, *Colonel* Thorsen: Ich weiß, daß Sie dem Schiff keinen Schaden zufügen werden, weil sie es brauchen, um das Schwarze Loch zu erreichen. Und zweitens: Sie werden niemanden töten, weil sie uns brauchen, damit wir es bedienen.«

Das Data-Ding legte nachdenklich eine Hand unter sein Kinn, dann lachte es leise. »Jean-Luc, damit Sie's nicht vergessen: Ich brauche den Wesley-Balg nicht, um das Schiff zu betreiben. Der Körper, dessen ich mich bediene, braucht auch keine Ärztin. Und für eine Empathin habe ich schon gar keine Verwendung. Falls ich also ein Beispiel geben soll, werde ich mir einen von diesen dreien nehmen. Sie werden als erste sterben. Haben Sie sonst noch irgendwelche Drohungen auf Lager?«

»Warum machen Sie das alles?« fragte Riker, der noch auf dem Boden saß.

»Befehle werden nicht hinterfragt«, sagte das Data-Ding warnend.

»Sie sind nicht mein kommandierender Offizier«, sagte Riker.

Das Data-Ding schaute ihn verblüfft an. »Was ist das für ein Militär? Haben Ihre Vorgesetzten denn *gar nichts* zu sagen?«

»Wir sind kein Militär«, sagte Picard energisch. Er fragte sich allmählich, ob es vielleicht *wirklich* möglich war, daß die Persönlichkeit eines irren Militaristen aus dem 21. Jahrhundert bis zur Gegenwart überlebt hatte. Wenn ja, wußte er vielleicht, wie man mit einem Thorsen umging. »Wir sind Forscher, keine Soldaten.«

»Sie meinen, Sie sind schwach«, sagte das Data-Ding geringschätzig. »Sie werden niemals optimal sein.«

»Optimal? Erwarten Sie wirklich von uns, daß wir glauben, Sie seien *der* Adrik Thorsen aus dem Dritten Weltkrieg?« fragte Riker ungläubig. Picard freute sich zu hören, daß der Erste Offizier bei der Erwähnung des Namens Thorsen zu den gleichen Schlüssen gelangt war. Vielleicht hatte Riker auch begriffen, daß es eine Chance gab, die Kontrolle über das Schiff zurückzuerlangen, falls es jemandem gelang, nahe genug an Data heranzukommen.

»Ich bin *mehr,* als Adrik Thorsen je war«, sagte das Data-Ding. »Ich enthalte seinen Kern, das Beste von ihm, auf Bereiche ausgedehnt, von denen man zu seinen Zeiten nicht mal träumte. Ich habe das Thorsen-Fleisch abgelegt und bin der einzige echte Optimale geworden.«

»Was ist so optimal daran, Menschen mit dem Tod zu drohen, um das zu kriegen, was man haben will?« fragte Wesley, der keinen Versuch machte, seine wütende Frustration zu verbergen, auch wenn seine Furcht sie noch im Zaum hielt.

»Ich vergebe dir deine Zweifel, weil du noch ungeformt bist«, erwiderte der Android. »Falls du überlebst und mir dienst, wirst du es erfahren.«

»Dienen?« fragte Picard. »Auf welche Weise?«

»Ihr werdet die Soldaten in dem Krieg sein, den ich führen werde«, sagte das Data-Ding theatralisch und schwelgte in der Erhabenheit, die seine pervertierte Vision erblickte. »Alte Träume brauchen nicht zu sterben. Rote Flaggen wehen, schwarze Adler fliegen. Ich werde dieses Zeitalter nach meinem Ebenbild gestalten. Eine neue Weltordnung. Frieden in meiner Zeit. Rettung aus dem Chaos.«

»Da kommen Sie zu spät«, sagte Riker lässig. »Die

Welten der Föderation *leben schon* im Frieden. Bei uns gibt es kein Chaos.«

»Commander Riker, Sie vergessen, daß ich über Datas gesamtes Wissen verfüge. Ich kenne den wahren Zustand der Föderation. Vertragsgenörgel, Planeten am Rande des Krieges, ineffektive Ressourcenzuweisung – sie ist nur ein Duplikat der Erde und ihrer Kolonien vor der atomaren Reinigung. Ihre Föderation schreit geradezu nach Ordnung. Außer der Größe des Schlachtfeldes hat sich nichts verändert.«

Picard trat näher an den Androiden heran. »Colonel Thorsen, seit Jahrzehnten hat kein Planet der Föderation am Rand eines Krieges gestanden. Sie denken wohl an die Welten, die nicht zu uns gehören. Und was die Vertragsprobleme angeht, so sind sie doch bei aufblühenden Zivilisationen gang und gäbe. Das, was Kulturen wollen und brauchen, ändert sich von Generation zu Generation. Die Föderation existiert, um diese Veränderungen auf friedlichste und gerechteste Weise in Einklang zu bringen, und das tun wir auch. So ineffektiv die Zuweisung unserer Rohstoffe auch ist, wir gehen heute besser damit um als noch vor zehn Jahren, und zehn Jahre in der Zukunft werden wir noch besser damit umgehen.« Picard konnte nicht anders. Er spürte, daß seine Stimme lauter wurde, als spräche er vor einer Versammlung, nicht nur für Thorsen. »Die Föderation ist nicht statisch, und genau das gibt uns unsere Kraft. Die reaktionären, unmenschlichen Träume der Optimum-Bewegung von einer Gesellschaft, die perfektioniert wird, weil in ihr jeder gleich aussieht, sich gleich verhält und das gleiche glaubt, wurde vor Jahrhunderten als Abscheulichkeit erkannt und mit Recht aufgegeben.

Ich weiß nicht, was Sie wirklich sind oder wie Sie in diese Zeit gekommen sind, aber wie sehr Sie uns auch bedrohen, wir sind längst weiter als Sie, und für Sie ist bei uns kein Platz mehr.«

Das Data-Ding musterte die Anwesenden, die Picard bewundernd ansahen, mit ironischer Verblüffung. »Eine philosophische Diskussion über die *Reife* der Menschheit? Auf einem Raumschiff, das über genügend Waffen verfügt, um *ganze Planeten* zu vernichten?« Der Androide wandte sich wieder Picard zu. »Captain, dies ist ein Streit, den ich aus einem einfachen, offenkundigen Grund einfach gewinnen muß!«

»Und aus welchem?« fragte Picard und trat noch einen Schritt näher heran, um sich auf den Schachzug vorzubereiten, von dem er hoffte, daß sein Gegenüber ihn nicht ahnte.

»Aus diesem«, sagte das Data-Ding. Und seine Faust zuckte so schnell hoch, daß Picard sie nicht mal kommen sah.

»Wie geht's Ihnen?« fragte Beverly Crusher.

Picard blinzelte zu ihr hinauf. Seine untere Gesichtshälfte war taub. Er berührte sein Kinn.

»Vorsichtig«, sagte die Ärztin. »Zwei Ihrer Zähne sind abgebrochen, deswegen mußte ich ein paar Nerven lahmlegen.«

Picard stellte fest, daß er flach auf dem Rücken lag, aber er hörte die beständigen Klänge der Brücke und wußte, wo er war. Er wollte sich hinsetzen, und Dr. Crusher half ihm auf. Auf dem Hauptbildschirm sah er die leuchtende Gasspirale von TNK 65813. Aber es war keine Computergrafik mehr – es war ein echtes Sensorbild.

»Beverly, wie lange …«

»Fast sechs Stunden«, sagte Crusher. »Er hat Sie nicht so fest geschlagen, aber er meinte, Sie wären ›dem glatten Ablauf der Mission nicht förderlich‹, also mußte ich einen Neuralblocker einsetzen.« Crusher runzelte entschuldigend die Stirn. »Tut mir leid, Jean-Luc, aber wenn ich Sie nicht auf Eis gelegt hätte, hätte er es getan.«

»Sie haben es richtig gemacht«, versicherte Picard und stand auf. »Aber wieso darf ich jetzt erwachen?«

»Wir haben das Schwarze Loch erreicht«, sagte die Ärztin leise, »aber da ist noch ein Schiff.«

Picard sah, daß das Data-Ding mit übereinandergeschlagenen Beinen in seinem Kommandosessel saß. Die Hände lagen auf seinen Knien. Die anderen Sitze in der Kommandozone waren leer. Außer McKnight und O'Brien hielten sich alle auf der oberen Ebene auf. Sie wirkten grimmig und kampfbereit.

»Wie nett, daß Sie sich zu uns gesellen«, sagte das Data-Ding zu Picard. Es deutete auf den Platz neben sich. »Setzen Sie sich doch.«

»Treffen wir uns mit Ihren Partnern?« fragte Picard, als er langsam auf den Androiden zuging und sich das Kinn rieb.

»Wer sollte das wohl sein?« fragte das Data-Ding.

»Natürlich die Romulaner.«

Das Data-Ding lachte verächtlich. »Captain, die Romulaner sind nur Bauern. Commander Traklamek war noch leichter als Sie zu überzeugen, daß das Objekt, das er gefunden hat, wirklich von der Urrasse stammt.«

»Nun, dann ist es also *nicht* das, was es zu sein scheint?«

Das Data-Ding zuckte die Achseln. »Vielleicht. Vielleicht auch nicht. Wichtig ist vor allen Dingen, daß es so alt und so schwer beschädigt ist, daß es keinem Zweck mehr dienen kann. Ich habe den Weltraum sehr lange durchsucht, Captain, und es würde Sie überraschen, was ich alles gefunden habe. Das Objekt, so kaputt es auch ist, ist nur einer von vielen merkwürdigen Gegenständen, die ich geborgen habe. Ich wollte es ursprünglich als Prüfung einsetzen. Ich habe seinen Inschriften eine eigene hinzugefügt, um zu sehen, ob irgend jemand eine Warpbombe für mich bauen kann.

Doch als ich die Romulaner kontaktiert hatte und erfuhr, daß sie eigene Gründe hatten, ein Schiff der Galaxis-Klasse zu suchen, brauchte ich ihm nur noch eine Kraftquelle hinzuzufügen… und ein paar passende Schaltungen, um eine Passage auf ihrem Schiff zu bekommen.«

»Was hat Traklamek sich von dieser Geschichte versprochen?«

»Was wohl?« erwiderte das Data-Ding. »Ihr Schiff. Er glaubte, er hätte es mit einer maschinellen Intelligenz zu tun, die es gar nicht erwarten könne, auf das Schiff zu gelangen, von dem es getrennt worden war. Also haben wir unser ›Arrangement‹ ausgearbeitet. Hätte Traklamek mich an Bord der *Enterprise* gebracht, hätte ich die Kontrolle über sie übernommen, sie in die Neutrale Zone geschickt, um gewisse aggressive Akte zu vollbringen, und dann dafür gesorgt, daß sie ihm relativ intakt in die Hände fällt.«

»Für welche Gegenleistung?«

»Ich habe Traklamek erzählt, ich wüßte, wo ›mein Rest‹ sei, und daß ich, wenn er mich dorthin zurückbringt, mich mit meinem Schiff vereinigen und nach Hause zurückkehren würde.« Das Data-Ding grinste schmutzig. »Die Romulaner sind auf geradezu kindische Weise heimatverbunden. Deshalb hat Traklamek mir sofort geglaubt. Was für ein leichtgläubiges Volk.«

»Dann war es also seine Idee, Sie an Bord der *Enterprise* zu bringen«, sagte Picard. Er verstand trotzdem noch immer nicht, worin die Ziele der Thorsen-Persönlichkeit bestanden.

»Natürlich nicht«, erwiderte der Androide gereizt. »Es war von Anfang an *mein* Ziel, hier zu sein. Ich mußte es nur auf eine Weise tun, die garantiert, daß Sie mich mit Ihren Computern verbinden. Hätten Sie mich rein ›zufällig‹ im Raum treibend gefunden, wären Sie dazu viel zu vorsichtig gewesen.

Nein, die Romulaner waren recht gerissen, das Borg-Artefakt als trojanisches Pferd einzusetzen. Und weil sie die Ferengi ins Spiel gebracht haben, um der Intrige weitere Schichten hinzuzufügen und sie schwerer durchschaubar zu machen. Aber es war *mein* Ziel, das nun erreicht worden ist.«

»Was ist mit Commander Tarl?«

»Sie war Traklameks Gattin. Diese Narren haben davon geträumt, eines Tages Prokonsuln zu werden oder so was. Ich habe ihrer Hinterwäldlerkultur nicht viel Beachtung geschenkt.«

Picard wußte einen Moment lang nicht, was er sagen sollte. Wenn Traklamek und Tarl ein Paar gewesen waren, überraschte es ihn, daß Tarl nicht in dem Augenblick angegriffen hatte, als die *Enterprise* Traklameks Warbird vernichtet hatte. Er fragte sich, ob dieser Thorsen wirklich die Wahrheit sprach. Picard war sicher, kein romulanischer Ehepartner würde eine solche Greueltat ungerächt lassen.

»Und *wen* treffen wir also am Schwarzen Loch?« fragte er in der Hoffnung, daß Datas Manipulator noch etwas mehr Licht auf seine Taten warf und ihm und seinen Leuten so half, ihn irgendwie auszumanövrieren.

»Deswegen habe ich Sie aus dem Nichts zurückgerufen, Captain. Ich rechne *nicht* damit, jemanden am Schwarzen Loch zu treffen. Ich glaube, das Schiff dort gehört zu Ihnen. Und ich möchte, daß Sie mit ihm fertig werden.«

»Auf welche Weise?«

Die Augen des Data-Dings glitzerten. »Es scheint ein Föderationsschiff zu sein. Befehlen Sie ihm einfach, es soll sich zurückziehen. Und wenn es sich weigert, vernichten Sie es.«

Picard stand vor dem Androiden auf. »Wenn Sie wollen, daß ich irgend etwas unternehme, machen Sie meinen Platz frei. Jeder, der hier einen Lieutenant Commander neben dem Captain sitzen sieht, weiß sofort, daß irgendwas nicht stimmt.«

Das Data-Ding zuckte die Achseln und nahm Counselor Trois Stelle ein. Picard beobachtete den Wechsel mit zunehmendem Interesse. Die Thorsen-Persönlichkeit hatte sich nicht auf den Platz des Ersten Offiziers begeben. Wenn sie Zugriff auf Datas gesamtes Wissen hatte, hätte sie wissen müssen, daß Data während Rikers Abwesenheit in dessen Sessel Platz nahm. Vielleicht bedeutete dieser Ausrutscher, daß er zwar Zugriff zu Datas Wissen hatte, aber nicht in Stimmung war, sich alles anzusehen. Auch dies konnte vielleicht ein Vorteil sein.

Picard machte es sich bequem. Allein das Gefühl, seinen alten Platz einzunehmen, ließ ihn annehmen, daß die Lage halb so schlimm war. »Mr. O'Brien, bitte Lagebericht.«

O'Brien erwiderte von der Operatorstation her: »Unsere automatischen Kontrollen laufen auf neunzig Prozent, Sir. Der Maschinenraum steht unter direkter Kontrolle der Ingenieure. Die Mehrheit der Mannschaft ist wegen des Gasangriffs noch bewußtlos. Die einzelnen Abteilungen sind aufgrund verschlossener Türen, aktivierter Sicherheitsfelder und abgeschalteter Kommunikationseinrichtungen nicht zugänglich.«

»All das hat Sie nicht zu kümmern«, sagte das Data-Ding warnend. »Ich will, daß das Föderationsschiff von hier verschwindet.«

Picard bemühte sich, den Androiden neben sich zu ignorieren. »Wissen wir, wie das fragliche Schiff heißt?«

»Nein, Sir«, erwiderte O'Brien. »Es scheint sich um ein Schiff der Oberth-Klasse zu handeln. Es umkreist den elektromagnetischen Ereignishorizont der Singularität in einer Bahn von tausend Kilometern. Ohne Zugang zum Computer kann ich keine Flottenaufzeichnungen aufrufen, deswegen weiß ich nicht, wie das Schiff heißt oder was es hier macht.«

»Wo *genau* sind wir?« fragte Picard.

»Drei Millionen Kilometer entfernt; nähern uns mit Impulskraft.«

»Mr. Worf«, sagte Picard. »Öffnen Sie eine Frequenz für mich.«

Die Antwort des Klingonen war knapp. »Kommunikation ist weiterhin tot, Sir. Colonel Thorsen hat sämtliche Schlüsselfunktionen mit einem Sperrkode versehen.«

Picard schaute das Data-Ding achselzuckend an. Es zuckte ebenfalls die Achseln, allerdings ziemlich theatralisch, dann schwang es sich um eine Kommandokonsole und gab eine Reihe von Befehlen ein.

»Subraumkommunikation eingeschaltet«, sagte Worf. »Rufe das unidentifizierte Schiff.«

Auf dem Hauptbildschirm wurden die Plasmadüsen und die Gasscheibe plötzlich durch ein Bild der anderen Flotteneinheit ersetzt. Eine junge Erdenfrau mit den Rangabzeichen eines Captains saß in einem Kommandosessel und strich sich eine lockige brünette Haarsträhne aus dem Gesicht. »Hallo, *Enterprise* und Captain Picard«, sagte sie gut gelaunt. »Hier ist Captain Bondar von der USS *Garneau.* Ich wußte zwar, daß es bei dieser Bergung um eine große Sache geht, daß sie *so* groß ist, habe ich nicht geahnt. Nett, daß Sie auch hier sind.«

Picard kannte die Frau zwar nicht, aber allem Anschein nach kannte sie ihn. »Seien Sie gegrüßt, Captain Bondar«, sagte er. »Welches Bergungsunternehmen meinen Sie?«

Das Data-Ding sagte in bedrohlichem Flüsterton: »Sagen Sie ihr, sie soll verschwinden, wenn sie nicht vernichtet werden will.«

Captain Bondar wechselte die Stellung und nahm eine amtlichere Haltung an. »Entschuldigen Sie, Captain Picard, aber Sie sind doch als Teil des Bergungsunternehmen hier, *oder nicht?*«

Picard sah, daß das Data-Ding erneut zum Sprechen ansetzte, deswegen antwortete er schnell, bevor es ihn unterbrechen konnte. »Wir wissen nichts von irgendeiner Bergungsmission.«

»Letzte Chance«, sagte das Data-Ding.

»Wir sind allerdings auf einer Geheimmission«, fuhr Picard fort, »und müssen Sie auffordern, Ihre gegenwärtige Position sofort zu verlassen.«

Bondar wirkte ernst. Sie schien ihn nun keineswegs mehr willkommen zu heißen. »Unter wessen Befehl?«

»Admiral Hanson«, sagte Picard, weil dies der erste Name war, der ihm einfiel. »Sternbasis 324.«

Bondar reagierte bestürzt. »Ach, verdammt, dann hat es was mit den Borg zu tun, was?« Sie winkte jemanden aus ihrer Umgebung heran. »Captain, Sie bringen mich in einen echten Konflikt. Wir haben hier vor drei Monaten in einer wissenschaftlichen Mission erster Priorität Stellung bezogen und nähern uns einer kritischen Zeit des Missionsprofils.« Ein bolianischer Commander baute sich neben ihr auf und reichte ihr, während sie sprach, einen Datenblock. »Unsere Kommandoautorisierung ist dergestalt, daß ich Ihren Befehl zuerst mit dem Flottenoberkommando abklären muß. Ich hoffe, Sie …«

»Bildschirm aus«, sagte das Data-Ding. Es gab noch mehr Befehle in die Steuerkonsole ein. »Phaserbänke aktivieren. Geschützoffizier – *Garneau* ins Ziel nehmen.«

»Captain Picard«, sagte Worf konsterniert, »ich kann doch kein Föderationsschiff beschießen!«

Picard wandte sich zum Data-Ding um. »Warum ist es so wichtig, daß wir hier sind, das andere Schiff aber nicht?«

»Die *Enterprise* wird sich in Kürze verstecken, und je weniger Leute ihren letzten Aufenthaltsort kennen, desto besser.« Das Data-Ding blickte über seine Schulter. »Und jetzt, Klingone, vernichten Sie das Schiff, sonst tue ich es selbst und bringe einen von Ihnen um.«

Picard ballte die Fäuste. »Mr. Worf, geben Sie einen Warnschuß vor den Bug der *Garneau* ab.«

»Zielerfassung«, erwiderte Worf.

»Zu was für jämmerlichen Schwächlingen diese Spezies ohne Führer geworden ist«, sagte das Data-Ding und schüttelte angewidert den Kopf.

Die Phaser summten.

»Detonation einen Kilometer vor der *Garneau*«, meldete Worf. »Captain, man möchte dringend mit uns sprechen.«

Picard schaute das Data-Ding trotzig an. »Auf den Schirm«, sagte er.

»Was machen Sie da, Picard, *verdammt!?*« schrie Bondar, die nun aufgestanden war. »Sie stören eine geheime Kode Eins Alpha Null-Rettungsmission! Drehen Sie sofort ab, oder wir erwidern das Feuer!«

Picard verstand die von Bondar verwendete Kodifizierung nicht. Eins Alpha Null bedeutete ›Raumschiff in Gefahr‹. Aber es gab in diesem Gebiet keine anderen Schiffe. Was meinte sie nur?

Die Stimme des Data-Dings wurde schrill. »Sofort alle Kampfstationen bemannen! Die kleine Kiste kann diesem Schiff nichts anhaben!«

»Dieses Schiff hat keine Mannschaft«, fauchte Picard. »Wenn wir nur mit den automatischen Kontrollen in einen Kampf ziehen, bläst die kleine Kiste uns aus dem All!«

Captain Bondar von der *Garneau* starrte Picard verwirrt an. »Picard? Wieso haben Sie keine Mannschaft? Haben Sie irgendwelche technischen Schwierigkeiten?«

Picard wollte gerade antworten, als das Data-Ding sich vor ihm aufbaute.

»Wir haben keine Schwierigkeiten«, sagte es. »Worf! Feuer!«

Picard sah seine Chance. Er streckte die Hand nach dem Rücken des Androiden aus und …

Der Arm des Data-Dings wirbelte herum und schloß sich um Picards rechtes Handgelenk. Es drehte, und Picard hörte das Knacken von Knochen und schrie erschreckt auf.

»Feuer!« schrie der Androide.

»Alle Mann auf Kampfstation!« befahl Bondar auf dem Bildschirm. Dann fügte sie schnell hinzu: »Aufgepaßt, *Enterprise!* Wer auch bei Ihnen das Kommando hat, vergessen Sie nicht, in welchem Schwerkraftumfeld Sie sich befinden. Kein Schiff kann überleben, wenn es in der Nähe des Ereignishorizonts beschädigt wird. Ein Schirmausfall, und die Gezeitenströme dehnen Sie zu Karamel. Dies ist Ihre letzte Chance! Sie müssen sich zurückziehen!«

*»Feuuuuuer!«* kreischte das Data-Ding und schleuderte Picard so heftig von sich, daß er zu Boden fiel.

Picard prallte auf und rollte sich vor Schmerzen keuchend zur Seite. Seine rechte Hand hing nutzlos herab. Er sah, daß das Data-Ding zu Worf herumfuhr, doch dieser nahm die Hände vom Geschützstand. Er weigerte sich zu feuern.

Vor Wut außer sich fegte das Data-Ding seitlich zum Brückengeländer, übersprang es und stürzte sich auf Worf. Der Klingone blieb eisern stehen, versetzte dem Schädel des Androiden einen mächtigen, doch wirkungslosen Schlag und wurde dann seitwärts gegen eine Steuerkonsole geworfen, die beim Aufschlag explodierte. Worf sackte besinnungslos zu Boden, und Troi, Wesley und Dr. Crusher eilten ihm zu Hilfe. Riker, der am Boden lag und sein Beim umklammert hielt, konnte nur in hilfloser Frustration zuschauen.

Das Data-Ding übernahm Worfs Konsole, und die Phaser der *Enterprise* feuerten. Picard rappelte sich auf und schaute auf den Bildschirm.

Die Brücke der *Garneau* erbebte, als sie getroffen

wurde. Picard hörte die Alarmsirenen des Forschungsschiffes. »Captain Bondar!« schrie er. »Die *Enterprise* ist entführt worden! Sie untersteht nicht mehr der Kontrolle der Flotte! Ziehen Sie sich sofort zurück!«

Die *Enterprise* machte einen Satz, als drei Photonentorpedos der *Garneau* direkt über dem Deflektorschirm des Primärrumpfes detonierten. Nun waren auch auf seiner eigenen Brücke Schadenswarnungen zu hören.

»Dies ist ein Rettungsunternehmen, Picard!« schrie Bondar. »Wir können uns nicht zurückziehen!«

»*Wo* ist das Schiff, das Sie retten wollen?!« schrie Picard, als er hörte, daß das Data-Ding erneut die Phaser abfeuerte.

»Hinter dem Ereignishorizont!« rief Bondar. Ihr Kommandosessel bebte, und sie hielt sich an ihm fest. Picard sah, daß hinter ihr aus einer Konsole Funken sprühten. »Es geht um ein wissenschaftliches Projekt, das die Flotte vor neunundneunzig Jahren begonnen hat. Wir müssen ...« Die Übertragung ging in Störgeräuschen unter, dann kehrte sie mit halber Kraft zurück. »Verdammt noch mal, Picard! Haben Sie denn Ihr eigenes Schiff nicht unter Kontrolle?«

Picard ächzte vor Schmerzen und Frust. Wieso sah diese Frau nicht die Gefahr, in der sie schwebte? Er hörte den vibrierenden Ton der startenden Photonentorpedos, während die *Enterprise* sich noch unter dem Phaserbeschuß der *Garneau* schüttelte. »Verschwinden Sie, Bondar! Die Flotte kann das Unternehmen jederzeit noch mal in Angriff nehmen!«

»Sie verstehen nicht!« rief Bondar. »An Bord befindet sich ein Passagier. Er ist für die Sicherheit der Föderation lebenswichtig! Er ist ...«

Die Übertragung endete ohne Störgeräusche, was ein völliges Abschalten des Kommunikationssystems der *Garneau* bedeutete. Doch dem Anblick der Gasscheibe, die nun auf dem Bildschirm zu sehen war, konnte Picard keinen Hinweis auf das Schicksal des Forschungsschiffes entnehmen.

Doch nun kannte er das wahre Ziel der Thorsen-Persönlichkeit.

Picard baute sich vor ihm auf. »Sie wollen den Passagier, nicht wahr? Wer es auch ist, er stammt aus dem letzten Jahrhundert. Sie kommen mindestens dreihundert Jahre aus der Vergangenheit ... Sie kämpfen noch immer in einem Krieg, der seit Generationen beendet ist.«

Das Data-Ding musterte Picard kurz. Seine Wut schien jetzt gedämpft. »Sehr beeindruckend, Captain – wenn man davon absieht, daß der Krieg weitergeht. Und ich siegen werde.«

»Wie denn?« fragte Picard. »Indem sie den Passagier im Inneren des Ereignishorizonts lassen? Für immer gefangen?«

Das Data-Ding schüttelte langsam den Kopf. »Oh, nein, Picard, ich bin gekommen, um den Passagier persönlich zu retten. Ich habe ihn dort reinfahren sehen, und ich habe die Absicht, ihn dort rauszuholen. Persönlich.«

»Warum? Wer ist es?«

»Ein Mensch, der zu behaupten wagte, daß ich nur seinetwegen existiere. Deswegen möchte ich ihm zeigen, was er aus meinem Leben gemacht hat, bevor ich das seine vernichte.«

»Sie sind wahnsinnig«, sagte Picard. Es gab keine andere Erklärung.

»Das ganze Universum ist wahnsinnig, Captain Picard. Deswegen braucht es mich, um es anzuführen. Ich werde Sie alle vor sich selbst beschützen.« Das Data-Ding schaute an Picard vorbei. »Mr. O'Brien – Status der *Garneau.*«

»Keinerlei Messungen«, meldete O'Brien mürrisch.

»Vernichtet?« fragte Picard.

»So nahe zum Ereignishorizont läßt sich das wirklich nicht beurteilen, Sir. Die Hälfte unserer Sensoren ist nicht eingeschaltet.«

Das Data-Ding marschierte zielgerichtet die Treppe zur Kommandozone hinunter. »Das ist schon in Ordnung«, sagte es. »Ich weiß, daß die Umwelt hinter einem elektromagnetischen Ereignishorizont ziemlich einfach ist. Sensoren werden nicht strapaziert.«

Nach diesen Worten verstand Picard endlich, warum die Thorsen-Persönlichkeit auf die *Enterprise* gekommen war.

»Nein«, sagte er. »Das können Sie nicht tun.«

»Stimmt«, sagte das Data-Ding zustimmend. Es ging an Picard vorbei, streckte beiläufig den Arm aus, packte McKnight an der Uniform und warf sie aus dem Sessel. »Ich kann es nicht. Aber die *Enterprise* kann es.«

Picard stand hilflos neben dem Androiden und schaute sich den neuen Kurs an, den er in die Navigation eingab. »Die *Enterprise* hat gerade eine Kollision hinter sich«, sagte er. »Ihre Mannschaft ist betäubt. Ihr Strukturintegritätsfeld ist überlastet.«

Das Data-Ding schaute geringschätzig zu ihm auf. »Meine Unterprogramme haben die Flottencomputer seit Jahrzehnten überwacht, Picard. Ich weiß, daß dieses Schiff dazu gebaut wurde, die Fahrt durch einen elektromagnetischen Ereignishorizont zu überstehen.«

»Nur theoretisch!« sagte Picard stur. »Bisher haben nur ferngesteuerte Sonden Ereignishorizont-Missionen durchgeführt – bemannte Schiffe jedoch noch nie.« Er schaute auf den Hauptbildschirm. Die riesige schwarze Ellipse des Ereignishorizonts krümmte sich auf dem Bildschirm, beleuchtet von blendenden Blitzen, wo immer Gas, Staub und Trümmer hineinfielen, beschleunigt auf Lichtgeschwindigkeit vom monströsen Gravitationszerren der Singularität tief in ihrem Inneren.

»Dann weiß ich wohl etwas, das Sie nicht wissen«, prahlte das Data-Ding. »Dort, wo wir hingehen, werden wir nicht die ersten sein.«

Die Kollisionsalarmsirenen jaulten.

»Aber wir sind die letzten.«

Absolute Dunkelheit erfüllte den Bildschirm.

*Kontakt.*

## Dritter Teil

# *Wo niemand zuvor gewesen ist*

## Thorsen

*Thorsens Traum hatte Thorsen verzehrt, bis nur noch der Traum übrig geblieben war.*

*Was einst, vor Jahrhunderten, menschlich gewesen war, war auf der Erde gestorben, als die Menschheit an der Schwelle gestanden und ihn und die anderen seiner Art zurückgewiesen hatte, um sich weiterzuentwickeln.*

*Was einst menschlich, restauriert, verbessert und durch Produkte menschlicher Technik verstärkt worden war, hatte allein im All gebrütet und gerechnet, bis die Grigari ihm das Geschäft vorgeschlagen hatten. Die uralte Falle: ewiges Leben im Tausch für alles, was das Leben lebenswert machte.*

*Das, was einst ein Grigari-Amalgam gewesen war, letzte von blindlings programmierten, selbstplanenden Maschinen verbesserte Fleischrudimente, wollte Rache. Um sich dann als stummer Zeuge der Ereignisse bei TNK 65813 wiederzufinden, Sternzeit 3856, den zweiten klingonischen Kreuzer umkreisend und alles beobachtend, was sich unter ihm abspielte.*

*Cochrane war an diesem Tag entkommen. Man hatte ihm die Rache nicht gewährt. Unvollständig. Nicht-optimal.*

*Doch das Wissen brannte tief in dem, was von Thorsen noch übrig war, und war so schmerzhaft wie der Laserstrahl in seinen Sehnerv auf ewig in ihn eingeätzt: das Wissen, daß Cochrane, auch wenn er entwischt war, irgendwann wieder auftauchen würde.*

*Thorsen schwor sich, an diesem Tag dabeizusein.*

*Dann hatte das Grigari-Geschäft die Zahlung der letzten Rate verlangt, und alles, was von dem ursprünglichen Thorsen noch vorhanden war, war gestorben.*

*Doch das Böse, das ihn hervorgebracht hatte, lebte weiter.*

*Haß, Intoleranz, grenzenlose Gier, sämtliche Eigenschaften, die die Menschheit einst so gut definiert hatten, waren noch immer fruchtbar, selbst heute, da sie in so vielen anderen bezwungen worden waren.*

*Die Grigari-Maschinen setzten ihr Werk blind fort, ersetzten das abgestorbene Fleisch in seiner Gänze, hielten Form und Funktion aufrecht und folgten dem grundlegendsten Programm, das Thorsen in seinem Leben angetrieben hatte. Das Verlangen, Cochrane und all jene zu vernichten, deren Menschlichkeit das sie verfolgende Zerrbild verhöhnten.*

*Um Thorsens Ziel zu erfüllen, verbreiteten die Grigari-Maschinen eine unsichtbare mechanische Seuche, die Computer und Raumschiffe infizierte und nach jedem Hinweis oder Ereignis Ausschau hielten, die einen Verweis auf Zefram Cochrane und den Tag seiner Rückkehr enthielten.*

*Schließlich berechnete die Raumflotte die Rückkehrzeit des legendenumwobenen Wissenschaftlers, und die Grigari-Maschinen erfuhren davon. Sie machten ihre Informationen dem Konstrukt zugänglich, dem sie dienten; dem Konstrukt, das jetzt nur noch mit einem Programm existierte, einem Echo aus ferner Vergangenheit, der Version einer Persönlichkeit, die von einem Verlangen angetrieben wurde, das nicht mehr auf lebendigem Denken oder Gewebe basierte.*

*Ein mathematisches Duplikat von Thorsens Intellekt schmiedete den Plan. Ein Schiff der Galaxis-Klasse mußte gefunden werden, um die Mission zu überleben, um Cochrane zurückzuholen und zu retten, um ihn anschließend zu vernichten. Ein vor langer Zeit verlorenes fremdes Objekt sollte der Köder für die Falle sein. Die in Haßgefühlen eigener Art gefangenen Romulaner erwiesen sich als willige Komplizen. Thorsens Persönlichkeitsmatrix würde weitermachen, von einem Wirtinstrument zum nächsten springen, in seinem Verlangen so blind, wie die unwissenden Maschinen, die sie geformt hatten.*

*Und zur Sternzeit 43922.2 war kein bewußter Gedanke mehr hinter dem Ziel abscheulicher Destruktion, und keine Menschlichkeit.*

*Aber andererseits war diese auch nie vorhanden gewesen.*

# 1
## *TNK 65813*

t = ∞

Die Turbulenz war zu Ende.

Zefram Cochrane vernahm das leise Flüstern der Luftzirkulatoren der Fähre, das sanfte Summen der Triebwerke und spürte die Wärme der Hand seiner Gefährtin, die in der seinen lag.

Er schaute durch die Frontscheibe und sah grenzen- und konturlose Dunkelheit. Sie wurde nur von einem schwachen blauen Schein an der Backbordseite unterbrochen.

»Wir leben noch?« fragte die Gefährtin.

Cochrane lächelte. »Hast du es bezweifelt?«

Sie erwiderte sein Lächeln, und Cochrane spürte, wie der Friede dieser Reise sein Herz erfüllte, weil sie bei ihm war.

»Ich wußte nur, daß ich bei dir sein mußte«, sagte sie. »Was auch geschieht.«

Zum ersten Mal, seit sie wieder zusammen waren, nahm Cochrane mit Erleichterung zur Kenntnis, daß seine Gefährtin sich entspannt zu haben schien. Die Bandage über ihrem Auge, der Zustand ihres Haars – vielleicht war all das auf einem Planeten, den er nie besucht hatte, gerade die neueste Mode. Er staunte, daß Kirk, Spock und McCoy den Plan ausgetüftelt und ermöglicht hatten. Die menschliche Rasse hatte sich während seines überlangen Lebens sehr verändert; sie war so stark geworden. Er hörte Micah Brack sagen, auch ihm gebühre ein Teil der Anerkennung für das, was aus der Menschheit und jenen geworden war, die sich bald zu ihr gesellen würden, da er ihnen die Sterne geschenkt hatte. Denn beim Hinausgreifen, um den Himmel zu erforschen, hatten sich alle selbst gefunden.

Cochrane selbst würde nie vergessen, wie er auf den Ebenen von Centauri B II die Sauerstoffmaske abgenommen und den ersten Atemzug in fremder Atmosphäre getan hatte.

Unbehindert.

Nun sah er zum ersten Mal, daß Micah Brack recht gehabt hatte – wenn auch auf unerwartete Weise. Alles andere in der menschlichen Geschichte war diesem Moment gefolgt, und Cochrane konnte endlich zugeben, daß er *wirklich* etwas Außergewöhnliches getan hatte. Er hatte den Erdvölkern den Weg geebnet, das zu erreichen, wonach sie immer gestrebt hatten – Freiheit, Wachstum und das endlose Abenteuer des Lebens. Doch jetzt zählte für ihn nur noch eins: Im Tausch für sein Geschenk an die Menschheit hatten die Ereignisse seines Lebens ihm das geschenkt, wonach *er* gesucht hatte. Seine Gefährtin, die ihm alles gab, was das Abenteuer des Lebens lebenswert machte. Liebe.

Cochrane war einen Moment lang von dem Weg überwältigt, den er genommen hatte, um das abschließende Verständnis für seine Lebensreise zu erreichen, die Akzeptanz – vom Traum eines Kindes unter einem Baum bis zur unkartographierten und komplexen Dimension, die innerhalb des Schwarzen Loches im All lag. Alles hatte dazu gedient, an einem so einfachen Ziel anzukommen.

»Ich liebe dich«, sagte er zu seiner Gefährtin.

Ihr Lächeln war ihm Antwort genug. Das Ende der Reise.

Sie schaute durch die Frontscheibe. Er sah ihre Augen, als sie nach Backbord blickte.

»Woher kommt der Schein?« fragte sie.

»Von den Photonen über uns«, sagte Cochrane und bewunderte die Linien ihres lieben Gesichts, die sanft vom Leuchten der Fähreninstrumente beleuchtet wurden. »Es sind die, die auf die Singularität zufallen, die wir umkreisen werden. Wir sehen nichts vor uns, weil der Singularität aus dieser Richtung kein Licht entkommen kann. Aber wir *können* den Fall des ins Blau verschobenen Lichts sehen.«

»Aber nicht das ganze Licht ist blau, Zefram.«

Cochrane konnte aus seiner Position weniger weit nach Backbord schauen als seine Gefährtin. Er schwang den kugelförmigen taktischen Monitor herum und prüfte die Aussicht zum Heck hin.

Er keuchte auf.

Direkt hinter ihnen, flammend aus dem Inneren des regenbogenfarbenen Scheins gravitationsverwischten Lichts jagte ein klingonischer Schlachtkreuzer genau auf sie zu.

Nicht mal hier, nicht mal jetzt, gab es ein Entrinnen vor dem Optimum.

Die Turbulenz war zu Ende.

Kirk löste die Hände von den Kommandosessellehnen. Eine Abschiedsliebkosung. Die *Enterprise* wirkte so, als flöge sie mit halber Impulskraft durch den Normalraum.

»Wir sind durch den Ereignishorizont«, meldete Spock.

»Scotty«, fragte Kirk, »wie geht's uns?«

»Captain Kirk«, erwiderte Scott, »angesichts dessen, daß wir uns in einer Raumregion aufhalten, in der etwas, das größer ist als ein Molekül, gar nicht existieren dürfte, müßte die Tatsache, daß wir dieses Gespräch überhaupt führen können, Ihnen als Antwort eigentlich reichen.«

Na, ausgezeichnet. Die *Enterprise* hatte es mal wieder geschafft. Die Mannschaft hatte wieder mal ein Wunder vollbracht.

Kirk hatte es mal wieder geschafft.

»Mr. Chekov, irgendein Anzeichen von der Fähre und dem klingonischen Kreuzer?« fragte er. Der Hauptbildschirm war schwarz. Er sah, daß Chekov hektisch an den Sensorkontrollen arbeitete, um ein Bild aufzubauen.

»In dieser Umgebung sind für uns keine optischen Informationen verfügbar«, sagte Spock. »Ich schalte sämtliche Sensoren auf Subraumfernecho.«

Sofort erwachte der Bildschirm zum Leben und zeigte einen Haufen undeutlicher grüner Flecke – einen unregelmäßig geformten Klumpen unten rechts, und zwei kleinere Pünktchen oben links.

»Analyse, Mr. Spock?«

»Ich glaube, wir sehen oben links die Sensorechos, die andeuten, daß die Fähre und der klingonische Kreuzer den Eintritt in den Ereignishorizont überlebt haben. Ich empfange allerdings auch extreme Quantendruckwellen, die keiner bekannten Schwerkraftsingularitätentheorie entsprechen. Die Wellen hindern mich daran, eine feinere Bildauflösung zu erhalten.«

»Entfernung zum Klingonenschiff?« fragte Kirk. Er beugte sich vor. Endlich sah er, daß die Pünktchen sich ausdehnten. Die *Enterprise* holte auf.

»Captain«, sagte Chekov traurig, »die Sensoren zeigen an, daß das Klingonenschiff über *eine Million* Kilometer weit entfernt ist.«

»Unmöglich. Der Durchmesser des Ereignishorizonts beträgt doch nur achthundert Kilometer.«

»Es liegt an den Quantendruckwellen«, erklärte Spock. »Sie verzerren die räumlichen Dimensionen, doch nicht so, wie die Theorie es vorhersagt.«

»Wie können wir dann hier einen Kurs setzen?« fragte Kirk. »Wie können wir das Klingonenschiff ins Ziel nehmen und Cochrane retten?«

»Ich versuche, ein Navigationsumwandlungsprogramm zu schreiben. Die Druckwellen sind allerdings unstet. Offenbar ist unsere Anwesenheit hier störend.

Der Computer kann mit den wechselnden räumlichen Zuständen nicht fertig werden.«

Kirk hatte sich nicht all diese Mühe gemacht, um sich von einem schwachen Computer aufhalten zu lassen. »Verdammt noch mal, Spock – was ist die Ursache dieser Wellen?«

Spock justierte die Kontrollen der wissenschaftlichen Station, und das Bild auf dem Schirm dehnte sich aus, um den unregelmäßig geformten Klumpen in der unteren rechten Ecke zu zeigen. Als der grüne Umriß den Bildschirm ausfüllte, war er besser zu definieren, bis Kirk sah, daß ein Teil seiner Verzerrung auf Bewegung zurückzuführen war. Er schien mit drei sich ausdehnenden und zusammenziehenden Ausbuchtungen zu pulsieren.

»Das ist die Ursache«, erwiderte Spock. »Es ist der *Subraum*-Ereignishorizont. Die Grenze, von der uns nicht mal Warptriebwerke in den Normalraum zurückbringen können.«

»Aber wieso ist er keine Kugel, wie der elektromagnetische Ereignishorizont, den wir oben durchquert haben?«

»Unbekannt, Captain. Die Sensoren können keine Informationen aus dem Gebiet hinter dieser Grenze empfangen. Aufgrund des Pulsierens vermute ich allerdings, daß sich nicht eine Singularität im Herzen dieses Schwarzen Loches befindet, sondern in Wirklichkeit drei. Sie scheinen in engen Kreisbahnen miteinander verbunden zu sein, so daß sie notwendigerweise schneller als das Licht sein müssen.«

Kirk schaute den Wissenschaftsoffizier an, um sicher zu sein, daß er richtig gehört hatte. »*Drei* Singularitäten? Die schneller als das Licht kreisen?«

Spock setzte eine abweisende Miene auf. »Ich gebe nicht vor zu verstehen, wie so etwas überhaupt existieren kann.«

»Na schön. Es ist nun mal so. Wie werden wir damit fertig, um das Klingonenschiff aufzuhalten?«

»Ich möchte vorschlagen, ein Photonentorpedo abzuschießen. Das eingebaute Leitsystem kann während des Fluges notwendige Kurskorrekturen ausführen.«

Kirk wandte sich wieder dem Bildschirm zu. »Den Kreuzer und die Fähre auf den Schirm, Mr. Chekov.«

Die pulsierende, dreifach ausgebuchtete Form verschwand und wurde durch zwei grüne Umrisse mit ausgefranstem Rand ersetzt. Die eine durchmaß nur wenige Bildpunkte und zeigte keine Einzelheiten, aber die andere wurde als D7-Schlachtkreuzer identifiziert.

»Lieutenant Uhura«, sagte Kirk, »können wir hier drin Subraumfunk verwenden?«

Uhura runzelte die Stirn und lauschte konzentriert ihrem Ohrstöpsel. Ihre Expertenfinger tanzten rasch über die Kontrollen. »Kaum, Sir. Es gibt beträchtliche Störungen.«

»Versuchen Sie, den Kreuzer zu erreichen. Wir wollen ihn wenigstens einmal warnen.«

»Das Schiff antwortet nicht, Sir.«

Kirk wandte sich wieder zu Spock um. »Kann man irgendwie rauskriegen, wie sich in dieser Region Druckwellen bewegen? Falls wir den Kreuzer vernichten, welche Auswirkungen könnte es auf unsere Fähre haben?«

»Druckwellen pflanzen sich hier nicht schneller fort, als die relative Geschwindigkeit der Fähre. Ihr wird nichts passieren.«

Kirk empfand keine Freude an dem, was er als nächstes tun mußte. Es wäre vielleicht besser gewesen, wenn das klingonische Schiff versucht hätte, sich zu wehren. »Weiß man auf dem Kreuzer überhaupt, daß wir hier sind?« fragte er.

»Jedes Schiff in dieser Region erlebt die Zeit anders«, sagte Spock. »Es könnte sein, daß seine Sensoren uns nicht mal wahrnehmen. Die Druckwellen, die wir durcheinandergebracht haben, erzeugen auch Nischen temporaler und räumlicher Verzerrung.«

Auf einen blinden Gegner zu schießen, machte es Kirk nicht gerade leichter, aber er wußte, er konnte die Sache nicht mehr lange aufschieben. »Mr. Chekov, nehmen Sie den klingonischen Kreuzer ins Ziel.«

»Kreuzer im Ziel, Sir.«

»Photonentorpedo abfeuern, Selbstlenkmodus.«

Das Geräusch des Torpedowerfers summte durch die Brücke. Kirk beobachtete das auf dem Bildschirm erscheinende grüne Pünktchen, das dann spiralförmig in die Richtung des Kreuzers davonschoß und ständig Kurskorrekturen vornahm.

»Wie ich's vermutet habe«, sagte Spock. »Wenn der Torpedo unterschiedliche Druckknoten passiert, nehmen seine Sensoren das klingonische Schiff zu verschiedenen Zeiten an verschieden Orten auf. Dies ist eine höchst ungewisse Umgebung. Recht faszinierend.«

Das grüne Pünktchen bewegte sich an dem Klingonenschiff vorbei. Kirk spannte sich an; er fürchtete, es könnte die *Ian Shelton* treffen. Doch der Punkt machte kehrt und verschmolz mit dem Umriß des Kreuzers. Dann waren beide verschwunden.

»Das war schon alles?« fragte Kirk.

»Sobald der Torpedo das Strukturintegritätsfeld des Kreuzers zerrissen hat«, sagte Spock, »müssen die Gezeitenkräfte das Schiff zu molekularem Dunst reduziert haben.«

»Dann sind Cochrane und seine Gefährtin sicher?«

»Nur, wenn wir ihre und unsere Flugbahn anpassen können. Im Moment werden unsere beiden Schiffe auf die verbundenen Singularitäten und den zweiten Horizont zugezogen.«

Kirks Adrenalin war zu aktiv, als daß er hätte sitzen bleiben können. Er ging hinter Sulu und Chekov auf und ab. »Mr. Sulu, unsere Flugbahn der Fähre anpassen.« Er schaute kurz zu Spock zurück. »Wenigstens sind wir in der Lage, sie an Bord zu beamen.«

Doch Spock schüttelte den Kopf. »Hier herrschen zu

viele temporale Verzerrungen, und wir erzeugen noch mehr, wenn die Druckwellen an unseren Deflektorschirmen abprallen. Unsere Transporter wären nie in der Lage, ein kohärentes Signal zu halten, nicht mal in großer Nähe.«

»Dann setzen wir Traktorstrahlen ein«, sagte Kirk.

»Falls wir dazu genug Energie aufbringen können.«

Kirk vernahm in Spocks Worten die unausgesprochene Botschaft. »Sind wir *überhaupt* in der Lage, unsere Flugbahnen einander anzupassen, Spock?«

»Ich glaube nicht, daß wir diese Fähigkeit haben, Captain. Wir sind zu tief im Inneren der Schwerkraftquelle.«

Kirk blieb stehen. »Auch wenn wir in den Warp gehen?«

»Der Zustand der Dilithiumkristalle ist dergestalt, daß wir von dieser Position aus nicht lange genug im Warp bleiben können, um den Ereignishorizont zu erreichen. Selbst wenn wir es versuchen ... Unsere Kristalle werden innerhalb einer Sekunde ausbrennen. Unser Strukturintegritätsfeld wird zusammenbrechen, und ...«

Kirk beendete seinen Satz. »... und wir werden als molekularer Dunst enden, wie das Schiff, das wir gerade vernichtet haben.« Er schlug sich mit der Faust in die offene Hand, und sein Geist sprühte vor Möglichkeiten. »Können wir unsere Flugbahn soweit anpassen, um uns an den verbundenen Singularitäten vorbeizukatapultieren, und die Geschwindigkeit einsetzen, die wir dann erreichen, um nach oben zum ersten Ereignishorizont zu gelangen?«

»Ich versuche, diesen Kurs zu berechnen«, sagte Spock, »aber die Druckwellen reduzieren die Menge an Raum, die wir zum Manövrieren haben. Je näher wir den Singularitäten kommen, desto problematischer fallen die Kurskorrekturen aus.«

Kirk sah ein, daß er Spock nicht noch mal unterbrechen konnte. Falls es eine Kurskorrektur gab, die sie vollziehen konnten, würde er sie aufspüren. Aber nur, wenn er die Zeit dazu hatte.

Kirk setzte sich wieder hin und zwang sich, ruhig zu bleiben. »Uhura, versuchen Sie, mit der Fähre Verbindung aufzunehmen, damit wir Mr. Cochrane und der ›Companion‹ wenigstens sagen können, wie die Dinge stehen.«

Er tippte mit den Fingern auf die Sessellehne. Es hatte einen Weg ins Schwarze Loch hinein gegeben, also gab es auch einen hinaus. Er mußte ihn nur finden.

»Keine Antwort von der Fähre«, sagte Uhura. »Zu viele Störungen.«

»Versuchen Sie es weiter«, sagte Kirk. Er beobachtete das Pünktchen auf dem Schirm, das langsam größer wurde, als die *Enterprise* näher kam. Wohin sie auch unterwegs waren, sie würden wenigstens alle dort ankommen.

Uhura murmelte plötzlich überrascht vor sich hin. Kirk drehte sich um und sah, daß sie den Ohrstöpsel herausnahm.

»Verzeihung, Sir. Es war nur eine Flut von Störungen.«

»Captain«, rief Chekov. »Die Sensoren erfassen die Anwesenheit eines *weiteren* Schiffes! Es ist gerade über uns durch den Ereignishorizont gekommen.«

Kirks Kinnmuskeln spannten sich. »Photonentorpedos fertigmachen«, befahl er. Er hatte irgendwie auch damit gerechnet. Der zweite klingonische Kreuzer war endlich eingetroffen. Und da er sich in einer höheren Kreisbahn befand, hatte er die Oberhand. »Auf den Schirm«, sagte er.

Der Schirm flackerte auf und zeigte eine Hecksicht. Statt des schwarzen Hintergrundes war der Schirm von Farbblitzen und Licht übersät, dem Resultat des Einfalls von Photonen und Subraumsignalen von oben. In der Mitte der visuellen Konfusion befand sich die verwischte, unregelmäßig geformte Silhouette des dritten Schiffes.

Es sah unstimmig aus.

»Kriegen Sie es nicht deutlicher rein?« fragte Kirk.

»Versuche es, Sir«, sagte Chekov, doch was er auch tat, das Niveau der Interferenzen änderte sich nicht.

Das dritte Schiff holte auf, sein Umriß wurde größer. »Es ist kein klingonischer Kreuzer«, sagte Kirk. Die Silhouette zeigte eindeutig eine Diskussektion und Zwillingsgondeln. »Spock, sind wir schon so lange hier unten, daß es die *Excalibur* sein kann?«

»Es ist möglich«, sagte Spock »Die Temporalverzerrungsknoten stören die normalen Zeitdilatationseffekte. Ich mache einen Versuch, die Flugbahn des Schiffes zu verfolgen, um seine Eintrittszeit zu berechnen.«

»Captain«, sagte Chekov, »das Schiff nimmt Kurskorrekturen vor und paßt sich unserer Flugbahn an.«

»Uhura«, sagte Kirk, »melden Sie sich bei dem Schiff. Sie sollen aus unserer Flugbahn gehen.«

»Zu spät, Captain. Sie sind schon drauf.«

Uhura machte sich an die Arbeit. Kirk war zu ungeduldig, um auf Spock zu warten. »Also los, Mr. Spock – ist es die *Excalibur* oder die *Lexington?*«

Spock schaute von seinem wissenschaftlichen Betrachter hoch, und sein Gesicht zeigte einen Ausdruck vulkan-untypischer Verblüffung. »Es ist keines von beiden, Captain. Laut meinen Berechnungen kommt es aus der Zukunft.«

Kirk riß die Augen auf. »Wie weit aus der Zukunft?«

»Mindestens ein Jahrhundert«, sagte Spock. »Und es hängt in der gleichen fatalen Flugbahn fest wie wir.«

Die Turbulenz war zu Ende.

Für Picard war es, als hätte sich die *Enterprise* ins Herz eines galaktischen Wirbelsturms begeben. Er nahm nur die sanfte Hintergrundsinfonie der normalen Brückenfunktionen wahr. Und sein pulsierendes, gebrochenes Handgelenk.

Auf dem Hauptbildschirm knisterten die Störungen, und die Sensoren schalteten sich erneut ein. Als das Bild sich klärte, sah er, daß das meiste computerverstärkt war, als ergäbe das wenige, das das Sensorenraster ausmachte, im Auge eines Menschen nur wenig Sinn. Er nahm an, daß er hauptsächlich Subraum-Senorenechos sah. Aber wovon?

Das Data-Ding schrie O'Brien an der Operationsstation Befehle zu und sagte ihm, wie er die Sensorenanzeigen justieren sollte, um die Bildschirmqualität zu verbessern. Leider war das Sensorenraster seit der Kollision mit den Romulanern nicht neu gestartet worden, so daß O'Brien nicht in der Lage war, die verlangten Einstellungen vorzunehmen.

Doch schließlich vereinigten sich die verwischten Bilder auf dem Schirm. Unten rechts befand sich ein bizarres, mit drei Ausbuchtungen versehenes Objekt, das offenbar pulsierte. Picard nahm an, daß es der Subraum-Ereignishorizont war, doch seine Form und Bewegung waren nur dann zu erklären, wenn der zweite, niedrigere Horizont drei Singularitäten verbarg, die in einem dichten Orbit verbunden waren – was einer Geschwindigkeit bedurfte, die über der des Lichts lag. Picard fiel ein, Abhandlungen über Multi-Singularitäten als exotische neue Form von gravitationskollabierten Objekten gelesen zu haben; das Phänomen, dem sich die *Enterprise* nun gegenübersah, war kein gewöhnliches Schwarzes Loch.

Oben links auf dem Bildschirm waren zwei kleinere Objekte zu sehen. Eins war nur ein Lichtpunkt, wahrscheinlich das wissenschaftliche Objekt, das die *Garneau* hatte bergen wollen. Doch das zweite Objekt war eindeutig ein Raumschiff – und davon hatte Captain Bondar nichts verlauten lassen. Außerdem war klar, daß beide Objekte auf den Subraum-Ereignishorizont zusteuerten, statt sich von ihm zu entfernen. Picard wußte nicht, auf welche Weise die *Garneau* die beiden bergen wollte.

»Kompliment an Ihr Schiff«, sagte das Data-Ding. »Von Versagen kann noch längst keine Rede sein.«

Die Bilder auf dem Hauptschirm änderten ihre Position, als die *Enterprise* den Kurs wechselte.

»Captain Picard ...«

Beim Ertönen von Worfs schwacher, zitternder Stimme fuhr Picard herum. Worf hatte eine üble Verletzung auf der Stirn, beugte sich über den Geschützstand und wurde gerade von Dr. Crusher behandelt. »Der Kurs, auf dem wir sind ... wir zielen auf die Singularität ...«

»Nur im Moment«, sagte das Data-Ding. »Zuerst werden wir uns mit einer Fähre treffen. Und dann wird Ihr starkes Schiff uns zurückbringen.«

»Das schaffen wir nie«, sagte LaForge eindringlich. Er saß zwar an der Ingenieursstation, aber Picard sah wissenschaftliche Anzeigen auf den Bildschirmen. »Das Kabreigny-Objekt ist eine *Multi*singularität, Captain. Je näher wir dem Ereignishorizont kommen, desto mehr quantenmetrischer Raum wird um uns herum komprimiert. Es spielt keine Rolle, wieviel Energie wir für unsere Triebwerke haben – wir haben einfach nicht genug Raum übrig, um darin zu manövrieren!«

Das Data-Ding blickte über seine Schulter und wollte etwas sagen. Aber es kam kein Wort. Picard konnte erraten, was passiert war. Die Thorsen-Persönlichkeit hatte Datas eingebaute Datenbanken angezapft und festgestellt, daß LaForge recht hatte.

»Bringen Sie uns jetzt zurück«, sagte Picard. »Sie wissen, daß wir nie wieder hier rauskommen, wenn wir noch weiter eindringen.«

Das Data-Ding blieb still. Es sah aus, wie Data oft ausgesehen hatte: den Blick zur Seite gerichtet, als sei es in irgendein inneres Gespräch vertieft. »Ich werde mich niemals ergeben«, sagte der Androide schließlich. Er schaute Picard an. »Ich muß ihn vernichten, egal um welchen Preis.« Er wandte sich wieder seiner Konsole zu und gab rasch weitere Befehle ein. Picard hörte, daß die Triebwerke der *Enterprise* ihren Ausstoß erhöhten.

»Was machen Sie da?« schrie LaForge. »Captain! Er entzieht dem Strukturintegritätsfeld Energie, damit wir schneller werden!«

Zum ersten Mal seit sie durch den Ereignishorizont gekommen waren, schüttelte sich das riesige Schiff. Picard hörte das Knirschen der Wände rings um die Brücke. Als die *Enterprise* näher kam, wurden die Bilder der beiden Objekte auf dem Bildschirm größer. Das Schiff schüttelte sich erneut.

»Ich kann es nicht abschalten, Captain!«

»Sie vernichten das Schiff!« schrie Picard das Data-Ding an. »Was kann soviel wert sein?«

»Der Beweis, daß ich recht habe«, sagte das Data-Ding.

Als die Triebwerke anfingen zu heulen, setzte ein unheimliches Vibrieren ein. Picard spürte, daß sich das volle Gewicht des Kommandos auf ihn legte. Von ihm waren über tausend Besatzungsmitglieder abhängig. Er mußte sie in Sicherheit bringen. Und doch konnte er nichts tun. Die Thorsen-Maschine war keiner Vernunft zugänglich. Sie war nicht ins Wanken zu bringen. Man konnte sie nicht aufhalten.

Picard schwang frustriert seine linke Faust gegen den Schädel des Data-Dings. *»Geben Sie mir mein Schiff zurück!«*

Das Data-Ding erhob sich langsam. Picard wich nicht zurück. Er wollte dem Tod nicht feige ins Auge schauen. Das Ungeheuer aus der Vergangenheit sollte keine Macht über ihn haben.

»Ich werde Sie jetzt umbringen«, sagte das Data-Ding.

»Dann sterbe ich wenigstens in dem Wissen, daß Sie

aufgehalten wurden«, fauchte Picard zurück. »Auf ewig von einem Schwarzen Loch verschluckt. Genau dorthin, wo Sie hingehören.«

Das Data-Ding hob eine Faust, und die *Enterprise* schüttelte sich erneut.

»Halt!« Beverly Crusher trat vor Picard hin. Sie hielt einen medizinischen Tricorder in der Hand. »Sehen Sie denn nicht, daß der Captain deliriös ist?« sagte sie zu dem Data-Ding.

Das Data-Ding hielt inne, die Unterbrechung hatte es abgelenkt. »Noch ein Grund mehr, ihn zu töten. Er ist nicht optimal.«

»Aber Sie brauchen ihn, um hier rauszukommen«, sagte Dr. Crusher stur. Sie reagierte auf den verwirrten Gesichtsausdruck des Androiden. »Ich habe LaForge und Worf reden hören. Das Schiff hat genug Energie, um hier rauszukommen. Sie wollten Ihnen nur Angst einjagen.«

Die Augen des Data-Dings flackerten gefährlich. Es funkelte LaForge und Worf auf der oberen Ebene an. »Ist das wahr?«

Die *Enterprise* machte einen Satz. Wesley hätte beinahe das Medokit losgelassen.

»Ja«, sagte Crusher. Sie richtete den Tricorder auf Picard. »Schauen Sie doch mal. Seine Hirnfunktionen sind vor Schmerz völlig chaotisch. Er ist nicht verantwortlich für ...« Sie hielt plötzlich inne, dann richtete sie den Tricorder auf das Data-Ding. »Herrjeh«, sagte sie. »Sind Sie wirklich in Ordnung?«

Das Data-Ding wich verächtlich vor ihr zurück. »Ich bin kein organisches Lebewesen.«

»Einiges von Ihnen schon«, sagte Dr. Crusher und stimmte die Tricorderkontrollen ab. »Prüfen Sie Ihre Konstruktionsspezifikationen. Sie verfügen über mehrere biologische Komponenten, und ich messe gerade einen erschreckenden Zusammenbruch der Funktionen.«

Das Data-Ding schob seine Augen erneut zur Seite.

»Hier, schauen Sie«, sagte Dr. Crusher. »Gütiger Himmel, Sie stehen kurz vor einer größeren Systemabschaltung.«

Das Data-Ding schien mit den eigenen Augen zu kämpfen, um den Blick auf den Tricorder zu richten. »Nein!« fauchte es. »Ich bin optimal! Ich stehe über dem Fleisch!« Es riß Crusher das Instrument aus der Hand, drehte es herum …

… knallte zu Boden und blieb reglos liegen.

Wesley Crusher stand dort, wo das Data-Ding gerade noch gestanden hatte. Mit einem einzelnen Finger hatte er Datas Aus-Schalter aktiviert.

Die *Enterprise* machte einen riesigen Satz und warf alle, die noch standen, zur Seite.

Picard keuchte auf, als ein scharfer Schmerz durch sein Handgelenk fuhr. Er rappelte sich mühsam auf und befahl McKnight zurück ans Steuer. »Lagebericht!« rief er, um das Heulen der Triebwerke und das Knirschen des Bodens zu übertönen.

»SIF bei siebzig Prozent!« erwiderte LaForge. »Leite Energie aus Impulstriebwerken zurück!«

»Sir!« rief Worf. »Wir sind immer noch auf der Flugbahn zur Singularität!«

Crusher setzte einen Injektor an Picards Gelenk, und er zuckte zusammen. Doch Sekunden nach dem Zischen empfand er schon Erleichterung, auch wenn seine Hand noch schlaff und nutzlos herabhing.

»Können Sie die Schiffe identifizieren?« fragte Picard, als er in den Kommandosessel zurückkehrte. Troi half Riker die Treppe hinab, damit er sich zu ihm gesellen konnte. Wesley zog Datas schlaffe Gestalt zur Seite. Worf lehnte weiterhin am Geschützstand, LaForge neben ihm an der technischen Konsole.

Die *Enterprise* bockte, als wäre sie gegen etwas Festes gestoßen. Kollisionsalarm ertönte.

»SIF-Rückkopplung!« schrie LaForge, als das Schiff in

eine Spirale zu krängen schien und knirschend vibrierte.

»Wir sind durch eine Art Molekülstaubwolke gefahren«, rief O'Brien. »Sieht nach Schiffstrümmern aus.«

»Noch ein Schiff?« rief Picard. »Wieso interessiert man sich so sehr für *dieses* Schwarze Loch?«

Dann war Riker neben ihm, das gebrochene Bein fest geschient, und Troi setzte sich links von ihm hin. Die Brücke war wieder besetzt. Zusammen mit den Leuten im Maschinenraum war diese Truppe die letzte Hoffnung der *Enterprise.*

»Leite Energie ab«, rief LaForge laut, als die *Enterprise* weiter trudelte und dabei die Trägheitsdämpfer belastete; das Rumpfmetall überall um sie herum kreischte, als das Strukturintegritätsfeld gegen die torkelnden Gezeitenkräfte kämpfte, die alles daransetzten, das Schiff auseinaderzureißen.

»Sir!« dröhnte Worf. »Die Sensoren identifizieren das größere Schiff unter uns! Es gehört zur Costitution-Klasse!«

»Costitution-Klasse?« wiederholte Picard. »Die sind doch seit mindestens fünfzig Jahren nicht mehr im Dienst!«

»Captain Bondar hat gesagt, das wissenschaftliche Projekt sei vor einem Jahrhundert gestartet worden«, sagte Riker. Seine Stimme wurde lauter. »Worf, berechnen Sie eine vierdimensionale Herkunftslösung für den Eintrittspunkt des Schiffes!«

Computergrafiken flackerten über den Bildschirm. Dann fing die Linie, die von dem Schiff der Constitution-Klasse zurückführte, an zu blinken.

»Sir!« rief Worf laut und deutlich verblüfft. »Die Flugbahnberechnung zeigt, daß das Schiff den oberen Ereignishorizont an einer Stelle durchquert hat, die zwischen achtzig und hundert Jahren in der Vergangenheit liegt!«

»Mr. Worf«, sagte Picard, als das bebende Schiff sich

zu beruhigen schien. »Können Sie das Schiff identifizieren?«

»Suche Identifikationskode«, sagte der Klingone. »Suche ...« Als Worf dann wieder sprach, war es so, als verfalle das ganze Universum in Schweigen. Seine Stimme war von Unglauben und Ehrfurcht erfüllt. »Captain Picard, das andere Schiff ist die *Enterprise* 1701. Und, Sir ... Ihr Captain – James T. Kirk – meldet sich gerade ...«

## 2
## *TNK 65813*

t = ∞

Genau in dem Moment, als Zefram Cochrane zu der Überzeugung gelangte, daß alles verloren war, sah er, daß der klingonische Schlachtkreuzer in einem goldenen Lichtblitz Wellen warf und sich dann in einem leuchtenden und Funken sprühenden Band auflöste. So schnell die Bedrohung gekommen war, war sie verschwunden. Einen Moment lang erinnerten die schimmernden Überreste des Kreuzers ihn an die Sterne, die er an Christophers Landeplatz unter der Kuppel beobachtet hatte, als wären sie der Faden, der sein Leben durchzog.

»Was ist nur passiert, Zefram?« fragte seine Gefährtin.

»James T. Kirk«, sagte Cochrane. Eine andere Möglichkeit kam für ihn gar nicht in Frage.

Es gab heutzutage Giganten.

Er freute sich, lange genug gelebt zu haben, um sie zu sehen.

Uhuras deutliche Stimme übertönte die Verwirrung auf der Brücke. »Sir, ich empfange ein Flottenerkennungssignal von dem fremden Schiff.«

Kirk und Spock schauten sich an. Eine Flotteneinheit. Aus der Zukunft. Jetzt konnten sie nur noch eins tun.

»Kommunikation abbrechen, Uhura!« befahl Kirk.

Gleichzeitig schaltete Spock die Auflösung des Hauptbildschirms herunter. Wo das vertraute Bild des

Schiffs beim Näherkommen immer deutlicher geworden war, blieb nur eine Handvoll Bildpunkte zurück, um die Position des Schiffes aus der Zukunft anzuzeigen.

Uhura schaltete zögernd den automatischen Ruf ab. Sie drehte sich zu Kirk um. »Und was ist, wenn diese Leute unser einziger Weg nach Hause sind?« fragte sie.

Kirk hob eine Hand, um ihr zu verdeutlichen, daß er gleich antworten würde. »Spock, wie lange noch bis zum Kontakt mit dem Subraum-Ereignishorizont?« fragte er.

»In subjektiver Zeit vielleicht eine Stunde. Wir können das Strukturintegritätsfeld allerdings nur noch für sechsundzwanzig Minuten aufrechterhalten.«

Der Turbolift öffnete sich. McCoy kam auf die Brücke.

»Dann haben wir noch ein paar Minuten, um zu entscheiden, was wir tun«, sagte Kirk zu Uhura. »Doch wenn das Schiff da *wirklich* unser einziger Weg nach Hause ist, wird es unser Zuhause im nächsten Jahrhundert erreichen.«

»Im nächsten Jahrhundert?« sagte McCoy. Er musterte den Bildschirm. »Verdammt. Am Ereignishorizont sind wir auch vorbei, was?«

»Und wir hatten gerade Kontakt mit einem Flottenschiff, das mindestens ein Jahrhundert aus der Zukunft kommt.«

McCoy hob fragend die Brauen. »Wirklich? Hast du mit den Leuten gesprochen?«

Kirk schüttelte den Kopf. Er kannte die Befehle der Flotte. Zeitreisen in die Vergangenheit waren möglich. Die *Enterprise* hatte es selbst getan. Nun hatte man an alle Flotteneinheiten Vorschriften ausgegeben, die einzuhalten waren, wenn man einem Schiff aus der Zukunft begegnete. Und diese Vorschriften verbaten eine Verständigung.

Der Grund war der, daß die Erste Direktive in beide Richtungen funktionierte. So wie die Raumflotte sich nicht in die normale Entwicklung anderer Kulturen einmischte, wollte sie sich auch in die normale Entwicklung der Föderation nicht einmischen. Gelangten Informationen aus der Zukunft versehentlich in die Vergangenheit, konnten sich neue Zeitlinien entwickeln, und zwar solche, die sich von der natürlichen Evolution der Föderation unterschieden. Schon das deutliche Sensorbild eines Schiffes aus der Zukunft konnte das Wissen um eine fortgeschrittene Konstruktion in die Vergangenheit transportierten, deswegen hatte die Flotte die Order ausgegeben, daß im Fall eines visuellen Kontakts sämtliche Bildschirme auf niedrigstmögliche Auflösung geschaltet wurden.

Doch gab es eine Ausnahme des Nichtkontaktgesetzes: Falls ein Schiff der Gegenwart sich dem sicheren Untergang gegenübersah, war Kontaktaufnahme gestattet – vorausgesetzt, die Gegenwarts-Mannschaft gab ihre eigene Epoche auf und reiste mit ihren Rettern durch die Zeit. Nur so konnte jegliches Wissen über die Zukunft von denen zurückgehalten werden, die noch in der Vergangenheit lebten.

Kirk wußte, was die Logik der Situation bedeutete: Das Schiff aus der Zukunft mußte als erstes um Kontakt bitten. Man mußte davon ausgehen, daß die Mannschaft aus der Zukunft von den historischen Umständen wußte, auf die sie sich eingelassen hatte. Falls ihre Historie zeigte, daß in der Vergangenheit ein Schiff verschollen war, war das Schiff aus der Zukunft berechtigt, einen Rettungsversuch zu unternehmen.

Kirk wußte auch etwas anderes: Was seinem Schiff in den nächsten sechsundzwanzig Minuten auch passierte, für das Schiff über ihnen war es bereits Geschichte. Laut Vorschrift mußte er darauf vertrauen, daß die anderen dementsprechend handelten. Und das wollte er auch.

Wenigstens für ein paar Minuten.

Dann konnten ihm die Vorschriften den Buckel runterrutschen.

»Captain«, meldete Worf, »die andere *Enterprise* meldet sich nicht mehr.«

»Hat sich jemand persönlich gemeldet, oder war es eine Aufzeichnung?« fragte Picard. Er klammerte sich an seinen Sessel, denn seine *Enterprise* schüttelte sich noch immer. Doch die Bewegungen nahmen schrittweise ab.

Nachdem Worf einige Sekunden lang die Klangsignaturen geprüft hatte, meldete er, es habe sich um eine automatische Aufzeichnung gehandelt.

»Antworten Sie trotzdem, Mr. Worf.«

»Unsere Sendekapzität ist eingeschränkt, Captain. Colonel Thorsen hat nur die Frequenz zur *Garneau* geöffnet.«

»Verdammt«, sagte Picard. »Zeigen unsere Sensoren, ob das Schiff überhaupt bemannt ist?«

»Bei dieser Entfernung haben wir zu viele Störungen, um das genau sagen zu können, Sir.«

»Wieso glauben Sie, es könne unbemannt sein?« fragte Troi.

Picard seufzte zerknirscht. »Diese Flugbahn führt die andere *Enterprise* mit Sicherheit in den Tod«, erklärte er. »Und die Geschichte zeigt, daß das Schiff unter Captain Kirks Kommando *tatsächlich* vernichtet wurde. Aber ich kann mich beim besten Willen nicht dran erinnern, wann es war. Sie vielleicht, Nummer Eins?«

Riker schüttelte den Kopf. »Ist lange her, seit ich Admiral Chekovs Bücher gelesen habe«, sagte er.

LaForge meldete, daß das SIF wieder unter voller Energie stand. Das Heulen der Schiffstriebwerke wurde nun zu einem beständigen Summen, und Picards *Enterprise* hatte wieder ihre volle Stabilität.

Picard beugte sich vor. »Wesley, haben Sie die Berichte über Kirks Missionen gelesen?«

»Jawohl, Sir«, erwiderte der junge Mann sofort. »Ich weiß, daß die alte *Enterprise* von Captain Kirk persönlich vernichtet wurde. Ich glaube ... es war ... im Jahr 2285. Aber sie befand sich auf einer geheimen Mission, deswegen weiß ich nicht, wo es passierte.«

»Vor neunundsiebzig, achtzig Jahren«, sagte Picard, der sich immer mehr über sich selbst ärgerte. »Genau in dem Fehlerspielraum, den Worf berechnet hat.« Er tippte sich an die Schläfe. »Es ist zum Verrücktwerden. Sind wir schon so weit, daß wir uns, was geschichtliche Fakten angeht, nur noch auf Computer und Mr. Data verlassen?«

Troi schaute noch verblüffter drein. »Ich verstehe Ihr Problem nicht, Captain.«

Picard deutete mit der unverletzten Hand auf den Bildschirm. »Das da ist James T. Kirks *Enterprise,* und sie wird in wenigen Minuten vernichtet sein. Vielleicht können wir sie retten. Andererseits beobachten wir sie vielleicht gerade bei der Mission, bei der sie *wirklich* vernichtet wurde. Wenn wir also in ihr Schicksal eingreifen, verändern wir unsere Vergangenheit.« Picard rutschte auf dem Sessel hin und her. »Mr. LaForge, fragen Sie Ihre Truppe im Maschinenraum, ob sich irgend jemand an die genauen Umstände erinnert, die die Vernichtung von Kirks *Enterprise* betreffen. Und schauen Sie nach, ob es eine Möglichkeit gibt, irgendeinen an Bord befindlichen Bibliothekscomputer zu aktivieren.«

LaForge startete seine Umfrage bei den Leuten im Maschinenraum, die noch immer eingeschlossen waren, da die Isolationstüren sich ohne den von der Thorsen-Persönlichkeit eingegebenen Kode nicht bewegten.

Picard instruierte Fähnrich McKnight, ihre *Enterprise* näher an die Kirks heranzubringen, um zu sehen, ob die Sensoren *irgendwelche* Lebenszeichen empfingen.

»Warum sind Lebenszeichen so wichtig?« fragte Troi.

»Weil es keine Verluste gab, als Kirks Schiff vernichtet wurde. Falls sich *doch* Besatzungsmitglieder an Bord befinden, wird das Schiff nicht hier vernichtet werden. Dann steht es uns frei, es zu retten.«

»Captain Picard«, sagte O'Brien, »je schneller wir diesen Kurs verfolgen, desto schwieriger wird eine Rückkehr. Die Quantendruckwellen stapeln sich allmählich aufeinander wie Wellen, die sich an einem Ufer brechen. Und sie begrenzen allmählich die Raummenge, in der wir manövrieren können.«

»Ab wann können wir nicht mehr zurück?« fragte Picard.

»Wir haben noch zwanzig Minuten, Sir.«

»Können wir nicht schneller werden?«

»Nicht, wenn wir die Flugbahnen angleichen wollen. Wenn wir im Vergleich zur anderen *Enterprise* zuviel Geschwindigkeit erreichen, rutschen wir aus ihrem relativistischen Zeitrahmen und erreichen sie nie mehr.«

LaForge meldete, daß ihnen im Maschinenraum niemand Auskunft geben konnte. Man konnte nur Wesleys Erinnerung bestätigen, daß die alte *Enterprise* bei einem geheimen Unternehmen vernichtet worden war.

»Ich kann zwar bei diesem Störungszustand nichts wahrnehmen«, sagte Troi, »aber vielleicht funken Sie uns an.«

»Nicht, wenn sie sich an den Flottenbefehl halten«, sagte Picard. »Die Vorschriften besagen sehr deutlich, daß in diesen Situationen das Schiff aus der Zukunft den ersten Kontakt aufnehmen muß – in Übereinstimmung mit der aufgezeichneten Geschichte.« Er zupfte an seinem Hemd und verzog das Gesicht, denn er hatte versehentlich die gebrochene Hand bewegt.

»Es gibt immer eine andere Möglichkeit«, sagte Riker.

Picard schaute ihn erwartungsvoll an.

»Wir wissen alle, was in den Vorschriften steht. Aber wenn ich mich korrekt an meinen Geschichtsunterricht erinnere, war Captain Kirk alles andere als ein Paragraphenreiter. Wenn er auf diesem Schiff ist und weiß, daß wir hier sind, wird er sich melden. Wir brauchen nur abzuwarten. Und die Vorschriften können mir den Buckel runterrutschen.«

## 3
## *TNK 65813*

t = ∞

»Computer«, sagte Cochrane. »Wann haben wir Kontakt mit der Singularität?«

»Berechnung unmöglich«, erwiderte der Computer.

»Warum?« fragte Cochrane.

»Standardnavigationsfunktionen gestatten bei der Berechnung der Ankunftszeit keinen Einsatz von Unendlichkeitswerten.«

Der ›Companion‹ schaute Cochrane besorgt an. »Was meint er mit *Unendlichkeitswerten?*«

Cochrane wußte es. Die Zeit würde sich für sie relativistisch so ausdehnen, daß sich der Augenblick des Kontakts mit dem Herzen des Schwarzen Loches bis in die Unendlichkeit erstrecken würde. Das Zeitverlaufstempo würde gleich Null werden.

»Es bedeutet, daß wir auf ewig beisammen sind«, sagte er.

»Versprichst du es mir?« fragte sie.

»Von ganzem Herzen.«

»Das verstehe ich nicht, Captain«, sagte Chekov. »Das andere Schiff beschleunigt auf unserem Kurs. Wenn es aus der Zukunft kommt, müßten die Leute doch ebensoviel über die hier herrschenden Zustände wissen wie wir.«

Kirk schaute Spock an. »Ob es beschädigt ist? Steuerlos? Glauben Sie, es ist jemand an Bord?«

»Unter den gegenwärtigen Bedingungen sind unsere Sensoren dieser Aufgabe nicht gewachsen.«

Kirk schaute zu Uhura hinauf. »Hören Sie was?«

Uhura seufzte. »Captain, im Moment könnten sie uns auf allen Frequenzen anfunken, aber bei den Störungen kann ich nichts verstehen.«

McCoy baute sich vor Kirk auf. »Melde dich bei ihnen, Jim. Dann weißt du wenigstens, daß du es versucht hast.«

Kirk nickte. Er hatte lange genug gewartet. »Öffnen Sie eine Frequenz, Uhura.«

Uhura schüttelte den Kopf. »Ich glaube nicht, daß sie über ein besseres Gehör verfügen.« Sie versuchte es trotzdem.

»Faszinierend«, sagte Spock vor sich hin.

Kirk und McCoy schauten ihn konzentriert an.

»Was ist denn so faszinierend?« fragte McCoy gereizt. »Daß wir uns in zwanzig Minuten in relativistischen Staub verwandeln?«

Spock ignorierte ihn. »Ich habe bei den Druckwellen, die zwischen uns und den verbundenen Singularitäten abprallen, ein Muster entdeckt«, sagte er zu Kirk.

»Lange genug haben Sie ja auch dafür gebraucht«, sagte McCoy.

Spock schenkte ihm einen verächtlichen Blick. »Das Muster hat sich erst gebildet, als das andere Schiff auf unseren Kurs ging, Doktor. Unter den gegebenen Umständen habe ich ...«

»Spock, das Muster!« sagte Kirk, um den wissenschaftlichen Offizier zum Thema zurückzubringen. »Was ist so besonders an ihm?«

Spock zuckte die Achseln, als diskutiere er die Farbe des Bodenbelags der Brücke. »Es müßte möglich sein, ein Manöver zeitlich so abzustimmen, daß wir die maßgebliche Druckwelle dazu bringen könnten, sich mit der des Schiffes aus der Zukunft zu vereinigen, daß sie praktisch Raumkrümmung von ihr stiehlt, wie wir kinetische Energie bei dem Versuch stehlen würden, das Manöver im Normalraum auszuführen.«

McCoy schaute drein, als hätte er Schmerzen. »Was soll das heißen, Spock, *verdammt noch mal?*«

»Er meint, daß wir uns um die Singularität herumkatapultieren können, Pille«, sagte Kirk.

»Im Kern ja, aber in höheren Dimensionen. Für Dr. McCoy dürfte *Wellenreiten* vielleicht eine bessere Umschreibung sein. Wir lassen die Druckwelle die Arbeit für uns tun.«

»Ich hab' nichts dagegen«, sagte McCoy. »Aber bedeutet es, daß wir hier rauskommen?«

»So ist es, und innerhalb der Begrenzungen unseres Energieverbrauchs«, erwiderte Spock.

McCoy lächelte, aber Kirk wirkte ernster. »Was ist mit Cochrane und seiner Gefährtin?«

»Wenn wir das Manöver korrekt abstimmen, müßten wir nahe genug an ihnen vorbeikommen, um die Fähre mit einem Traktorstrahl zu erfassen. Dann halten wir sie innerhalb des Deflektorschirms und nehmen sie mit.«

Kirk war erfreut. Es klang ziemlich einfach. Wie die besten Ideen überhaupt immer einfach klangen. »Das machen wir. Geben Sie Sulu die Koordinaten.«

»Es gibt jedoch noch einen Faktor, den wir berücksichtigen müssen«, fügte Spock hinzu.

»Woher wußte ich nur, daß er *das* sagt?« stöhnte McCoy.

»Wenn wir von dem anderen Schiff Raumverzerrung stehlen, beschleunigen wir es nach unten in den Subraum-Ereignishorizont – und keine Technik könnte es retten.«

»Also heißt es, wir oder sie«, sagte Kirk. »Aber sie wissen schon, wie es ausgeht.«

»Falls überhaupt jemand an Bord ist.«

Kirk rieb sich die Schulter. Die Messerwunde pochte und machte es schwierig, sich auf das vor ihm liegende Problem zu konzentrieren. Wenn er ein Schiff aus der Zukunft vernichtete, änderte er wenigstens nicht seinen eigenen Zeitverlauf. Aber was war mit dem zukünftigen Zeitverlauf? Wie viele Lebewesen befanden sich an Bord eines Schiffes dieser Größe? Es waren zu viele Variablen, die man zugleich handhaben mußte. Sogar für ihn.

»Wann können wir das Manöver ausführen?« fragte er.

»Jederzeit. Und je eher wir es ausführen, desto größer ist unser Sicherheitsspielraum.«

Kirk schaute auf den Bildschirm und den Block aus Bildpunkten, der seine einzige Überlebenshoffnung war. »Gibt es keine andere Möglichkeit, Spock? Gibt es überhaupt keine?«

»Wenn wir uns mit dem anderen Schiff verständigen könnten«, sagte Spock, »gäbe es noch eine Möglichkeit.«

»*Und zwar?*« keuchte McCoy aufgeregt.

»In sieben Minuten erreichen wir ein dreifaches Druckwellenüberlappungsmuster. Wenn beide Schiffe zusammen manövrieren, genau in dem Moment, in dem die Dreifachwelle zwischen uns ist, könnten wir uns umeinander herumkatapultieren. Das Ergebnis wäre, das beide Schiffe von den verbundenen Singularitäten Raumverzerrung stehlen, was uns befähigt, zusammen nach oben durch den elektromagnetischen Ereignishorizont zu stoßen.«

»*Wenn* wir uns verständigen könnten«, sagte Kirk. »Wir können es aber nicht.«

»Was passiert, wenn das gemeinsame Manöver nicht präzise ausgeführt wird?« fragte McCoy.

»Die geringste Fehlberechnung eines Schiffes«, sagte Spock, »wird unserer beider Absturz beschleunigen, ohne daß Hoffnung auf ein Entkommen besteht.«

»Das Knastbruder-Dilemma«, sagte Kirk.

»Genau«, bestätigte Spock.

Kirk sah McCoys verständnislosen Blick. »Es geht um ein altes strategisches Problem, Pille. In diesem Fall kommt der erste Knastbruder, der selbstsüchtig handelt, frei, während der andere im Knast bleibt. Aber wenn sie kooperieren, kommen beide raus. Das Problem besteht darin, daß wir uns nicht miteinander verständigen können. Also weiß keiner der Knastbrüder, was der andere denkt.«

McCoy streckte Spock beide Hände entgegen. »Wir haben jetzt keine Zeit für Spielchen. Was sagt Ihre verdammte Logik dazu?«

»Im Knastbruder-Dilemma ist die Lösung ziemlich einfach«, sagte Spock sachlich. »Die Logik bestimmt, daß der erste Spieler, der selbstsüchtig handelt, immer besser fährt.«

»Ich konnte Ihre Logik noch nie ausstehen«, sagte McCoy. »Und jetzt weiß ich auch, warum.« Er schaute Kirk an. »Jim, wenn du als erster handelst, könntest du ein Schiff, das voll ist mit unseren Nachfahren, zu einem endlosen Tod verdammen.«

»Das weiß ich, Pille. Ich weiß aber auch: Wenn sich herausstellt, daß dort niemand an Bord ist und ich warte, verdamme ich mein Schiff und uns alle zu dem gleichen Schicksal.«

McCoy zeigte alle Erregung, die Kirk empfand. »Gibt es denn keine Möglichkeit, in Erfahrung zu bringen, ob jemand auf dem verfluchten Schiff ist?«

»Nein, Doktor«, sagte Spock mit Entschiedenheit. »Wir kennen alle Fakten, die wir je bekommen werden. Jetzt bleibt dem Captain nur noch eins: Er muß eine Entscheidung treffen.«

Kirk wich den Blicken der Mannschaft aus und schaute auf den Bildschirm. Das Leben der Besatzung der *Enterprise* lag in seinen Händen – und mußte abgewägt werden gegen das Leben von Leuten, die er nie kennenlernen und nie sehen würde, die vielleicht auch nie existieren würden.

Eine Überlebensgarantie auf Kosten des Todes von Fremden?

Oder die Chance zur Kooperation, die vielleicht zum gemeinsamen Überleben oder zum sinnlosen Tod für alle führte?

Es war die endgültige Kommandoentscheidung.

Jene, die zu treffen er geboren worden war.

Und in dem Moment, in dem er den Befehl gab, fühlte er sich frei.

»Das Knastbruder-Dilemma«, sagte Picard, als er die drei Flugbahnen studierte, die Fähnrich McKnight auf den Bildschirm geholt hatte. »Wer zuerst handelt, entwischt auf Kosten der Freiheit des anderen. Wenn sie kooperieren, entkommen beide.«

»Aber wir kriegen nie raus, ob dort jemand an Bord ist, mit dem wir kooperieren können«, sagte Riker.

»Und selbst wenn wir wüßten, daß jemand an Bord ist«, fügte Troi hinzu, »könnten wir uns noch immer nicht mit ihnen verständigen, um das Manöver zu planen.«

»Das wäre unnötig«, sagte LaForge. »Die Physik des Manövers bleibt von jedem Blickwinkel aus gleich. Das heißt, falls jemand auf der anderen *Enterprise* die Möglichkeit sieht und die Berechnungen vornimmt.«

Picard musterte den Bildschirm. Sie waren nun so nahe herangekommen, daß das Bildecho der Sensoren trotz der starken Störungen, die der räumliche Druck verursachte, detailreicher war. Man sah eine altmodische Raumfähre, die vor der alten *Enterprise* auf das Herz des Schwarzen Loches zuhielt. Picard hatte bereits den Schluß gezogen, daß die Fähre das wissenschaftliche Objekt war, das die *Garneau* hatte retten wollen. Sie hatte einen Insassen. Jemanden, der für die Sicherheit der Föderation lebenswichtig war. War Kirk deswegen hinter ihr her? Was war vor rund achtzig Jahren hier passiert? Kirks *Enterprise* hatte bei der Rettung der Fähre offenbar keinen Erfolg gehabt, sonst hätte man die *Garneau* in Picards Zeit nicht in

Marsch gesetzt. Was aber war mit Kirks *Enterprise* passiert? Hatte Kirk sie auf seiner letzten Mission hier vernichtet? Was passierte, wenn Picard sich in das Ergebnis einmischte? Es gab zu viele Variablen. Sogar für ihn.

»Captain Picard«, sagte Worf plötzlich.

Picard wandte sich zu dem Klingonen um.

»Die alte *Enterprise* ist explodiert, Sir.«

Alle schauten Worf nun an. »Sind Sie sicher?«

»Ja, Sir. Es ist mir gerade eingefallen. Mein Vater hat es mir erzählt. In Admiral Chekovs Buch und in den anderen Geschichten, die sich um Kirk ranken, behaupten alle, daß Kirk sein Schiff gesprengt hat, ohne daß jemand dabei umkam.«

»Daran erinnere ich mich auch«, sagte Picard ungeduldig und fragte sich, was der Offizier damit sagen wollte.

»Aber es stimmt nicht«, fuhr Worf fort. »Damit war nur gemeint, daß kein Angehöriger von Kirks Mannschaft ums Leben kam. Aber Tote gab es trotzdem. Es war eine klingonische Entermannschaft an Bord.«

Picard verstand. »Als dies passierte, in der Zeit, in der diese Bücher geschrieben wurden, waren das Imperium der Klingonen und die Föderation Todfeinde.«

»Ich weiß, Sir. Das hat mein Vater mich gelehrt. Wir waren einst so große Feinde, daß die Föderation den Tod von Klingonen nicht für das gleiche hielt wie den von Menschen.«

»Wir haben uns seither sehr verändert, Worf.«

Worf nickte vorsichtig, um die Heilimpulsgeber nicht zu verschieben, die Dr. Crusher an seinem Kopf befestigt hatte. »Ich weiß, aber mir fällt noch mehr von dieser Geschichte ein. Aus dem Blickwinkel der Klingonen. Das Enterkommando starb bei einer Explosion. Und da die *Enterprise,* die sich auf dem Bildschirm befindet, intakt ist, ist sie *nicht* auf ihrer letzten Mission.«

Picard griff eifrig nach diesem Informationsfetzen.

»Ausgezeichnet, Worf! Das ist es!« Er wandte sich wieder dem Bildschirm zu. »Captain Kirk ist auf diesem Schiff! Er muß gerettet werden! Er ist allem Anschein nach *wirklich* gerettet worden, damit wir von seinen weiteren Heldentaten lesen konnten!«

»Aber sind wir die, die ihn retten müssen?« fragte Riker von seinem Sitz her.

»Wenn nicht wir, wer dann?« fragte Picard.

»Die einzige Methode, die *wir* kennen, um ihn zu retten, besteht darin, ein riskantes gemeinsames Manöver mit präziser zeitlicher Abstimmung auszuführen. Woher wissen wir, daß Kirk dieses Manöver kennt?«

Wesley wandte sich mit einem aufgeregten Lächeln um. »Sir, wenn Captain Kirk auf diesem Schiff ist, ist auch Commander Spock bei ihm. Er ist draufgekommen. Er war unglaublich.«

»Selbst wenn es so ist«, sagte Riker skeptisch. »Wie können wir sicher sein, daß Kirk das gemeinsame Manöver auch durchführt? Vielleicht wählt er in ein paar Sekunden, sobald Spock mit den Berechnungen fertig ist, doch das selbstsüchtige Manöver. Vielleicht hat Kirk in der Vergangenheit nur überlebt, weil er uns den verbundenen Singularitäten überlassen hat.«

»Wie Mr. LaForge schon sagte, Nummer Eins, die Physik ist die gleiche. Das Gesetz des Ausgleichs gilt noch immer. Kirk wird verstehen, was er tun muß, damit wir beide entkommen.«

»Wenn mich meine Geschichtskenntnisse nicht trügen, Captain, war Kirk eigentlich als Teamspieler nicht berühmt.«

Picard dachte darüber nach. Riker hatte recht. Es war Kirk durchaus zuzutrauen, daß er, um zu überleben, das Unerwartete tat. Egal, um welchen Preis.

»Captain«, sagte Fähnrich McKnight, »wir nähern uns der Stelle, an der wir nicht mehr umkehren können. Entweder brechen wir in der nächsten Minute aus oder wir müssen auf die dreifache Druckwelle warten. Und das gemeinsame Manöver wird unsere letzte und einzige Fluchtchance sein.«

»Verstanden, Fähnrich«, sagte Picard.

Er wich den Blicken seiner Mannschaft aus und schaute auf den Bildschirm. Das Leben aller Menschen an Bord der *Enterprise* ruhte nun in seinen Händen; er mußte seine eigene Entscheidung gegen die eines Mannes abwägen, der für seine Unvorhersagbarkeit bekannt und durchaus in der Lage sein konnte, ein Schiff aus der Zukunft einem endlosen Fall zu überlassen, damit seine eigene *Enterprise* überlebte.

Picards Optionen waren klar. Die Garantie des Überlebens um den Preis, einen Helden dem Tod zu überantworten, bevor dieser das gleiche mit ihm tun konnte. Oder auf die Chance zur Kooperation warten, die eventuell zum Erfolg führte – oder, wenn Kirk als erster handelte, zu einer sinnlosen Niederlage.

Es war die endgültige Kommandoentscheidung.

Die einzige, die zu machen er ausgebildet war.

Und in dem Augenblick, bevor er seinen Befehl gab, wußte er, was die Pflicht ihm zu tun gebot.

# 4
## *TNK 65813*

t = ∞

»Zefram«, sagte die Gefährtin, »sing mir etwas vor. Wie früher, als wir unter dem Sternenzelt lagen. Sing mir etwas vor, damit ich mich immer an dich erinnere.«

Die Finsternis breitete sich vor der Fähre aus, und Cochrane wußte, daß es die Singularität war, die einen endlosen Sturz von ihnen fordern würde. Selbst seine Gefährtin wußte es.

Aber ihre Hände umschlangen sich und würden umschlungen bleiben, solange die Sterne leuchteten.

»Sing mir etwas vor, Zefram ...«

Er sang ihr etwas vor.

*»Amazing Grace, how sweet the sound*
*That saved a wretch like me*
*I once was lost, but now I'm found*
*Was blind, yet now I see ...«*

Sie sang nun mit, und ihre Stimmen wurden in der winzigen Blase aus Licht und Wärme lauter, balancierend am Rande des Vergessens.

»Mr. Sulu, auf Mr. Spocks Zeichen hin Einleitung des Dreiwellenmanövers vornehmen. Mr. Chekov, Traktorstrahl bereithalten, um Mr. Cochranes Fähre in den Bereich unseres Schirms zu holen, wenn wir vorbeikommen.«

McCoy nahm Kirks Arm. »Weißt du genau, was du tust, Jim? Wir gehen ein verdammt hohes Risiko ein –

und müssen uns auf jemanden verlassen, der noch gar nicht geboren ist.«

Kirk hatte keinen Zweifel. »Das da draußen ist ein Schiff unserer Flotte, Pille. Und das bedeutet, daß die Föderation auch in hundert Jahren noch existiert.« Kirk nahm wieder Platz. Er verspürte nur Zuversicht. »Und darauf verlasse ich mich. Nicht auf einen Menschen. Auf die Tradition. Ein Ideal.«

Er lehnte sich zurück. Die Entscheidung war getroffen. Der Kurs war eingegeben. Es gab kein Versagen.

»Ihre Argumentation ist höchst unlogisch«, sagte Spock.

»In diesem Fall braucht sie nicht logisch zu sein«, sagte Kirk gelassen. »Sie muß einfach richtig sein.« Er schaute sich um und blickte seinen Wissenschaftsoffizier und Freund an. »Ihr Vater wäre vielleicht nicht damit einverstanden, aber ich wette, Sie könnten ihn davon überzeugen.«

Spock neigte den Kopf, als dächte er kurz nach. »Ja, aber dann müßte ich bluffen«, sagte er.

»Fähnrich McKnight, auf Mr. Worfs Zeichen hin Einleitung des Dreiwellenmanövers vornehmen. Mr. O'Brien, Traktorstrahl bereithalten, um die Fähre einzufangen, wenn wir vorbeikommen.«

»Wissen Sie genau, was Sie tun, Captain?« fragte Riker. »Sie gehen ein hohes Risiko ein, wenn Sie jemanden von Kirks Ruf in die Quere kommen.«

Picard hatte kaum Zweifel. »Wie es auch um seinen Ruf bestellt ist, Nummer Eins, James T. Kirk war fast fünfzig Jahre lang bei der Flotte. Er gehörte nicht zu den Menschen, die derlei auf sich nehmen, ohne etwas für die Institution zu empfinden, die er zu verteidigen geschworen hat.« Picard setzte sich wieder hin. Er war ganz sicher, daß er die richtige Entscheidung gefällt hatte. »Und darauf basiert mein Beschluß. Nicht auf dem Menschen. Aber auf der Tradition und den Idealen, denen er gedient hat.«

Er lehnte sich zurück. Die Entscheidung war getroffen. Der Kurs war eingegeben. Er glaubte kaum an ein Versagen. »Ich denke, dies ist der logische Handlungskurs«, sagte er.

Riker schaute ihn konzentriert an. »Noch ein Echo von Botschafter Sarek?«

Picard zuckte in dem plötzlichen Gefühl zusammen, daß Riker irgendwie recht hatte. Er hatte die blitzartige Vision einer anderen ihn umgebenden Brücke – kleiner, primitiver.

»Will, ich glaube, Sie haben recht«, sagte Picard. »Ich glaube, Botschafter Sarek hat irgendwann in der Vergangenheit Kirks Bewußtsein berührt.«

»Irgendeine Erinnerung, wie es dazu kam?« fragte Riker.

Picard konzentrierte sich auf die flüchtigen Eindrücke. »Nein«, sagte er schließlich. »Das müssen wir schon selbst herauskriegen.«

# 5
## *TNK 65813*

$t = \infty$

Die dreifache Druckwelle bewegte sich zuerst durch die *Ian Shelton,* ohne daß Cochrane und seine Gefährtin sie spürten oder bemerkten. Die Fähre war zu klein, und sie waren zu sehr ineinander versunken, als daß irgend etwas in diesem Universum sie hätte stören können.

Ihr Kurs stand fest. Sie flogen weiter.

Dann bewegte sich die dreifache Druckwelle durch Kirks *Enterprise,* die sich dicht hinter der Fähre befand, doch die Natur des Raumes in dieser Umgebung spottete den gewöhnlichen Einheiten von Entfernung und Zeit. Spock stellte fest, daß die Welle durch seine Instrumente brauste, und begann mit dem Countdown.

Auf Picards *Enterprise* nahm Worf den gleichen Countdown vor, seine taktischen Frontsensoren schoben sich an die äußerste Grenze, um auch die schwächste Anzeige des Vorankommens der Welle zu messen.

Als die Welle die exakte Mitte zwischen den beiden Schiffen erreichte, gaben Spock und Worf gleichzeitig das Zeichen. Sulu gab vollen Gegenschub auf die Impulstriebwerke und verlangsamte Kirks *Enterprise,* während McKnight ihre Impulstriebwerke auf volle Kraft voraus schaltete.

Picards *Enterprise* schwamm auf dem Gipfel der Dreier-Druckwelle und rauschte voran, glich den Gegendruck aus, den Kirks *Enterprise* verursachte. Und so wogte die dreifache Welle zwischen den beiden Raumschiffen weiter, wiederhergestellt, unverändert, und damit alle Werte der Geschwindigkeit und des Drucks in dieser Umgebung gleich blieben, wurde die Energie den verbundenen Singularitäten entnommen. So, wie LaForge und Spock es vorausgesagt hatten.

Diese Energie verwendeten beide Schiffe, um in dem eng komprimierten Raum ihren jeweiligen Kurs zu ändern, am pulsierenden, dreifach ausgebuchteten Subraum-Ereignishorizont des Schwarzen Loches vorbeizuschwingen und eine Schleife um ihn zu ziehen – nach oben, um der Freiheit und dem elektromagnetischen Horizont entgegen zu beschleunigen, der sie von ihren Bestimmungsorten trennte.

Kirks *Enterprise* und Picards *Enterprise* flogen Seite an Seite zusammen, und die *Ian Shelton* kuschelte sich zwischen sie, wurde sicher von den Traktorstrahlen beider Schiffe gehalten.

Der Raum umfloß die beiden Schiffe, die sich zusammen bewegten und sich so nahe kamen, daß ihre Deflektorschirme sich in einem Funkeln geteilter Energie auf gemeinsamem Kurs vermischten.

Zusammen geschützt, einander beschützend, entgingen beide Schiffe ihrem Schicksal. Sie waren nicht durch die Männer verbunden, die sie kommandierten, sondern durch die Ideale, denen sie verpflichtet waren.

Über ihnen tauchte der Ereignishorizont auf, und auf Kirks *Enterprise* stellte Spock fest, daß sie zur falschen Weltlinie gezogen wurden, in eine Zeit, die nicht die ihre war. Auf Picards *Enterprise* rechnete LaForge das gleiche aus.

Es war plötzlich unerläßlich, zwischen den Schiffen Schwung auszutauschen, und das dazu nötige Mittel war beiden klar.

Indirekt kommunizierend, durch die allgemeine Kenntnis unveränderlicher physikalischer Gesetze, dem universellen Gesetz des Ausgleichs, ließ Kirks *Enterprise* sanft von der *Ian Shelton* ab. Und ebenso sanft übernahm Picards *Enterprise* die Aufgabe.

Minuten vom Ereignishorizont entfernt, Fähre und Schwung waren sicher ausgetauscht, trennten sich die Schiffe. Kirk und Picard kehrten in ihre jeweilige Zeit zurück. Doch kurz bevor ihr Händeschütteln über die Zeit hinweg abbrach, bevor die relativistischen Bezugsrahmen im Geflecht der Temporalverzerrungen getrennt wurden, berührte jemand auf der Brücke von Picards Schiff – jemand, dessen puritanische Korrektheitsaura nur einen Anflug von Kirks Rebellion verriet – zufällig einen Schalter, der einen automatischen Gruß abschickte und dem strengen Befehl der Flotte trotzte, der den Versand von Informationen aus der Zukunft in die Vergangenheit verbat.

Auf der Brücke der *Enterprise* fing Uhura den schwachen Impuls auf; er war fast nichtexistent, als die zeitliche Trennung zunahm.

Aber sie hatte genug verstanden.

Sie nahm den Ohrstöpsel heraus und drehte sich mit großen Augen zu Kirk um, um ihm zu berichteten, was sie gehört hatte.

»Captain Kirk«, sagte sie. »Man hat uns einen Gruß geschickt.« Sie lächelte ehrfürchtig. »Das andere Schiff … Es war die *Enterprise,* Sir.«

Kirk nickte. Er schickte stumm seinen Dank durch die Zeit zu dem Jemand, der die Vorschriften ignoriert hatte, um ihnen eine kleine Bestätigung zu schicken, daß die Zukunft sicher war.

Und auf Picards *Enterprise* trat Picard höchstpersönlich von der Funkarmatur zurück, auf der er rein zufällig seine unverletzte Hand auf jenem Knopf liegen sah, der die automatischen Grüße bestellt hatte. Er trat an seinen Sessel zurück. Troi lächelte ihm zu. Sie wußte es. Sie verstand ihn.

Die Jahre wuchsen weiter zwischen Kirk und Picard, doch auf der Großen Skala der Dinge gab es nur wenig, das sie voneinander trennte.

Jeder in seiner eigenen Zeit, beide Diener der Föderation, erreichten sie den oberen Ereignishorizont. Und zusammen, doch getrennt, kehrten sie in ihre eigene Zeit und zu dem Schicksal zurück, dem sie dienten …

… der Föderation der Vereinten Planeten.

Die Sterne stachen wie ein Feuerwerk in Cochranes Augen, und er blinzelte überrascht und aufgeregt.

»Wir sind frei!« rief der ›Companion‹. »Ach, Zefram, wir können wieder nach Hause!«

Cochrane konnte noch nicht glauben, was passiert war. Er hatte zwei Raumschiffe gesehen, die *Enterprise* und ein anderes, doppelt so großes. Sie waren in Formation neben ihnen hergeflogen. Er hatte die *Enterprise* abdrehen und in der Dunkelheit der Umgebung hinter dem Ereignishorizont verschwinden sehen. Er nahm an, daß jemand eine Rettungsmission organisiert hatte. Vielleicht war das Schiff, das geholfen hatte, die Fähre in Sicherheit zu bringen, die *Excalibur* oder die *Lexington* gewesen. Laut Kirk waren beide zu ihrer Unterstützung unterwegs.

Als die Gasscheibe des Schwarzen Loches unter ihnen versank, verspürten sie keine Bewegung. Sie befanden sich im Warpraum und eilten von den Gezeitenkräften der Singularität fort. Es hatte alles geklappt.

Und dann, im Moment des Frohlockens, sah Cochrane im Bugfenster das Schimmern grünen Lichts, und als er es in höchstem Erstaunen musterte, materialisierte ein grünes Raumschiff aus dem Vakuum, flog ihm entgegen und nahm ihn unter Beschuß.

Die Sterne stachen wie ein Feuerwerk in Kirks Augen, und er wußte, daß sie den Ereignishorizont hinter sich gelassen hatten.

Kurz darauf wurde die Brückenbeleuchtung matter, und der Schadensalarm ertönte.

»Tja«, sagte Scotty aus dem Maschinenraum, »die Kristalle haben den Abschied eingereicht. Und nach allem, was wir durchgemacht haben, haben wir nur noch Energie für eine Minute.«

»Sämtliche Systeme abschalten!« befahl Kirk. »Kommunikation, Umwelt, alles! Packen Sie alles in den Antrieb, Mr. Sulu.« Er wußte, daß sie so weit wie möglich vom Gebiet der zermalmenden Gezeitenkräfte des Schwarzen Loches entfernt sein mußten, bevor das SIF versagte.

Spock stand an seiner rechten Seite. »Ich bedaure es zwar«, sagte er offen heraus, »aber ich muß darauf hinweisen, daß wir nicht genug Reserven haben, um der Rocheschen Grenze zu entkommen. Ihre Bemühungen sind nutzlos.«

McCoy stand links von Kirk. »*Sie* bedauern es?«

»Scotty bringt uns schon hier raus«, sagte Kirk. Scotty brachte sie immer irgendwie raus.

»Diesmal nicht, Captain«, sagte Scott. »Ohne Materie-Antimaterie-Reaktor hab' ich leider nichts mehr, das ich verbrennen könnte. Tut mir leid, Sir.«

Kirk richtete sich in seinem Sessel auf. Sie hatten keine Optionen mehr. Es gab keine Regeln mehr, die man ändern konnte. Man konnte das Risiko nur so lange schlagen, bis sich das Gesetz des Ausgleichs meldete. Die Reise war zu Ende. So einfach war es.

»Sie haben mich gewarnt, Scotty«, sagte Kirk für ihn untypisch leise. Sein Feuer hatte ihn in diesem Moment verlassen; er akzeptierte, daß auch er Grenzen unterworfen war. »Wir haben das Schiff in ein Schwarzes Loch gesteuert und wieder rausgebracht. Vielleicht ist es uns bestimmt, so unsere letzte Fahrt zu machen.«

»Aber wir waren die ersten«, sagte Spock.

»Und die besten«, sagte McCoy.

Scott begann im Maschinenraum mit dem Countdown. »Noch dreißig Sekunden, Captain.«

»Ich bin stolz auf Sie, Scotty. Sie haben das Schiff immer wieder zum Laufen gebracht, wenn kein anderer es konnte.«

»War gern an Bord, Sir«, erwiderte der Chefingenieur leise. »Zwanzig Sekunden. Zuerst gehen die Lichter aus. Kurz darauf versagt das SIF. Nur, damit Sie's wissen.«

Kirk drückte die Interkomsteuerung in der Lehne seines Sessels. Er sprach zu seiner Mannschaft, zu seinem Schiff, sagte allen, wie stolz er auf sie war. Er wandte sich an die Passagiere, die er aus der *Planitia* gerettet hatte, und sprach von seinen Sorgen. Er beendete die Übertragung und verabschiedete sich von Uhura, Chekov und Sulu.

Es überraschte ihn, daß er am Ende eigentlich nichts zu bedauern hatte.

»Zehn Sekunden«, sagte Scott.

»Ich hätte nie gedacht, daß es mal so endet«, sagte McCoy.

Kirk zwang sich zu einem Lächeln, musterte den Bildschirm und fragte sich, was er wohl in dem Augenblick zu sehen bekam, in dem es passierte. Und in der Sekunde danach. »Ich hätte nie gedacht, daß es *überhaupt* enden würde«, sagte er.

»Fünf Sekunden«, sagte Scott. »In Walhalla sehen wir uns wieder, meine Damen und Herren.«

Kirk hörte Spock neben sich seufzen. »Immerhin kann man sagen, es war ein schö ...«

Ein blendend blauer Blitz zuckte über den Bildschirm. Ein zweiter Blitz folgte, dann versagten alle Systeme – die Lichter, Displays, das Brüllen der Triebwerke. Nur die Batterielampen brannten noch und beleuchteten matt die letzte Sekunde.

Aus der dann zwei Sekunden wurden.

Und dann fünf.

»Wieso sind wir noch hier?« fragte McCoy.

»Wir sind nicht abgeschmiert!« rief Chekov.

»Es sieht so aus«, meinte Spock.

Und Kirk wußte auf der Stelle, was passiert war. Der Flugaufzeichner, den er abgeworfen hatte! Die blauen Zwillingsleuchten!

Er drehte sich auf dem Sessel um. »Uhura! Volle Batterieenergie in die Kommunikation! Und bringen Sie den Bildschirm wieder in Gang!«

Eine Sekunde später grinste Captain Harris von der USS *Excalibur* vom Bildschirm auf sie herab. »Willkommen daheim, *Enterprise!*«

Kirk war nach Lachen zumute, auch nach Weinen. »Tom. Hallo. Freut mich, daß du es geschafft hast.«

»Ich *wette,* daß es dich freut«, sagte Harris lachend.

Eine zweite Stimme meldete sich über Lautsprecher. »Jim, alter Raumköter! Sehen meine Sensoren richtig? Du hast keinen Saft, keine Kristalle, gar nichts?«

Das Bild wechselte. Commodore Robert Wesley tauchte auf, er stand mitten auf der Brücke der *Lexington.*

»Hallo, Bob«, begrüßte Kirk seinen alten Freund. »Danke für die Freifahrt, für den Traktorstrahl und den Schirm.«

Wesley schüttelte bewundernd den Kopf. »Bleib dran, Jim. Sobald wir uns mit der *Excalibur* abgestimmt haben, ziehen wir euch in den Warp.« Er schaute zur Seite, dann grinste er Kirk wieder an. »Ehrlich, Jim, wenn ich mir die Schadensmeldungen ansehe, die wir von euch kriegen, kann ich nur hoffen, daß die Flotte nicht beschließt, euch die Reparaturkosten vom Gehalt abzuziehen. Um das abzuzahlen, müßtet ihr die nächsten tausend Jahre weiterfliegen.«

Kirk lehnte sich in den Sessel zurück. »Na, sagen wir mal hundert«, meinte er. »Und dagegen hätte ich eigentlich nichts.«

Dann ruhte die *Enterprise* wie ein verwundeter Krieger, der siegreich vom Schlachtfeld getragen wurde, in den Schirmen ihrer Gefährten. Die *Excalibur* und die *Lexington* flankierten und stützten sie und paßten ihre Traktorstrahlen so an, daß sie die Ehre hatte, die Formation anzuführen. Fort von der Schwerkraft von TNK

65813. Und man brachte sie zu den Sternen zurück, wo sie hingehörte.

Die Sterne stachen wie ein Feuerwerk in Picards Augen.

Sie hatten Erfolg gehabt.

»Glückwunsch«, sagte Riker.

»Für uns alle, Nummer Eins.« Picard wandte sich an den Ingenieuroffizier. »Mr. LaForge, können wir lange genug auf Warpgeschwindigkeit bleiben, um hier wegzukommen?«

»Ein paar Lichtstunden kriegen wir schon hin, Captain.«

»Mr. O'Brien«, fuhr Picard fort, »wie steht's um die Fähre?«

»Zwei starke Lebenszeichen«, erwiderte O'Brien. »Eins menschlich, eins …« Er zuckte die Achseln. »Nichtmenschlich, schätze ich.«

»Zwei? Captain Bondar hat doch nur von einem Insassen gesprochen«, sagte Picard. »Kann der Traktorstrahl sie halten, bis wir hier weg sind?«

»Ja, Sir. Mindestens für eine Stunde.«

»Sehr gut«, sagte Picard. Der Verlauf der bevorstehenden Ereignisse wurde ihm schon klar. Ein kurzer Warpflug in den Leerraum. Dann das vollständige Abschalten des Computersystems der *Enterprise,* damit das Programm, das die Thorsen-Persönlichkeit eingeschmuggelt hatte, im Speicher gelöscht wurde. Dann mußte man sich mit Hilfe der Fährentransporter um die verschlossenen Türen und Sicherheitsschirme kümmern. Die Transporter konnte man auch dazu verwenden, die geheimnisvollen Reisenden aus der Vergangenheit an Bord zu holen. »Ein, zwei Tage, dann können wir wohl nach Betazed weiterreisen«, sagte er. Es hatte keinen Sinn, Admiral Hanson das gefälschte Borg-Artefakt vorzuführen. »Dann kommen wir pünktlich zur Handelskonferenz an. Und dann kümmern wir uns darum, Mr. Data wieder auf die Beine zu bringen.«

Riker berührte vorsichtig die Schiene an seinem Bein. »Und uns«, sagte er.

»Fähnrich McKnight, berechnen Sie einen Kurs Richtung Betazed, Warpfaktor drei.«

»Kurs berechnet, Sir.«

»Energie.«

Ohne das geringste Zögern schaltete sich die *Enterprise* rings um sie wieder ein. Die Gasscheibe des Kabreigny-Objekts begann auf dem Bildschirm zu schrumpfen.

»Ich frage mich, ob das Schwarze Loch da nach *Admiral* Kabreigny benannt wurde«, sagte Picard. »Ich fand ihre Aufsätze über den dualen Charakter der Raumflotte äußerst bewundernswert.«

»Das wissen wir, sobald unser Computer wieder arbeitet«, sagte Riker.

Kollisionsalarm wurde laut.

»Warbird enttarnt sich!« rief Worf.

Dafür konnte es nur eine Erklärung geben. »Tarl!« sagte Riker.

Der Bildschirm funkelte auf, als ein Phaserschuß das Schiff traf.

»Schirme auf vierzig Prozent!« meldete Worf.

»Captain«, sagte LaForge, »ohne Mannschaft können wir aber nicht lange aushalten.«

»Vielleicht hätten wir Kirk in unsere Zeit mitnehmen sollen«, sagte Picard. »Mr. Worf, Phaser und Photonentorpedos bereitmachen!«

»Der Warbird wendet«, sagte Worf. »Unsere Phaser sind auf fünfzig Prozent.«

»Auf Ausweichmanöver vorbereiten«, warnte Picard seine Mannschaft.

Der romulanische Warbird füllte den Bildschirm aus. Die *Enterprise* schüttelte sich unter der Wut seiner Attacke.

»Ich hab' keine Tricks mehr auf Lager«, sagte Picard. »Jetzt können wir nur noch …«

Die Backbordseite des Warbirds flammte unter einem Phasertreffer auf. Das Schiff zuckte bei der plötzlichen Verdampfung seiner Rumpfplatten. Zwei Streifen, die nur Photonentorpedos sein konnten, fegten durch die Öffnung im Deflektorschirm hinein und jagten zwischen die Doppelwandung. Dann flammte goldenes Licht im Rumpf auf, und der Warbird zerbrach in zwei Teile. Die Brücke taumelte weiter, bis auch sie sich in einem Feuerball auflöste.

»Ein guter Schuß, Mr. Worf«, sagte Picard beeindruckt.

»Ich habe nicht geschossen«, sagte Worf verdutzt.

Picard und Riker schauten sich mit überraschten Blicken an. Ein einzelner Name formte sich auf ihren Lippen. War er *wirklich* mitgekommen? Ob er …

»Sir, Captain Bondar von der *Garneau* meldet sich«, meldete Worf.

Picard seufzte. Er hatte sich wohl zuviel erhofft; er würde wohl nie eine Gelegenheit erhalten, Kirk leibhaftig gegenüberzustehen. »Auf den Schirm, Mr. Worf.«

Die Kommandantin der *Garneau* wirkte völlig anders als bei der ersten Bildschirmbegegnung. Sie war düster und unversöhnlich. »Wer hat gegenwärtig das Kommando auf Ihrem Schiff?« fragte sie.

»Jean-Luc Picard«, erwiderte der Captain. »Wir haben die Kontrolle zurückerobert.«

»Gut«, sagte Bondar. »Nach allem, was Sie meinem Schiff angetan haben, wären Sie nämlich sonst der nächste gewesen. Haben Sie irgendeine Ahnung, was der Romulaner wollte?«

»Das ist eine lange Geschichte«, erwiderte Picard.

»Was ist das für eine Fähre, die Sie mit Ihrem Traktorstrahl schleppen?« fragte sie. »Haben Sie sie aus dem Ereignishorizont mitgebracht?«

»Ja, haben wir«, bestätigte Picard. »Ich glaube, es ist das wissenschaftliche Objekt, das Sie bergen sollten.«

Bondar runzelte die Stirn. »Hoffentlich nicht. Es sieht

so aus, als hätte der Romulaner es zusammengeschossen.«

Die nächsten Minuten bestanden aus einer Mischung aus Verwirrung und Frustration. Obwohl Picard nun die gesamte *Enterprise* zur Verfügung stand, konnte er nichts mit ihr anfangen.

Die *Garneau* beamte die beiden Insassen der Fähre zu sich an Bord. Dann beamte sie Dr. Crusher in ihr Bordlazarett, damit sie sie untersuchen konnte. Dann beamte sie LaForge in den Maschinenraum der *Enterprise* und ein Team von Computertechnikern aus den Zonen, in denen sie festgehalten wurden, in die Computerzentrale der *Enterprise.*

Dr. Crusher meldete Picard zwanzig Minuten später von der *Garneau* aus, daß beide Insassen schwer verletzt waren.

»Starke Strahlungsverbrennungen«, sagte sie über den Hauptbildschirm. »Der Mann muß einer größeren Organtransplantation unterzogen werden. Und die Frau … Nun, sie sieht zwar wie ein Mensch aus, aber ich erhalte merkwürdige doppelte Anzeigen. Auf den ersten Blick ist sie ebenso schlecht beieinander wie der Mann, aber laut meinem Tricorder geht es ihr irgendwie weniger schlimm.«

»Werden sie überleben, bis wir sie auf eine Sternbasis bringen können?« fragte Picard.

»Das ist es ja eben. Die Frau sagt, sie können auf keine Sternbasis gehen. Sie muß nach Hause, sonst stirbt sie. Sie sagt, ihr Zuhause ist dort, wo Captain Kirk sie abgeholt hat.«

»Und wo soll das sein?«

»Ein Planetoid in der Region Gamma Canaris. Bezeichnung fünf zwei sieben.«

Picard nickte. »Das ist nicht weit. Kann sie dort einer medizinischen Behandlung unterzogen werden?«

»Das ist der Eindruck, den sie vermittelt«, sagte Dr. Crusher. »Ich habe ihr ein Beruhigungsmittel gegeben.

Sie war ziemlich durcheinander, als sie an Bord gebeamt wurde.«

»Wissen Sie, wer sie ist?« fragte Picard.

»Sie nennt sich Nancy Hedford. Der hiesige Computer kennt einige Menschen dieses Namens aus ihrer Zeitperiode, und wir suchen gerade ein zu ihr passendes Bild. Ich glaube allerdings nicht, daß Sie diejenige ist, die der Flotte so wichtig erschien.«

Picard empfand Faszination. »Wissen Sie, wer der Mann ist?« fragte er.

Dr. Crusher setzte eine Miene auf, als wolle sie sich schon im voraus für ihre nächsten Worte entschuldigen. »Sie sagt, er heißt Zefram Cochrane.«

Picard spürte, daß sich seine Nackenhaare aufrichteten. »*Der* Zefram Cochrane?«

»Sein Gesicht gleicht sehr stark dem Porträt aus einem Triebswerkhandbuch, das ich hier gesehen habe. Er ist zwar viel jünger, aber in Kirks Zeit hätte er weit über zweihundert Jahre alt sein müssen. Es kann sein, daß es hier um eine Sache geht, über die wir nichts wissen.«

»Das, Dr. Crusher, ist die Untertreibung des Jahrhunderts.« Picard rutschte in seinem Sessel hin und her. Sein gebrochenes Handgelenk entwickelte allmählich wieder Gefühl. Aber er würde später noch Zeit haben, sich darum zu kümmern.

»Fähnrich McKnight«, sagte er, »geben Sie einen Kurs zur Region Gamma Canaris ein, Planetoid Bezeichnung fünf zwei sieben. – Mr. Worf, geben Sie mir Captain Bondar.«

»Wir bringen sie nicht zur medizinischen Behandlung auf eine Sternbasis?« fragte Riker.

Picard schüttelte den Kopf. »Captain Kirk wollte sie nach Hause bringen, Nummer Eins. Nach allem, was er für uns getan hat, können wir seine Mission wenigstens beenden.«

## 6
## *USS* Enterprise *NCC-1701-D*
## *Anflug auf Region Gamma Canaris*

Sternzeit: 43923.8 · Terrestrische Zeit: Mai 2366

Cochrane erinnerte sich an das Licht und die Schmerzen des romulanischen Angriffs und glaubte, wieder auf der *Bonaventure II* zu sein. Sein Leben ging zu Ende, das Licht hüllte ihn ein, brachte ihm Frieden, brachte ihm …

Er erwachte.

Wieder auf der *Enterprise.*

Aber nicht auf der *Enterprise* Kirks.

Kirks Schiff hatte er seiner Meinung nach *fast* verstanden. Er kannte einige technische Handbücher, die Kirk auf dem Planetoiden der ›Companion‹ zurückgelassen hatte. Er hatte die Konstruktion des Schiffes auf der Gedenktafel gesehen. Er hatte aus der Fähre herausgeschaut. Die Linien paßten zusammen. Es war Logik in der Konstruktion, die eindeutig auf seine Arbeit zurückzuführen war.

Doch diese *Enterprise* … Sie ließ ihn an Clarkes Gesetz denken – daß jede genügend fortgeschrittene Technik von Zauberei nicht zu unterscheiden ist.

Und das war diese *Enterprise.*

Zauberei, ganz einfach.

In der ersten Nacht hatte er in seinem Bett im Lazarett gesessen und LaForges Handbücher durchgeblättert. Besatzung: über tausend Mann. Materiereplikatoren. Eine Höchstgeschwindigkeit, die seine optimistischsten Erwartungen weit übertraf.

Und es war noch kein Ende in Sicht.

In der ersten Nacht auf dem Schiff, diesem Wunder,

hatte er die Hand der neben seinem Bett sitzenden ›Companion‹ gehalten. Er war eingeschlafen und aufgewacht. Er hatte Bruchstücke seines Lebens gesehen. Er wurde sich zunehmend sicher, daß es einen Weg gab, den er sehen konnte, und der Eindruck trug zu dem Gefühl der Vollständigkeit bei, das sich in ihm aufbaute. Aber er wußte, daß der Weg schon vor seiner Geburt begonnen hatte, und er sah, daß er sich nach seinem Tod fortsetzte. Sein eigenes Leben hatte nur für einen kurzen Augenblick den größeren Weg gekreuzt, den schon so viele andere genommen hatten.

Er hatte 366 Jahre gesehen. Dreihundertsechsundsechzig! Er fragte sich, was sein Freund Micah Brack wohl dazu gesagt hätte. Und ob er neidisch auf ihn gewesen wäre.

Welche Wunder er gesehen hatte. Welche Wunder lagen wohl noch vor ihnen?

Am zweiten Morgen war er lächelnd aufgewacht, hatte an die Wunder gedacht und seine Gefährtin in die Arme genommen.

Kurz darauf war sie ins Koma gesunken. Die Schiffsärztin hatte sich zwar Sorgen gemacht, doch Cochrane hatte sie überzeugt, daß es unnötig war. Wenn sie auf den Planetoiden zurückkehrten, würde alles gut werden. Seine Gefährtin hatte ihre Lebenskraft von diesem Ort bezogen. Sie würde es wieder tun.

Picard war an dem Morgen, an dem der ›Companion‹ in seinen Armen geschlafen hatte, zu ihm gekommen.

Man hatte sie aus dem Lazarett entlassen und ihnen eine normale Kabine gegeben. Eine Kabine, die für jemanden aus dem 21. Jahrhundert unglaublichen Luxus ausstrahlte.

Picard wirkte auf Cochrane wie ein ernsthafter Mensch. Fast zu beherrscht, als hätte er vulkanisches Blut.

»Wir sind da«, sagte der Captain.

Cochrane nickte dankend. Es war schwierig zu sprechen. Die Ärztin hatte gesagt, er sei schlimm verstrahlt worden, brauche drastische medizinische Behandlung. Aber Cochrane hatte sich keine Sorgen gemacht. Wenn es seiner Gefährtin erst wieder gut ging, gab es auch Zeit genug für ihn.

»Ich habe aber auch schlechte Nachrichten«, fuhr der Captain fort.

Cochrane packte seine Gefährtin fester. Sie rührte sich zwar nicht, aber er hörte, spürte ihren Atem.

»Der Planetoid existiert nicht mehr«, sagte der Captain. »An den Koordinaten, an denen er sich vor einem Jahrhundert befand, messen wir nur noch Trümmerstücke, die hundert Jahre alt sind. Sie weisen zu einem hohen Grad eine ungewöhnliche Energiematrix auf, die unsere Wissenschaftler nicht identifizieren können.«

Irgend etwas in Cochrane verlangsamte sich und hielt an. Dreihundertsechsundsechzig Jahre. Er war nicht überrascht, daß sie nun endeten.

»Nach allem, was Sie uns über die Ursprungsform Ihrer Gefährtin berichtet haben, fragen wir uns, ob sie in irgendeiner symbiotischen Beziehung zu ihrer Heimatwelt stand. Sie haben gesagt, sie konnte die Temperatur, die Luft und die Schwerkraft steuern, solange sie dort lebten, doch als die orionischen Piraten sie verletzt haben, hat ihre Kontrolle versagt. Es könnte ein Zeichen dafür sein, daß sie an diesen Ort gebunden war – und der Ort an sie.«

Cochrane nickte. Leben und Lebensraum waren immer miteinander verflochten. Alles war möglich. Seine Existenz war ein Beweis dafür.

»Wir können Sie auf eine Sternbasis bringen, auf der es bessere medizinische Anlagen gibt als bei uns an Bord.«

Cochrane lächelte traurig. Er hatte das Lazarett dieses Schiffes gesehen. Medizinische Einrichtungen, die die des Bordlazaretts übertrafen, gehörten nur den Göttern.

Vielleicht war das der Weg. Irgendwann.

Cochrane schluckte und bereitete seine Kehle auf die Mühen des Sprechens vor. Picard wartete aufmerksam und respektvoll ab. Cochrane sah Kirk vor seinem geistigen Auge neben sich stehen. Er hätte getobt, von Frustration verzehrt, wäre er nicht fähig gewesen, seine Passagiere zu retten. Er fragte sich, welcher Unterschied zwischen ihnen bestand. Zwei Männer, die sich so unähnlich waren und einander doch so glichen. Der eine voller zeitloser Jugend und Zuversicht, ständig auf der Suche, voller Leidenschaft. Der andere: erfahren, dank seines Alters angemessen zweifelnd, ständig alles überdenkend, voller zeitloser Weisheit.

Jugend und Reife. Nicht nur die Männer, sondern die Kultur, die sie bewohnten. Eine gemeinsame Kultur. Die Föderation. Aber in unterschiedlichen Stadien. Dem eigenen großen Weg folgend.

Und es war Zeit für Cochrane, seinen Weg enden zu lassen. Das wußte er jetzt.

»Können Sie das Schiff wenden?« fragte er leise. »Damit wir die Sterne so sehen können, wie man sie von dem Planetoiden aus gesehen hätte?«

Keine Wut. Kein Geschrei. Hinnahme. »Natürlich«, sagte Picard. »Ich werde es veranlassen.«

Cochrane dankte ihm stumm. Er war müde. Seine Gefährtin lag warm und friedlich in seinen Armen. Aber er wollte noch einmal die Sterne sehen.

Wer wußte es schon? Vielleicht sangen sie noch ein letztes Mal für ihn.

# 7
## *USS* Enterprise *NCC-1701*
## *unterwegs nach Neural III*

Sternzeit: 3858.7 · Terrestrische Zeit: November 2267

Nach zwei Stunden im Konferenzraum bot Admiral Kabreigny Kirk eine Tasse Kaffee an. Kirk nahm es als gutes Zeichen. Vielleicht hatten sie während der Versammlung doch Fortschritte erzielt. Niemand hatte ein Wort über den Nervengriff verloren.

Spock lehnte das Angebot ab. McCoy akzeptierte zwar, aber er sah so aus, als wäre ihm ein Cognac lieber gewesen.

»Ich kann dem Oberkommando also melden«, sagte Kabreigny und schaute Kirk fest an, »daß keine Informationen über die Zukunft in unsere Gegenwart gekommen sind?«

»Ja«, sagte Kirk fest. Er hatte die Brückenmannschaft zur Geheimhaltung vergattert. Der Name des Schiffes, dem sie in dem Schwarzen Loch begegnet waren, würde niemals enthüllt werden. Und so sagte er die Wahrheit, wenn er behauptete, es seien keine Information von einem ins andere Zeitalter gelangt. Schließlich wollte er das Oberkommando nicht belügen.

Kabreigny schien seine Versicherung zu akzeptieren. Sie nippte an ihrem Kaffee.

»Ich frage mich, Admiral«, sagte Spock, »was Sie *überhaupt* melden wollen?«

Kabreigny zuckte die Achseln. »In dieser Hinsicht muß ich noch um Rat bitten. Da offenbar ein Schiff aus der Zukunft den Ereignishorizont in einer Flugbahn durchdrungen hat, die es zu Ihnen und zur Fähre führte, muß jemand aus dieser Zeit gewußt haben, daß

Sie dort waren. Ich möchte nicht, daß öffentlich bekannt wird, daß Zefram Cochrane sich an Bord befindet, deswegen bewahren wir, wie ursprünglich vorgesehen, das Geheimnis Ihrer Begegnung mit ihm. Es darf nicht dazu kommen, daß einer von Thorsens Komplizen ein paar Antimateriebomben durch den Ereignishorizont wirft und ihn umbringt, bevor er so gerettet wurde, wie Sie es beobachtet haben. Ich meine, gerettet *werden wird.*

Vielleicht sagen wir, die Flotte hätte ein wissenschaftliches Objekt in den Ereignishorizont katapultiert«, fuhr sie fort. »Wir können dann darum ersuchen, daß es wieder geborgen wird – an dem Tag, an dem die ursprüngliche Flugbahn die Fähre am nahesten an ihn heranführt.«

Spock blickte skeptisch auf. »Sie bewegen sich hart am Rande einer Kausalschleife, Admiral.«

Kabreigny lächelte Spock tatsächlich an. Kirk glaubte, es war das erste Lächeln, das sich auf ihrem Gesicht abzeichnete. »Deswegen ersuche ich um *Ihren* Rat, Mr. Spock. Die Flotte ist sehr vorsichtig, wenn es um Zeitreisen geht. Und hier haben wir ein gutes Beispiel für die Gründe.«

Kirk sah eine Möglichkeit zum Eingreifen und beschloß, sie zu nutzen, solange die Stimmung günstig war. »Wie steht die Flotte zu Verschwörungen?« fragte er.

Die Admiralin lächelte nun nicht mehr. »Scheint so, daß ich in dieser Hinsicht auch einige Ratschläge brauchen könnte.«

»Immerhin gab es *wirklich* eine Verschwörung«, sagte McCoy in dem Bemühen, ihnen zu helfen. »Es war nicht nur eine paranoide Täuschung.« Auch sein Lächeln verblaßte, als er bemerkte, daß niemand es erwiderte.

»Die Verschwörung hat ihren Anfang nicht *innerhalb* der Flotte genommen, Doktor. Wofür wir alle dankbar sein können. Aber Colonel Thorsen konnte eine unvermutete Schwäche in unserer Abwehr ausnutzen, und es dauert vielleicht Jahre, das System besser abzusichern.«

»Bis dahin«, sagte Spock, »läuft Adrik Thorsen vielleicht noch frei herum.«

Kirk gefiel diese Möglichkeit nicht. Als die *Lexington* und die *Excalibur* die *Enterprise* bei TNK 65813 begleitet hatten, war man auf keine Spur des zweiten klingonischen Kreuzer gestoßen, und man wußte nicht, auf welchem der Schiffe Thorsen gewesen war. Vielleicht war er auf dem Kreuzer gestorben, den die *Enterprise* in dem Schwarzen Loch vernichtet hatte. Er konnte aber auch noch frei sein. Frei, um Zefram Cochrane zu verfolgen.

»Ich glaube, um Thorsen brauchen wir uns keine Sorgen mehr zu machen«, sagte Kabreigny. »Die Grigari-Nanomaschinen werden sich Zelle für Zelle seiner annehmen …«

»Trotzdem«, sagte Kirk. »Der Menschen böse Taten …«

Kabreigny schüttelte den Kopf. »In der Galaxis gibt es keinen Platz mehr für das Böse, Captain.«

»Die Wissenschaft kann es aber nicht garantieren«, sagte Kirk.

Kabreigny stellte ihre Tasse ab. »Captain Kirk, nach allem, was wir durchgemacht haben – soll es so enden? Daß wir uns in der alten Debatte weiterhin als Gegner gegenüberstehen?«

»Es muß nicht sein«, sagte Kirk. »Wenn Ihr Geheimkomitee sein Wissen mit dem Rest des Oberkommandos bezüglich einer möglichen militärischen Verschwörung in Sachen Cochrane, Klingonen und Warpbombe geteilt hätte, hätten wir die Sache vielleicht stoppen können, bevor sie so weit eskaliert war.«

»Nach dem, was wir damals wußten … Wie hätte die wissenschaftliche Abteilung der Flotte der militärischen trauen können?« fragte Kabreigny.

Kirk faltete auf dem Konferenztisch die Hände. »Nach dem, was Sie nun wissen ... Könnte der Mangel an Kommunikation zu der grundlegenden Unstimmigkeit zwischen uns geführt haben? Wie konnten Sie ihr nicht trauen?«

Kirk und Kabreigny musterten sich über den Tisch hinweg. Keiner war zum Nachgeben bereit.

»Sie brauchen in dieser Debatte keine gegensätzlichen Standpunkte einzunehmen«, sagte Spock zu den beiden.

»Sie können es sich nicht leisten«, fügte McCoy hinzu, der lieber zur Hölle fahren wollte, als Spock die Rolle des Friedensstifters zu überlassen.

»Admiral, wir sind beide ein Teil der Flotte«, sagte Kirk nach einer geraumen Weile. »Vielleicht lautet die Frage gar nicht, ob wir uns als militärische oder wissenschaftliche Organisation etikettieren sollen. Vielleicht sollten wir einfach nur sagen, wir sind die Flotte und belassen es dabei. Irgend etwas Neues. Ein Etikett für sich. Lassen wir den Konflikt sausen. Zusammen mit Thorsen und dem Optimum. Dorthin, wo er hingehört. In die Vergangenheit.«

Kabreigny stand auf. Majestätisch. »Ich habe zwar irgendwie das Gefühl, daß wir das Problem heute nicht mehr lösen werden, Jim, aber danke, daß Sie es versucht haben.« Sie hielt inne und streckte theatralisch die Hand aus. Kirk stand auf und schüttelte sie schwungvoll.

»Ich frage mich, wie die Galaxis wohl aussieht, auf die Zefram Cochrane in hundert Jahren stößt«, sagte Kabreigny.

»Besser«, sagte Kirk. »Dafür garantiere ich.«

Kabreigny schaute ihn an, als wolle sie noch eine Frage stellen – vielleicht um zu prüfen, ob nicht doch eine Information aus der Zukunft in die Gegenwart gelangt war. Aber dann schien sie es sich noch einmal zu überlegen.

»Sie garantieren es?« sagte sie. »Das ist gut zu wissen.«

Sie sammelte die Datenwürfel ein und schob sie in ihre Aktentasche. »Die *Lexington* bringt mich nach TNK 65813 zurück, bevor Sie Neural III erreichen«, sagte sie. »Ich habe das Gefühl, daß ich dieses spezielle Schwarze Loch in nächster Zeit ganz besonders studieren werde, um in Erfahrung zu bringen, wohin – und wann – Cochrane zurückkehrt.«

McCoy grinste. »Tja, wer weiß? Vielleicht benennt man das Schwarze Loch sogar nach Ihnen, Admiral.«

Kabreigny schaute nur zur Tür, dann verabschiedete sie sich bei Kirk und Spock und ging.

Sobald die Tür hinter ihr geschlossen war, drehte Kirk sich zu McCoy um. »Ein *Schwarzes Loch* nach einer *Admiralin* benennen? Was hast du dir dabei gedacht?«

McCoy schaute verletzt drein. »Es ist doch schließlich kein beliebiges Schwarzes Loch! *Wir* sind in ihm drin. Und auch Cochrane. Und auch die andere *Enterprise.* In diesem Augenblick. Fürs nächste Jahrhundert.« McCoy lächelte nun wieder. »So was gibt einem doch zu denken, oder etwa nicht?«

Die Vorstellung ließ Kirk frösteln. Er legte eine Hand an seine Schläfe. »Meine Herren, ich kann Zeitreisen nicht ausstehen.«

»Es ist unlogisch, auf eine natürliche Nebenerscheinung der physikalischen Gesetze gefühlsmäßig zu reagieren.«

Kirk machte sich zur Tür auf. »Mr. Spock, ich glaube, es wird Zeit, daß Sie einen langen Entspannungsurlaub machen. Wir schicken Sie mal wieder zu Ihren Eltern.«

Als die Tür sich vor ihm öffnete, nahm Spock an Kirks Seite seinen Schritt auf, McCoy an der anderen.

»Gute Idee, Jim«, sagte McCoy zustimmend. »Dann können Spock und Sarek den ganzen Tag über Logik diskutieren und jeden Abend Poker spielen!«

»Doktor, ich verstehe nicht, warum Sie fortwährend …«

Spock hielt inne, als Kirk plötzlich loslachte, und zwar nur aus dem Grund, weil er lebte und unterwegs zur Brücke seines Schiffes war.

Es gab noch immer viel zu tun.

Und er hatte vor, nichts auszulassen.

# 8
## *USS* Enterprise *NCC-1701-D*
## *Region Gamma Canaris*

Sternzeit: 43924.1 · Terrestrische Zeit: Mai 2366

»Wie fühlen Sie sich?« fragte Picard.

»Wenn man bedenkt, daß ich gar keine Gefühle habe«, sagte Data, »ist die Frage unangebracht.«

Picard lächelte. LaForge blickte von seinem Tricorder auf. »Data, wie er leibt und lebt. Nicht die geringste Spur der Thorsen-Persönlichkeit.«

Data schaute sich im Hangar um. Das Urrassen-Objekt war dort, wo Picard es zuletzt gesehen hatte, auf dem Gerüst in der Nähe des gefälschten Borg-Artefakts.

»Wo ist die Thorsen-Matrix?« fragte Data.

»Wieder im Urrassen-Objekt«, erwiderte LaForge.

»Ich kann keinen Programmierrückstand von der Thorsen-Matrix in mir erkennen«, sagte Data. »Ist das bordeigene Computersystem ebenfalls rückstandsfrei?«

LaForge schloß den Tricorder. »Absolut. Eine Persönlichkeitsmatrix ist mit einem Programm nicht zu vergleichen. Sie gleicht menschlichen Hirnwellen – analogen, nicht digitalen –, deswegen kann sie nicht auf gleiche Art dupliziert werden. Nur transferiert. Wie Sie und Lore.«

LaForge löste die positronischen Kabel von Datas geöffneter Schädeldecke, schloß die Zugriffsluke und schob Datas Haar sorgfältig wieder an Ort und Stelle. »Als die Thorsen-Matrix sich aus dem Computer in Sie überspielen ließ, hat sie natürlich Programmkodes hinterlassen, die den Zugriff auf bestimmte Schiffsfunktionen blockierten, aber das war alles. Beim Neustart des Systems wurden alle Kodes gelöscht.«

Data stand von der Werkbank auf, auf der er gelegen hatte, überprüfte seine Gliedmaßen und bewertete seinen Zustand.

»In meiner letzten Erinnerung sitze ich an der wissenschaftlichen Station und versuche, mit der Matrix Kontakt aufzunehmen.«

»Sobald die Matrix wußte, daß Sie ein besserer Wirtskörper sind als der Schiffscomputer, hat sie sich in Sie transferiert.«

Data schob seinen Kopf mit kurzen, ruckenden Bewegungen vor und zurück. »Hat mich vor kurzem irgend jemand geschlagen?« fragte er.

LaForge schaute zur Seite. »Ähm, ja, Worf wollte Sie von den Kontrollen wegschieben.«

»Ich hoffe, ich habe in der Zeit, in der ich nicht bei Sinnen war, nichts Unangebrachtes getan.«

»Sie tragen keine Schuld an dem, was passiert ist«, erwiderte Picard.

Data musterte ihn neugierig, dann konzentrierte er sich auf die Schiene an Picards Handgelenk. »Wie haben Sie die Matrix dazu gebracht, mein System zu verlassen und ins Urrassen-Objekt zurückzukehren?«

LaForge verstaute die feinen Werkzeuge, die er verwendet hatte, um ihn zu überprüfen. »Sie wurden abgeschaltet, Data. Als ich die Verbindung zum Objekt wieder aufnahm, wurde die Matrix ins System gezogen, wo sie funktionieren konnte. Ich habe Sie erst wieder aktiviert, als sämtliche Verbindungen getrennt waren. Ihre Sicherheitsprogramme haben Ihre eigene Matrix wiederhergestellt. Colonel Thorsen – oder das, was einst Thorsen war – sitzt nun in der Falle.«

»Was werden Sie nun mit dem Objekt anfangen?«

LaForge schaute Picard an.

»Das Schwierigste, was ich je tun werde«, erwiderte Picard.

Er ging zu dem wundersamen silbernen Objekt hinüber, berührte es zum letzten Mal mit der Hand und fragte sich, wann es geschmiedet worden war. Es gab noch immer nicht genug Beweise, um zu sagen, ob es ein echtes Produkt der Urrassen-Kultur war. Er redete sich ein, daß es das, was er tun mußte, leichter machte. Es war aber nicht so. Die einzige positive Seite des Erwerbs des Gegenstandes bestand darin, daß er eine komplette Sensoraufzeichnung ihrer Inschriften und provokativen wissenschaftlichen – bisher unvorstellbaren – Diagramme hatte machen lassen. Wahre Archäologen würden sie zu schätzen wissen. Doch wie sie auf die Nachricht reagierten, was ein Amateur mit dem Objekt angestellt hatte, darüber wollte Picard lieber erst bei der nächsten Konferenz nachdenken, an der er teilnahm.

Er zog seinen Insignienkommunikator ab und plazierte ihn auf dem Objekt. Nun wurde es von zwei Versionen der gleichen Warpfunktion geziert: dem Cochrane-Delta seines Kommunikators und der auf der Oberfläche angebrachten fremden Fassung.

Er trat zurück.

Data stand neben ihm. »Muß es vernichtet werden, Captain?«

»Es hätte beinahe unser Schiff vernichtet, Mr. Data. Und das Geschöpf im Inneren hätte vor dreihundert Jahren fast die Menschheit ausgerottet, hätte es die Chance gehabt, die Welt zu beherrschen.« Er schaute den Androiden an, denn er wußte wegen des Zwangs, den er nun spürte, sich erklären zu müssen, wie menschlich Data in Wirklichkeit war. »Der Menschen böse Taten folgen ihnen nach«, zitierte er. »Thorsen starb vor Jahrhunderten; nun ist es an der Zeit, daß auch das Böse stirbt.« Er sprach ins Nichts hinein. »Picard an Transporterraum IV.«

»Hier ist O'Brien«, meldete sich der Transporteringenieur.

»Peilen Sie meinen Kommunikator an, Mr. O'Brien. Ein Gegenstand. Unbekannte Zusammensetzung. Schalten Sie auf Breitstrahlstreuung. Maximale Reichweite.«

»Gegenstand angepeilt«, bestätigte O'Brien.

Picard warf einen letzten Blick auf das Objekt, das so gespenstisch schön und voller Geheimnisse und Versprechungen war. »Schauen Sie genau zu, Mr. Data«, sagte er, von starker Melancholie überwältigt. »Dies ist eine Lehre fürs Leben. Erwägen und abwägen.«

»Gut und Böse«, sagte Data. »Ich verstehe die Gleichung, auch wenn mir ihr tieferer Sinn entgeht.«

Picard nickte. Dreieinhalb Milliarden Jahre Geschichte würden gleich verschwinden. Wann würde man je wieder eine solche Chance haben? Er schaute Data an. »Dann ... Könnten Sie ... Mr. Data?«

»Ich verstehe, Sir.« Der Android schaute das Objekt an. »Mr. O'Brien: Energie, bitte.«

Das Transportersummen erfüllte den Hangar. Das silberne Objekt löste sich in Nebel auf, in Zeit, nahm die Vergangenheit und die Zukunft mit sich.

Picard seufzte und wandte sich von den leeren Gerüsten ab. Die Galaxis war nun zwar sicherer als noch vor einem Augenblick, aber auch dies trug nicht dazu bei, daß er sich besser fühlte.

Er verließ den Hangar. Manchmal, dachte er, gibt es Tage, an denen ich meinen Beruf wirklich nicht ausstehen kann.

Beverly Crusher rief ihn Stunden später an, mitten in der Schiffsnacht. Sie sagte, es sei dringend. Er ging sofort in Cochranes Kabine.

Dr. Crusher war anwesend. Sie trug einen Arztkittel. Ein Medokit lag auf dem Tisch. In dem Bett lag Zefram Cochrane, ein Gigant seiner Zeit, nun außerhalb der Zeit. Sein Blick war auf die Sterne hinter dem Sichtfenster gerichtet, so wie sie jemandem vor hundert Jahren auf der Oberfläche des Planetoiden 527 erschienen wären. Seine Gefährtin lag neben ihm, ihre Hand in der seinen, die Augen geschlossen. Sie atmete kaum noch.

»Es geht nun schnell«, sagte die Ärztin leise.

»Und Sie können nichts tun?« fragte Picard. Er hatte auf dieser Reise zuviel erlebt. Jeder Tod war einer zuviel.

Crusher schüttelte den Kopf. »Ich habe ihm gesagt, wir könnten beide in Transporterstasis legen und auf eine Sternbasis bringen, um experimentelle Behandlungen vorzunehmen, aber er hat nein gesagt. Und das muß ich respektieren.«

»Er ist so weit gekommen«, sagte Picard. »Und hat so viel getan.«

»Niemand kann alles tun«, sagte Crusher leise, um ihn zu trösten.

»Nein«, sagte Picard. »Wahrscheinlich nicht.«

Dann saß er neben der Ärztin in der abgedunkelten Kabine und hielt Wache über die Passagiere aus einem anderen Zeitalter.

Manchmal nahm die Ärztin in den folgenden Stunden unter dem Sternenlicht die Hand des Captains. Sie fühlte sich gut an. Sie bestätigte das Leben in der Nähe des Todes.

Manchmal schaute Jean-Luc Picard in den folgenden Stunden zu den Sternen hinaus und versuchte sich an den Moment zu erinnern, in dem sie ihm zum ersten Mal aufgefallen waren. Als Kind, nahm er an, auf den Feldern seiner Heimat. Beim Spaziergang mit den Eltern. Er würde seine Eltern nie vergessen. Eine Generation folgte der anderen. Doch viele weitere Generationen flüsterten in seinem Inneren, die letzten Echos Sareks und der Geister, die der legendäre Vulkanier in seinem langen Leben berührt hatte. Picard dachte über diese Zeiträume nach und fragte sich, was sein eigenes Vermächtnis sein würde. Wie es möglicherweise zu all dem beitrug, was vorher gewesen war.

Irgendwann in den folgenden Stunden drückte Beverly Crusher seine Hand. »Captain«, sagte sie, »schauen Sie mal.«

Picard wandte den Blick von den Sternen ab und richtete ihn auf das Bett, in dem Cochrane und seine Gefährtin lagen.

Irgend etwas hatte sich verändert. Irgend etwas an der Helligkeit …

Das Bett leuchtete. Die beiden Gestalten leuchteten.

Picard starrte sie erstaunt an. Der leuchtende Schein irgendeiner funkelnden goldenen Energie stieg aus dem zerbrechlichen Körper des ›Companion‹ auf. Er tanzte in feinen Rhythmen und warf flackerndes Märchenlicht auf alles in der Kabine.

Cochranes Gesicht wandte sich langsam dem Licht zu. Picard sah die Anspannung auf dem Gesicht des Mannes, als er in die Energie blickte. Cochrane entließ die Finger der ›Companion‹ aus seiner Hand und hob sie, um die Wolke zu berühren.

Die Wolke hüllte ihn ein, ephemerisch, durchscheinend, rührend lebendig von Farben.

Cochrane drehte das Gesicht wieder dem Fenster zu, um zu den Sternen hinauszusehen, ein wundersames Lächeln legte sich auf seine Züge, als alle Anzeichen des Kampfes von ihm wichen.

Die Wolke rutschte an seinem Arm entlang nach unten und verschmolz so mit ihm, wie sie sich von der ›Companion‹ getrennt hatte. Sein gesamter Leib leuchtete nun in einem festen inneren Licht.

»Hörst du sie?« sagte er mit leiser, liebevoller Stimme.

Und zu Picards Erstaunen erwiderte eine Stimme, die mehr war als nur eine Stimme, ebenso liebevoll: *Ja, ich höre sie.*

Cochrane senkte seinen Arm. Langsam wich das Leuchten von seinem Körper. Und Picard begriff allmählich, daß seine Reise endlich beendet war.

Er saß noch lange in der Schiffsnacht da, und Beverly Crusher saß an seiner Seite. Beide gerührt vom unglaublichen Gefühl des Friedens und der Vollständigkeit in dem, dessen Zeuge sie geworden waren. Er legte einen Arm um sie. Sie drückte ihren Kopf an seine Schulter.

Und noch immer gab es so viel zu tun.

Aber jetzt, in diesem gestohlenen Augenblick, konnten sie sich ausruhen.

Die Föderation würde weiter bestehen.

Vierter Teil

# *Requiem*

# 1
## *Christophers Landeplatz, Titan*

Terrestrische Zeit: 19. März 2061

Als die Gäste sich um die Musiker auf der Bühne im Salon versammelten, verließ Zefram Cochrane das Heim des Gouverneurs und ging in den vergleichsweise riesigen Raum der daneben erbauten Kuppel hinaus.

Er roch den fruchtbaren Boden, der ihn an die Erde erinnerte, doch er hatte den Beigeschmack von etwas anderem, eindeutig Fremdartigem. Bald, das wußte er, würde sich unter der Kuppel ein Park ausdehnen.

Cochrane trat aus dem Innenhof auf fremdartigen Boden. Er fühlte sich unter den Stiefeln lose und bröckelig an, aber angesichts der Schwerkraft Titans sank er weniger tief ein als erwartet.

Als er über den bis dato unfruchtbaren Boden ging, dachte er an die Schwerkraft von Titan, Mars, Mond und die von Centauri B II. Er war auf all diesen Welten gewesen und hatte unterschiedliche Schwerkraft gespürt. Wie viele Welten würde er in seiner Lebzeit wohl noch betreten?

Er blieb unter dem Scheitelpunkt der Kuppel stehen. Im Alter von einunddreißig Jahren hatte er ein Kunststück vollbracht, das sich die Menschen vergangener Jahrhunderte nicht mal hatten vorstellen können. Die Menschen der kommenden Jahrhunderte würden es niemals wiederholen.

Er wußte, er sollte damit zufrieden sein.

War er aber nicht. Noch nicht.

Als die Musik im Heim des Gouverneurs wieder einsetzte, schaute er durch die Transparenzaluminiumplatten dorthin, wo die Scheinwerfer vor der Kuppel die dichten, aufgewühlten Wolken Titans anstrahlten.

Meist war die Atmosphäre dieses Mondes völlig undurchdringlich, aber wenn es Nacht wurde, hatte er gehört, gab es ein schmales Fenster, da sich eine Hochdruckbrücke mit dem Terminator bewegte, die den Himmel für wenige Minuten freimachte und manchmal eine kleine Öffnung erzeugte, durch die man die Sterne sehen konnte.

Und genau das wollte er nun tun; er wollte fort sein vom bedeutungslosen Lärm und der Konfusion des Festes, das man zu seinen Ehren gab.

Er ging davon aus, daß es ein närrisches Verlangen war. Aber wer konnte die Bedürfnisse des menschlichen Herzens schon erklären?

Er wartete hoffnungsvoll unter der Kuppel; sein Blick auf den Himmel gerichtet, der bisher unsichtbar gewesen war.

Ihm war klar, daß er bald zum Fest zurückkehren mußte. Er mußte mit Micah Brack reden. Er mußte sich über alles informieren, was in dem Jahr seiner Abwesenheit auf der Erde geschehen war. Aber all das lag noch in der Zukunft.

Und jetzt wollte er die Sterne sehen. Ganz einfach.

Lange Minuten vergingen, als er in die wirbelnde Atmosphäre hinaufschaute. Er sah die Lichtstacheln der Scheinwerfer in den finsteren Schatten verschwinden, als die Lücken zwischen den wehenden Wolkenbänken größer wurden.

Er dachte an alles, was zahllose Menschen vollbracht hatten, um ihm zu ermöglichen, heute abend hier zu stehen. Er dachte an all das, was aufgrund dessen, was er getan hatte, in der Zukunft geschehen würde.

Er fragte sich, wie viele andere eventuell hier stehen würden, wenn er nicht mehr war, und das gleiche taten wie er – hinaufschauen, die Sterne suchen.

Das ferne Tosen des Windes nahm ab.

Zwischen Tag und Nacht wurden die Wolken weniger.

Der Himmel über ihm wurde dunkel.

Hoch über Zefram Cochrane tauchten allmählich die Sterne auf, und einen kurzen Augenblick lang, eine flüchtige Sekunde seiner Lebenszeit, war er sicher, daß er die Sterne singen hören konnte.

Er fragte sich, ob auch andere sie hörten.

Irgendwann, dachte er.

Doch in diesem Augenblick war ihm nur wichtig, daß sie für ihn sangen.

## 2
## *Christophers Landeplatz*

Terrestrische Zeit: 19. März 2270

Admiral Kirk blieb gleich hinter dem Eingang der Gründerparkkuppel stehen und atmete tief ein. Es überraschte ihn, wie sehr ihn der Geschmack der Luft an die Erde erinnerte. Aber Christophers Landeplatz war eine alte Kolonie, und ihr maßgeschneidertes Ökosystem hatte viel Zeit gehabt, so komplex zu werden wie das, auf dem es basierte. Über hundert Jahre.

Titanvögel sangen, als er den Weg über die abgetretenen Steinplatten des übers Gras führenden Weges wieder aufnahm. Er hörte das Lachen der Kinder auf den Schaukeln, das Plätschern eines Springbrunnens, das Rascheln des von Ventilatoren erzeugten Windes in den … Kirk kniff die Augen zusammen und sah am Rande der Kuppel tropische Bäume.

Feigenbäume, alt und knorrig. Und über ihnen eine Kette ultravioletter Lampen.

Er fragte sich, wer die Bäume hergebracht hatte. Wahrscheinlich einer der ersten Kolonisten. Um eine unbewohnbare Welt heimischer zu machen.

Kirk richtete das dünne Päckchen unter seinem Arm aus und ging über den Weg auf das Standbild zu, das genau in der Mitte der Kuppel stand. McCoy erwartete ihn schon; er wirkte fremdartig in der Zivilkleidung und mit dem unregelmäßig wuchernden Bart. Als Kirk ihm die Hand schüttelte, versuchte er ein Lächeln zu unterdrücken. Er sah, daß es McCoy nicht anders erging, als er ihn in der Admiralsuniform erblickte.

»Ich hätte nie gedacht, daß du so lange Admiral bleiben würdest«, sagte McCoy.

»Ich hätte nie gedacht, daß du so lange Rentner bleiben würdest«, erwiderte Kirk.

McCoy stieß ein kurzes, unlustiges Lachen aus. »Die Chance, daß ich zur Flotte zurückkehre, ist in etwa so groß wie die, daß Spock zurückkommt.«

»Hast du etwas von ihm gehört?«

»Wie könnte ich? Er hat bestimmt irgendein verdammtes vulkanisches Schweigegelübde abgelegt, damit er sein *Kohlin*-Dingsbums betreiben kann.«

Kirk lächelte verständnisvoll. »Ich weiß, Pille. Er fehlt mir auch.«

McCoy schaute alarmiert drein. »Na, hör mal, ich ...«

Doch Kirk schüttelte den Kopf und deutete auf das Standbild, so daß McCoy keine andere Wahl blieb, als mit dem Reden aufzuhören und es sich ebenfalls anzuschauen.

»Was hältst du davon?« fragte Kirk.

Die doppelt lebensgroße Statue Zefram Cochranes stand auf einem Granitfundament von der Erde. Der Wissenschaftler schaute auf; sein Blick war für immer auf den Himmel gerichtet. In einer Hand hielt er einen gekrümmten Lorbeerzweig – eine Hälfte des Großsiegels der Föderation. Mit der anderen Hand machte er eine Geste, als lade er den Betrachter ein, ihm zu folgen.

»Die Wangenknochen stimmen nicht«, nörgelte McCoy.

»Ich glaub', darum geht's gar nicht«, sagte Kirk.

Das Granitfundament war mit einer einfachen Tafel versehen.

**ZEFRAM COCHRANE**
Irdischer Wissenschaftler, Erfinder des Warpantriebs
Geb. 2030 A.D. – Gest.?
Gestiftet vom Geschichtsverein
»Christophers Landeplatz«

zur Feier des 100. Jahrestages der Gründung der
FÖDERATION DER VEREINTEN PLANETEN
und zum 200. Jahrestag von
Zefram Cochranes triumphaler Rückkehr
in sein Heimatsystem
nach dem ersten Überlichtflug der Menschheit
zu einem anderen Planeten
19. März 2261

Kirk gefiel die Tafel. Zwar gab es auf mehr Welten, als er sich erinnern konnte, ähnliche Statuen, aber die hier hatte eine besondere Bedeutung, denn dies war ein Ort, an den Cochrane zurückgekehrt war.

»Vielleicht hat er genau da gestanden, wo wir jetzt stehen«, sagte Kirk.

»Gab es die Kuppel damals überhaupt schon?« knurrte McCoy.

Kirk wußte es nicht. Es war auch unwichtig.

McCoy kratzte seinen Bart. »Hast du es je bedauert, daß du dich in dieser Sache nach den Vorschriften gerichtet hast, Jim? Ich meine, daß du nicht früher mit ihnen Verbindung aufnahmst? Bevor die Störungen es verhinderten?«

Kirk lächelte. »Ich kann mich mit ihnen verständigen«, sagte er.

McCoy schaute ihn sprachlos an.

Kirk hob sein Päckchen hoch und öffnete es.

McCoy betastete das Briefpapier. Kirk zog es zurück. »Ist das echtes Papier?«

»Handgeschöpft«, erwiderte Kirk. »Eine kleine Firma in San Francisco stellt es her. Sie beliefert die vulkanische Botschaft.«

McCoy hob eine Braue. Kirk wagte es nicht zu erwähnen, wo der Arzt sich diesen Ausdruck abgeschaut hatte. »Du willst einen *Brief* an den Captain des anderen Schiffes schreiben?«

»Genau. Ich habe es zu lange aufgeschoben. Er hat

das Recht, die ganze Geschichte hinter diesem Unternehmen zu erfahren.«

»Jim, er ist wahrscheinlich noch nicht mal geboren. Wenn du aufschreibst, was passiert ist – was passieren *wird* –, und er es liest … Du verrätst ihm seine Zukunft. Dann tut er möglicherweise nicht das, das er getan hat – tun wird. Gütiger Himmel, kein Wunder, daß die Flotte etwas gegen Zeitreisen hat.«

Kirk lachte. »Er wird ihn erst nach dem Tag erhalten, den Spock berechnet hat. Und für alle Fälle lege ich noch ein paar Jährchen drauf.«

»Ich nehme an, du legst ihn ins Flottenarchiv?« fragte McCoy.

»Seine Sicherheit ist sehr verbessert worden. Ich habe persönliches Interesse daran gezeigt.«

McCoys Blick richtete sich wieder auf Cochranes Statue. »Und was dann?« fragte er. »Nach dem Brief? Was machst du dann?«

Kirk zuckte die Achseln. »Dann gehe ich wieder zur Arbeit. Die Überholung der *Enterprise* geht zwar bestens voran, aber hin und wieder braucht Mr. Scott auch jemanden, der die Fäden zieht. Ich habe auch schon angefangen, mit Kandidaten zu sprechen … für den Posten des Captains.«

McCoy schaute Kirk an. »Ich glaub' dir kein Wort.«

Kirk wußte nicht, was er antworten sollte. »In welcher Hinsicht?«

»Du gehst doch selbst wieder mit ihr raus. Tu doch nicht so.«

»Admirale dürfen keine Schiffe kommandieren, Pille.«

»Stimmt. Und den *Kobayashi Maru*-Test kann auch niemand bestehen.«

Kirk seufzte. Er hob das Briefpapier hoch. »Hast du sonst noch ein paar Vorhersagen für künftige Generationen auf Lager? Ich könnte sie als Fußnoten verarbeiten.«

McCoy legte eine Hand auf Kirks Schulter. »Glaub bloß nicht, indem du den Brief an die Zukunft schreibst, verfaßt du irgendwie deinen Nachruf. So was gefällt mir nicht… Als würdest du schon ein Resümme deines Lebens ziehen. Als wolltest du bald irgend etwas aufgeben oder so was. Du bist sechsunddreißig Jahre alt. Fast siebenunddreißig. Zu jung, um Admiral zu sein. Zu jung, um hinter einem Schreibtisch zu sitzen. Du gehörst dorthin, wo der Brief hingeht.« Er schaute zur Kuppelspitze hinauf, der auch Zefram Cochranes ewiger Blick galt. »Dort oben hin, dort draußen hin, überall hin, nur nicht hierher.«

Auch Kirk schaute auf. Die Arbeiten an der Titan-Atmosphäre verliefen nach Plan, und die dünnen Wolken kurz nach Sonnenuntergang ließen die Sterne in all ihrer Pracht herabscheinen. Er fragte sich, ob es die Kuppel *wirklich* schon gegeben hatte, als Cochrane hier gewesen war. Er fragte sich, ob Cochrane die Sterne von der Oberfläche des Titan vielleicht gesehen hatte. Wahrscheinlich nicht. Aber die gleichen Sterne hatten auch damals auf Titan herabgestrahlt, und sie würden es auch in Zukunft tun.

»Wollen wir was essen gehen?« fragte McCoy. »Ich kenn' da ein nettes Lokal am Fährenhafen.«

»Später«, sagte Kirk. Er hob das Päckchen mit dem Briefpapier und warf einen Blick zur Seite der Kuppel. »Ich werde mich jetzt erst mal unter die Bäume dort setzen und meinen Brief schreiben.«

»Mach dir bloß nicht vor, du schreibst deine Memoiren, Jim. In dir steckt noch eine Menge Leben. Auch wenn du Admiral bist.«

Kirk verabschiedete sich von seinem Freund und arbeitete sich zum Feigenbaumhain vor. Dort stand eine Bank. Er nahm auf ihr Platz und legte das Päckchen wie eine Schreibunterlage auf seine Knie.

Er schrieb das Datum auf die erste Seite, dann hielt er inne und fragte sich, wie er fortfahren sollte. McCoy hatte wahrscheinlich recht. Der Captain des anderen Schiffes war möglicherweise noch gar nicht geboren. Vielleicht kam er erst in Jahrzehnten zur Welt. Und doch hatten seine – oder ihre – Taten es ihm ermöglicht, dem Ereignishorizont eines Schwarzen Loches zu entkommen und heute hier zu sein. Es fiel ihm nicht leicht, sich vorzustellen, wie Taten in der Zukunft Wellen durch die Zeit werfen und Auswirkungen auf die Vergangenheit haben konnten. Doch angesichts all dessen, was er in seiner Laufbahn gesehen hatte, nahm er an, daß die Schrullen des Universums auch nicht mehr Sinn ergaben.

Wie also sollte er dem Captain des anderen Schiffes antworten? Welche Botschaft sollte er dem Papier anvertrauen? Welche Weisheiten aus der Vergangenheit, welche Offenbarungen von Hoffnungen und Befürchtungen verdienten es, bewahrt und in die Zukunft weitergegeben zu werden, um jemandem zu danken, der noch nicht existierte? Für Taten, die er noch nicht begangen hatte?

Kirk saß sehr lange auf der Bank unter den Bäumen. Er hörte erneut den Lärm spielender Kinder, sah Verliebte umherschlendern, beobachtete alte Pärchen, die bequem auf anderen Bänken an dem plätschernden Springbrunnen saßen und die Zeichen des Lebens genossen, das in all seinen Stadien um sie herum erblühte. Und alle, die Kirk sah, schauten irgendwann unausweichlich zur Kuppelspitze hinauf, in die Richtung, in die Cochrane deutete, und er wußte ganz genau, daß zahllose andere von verschiedenen fernen Welten zu ihnen zurückschauten.

Kirk musterte Cochranes Statue. Irgendwann würde man das Fragezeichen hinter seinem Todestag durch eine Zahl ersetzen, und alle würden die Wahrheit wissen. Doch bis dahin … Er folgte dem Blick des Wissenschaftlers nach oben.

Er schaute sich die Sterne an.

Und dann wußte er genau, was er sagen wollte.

Allein auf der Bank, unter den Bäumen eines längst verstorbenen Kolonisten, fing Kirk an zu schreiben. Es dauerte viele Stunden, bis er wieder aufschaute. Und als der Brief fertig war, wußte er, daß McCoy recht gehabt hatte.

Irgendwie würde er die *Enterprise,* wenn der Umbau abgeschlossen war, wieder hinaussteuern.

Die Sterne verlangten es von ihm.

Er konnte sie fast rufen hören.

# 3
## *Christophers Landeplatz*

Sternzeit: 48988.2 · Terrestrische Zeit: 28. Mai 2371

Als Picard in der Mitte der Gründerparkkuppel stand, schloß er einen Moment lang die Augen. Das üppige Aroma der Luft Titans, das Rascheln der Blätter, der Gesang der Vögel – all das erinnerte ihn an das, was auf Veridian III passiert war, an alles, was er dort verloren hatte. Und er dachte an die Millionen Leben, die man dafür als Gegenleistung erhalten hatte.

Doch nun war er hier. Aus irgendeinem Grund hatten das Schicksal und das Universum sich verschworen, ihn bis zu diesem Moment zu bringen, während andere zurückgeblieben waren. Man konnte sein ganzes Leben so sehen. Aus irgendwelchen Gründen hatte er Dinge und Abenteuer erlebt, die sich die Menschen vergangener Jahrhunderte nicht mal hatten vorstellen können. Und die Menschen der kommenden Jahrhunderte würden sie niemals wiederholen. Wenn er den Fortschritt des Lebens auf diese Weise überdachte, war er zufrieden.

Picard öffnete die Augen und musterte das sich nie ändernde Gesicht Zefram Cochranes. Er fand es beruhigend.

Fünf Jahre waren vergangen, seit der Wissenschaftler zu seiner letzten Reise zwischen den Sternen an Bord der *Enterprise* gekommen war. Man hatte seine Leiche damals hierhergebracht. Sie ruhte tief im Boden des Titan. Die Statue war sein Grabstein.

Picard las die in den Stein eingelassene Tafel. Die Zahlen, die sein Todesjahr angaben, waren heller als die anderen im Metall, was bezeugte, daß man sie nachträglich hinzugefügt hatte.

Er vernahm das Geräusch von Schritten, die er nach acht Jahren leicht erkannte.

»Hallo, Will«, sagte er, bevor Riker etwas sagen konnte.

Er konnte Riker lächeln *hören,* als er antwortete. »Hallo, Captain.«

Sie standen zusammen da, schauten zur Kuppel hinauf und sahen das, das Cochrane ewig sehen würde – hell flackernde Sterne leuchteten durch die gereinigte Atmosphäre Titans, ein Juwelenband um den majestätischen Saturn. Dieser Saturnmond war zwar noch immer viel zu kalt, um jemandem zu erlauben, sich ohne Schutzanzug im Freien aufzuhalten, aber die Titanbewohner hatten schon ein geothermisches Öffnungsprojekt angefangen, und wer wußte, was in ein paar hundert Jahren war? Vielleicht lag der ganze Park dann unter offenem Nachthimmel. Picard fragte sich, was Cochrane wohl davon gehalten hätte.

»Ein äußerst bemerkenswerter Mensch«, sagte Riker.

»Ein äußerst bemerkenswertes Leben«, sagte Picard zustimmend.

Sie standen schweigend da und betrachteten die Statue und das, was sie darstellte. Ungeachtet dessen, daß sie acht Jahre lang Captain und Erster Offizier gewesen waren, ungeachtet dessen, daß sie nicht wußten, was die Zukunft nun für sie bereithielt, waren sie Freunde, und das zwischen ihnen herrschende Schweigen war so bedeutungsvoll wie ein Gespräch.

Irgendwann erklangen neue Schritte. Picard erkannte sie nicht. Er und Riker drehten sich zusammen um.

Eine Vulkanierin in roter Starfleet-Uniform und mit kurz geschnittenem Haar kam auf sie zu. Sie war, was ihre Spezies anbetraf, in den mittleren Jahren, also etwa einhundert Erdjahre alt. Die Tasche, die sie trug, war mit dem Emblem des Flottenarchivs versehen.

»Captain Picard?« fragte sie.

»Ja?«

»Verzeihen Sie die Störung.« Sie öffnete die Tasche und entnahm ihr einen durchsichtigen Aluminiumzylinder. In ihm befand sich ein altmodischer Briefumschlag. Er schien aus echtem Papier zu sein.

Der Umschlag faszinierte Picard sofort, und noch mehr, als die Vulkanierin ihn ihm überreichte. »Das ist für Sie, Sir.«

Picard nahm den Zylinder in die Hand und drehte ihn, um die saubere Handschrift auf dem Umschlag zu lesen. »Was ist das?«

»Ein persönliches Schreiben, Sir. Ein Brief. Er wurde vor hundert Standardjahren dem Archiv anvertraut.«

»Ich verstehe nicht«, sagte Picard. »Wie kann er für mich bestimmt sein?«

»Der Brief ist an den Kommandanten des Raumschiffes gerichtet, der zur Sternzeit 43926 eine Sonderrettungsmission im Ereignishorizont von TNK 65813 leitete.«

Als Picard diese Worte hörte, fühlte er sich urplötzlich an etwas erinnert. Das, was die Vulkanierin gesagt hatte, war der genaue Wortlaut dessen, was auf dem Umschlag stand, und der Ort und die Zeit, auf den sich ihre Worte bezogen, hatte er nie vergessen. Er schaute der Vulkanierin in die Augen. Er wagte die Frage nicht zu stellen, von der er wußte, daß er sie stellen mußte. Die mögliche Antwort war mehr, als er erwarten durfte.

»Der Brief lag in einem Privatlogbuchtresor und muß in diesem Jahr freigegeben werden. Derjenige, der ihn dort deponiert hat, ist offenbar den Flottenbestimmungen bezüglich temporaler Transmissionen nicht auf die übliche Art nachgekommen.«

»Nicht auf die übliche Art ...«, wiederholte Picard und machte sich klar, was dies möglicherweise bedeutete. »Und wer hat den Brief dort hinterlegt?«

Die Vulkanierin nickte kurz, ein unterschwelliges

Zeichen des Respekts für den Namen, den sie aussprach. »James Tiberius Kirk, Sir. Er war zur Zeit, als er geschrieben wurde, Admiral beim Flottenoberkommando.«

Picard holte erwartungsvoll Luft. Er war überrascht, verwundert. Seit Cochranes Bergung durch sein Schiff und seine Mannschaft hatte er Gelegenheit gehabt, den Zwischenfall im Inneren des Ereignishorizonts mit Botschafter Spock und Montgomery Scott zu diskutieren, der kurz auf seiner *Enterprise* gewesen war. Doch als er auf Veridian III mit Kirk gesprochen hatte, war er selbst so von dem Gefühl überwältigt gewesen, wieviel es gab, was sie einander zu sagen hatten, soviel, was sie sich mitzuteilen hatten, auch über die Ereignisse bei TNK 65813 hinaus. Doch die Zeit war zu kurz gewesen. Sie war immer zu kurz. Wie ein Naturgesetz.

Der Zylinder schien in Picards Hand zu schweben. Der Umschlag in seinem Inneren schien zu leuchten.

»Ich habe ihn einst getroffen, Sir«, sagte die Vulkanierin. »Admiral Kirk. – Captain Kirk«, verbesserte sie sich. »Als er im Ruhestand war. Auf dem Ellison-Forschungsposten.«

»Wirklich?« fragte Riker, um Picard den Schmerz zu ersparen, die Umstände seiner eigenen Begegnung mit Kirk auf Veridian III zu beschreiben.

»Ein äußerst bemerkenswerter Mensch«, sagte die Vulkanierin.

»Ein äußerst bemerkenswertes Leben«, sagte Riker zustimmend.

Die Vulkanierin nickte. Ihr Schweigen bestätigte, wie wenig Worte man über manche Dinge sagen konnte. Sie schloß die Tasche. »Der Zylinder ist mit Stickstoff gefüllt«, erklärte sie. »Wenn Sie den Brief geöffnet haben, sollten Sie ihn mit einem Archivlagerverfahren konservieren. Ich kann Ihnen die neuesten Richtlinien gern besorgen.«

Picard dankte der Vulkanierin, und sie ging.

»Na?« sagte Riker. »Wollen Sie ihn nicht öffnen?«

Picard hätte nichts lieber getan. »Aber nicht hier, Will«, sagte er. »Da oben. Wo seine Worte hingehören.«

Riker lächelte sanft und nickte. »Verstehe.«

Picard hielt den Zylinder so wie Cochrane den Lorbeerzweig, als sei er der Rahmen von etwas Größerem, Unsichtbarem, das sich noch in der Zukunft befand. »Die drei Zeitalter der Föderation«, sagte er leise. »Cochrane, Kirk und wir.« Der Umschlag war dick. Der Brief, den er enthielt, mußte lang und detailreich sein … Wer wußte, welche Geheimnisse er enthielt, die nur jene kennen durften, die Raumschiffe kommandierten?

»Ich frage mich, was das nächste Zeitalter bringt«, sagte Picard. »Und wem.«

Einen Moment lang hatte er das Gefühl, daß die Sterne ihm antworteten.

## *Das Artefakt*

Neue Sternzeit: γ 2143.21.3

*Das Schiff bewegt sich durch Raumsektoren, die Cochrane sich nicht hätte vorstellen können. Es wird von Maschinen angetrieben, die Scott und LaForge unverständlich gewesen wären. Doch alle drei Ingenieure hätten sein Ziel erkannt, das tief in der Leere zwischen den Galaxien liegt.*

*Der Captain des Schiffes ist eine Frau, und sie hebt eine Hand zum Hauptbildschirm der Brücke hoch. Ihr Daumen verdeckt die hinter ihr kleiner werdende Milchstraße. Man fliegt mit Seitenwarpfaktor 55.*

*»Bojensignal nähert sich wie vorhergesagt«, meldet der Datenoffizier. »Gehen auf Warpgeschwindigkeit zurück.« Das Schiff verlangsamt zu einem relativen Kriechen, und der Hauptbildschirm schaltet auf Vorwärtstastung um. Vor dem Glitzern ferner Galaxien hebt sich eine blaue Boje ab, und das Schiff kommt näher. »Gehen auf Unterlicht … und relativen Halt.«*

*Das Schiff hängt im All, mehrere Dutzend Millionen Lichtjahre von jedem Stern entfernt, von jeder Materie, die größer ist als ein Staubkorn, ausgenommen die silberne Struktur genau voraus; der Struktur, deren Präsenz ihnen nach der letzten Aufnahmezeremonie, die alle raumfahrenden Kulturen der Milchstraße zu einer Großföderation zusammengeschlossen hat, über Seitenraumfunk bekanntgemacht wurde. Dies, so lautet die gegenwärtige Theorie, war der Auslöser für die Einladung gewesen.*

*Die Übersetzertanks identifizieren die Symbole auf der Seite der Struktur als übereinstimmend mit denen, die man von den sogenannten Urrassen-Artefakten kennt. Das Coch-*

*rane-Delta ist ebenfalls dabei. Die Wissenschaftstanks bestätigen, daß die Strahlungssignatur eine Einheit mit den postulierten kontrollierten Zugriffskorridoren zu multiplen Universen bilden. Der Captain schüttelt verwundert den Kopf. »Multiple Universen«, sagt sie zum Datenoffizier. Die Worte und die gesamte Vorstellung erschien ihr noch immer unwirklich. Der Datenoffizier hält die Hände über den Kontrollebenen bereit. »Nehmen wir die Einladung an, Captain?«*

*Der Captain schaut in das lockende Tor der silbernen Struktur zwischen den Galaxien, betrachtet einen endlosen Ozean aus Zeit und Raum, in den sich das Leben ausdehnen kann. Sein Schicksal ist nicht mehr an eine einzelne Welt, eine einzelne Galaxis gebunden. Oder, wie jetzt, an ein einzelnes Universum.*

*»Volle Kraft voraus«, befiehlt sie. »Mal sehen, was auf der anderen Seite ist.« Wie ein anderer Forscher, der Jahrhunderte vor ihr am Rande eines ebensolchen Abenteuers stand, trüben sich ihre Augen durch Tränen, selbst als sie lacht. Der Grund für beide Reaktionen ist ihr ein Rätsel, doch tief verwurzelt mit dem, was sie menschlich macht.*

*In der Sprache ihrer Zeit heißt ihr Schiff* Enterprise, *und es gleitet voran, nimmt die Einladung an und geht wieder einmal dorthin, wo niemand zuvor gewesen ist.*

*Denn sogar hier, sogar jetzt, fängt das Abenteuer gerade erst an …*

Epilog

# Am Rande der Ewigkeit

## *Ellison-Forschungsposten*

Sternzeit: 9910.1
Terrestrische Zeit: Ende September 2295

Kirk nahm die Hand vom Wächter. Ihm war kurz so, als habe er vergessen zu atmen.

Der Wächter schien sich um ihn zu drehen. Sternenwirbel. Abbildungen unvorstellbarer Tore. Pfade und Möglichkeiten. Und *multiple* Universen …

»Captain?«

Er bemerkte, daß die Vulkanierin in seiner Nähe stand. Der unglaublich junge Lieutenant Commander mit dem Tricorder, der an ihre Hüfte schlug. Er hatte sie auf dem Duraplastboden nicht näher kommen hören.

»Kann ich Ihnen irgendwie helfen, Sir?«

Kirk wollte antworten, aber seine Kehle war staubtrocken, als hätte er tagelang kein Wort gesprochen. Ihm wurde schlagartig klar, daß er keine Ahnung hatte, wie lange er hier gestanden und dem Wächter gelauscht hatte … Was hatte er erfahren?

»Wie …« Er hustete, räusperte sich, fing von vorn an. »Wie lange war ich hier?« fragte er. Er warf einen Blick über die Schulter und sah, daß die Vulkanierin sich bemühte, ihre Besorgnis zu verbergen.

»Beim Wächter, Sir?«

»Wie lange habe ich ihn angefaßt?« fragte Kirk.

Die Hand der Vulkanierin strich über den Tricorder. Kirk sah, daß sie das Verlangen, ihn einzuschalten, kaum bezähmen konnte..

»Nur einen Augenblick, Sir«, sagte sie. »Ich glaubte, Sie hätten etwas gesagt. Deswegen bin ich zurückgekommen, und …« Sie maß ihn mit einem Ausdruck der

Neugier, der ihm vertrauter war, als sie je erfahren würde. »Sir ... Ist irgend etwas passiert?«

Kirk schüttelte den Kopf. Er hätte sagen können, er hätte dem Wächter eine Frage gestellt, und er hätte ihm eine nur für ihn bestimmte Antwort gegeben.

Falls es so gewesen war.

Kirk schloß erneut die Augen, und die Myriaden Bilder, die der Wächter ihm irgendwie gezeigt hatte, fegten an seinem inneren Auge vorbei, als sei ein Damm gebrochen.

*... als sei ein Damm gebrochen ...*

Er hörte das Echo von Micah Bracks Worten, die er an ... an ... Zefram Cochrane? ... gerichtet hatte. Hatte er Cochrane wirklich gesehen? Auf Titan? War Brack wirklich Flint, der Unsterbliche, dem er vor vielen Jahren begegnet war? Oder hatte ein Trick des Wächters, irgendeine fremde statische Ladung ihn irgendwie durchblitzt und seine eigenen verschiedenen Erinnerungen an 45 Flottenjahre verwoben und nichts anderes als eine Illusion erzeugt?

Kirk hörte, wie die Vulkanierin den Tricorder einschaltete, hörte ihn tasten, und unternahm nichts, um sie daran zu hindern. Er hatte nicht die geringste Ahnung, ob all das, was er gesehen, erlebt, sich vorgestellt, man ihm gezeigt hatte, real gewesen war. Vielleicht kannte der Tricorder eine Antwort.

»Hat sich irgend etwas verändert?« fragte er.

»Nein, Sir.« Kirks geübtes Ohr vernahm ihre Enttäuschung, doch nur wenige, die nicht von ihrer Welt stammten, hätten es ihm gleichtun können.

Kirk legte die Hände aneinander, preßte sie zusammen. Die Hand, die den Wächter berührt hatte, fühlte sich steif an, als hätte er sie zu lange in einer Position gehalten. Jahrhunderte lang.

Dann wurde ihm klar, daß er schon einmal so empfunden hatte.

Vor zehn Jahren, in San Francisco, als Sarek in seine

Wohnung gekommen war, um Informationen über seinen Sohn Spock zu erbitten.

Kirk hatte an diesem Abend eine Bewußtseinsverschmelzung mit dem Botschafter vorgenommen. Die Nachwirkungen waren ebenso gewesen wie die, die er nun empfand – Erinnerungen, die nicht die seinen waren, kollidierten mit halb vergessenen Träumen aller anderen geistigen Sphären, die Sarek in seinem Leben berührt hatte.

Der andere Captain, fiel Kirk plötzlich ein, hatte es auch empfunden. Der andere Captain auf dem anderen Schiff, der anderen *Enterprise.*

Einen Moment lang hatte er einen Eindruck von ihm. Er stand vor der Statue … der Statue … Und schon war er wieder weg.

Kirk rieb die Hände über sein Gesicht, als erwache er nach langem Schlaf. Der Tricorder surrte noch immer hinter ihm, aber er war sich nun ganz sicher, daß er nichts entdecken würde.

Hatte er wirklich eine Vergangenheit gesehen, die er nie hätte kennenlernen können? Hatte er wirklich eine Zukunft gesehen, zu der er nie gehören würde? Eine Zukunft, die erst siebzig und dann tausend Jahre weit weg war? War es ein Unterschied, in welche Zeit sich die Jahre seines Lebens erstreckten? Konnte er alles glauben, was er gesehen hatte, oder war alles nur ein nachsichtiger Traum der Selbstrechtfertigung?

*Sarek wüßte es,* dachte Kirk. Er hatte das sichere Gefühl, daß die Gedanken des Botschafters irgendwie mit all dem verwoben waren, als seien durch den Wächter die normalen Grenzen des Raumes, der Zeit und Kausalität gebrochen worden. Als sei es zu einer Bewußtseinsverschmelzung anderer Ordnung gekommen – zwischen Kirk, dem anderen Captain, dem Wächter und allen Individuen, die durch unbekannte Vermittlung miteinander verbunden waren.

Er bemühte sich, die Einzelheiten wieder einzufangen, doch sie waren verloren in dem Bildteppich, den der Wächter für ihn gewebt hatte, bis er nur das größere Muster sah, den Gesamtplan.

Daß das Leben weitergehen mußte.

Die Gewißheit, daß das Leben weiterging.

Durch den leichten Wind, die unaufdringliche Stille des uralten Gesteins hörte Kirk schwache, ihm vertraute Musik.

Er drehte sich um und sah zwei schillernde Lichtsäulen auf dem Staub dieser Welt wirbelnd entstehen. Als die Gestalten in ihrem Inneren durch einen Trick des sie umgebenden Transporterscheins Form annahmen, ein Ganzes wurden, sah er sie beinahe so, wie er sie vor fast drei Jahrzehnten gesehen hatte.

Commander Spock. Dr. McCoy.

Und den Anfang ihres Abenteuers.

Dann klang der Transportereffekt ab, und seine Freunde, denn das waren sie, kamen zu ihm.

McCoy baute sich neben Kirk auf und musterte den Wächter. Spock nickte dem jungen Lieutenant Commander freundlich zu. Danach war es so, als existiere sie gar nicht.

»Captain Sulu läßt Sie grüßen, Captain. Die *Excelsior* steht Ihnen zur Verfügung.«

Kirk schaute den Wächter ein letztes Mal an.

»Na, komm, Jim. Ist Zeit, nach Hause zu gehen.« McCoy streckte den Arm aus, um Kirks Schulter zu berühren.

»Ich weiß«, sagte Kirk. »Ich weiß.« Und mit seinen Freunden neben sich ging er zum Rand der Abdeckung, trat auf den Boden dieser Welt zurück und bereitete sich auf das vor, was als nächstes geschehen würde. Was es auch sein mochte.

Die Geschichte, die der Wächter ihm erzählt hatte, hallte noch in seinem Inneren wieder, und selbst wenn die Einzelheiten sich verflüchtigten, ihm blieb das, was er schon immer gewußt hatte: daß seine Reise bald enden würde.

Doch ihm wurde endlich klar, daß sich eines *wirklich* geändert hatte – vielleicht ein Geschenk des Wächters: Die neue Erkenntnis, daß *seine* Reise bald endete, bedeutete nicht, daß auch *die* Reise endete. *Die* Reise würde immer weitergehen.

So gering dieses Wissen auch war, es machte einen Unterschied.

Kirk stand zwischen seinen Freunden. Hob den Kommunikator. Das letzte Mal für viele Dinge.

Aber nicht für alles.

»Kirk an *Excelsior*«, sagte er. »Drei Mann hochbeamen.«

Das leise Klingeln des Transporters ertönte, und Kirk, Spock und McCoy lösten sich gemeinsam auf und wurden vom Licht verschluckt.

Die junge Vulkanierin musterte einen Augenblick die Stelle, die die drei Legenden eingenommen hatten. Sie schaute sich ihre Fußabdrücke im uralten Staub an und schüttelte den Kopf, als schelte sie sich wegen ihrer unlogischen Gedanken.

Sie wandte dem Wächter den Rücken zu und ging zu den Forschungshütten zurück.

Der Wächter, wieder einsam und allein, schaute hinter ihr her. Er wartete geduldig, schweigend, wie er es seit Äonen tat, bis ein anderer kam, der ihm eine angemessene Frage stellte.

Der Wächter wußte, daß es lange dauern würde. Aber irgendwann würde ein anderer kommen.

Die Geschichte war längst nicht zu Ende erzählt. Doch nicht einmal der Wächter wußte, wie sie enden würde.

## *Danksagung*


In einem Brief vom 18. Mai 1987 haben wir unserem damaligen Lektor Dave Stern den Roman *Die Föderation* erstmals angeboten. Damals – *The Next Generation* befand sich noch in der Vorproduktion – hielt man die Idee, Captain Kirk in Ereignisse zu verwickeln, die hundert Jahre Föderationsgeschichte umspannen, für etwas zu ehrgeizig, und so wandten wir uns anderen Dingen zu.

Im Lauf der Jahre machten wir den Roman in Form längerer und kürzerer Exposés in mehreren unterschiedlichen Fassungen unseren Verlegern und der Firma Paramount zugänglich, doch er wurde ständig abgelehnt. Freilich nicht mit dem Urteil ›Niemals‹, sondern ›Noch nicht.‹

Schließlich, in einer für die Autoren erfrischenden Wendung der Dinge, rief der Verleger *uns* fünf Jahre später an und bat darum, daß wir unser Projekt noch einmal einsandten, weil die Zeit nun endlich reif sei.

Ob Gene Roddenberry diese Vermischung zweier Generationen gefallen hätte, nicht nur in diesem Roman, sondern auch in den *TNG*-Episoden ›Wiedervereinigung‹, ›Besuch von der alten *Enterprise*‹ und dem Kinofilm *Star Trek: Treffen der Generationen?*

Wir glauben ja, und zwar deswegen:

Von den zahlreichen Star Trek-Projekten, die es hätte geben können, wäre das ungewöhnlichste und faszinierendste die ›Star Trek-Oper‹ gewesen, geplant als Ereignis zur Feier des 25. Geburtstags von *Star Trek.* In den ersten Vorstadien der Oper schaute sich Gene Roddenberry unseren Star Trek-Roman *Die Erste Direktive* und einen *TNG*-Comic an, den wir geschrieben hatten, und genehmigte, daß wir das ›Buch‹ für die Oper schrieben. Was die Geschichte betraf, die die Oper erzählen sollte, hatte er im Sommer 1990 gesagt, es sei an der Zeit, die Mannschaften zusammenzubringen, und die Oper sei dafür die Gelegenheit.

Obwohl die Oper nie zustande kam, kam Roddenberrys Wunsch, die Mannschaften zusammenzubringen, auf vielerlei Weise zustande. Wir sind stolz auf die Zuversicht, die er in uns hatte und freuen uns, die Chance gehabt zu haben, etwas zu den von ihm geschaffenen Welten und Charakteren beizutragen.

Wie immer, wenn wir einen *Star Trek*-Roman schreiben, haben wir uns auf das Werk vieler Autoren bezogen, die Gene Roddenberrys *Star Trek* geformt und erweiterten. Der wichtigste unter ihnen ist Gene L. Coon, der die Charaktere Zefram Cochranes, des ›Companion‹ und Nancy Hedfords in der TV-Episode ›Metamorphose‹ geschaffen hat. Dorothy Fontana hat den Charakter Sarek in der Episode ›Reise nach Babel‹ geschaffen. Harlan Ellison erfand den Wächter der Ewigkeit in ›Griff in die Geschichte‹. Flint – ob er nun Cochranes geheimnisvoller Micah Brack war oder nicht – hat sich Jerome Bixby in ›Planet der Unsterblichen‹ ausgedacht. Botschafter Sarek taucht erstmals in der *TNG*-Ära in ›Sarek‹ von Peter S. Beagle auf, nach einer unpublizierten Story von Marc Cushman und Jake Jacobs.

Zefram Cochrane wurde von Glenn Corbett dargestellt, Nancy Hedford von Elinor Donahue, Flint von James Daly und Sarek natürlich vom unvergleichlichen Mark Lenard; die Stimme des Wächters stammte von Bart LaRue.

Kommen wir vom geschriebenen Wort zum Emblem, der berühmten *Star Trek*-Pfeilspitze, das zuerst auf der

Uniform der *Enterprise*-Mannschaft und später in der ganzen Raumflotte auftauchte: Es wurde von William Ware Theiss entworfen, dem Kostümbildner der Classic-Serie.

Angesichts des Zeitraums, den dieser Roman umspannt, ist uns klar, daß wir ihn in seiner gegenwärtigen Form nie ohne die Verwendung dreier prächtiger *Star Trek*-Nachschlagewerke hätten schreiben können: *Star Trek: The Next Generation Technical Manual* von Rick Sternbach und Michael Okuda; *Stur Trek Chronology: The History of the Future* von Michael Okuda und Denise Okuda; und der bemerkenswerten *Star Trek Encyclopedia: A Reference Guide to the Future* von Michael Okuda, Denise Okuda und Debbie Mirek. Die Gründlichkeit, der Humor und Respekt, mit dem diese Werke geschrieben wurden, haben sie zu unbezahlbaren Quellen für sämtliche *Star Trek*-Autoren gemacht. Wir sind ihren Autoren für ihren ungeheuren Fleiß dankbar.

Obwohl wir uns bei vielen Ereignissen in diesem Buch auf das festgeschriebene *Star Trek*-Wissen bezogen haben, müssen wir sagen, daß viele frühe geschichtliche Ereignisse in der Föderation und Cochranes Abenteuer vor und nach der Erfindung des Warpantriebs ausschließlich Extrapolationen unserer eigenen Phantasie sind und durch offizielle zukünftige Abenteuer ersetzt werden könnten. Bis dahin hoffen wir, daß der Leser seinen Spaß an der Lektüre dieses möglichen *Star Trek*-Abenteuers haben wird, so wie wir Spaß beim Schreiben hatten.

Auf persönlicher Ebene müssen wir Michael und Denise Okuda erneut unseren Dank aussprechen für ihre Ermutigung und nie versagenden Bemühungen, mögliche Antworten auf Fragen zu geben, die nicht in ihren Büchern enthalten sind.

Wir stehen auch in der Schuld von Paula Block von der Firma VIACOM Consumer Products, der Lizenzabteilung von Paramount Pictures, deren verständnisvolle

Anmerkungen zu früheren Versionen dieses Romans uns geholfen haben, den ursprünglichen Absichten der Romanze zwischen Cochrane und dem ›Companion‹ treu zu bleiben. Und John Ordover von Pocket Books, der uns ermutigt hat, wichtige Teile unserer ersten Vorschläge nicht zu vergessen.

Schließlich gilt unser aufrichtiger Dank Dave Stern für seinen Enthusiasmus in der Anfangsphase und Kevin Ryan für seine Hilfe, seine Ermutigung und die niemals wankende Unterstützung in allen vergangenen Jahren – für dieses Buch und viele Projekte, die noch kommen werden. Er ist der Grund Nr. 1, daß wir uns wieder melden werden.

J&G

# STAR TREK™

in der Reihe
HEYNE SCIENCE FICTION & FANTASY

STAR TREK: CLASSIC SERIE

*Vonda N. McIntyre,* Star Trek II: Der Zorn des Khan · 06/3971
*Vonda N. McIntyre,* Der Entropie-Effekt · 06/3988
*Robert E. Vardeman,* Das Klingonen-Gambit · 06/4035
*Lee Correy,* Hort des Lebens · 06/4083
*Vonda N. McIntyre,* Star Trek III: Auf der Suche nach Mr. Spock · 06/4181
*S. M. Murdock,* Das Netz der Romulaner · 06/4209
*Sonni Cooper,* Schwarzes Feuer · 06/4270
*Robert E. Vardeman,* Meuterei auf der Enterprise · 06/4285
*Howard Weinstein,* Die Macht der Krone · 06/4342
*Sondra Marshak & Myrna Culbreath,* Das Prometheus-Projekt · 06/4379
*Sondra Marshak & Myrna Culbreath,* Tödliches Dreieck · 06/4411
*A. C. Crispin,* Sohn der Vergangenheit · 06/4431
*Diane Duane,* Der verwundete Himmel · 06/4458
*David Dvorkin,* Die Trellisane-Konfrontation · 06/4474
*Vonda N. McIntyre,* Star Trek IV: Zurück in die Gegenwart · 06/4486
*Greg Bear,* Corona · 06/4499
*John M. Ford,* Der letzte Schachzug · 06/4528
*Diane Duane,* Der Feind – mein Verbündeter · 06/4535
*Melinda Snodgrass,* Die Tränen der Sänger · 06/4551
*Jean Lorrah,* Mord an der Vulkan Akademie · 06/4568
*Janet Kagan,* Uhuras Lied · 06/4605
*Laurence Yep,* Herr der Schatten · 06/4627
*Barbara Hambly,* Ishmael · 06/4662
*J. M. Dillard,* Star Trek V: Am Rande des Universums · 06/4682
*Della van Hise,* Zeit zu töten · 06/4698
*Margaret Wander Bonanno,* Geiseln für den Frieden · 06/4724
*Majliss Larson,* Das Faustpfand der Klingonen · 06/4741
*J. M. Dillard,* Bewußtseinsschatten · 06/4762
*Brad Ferguson,* Krise auf Centaurus · 06/4776
*Diane Carey,* Das Schlachtschiff · 06/4804
*J. M. Dillard,* Dämonen · 06/4819
*Diane Duane,* Spocks Welt · 06/4830
*Diane Carey,* Der Verräter · 06/4848
*Gene DeWeese,* Zwischen den Fronten · 06/4862
*J. M. Dillard,* Die verlorenen Jahre · 06/4869
*Howard Weinstein,* Akkalla · 06/4879
*Carmen Carter,* McCoys Träume · 06/4898
*Diane Duane & Peter Norwood,* Die Romulaner · 06/4907
*John M. Ford,* Was kostet dieser Planet? · 06/4922
*J. M. Dillard,* Blutdurst · 06/4929
*Gene Roddenberry,* Star Trek I: Der Film · 06/4942
*J. M. Dillard,* Star Trek VI: Das unentdeckte Land · 06/4943
*Jean Lorrah,* Die UMUK-Seuche · 06/4949

# STAR TREK™

*A. C. Crispin,* Zeit für gestern · 06/4969
*David Dvorkin,* Die Zeitfalle · 06/4996
*Barbara Paul,* Das Drei-Minuten-Universum · 06/5005
*Judith & Garfield Reeves-Stevens,* Das Zentralgehirn · 06/5015
*Gene DeWeese,* Nexus · 06/5019
*D. C. Fontana,* Vulkans Ruhm · 06/5043
*Judith & Garfield Reeves-Stevens,* Die erste Direktive · 06/5051
*Michael Jan Friedman,* Das Doppelgänger-Komplott · 06/5067
*Judy Klass,* Der Boaco-Zwischenfall · 06/5086
*Julia Ecklar,* Kobayashi Maru · 06/5103
*Peter Norwood,* Angriff auf Dekkanar · 06/5147
*Carolyn Clowes,* Das Pandora-Prinzip · 06/5167
*Michael Jan Friedman,* Schatten auf der Sonne · 06/5179
*Diana Duane,* Die Befehle des Doktors · 06/5247
*V. E. Mitchell,* Der unsichtbare Gegner · 06/5248
*Dana Kramer-Rolls,* Der Prüfstein ihrer Vergangenheit · 06/5273
*Barbara Hambly,* Der Kampf ums nackte Überleben · 06/5334
*Brad Ferguson,* Eine Flagge voller Sterne · 06/5349
*J. M. Dillard,* Star Trek VII: Generationen · 06/5360
*Gene DeWeese,* Die Kolonie der Abtrünnigen · 06/5375
*Michael Jan Friedman,* Späte Rache · 06/5412
*Peter David,* Der Riß im Kontinuum · 06/5464
*Michael Jan Friedman,* Gesichter aus Feuer · 06/5465
*Peter David/Michael Jan Friedman/Robert Greenberger,* Die Enterbten · 06/5466
*L. A. Graf,* Die Eisfalle · 06/5467
*John Vornholt,* Zuflucht · 06/5468
*L. A. Graf,* Der Saboteur · 06/5469
*Melissa Crandall,* Die Geisterstation · 06/5470
*Mel Gilden,* Die Raumschiff-Falle · 06/5471
*V. E. Mitchell,* Tore auf einer toten Welt · 06/5472
*Victor Milan,* Aus Okeanos Tiefen · 06/5473
*Diane Carey,* Das große Raumschiff-Rennen · 06/5474
*Margaret Wander Bonanno,* Die Sonde · 06/5475
*Diane Carey,* Kirks Bestimmung · 06/5476
*L. A. Graf,* Feuersturm · 06/5477
*A. C. Crispin,* Sarek · 06/5478
*Simon Hawke,* Die Terroristen von Patria · 06/5479
*Barbara Hambly,* Kreuzwege · 06/5681
*L. A. Graf,* Ein Sumpf von Intrigen · 06/5682
*Howard Weinstein,* McCoys Tochter · 06/5683
*Judith & Garfield Reeves-Stevens,* Die Föderation · 06/5684
*J. M. Dillard,* Sabotage · 06/5685
*Denny Martin Flinn,* Der Coup der Promethaner · 06/5686
*Diane Carey/Dr. James I. Kirkland,* Keine Spur von Menschen · 06/5687
*William Shatner,* Die Asche von Eden · 06/5688
*William Shatner,* Die Rückkehr · 06/5689
*William Shatner,* Der Rächer · 06/5690

STAR TREK™

*Peter David,* Die Tochter des Captain · 06/5691
*Dean Wesley Smith/Kristine Kathryn Rusch,* Die Ringe von Tautee · 06/5693
*Diane Carey,* Invasion – 1: Der Erstschlag · 06/5694
*Dean Wesley Smith/Kristine Kathryn Rusch,* Tag der Ehre – 4: Das Gesetz des Verrats · 06/5702
*William Shatner,* Das Gespenst · 06/5703

STAR TREK: THE NEXT GENERATION
*David Gerrold,* Mission Farpoint · 06/4589
*Gene DeWeese,* Die Friedenswächter · 06/4646
*Carmen Carter,* Die Kinder von Hamlin · 06/4685
*Jean Lorrah,* Überlebende · 06/4705
*Peter David,* Planet der Waffen · 06/4733
*Diane Carey,* Gespensterschiff · 06/4757
*Howard Weinstein,* Machthunger · 06/4771
*John Vornholt,* Masken · 06/4787
*David & Daniel Dvorkin,* Die Ehre des Captain · 06/4793
*Michael Jan Friedman,* Ein Ruf in die Dunkelheit · 06/4814
*Peter David,* Eine Hölle namens Paradies · 06/4837
*Jean Lorrah,* Metamorphose · 06/4856
*Keith Sharee,* Gullivers Flüchtlinge · 06/4889
*Carmen Carter u. a.,* Planet des Untergangs · 06/4899
*A. C. Crispin,* Die Augen der Betrachter · 06/4914
*Howard Weinstein,* Im Exil · 06/4937
*Michael Jan Friedman,* Das verschwundene Juwel · 06/4958
*John Vornholt,* Kontamination · 06/4986
*Mel Gilden,* Baldwins Entdeckungen · 06/5024
*Peter David,* Vendetta · 06/5057
*Peter David,* Eine Lektion in Liebe · 06/5077
*Howard Weinstein,* Die Macht der Former · 06/5096
*Michael Jan Friedman,* Wieder vereint · 06/5142
*T. L. Mancour,* Spartacus · 06/5158
*Bill McCay/Eloise Flood,* Ketten der Gewalt · 06/5242
*V. E. Mitchell,* Die Jarada · 06/5279
*John Vornholt,* Kriegstrommeln · 06/5312
*David Bischoff,* Die Epidemie · 06/5356
*Peter David,* Imzadi · 06/5357
*Laurell K. Hamilton,* Nacht über Oriana · 06/5342
*Simon Hawke,* Die Beute der Romulaner · 06/5413
*Rebecca Neason,* Der Kronprinz · 06/5414
*John Peel,* Drachenjäger · 06/5415
*Diane Carey,* Abstieg · 06/5416
*Diane Duane,* Dunkler Spiegel · 06/5417
*Jeri Taylor,* Die Zusammenkunft · 06/5418
*Michael Jan Friedman,* Relikte · 06/5419
*Susan Wright,* Der Mörder des Sli · 06/5438
*R. Thomson,* Planet der Schuldner · 06/5439
*Carmen Carter,* Das Herz des Teufels · 06/5440

# STAR TREK™

*Michael Jan Friedman & Kevin Ryan,* Requiem · 06/5442
*Dafydd ab Hugh,* Gleichgewicht der Kräfte · 06/5443
*Michael Jan Friedman,* Die Verurteilung · 06/5444
*Peter David,* $Q^2$ · 06/5445
*Simon Hawke,* Die Rückkehr der Despoten · 06/5446
*Robert Greenberger,* Die Strategie der Romulaner · 06/5447
*Gene DeWeese,* Im Staubnebel verschwunden · 06/5448
*Brad Ferguson,* Das letzte Aufgebot · 06/5449
*Kij Johnson/Greg Cox,* Die Ehre des Drachen · 06/5751
*J. M. Dillard/Kathleen O'Malley,* Wahnsinn · 06/5753
*Dean Wesley Smith/Kristine Kathryn Rusch,* Invasion – 2: Soldaten des Schreckens · 06/5754
*Pamela Sargent & George Zebrowski,* Verhöhnter Zorn · 06/5756
*J. M. Dillard,* Star Trek VIII: Der erste Kontakt · 06/5757
*Diane Carey,* Tag der Ehre – 1: Altes Blut · 06/5763
*John Vornholt,* Der Dominion-Krieg – 1: Hinter feindlichen Linien · 06/5765
*John Vornholt,* Der Dominion-Krieg – 3: Sternentunnel · 06/5766
*Peter David,* Imzadi II · 06/5767
*John De Lancie & Peter David,* Ich, Q · 06/5768
*J. M. Dillard,* Star Trek IX: Der Aufstand · 06/5770

STAR TREK: DIE ANFÄNGE
*Vonda N. McIntyre,* Die erste Mission · 06/4619
*Margaret Wander Bonanno,* Fremde vom Himmel · 06/4669
*Diane Carey,* Die letzte Grenze · 06/4714

STAR TREK: DEEP SPACE NINE
*J. M. Dillard,* Botschafter · 06/5115
*Peter David,* Die Belagerung · 06/5129
*K. W. Jeter,* Die Station der Cardassianer · 06/5130
*Sandy Schofield,* Das große Spiel · 06/5187
*Dafydd ab Hugh,* Gefallene Helden · 06/5322
*Lois Tilton,* Verrat · 06/5323
*Esther Friesner,* Kriegskind · 06/5430
*John Vornholt,* Antimaterie · 06/5431
*Diane Carey,* Die Suche · 06/5432
*Melissa Scott,* Der Pirat · 06/5434
*Nathan Archer,* Walhalla · 06/5512
*Greg Cox/John Gregory Betancourt,* Der Teufel im Himmel · 06/5513
*Robert Sheckley,* Das Spiel der Laertianer · 06/5514
*Diane Carey,* Der Weg des Kriegers · 06/5515
*Diane Carey,* Die Katakombe · 06/5516
*Dean Wesley Smith/Kristine Kathryn Rusch,* Die lange Nacht · 06/5517
*John Peel,* Der Schwarm · 06/5518
*L. A. Graf,* Invasion – 3: Der Feind der Zeit · 06/5519
*Michael Jan Friedman,* Saratoga · 06/5721
*Diane Carey,* Neuer Ärger mit den Tribbles · 06/5723
*L. A. Graf,* Tag der Ehre – 2: Der Himmel von Armageddon · 06/5725

# STAR TREK™

*Diane Carey,* Der Dominion-Krieg – 2: Verlorener Friede · 06/5727
*Diane Carey,* Der Dominion-Krieg – 4: Beendet den Krieg! · 06/5728

STAR TREK: STARFLEET KADETTEN
*John Vornholt,* Generationen · 06/6501
*Peter David,* Worfs erstes Abenteuer · 06/6502
*Peter David,* Mission auf Dantar · 06/6503
*Peter David,* Überleben · 06/6504
*Brad Strickland,* Das Sternengespenst · 06/6505
*Brad Strickland,* In den Wüsten von Bajor · 06/6506
*John Peel,* Freiheitskämpfer · 06/6507
*Mel Gilden & Ted Pedersen,* Das Schoßtierchen · 06/6508
*John Vornholt,* Erobert die Flagge! · 06/6509
*V. E. Mitchell,* Die Atlantis Station · 06/6510
*Michael Jan Friedman,* Die verschwundene Besatzung · 06/6511
*Michael Jan Friedman,* Das Echsenvolk · 06/6512
*Diane G. Gallagher,* Arcade · 06/6513
*John Peel,* Ein Trip durch das Wurmloch · 06/6514
*Brad & Barbara Strickland,* Kadett Jean-Luc Picard · 06/6515
*Brad & Barbara Strickland,* Picards erstes Kommando · 06/6516
*Ted Pedersen,* Zigeunerwelt · 06/6517
*Patricia Barnes-Svarney,* Loyalitäten · 06/6518
*Diana G. Gallagher,* Tag der Ehre – 5: Ehrensache · 06/6530

STAR TREK: VOYAGER
*L. A. Graf,* Der Beschützer · 06/5401
*Dean Wesley Smith/Kristine Kathryn Rusch,* Die Flucht · 06/5402
*Nathan Archer,* Ragnarök · 06/5403
*Susan Wright,* Verletzungen · 06/5404
*John Betancourt,* Der Arbuk-Zwischenfall · 06/5405
*Christie Golden,* Die ermordete Sonne · 06/5406
*Mark A. Garland/Charles G. McGraw,* Geisterhafte Visionen · 06/5407
*S. N. Lewitt,* Cybersong · 06/5408
*Dafydd ab Hugh,* Invasion – 4: Die Raserei des Endes · 06/5409
*Karen Haber,* Segnet die Tiere · 06/5410
*Jeri Taylor,* Mosaik · 06/5811
*Melissa Scott,* Der Garten · 06/5812
*David Niall Wilson,* Puppen · 06/5813
*Greg Cox,* Das schwarze Ufer · 06/5814
*Michael Jan Friedman,* Tag der Ehre – 3: Ihre klingonische Seele · 06/5815
*Christie Golden,* Gestrandet · 06/5816
*Dean Wesley Smith/Kristine Kathryn Rusch/Nina Kiriki Hoffman,* Echos · 06/5817

STAR TREK: DIE NEUE GRENZE
*Peter David,* Captain Calhoun · 06/6551
*Peter David,* U.S.S. Excalibur · 06/6552

# STAR TREK™

DAS STAR TREK-UNIVERSUM, 2 Bde., von *Ralph Sander* · 06/5150
DAS STAR TREK-UNIVERSUM, 1. Ergänzungsband von *Ralph Sander* · 06/5151
DAS STAR TREK-UNIVERSUM, 2. Ergänzungsband von *Ralph Sander* · 06/5270

*Ralph Sander,* Star Trek Timer 1996 · 06/1996
*Ralph Sander,* Star Trek Timer 1997 · 06/1997
*Ralph Sander,* Star Trek Timer 1998 · 06/1998
*Ralph Sander,* Star Trek Timer 1999 · 06/1999

*William Shatner/Chris Kreski,* Star Trek Erinnerungen · 06/5188
*William Shatner/Chris Kreski,* Star Trek Erinnerungen: Die Filme · 06/5450

*Phil Farrand,* Cap'n Beckmessers Führer durch STAR TREK – DIE CLASSIC SERIE · 06/5451
*Phil Farrand,* Cap'n Beckmessers Führer durch STAR TREK – DIE NÄCHSTE GENERATION · 06/5199
*Phil Farrand,* Cap'n Beckmessers Führer durch STAR TREK – DIE NÄCHSTE GENERATION – Teil 2 · 06/6457
*Phil Farrand,* Cap'n Beckmessers Führer durch STAR TREK – DEEP SPACE NINE · 06/6458

*David Alexander,* Gene Roddenberry – Die autorisierte Biographie · 06/5544
*Judith & Garfield Reeves-Stevens,* Star Trek Design · 06/5545
*Nichelle Nichols,* Nicht nur Uhura · 06/5547
*Leonard Nimoy,* Ich bin Spock · 06/5548
*Lawrence M. Krauss,* Die Physik von Star Trek · 06/5549
*Judith & Garfield Reeves-Stevens,* Star Trek – Deep Space Nine: Die Realisierung einer Idee · 06/5550
*Herbert F. Solow & Yvonne Fern Solow,* Star Trek: Das Skizzenbuch – Die Classic-Serie · 06/6469
*Judith & Garfield Reeves-Stevens,* Star Trek – Phase II: Die verlorene Generation · 06/6470
*Herbert F. Solow/Robert H. Justman,* Star Trek – Die wahre Geschichte · 06/6499
*J. M. Dillard,* Star Trek: Wo bisher noch niemand gewesen ist · 06/6500

Diese Liste ist eine Bibliographie erschienener Titel,
KEIN VERZEICHNIS LIEFERBARER BÜCHER!